ナイトランド叢書 EX-5

《ドラキュラ紀元》

われはドラキュラ
――ジョニー・アルカード〈下〉

キム・ニューマン

鍛治靖子 訳

アトリエサード

ANNO DRACULA:

JOHNNY ALUCARD

by Kim Newman

This book is published in Japan by Atelier Third

Japanese translation rights arranged with Kim Newman

c/o The Antony Harwood Ltd literary agency

through Japan UNI Agency, Inc.

作中に、現在の観点からでは差別的と見なされる用語がありますが、原著者に差別意識がないことは作品から明確であり、また作品の世界・時代設定を反映したものであるため、訳者と相談のうえ原文に則した訳語を使用しました。（編集部）

目次

《ドラキュラ紀元》われはドラキュラ——ジョニー・アルカード〈下〉

キム・ニューマン

鍛治靖子 訳

第四部　この町ではもう二度と血を吸わない

——ドラキュラ紀元一九九〇

1

空のアーク灯が下界に夜明けをもたらそうとしている。ジョン・アルカードは城の最上階テラスに立って、ビヴァリーヒルズのおのが地所を見わたした。屋外プールが緑のベーズにおかれたサファイアのようにきらめいている。フォスターグラント（アメリカの眼鏡のブランド。一九一九年に創業）のナイトシェイド（九九九・九五ドル）をかけ、フィルムタイプの日焼け止めを貼ってはいるものの、炎のようなカリフォルニアの真昼の太陽でさえなければ、いまではほぼ耐えることができる。〈故国〉にいたころは、夜明け前の薄明かりを浴びても悲鳴をあげて物陰にとびこみ、毛穴からどろどろとした煙を噴きだしたものだった。いま、世界の裏側ともいえるこの国で、彼はほとんど昼間出歩く者《デイウォーカー》だ。

トランシルヴァニアの城から運んでこさせた狭間胸壁によりかかり、スモッグとオレンジの花の香がまじったロサンゼルスの空気を吸いこみながら、耳を傾ける。すでに混みはじめたフリーウェイの車の音に、ときどき怒りのこもった銃声がまじる。唾液がわいて、牙が鋭くなる。ここはほんとうに気持ちがいい。〈父〉も同意してくれている。

〈父〉はつねに彼とともにいる。アルカードを通して、ドラキュラの意志が地上に顕現するのだ。

三人の客、ルーマニアのヴァンパイアたちは、彼ほどのぼりくる太陽を楽しんではいない。トランシルヴァニア運動の老いぼれどもは、くだらない伝統が大好きなのだ。簡易封印された旅行用柩に閉じこもり、敷きつめたむずがゆいような故郷の土の上で身もだえしながら、毎日を無駄に過ごす。

「柩で眠るなど、軟弱者のすることだ」アルカードは断言した。「一番鶏の声とともに穴蔵へもぐりこむことで、どれだけの商談を逃すことになるか、わかるか」

誰も答えない。彼らの視線は足もとでしだいに小さくなっていく影にむけられている。

「狂気に陥ったヴァンパイアの話を聞いたことはあるか」さらにたずねた。「ヨーロッパのちっぽけな一地方を故郷とし、そこから永久に追放された男だ。男の故郷は大国にはさまれ、しじゅう支配者が入れ替わっていた。地図の色が変わるたびにねぐらに敷いた土は効力を失い、男は新たな土を手に入れるため奔走しなくてはならなかった」

アルカードは笑った。三人の客のうち、ひとりだけがともに笑おうとした。さえない顔の新生者《ニューボーン》、フェラルだ。

この伝説の長生者《エルダー》にとって、昨年は悪夢のような一年だったにちがいない。毎日とはいわずとも、毎週のように地図が描きなおされたのだ（一九八九年は東欧革命の年とも呼ばれ、ポーランドとハンガリーにおける非共産党国家の成立、ベルリンの壁崩壊、チェコスロバキアのビロード革命、ルーマニアのチャウシェスク政権の崩壊などがつづいた）。

「ポスト共産主義の旗産業は需要に追いついていない」とアルカード。「多くの国で、ハンマーと鎌を切り抜いた穴あきの古い旗がひるがえっている（ハンマーと鎌は共産主義を示す国章）。見栄えのいいものではないな。砲弾に貫かれたようではないか。シンボルマークを切り取るときは、また縫いあわせなくてはならなくなったときにそなえて、切った部分を手もとにおいておくことだ」

長期的視野で見るならば、ルーマニアはなんの変化も迎えてはいない。一九八九年の革命以後、かの国はもはやチャウシェスクの支配下にもソヴィエト指導権内にもない。だがいずれ誰か――何かがやってきて、支配力をふるうだろう。共産主義《アカ》の前は国内外のナチスだった。その前、アルカードが生まれて転化する前は、オーストリア＝ハンガリー帝国とオスマントルコだった。誇り高き独立国、スラヴの海に浮かぶラテン＝ロマンスの飛び地である〈故国〉は、ヨーロッパの娼婦として、くり返しくり返し幾度も、もっとも高い値をつけた者に売られ、力づくで奪われ、もっとも近くにいる独裁者に蹂躙されてきた。ノスフェラトゥの聖地トランシルヴァニアはその娼婦の子《ゲット》であり、ブカレストもしくはブタペストを掌握するよそ者の命令によって、ルーマニアとハンガリーのあいだでやりとりされてきたのだ。

アルカードはマインスター男爵がこの任務のために派遣してきた三人に目をむけた。徐々に進行する血の病のため痩せ衰えたクライニクは、かの運動において現在マインスターのナンバー二の座を占めている。上流階級の英語を話すフェラルは、古い血統に属してはいるものの、新生者《ニューボーン》だ。シュトリエスクはつい最近（無許可の）食餌をしたため血色がよい。立派な仕立ての黒いスーツは、彼が元秘密警察《セクリターテ》であることを示している。

彼らに関しては、以前から雇っている温血者《ウォーム》の私立探偵フィッセルから調査報告が届いている。だからアルカードは、シュトリエスクが合衆国で殺した四人の名前を知っている。以前の訪問で三人、ひとりは二日前の夜だ。この男のことだ、まもなくその数字は五になるだろう。

シュトリエスクは筋肉、フェラルは財力、シニア・アカデミシャンであるクライニクが頭脳だ。チャウシェスクの支配のもと、クライニクは血液学者として研究に勤しんでいた。有能ではあるけれども、サラ・ロバーツやマイケル・モービウスにはおよびもつかない。昨年のクリスマス、ティミショアラにおけるゼネストで火のついた革命運動がルーマニア全土にひろがったとき、彼もまた自分の立ち位置を明確にしなくてはならなくなった。反体制主義者や聖職者や嫌われ者の将校からなる委員会における、お飾りのヴァンパイア。クライニクは、ノスフェラトゥの優位性に関してはマインスターほどのこだわりがない。それでも、トランシルヴァニアはルーマニアから独立し、ハンガリーのわずかな一部を足して地図上の形を整え、ひとつの国として立たなくてはならない、そしてその新しい国は不死者《アン＝デッド》に譲られるべきだと主張している。

もしそれが実現し、マインスターが求める地位に就いたならば——男爵は自分にその資格があると信じて疑わない——ドラキュラ以来はじめてのヴァンパイア君主が誕生する。そのためには、クライニクのような男を側近としなくてはならない。かの優男《ヴェルヴェット・ダンディ》の考える統治とは、とびきり豪華な衣装をまとって玉座にすわり、布令を出して臣下を走りまわらせることでしかないのだ。重箱の隅をつつくように細かい集中力をそなえたこのシニア・アカデミシャンならば、ちっぽけな政府くらい夜な夜な切りまわしていくことができるだろう。だがクライニクの努力と知恵だけではまだ足りない。マインスターがこれまで生き延びてこられたのは、目立たずにいたからにすぎない。ルスヴン卿を百年以上ものあいだ英国首相官邸の頂点、もしくは周辺にとどまらせてきた政治的手腕というものが、彼には欠けている。

フェラルは資産家で、運動に加わっているのも金のためだ。英国で育った彼は、共産主義《アカ》がドミノのように崩壊したとき、祖先の城にもどった。フェラルの血統の祖はいまや弱体化したある長生者《エルダー》で、崇敬されながらも心をもたぬその始祖の血が、遠い子孫の若い世代に発現したのだ。崩壊した政府に接収されていた土地の返還を求めて、ノスフェラトゥであれ温血者《ウォーム》であれ、ソヴィエト以前の地主が大勢カルパティアに押しよせている。フェラルもそのひとりだ。弾圧された民衆のための救国者としてアピールしながら、そのじつ小作人どもの血をふたたび吸いつくしたいという欲望を隠しきれてはいない。クライニクは着古した厚地の外套に初老の学者のような角帽をかぶっているが、フェラルはふだんから、シティ（ロンドンの旧市部で英国の金融・商業の中心地区）を闊歩するヤッピー（一九八〇年代の大都市郊外に住み裕福な暮らしを送る若いエリート）のような格好をしている。サヴィル・ロウ（ロンドンの高級紳士服の仕立屋がならぶ通り）のスーツの前をあけていかにも実業家らしい赤いサスペンダーをのぞかせ、牛革のファイロファックス（英国ノーマン&ヒル社のシステム手帳）をチェーンでベルトにつなぎ、赤いフレームの丸眼鏡をかけ、細いネクタイに$$$のピンをつけている。おまけに、ドラキュラ伯爵にならって伝統的な赤い裏地のついた黒のオペラクロークを羽織っている。アルカードは、オペラを観劇するときをのぞいて〈父〉がそんなものを身につけたとは信じていない。だがマントは、ある種の派手で好戦的なヴァンパイアには必須のアイテムなのだ。

クライニクは説得を試み、フェラルは賄賂をもちかける。そしてシュトリエスクはまたべつのことを考えている。

背をむけていても、アルカードにはシュトリエスクの立ち位置がはっきりとわかる。彼自身の背中と秘密警察《セクリターテ》であった男のあいだには、燃えさかる光の壁がある。偶然ではない。シュトリエスクは〝朝の四時にドアを蹴破る〟殺人狂だ。寝返りが身に染みついている。一九三〇年代には鉄衛団ファシストのために、四〇年代と五〇年代には共産主義者ゲオルギュ＝デジのために殺人を請け負い、その後は三十年にわたって非人間的圧制

を敷くニコラエとエレナのもとにおちついていた。シュトリエスクの専門は〝反革命分子〟の始末であり、故国で、もしくは異国で、反体制派を暗殺してきた。昨年末、彼は変わりゆく風に血の匂いを嗅ぎとった。そしていまは、イオン・イリエスク大統領の救国戦線評議会（一九八九年のルーマニア革命直後から九〇年五月までルーマニアの暫定政府を担った統治組織。のちに政党化）とマインスター男爵のノスフェラトゥ統一党の奇妙な連合のために、ひそかに殺人をおこなっている。

昨年の十二月二十六日《ボクシング・デイ》、チャウシェスク夫妻はトゥルゴヴィシュテで雪の降る兵舎の庭にひきだされ、処刑された。ふたりは「集団殺戮、国に対する軍事行為による国力衰退、国家経済の破壊」という罪状に対して臨時軍事法廷がくだした有罪判決に、困惑と怒りをあらわした。処刑場では立ち会いの警備兵全員が、銃殺を担当する落下傘部隊と競うようにかつての指揮官に弾丸を撃ちこんだというが、シュトリエスクもそのひとりだった（チャウシェスクの銃殺隊は五人だったが、立ち会いの警備兵が全員発砲し、死体からは百発以上の弾丸が見つかったという）。

マインスターとニコラエが最高の親友だった時代がぼんやりと思いだされる。だが心はすぐさま過去から離れた。アルカードにとって、それは先史時代の夢のようなものにすぎない。ディヌ峠から思いだされるのは、パルティザンたちではなく、ドラキュラのことだ。あの城砦で、ひとりの長生者《エルダー》が温血者《ウォーム》の少年を転化した。〈父〉が未来を託せる息子を見出した。そのふたりの、どちらが彼だったのだろう。いま精神において、彼はその両方だった。

この三人は嘆願者だ。そして彼は長生者《エルダー》だ。

フェラルがようやくマントの用途に思い当たり、パラソルのように掲げて顔にあたる陽光をさえぎった。まだらに日焼けして、骨のように白いひたいと固く閉じた目の下にそばかすの染みが浮いている。あとのふたりは光に顔をむけるような馬鹿な真似はしていない。

クライニクがマインスターの印章を押したクリーム色の封筒をさしだしている。アルカードは影の中に手をのばしてそれを受けとった。片手で封を切り、固い紙をとりだす。赤と金で手のこんだレターヘッドが描かれてはいるものの、内容そのものはありきたりだ。マインスターは、ジョン・アルカードと、かつて自分が〈父〉

のため生贄にさしだした少年の関連に気づいているだろうか。たとえ気づいていたとしても、それを匂わせる記述はなかった。

「男爵はあなたが国際ノスフェラトゥ社会に大きな影響をおよぼせる人物であることを認めている」クライニクが言った。

「それは万人の認めるところだ」アルカードは答えた。「それ以上のこともふくめてな」

「あ、ああ、もちろんです」フェラルが言葉をはさんだ。「あなたこそ〈猫の王〉であると」

その称号についてどうこういうつもりはない。クライニクがフェラルに鋭い視線を投げつけた。ルーマニアの科学者はイギリスの実業家を間抜けと考えているようだ。マインスターの側近はすでに分裂している。

「あなたの支援は大きな意味をもつことになるだろう」クライニクがつづけた。

「どのような支援だ。諸君らはもちろん、托鉢の鉢を抱えてやってきたわけではあるまい」

赤いバケツ（キリスト教系慈善団体である救世軍が寄付を募るにあたって赤いバケツを使っている）をさげて〝大義〟のための寄付を巻きあげようとする魅力的な〝長生者《エルダー》〟たちは、ヴァイパー・ルーム（時期的にずれるが、一九九三年に開業したウェスト・ハリウッドのサンセット・ストリップにあるナイトクラブ。ハリウッド・セレブの溜まり場）をはじめとするヴァンパイア歓楽街にはびこる厄介の種だ。そのほとんどは偽の称号を名のる新生者《ニューボーン》で、オハイオ州のトレドよりもトランシルヴァニアに近い場所まで行ったこともないはずだ。

「支援にもいろいろある、必ずしも金銭的なものとはかぎらない」とクライニク。

「とはいえ、金はいつでも大歓迎ですが」とフェラル。

シュトリエスクは無言だ。探りをいれるまでもなく、マインスターがこの秘密警察《セクリターテ》に、場合によってはアルカードを殺すよう指示を与えていることが察せられる。だが、どちらの道を選べば暗殺指令実行のトリガーがひかれるのか、それがわからない。男爵は野心にあふれ、愚かで、冷酷だから、ごくささいなきっかけでも行動を起こそうとするだろう。もしシュトリエスクがいま襲いかかってきたら、テラスから放りだし、彗星のように下の芝生に落下していくさまをながめることができる。

「諸君らはなぜトランシルヴァニアを求めるのだ」たずねてみた。「われわれはすでに、あの土地におさまりきらないほど巨人になっているではないか」

「トランシルヴァニアはわたしたちの祖国だ」クライニクが答えた。「単なる土地ではない。アメリカ人であるあなたにもその思いはわかるだろう」

クライニクはジョン・アルカードがかつてイオン・ポペスクであったことを知らないのだろうか。それとも、知らないふりをしているだけだろうか。〈故国〉にいたころに比べ、アルカードはずいぶん変わった。たぶんマインスターは気づいていないのだろう。彼はいつだって目下の人間を気にかけたりしないのだから。

「ここがわたしの祖国だ」アルカードは眼下の町を示した。だが、意味するところはアメリカ全土だ。「われわれにとってよい場所だとは思わないか。雨が多く岩だらけのトランシルヴァニアなどより、ずっといい」

太陽がのぼった。芝生とプールを手入れするため、温血者《ウォーム》の職員たちが働きはじめた。メキシコのモーロック族（H・G・ウェルズ『タイム・マシン』The Time Machine（一八九五）に登場する地底人）が小部隊を組んで地下の小屋からあらわれ、アルカードの城《カスティーリョ》を維持するために必要なさまざまな仕事に取り組みはじめる。アルカードは、少しさきのブロックに立つアーロン・スペリングの壮麗な美しい宮殿を上まわるよう、計算してこの城を建てたのだ。

「わたしは古い国と新しい国における最良のものを手に入れている」

「トランシルヴァニアが文句なくわれわれのものになれば、すべてのヴァンパイアがより安全に暮らすことができる」とクライニク。「いつなりとわれわれを受け入れる場所が用意される。温血者《ウォーム》どもが許容しがたい法を通したときの逃げ場、家畜どもの裁きから逃れるための聖域だ」

「マインスターがそれを保証するのか」

クライニクはうなずいた。

「いいだろう」アルカードは答えた。「では、男爵のためにできるかぎりの助力をしよう」

フェラルが心からの笑みを浮かべ、太陽のことも忘れてアルカードの手を握った。クライニクはいまの言葉に穴をさがそうとしているが、もちろんそんなものはない。シュトリエスクはわずかながら警戒を解いたようだ。

「男爵の気に入りそうなアイデアがある」アルカードは言って、フェラルの手を離してやった。「世界が注目し、莫大な金を生む大イヴェントだ。われわれ全員にとってよいチャンスとなる」

フェラルはすでに興味をもち、熱心に耳を傾けている。

「そう、コンサート・フォー・トランシルヴァニアを開催しようではないか」アルカードは両手をあげてシネラマ・スクリーンの形をつくった。

一度として鉄のカーテンのむこうに住んだことのないフェラルにはすぐさま理解できたようだ。だがクライニクは困惑している。

「ショービジネスに関わるヴァンパイアはわたしひとりではない。転化すれば創造的なひらめきを失うという誤解は世間一般にひろがっているが、その誤りを正そうと精根を傾けている者もいる。いま現在、ビルボード（アメリカ芸能メディアのブランド。音楽業界誌『ビルボード』を出版し、もっとも権威のある音楽チャートを発表している）のチャートでもっとも売れているアルバムとシングルは、ヴァンパイアであるティミー・Vの『ヴァニタス』だ（Vanitas 本来は「虚無」を意味するラテン語。S・P・ソムトウ〈ティミー・ヴァレンタイン〉Timy Valentine（一九八四―八五）シリーズ第三巻のタイトル）。温血者《ウォーム》のティーンエイジャーが、世界じゅうで彼の写真を寝室の壁に飾っている。ティミーはスティーヴン・スピルバーグの映画でピーター・パンを演じてもいる（おそらく、大人になったピーター・パンを扱ったスピルバーグ監督『フック』Hook（一九九一）を意識していると思われる。この映画で若いピーター・パンを演じたのは当時十四歳だったライアン・フランシス）。彼の魅力は一部少数派だけでなく、全世界に訴えることができる。彼に声をかけよう。彼ひとりではない。ロック関係のヴァンパイア、ノスフェラトゥも温血者《ウォーム》も、すべての者が競ってこのコンサートに出演したがるだろう。参加しなかった者のキャリアは永遠に忘却の彼方に追いやられる。何度めかの引退を決めこんでいるショート・ライオンも、このイヴェントのためなら出てくるだろう。あの伊達男はいまでも、スタジアムを満員にできるもっとも有名なヴァンパイアだからな。かつてドラキュラ城があった場所で、夕暮れから夜明けまでのコンサートだ。それを世界じゅうにライヴで多元中継する。ハリウッド・ボウル（ハリウッドにある野外音楽堂）。ストーンヘンジ（イギリス南部に位置する環状列石（ストーンサークル）。一九七二年から八四年まで、夏至の日にストーンヘンジ・フリー・フェスティバルがひらかれていた）。ケニアのオパル（エドガー・ライス・バローズ〈ターザン〉シリーズより、アトランティスの末裔が住む黄金の都）。世界初のドラキュラ・マラソンだ。テレビとケーブルと劇場の放映権、レコード、カセット、CD、ビデオ、まだ発明されていない新しいメディア。売り上げは無限大だ。リリースのたびにパッケージを変えて何か新しいものをつけ加えてやれば、馬鹿な客どもはくり返し何度でも買ってくれる。Tシャツ、バッジ、ポスター、めんこ《ポグ》、タトゥーシール、記念プログラム、特製大型豪華本、アクション・フィギュア、コミックス。かなりの反発もあるだろうが、派手な広告にうんざりしている連中だとて、ロゴの無制限使用許可を与えたら喜んで、I Don't Give a Flying Fox for Transylvania《トランシルヴァニアなんかくそくらえ》Tシャツ（〝そんなことは気にしない〟を意味するI Don't Give a fuckをもじり、狐のイラストとI Don't Give a Flying Foxの文字をプリントしたTシャツやグッズが流行した）を着るだろう。経費をのぞくすべての利益をトランシルヴァニア運動に贈ろう。なんでもいい、何かの数字を九九九・九五乗してみたまえ。それでもまだ少なすぎるほどだ。うまく誘導して明確なハッピー・エンドを提示すれば、アメリカ人は正気とは思えないほど金払いがよくなる。アメリカ人はすべて、温血者《ウォーム》もノスフェラトゥも、われらに共感するだろう。わたしならばそれを実現できる」

「わたしたちは何をすればいいのだ」

「シニア・アカデミシャン・クライニク、これぞというタイミングを見計らってぶちかますのだ。夜明け直前、最後の演奏のクライマックスに」アルカードは答えた。「ティミー・Vとショート・ライオンは、これまで同じステージに立ったことがない。そのふたりがトランシルヴァニアの自由讃歌をデュエットする。ヴァンパイアによって書かれた最高の名曲、ジョン・レノンの『イマジン』だ。そこで権力の掌握をアナウンスし、スターたちのあいだから男爵が登場する。わたしはきみたちが兵士を育成していることも知っているし、西側が改革運動のための秘密部隊をもっていることも知っている。なんといっても『バット★21』をプロデュースしたんだからな（ピーター・マークル監督Bat*21（一九八八）という映画は実在するが、これはベトナム戦争における遭難米兵の救出作戦をまとめたノンフィクションの映画化。その他の記述から、ここで扱われているのは戦闘機パイロットの養成機関を舞台とするトニー・スコット監督『トップガン』Top Gun（一九八六）をモデルにしているのではないかと思われる）。これをきっかけとして、諸君らはいまはじめて、〝チャンス〟というやつを手に入れるのだ」

「それはいつになるのだ」クライニクがたずねる。

「そうだな、いつがいいだろう。四月二十二日、聖ジョージのイヴはすぎてしまったか。いずれにしても、コンサートはルーマニアでおこなわれなくてはならない。そしてその目的はあくまでも、トランシルヴァニアを表舞台にひきずりだすことであって、全米公共放送網《PBS》のくだらないスペシャル番組のように旧世界の馬鹿話をアメリカ人の咽喉につっこんでやることではない。ハロウィンは近頃商業化がひどいし、ジャック・オ・ランタンや剃刀をしこんだ林檎（ハロウィンで子供に配る菓子や林檎に毒や剃刀がしこまれているという都市伝説）やジョン・カーペンターの続編映画や『ロザンヌ』（『ロザンヌ』Roseanne 一九八九年から九七年、および二〇一八年に放映されたアメリカのシットコム。イリノイ州のコナー家の日常生活を描いて好評を博した）の特番と競わなくてはならなくなる。十二月二十一日はどうだ。一年でもっとも夜の長い日だ」

「ティミショアラ蜂起の一周年記念だな」（ティミショアラ事件は正確には十二月十六日。二十一日はブカレストにおける革命勃発の日とされる）

アルカードは心によみがえる市街戦の記憶に心騒がせながら、クライニクに連想をひろげさせておいた。このシニア・アカデミシャンもまたノスフェラトゥや温血者《ウォーム》にまじって、サッカー観衆のように「オーレ、オーレ、オーレ、オーレ、チャウシェスクを倒せ《チャウシェスク・ニュ・マイ・エ》」とさけんでいた。秘密警察《セクリターテ》が銃撃をはじめたときに、驚いている牧師をみずからの身体でかばってやったこともある。十二月のこの日が最適なのは、夜が長いほどより多くの曲が演奏され、より多くのコマーシャルタイムをとることができ、より多くのスポンサーがつき、ボックス・セットのための材料がより多く得られることだ。

「ひとつたずねたいんだが」シュトリエスクが耳障りな声をあげた。「めんこ《ポグ》とはなんなんだ？」

「コレクターの収集癖をそそる円盤状のボール紙だ」アルカードは説明した。

「なるほど」まったく理解しないまま暗殺者は答えた。

「準備期間は六ヶ月。これはわたしの担当だ。ロックはわたしが用意する。諸君らは場所を提供してくれ」

クライニクが用心深い視線をフェラルにむけた。フェラルは陶然としている。

「ライヴ・エイド（一九八五年七月「一億人の飢餓を救う」をスローガンにアフリカ難民救済を目的としておこなわれた二十世紀最大のチャリティーコンサート。イギリスのウェンブリー・スタジアムとアメリカのJFKスタジアムをメイン会場として、八十四ヶ国に衛星同時生中継された）よりも大きなイヴェントだ」新生者《ニューボーン》がつぶやく。「ウッドストック（一九六九年八月アメリカのニューヨーク州で開催されたロックを中心とした大規模な野外コンサート。約四十万人の観客を集めた。六〇年代アメリカのカウンターカルチャーを象徴する歴史的なイヴェント）よりもすごい。クリフ・リチャードだって呼べる」

誰のことだろうといぶかしみながら、アルカードは聞き流した。

「マインスター男爵に伝えよう」クライニクが言った。

「よろしく言ってくれたまえ」とアルカード。

いまや三人の客は全員、テラスにそびえる塔の壁に背中を押しつけている。そこにだけはかろうじて、フリルのようなスパニッシュ・タイルの張出のおかげで日陰ができているのだ。フェラルが相も変わらずわれを忘れて陽光のもとに両手をさしだし、火脹れをつくって小さな悲鳴をあげた。

「では中にはいろうか。赤い渇きであれほかのお楽しみであれ、どんな要求でもかなえてさしあげよう。この町はじつに細やかなサーヴィスを提供してくれる。諸君らもきっと満足できるだろう」

三人はこれ以上はないほどすばやく入口をくぐっていった。温かな血以上に、涼しい日陰にはいれることが嬉しかったのだ。アルカードはしばしあとに残り、空を見あげた。〈父〉が高みに座して気に入りの子《ゲット》を守ろうとしているかのように、薄い雲が一片、太陽にかかっている。

アルカードはおのれ自身に満足し、客たちにつづいて中にはいった。

2

ジャッドを殺《や》ろうとしたとき、絞首台のように足もとの床が消えて、ホリーとキットは湿っぽい地下室に落ちた。まわりじゅうからガラガラシュウシュウと音が聞こえる。闇の中に黄色い目が光る。鋭い牙がとんできて噛みついた。

「ヴァイパーには似合いの場所じゃないか」老人がひび割れた声で言った。「ほんものの蛇の巣だからな！」

ホリーとキットも牙のあいだから息を漏らしてうなり返した。

ホリーはキットの当惑と怒りを感じとった。キットもホリーの受容と決意を感じている。数秒のうちに、キットは六度も牙に刺された。ホリーは変身した。骨格を動かし、皮膚を分厚くして腕と脚に鱗を生やす。彼女は心に念じれば爬虫類にもなれる。蛇は仲間に噛みついたりしない。キットは彼女のおちつきを受けとめながらも、毒がまわりはじめたのだろう、腕がほうれん草を食べたポパイのようにふくれあがってきた。

「このトゥームストーン（アリゾナ州の町。一八八一年「OK牧場の決闘」の舞台となった）で無料《ただ》の昼飯にありつけたとでも思ったんだろ。古くさい博物館にこもった頭の弱い老いぼれが、迷子の羊みたいに、引き裂かれて飲み干されたがってるとでも思ったんだろ」

ジャッドがさらに声をかけ、曲がりにくい木の義足をきしらせながら穴をのぞきこみ、灰色のこめかみをたたいた。

「おれはそんな単純じゃねえのさ、生き損ないどもめ。おれのこと、頭の螺子《ねじ》が一本足りないとでも思ったんだろうが、いまおれは上にいて、おまえたちは下にいる。つまりはそういうことさ。おれたちの関係をみごとに言いあらわしてるじゃねえか。おれはこの前の大戦で、ガダルカナル（西太平洋ソロモン諸島の最大の島。第二次大戦の激戦地）に脚一本をおいてきちまった。にょろにょろっ子どもといっしょになってからだって、百回は噛まれてる。それでも死なない頑固者がおれさ。毒を吐き返してやってるからな」

キットが蛇を刺激して興奮させなければいいんだけれど。

この穴は、ふつうのガラガラ蛇や、ダイヤガラガラ蛇や、アメリカ蝮や、その他さまざまな蛇でいっぱいだ。ふたりとも、どれがどの蛇か区別することはできないものの、どの蛇が生命に関わるかはわかっている。ここにいる蛇はすべて有毒だ。

ふたりの闇の父にして最初の教師であったドクター・ポルトスは、ヴァンパイアを害するものをリストアップしてくれた。直射日光、銀の弾丸、心臓に杭を刺されること。転化して五日めの夜、ふたりは彼の言葉が正しいことを証明した。キットとホリーは誰かの〝弟子〟になんかなりたくなかった。とりわけ、サウス・ダコタでは無理やり教会に通わされていたのだから。

ポルトスの教えに毒蛇に関することは何もなかった。だからキットは死なないだろうけれど、それでも間違いなく苦しそうだ。ホリーは焼けるように熱い彼のひたいに手をあてて、痛みをとりのぞこうとした。

「生きてる人間ならこの穴だけで充分なんだがな。だがおまえたちは特別だ。とっときのものを見せてやろう。おれはドク・ホリデイのブーツをもってるんだ。やつが死ぬときに履いてなかったやつさ。バット・マスターソンの杖と山高帽、リバティ・バランスの乗馬鞭もな。そいつを見たらおまえたちだって間違いなく感動するぜ。それから、ボブ・オリンジャーがヴァイパーのビリー・ザ・キッドを撃ち殺そうとしたときに使ったショットガン。オリンジャーは十六枚の銀貨をつぶして弾にしてた。ビリーは銃を奪ってやつの顔に撃ちこんだんだ。『釣りはいらないぜ、ボブ！』ってな。これがほんとの物語さ。真実なる西部開拓史のひとこまだ。だがこいつはそんなもんでもねえ。特別きわめつきの展示品。これっきゃないって品だ。ちいとばかし待ってな。この足で行ってもどってくるにゃ時間がかかるんだ。そのあいだに楽しんでおくんだな。学校のガキどもにも言ってるんだが、こいつは役に立つ経験になるだろうよ。いい質問をしたらシュガー・キャンディをやるよ」

キットの口は腫れあがってもう何も吐きだせないし、脳は煮えたぎっている。ホリーの心の奥底、キットがいつも話しかけてくる場所に、彼の罵詈雑言が奔流のようにあふれる。ホリーもまたキットの頭の中にはいって、彼の痛みをわかちあっている。

トゥームストーン・ダイム博物館は町はずれにある（トゥームストーンは歴史地区に指定されて町全体が博物館のようになっているが、「ダイム博物館」というものはないようだ）。キットとホリーは盗んだキャデラックで四十八時間走りつづけてきたところだった。たまたま通りかかった博物館に明かりがともっていた。ふたりは三つの州にわたって食餌をしていなかった。ジャッドの言うとおりだ。こんな老人くらい簡単に餌にできると思ったのだ。

この穴は、深さおよそ二十フィート、底から十フィートあたりまではごつごつしているものの、それより上の壁はなめらかだ。手がかりになりそうなものはない。何人もがここで死んでいる。空気の悪さでそれがわかる。ホリーがキットの中に、キットがホリーの中にいるとき、ドライヴイン・シアターのスクリーンにくりひろげられる映画のように、過去が見えることがある。そのほとんどは死の場面だ。

ふたりは無理やりヴァンパイアだが、老いぼれジャッドは人殺しだ。

ふたりは無理やりヴァンパイアにされた。あの老人はどうして人殺しになったのだろう。

ホリーはキットの腕のいちばんひどい咬み傷を見つけ、針のように細い蛇の歯のあとに自分の牙をあてて、毒のまじったヴァンパイアの血を吸いだした。生きていたころ、いそいでアイスクリームを食べたときのように、目と目のあいだにめまいと混乱が押し寄せる。噛み煙草みたいに毒を吐き捨てる。キットの顔にひろがっていた紫の痣が少しだけましになった。

「ブラッディ・ホリー、きみはほんとに綺麗だな」キットが動かない口で言った。

「ラムチョップ、あんたの言葉はいつだってサイコーよ」答える声に息の音がまじる。

ホリーは蛇に変身した。髪は首にぴったりと貼りついてコブラのようなフードをつくっているし、むきだしの腕には菱形の模様が浮かびあがり、顔は鼻が平らな仮面になって、舌の先端が割れる。目が顔の側面に移動したため、視界がぐるりとひろくなった。蛇どもがしなやかな身体をSの字にもちあげ、称賛の音をたてながら、自分たちの女王になってくれ、この暗い場所から連れだしてくれと訴えている。

キットが慈しむように彼女の鱗を撫でた。何に変身しようと、キットはホリーを愛してくれる。いつだって内面を見ているのだから。この夜の生き物に生まれ変わる前から、ずっとずっとそうだった。

「嬢ちゃん、あんた、気持ち悪いな」ジャッドが言った。「その見るに耐えんみじめさから解放してやるのも善行かもしれん。ろくでなしの彼氏もいっしょにな」

ちっぽけな《ダイム》博物館の館長は罠のそばでスツールに腰をおろした。膝の上に、やたらと大きい玩具のような銃がのっている。開拓時代のリヴォルヴァだ。

「バントライン・スペシャルだよ」ジャッドが銃をもちあげ、グリップを握って骨ばった親指をコックレヴァにかける。「コレクター垂涎のほんものさ。数えるほどしかつくられてないからな。こいつは銃身十一インチのやつだ。西部の作家ネッド・バントラインが特注して、ほんの数人の誇り高い男だけが持ち歩く権利を勝ち得たって銃さ。バッファロー・ビル・コディみたいな男がな」

彼はみごとにくるりと銃を回転させた。

「だがこいつはコディのもんじゃねえ。こいつはトゥームストーンの保安官、ワイアット・アープのものだったやつだ」

「冗談言ってんじゃねえよ、じじい」キットはまだ苦しそうながら、どうにか話せるようになったようだ。「ワイアット・アープなんか、ほんとにいたわけないだろ。あんなもん、ドラマの中の人間だ」

「ヒュー・オブライエンだよね」ホリーも言った。

「そのとおりさ、ブラッディ・ホリー。ヒュー・オブライエンがテレビでワイアット・アープをやったんだ。ほんものの人間なんかじゃない。クララベル・カウみたいなもんさ。そのでっかい銃はショーの小道具だろう。テレビは現実じゃないんだ」

最後の審判のような轟音が響きわたり、壁からグレープフルーツ大の塊が消失した。シュウシュウガラガラと音をたてながら、蛇たちが固く丸まった。ホリーの鼓膜も残響で痛い。

「小道具なんかじゃねえ」とジャッド。「おまえたちはアープ保安官についてなんにも知っちゃいねえんだ。テレビができる前から、アープはおれやおまえらと同じように実在してたんだ。現実の、歴史的な男なんだ。ドッジとトゥームストーンを一掃して、ＯＫ牧場でクラントン兄弟を倒したんだ。悪いやつらを大勢やっつけたんだ」

ホリーの手指に蜥蜴のような吸盤が生じた。

ジャッドがシリンダをあけて空薬莢を捨てた。

「生き損ないどもには特別な扱いをしてやらんとな。鉛弾を撃ちこんで無駄にしたって意味はない」

ジャッドの手の中で何かが光る。

息吹のようにパニックが流れこんできた。ホリーはもっとも深いところでキットと思考を共有している。キットが怯えているとき、それを感じることができるのはホリーただひとりだ。

キットにはホリーがついている。何も心配はいらない。

ジャッドが親指と人差し指できらめく弾丸をつまみあげた。

「こいつも骨董品だ。おまえたち、どっちでもいいが、アリゾナ州トゥームストーンの主たる産業がなんだったか知ってるか。アープが保安官をしていたころのな」

「牧畜だろ」キットがあてずっぽうに答える。「牛泥棒、牧場経営、投げ縄で牛をつかまえる。みんなカウボーイのつまらない仕事だ」

ジャッドが笑った。その声が穴いっぱいに響きわたる。

「はずれだ、生意気小僧め。答えは〝銀鉱山〟だよ」

老人が銀の弾丸をこめた。

「あちこち地面に穴があいてるのに気づいたろう。おまえたちがいま落っこちてるみたいなやつさ。なぜそんな穴を掘ったと思う。健康のためか。銀《プラータ》だよ、親友《コンパードレ》くん。きらきら光る金属のためさ。昔は銀より金のほうがずっと高価だったってこと、知ってるか。それからおまえらみたいな生き損ないどもがやってきた。鉛弾をくらっても豆鉄砲で撃たれたみたいに平然としてやがる連中がな。だから銀が、地上でもっとも必要とされる金属になったんだ。鑑賞用だけじゃなくて――実用品としてな」

ジャッドがつぎの弾をとりあげて装塡する。

「この弾はジョン・リードってやつがつくったもんだ。マスクをつけて馬で放牧地を走りまわり、おまえらみたいな連中を追いかけた男さ。昔の西部をうろついてたヴァイパーは、ビリー・ボニーひとりだったわけじゃないからな。ジョン・リードは十九世紀でもっとも偉大なヴァンパイアスレイヤーだ。この弾は新聞社を経営しているやつの甥からもらったもんだが（ジョン・リードの兄はテキサス・レンジャーのキャプテンであるダン・リード・シニア。その息子ダン・リード・ジュニアはしばしば叔父と行動をともにしていたが、やがて大学にはいり、卒業後〈ディリー・センティネル〉という新聞社を設立する）、こんなパーティのため、大切にとっておいたんだ」

そろそろ終わらせる頃合いだ。

キットが背後からホリーの首に抱きつき、膝で脇腹を締めつけた。まるでホリーがまだ十二歳の少女で、幼い従弟を背中にのせてお馬さんごっこをしているかのようだ。穴の底から七フィートほど上の壁に蜥蜴の手をたたきつけ、吸盤をひらいて貼りつけた。両腕も、脚も、背中も、しなやかにのびて長くなる。

そしてホリーはジグザグに壁を這いあがっていった。

ホリーには岩しか見えないが、キットがジャッドに視線を据えている。ホリーもまたキットを通して、老人が衝撃と驚きにぽかんと口をあけるさまをながめる。動きの鈍った指から弾丸がこぼれ、かんかんと音をたてて穴の中に落ちていく。老人の手はふるえている。

ジャッドがキットの目に報復の意志を見てとった。銃を閉じようとしているところに、蛇穴を出たふたりがのしかかる。銃が床の上をすべっていく。それぞれ左右から骨ばった首に襲いかかった。気管を食い破り、あふれる血の泉に口づけする。

「ブラッディ・ホリー」キットが言った。

「ラムチョップ」ホリーも答えた。

3

真夜中をすぎたとたんにドアベルが鳴った。「マネー」（Money (That's What I Want)（一九五九）ジェイニー・ブラッドフォード＆ベリー・ゴーディ作詞作曲。バレット・ストロングが歌った楽曲。一九六三年にビートルズがカヴァーした）の最初の六つの音だ。アルカードは二階の踊り場からユニヴァーサル・リモコンを使って、ハイディが送りこんできた娘を迎え入れた。トランシルヴァニア花崗岩の壁にとりつけられた正面玄関の扉は、カリフォルニア・ミッションの遺物で、毎週オイルと砂を使うという努力をはらって、蝶番をきしませている。玄関ホールの照明プランを入力すると、青と緑のステンドグラスでつくった偽《フォウ》天井のむこうでいくつもの月球儀が光を放ち、頭蓋骨をモチーフとした赤と白の六角タイルの床にバットシグナル（本来は〈バットマン〉シリーズにおいて投光機を使って空に映しだす蝙蝠のマーク。事件が起きたときにこれを使うと彼を呼びだすことができる）が映しだされる。

交叉する三本の自動追尾スポットライトの強烈な光が娘をとらえた。腰まで届く濡れ羽色の髪と、モデルのように鋭い頬骨にぴったりと貼りついた青白い肌をもち、月の男をモチーフとする野暮ったいプラチナのイヤリングをつけている。真紅の口は象牙色の牙のため、ペプソデントのようにけっして閉ざされることがない（アメリカの練り歯磨きの会社。ＣＭでいつも口をあけて歯を見せている）。襟の高い床まで届く黒いケープで全身をおおっている。もしかすると、美しい首の下に血まみれの内臓をぶらさげている、マレーのペナンガランの一族かもしれない（Penanggalan マレー半島およびボルネオ島に伝わる吸血鬼の一種。美しい女の首で、その下に胃と内臓をぶらさげているだけであるが、自由に空を飛びまわることができる）。

アルカードは、ヴァンパイア娘に視線を据えたまま正面階段をおりていった。足音は分厚い絨毯に吸いこまれて聞こえない。近頃のハイディは、前任のマダム・アレックスよりもずっとうまく適切な品をよこす。十分前に電話をかけたばかりだというのに、彼の個人的要求にふさわしいものが、速達便でドラキュラ城九〇二一〇まで送りこまれてくる。ハイディに何かプレゼントをしてやらなくては。『ギリガン君SOS』（Gilligan's Island（一九六四―六七）アメリカのコメディ・ドラマ）の、まだ生きているキャストによるサイン入りコレクション・プレートでいいだろうか。

「わたしがアルカードだ」彼は名のった。「きみを歓迎する」

このホールは彼の声にあわせて完璧な音響設計がなされている。娘は彼の挨拶があらゆる方角から同時に聞こえてきたかのような反応を示した。

「つつがなく自由にはいりたまえ。そして携えてきた幸をいくらか残していくがいい」（ブラム・ストーカー『吸血鬼ドラキュラ』二章のドラキュラの台詞のもじり）

爪を赤く染めた白い手がケープからすべりでて首筋にあがった。むきだしの細い腕によって、ステージ幕のようにマントがひらく。娘はいかにも慣れたしぐさで翼のようなケープをがっしりとした肩のうしろにはらいのけ、両手を腰にあてて商品を誇示した。

胸の大きな鍛えられた身体――エアロビクスとインプラントと適切な指示に基づく変身の成果だ。真紅の水着が臍の下でV字を描き、紐のようなものがかろうじて乳首を隠している。膝まである黒革ブーツのスパイクヒールのおかげで、六インチは身長が上乗せされている。

充分なインパクトを与えたと判断したのだろう、娘は小賢しげな笑みを浮かべた。

「ヴァンピって呼んでね」

おやおや。

ヴァンピは――Vampiのiの上には間違いなく点のかわりに小さな蝙蝠が飛んでいる――ジョン・アルカードがどれほど特別な客か、まだ気づいていない。彼がこの町でどれほど大きな影響力をもっているのか、彼女のために（そして彼女に対して）どれだけのことができるのか。それは〈父〉のものであった力だ。手遅れになるまで、誰ひとり〈父〉の物語を信じてはくれないけれども。

娘が階段にむかって足を進めた。追ってくるスポットライトに困惑しているのがわかる。眉をひそめて小さく笑うと目が赤く濁った。シリコンの胸が揺れる。

アルカードにとって、ヴァンピは屍肉であり、日付印を押したドラックの包みにすぎない。もちろんパッケージは極上だ。ハリウッドには絶世の美男美女がひしめいている。一九二〇年代からこっち、美人コンテストの二位入賞者や高校スポーツで活躍した若者が押しかけてくるようになった。そのほとんどは映画スターになれないまま、それぞれにくっついて見目のよい子供を生んだ。ロサンゼルスはいま、第三世代、第四世代の美の収穫物であふれかえり、美男と美女、最高級の顔と悩殺ボディが横行闊歩している。性格俳優と脚本家をべつにすれば、醜い者と出くわさずに何ヶ月も過ごすことができる。

「マントを脱いであがってきたまえ」

首筋のカメオをぽんとたたくと、ケープがはずれて落ちる。彼女はそれを受けとめようとふり返り、引き締まった尻を見せた。真っ白なヴェルヴェットの肌。鋼の尻にビキニが食いこんでいる。アラビアンナイトの悪霊《グール》も、飛行機事故にあった南米のラグビー選手たち（一九七二年のウルグアイ空軍機５７１便遭難事故。死亡した仲間の肉を食べて十六名が生還した。この事件はクレイ・ブレア・ジュニアによって『アンデスの聖餐』Survive!（一九七三）として記録され、アルバロ・J・コバセビッチ監督『アンデスの聖餐』La odisea de los muñecos（一九七五）など幾度か映画化されている）も、人体でもっとも美味そうな部位として、いつだって尻のバーベキューから人肉食いをはじめるのだ。

高いヒールをものともせず、ヴァンピが身体を揺らしながら階段をあがってくる。

アルカードは右手をさしだした。長い人差し指に大きなルビーの指輪がはまっている。ヴァンピはうつむいて、魅せられたようにしげしげとそれをながめた。

「〈彼〉の指輪だ」アルカードは説明した。「闇の父から引き継いだ」

リモコン・キーを押した。ネオン・フレームが、一八八七年にジョゼフ・シブリーによって王立委員会に寄贈された全身像を照らしだす。カルパティア近衛隊司令官の軍服を着たプリンス・コンソート、ドラキュラだ。輝く鋼鉄の兜の上に歯をむきだした白い狼の頭部がかぶさり、全身の毛皮が背後にたなびく。帝国の赤い上着は勲章やメダルでずっしりと重い。黒い毛の生えた大きな手が、式典用の剣の柄におかれている。同じ指輪であることがはっきりとわかる。血が鮮やかな光の染みとなってきらめく。

ヴァンピは陶然としている。指輪も肖像画も、とてつもなく高価なものだ。

「想像を超えた金額ではあるだろう」アルカードは言った。「だが金で買えないわけではない。金で買えないものなど何ひとつない」

スイッチひとつで肖像画は音もなくひっこみ、室内照明がともった。

「このほうが心地よくすごせる」

ヴァンピが部屋にはいっていく。アルカードもあとにつづき、糸のような血が浮かぶクリスタル（ルイ・ロデレール社がつくっている最高級のシャンパン）を勧めた。彼女はフルートグラスを受けとりながらも、口をつけようとはしない。アルカードは部屋の中央においたリクライニングチェアにまたがり、足を床につけて椅子をまわしながら、ヴァンピの行動を追った。彼女は部屋じゅうを歩きまわりながらしゃべりつづけ、フレームにはいった映画ポスターをながめている。新しいものほど大きく彼の名前がクレジットされている。

アルカードにはハリウッドの邸宅にお定まりのもの――政治家、実業家、スポーツ選手、犯罪者、芸能人など、有名人とともに撮影した写真を飾ることができない（その理由は明らかだ）。そこで彼は、C・C・ドルードを永久的に雇っている。チャーリー・シーンの性格証人（被告の評判・素行・徳性などについて証言する者）として出廷した裁判所で、法定画家として即興似顔絵を描いているこの風刺漫画家を見つけたのだ。アルカードがおおやけの場に出たり城に客を迎えたりするとき、いまでは必ずドルードがそばに控えている。何枚ものスケッチが、アルカードとさまざまな人々との出会いの瞬間をとらえている。レーガン夫妻（アルカードは八四年の選挙戦において大きな貢献をした）、ゴードン・ゲッコー、O・J・シンプソン、アーノルド・シュワルツェネッガー、ホイットニー・ヒューストン。ヴァンピが、『キンドレッド』十二巻シリーズ（Kindred L・ロン・ハバードの『ミッション・アース』Mission Earth 全十巻（一九八五－八七）をイメージしているのかもしれない）の出版記念パーティーでL・キース・ウィントンとならんでいるアルカードのスケッチを見つけた。

「あたし、イモートロジーで人生が変わったのよ」ヴァンピが言った。「それで夜の側にやってきたの」

ではこの娘も、ウィントンのささやかな産物というわけか。アルカードは礼儀として笑いをこらえた。

「転化したばかりのときは何がなんだかわからなかったわ。ドラックが出はじめて間もないころ、ヴァレーじゅうのダンピというダンピが新生者《ニューボーン》を食い物にしようと躍起になってたでしょ。セミナーの先生が、そういう小判鮫みたいな連中について教えてくれたわ。ダンピってほんと、小判鮫よね。あたしは青白い自分が好きじゃなかった。昼の世界からあまりにも多くの荷物をもちこんでしまって、夜の暮らしをだいなしにしちゃったの。そのころ、女優だった友達がスレイヤーにやられたのよ。ニコは炎のように明るく揺らめいてたわ。なのにある晩、消されちゃった。心臓を杭で貫かれたのよ。狂ったチアリーダーに。それであたし、心を入れ換えて、ダンピールと手を切って、教会に行ったの。いまはおのれというものを知ってるわ。自分が何者であるか、知ってるわ」

そして彼女は、アルカードがC・トーマス・ハウエル、ジーン・ハックマン、ケリー・マクギリスらを使って制作した合衆国蝙蝠戦士訓練所を扱った映画『バット★21』の前でポーズをとった。この映画は一九八八年、国内外において最高の興行収益をあげた。サウンドトラックがプラチナディスク（全米で百万枚以上のセールスをあげたアルバムに贈られる賞）を獲得、一位に輝くシングルが二曲。なのにオスカーでは、科学技術賞と歌曲賞はとったものの、それ以外の部門すべてで締めだされてしまった。アカデミーなんざくそくらえだ（トニー・スコット監督『トップガン』Top Gun（一九八六）をもじっているものと思われる。戦闘機パイロットの養成機関を舞台とする映画で、興行成績一位を記録しながら、アカデミー賞では歌曲賞のみにとどまった）。

「あなたもテストを受けるべきだわ。教会には映画関係者もいっぱいいるの。プロデューサーもスターも。ショート・ライオンもメンバーだって話よ。彼のお母さんも（アン・ライス〈ヴァンパイア・クロニクルズ〉Vampire Chronicles（一九七六— ）のガブリエル・ド・リオンクール。レスタトの母親で、彼によってヴァンパイアとなる）。彼の歌にはイモートトロジーの教義が暗号のようにちりばめられてるわ。『血が足りない』ってアルバム名（Blood is not Enough というタイトルは、ヴァンパイア関係にいくつか見られるが、詳細不明）は、L・キース・ウィントンの『プラズマティクス』第二章のタイトルからつけたものなのよ」

ショート・ライオンはまだコンサート・トランシルヴァニアに対する態度を明らかにしていない。

フランス人のヴァンパイア伊達男は、ドラキュラの故郷など気にもかけていないのだ。それでも彼は引退を撤回し、ディランにつづいて新たな信仰生活《ボーン・アゲイン》にはいった。いまは宗教曲ばかりを歌っている。ファンの中には、自分たちのアイドルがサタンを捨てたことに抗議し、みずから灯油を浴びて火をつけた者もいる。だがいずれ、ショート・ライオンはもどってくるだろう。

「あたしはほんとうにたくさんのことを学んだのよ、ジョン。あたし自身について」

布教はイモートロジー・パッケージの一部だ。じつに面白い。アルカードはこれまでウィントンとともに、さまざまなアイデアを実現させてきた。ゲームの名前は〝コントロール&コマンド〟。〈父〉も、恐れられ愛され崇敬されるだけではもはや充分でないことを理解している。近頃の信徒は、利己の道をたどった末におのれの意志を捨て、より偉大なものに身を投じなくてはならない。

汚れ仕事《ウェットワーク》（〝春の大掃除〟）が必要になると、アルカードはいつもウィントンを呼ぶ。彼の子飼い連中は前科がないし、つかまったときは教会のために焼身自殺をする（〝蠟燭になる〟）。けちなドラック・キングだった資産家ロイ・ラディンを片づけたやり方には彼も満足している。ウィントンのチーム（〝夜間配達人〟）はラディンを渓谷に連れだし、貸し金庫のナンバーを白状させてから、銀の弾丸一発を松果体に撃ちこんで始末したのだ。

「あたし、過去世逆行セラピーも受けたのよ」ヴァンピがつづける。「蛹《さなぎ》だった温血者《ウォーム》時代の人格を脱ぎ捨てて、みずからの内に夜生成虫《ニクトラプト》を発見するの。L・キース・ウィントンが教えてくれたわ。あたしたちヴァンパイアはみんな、地球で水が流れるように、ありとあらゆる川に血が流れている惑星で生まれた古い魂を宿してるんですって。そこでは争ったり殺したりすることなく、正々堂々と血を飲むことができるの。その星で、あたしは王の娘だったのよ」

そういえば以前ゴースがくり返し言っていた。すべてのアメリカ人は、自分の真の姿が王女であることを夢見ている。ラット・パックの聖サミー・デイヴィス・ジュニアの御告げだって、「ダディ、百万羽の鳩が、新しい宗教にひっかかろうと待ちかまえているよ」だったではないか（フェデリコ・フェリーニ監督『カビリアの夜』Le Notti di Cabiria/Nights of Cabiria（一九五七）を原作とし、一九六六年にブロードウェイで初演、一九六九年にボブ・フォッシー監督によって映画化されたミュージカル『スイート・チャリティー』Sweet Charity において、謎の宗教団体教祖を演じるサミー・デイヴィス・ジュニアが歌う「リズム・オブ・ライフ」The Rhythm of Life の歌詞）。

二十年にわたる自己管理訓練（〝夜の準備〟）ののちに最近ようやく転化（〝昇華〟）したウィントンを見ていると、この国がよく理解できる。夢のアメリカ。この国で生まれた者、もしくはこの国に受け入れられた者はみな、熱心な信仰を学ぶ。善行を積めば天国に場所が用意され、けっして奪われることはないと信じるクリスチャンのように。アルカードもそんなアメリカ市民になるべく努力してきた。イモートロジーはすでに合衆国の外にまでひろがっている。ウィントンはいま、改装された外国航路船、希望号で永遠の旅路についていて、〝地上司法権〟のおよばない公海にとどまっている。イモートロジー・センターは世界じゅうにひろがり、かつてのワルシャワ条約機構諸国やソヴィエト連邦であったさまざまな国や小国にまで設置されている。ヴァンピリズムはこの百年ではじめて、その伝統の故郷である中欧と東欧で力を得つつある。ウィントンの教会はかの地で、新生者《ニューボーン》によるポスト共産主義の波を二十一世紀のヴァンパイア（〝完全統合された夜生《ニクトラプト》〟）につくりあげようとしているのだ。

「転化して地球に生まれ変わったとき、あたしたちは霊的進化の妨げとなるさまざまな悪い感情にさらされてしまったの。でもあたしは自己セミナーのおかげで、玉葱の皮を剥くようにそれをはぎとることができたわ。理想をいえば、夜の準備は昇華前にはじめたほうがいいんだけど、あたしは教会に行く前に半分すませてしまってたから。だから訓練しなおさなきゃならなかったのよ」

肩からストラップをはずすと、さくらんぼのような乳首がとびだした。

「真の解放のプロセスよ」

そしてブーツの上のビキニを脱ぎ捨てる。彼女の陰毛は黒い蝙蝠の形に整えられている。

「あたしがどれほど自由か、きっとあなたには信じられないわ」

アルカードは心で彼女を呼んだ。ヴァンピがひきずられるように部屋を横切ってくる。ブーツが絨毯にからまり、両手両膝をつく。さらにひきよせると、彼女は尻をつきだし、床に顔をつけて這い進んだ。

ハリウッドにきてからこっち、アルカードは温血者《ウォーム》の血を飲んでいない。ドラックは彼の発明品であり、自在に扱うことができる。彼は、純粋なドラックを摂取してもおのれを損なうことなく力を得る、数少ないヴァンパイアのひとりだ。ふつうの者は涸れつくすまで自分の血を吸い、最後には脳を焼かれてしまう。そしてゾンビや亡霊のように路肩を歩きまわっては、通りすぎるヘッドライトに灰色の顔を照らされたり、フリーウェイで車に轢かれたりするのだ。

ハイディには、娘たちに警告を与えてはならないと命じてある。驚愕は欠くことのできない薬味だ。マダムが商品の損傷について苦情を申し立てるたびに、アルカードはすみやかに珍しい陶器をわたす。そうすると彼女は口をつぐむ。ハイディはグレーター・ロサンゼルスでいちばんの、シットコムをテーマとしたプレートのコレクターなのだ。マックス・ゾーリンに十二人の女を送りこんで、エリザベス・モンゴメリー／ロザモンド・デナムの、目の色がミスプリントされたレア物を手に入れたこともある。

アルカードも再放送で『奥さまは吸血鬼』（Bloodwitched　これはもちろん、かの有名な『奥さまは魔女』Bewitched（一九六四―七四）のもじりだろう）を見た。温血者《ウォーム》のふりをしてぼんくらの夫を支える主婦という設定を不快に思うヴァンパイアは多いだろう。だが彼は、シーズンの変わり目に最初の夫を殺して似たような広告代理店社員と取り替えておきながら、町の誰にも気づかれずにすませたロザモンドの手腕がおおいに気に入っている（『奥さまは魔女』において、第五シーズンと第六シーズンのあいだでダーリン役がディック・ヨークからディック・サージェントに変更になったことを示している）。

ヴァンピがリクライニングチェアまでやってきた。彼の足首をつかみ、よじのぼってくる。そして膝に顔をうずめ、濡れた口で舐めまわしはじめた。

彼女を抱きあげて腕をまわし、目をのぞきこんだ。ウィントンが張りめぐらした心の中の霧を貫いて侵入する。

「プリンセス」彼女の自己イメージを煽ってやる。

ヴァンピは彼が心の中にはいりこんでくるとは予想していなかった。この男もまた、ただのジョンにすぎないと思っていたのだ。

〈父〉が彼を通して女の心の奥底にまで手をのばした。

彼女の人生において、ほとんどの男は彼女に噛まれたがっていた。

だがここではそんなことは起こらない。

アルカードは彼女の首に舌を突き刺し、あごの下の絹のようにやわらかな皮膚を切り裂いて、脈うち流れるヴァンパイアの血を飲んだ。それは食餌というより輸血のようだった。口が針とポンプに、咽喉がチューブとなって、ゆっくりと女の血を吸いつくしていく。

血とともに、彼女のすべてが流れこんでくる。

彼女であったすべて。

温血者《ウォーム》の娘に興味はない。だがその娘が転化したヴァンパイア——ビヴァリーヒルズの血とイモートロジーの幻想によって育まれた生き物は、食料としておおいに好ましい。

許容範囲を超えそうなことに気づいても、彼女は抵抗しなかった。そのときにはもうすでに、彼女の大半が彼の中に移行していたのだ。彼女の精神は翼の折れた小鳥となって彼の頭蓋の中で羽ばたいている。翼が分厚い血にまみれている。彼女の意識はしだいに縮こまって赤黒い真珠に変じ、やがて消滅した。

彼の膝にのっているのは、ずっしりとした髪と一足のキンキーブーツ（ジュリアン・ジャロルド監督の映画（二〇〇五）およびそれをもとにしたシンディ・ローパー作詞作曲のブロードウェイ・ミュージカル（二〇一二年初演）『キンキーブーツ』Kinky Boots より。直訳すれば「変態のブーツ」。ドラアグクイーンのためのヒールの高いブーツを意味する）のあいだにとどこおる白い脱け殻、もろい皮膚の残骸にすぎなかった。

それでもいくばくかの生命がとどまっている。つまるところ、彼女はヴァンパイアなのだ。

手を離すと、彼女はひとりで立ちあがろうとし、倒れた。

充分な食餌ではあったが、ふくれあがるほどではない。満足したが、飽食してはいない。経験を積んだいまでは、一度の食餌で娘の血を飲み干しても、ステイパフ・マシュマロマン（アイヴァン・ライトマン監督『ゴーストバスターズ』Ghostbusters（一九八四）およびそのシリーズに登場するモンスター。ステイパフト・マシュマロの袋に描かれているマスコットキャラクターが巨大化した）のような風船になることもない。視線を落とすと、両手が灰色がかった紫に染まっている。きっと顔も同じ色になっているのだろう。

ヴァンパイアの血を飲み干すたびに、アルカードはますます〈猫の王〉らしくなっていく。彼の中の〈父〉がさらに力を得て数世紀にわたる記憶を彼の脳内にひろげ、コールガールであった真珠をのみこんだ。数世紀の時を見守ってきた壁。その〈旧世界〉の崩れた胸壁が、いまではなだらかな丘の頂上に築きなおされ、森とボルゴ峠の峡谷ではなく、ロサンゼルスの夜景たる光の絨毯を睥睨している。

温血者《ウォーム》の血でこのような食餌をしていたら、倦怠感に圧倒され、地下室か柩台にむかわなくてはならないだろう。だがヴァンパイアの血は彼のエネルギーを三乗してくれる。

さて、処理しなくてはならない雑用がある。

亡霊のような脱け殻をすばやく床からひろいあげた。ひと欠片もこぼしてはいない。ヴァンピの動きがあまりにものろいため、荒っぽい扱いに腕が折れてしまった。だが痛みを感じてはいない。目は赤い空洞だ。髪は不健康な黄色のまじった白。骸骨じみた顔に、半透明のパピルスのような皮膚が貼りついている。体内の血がすべて失われてしまったのだ。

サンルームまで運び、スチールテーブルに横たえた。それからブーツを脱がし、隅に積みあげた下着やウィッグや安っぽい革の衣装や武器の山の上に投げ捨てる。

ひたいを撫でてやると、彼女がすべての歯を見せてにっこりと笑った。すぐに終わる。

部屋にもどって重厚な扉を閉め、スイッチをいれた。この城でいちばん高い塔の上にはソーラーパネルがとりつけてあり、サンルームの天井全体が照明装置となっている。何日もかけて特製セルに蓄えられたカリフォルニアの太陽があふれ、フル・スペクトルの光が骨ばかりになった娘の上に降りそそぐ。

ほんの一、二分の作業だ。痣のような紫に染まった手がふたたび白くなるのをながめているあいだに、すべてが終了した。スイッチを切ってサンルームの扉をあけたとき、ヴァンピは女の形をした赤い細粒になっていた。ところどころにきらめく黒い塊がまじっている。

アルカードはひとつまみの粉を吸いこんだ。

純粋に肉体的な興奮がこみあげてくる。食餌のときのように、思考があふれだしたり感情が押し寄せてきたりすることはない。いまは純粋に肉体の時代なのだ。どろりとした血よりも乾いたドラックを好む者のほうが多い。

アルカードはプラチナ・カードをとりだしてヴァンピの頭蓋骨を三つに切りわけ、百ドル札を丸めてストローをつくり、ひとりだけのパーティをはじめた。


（訳注：イモートロジー Immortology は不死性 Immortality の派生語。SF作家L・ロン・ハバードが創設したカルト宗教サイエントロジーを元ネタとしている。一九五〇年に『ダイアネティックス：心の健康のための現代科学』Dianetics: the Modern Science of Mental Health（『プラズマティクス』Plasmatics の元ネタ）が出版されて以後、サイエントロジーは世界中にひろまり、百五十以上の教会が活動している。著名人の信者も多く、映画スターではトム・クルーズやジョン・トラボルタも入信している）

4

コンヴァーティヴルのルーフが黒いパラソルのように日陰をもたらしてくれる。のぼりくる太陽が彼らの影を前方の道路に投じている。いまにも車に轢かれそうに見える。

「太陽が明るいほど」運転席のキットが言った。

「影は黒い」助手席のホリーが締めくくる。

そして声をそろえて笑った。シフトレヴァの上で手が重なっている。

車のもとの持ち主――ローズバーグ（ニューメキシコ州南西端の町）郊外のモーテル9（アメリカ、カナダで大規模に展開している「モーテル6」のもじりと思われる）で会った医薬品セールスマンは靴箱いっぱいのカセットテープを残していってくれた。ホリーはいっしょに歌える音楽を期待していたのだが、それは結局、イモートロジー教会の自己実現セラピー・テープだった。「ステップ5：あなたの中の夜生《ニクトラプト》を啓発する」といったやつだ。

「変だよね」ホリーは言った。「あいつ、ヴァイパーには見えなかったのに」

「ブラッディ・ホリー、きみにべたべただったじゃないか。転化したがってるみたいだった。きみの甘い血をたっぷり飲んで、おれたちみたいになりたがってた。あいつもかわいそうな温血者《ウォーム》のワナビーだったのさ」

確かにそうなのかもしれない。

「あいつ、いい感じだったよね、ラムチョップ。すぐに消えちゃったけど。あいつの血、ほんとにおいしいグレイヴィソースだった。あの味がすっかり消えちゃってつまんない。口の中に残ってるの、ジャッドばっかりなんだもん」

キットがうなずく。

「あのじじいはほんとに不味かったな。見た目じゃわからなかったけど、奥の奥に病気をもってたんだ」

腹の中に老人の憎悪が感じられる。そのうちに消えてしまうだろうけれども、むかむかする。ふたりは死のぎりぎり直前まで血を飲み干し、あとはにょろにょろっ子たちに復讐の機会を与えようと、老人を穴に放りこんだ。だが残念なことに、落ちたときに首が折れたようだった。

音楽がひとつもないとわかったので、テープの箱を窓から投げ捨てた。キットとホリーは完璧なヴァンパイアになる方法なんか学ぶ必要はない。その恩寵はすでにふたりのものなのだから。

トゥームストーンが遠くなる。ジャッドはふたりの内にいるが、それもどんどん薄れていく。老人の頭にあった映像が、切れ切れにふたりの中で上映される。老人を殺した者、処刑した者として、ふたりはそれを担っていかなくてはならない。ジャッドの頭につまっているのはほとんどが、大戦で、西部で、もしくは穴の中で、死んでいった者たちだ。

「ねえラムチョップ、あいつのスコア、どれくらいだったのかな」

ドクター・ポルトスに噛まれて以後の三十年で、キットは九千六百八十二人を殺している。ほとんどは温血者《ウォーム》だけれど、ヴァイパーも何人かまじっている。ホリーもずいぶん手伝っているから、彼のスコアはホリーのものでもある。ふたりはときどき自分たちがべつべつの人間であることを忘れてしまう。参考までにいえば、スコアはあくまでキットのものだ。変身がホリーの特別であるように、殺人はキットの特別なのだから。一万スコアが目の前までせまっている。そのときは特別な相手を選ぼう。映画スターとか、凄腕の保安官とか、州知事とか。とにかく有名人を。ヴァイパーでもいい。特別な人間、特別な血。

「ジャッドのスコアに戦争をいれちゃいけない」キットが言った。「だってさ、たとえばおれが戦争に行ってたら、そうだな、徴兵でベトナムに送りこまれたり、蝙蝠戦士プログラムに放りこまれたりしてたら、ものすごいスピードで獲物をしとめてただろうから、数なんか誰にもわからないだろ。スコアにちゃんと数えられるのは、顔をあわせて、心をひらいて、目の前で殺《や》った相手だけさ。少なくとも味わったやつでなきゃね。何かを奪わなきゃ駄目なんだ」

「そのとおりだよね、ラムチョップ」

ふたりは殺した相手すべてから、戦利品として、記念品として、何かを奪ってきた。この車のように。もしくは、ジャッドが銀の弾をこめようとしていた大型銃のように。バントラインはグローヴボックスにはもちろん、セールスマンが小型オートマティックをしまっていたシート下の収納スペースにもおさまらない。いまは後部座席の上ですべっている。キットは売っぱらう前にそれで遊んでみたがっている。

一九五九年、ホリーは十四、キットは十八だった。ある意味ふたりはあれから歳をとっていない。フォート・ダプリ（サウスダコタの町。テレンス・マリック監督『地獄の逃避行』Badlands（一九七三）におけるキットとホリーの故郷）を出奔し、路上で暮らしていこうと決めた数日後の夜、ふたりはドクター・ポルトスに会った。彼はヨーロッパからきた長生者だけれども、みじめなヴァイパーの浮浪者だった。埋葬されたときのスーツを着たままで、それもズボンが破れ膝がのぞいていた。どうしてサウス・ダコタをさまよっていたかは神さまのみがご存じというやつだ。貨物列車の待避線で、有蓋車にもぐって太陽を避けていた。そしてふたりに、夜の側においで、わたしの闇の子供に、わたしがつくる蝙蝠共同体におけるトップにおなりと誘いをかけた。キットは、ヴァイパーがホリーの血を舐めながら彼女をしつこく撫でまわしていることに気づいた。だからポルトスの口が自分に触れてきたときは身体をこわばらせたが、それでもふたりはどうにかその過程を終えることができた。長生者《エルダー》の血をたっぷり飲んで心の中に宿っていたヴァンパイアの種を目覚めさせ、空っぽになるまで自分たちの血を吸わせて死の眠りにはいった。月の出る時刻、ふたりは手をつないで同時に目覚めた。ふた晩かけて必要なことを学び、それからドクター・ポルトスに、物事は彼が考えていたようには運ばないことを教えてやった。ホリーが母の鏡台からもってきた銀の帽子ピンを彼の目に突き刺し、キットが梱包用木箱の破片で彼の心臓を貫いた。そして陽光が降りそそぐだろうレールの上に放りだし、乗務員室で身を寄せあって、彼が赤い塵になるのを見守った。キットとホリーが味わった者はすべてふたりの内に残っているが、ポルトスだけは永遠に消滅した。彼の時間はとっくに終わっていたのだ。

キットとホリーだって、いつもうまく逃げのびてきたわけではない。ときにはいっしょに、ときにはべつべつに、刑務所にはいったこともある。キットはいくつか重罪判決を受けている。でもそんなことは問題にならない。少なくとも、彼のスコアのいくつかが公式に認められたということなのだから。監獄の壁もふたりを長く閉じこめておくことはできない。ふたりを屈伏させるのは悪魔自身の法だけだ。

どの州でも時効のないおたずねものとなったため、ふたりはずっと路上生活をつづけている。それでもこの広大な国ではいくらでも新しい遊び場が見つかる。いまならもう、いちばん最初に狩りをした場所にもどっても気づかれることはないだろう。もちろん、ふたりの記録はいつまでも残っているけれども。キットもホリーも、とつぜんたずねられると相方の名前を名のってしまうことがある。ホリーもキットも、ほとんど意識しないまま、しじゅう相方の頭の中ですごしている。ほんとうに自我を交換し、相方になってしまうこともある。

ふたりはとてもたくさんの名前をもっている。考えたものも、借りてきたものも、見立てたものもある。ときどきほんとうの名前が思いだせなくなるほどだ。長い歳月のあいだには、ボニーとクライド、ボウイとキーチ、バートとローリー、セイラーとルーラ、ダーティ・メリーとクレイジー・ラリー、ロビンとマリアン、ミッキーとマロリー、ブッチとサンダンス、セイディとクラッグなどと、名のってきたし、呼ばれてもきた。ほんとうのほんとうをいえば、キットとホリーでもなくて――これはふたりが自分で選んだ名前ではないのだから――ラムチョップとブラッディ・ホリーだ。

ふたりの夜の生活については、さまざまな物語と歌が――ゴールディ・ホーンとピーター・フォンダといったスターを使った映画まで、つくられている。くり返し語られていくあいだに、さまざまな場面が盗まれ、変更され、洗練され、彩色され、ぼかされて、いまではふたりの心の中の万華鏡のように現実だか幻だかわからなくなってしまっている。FBIと保安官事務所には日付と名前と事実と裁判記録のファイルが保管されているものの、それが物語のすべてではない。

真実はこれだ。キットのスコアが一万になったらサプライズでプレゼントしようと、ホリーは歌をつくっている。「ホリーとキットのバラード」

盗んだ車で　ホリーとキット
砂漠の上を突っ走る
殺人現場をあとにして
ハッピーエンドを求めてく

赤く渇いた　ホリーとキット

とらえたやつらを飲み干そう
ポリ公の杭が狙ってる
だけど悪魔がさきにくる

警察がジャッドを発見してトゥームストーン・ダイム博物館を捜索したら、また新しい物語が生まれるだろう。キットとホリーは山の老人（イスラムの伝説にある暗殺教団の名前、もしくは教団を率いるリーダーの名前）を倒したキラー・エンジェルとして、さらに偉大に、さらに立派になる。ジャッドのスコアが明るみに出る。ふたりは穴に落とされ、脱出を果たした。それはふたりの信仰が篤い証拠だ。ふたりの愛が崇高な証拠だ。

「ブラッディ・ホリー」キットが言った。「結婚しよう」

ホリーは歓喜に身をよじりながら彼にすりよった。

「いいよ、ラムチョップ、結婚しよう」

キットが喜びの口笛を吹く。

「だったら行き先はひとつしかないな」

そう、ホリーにもわかっている。

ヴェガスだ。

5

アタッシェケースを左手にもちかえ、ドア番のガードマンに右のこぶしをつきつけてドラキュラの指輪を示した。ロープがあがり、ヴァイパー・ルームへの入場が許可される。列をつくって待っているきらびやかな連中から、怒りと嫉妬があふれだした。

ふいに54の記憶がよみがえった……べつの海岸、べつの十年紀、べつの人々。だがアルカードに脱ぎ捨てた皮を懐かしむ思いはない。いまある彼が彼なのだ。ふり返るな、前を見ろ——これもまた〈父〉の教えだ。その点において、彼は〈猫の王〉の地位を求めるほかの者たちとはきわだって異なる。彼らは古い夜をとりもどそうとしている。だがアルカードはよりよい新しい夜を求めているのだ。

ヴァイパー・ルーム。コラムニストのハリー・マーティンら同化政策論者が抗議を申し立てているように、挑発的な意図によってつけられた店名だ。なんといっても、オーナーのひとりは温血者《ウォーム》の映画スター、ジョニー・デップなのだから。アルカード自身もこのクラブ設立に一枚噛んでいて、この一世紀のあいだに消費されてしまったヴァンパイアに対する恐怖を復活させなくてはならないと考えている。だから彼は、〝不死者《アン=デッド》アメリカ人〟とか〝青白い人々〟とか〝吸血人種《ヘモヴォール》（TVドラマ『ドクター・フー』Doctor Who シリーズ第一五八話「フェンリクの呪い」に登場するヴァンパイアとゾンビをあわせたような生き物）〟とか〝V型〟とか〝夜の鳥（ロマン・ポランスキー監督『吸血鬼』The Fearless Vampire Killers/Dance of the Vampires（一九六七）に「わたしは夜の鳥だ」という台詞がある）〟といった婉曲な言いまわしを避けて、〝ヴァンパイア〟とか〝ノスフェラトゥ〟とか〝蛭〟とか〝ヴァイパー〟といった恐怖を呼び起こす刺激的な言葉を好んで用いる。

温血者《ウォーム》はふたたび恐れることを学ばなくてはならない。生者となんら変わるところがないようなふりをしているヴァンパイアも同様だ。過去に出会った女たちを思いだした。〈故国〉で利用した愚かなアイルランド人、キャサリン・リード。アンディの〈一九七九年の女〉だったペネロピ・チャーチウォード。そして、ゴースを傷つけた長生者《エルダー》ジュヌヴィエーヴ・デュドネ。頭の中で上映される彼自身の伝記映画に登場するとき、彼女たちはただの端役だ。だがその姿にべつのイメージが重なって見える。ガス燈のもと、もしくはヨーロッパの星空のもとで、古めかしい衣装を着た女たち。三人が三人とも、〈父〉と芳しからぬ関わりをもっていた。アルカードは彼女たちに対する報復の、ほんの頭金をはらったにすぎない。デュドネの小娘はとんでもない邪魔をしてくれた。ヴェールのむこうから〈父〉を呼びもどすための魔術を妨害したのだ。あの女に対するドラキュラの復讐は何世紀にもわたってつづくだろう。

紐でつくった蜘蛛の巣とハロウィンの蝙蝠がぶらさがる短い廊下を抜けて、小さなクラブにはいった。カウンターとちっぽけなステージのあいだに大勢の人々がひしめいている。鳴り響く「ライダーズ・オン・ザ・ストーム」（Riders on the Storm（一九七一）アメリカのロックバンド、ドアーズの楽曲）が鼓膜からはいって全身をとどろかせ、ヴァンピの血をふるわせる。クラブ経営陣は降霊術を使ってジム・モリソンをペール・ラシェール（フランスのパリ東部にある墓地。ジム・モリソンのほかにも数々の著名人が埋葬されている）から呼びもどしたのだろうか。いや、そうではない。来年か再来年に封切られるオリヴァー・ストーン監督の高額予算映画で、かのスターを演じるヴァル・キルマーが、リハーサルをしているだけだ。この映画の国内収益は、多く見積もっても赤字ぎりぎりの四千万にはるかにおよばないだろう（最終的興行収入は約三千五百万）。国外上映権と、付属品販売と、サウンドトラックでかろうじて利益をあげられるかもしれないが。

この群衆の中で、アルカードは匿名でいることを許されない。慇懃にカウンターに案内される。踊っている連中も近づいてこないため、彼の周囲にぽっかりと空間が生まれる。

キルマーに視線で合図を送り、そのまま公開オーディションをつづけさせた。『バット★21』で使ったことのある俳優なのだ（ヴァル・キルマーはトニー・スコット監督『トップガン』Top Gun（一九八六）に出演している）。

アルカードは飲み物をオーダーしない。ヴァイパー・ルームでは仔豚を使っている。ハーネスにつながれたそいつらがカウンターのうしろでキーキーわめいている。血管にコックをつけた温血者《ウォーム》のウェイトレスは、新顔を求める客にそなえて、みな簡単な経歴と八インチ×十インチの光沢しあげの写真を身につけている。いずれあの豚どものひとりをひっかけよう。この店では、糸をつけた生者を街路から奥の部屋にひっぱりこむこともできる。ただし後片付けの費用は本人が負担しなくてはならない。

白系ロシア人ザロフ将軍（はっきりいって頭がいかれている）による六十年にわたる回顧録『もっとも危険なゲーム』（アモクプレス（アメリカのジャーナリスト、アダム・パーフリーが設立した出版社。カルト的な本を何冊か出版した））が地下出版により再版されたおかげで、ハリウッドの新生者《ニューボーン》のあいだでは人間狩りが大流行している。サンセット・ストリップのいたるところに見られる夜間営業のスポーツ用品店は夜の狩人のための装備を用意しているが、純粋主義者たちはザロフが使ったタールの戦弓すらも見くだして、おのれの牙と爪のみに頼ろうとする。毎夜毎夜、よみがえったばかりの若者たちが狼の魂に目覚めて蝙蝠のような群れをつくり、先祖がしていたと聞かされたとおりに温血者《ウォーム》の餌食をつけ狙う。この状況は、途方に暮れてイモートロジーに走ったさまよえる連中よりも、野心に燃えるヴァイパーどもにアピールする。アルカードはいま、エイドリアン・ラインとキャスリン・ビグローにそれぞれ夜の狩りのシーンを練らせている。イメージのあうほうにゴーサインを出し、もう一方はあっさりと捨てるつもりだ。（エイドリアン・ラインはベトナム帰りの男の夢と現実のあいだで揺れ動く体験を描いた『ジェイコブス・ラダー』Jacob's Ladder（一九九〇）、キャスリン・ビグローは連続殺人鬼と女刑事を描いた『ブルースチール』Blue Steel（一九九〇）をイメージしているものと思われる）

この尖鋭的なザロフの若者たちならば、再生カルパティア近衛隊にふさわしい将校になるだろう。彼らは放心した獲物をそのまま捨てておかず、歩かせていくことを学んだ。咽喉をひらくときにも口を閉じておくことが成功の秘訣だ。

近頃では多くのヴァンパイアやダンピールが、ホステスやストリッパーに対する犯罪で監獄に放りこまれている。牙のない者ならあたりまえの暴行にもならないような事件でだ。十年前、マフィアのドン、サルヴァトーレ・マチェッリがじつにさまざまな罪状で有罪判決を受けたとき——そこには重罪であるヴァンピリズムはふくまれていなかったのだが——政府はアルカトラズ島（カリフォルニア州サンフランシスコ湾の小島。南北戦争のころから監獄として使用され、一八六一年には正式に太平洋省の軍事刑務所に指定。一九三四年から六三年まで連邦刑務所として使用された。〝ザ・ロック〟〝監獄島〟とも呼ばれる）を改装し、ヴァンパイアと〝異常な〟犯罪者を収監するための最高に警備厳重な監獄として再使用することを決定した。ザ・ロックでは、〈ショップ〉子飼いのマッド・サイエンティストたちが、収容者をつついたり調べたりして、一世紀たっても成果のないヴァンピリズムに関する科学的研究にさらなる無駄な結果をつけ加えている。

ダーク・フロストという新生者《ニューボーン》が近づいてきた。

小柄なその若者は男娼とダンピールの問題を扱ったドキュメント・ドラマにクレジットされていたのだが、

転化によりフィルムに写らなくなったため、事務所から契約を解除されてしまった。そこでいま新しい雇用のチャンスを求めているというわけだ。

アルカードはアタッシェケースをカウンターにのせた。

中身は純粋な赤い粉末――魂の残留がひと欠片もない、きれいなドラックの小壜が二十四本。金でこれを買うことはできない。これは恭順者に、もしくは寵愛を受けた者に与えられる報奨だ。

アルカードはもう現金を必要としていない。ストローがわりにつかう百ドル札をべつにすれば、めったに持ち歩くこともない。指輪をひらめかせるだけで、必要なものすべてが無料《グラティス》で手にはいる。ニューヨークのブローカーからつねに報告が届いている。アルカードは取引市場の呪字《ルーン》の読み方を学び、グリーンスクリーンに表示される美しい数字の柱をうっとりとながめる。彼はすでに単なる金持ちの域を超えている。財産そのものなどすでになんの意味もなくなっているのだ。

フロストはケースを手にとったが、あけようとはしなかった。

音楽が大きすぎて会話はできないものの、フロストには以前食餌をしたときに釣り針を埋めこんでいる。アルカードは道具となる者の利益が彼自身の利益と一致するよう誘導し、役に立たなくなればあっさりと処分する。このフロストもいずれ、アルカード個人所有の日焼けサロンでしばしの時を過ごし、誰ひとり悼む者のなかったかわいそうなヴァンピと同じように、心地よく壜の中におさまるだろう。

フロストは今夜、イギリスのメタルバンド、スパイナル・タップと交渉することになっている。『あの人はいま』（アメリカのTV番組 Where Are They Now?（一九九八－二〇〇一）過去の有名人を追跡して現在の状況を見せる）に出てくるようなバンドだが、彼らはまだ自分たちがコンサート・フォー・トランシルヴァニアのオープニング・アクトを務めることを知らされていない。フロストは先週、彼らにドラックをためしてみた。すでにダンピールになっているのはベーシストひとりだった。赤い粉を二度ほど吸うか注射してしまえば、彼らも夜の暮らしにはいりこんで、カリフォルニア・レッド（本来はワインの銘柄だが、この場合はおそらく……）一杯のためにペタルーマ（カリフォルニア州北部の町）のポルカ・フェスティヴァルでだって演奏するだろう。そもそもチャリティ・スーパーギグにおけるトップバッターは、毒入り美酒のようなものだ。早々に顔を見せる温血者《ウォーム》は七時間も待たされることにうんざりしながら、売店のプレッシャーに負けて買い物をさせられる。ヴァンパイアは正装に身を包み、あとからゆっくり登場する。タップはほんの少しだけ激しい演奏をおこなって、すぐさまブルース・スプリングスティーンとビー・シャープスに場所を譲ることになっている。

「ケースは返してくれたまえ」アルカードは言った。「メープル・ホワイト・ランド（アーサー・コナン・ドイル『失われた世界』The Lost World（一九一二）に登場する、古代恐竜が生存しているアマゾン奥地の台地の名）のヴェロキラプトル（白亜紀後期の小型二足歩行肉食恐竜）の革なんだ。もう手にはいらない」

フロストは指輪に口づけをして去っていった。

ステージではシャツを脱ぎ捨てたキルマーが膝をつき、マイクにむかってあえいでいる。カロルコ（カロルコ・ピクチャーズ。アメリカの独立系映画製作会社。映画『ドアーズ』Doors（一九九一）を製作している）に『ドアーズ』のゴーサインを出して、オリヴァー・ストーンにも釘を刺しておこう。コンサートの真ん中あたりで、キルマーに「ハートに火をつけて」（Light My Fire（一九六七）ドアーズの代表的ヒット曲）を歌わせようか。ほんもののモリソンが〈蜥蜴の王〉（ジム・モリソンは〈蜥蜴の王〉を自称していた）を僭称する偽物に報復するため墓場からよみがえると評判になるだろう。

フロストが出入口でフィッセルとぶつかった。アルカードは手駒をそれぞれ個別に扱うのを好むため、ふたりは顔見知りではない。それでもフロストは鼻孔をうごめかせ、必要以上の距離をとって温血者《ウォーム》の男を避けようとした。

アルカードのときと同じく、ダンスフロアの人混みが割れ、フィッセルはまったく邪魔されることなくホールを横切ってやってくる。だがそれは恐怖でも敬意でもなく、すべては嫌悪によるものだった。この私立探偵が食べるものにはすべて大蒜《にんにく》がふくまれているのだ。丸々とした顔は臭気を放つと同時に、アルコールまじりの汗をしたたらせている。テキサス生まれの太った老人は、昔は白かったスーツを着てカウボーイハットをかぶっている。にやりと笑ったその顔は、ノスフェラトゥだといっても通りそうなほど残忍だ。彼は一度、ヴァンパイアに転化しても耐えられるかどうか確かめるため、人肉を食べようとしたことがあるという。彼に言わせると、人肉はドクター・ホグリー＝ウォグリー（スペルは微妙に異なっているが、ロサンゼルスのバーベキュー・レストラン Dr.Hogly Wogly's Tyler Texas BBQ のことと思われる）のあばら肉と同じくらい不味かったという。

アルカードは使われていない奥の部屋を示した。フィッセルは大きく破顔し、でっぷりとやわらかな腹の下でとめた髑髏のベルトバックルをひきあげながら、悠々とはいっていった。美人コンテストの優勝者のように尻をくねらせたその歩きぶりは、食えるものなら食ってみろとヴァイパーどもに挑んでいるかのようだ。

もう二度とこの店でこいつと会うことはしない。あまりにも多くの者に、ジョン・アルカードがいかにも不味そうな餌とともにいるところを目撃されてしまった。誰も何も言いはしないだろうが、趣味の悪さにあきれていることだろう。

アルカードもすばやく中にはいり、ドアを閉めた。明かりのない小部屋は防音になっている。とつぜんの静寂が衝撃をもたらす。

マッチが燃えあがった。マグネシウムの炎が闇に慣れた目に突き刺さる。フィッセルが細葉巻《シガリロ》に火をつけたのだ。火明かりの中で、彼の顔がまるでカーニヴァルの悪魔のようだ。私立探偵が革張りの家具に腰をおろした。手錠や紐やその他便利そうな道具のついた、タックル用ダミーと歯科医の椅子のあいの子のような拷問台だ。天井にさげた芳香剤から松の香りが漂ってくる。床はべとついている。

「おれみたいな年寄りにゃ、背もたれがないとちいときついやね」フィッセルがこぼしてレイプ台をぽんとたたいた。

「それは調整できる」アルカードは言いながら近づこうとした。

フィッセルの全身の毛穴から大蒜が噴きだし、アルカードは足をとめた。

「もちろんそうでしょうとも、ミスタ・A。あんたの言葉だ、そのまんま信じますよ」

アルカードは笑った。フィッセルは彼を恐れている。もちろんそうあるべきなのだ。この男はライセンスをもつ私立探偵だ。そして、頭の切れるいけすかないちんぴらでもある。アルカードの目にとまったのは、彼がヴァンパイア社交界の著名人ネリッサ・シムズの十一番めの夫の依頼で、ヴェルヴェット・シーツの上でくりひろげられる不倫の証拠写真を撮ろうとしているときだった。しかしながら、不貞の妻もその相手（女だ）もフィルムに写ることはなかった。いま彼は、アルカードが所有するダミー会社のひとつに所属して、さまざまな対象者の公私にわたる生活を追っている。

「フィッセル、外からきた三人の友人はどうしている」

「昼間はずっとシャトー・マーモント(ウェスト・ハリウッドにあるホテル。数々のセレブが訪れている。幽霊が出るという噂もある)で柩にこもってますよ」探偵は答えた。「フェラルはルームサーヴィスの女に手を出して、それからパーティやクラブに通ってます。昨夜はこここにもきたようですね。クライニクは不死者《アン＝デッド》のアメリカ人実業家や、地方行政官や、ジャーナリストと会ってます。ハリー・マーティンと〈ニューズウィーク〉誌(アメリカ三大ニュース週刊誌のひとつ。一九三三年創刊)用の対談までしましたよ。あいつが言い寄っている相手は、身許を隠してはいますが、ほとんどが〈ショップ〉関係者です。ニュー・メキシコの蝙蝠戦士の基地におけるダリウス・ジェドバーグとの数分の秘密会談のようすを入手したんですがね。まあ見当はつくでしょう。『おーねがいです、どうかわたしどものささやかな国をとりもどすのに手ーを貸してくださーい。この四十年、赤いブーツを舐めてきましたが、アカどもにはもう反吐がでるほどうんざりしてるんでーす。大統領閣下、どうかお国より援助してくださーい。心から感謝します。そうしたらもう二度と、東欧で爆破工作が必要になることはありません。絶対にでーす』」

フィッセルは滑稽ぶっているのではなく、どちらかといえばいらだっている。だがその判断は悪くない。

「それからＫＧＢの荒くれは……」

「秘密警察《セクリターテ》だ」アルカードは訂正した。

「なんでもいいんですけど、シュトライサンドだか……シュトリエスクだか……。あの野郎はまたやらかしましたよ。たぶん、強烈な赤い渇きに襲われたんでしょうな。いまにどや街の切り裂き魔《スキッド・ロウ・スラッシャー》(アメリカの連続殺人鬼ヴォーン・グリーンウッド Vaughn Greenwood（一九四四－　）の通称。ロサンゼルスのどや街でゲイの売春夫を合計十一人殺して終身刑となる。殺した相手の血を飲んだという話もある)とか、スコルピオ・ジュニア(ドン・シーゲル監督『ダーティハリー』Dirty Harry

（一九七一）に登場する連続殺人鬼スコルピオからではないかと思われる。アンディ・ロビンソンが演じている）とか呼ばれるようになるんじゃないですかね。サウス・セントラル（現在のサウス・ロサンゼルス。治安が悪い地区で、銃撃戦や殺人事件も頻繁に起きている）の片隅で男娼をひろって、首を噛み切って八パイントもの血を飲みつくし、脱け殻をごみ箱に投げ捨てたんです。死んだ男の名前はなんと、モメンタス・プライド（大いなる誇りの意味）ですよ、信じられますか。あんたの秘密警察は黒人の血がお好きなようですな」

「黒人でも血は赤い。何も変わりはない」

「もしかしたら、まったくちがっているのかもしれませんよ。ここで手にはいるほとんどのものが〈故国〉のメニューにはなかったでしょうからね。この町にいるあいだに韓国人をためそうとしたって不思議はありませんや」

「それは面倒だな。報復とまではいかなくとも、厄介なことになりそうだ」

「あとのふたりはあいつが夜中にうろついていることを知りません。そのへんは用心深いですね。あいつらは三人が三人とも嫌いあってるんです。イギリス野郎は馬鹿だから、あとのふたりが自分のことをどう思ってるか気づいてません。旅費も、ホテル代も、すべてあの男が支払ってるんですがね。あいつはほんもの吸血鬼／愚者《サッカー》ですな」

「すべてジョークと受けとめておこう」

探偵はあごを揺らしてくっくと笑った。

「お好きにどうぞ。フェラルは転化前、ロンドンのダンピのあいだで大きな顔をしてたんですよ。にわか景気のときも恐慌のときも、ずっと赤を吸ってました。ドラック中毒の証券取引所トップですよ。あいつがまだアレをやってるの、ご存じですか。まともじゃありませんやね。ドラックをやってるほんもののヴァンパイアだなんて！　どういうつもりなんでしょう。牙の上に牙を生やそうってんですか」

「習慣《ムーチョ・ロコ》なのだろう。そういう者は多い」

「いかれぽんちってやつですな。昨夜も、リムジンでハリウッド・ブールヴァードを流してましたよ。そしてどこかの街娼から質の悪い壜をふたつ、仕入れてましたがね。ほとんどカイエンヌペッパーってやつでしょう。フェラルは夜の半分は赤を吸って、あとの半分は鼻血を流して過ごしてますよ」

フィッセルが細葉巻《シガリロ》を吸い終わり、つぎの一本に火をつけた。今夜の業務報告はこれで終わりだが、アルカードはほかにも長期にわたるプロジェクトをいつも抱えている。

「フィッセル、女たちはどうしている」

「相変わらず達者なもんですよ、ミスタ・A。全員の情報を追ってますがね。ごく最近の動向まで。大きな変化はありやせんね」

三人のヴァンパイア娘のうち、カリフォルニアにいるのはペネロピ・チャーチウォードひとりだけだ。アルカードは彼女を『バット★21』のテクニカル・アドヴァイザーとして雇用した。再生のための布石のひとつだ。ペニーは最近では、〝アメリカ革命の娘（Daughters of the American Revolution 一八九〇年に設立されたアメリカ最大の愛国婦人団体の名称）〟〝お偉方に直言できるオレンジ郡の共和主義者〟として知られている。

「チャーチウォードはまたまた端金で〈ショップ〉と契約しなおしましたよ。あいつら、トナカイ・ゲームのすべてにあの女を参加させてるわけじゃなさそうですけどね。悲しい事故が起こった場合にもそれなりの方針がたてられるよう、二、三のスイッチを押しておきました。そうなったって誰もおっ勃てたりはせんでしょうな。あの女は連中が望むとおりの仕事をやってのけています。いまとなっては面倒な厄介者ですがね」

アルカードは首をふった。ペニーを殺してもさして意義があるとは思えない。あの女に彼を傷つけることはできないし、傷つけたいと考える理由もない。ニューヨークでは自分の判断でアンディのそばを離れ、ジョニー・ポップに場所を譲ってくれた。

「あの女、間違いなくいろんなことを関連づけましたね」フィッセルが言った。「あんたが誰だか、気がつきましたよ」

それは新しい展開だ。わいてきた唾を吐くべきだろうか、のみこもうか。だがこのまま放置していてはフィッセルの要求額が高くなるばかりだ。

「気がついたのは〝わたしがかつて何者であったか〟だ」

「たいしたちがいはありませんや」

「いや、まったく異なる」

この探偵はもちろん、ジョン・アルカードの過去をほじくり返して彼のすべてを知ったつもりでいる。主導権を握ろうとしてもおかしくはない。だが彼は正しい学習の結果、敬意とほどよい恐れを示すようになった。臣下たるもの、他者から与えられる裏切りの代償を欲するのではなく、あるじへの信義を破った結果を恐れるべきなのだ。

「チャーチウォードについては計画がある。あの女は音楽業界とも関わりをもっている。いずれわたしの役に立つだろう」

「ショート・ライオンはまだオーケーを出さないんですか」

「交渉中だ」

「ホモ野郎のせいで声が出なくなったって噂ですがね」

アルカードは鼻を鳴らした。

「おまえは彼の声を聞いたことがあるのか」

「おれはハンク・ウィリアムズ・ジュニアが好きなんです」

ヴァンパイアのロック・スーパースターはいらだちをぶつけまくっている。ショート・ライオンはティミー・Vと同じステージに立ちたがらないくせに、ライヴァルがスポットライトを独占することも同じくらい許せないらしい。統計学的に見たところ、いま現在は、永遠の少年のほうが流浪の王子よりも分がいいようだ。ショート・ライオンの最新ソロアルバム『呪われし者の女王』（The Queen of the Damned アン・ライス〈ヴァンパイア・クロニクルズ〉The Vampire Chronicles 第三作（一九八八）のタイトル。マイケル・ライマー監督『クイーン・オブ・ザ・ヴァンパイア』（二〇〇二）として映画化されている）を買うのは都会に住む哀れなマーガトロイドだけなのに、ティミーの『バット』はアメリカに住むすべてのティーンエイジャーの少女が購入している。ショート・ライオンは一九八〇年代におけるもっとも偉大なヴァンパイア・セレブと認められているが、その黒い太陽の光は衰えつつある。ジュリア・ロバーツとデートをしても役には立たない（ジュリア・ロバーツはジョエル・シュマッカー監督『ロストボーイ』The Lost Boy（一九八七）でヴァンパイアを演じたキーファー・サザーランドと一時婚約していたが、そこからの連想だろうか）。だがアルカードはそれでも、彼らふたりに出演してほしいと考えているし、それも同じステージに立つことを望んでいる。

「それからこれは、アイルランドのあばずれヴァイパーが書いた記事のスクラップです」フィッセルが言いながら、新聞や雑誌からの切り抜きを束ねた分厚いファイルをひっぱりだした。「うちにくる郵便屋は、なんでおれが〈シティ・リミッツ〉（一九八一年創刊のロンドンのタウン情報誌。キム・ニューマンが関わっていたこともある）や〈サーチライト〉（一九七五年創刊のイギリスの雑誌。主として政治を扱っている）や〈プライヴェート・アイ〉（一九六二年創刊のイギリスの週刊誌。政治諷刺とスキャンダル暴露で知られる）や〈スペア・リブ〉（一九七二年創刊のイギリスのフェミニズム雑誌）や〈インターナショナル・タイムズ〉（イギリスの地下新聞。一九六六年に創刊されたのち、幾度も休刊・再刊をくり返している）を定期講読をしてるんだろうって、不思議に思ってるでしょうね」

ケイト・リードはこの十年の大半を、イングランドのグリーナム・コモン女性平和キャンプ（イングランド南部の村。米軍ミサイル基地に対する抗議運動により、一九八一年女性による平和キャンプが結成された）で、あの分厚い眼鏡までどっぷりフェミニズムの泥につかっている。そして浅く埋められた柩からとびだしては、アメリカ空軍基地に対するスローガンを唱え、核兵器によって引き起こされる可能性のある（かつ現実に引き起こされたことのある）災害について記事を書きまくっている。ルーマニアの監獄を体験したあとでは、イギリスの田舎にある泥だらけの墓場など、村の共有草地でピクニックをするようなものだろう。ここ数夜はホロウエイ・ロードのフラットにもどっている。家賃はフリーの映画評論家と折半、アップルをアムストラッド（一九六八年創業のエレクトロニクス企業アムストラッドによる廉価なパソコン。ワープロとして使用される）のワープロに替えて、節約を心がけている。彼女の記事が掲載される刊行物の原稿料は安い。そしてその購読者は基本的に、急進左派と、急進左派に潜入して監視している諜報員がほぼ半々といったところだ。

アルカードはスクラップファイルをとりあげた。あとでゆっくり読んで楽しむことにしよう。いまのところケイト・リードは圏外にいるから、脅威にはなり得ない。もし彼に楯突こうという徴候が見えたら、チェルトナム（イギリス南西部の有名な保養地。偵察衛星や電子機器を用いた国内外の情報収集・暗号解読業務を担当する諜報機関、政府通信本部（ＧＣＨＱ）の本拠地）にいるケイレブ・クロフトの、電話帳に載っていないナンバーに連絡すれば、審理もなしに無期限拘留してくれる。願わくば、ロンドン塔の苦痛の独房《リトル・イーズ・セル》がいい。あの愚かな小娘は、長い人生のあいだに、テロリズムと定義され得る行為を充分にしでかしている。フィッセルはエリック・デボーイズと呼ばれる男の昔話を掘り起こしてきた。クロフトさえその気になれば、ケイト・リードを殺人罪で訴えることもできる。さらには、フィッセルが言ったように〝アイルランドのあばずれヴァイパー〟であるという理由だけで、彼女はサッチャーの英国におけるブラックリストに載せられている。長期にわたるルスヴン卿の影響力により血を飲む存在であることは許されるが、アイルランド人であり、女であり、でしゃばりであることから、大英帝国に残された彼女のファイルには要注意の赤丸が記されるのである。

「フランス人の娘っこはまだカナダ騎馬警察《マウンティ》にいますよ」とフィッセル。「ラクロワの裁判で証言したことがニュースになりました。百二十二件にわたる悪質な吸血行為と冷酷な殺人。ま、いわせてもらえりゃ味見をせずにはいられなかったんでしょうな。旨みがあって少しばかり活きのいいのが好みなんでしょう。カナダの連中、やつを船で送りこむから、一世紀か二世紀のあいだザ・ロックにおいといてもらえないかと交渉してるとこですよ。あそこでならあの野郎にもいっぱい友達ができるでしょうな」

アルカード自身は、一度もジュヌヴィエーヴ・デュドネと会ったことがない。だが心には鮮明なイメージが宿っている。彼女はいまトロントにいる――カナダ人なら彼女の名前（ジュ・ヌ・ヴィエーヴ）を少なくとも正確に発音できるからだろう。北アメリカで唯一ヴァンパイアの雇用機会均等政策を自慢している警察組織に所属して、科学捜査官として勤務している。彼女のお仲間の警官ナイトや恋愛小説家フィッツロイのような理想主義的慈善家たちのおかげで、トロントはいまでは、グランパ・マンスターズの巣として知られている（怪物一家がくりひろげるアメリカのホームコメディ『マンスターズ』Munsters（一九六四―六六）において、アル・ルイス演じる一家のおじいちゃんグランパがヴァンパイアであったことから。人畜無害のヴァンパイアを示すものと思われる）。

おべっか使いのノスフェラトゥ一族を示すこの言葉は、アル・ルイスが『オール・イン・ザ・ファミリー』

（All in the Family 一九七一年から七九年までCBSで放送されたコメディ・ドラマ。アル・ルイスは出演していない。前述『マンスターズ』とまざっているようだ）で演じた吐き気がするほど可愛くて脅威を感じさせないヴァンパイアから名づけられたものだ。『奥さまは吸血鬼』のロザモンドは、彼女に襲われ首から血を飲まれたいと温血者《ウォーム》のアメリカがひそかに望む女狐だった。グランパは牙のない愚か者で、ホームコメディの穴蔵における自分の立ち位置をしっかりと把握している。キャロル・オコナー演じる九八・六（華氏九八・六度は摂氏三七度。すなわち温血者（ウォーム）をあらわす）の偏屈者アーチー・バンカーですら、最後にはグランパが敷居をまたぐことを許し、二シーズンをかけて恐れ杭を打ちこもうと画策していたヴァイパーと無二の親友になるのである。

　ジュヌヴィエーヴはトロントの〝青白い者〟コミュニティにおいても物議を醸す存在であるらしい――アルカードはそれを知って喜んだ。数を増やしつつあるマイノリティは彼女のことを、単なるグランパではなく、温血者《ウォーム》からわずかな称賛を得るために夜の同胞を売りわたした極悪非道の裏切り者と見なしたのだ。彼女はふたつの連続殺人事件解決のために尽力したが、逮捕された犯人はふたりともヴァンパイアだった。おのが行為に対する釈明を求められた彼女は、自分はザロフの主義に従っている、だが自分にとってもっとも危険な獲物《ゲーム》は温血者《ウォーム》ではないと主張した。

「ゴースもザ・ロックにいますよ」フィッセルが言った。「たぶんラクロワと同房になるんじゃないでしょうかね。あのフランス女の絵をダーツボードに貼りつけて、たがいにマスをかきながら、あの綺麗な白い肌をどうしてやろうかなんて思いをめぐらせるんじゃないですか。ふたりが出てくることになったら、あの女も塵ですね」

　デュドネを片づけるためにウィントンの協力を乞う必要はない。それではあまりに簡単すぎる。

「ジュヌヴィエーヴは誰かと会っているのか」

　フィッセルが歯茎の染みを見せてにやりと笑った。

「ジェラシーですかい、ボス。あんたにとってもとても夢の女なんですか」

　心の中に浮かびあがるジュヌヴィエーヴの顔は、いつも血に染まったフィルムのむこうにある。赤い治世の頂点において、〈父〉が玉座から見おろしていたあのときの映像だ。頂点に立つ者がつぎにむかう方向はただひとつしかない。ジュヌヴィエーヴの少なからぬ介入のせいで、ドラキュラは大英帝国における地位を失い、ヴィクトリア女王崩御後に権力を奪われ、数年にわたる公然たる反乱によって追放された。一九五九年のオトラント城で、首を杭に刺された〈父〉がかすんだ目で最後に見たいくつかの顔の中にも、あのフランス人長生者《エルダー》はいた。三人の女全員――チャーチウォードと、ケイト・リードと、ジュヌヴィエーヴ・デュドネが、あの最期の場にそろっていた。三人全員が関わっているのだと、全員がなんらかの原因をつくったのだと、〈父〉がささやく。しかもジュヌヴィエーヴは、ドラキュラ紀元を再開するための魔法を無効にした。奇妙なトリオだ。正確な意味では友人ですらなく、その昔にはある温血者《ウォーム》の男の愛情をめぐって争っていた。彼女たちに対するジョン・アルカードの仕事はまだ終わっていない。最終的には、三人の灰を照らす夜明けの光を見ることになるだろう。

「問題の日にトロントまで行ってきたんですよ」フィッセルの目は打算できらめいている。「あの女の証言を聞くため、法廷までね。確かになかなかの美人でした。九・五点は堅いでしょうな。歯並びがよかったら十までいくかも……」

アルカードの指がすばやくひらめき、フィッセルの脂ぎってたるんだ首筋の皮膚をつかんだ。てらてらした皮膚に爪が刺さる。流れでた血の匂いが大蒜くさい。探偵は歯を食いしばって痛みをこらえ、皿のように大きく目を見ひらいた。恐怖が湯気のようにわきあがって首筋ににじみ、腋下に染みをつくる。

「そいつをよこせ」アルカードは命じた。

フィッセルがトロントで何を手に入れたのか、アルカードは知っていた。

「いえ、その、ミスタ・A」

フィッセルの声は睾丸を握られたかのようにかすれている。

アルカードは牙のあいだから音をたてて息を吐いた。この男は服従を学ばなくてはならない。

「イエス、ボス」

魔法の言葉がふたたび探偵に自由を与える。血の流れる首に手をあてたが、それほど大きな傷ではない。頸静脈は数インチもある脂肪に無事守られている。

そして彼は、コートの内ポケットからクリアフォルダをとりだした。

アルカードが指を鳴らすと、フィッセルがふるえる手でマッチをすり、炎をかざす。

闇の中でもまったく不自由はないものの、これは陽光に近い明るさのもとで見たい。フォルダの中には、法廷画家が描いたものだろう、証言台に立つ若い女のスケッチがはいっていた。控えめな服装。肩に流した髪。おそらく誇張されているだろう牙。大きな目。穏やかな顔。カナダ人の無名の画家はC・C・ドルードにはおよばないものの、そんなことはどうでもいい。

フィッセルは気の利いたひと言も口にできずにいる。

その絵をじっと見つめた。手持ちの名簿にジュヌヴィエーヴの処置をまかせられる者はいない。ゴースの殺し屋チアガールはやり損なった。その昔には、中国人ヴァンパイア暗殺者の中でもっとも凄腕だったミスタ・イーが、ジュヌヴィエーヴの首をとるべく雇われたこともある。あの女はかろうじてその窮地を切り抜けた。そしてその後も、曲がり男、〈深紅の処刑人〉、アニタ・ブレイク、キャプテン・クロノスら、名だたるスレイヤーの襲撃を生き延びてきている。彼女の死を真実願うならば、アルカードみずからが手をくだすか――いまのところそれは気が進まない――もしくはこの仕事のために特別な誰かをスカウトしなくてはならない。だが、自分はほんとうに彼女の死を望んでいるのだろうか。計画への理解者がほとんど得られないいま、かくも鮮やかにその真価を見抜いてくれる観客を失うのは、あまりにも惜しいのではないか。

6

大道芸人がたずねた。

「ホリー・サーギス、あなたはクリストファー・カラザーズを夫とし、生けるときも死せるときも夜をわかちあい、永遠をともにすごすことを誓いますか」

ホリーはキットの目を見つめて答えた。この目さえあれば鏡なんかいらない。

「誓います」

「では、ネバダ州より付与された権限において、わたしはここにあなた方が夫婦となったことを宣言します」

キットが雄叫びをあげてホリーをすくいあげ、ぐるぐるふりまわした。小さなチャペルが揺れる。地下納骨所のように改装された建物だ。ずんぐりした大道芸人は、がたがたの祭壇に飾られた小道具の頭蓋骨と、これはほんものの聖杯を、しっかり押さえている。

「では誓いの〝噛みつき〟を」

ホリーが首をさしだし、キットが深く牙を食いこませる。久しぶりの行為だ。ホリーが彼の耳をかじり、キットが流れでる彼女の血を舐める。つなみのような奔流が押し寄せて彼の舌も脳髄ものみこみ、それからふたりをつなぐ絆を通して彼女の中に再生される。ホリーは乾いた口で自分自身を味わった。血とともに、ふたりにからみつき、ふたりをひとつにするあの感覚が流れこんでくる。閉ざされた愛の環だ。

青い髪をした地霊《ノーム》の女が電子オルガンを弾いてくれた。BGMには『トッカータとフーガ』（Toccata und Fuge in d-Moll バッハ作曲の有名なオルガン曲）ではなく『白鳥の湖』をリクエストし、儀式のあとの〝噛みつき〟とキスのときには「アイ・ガット・

ユー・ベイブ」（I Got You Babe（一九六五）ソニー・ボノ作詞作曲。ソニー&シェールの代表的ヒット曲）を弾くよう頼んでおいた。大道芸人は不満そうだったが、結婚するのはあんたじゃない。

ヴェガスを通るたび、ふたりは必ず結婚式をあげる。一九六二年から数えてこれで七回めだ。あのときはフランクとサミーがディーンを困らせるのを見たあと、何人かのマフィアを殺して骨を砂漠に撒き散らしたのだった。ヴェガスは訪れるたびによくなっている。

今回は、かなり年配の大道芸人を牧師役に選んだ。彼はラメのはいった緋色のジャンプスーツを腰までひらいて、狼の牙の首飾りと勲章を見せつけていた。膝丈の黒マントは襟が蝙蝠の翼の形、裏地は金だ。ひたいでくっきりとVの字を描く黒いウィッグが、吊りあがった眉にそのまま溶けこんでいる。そして、これ見よがしなつくりものの牙。その低い声が響くと、魂を揺すぶるようなヨーロッパ風アクセントが言葉を音楽に変え、あたりまえの語句にも闇の意味が染みこんでいく。

日が暮れてからはいつも、七、八十人の大道芸人が砂漠の町の街路やラウンジやバーやカジノをうろついて、〈王〉の人生のさまざまな場面を再現する。彼らは旅行者をつかまえては、足をとめてくれる相手なら誰にでも、物語を語り、クローズアップ・マジック（舞台上でおこなうステージ・マジックに対し、少人数を相手に間近でおこなうマジック）を見せ、珍しい楽器を奏で、調教した狼やアメリカ毒蜥蜴《ジラ・モンスター》を披露する。モーガン・フリーマンも、ディック・ショーンも、ジョージ・ハミルトンも、みなショービズ世界にはいってすぐのときはヴェガスでケープと牙をつけていたのだ。〈王〉はやがてもどってくる、最初に顕現するのは西部であるという話が、くり返しくり返し語られる。あまりにも何度もさまざまなヴァイパーから聞かされてきたため、ホリーはそれを単なる旅行者むけの与太話として片づけることができずにいる。

それでもふたりは〈猫の王〉など必要としていない。彼らにはおたがいがあるのだから。

融合の一瞬がすぎ去り、キットが彼女を放した。口とあごが汚れている。ホリーはそれを舐めとってやりながら、幾度かキスをした。

大道芸人が羨んでいる。

知るもんか。ホリーの首はキットのもの。キットだけのものだ。

「お楽しみに行こう、ブラッディ・ホリー」キットが言った。

「うん、ラムチョップ、行こう」彼女もささやいた。

ふたりは大道芸人とオルガン奏者に血のついた紙幣で代金を支払い、ヴェルヴェットの夜の中にくりだした。

ホリーはキットの腕にしがみついた。結婚式なのだから、脇にスリットがはいって胸もとが大きくあいた白いドレス姿だ。養殖真珠のネックレスに、お揃いのイアリング、そしてハイヒールを履いている。それでようやくキットの肩の高さだ。花婿はオレンジ色のタキシードに、悪魔の角のついた同じ色のステットソンハット、そしてコミック・キャラクターがプリントされた幅広のネクタイを締めている。チャペルのアーチの下でポーズをとった。フラッシュが爆発して目を焼く。ふたりはずっとヴァンパイア写真の新技術をためしつづけている。前回の写真は以前のものより改良されて、抱きあっているからっぽの衣装だけではなく、煙のような姿が写っていた。けっして撮影できないヴァイパーもいる。これはふたりの結婚式の一部なのだ。夜明け前に、写真を受けとりにもどらなくてはならない。今年の写真にはいったい何が写っているだろう。

あたり一面に散らばる光点は、地上に落ちてホテルに貼りついた空の星だ。数十億もの色電球。数万マイルにおよぶネオンチューブ。何千もの人々が虫のように光に引き寄せられてくる。ポリエステルのポケットの中でコインが蝉のようにちりちりと鳴る。街路に設置されたスピーカーから何十もの音楽が鳴り響く。「ヒア・シー・イズ、ミス・アメリカ」（Here She Is, Miss America バーニー・ウェインが作詞作曲したミス・アメリカのテーマソング There She Is, Miss America より）、「トランシルヴァニア・ツイスト」（Transylvania Twist ボビー・ピケットによるノベルティンソングのアルバム Monster Mash（一九六二）に収録された楽曲。もしくは、ジム・ウィノースキー監督の映画 Transylvania Twist（一九八九）より）、「星にスイングしたいかい?」（Would You Like to Swing on a Star? レオ・マッケリー監督『我が道を往く』Going My Way（一九四四）において主演のビング・クロスビーが歌った主題歌「星にスイング」Swinging on a Star の歌詞より）、「ウィッチ・ドクター」（Witch Doctor（一九五八）ロス・バグダサリアンが作詞作曲し、デヴィッド・セヴィルの名前でリリースした楽曲）、「ライク・ア・ヴァージン」（Like a Virgin（一九八四）マドンナによる楽曲）、「ミー・アンド・ボビー・マギー」（Me and Bobby McGee（一九六九）クリス・クリストファーソン&フレッド・フォスター作詞作曲の楽曲。ジャニス・ジョプリンによる一九七一年のカヴァがもっとも有名）、「つめたいお前」（Cold as Ice（一九七七）

アメリカのロックバンド、フォリナーによる楽曲）、「ヴィーナス」（Venus（一九五九）エド・マーシャル&ピート・デ・アンジェリス作詞作曲、フランキー・アヴァロンの代表作。もしくは、Venus（一九六九）ロビー・ファン・レーベン作詞作曲、ロックグループ、ショッキング・ブルーによる楽曲）、「ヴァンパイア・ジャンクション」（S・P・ソムトウ『ヴァンパイア・ジャンクション』Vampire Junction（一九八四）において、主人公のヴァンパイアである美少年シンガー、ティミーが歌うヒット曲のタイトル）、「魔法使いに会いに行こう」（Off to See the Wizard ヴィクター・フレミング監督、ジュディ・ガーランド主演『オズの魔法使』The Wizard of Oz（一九三九）内の楽曲、「オズの魔法使いに会いに行こう」You're Off to See the Wizard より）、「イン・ザ・ゲットー」（In the Ghetto（一九六九）エルヴィス・プレスリーによる楽曲）、「ラヴ・イズ・ストレンジ」（Love is Strange（一九五六）ミッキー&シルヴィアによる楽曲。その後、多くの歌手がカヴァしている）。白いストレッチ・リムジンが何台も出て、ストリップ（ラスヴェガス・ストリップ。主要なホテル・カジノなどがならぶ大通り）の絶頂にあるコンテスト優勝者たちだ。人々が歩道交通を妨害している。柩にこもったクールなセレブや興奮の車道を、もしくは車と車のあいだを埋めつくしている。

ふたりはぶらぶらとヴードゥー・ラウンジ（ラスヴェガスのナイトクラブ）のほうにもどっていった。

ストリップをはさんで二軒のカジノが張りあっている。騒々しい音を響かせるどちらの建物も日本の怪獣の形をしていて、腹に窓がならび、脚のあいだがアーチ型のエントランスになっている。一軒はそびえたつ恐竜で、目はまるで灯台のよう。アヴォカドみたいにでこぼこの背中一帯に棘状の隆起を生やし、大きくひらいた口から羽根のような炎を噴いている。もう一軒は巨大な翅を羽ばたかせている蛾で、白い胴に優美な色彩の模様が走り、屋根の上高くにとりつけられた口吻から鮮やかな苺色の泡を噴きだしている。それぞれのカジノでは、店が奉じる獣に扮した従業員の一団が前庭からたがいに罵声を投げつけ、流れゆく観光客に相手側の悪口をまくしたてている。その対立はしばしば棍棒や刃物を伴う喧嘩や、銃撃戦にまで発展する。十以上の団体とネヴァダ州ゲーミング委員会は、賄賂の値上げを期待して、かいじゅう・やくざの営業継続を黙認している。

棒のように細く、ぼろぼろのマントを着た大道芸人が、ドラックでほろ酔いになりながら、カジノのちらしを配っている。猫の形のおりがみが歩道にこぼれ、足のまわりに散らばっても、無関心な通行人たちは誰も受けとろうとしない。あつらえのウェスタンスーツを着た目の大きな温血者《ウォーム》の男が、両手で穴のあいたシャツをつかみながらゆっくりと膝をついた。血がネオンのように輝いている。その顔に浮かんでいるのは怒りや恐怖ではなく、むしろ驚きだ。誰も逃げてはいかない。何人かが足をとめて場所をあけ、腹を刺された男が膝をついて血を流すさまをながめている。歯を舐めている者もいる。ホリーとキットには無縁な光景だ。スコアにカウントされることはないのだから。誰かがはじめたことに仕上げをしたってつまらないじゃないか。

ふたりはストリップを横切ってヴードゥー・ラウンジにはいった。

入口を守っているのは露出度の高い屍衣をまとった女たちで、茶色の肌に白い骨を描いている。ロビーを支配するのは、使い古したシルクハットをかぶり、ブロケードの燕尾服の下に蛇と短剣模様の腰布を巻いた身長七フィートの黒人だ。サメディ男爵は先端に髑髏をつけた杖で客たちを案内する。ラウンジのどこへいけば特別なお楽しみが得られるかアドヴァイスするたびに、腰にさげた袋にチップがおさまる。とがった前歯に埋めこんだ血のしずくのようなルビーと、長いピンクの舌に描かれた蝙蝠のタトゥーを見せながら、男爵が新婚夫婦に微笑を投げてよこす。杖をもちあげて行き先を示すと、ジャケットの片側がもちあがって、ボタンをはずしたショルダー・ホルスターと重たげなオートマティックがのぞいた。

ロビーの中央には砂利が敷きつめられ、複雑な装置につながれた真鍮の柩がひゅーひゅー音をたてている。好奇心にかられた客が氷の張った窓をのぞきこむと、霜に縁取られたハワード・ヒューズの顔が見える。白い髭と髪が痩せこけた顔をとり囲んでいる。結婚式のあとにその窓ガラスをこすれば幸運が訪れるという。キットとホリーは歩み寄って冷たいガラスに触れた。

「ブラッディ・ホリー、こいつの目が動いた」キットがさっと手をひっこめて言った。

「馬鹿、そんなはずないよ」ホリーは言って彼の手首をひっかいた。

「きみだって一瞬信じただろ」

「上にあがったらおぼえてなよ」

ヒューズはもはや温血者《ウォーム》ではないが、まだヴァンパイアになってもいない。純潔なモルモン教徒による〝献血〟の細流が、堂々たる装置によって彼の血管を循環している。ストリップのこちら側に立つホテルやカジノのオーナーであるこの億万長者は、いつ目覚めて地上の仕事をつづければよいか、明確な指示を出している。

冷凍柩に貼りつけたプレートには、会社が航空宇宙に関するパテントを申請し、彼がふたたび関心を抱けそうな段階までその事業が発展したときに、ヒューズは復活すると告げている。そのときまで、彼は財力によって仮死状態を維持し、ホテルの利益によってメンテナンスをつづけるのである。頑丈な真鍮に生じたくぼみは、誰かが彼の心臓に弾丸を撃ちこもうとしたことを示している。ストリップの向こう側に立つカジノとホテルは五つのファミリーが所有していて、両者のあいだでは宣戦布告なしの戦争が永遠につづいている。前回訪れたとき、ホリーとキットは六人のマフィアをスコアに加え、組織上層部の交替を引き起こしたことで、ヒューズ・ツール＆ダイ社（ヒューズの父親ハワード・ヒューズ・シニアが設立し、のちに彼が受け継いだ会社）から出どころを問われることのない現金十万ドルを贈られた。それ以来、ふたりはヴードゥー・ラウンジではいつもフリーパスで歓迎される。

そこいらじゅうで、ジマー歩行器を使っている年配婦人や娼婦のような格好のティーンエイジャーたちが、ヒューズの冷凍柩に似せたぴかぴか光る片腕の山賊《スロットマシン》にコインを投入している。回転するリールとコインの落ちる金属的な音が、騒がしいバンドの音楽といりまじる。鼻に骨を刺したスクリーミン・ジェイ・ホーキンスがまるで本気であるかのように「おまえに魔法をかけてやる」を歌っている（I Put a Spell on You（一九五六）スクリーミン・ジェイ・ホーキンスのヒット曲）。耳を傾けているのはマシンにならんでいないごくわずかの人々だけだ。

ふたりはここで特別室をもらっている。だがキットは、ヴードゥー・ラウンジでもどこのカジノでも、遊ぶことはない。どんなゲームをしても、結局はカジノの儲けになるだけではないか。あとでカードゲームに参加してもいいけれど、ヴァイパーのカップルがすわるテーブルで大金を賭ける者はいない。読心術者とその助手を相手にするようなものなのだから。最初の一枚が配られてから最後に現金が集められる瞬間まで、目に見えないサインが飛びかっている。

ふたりが求める冒険は愛であって、金ではない。

「ねえ、ラムチョップ、新婚初夜に何をしたい？」

キットは少し考えこんだ。彼の心の中で血が飛び散る。ホリーもその興奮をわかちあった。

「ラップダンス（半裸もしくは全裸で、客の膝の上で踊るエロティックダンス）の店をさがしにいこう。脚の長い巨乳の女の子や尻の固いゲイボーイの血をたっぷり吸って、店じゅうのやつらをスコアに加えよう。だけどひとりだけは生かしておくよ。キットとホリーが町にきたら何が起こるか、その物語を伝えてもらわなきゃならないからね」

そして彼は甘いキスをくれた。ホリーは彼の肩ごしに、ふたりに焦点をあてている天井の監視カメラ《アイ・イン・ザ・スカイ》にむかってウィンクを送った。近頃では指向性マイクまで搭載されているやつだ。

「だったら、ラムチョップ、マフィアの店に行こうよ。ヒューズの連中が感謝してくれる。あたしたちは楽しめるし、あいつらだって喜んでくれるよ」

「きみはすてきだ、ブラッディ・ホリー。ヴィヴァ、ラスヴェガス！」

7

温血者《ウォーム》の男が〝狼の時刻〟（夜明け前の数時間をあらわし、北欧では人が生まれ、死ぬ時刻といわれている。イングマール・ベルイマンはこの言い伝えから、Hour of the Wolf / Vargtimmer（一九六八）を制作している）にこれほど興奮しているのは珍しい。フレームの太い眼鏡の背後で、若者の目はそわそわと輝いている。ドラックはやっていない。この監督志願者はきっと、思いきり濃いコーヒーを十杯も飲んで、カフェインを摂取してきたのだろう。

「きみが？」

「アダム・サイモンです」若者が答えた。

脚本家兼監督は、カーキのズボンの上に大きすぎるチェックのシャツを羽織り、夜が明けてからの二十二時間、髭を剃っていない。絶えず両手を動かしているのが目障りだ。アルカードは集中すれば、ふつうの人間の目には見えないスペクトルを読みとることができる。ヴァンパイアの技ではあるが、めったに役に立つことはない。ヴィジョンの乱れにまどわされ、温血者《ウォーム》には見ることのできない形や色彩に魅了されて、ぼんやりしてしまうこともある。

サイモンはロジャー・コーマンの映画二本を手がけている。『ハウリング・マン』と『ブラッド・ケミストリーⅡ』だ（Blood Chemistry II は、Body Chemistry II: The Voice of a Stranger（一九九二）のもじり。The Howling Man は不明。ロジャー・コーマン製作総指揮、アダム・サイモン監督では『恐竜カルノザウルス』Carnosaur（一九九三）がある）。どうやら彼は、メジャーなマイナーか、マイナーなメジャーを目指しているようだ。

アルカードは独立した立場で町じゅうと取り引きをおこなっている。以前からつづけている血の商売と新しくはじめたウォール街の資金調達は、二十年前に買収した映画会社をいまだもてあましているコングロマリット企業にとって羨望の的だ。彼は拠点としてミラクル・ピクチャーズを選択した。孫会社のひとつが、人々が想像すらできないような利益や信託財産を独占している。そして節税のため、オフィスと設備の使用料を自分自身に支払っている。また、ほとんど毎晩のように、ときには三時をすぎてからスタジオを訪れ、夜明けまで会議をひらき電話をかける。彼自身は平気だが、温血者《ウォーム》はみな眠そうだったり妙に興奮したりしている。それでも仕事関係の人間で、彼に会うためベッドから出て徹夜をすることに苦情を申したてる者はいない。ジョン・アルカードとじかに面会するためなら、ほとんどの者は喜んで数時間の睡眠以上のものを犠牲にする。

サイモンは何ヶ月ものあいだオフィスの秘書室にいりびたり、甘言をもってビヴァリーにとりいってきた。彼女も迷子の魂に同情したようだ。彼女にはたっぷりと鞭をくれてやらなくてはならない。

若者は許可を得ることなく腰をおろした。来客用の椅子はアルカードの堂々たる玉座よりも六インチ低く、クロームに帆布を張ったもので、数分間すわっていれば居心地が悪くなるようデザインされている。オフィスは彼の聖域だ。他人がおちついて居すわる場所ではない。サイモンは予想よりも深く椅子に沈みこみ、首をのばしてアルカードのデスク——骨董品ともいえるスペイン大公の柩ふたつを、腰をかがめた木彫の天使四人で支えたもの——をながめている。それから一瞬、額装されたウォーホルの作品、赤と黒と黄色で十八世紀のカーミラ・カルンシュタインの肖像画を再現したシルクスクリーンに気をとられた。

「ジョン、ぼくがもってきたプロジェクトの話を聞けば、きっとあなたも夢中になるでしょう」脚本家兼監督が口をひらいた。「大ヒット間違いなしだけれど、倫理的問題はありません。スター映画ではあるけれど、空っぽじゃなく中身があります。少ない予算でも制作可能ですが、そのつもりになれば大金をつぎこむこともできます。どちらでもお望みのままに」

「アダム、砂は流れているぞ。前置きで時間を無駄にするつもりか」

サイモンは息をのみ、ひらいた両手をステージ・カーテンのようにもちあげながら、改めて話しはじめた。

「ジョン・アルカード・プロダクション、アダム・サイモン・ピクチャーをはじめるんです。大物スターを呼んで……『ザ・ロック』を」

「ボクシング映画か。スタローンが権利をもっているだろう」

「『ロッキー』（Rocky（一九七六）ジョン・G・アヴィルドセン監督、シルヴェスター・スタローン脚本・主演で、スタローンの出世作となった）じゃありません、『ザ・ロック』です」

「スタローンは好きだ」

「ぼくも大ファンです。『デス・レース二〇〇〇年』（Death Race 2000（一九七五）ポール・バーテル監督、ロジャー・コーマン製作のカルト映画。スタローンが主人公のライヴァル役を演じている）は最高です。『フィスト』（F.I.S.T.（一九七八）ノーマン・ジュイソン監督、シルヴェスター・スタローン脚本・主演）は評価が低すぎますね」

アルカードは指を砂時計の形に動かし、なおも砂が落ちつづけていることを示した。

「『ザ・ロック』は刑務所《ザ・ビッグ・ハウス》、アルカトラズです（ジェリー・ブラッカイマー製作、マイケル・ベイ監督、ショーン・コネリー主演『ザ・ロック』The Rock（一九九六）という映画がある。すでに刑務所ではなくなったアルカトラズにたてこもったテロリストと特殊部隊の戦いを描いたもの）」

「監獄映画か」

「それはそうですけれど、ひねりが、新しいアイデアが、独特の着眼点があります。これはヴァンパイアの監獄映画なんです」

町では、ジョン・アルカードはヴァンパイアを使ったプロジェクトに評価が甘いと噂されている。実際には

『ロストボーイ』（The Lost Boys（一九八七）ジョエル・シュマッカー監督のヴァンパイア映画。実際の製作はハーヴェイ・バーンハード）以後一度もヴァンパイア映画にゴーサインを出してはいないのだが、失敗した魔法によって生じた混乱が、寄生虫のような連中に誤った印象を与えたのだ。いまでは毎晩のように、ヴァンパイア企画の売りこみをはねつけている。不死者《アン＝デッド》映画に対するアメリカ大衆の許容レベルには限界がある。観客は、登場人物が完全に夜の世界にはいりこむのではなく、夜明けとともに温血者《ウォーム》として目覚めることを望む。『ロストボーイ』が受け入れられたのは、ダンピール映画だったからだ。エンディングで、悪のヴァンパイアであるキーファー・サザーランドとエドワード・ハーマンは滅ぼされ、善良な若者であったジェイソン・パトリックとジェイミー・ガーツはふたたび温血者《ウォーム》にもどったではないか。

「アダム、わたしはヴァンパイアだが、だからといってヴァンパイア映画を後援するわけではない。メイヤーもグリックもワーナーもユダヤ人だった。昔のハリウッドがユダヤ人についての映画を何本つくっている？」

「ええっと、『ゾラの生涯』（The Life of Emile Zola（一九三七）ウィリアム・ディターレ監督、ジャック・ワーナー製作総指揮。フランスの小説家エミール・ゾラを扱ったもの。ゾラはユダヤ人ではないが、スパイ事件の冤罪をかけられたドレフュスがユダヤ人だった）と『紳士協定』（Gentleman's Agreement（一九四七）エリア・カザン監督、グレゴリー・ペック主演。ユダヤ人排斥問題とはじめて正面から取り組んだ映画で、アカデミー賞作品賞・監督賞・助演女優賞を受賞した）でしょうか」

「昔の話だ。わたしはアルカトラズに関することならすべて知っている。そのアイデアをもってきたのもきみがはじめてではない。エスターハスだったかシェーン・ブラックだったかは、タイトルまで同じだったぞ」

「タイトルは重要じゃありません。『フロム・ダスク・ティル・ドーン』（From Dusk Till Dawn（一九九六）ロバート・ロドリゲス監督の映画。強盗殺人犯一味が立ち寄ったクラブはヴァンパイアの巣窟だった）でもいいんです。このほうがクラシックですね。『ロックアップ』（Lock Up（一九八九）ジョン・フリン監督、シルヴェスター・スタローン主演の監獄映画。もしくは、犯罪を扱ったアメリカのTVドラマ Lock-Up（一九五九―六一））とか、『コンクリートの柩』（Concrete Coffin 前述のTVドラマ『ロックアップ』第二シーズン十三話のタイトル）だってかまわないんです」

「コーマンの影響が明らかだな。ヴァンパイアを使った『残酷女刑務所』か（The Big Doll House（一九七一）ジャック・ヒル監督、ロジャー・コーマン製作、女刑務所を舞台に囚人の拷問やセックスなどを描いた女囚映画の元祖）」

「〝ヴァンパイアを使った〟だけじゃ〝ひねり〟になりません。ただのヴァンパイア監獄映画じゃないんです。それはもう、リンダ・ブレアやシルヴィア・クリステルで見飽きてるでしょう。ぼくにはほんとうに、ほんとうに、斬新なアイデアがあるんです」

「アダム、砂はあと少ししか残っていないぞ」

「プレクレジット・シークエンス（映画においてタイトルの前に流れるシーン）はこうです。フリスコ湾（フリスコはサンフランシスコの愛称）のドック。日没時。装甲車が停止する。車輪をつけた牢獄みたいな黒い鉄格子。乗客を外界から守るためではなく、乗っている者たちから世界を守るためにつくられた逆転の戦車です。これまたばりばりに装甲した船が、新しい魚をザ・ロックに送りこむため待機している。水平線にかの島が見える。黄昏の中、鷗が禿鷲のようにその上空で輪を描いている。灰色の雲が浮かぶ、血のように赤いジョン・フォードの空。看守たちの手にあるのは、暴動鎮圧用散弾銃《ライオットガン》、クロスボウ、そして火のついた十字架だ。これにはプロ野球選手かレスラーを使いましょう。マスクメロンみたいな、牛肉の塊みたいな腕をもった巨漢です。クローズアップになると、ポンプアクション式ショットガンに銀のダムダム弾が装填されているのがわかる。装甲護送車の後部ドアがひらく。白髪まじりの年配の看守――ロバート・デュヴァルかジーン・ハックマンがいいですね、それがクリップボードを読みあげ、ヴォイスオーヴァでそれぞれの囚人が紹介されていく」

「その看守がスター演じる主役になるのか」

「いえ、いえ、ちがいますよ。最優秀助演男優賞ノミネートですかね」

「主役はもっと若いほうがいい。セックスシーンも必要だ」

「もちろんです。もちろん、たんまりといれますよ」

「監獄内のセックスか。ゲイ・アートの映画みたいだな。ジャン・ジュネは二度めの死を迎えているぞ」

「ザ・ロックには男も女も収容されています。ヴァンパイアのための監獄なんですからね。ノスフェラトゥの中にはハードコアな女もいます」

アルカードは聞き流した。八〇年代におけるもっとも優雅な殺人者ミリアム・ブレイロックも、最後はザ・ロック送りとなった。恋人を求めて殺人をくり返したリシャ〝ラスティ〟キャディガンもまた、上告を棄却されて島に送りこまれ、独房につながれている。

アルカードにいわせれば、あの女どもは間抜けだ。ラクロワやマチェッリと同じく。〝ヴァンパイアの能力〟で何ができるかを知って有頂天になるあまり、自分たちは法を超越していると信じてしまったのだ。アルカード自身は一九八二年を最後に、ひとりも温血者《ウォーム》を殺していない。

「囚人が車からおりてくる」サイモンが話をつづけた。「大きいの、小さいの、痩せてるの、みすぼらしいの、小狡そうなの。彼らの過去が知らされる。どのような罪を犯してザ・ロック送りになったのか。恐ろしい、恐ろしい犯罪だ。大量殺人、連続殺人、ドラック売買、死を崇拝するカルト。ひとりの長生者《エルダー》は何百年にもさかのぼる罪によって逮捕された。ルーマニアの体操チーム襲撃を指揮し、十五歳の少女五人の首を刎ねたトランシルヴァニア運動のテロリストは、〝モンスター男爵〟と呼ぶべきかもしれない」

アルカードは微笑した。マインスターは背が低すぎるし男らしくないから映画の悪役にはむかないが、スティーヴン・バーコフはすでに二度、実話映画《ア・クレフ》でかのトランシルヴァニア運動の長生者《エルダー》を演じている。バーコフが舞台で忙しいようなら、ジュリアン・サンズを使ってもいい。

「それから女がいます。アメリカ生まれの最初の女ヴァンパイアで、連続殺人鬼です」

「ラスティ・キャディガンか」

「もちろん名前は変えますよ。ラッティ・カーディガンとかでどうでしょう（Rusty は〝強情な〟とか〝不機嫌な〟の意味。Ratty は〝不機嫌な〟のほか〝みすぼらしい〟などの意味がある）」

「いいだろう。五百年好き勝手をしてきた連中も、法を学び面倒な裁判で争うしかないというわけだ」

いま現在、ゴールデンアワーで放映される予定のキャディガンに関するドキュメンタリー・ドラマが三本、競うように進行中だ。スーザン・デイとローレン・ハットンとリンダ・カーターが、きらめくプラスティックの牙をつけて妖艶な美女ヴァンパイアを演じている。ラスティの弁護士である温血者《ウォーム》のホフマンは、ロサンゼルスでもっとも貪欲な吸血鬼だという評判だ。彼はイギリスの映画監督ニック・ブルームフィールドに協力して、クライアントのおぞましい側面をあらわにしたドキュメンタリー映画『ダイヤモンド・スカル』(Diamond Skulls(一九八九)ドキュメンタリー映画監督のニック・ブルームフィールドがはじめて制作したフィクション映画。ある交通事故をきっかけに上流社会に渦巻く愛憎と妄想の世界があらわになる)を制作するいっぽうで、スペシャル番組の放映をさしとめたのだ。〝真実に基づいた〟TV番組から経済的利益を得ようとしていた犠牲者の親族たちは、弁護士を立てて抗議した。犯人を逮捕した殺人課の警官もまた同様だった。だが、法的な騒ぎがおさまったころには大衆の関心も薄れ、またべつのモンスターがもてはやされているだろう。

「いずれにしても、かつて見たこともないほど凶悪なヴァンパイアが四人か五人――失礼、ジョン――ドックで銀鎖につながれているんです。赤い目で、牙をむいて、うなっている。そこへ、スター演じる最後の囚人が檻のような車から登場します。両手は昔ながらの鉄の手錠でいましめられている。沈みゆく夕日に目をむけて、まぶしそうに手をかざす。その男は温血者《ウォーム》なんです」

アルカードの脳の奥でスイッチがはいった。

「なるほど、面白い。だが温血者《ウォーム》の男がそんなところで何をしているのだ」

「じつのところ、それはどうでもいいんです。何か理由を考えます。たとえば、妻と子がヴァンパイアのカルト集団に殺されたので、火炎放射器と杭でそいつらを全滅させたとか。あとで回想シーンとして挿入しましょう。カルトの指導者がちょっと厄介なやつだったんですよ。金持ちの新生者《ニューボーン》の若造で。父親が名士で。国会で問題になるんです。青白い連中がやっている名誉棄損防止団体(Anti-Defamation League 実際には反ユダヤ主義に対抗するための団体)がありましてね。われらが主人公はヴァンパイアのように冷酷にふるまい、同じくらい多くの悪事に手を染めました。そこで、ザ・ロックに送りこまれる最初の温血者《ウォーム》になったたってわけなんです」

「それはあり得ないだろう」

「映画ですからね。われらが主人公は――クリント・イーストウッドか、そうですね、スコット・グレンでもいいかな、彼は船に乗って、吸血鬼の不死者《アン＝デッド》でいっぱいの島にわたります。その囚人の中に、彼が滅ぼしたヴァンパイアの闇の父か、もしくは子《ゲット》がいるんです。さらに監獄には、収監されてから一度も温かな血を吸っていなくて、赤、赤、赤にすさまじく飢えた中毒症状のヴァンパイアがいっぱいつめこまれているんです。われらが主人公はその中でただひとり、脈打つ首をもった温血者《ウォーム》です。失うものを何ももたず、まさしくブラム・ストーカーが描いたとおりの血を吸う不死のモンスター二千人と、百年めにただひとりやってきた生者。どうやって生き延びることができるでしょう」

「生き延びるのか」

「最終的には無理ですね。それじゃ話になりません、もちろんばらばらに引き裂かれるんですよ。彼は戦って戦って、悪党の中でも最悪のやつらに打ち勝ち、囚人の王である長生者《エルダー》を倒して、多くのヴァンパイアを滅ぼしたことでさらに刑期をのばします。唯一可能なエンディングは、獄中であまりにも非人間的にふるまってきた結果、おのれの憎むものになってしまうことですね。つまり、転化するんです。ラスト・シーンは、赤い目と牙をもって独房にいる彼の姿でしょう。血を求めてわめいている。殺人者の末路はそういうものです」

「気に入らないな。観客はバッドエンドを好まない」

「だったら、英雄として死にましょう。転化を拒否して」

「それもまずい。そいつは生き延びるんだ。すべてを克服して、脱獄する」

「アルカトラズから逃げた者はいませんよ」

「これは映画だろう。イーストウッドはすでに一度脱獄しているぞ」

「一九八〇年のドン・シーゲル監督『アルカトラズからの脱出』ですね（Escape From Alcatraz クリント・イーストウッド主演。脱獄不可能と言われたアルカトラズ刑務所から脱獄したフランク・モリスの実話をもとにした映画。実際には一九七九年作品）。ですが、あれは古い監獄です」

「イーストウッドは却下だ。スタローンのほうがいいな」

「スタローンですか？」

「彼はふつうのアメリカ男《シックス・パック》（缶ビール六本入りのパックを好んで飲むことから）にとってはブルーカラーで、女と少数のゲイに好まれるくらいには美形で、学生はあのもごもごした話し方を面白がる。エンド・クレジットにはフランク・スタローンの歌を使おう。『思い出のグリーングラス』（The Green, Green Grass of Home（一九六四）カーリー・プットマン作詞作曲のカントリー・ソング。トム・ジョーンズのカヴァによってヒットした）のカヴァだ。ポイントは、スタローンがあらゆる予想に反して生き延びること。監獄から脱出するだけでなく、彼自身からも脱皮する。脱獄には――ラッティの手を借りよう。彼女は名誉を挽回して死ぬ。だがその前に熱烈なセックスシーンだな。セックスの最後でスタローンは彼女に噛ませるが、自分は彼女の血を飲まず、転化を拒否する。スタローンはすべてのヴァンパイアに対する憎悪を乗り超える。じつはそれは家族を救えなかった自分自身に対する憎悪だったのだ。最終的には、最高裁が上告を認めて彼を釈放する。晴れて自由の身になったスタローンは故郷にもどり、ラストシーンで家族の墓の前に立つ。はっきり打ちだしておかなくてはならないのは、すべてのヴァンパイアが悪党ではないということだ。観客にはヴァンパイアもいるのだからな。グランパどもは改悛する女が気に入るだろう――ブリジット・ニールセンなら無料で呼べる。そして夜に走る者《ナイトライダー》たちにとって、この映画は、温血《ウォーム》者の芋虫どもがけっして耳を傾けようとしない真実を語る長生者《エルダー》の物語となる。その長生者《エルダー》の台詞には英国人の声がほしいな。そう、アンソニー・ホプキンスか、アラン・リックマンがいい」

「それではぼくが目指しているものとはちがうんですが」

「わたしが買った企画だ、好きにする」

「買ってくださったんですか」

「たったいまな。展開が急すぎてきみは気がつかなかったようだが。アダム・サイモン、わたしたちは『ザ・ロック』を制作する」

若者の顔はさながら、大型ハンマーで後頭部を殴られながらそれを心地よく感じているかのようだ。

「主演はスタローンで決まりだ」

時間はまだ三分残っている。サイモンは腰をおろしたまま巻き毛をかきまわした。

アルカードはインターコムのスイッチをいれ、ビヴァリーに、アダム・サイモンが退出するさい署名できるよう契約書の準備をしておけと命じた。

「契約の前にエイジェントに知らせなくては。それからアナリストにも」

「鉄が熱いうちにサインしたほうがいいぞ。明日の夜になれば、またべつのヴァンパイア監獄映画の売りこみがあるかもしれない。流行りのようなものだ、それを思いつくのはきみひとりではない」

「ああ、ほんとうにそのとおりですね、ジョン。ありがとうございます」

「では決まりだな」

そして彼は脚本家兼監督と握手をかわした。

「明日、シナリオをくれ。シルヴェスターにわたそう」

「それじゃ寝てる時間もないですね」

「寝させたりしないさ」

サイモンは歓喜と驚愕のあまり茫然としたままオフィスを出ていった。インターコムはオンにしたままだ。若者とビヴァリーがかわす無意味なおしゃべりにつづいて、標準契約書にペンを走らせる力強い音が聞こえた。

これで『ザ・ロック』はジョン・アルカードのものになった。

候補者リストにざっと目を通した。アルカードは基本的に、脚本家兼監督というものを好まない。全米監督協会《DGA》や全米脚本家組合《SWG》のクレジットを求めて競いあうクリエイターを使いたいと考えている。彼の映画で脚本家が十二人より少なかったことは一度もないし、いかなるプロジェクトにおいても平均して三人の監督を使うようにしている。

『ザ・ロック』ではジョージ・パン・コスマトスにマスターショットをまかせ、ミッドショットの中でも小粋なシーンや笑いを誘う場面はラッセル・マルケイに、アクションと殺戮シーンはピーター・マクドナルドに撮らせて、あとで差し替えよう。アラン・スミシーとクレジットされた映画のリリースは誇りでもある。

ひとつだけ確かなことがある。サイモンは最終的に、エンド・クレジットにおいて〝感謝をこめて〟の言葉とともにロケ仕出屋と音楽著作権認可のあいだに小さく名前を載せてもらえるだけでありがたいと思わなくてはならない。気がむけばケーブルTV用に「メイキング」ドキュメンタリーを撮らせてやってもいい。

若者が床から浮きあがるように、ただし鴨居に頭をぶつけないよう気をつけながら、ばたばたと秘書室から出ていく音が聞こえた。

「ビヴァリー」

「なんでしょうか、ボス」彼のレンフィールドが無表情に答える。

「明日午後、アダム・サイモンから急ぎの荷物が届く。バイク便を手配してやってくれ」

「費用は彼もちですね」

「よくわかっているな、きみは最高の秘書だ」

「お仕事リスト《トゥードゥーブック》に載っています。明日、日没にボスが柩から出てくるまでに、荷物を受けとっておきます」

「すばらしい。それからセキュリティに、アダム・サイモンを二度と敷地内に立ち入らせないよう言っておいてくれ。やつが腕力に訴えて強行しようとするなら、武器の使用を許可する。正直な話、修正液の大壜を買ってきて、ついさっきサインした法的拘束力をもつ契約書をのぞき、ここにあるすべての記録からやつの名前を消去したいくらいだ。きみにもっとも重要な指示を与える。以後二度とわたしの前で〝アダム・サイモン〟の名前を口にするな。わかったな」

「了解しました、ボス」

8

アルカードは赤紫のカマロを、セプルヴェダ・ブールヴァードにあるビデオ・アーカイヴ（カリフォルニア州マンハッタンビーチにあったレンタルビデオ店。その後ハモサビーチに移転。無名時代のハリウッド人が何人も働いていたことで有名）の身障者用駐車スペースに停めた。すでに死んでいるのだから、これ以上の障害はないだろう。だがケチなやつらはそんなふうには考えないらしい。罰金が発生したらビヴァリーが対処してくれる。ロサンゼルス交通管理局のガキどもを贅沢な東部の大学に進学させるために資金提供してやっているようなものだ。〈ベル友愛団〉（ポール・ウェンドコス監督のTV映画『灰色の秘密結社』The Brotherhood of the Bell（一九七〇）より。邪な手段によって富や権力を手に入れている資本家や実業家による秘密結社）によってさんざんな目にあわされてくればいい。

返却するビデオはワイン用の茶色い紙袋にいれて、助手席においてある。タイトルをチェックした。あわてるとテープをちがうケースにいれてしまうことがあり、ビデオ・アーカイヴの罰金も高くなる。先週は、『セクシー・ジョーク／やめないで！　お・ね・が・い』（If You Don't Stop It, You'll Go Blind!!!（一九七五）I・ロバート・レヴィ監督のコメディ映画）の続編で、ほとんど知られていないがロビン・ウィリアムズのデビュー作でもあった『セクシー・ジョーク2／ところかまわず立てちゃダーメ!!』（Can I Do It 'Till I Need Glasses?（一九七七）I・ロバート・レヴィ監督のコメディ映画）を返却するつもりだったのに、ケースにはいっていたのは、ヴァンピの先輩にあたる女優が最期を迎えるシーンを撮ったホームビデオだった。カウンターのむこうにいる温血者《ウォーム》の若者クエンティンは、ヴァイパーのスナッフビデオ（娯楽目的で実際の殺人を撮影した映像）を好む客に心当たりがあるからと、買い取りを申しでた。牙をむいたうなり声と、赤い粉がついて丸めた痕跡のある百ドル札一枚で、取り引きが成立した。いま袋の中には、『立てちゃダーメ』と、今週借りていた何本かのビデオ、キャロル・スピードの『アビィ』（Abby（一九七四）ウィリアム・ガードラー監督のセクシー・ホラー映画）、ダイアン・ソーンの『女体拷問人グレタ』（Greta the Torturer/Greta the Mad Butcher/Ilsa, the Wicked Warden（一九七七）ジェス・フランコ監督の女囚もの映画）、ベット・ミドラーとバーバラ・ハーシーの『フォーエバー・フレンズ』（Beaches（一九八八）ゲイリー・マーシャル監督、ベット・ミドラーとバーバラ・ハーシーの三十年にわたる友情を描く。ベット・ミドラーが歌った主題歌「愛は翼にのって」Wind Beneath My Wings は全米ヒットチャート第一位獲得、グラミー賞受賞）がはいっている。トランシルヴァニア・コンサートのためにミドラーと交渉することを忘れないようにしなくては。だが同時に彼は、ミドラーをひそかに殺す方法はないかと考えてもいる（夫（ダニー・デヴィート）が妻（ベット・ミドラー）の殺害を企む映画、ジェリー・ザッカー＆ジム・エイブラハム＆デヴィッド・ザッカー監督『殺したい女』Ruthless People（一九八六）をイメージしているのかもしれない）。

歩道をわたっていると、窓のむこうに立つシンシア・ロスロックとジェシカ・タンディの等身大パネルのあいだから、店内が見えた。いままさに強盗事件が発生しているところではないか。筋肉の目立つメッシュのTシャツを着てピンクのサングラスをかけたスキンヘッドのヴァイパーが、この場面には大きすぎるハンドガンをクエンティンにつきつけている。ハワイアンシャツとサングラスのビデオ店員は、エキストラのカウボーイのように空にむかって両手をのばし、懸命に口を動かしている。細い腕と手首で太い血管が脈打ち、もじゃもじゃのあご髭の下で喉仏が上下している。床の上には客だろうか、いくつかの死体がプレッツェルのような姿勢で横たわっている。どの身体にも大きな穴があいている。血だまりから異臭がたちのぼりはじめている。なんという浪費だ。褐色のスーツを着た男が噛まれている——というよりもむしろ、咀嚼されつつある。加害者は、ラガディ・アン（ジョニー・グルエルの絵本シリーズに登場するキャラクター。赤い毛糸の髪に赤い三角の鼻をもつ布製の抱き人形）の赤毛ウィッグに、スパンコールのついたホルター・トップスと短いショーツ、そしてチャチャヒールを履いた発育不良のヴァンパイア娘だ。犠牲者は『キングコング2』（King Kong Lives（一九八六）ジョン・ギラーミン監督による、一九七六年版『キングコング』King Kong の続編）のテープでヴァンパイアから身を守ろうとしている。批評家たちは正しかった——こんなものを見る前に死ぬべきだ（このとおりの言葉は見つからなかったが、『キングコング2』は酷評されたようだ）。

ビデオの返却を遅らせたくはない。わざわざハモサビーチまで車をころがしてきたのだ。正面ドアを押しあけると、昔ながらのベルがちりりんと鳴った。

「めちゃくちゃな話だけど『農園天国』（Green Acres（一九六五―七一）アメリカのTVドラマ。ニューヨークから田舎に引っ越してきた夫婦の日常を描いたホームコメディ）なんかどうかな」クエンティンがもごもごとしゃべりつづけている「あのアーノルドって豚はほんとに鼻持ちならなかったよね」

「おれにシットコムを勧めてるのか、九八・六」ヴァイパーがたずねた。

「シットコムだよ。それとも生と死かな。ほんとのところ、似たようなもんだけどね」

そのときになってようやく、全員の意識がベルの音にむけられたようだった。

口を血だらけにした少女が肉から離れ——瀕死の男の首から血があふれた——赤紫の猫の目を彼にむける。

「やあ、ビデオを返しにきたんだが」アルカードは言った。

強盗は〝なんでおれが〟とでも言いたげに首を傾け、眉を吊りあげたままぐるりとふり返ってアルカードに大型銃をつきつけた。ラッパーがビデオの中でしているように、銃が地面と水平になるよう傾けて構えている。かっこよく見えるかもしれないが、オートマティック・ジャミングの可能性が低くなるかどうか疑わしいし、正確に狙いを定めることも難しくなる。それでもこいつは、これまで狙ったものを確実にヒットしてきたのだろう。銃身が一フィートもある、馬鹿げた西部劇の遺物ともいうべきリヴォルヴァだ。

「いったいぜんたい何者だ」

「ビデオをもった男さ」

「おれはキット・カラザーズ。一級殺人で四度の有罪判決を受けたヴァイパーだ」

「なんてうかつなんだ。わたしは有罪判決などひとつも受けたことがないぞ」

「おれが言いたいのは――ムショ行きってことだ。ザ・ロックに送りこまれるんだ。わかるか、グランパ・マンスター。これ以上ないってくらい最悪の事態さ。だから何がどうなろうと、まったく、ぜんぜん、気にしちゃいない。おれとホリーはつかまる前に赤い粉になっちまうんだ。そんでもって、できるだけ多くの負け馬をいっしょに地獄へ連れてくんだ。わかったか」

「あんた、輪廻転生を信じてるかい」クエンティンがたずねた。「知ってるだろ、おれたちはいずれもどってきて、つぎの人生を生きるんだ。仔猫ちゃんから人食い鰐まで、いろんなものになって……」

その言葉をきっかけとして、猫目のホリーの鼻と口とあごがつきだしてきた。皮膚が鱗におおわれはじめる。千もの邪悪に曲がった牙が血に濡れてきらめく。まばたきひとつのあいだに仔猫ちゃんが人食い鰐へと変貌する。頭が空っぽなボーイフレンドさえいなければ、この小柄なヴァイパーには大いに使い道がありそうだ。

「いったい何を言ってるんだ」とキット。

「『母さんは28年型』（My Mother The Car（一九六五―六六）アメリカで放映されたTVドラマ。死んだ母親の魂が乗り移った中古車と弁護士一家がくりひろげるホームコメディ）のテーマを語っているんだろう」アルカードは答えた。

「くだらない町だ。いかれたラ・ラ・ランド。何かいいものでも手にはいったか。それともいますぐ串刺しにしてやろうか」

「そういう言い方は気に入らないな」

キットがうなった。一インチの牙の上で歯茎がひっこむ。剃りあげた頭でタトゥーが渦を巻く。

「だったら銀をくらいな、グランパ！」

そして片手で銃を撃った。温血者《ウォーム》なら手首が折れる衝撃だが、彼の場合は正しく握っているのだろう、腕が片側に流れただけだった。銀の弾丸がジェシカ・タンディの頭をふっとばし、窓を砕いて飛んでいく。だがアルカードはすばやく身をかわしていた。

キットの目が、その前にかぶさるピンクの丸いレンズよりも大きく見ひらかれた。

「どこに行ったんだ」

アルカードは〈ピーウィーのプレイハウス〉(Pee-wee's Playhouse は一九八六年から九〇年にかけて放映された子ども向けＴＶ番組。ポール・ルーベンス演じる「ピーウィー・ハーマン」というキャラクターが司会を務めた。peewee はまた、男性器女性器の幼児語でもある)と手書き表示のあるアーチの奥のポルノゾーンにいた。客がひとり奥の壁に貼りつき、『欲情にかられて』(Lust in the Fast Lane（一九八四）マイケル・フィリップス監督。ガス欠になった夫婦が助けを求めにいった家がヴァンパイアの巣窟だったというポルノ映画)を握りしめてひたいにあてている。髭を生やした中年男。ブラックリストに載っている脚本家ジャック・マーティンだ。

「ジャック、そいつはわたしも見たが、お勧めはしないな」アルカードは言った。「〝ラック・ローリング〟の作品《ウーヴル》なら『私に血染めの言葉を云って３』(Talk Bloody to Me アンソニー・スピネリ監督のポルノ映画『私に汚い言葉を云って』Talk Dirty to Me（一九八〇）のもじり。このタイトルでいくつかシリーズがつくられているが、ネッド・モアヘッド監督による第三弾 Talk Dirty to Me III（一九八四）の邦題はなぜか『アナザー・プッシュ／人魚交愛』になっている)のほうがいいぞ(Lust in the Fast Lane と Talk Dirty to Me III の両方に出演している女優は、ラック・ローリングではなく、ジンジャー・リン Ginger Lynn（一九六二— ）)」

マーティンは目を閉じ、ケースをひたいの上にふりかざした。

「ラムチョップ、やつはあそこ」鰐娘が指さした。「いやらしい映画のとこだよ」

キットが〈バットマン〉シリーズ(Buttman ポルノ映画男優・監督・プロデューサーであるジョン・スタグリアーノの愛称（尻フェチと蝙蝠のバットマンをかけている）および彼が監督したポルノ映画のシリーズ名)の棚に銃を撃ちこんだとき、アルカードはすでに天井にとびあがり、隅に貼りついていた。銃がマーティンの頭にむけられる。撃たれてもいないのに温血者《ウォーム》の脚本家が哀れな声をあげる。もしマーティンがこれからの五分を生き延びることができたら、『アンタイトルド・ドリー・パートン』(Untitled Dolly Parton 詳細不明)の会話部分のブラッシュアップをまかせてやってもいい。あまりにも長いあいだ不遇をかこっている。彼もまた美しき《ラ・ベル》ジュヌヴィエーヴによって破滅させられたひとりだ。そんな連中で集まって、支援団体を設立したほうがいいのではないか。

アルカードは両腕を翼のようにひろげ、〈父〉を信じて棚の上を疾走した。薄っぺらな棚を壊してはならないから、できるだけ体重はかけない。

「やあ、『いたずら天使』(The Flying Nun(一九六七―七〇)アメリカのTVドラマ。サンタンコ修道院を舞台に、空を飛ぶ能力をもった見習い修道女が巻き起こすコメディ)のシスター・バートリルだ」

クエンティンが言った。

飛びおりて床に足をつける。

キットがプレイハウスから出てきて引金をひいた。カチリ、カチリ、カチリ。空虚な音がする。

「どうひたんだ、弾《たま》切えか」クエンティンの台詞はエルマー・ファッドの真似だ。

キットはどっしりとしたリヴォルヴァを、ナイフのようにアルカードの頭にむかって投げつけた。銃は永遠という時間をかけ、ぐるぐる回転しながら店内を横切ってくる。アルカードは手をのばし、鳩であるかのように宙を飛ぶ物体をつかんだ。ぐいとひねると、骨董品の銃がもろくもばらばらになる。彼はその欠片――シリンダ、空薬莢、銃床――をキットの胸板にたたきこんだ。

「グランパ、おまえ、いったい何者だ」

「死《デス》だ」

「それが名前なのか」

「いや、まあ職業のようなものだな。名前はアルカード」

ホリーが耐熱性合成樹脂《フォーマイカ》塗装のカウンターにとびのった。爪の出た前足は蜥蜴というより猫のようだが、首のまわりにはイグアナのような赤緑の襞ができているし、分厚い巻き毛のウィッグは鶏冠でもちあがっている。

「殺しちゃってよ、ラムチョップ」

「いま、そのちょっとした仕事を片づけようとしてるとこだ、ブラッディ・ホリー。嘘じゃない。だけどうまくいかないことだってある」

「ミスタ・アルカード、『グレタ』はどうだった？」元気をとりもどしたクエンティンがたずねた。「お客さんのほとんどは、前の『イルザ』二本ほど面白くないって言うんだけど（『女体拷問人グレタ』（一九七七）に先行するダイアン・ソーンの女囚もの、ドン・エドモンズ監督『イルザ／ナチ女収容所　悪魔の生体実験』Ilsa, She-Wolf of the SS（一九七四）および『イルザ／アラブ女収容所 悪魔のハーレム』Ilsa, Harem Keeper of the Oil Sheiks（一九七六）のこと）、おれはオトゥール（自分の脚本を演出する映画監督、独創性・個性を投影する映画監督）だからね。みんなが話題にしたがるドン・エドモンズの映画五本よりも、いちばんつまらないジェス・フランコのポルノを選ぶよ。フランコはどんな監督にもできなかったこと、ダイアン・ソーンの新しい一面をひきだしたんだ。能力ったっていろいろあるけれど、女優からあんな将来性をひきだせる男の監督といえば、ほかにはただひとり、ジョージ・キューカーだけだね。『グレタ』は『西部に賭ける女』（Heller in Pink Tights（一九六〇）ジョージ・キューカー監督、ソフィア・ローレン主演のコメディ西部劇）に対するフランコの答えなんだ」

「小僧、おれはいまこのグランパと対決してる最中なんだ」キットが言った。「そのぺらぺらと小うるさい口にチャックをしたほうが、生き延びられるチャンスが増えるんじゃないか」

ホリーがクエンティンにからみついて、先端の割れた舌で山羊鬚に触れてくる。ビデオ店員はうめくように口をつぐんだ。

「それでいい」とキット。

アルカードは一歩もひかない。〈父〉がともにいる。彼の〝内〟にいる。精神触手《メンタクル》をのばして店内をさぐっている。そしてジャック・マーティンに侵入し――

なんてこった　なんてこった　なんてこった　なんてこった　あれはジョン・アルカードじゃないか　なんてこった　なんてこった　なんてこった　おれは死ぬんだ　なんてこった　あいつ『アメリカン・ゾンビ』（時期的にはあわないが、二〇〇七年にグレース・リー監督でAmerican Zombieというモキュメンタリー映画が公開されているが？）のシナリオを読んだかな　生存者罪悪感《サバイバーズ・ギルト》のカウンセリングをいっしょに受け

ることになったら話しても大丈夫かな　なんてこった　なんてこった　ふざけんじゃねえよ　おれは死ぬんだ
なんてこった

――すぐさま精神触手《メンタクル》をひくと、こんどは床の上の男の、意識があるようなないようなうわごとがはいってきた。まだ死んでいないが長くはないだろう。混沌とした思考から、アルカードはその男がかつて弁護士であったことを知り――

どうせ誰も気にかけたりしやしないさ　ぜいぜい　リンダのことに気づいたときサラが言っていたじゃないか　ぜいぜい　この国は法律家の皮に賞金をかけるべきだと考えてるんだ　ぜいぜい　おれはあの青白いものになって生き返るんだろうか　ぜいぜい　きっとそうだ（この弁護士はマイク・ニコルズ監督『心の旅』Regarding Henry（一九九一）の主人公ヘンリー・ターナーではないかと思われる。ハリソン・フォードが演じている）

――そして男は死んだ。永遠に。アルカードはつづいてクエンティンに接触した。彼は七〇年代に頭角をあらわしてきた俳優をキャスティングすることで、この状況になんとか対応しようとしていて――

おれは『シンジケート・キラー』（ジャック・スターレット監督 Slaughter（一九七二）両親を殺された元グリーンベレー隊員のスローターがシンジケートに復讐する）時代のジム・ブラウンでぴりぴりに張りつめてて　いまにも爆発してものすごいアクションをくりひろげようとしてるんだ……キットは『ダーティ・ハリー』（ドン・シーゲル監督、クリント・イーストウッド主演 Dirty Harry（一九七一））のアンディ・ロビンソンだけど　テレビの『マインド・オーヴァ・マーダー』（アイヴァン・ネイギー監督 Mind Over Murder（一九七九））でアンドリュー・プラインがやってたスキンヘッドのサイコもまじってるな……あの女の子は『コブラ女の夜』（アンドリュー・メイヤー監督 Night of the Cobra Woman（一九七二））のマーレーン・クラークか　『シンデレラ』（マイケル・パタキ監督 The Other Cinderella/Cinderella（一九七七）童話をもとにしたエロティック・ミュージカル・コメディ）のシェリル〝レインボー〟スミスだ……そしてミスタ・アルカードは　最初の『ウォーキング・トール』（フィル・カールソン監督 Walking Tall（一九七三）棍棒をもって町の巨悪と戦う実在の保安官ビュフォード・パッサーを描いている。予想外にヒットしたためシリーズ化され、二〇〇四年にはケヴィン・ブレイ監督『ワイルド・タウン／英雄伝説』Walking Tall としてリメイクもされた）でジョー・ドン・ベイカーがやったズボンに野球のバットをつめたビュフォード・パッサーみたいな……

――ソウル・サウンドトラックはボビー・ウーマックの「一一〇番街交差点」（Across 110th Street（一九七二）バリー・シアー監督、アンソニー・クイン主演の映画。ボビー・ウーマックが音楽を担当し、同名の主題歌を歌ってヒットした。のちにクエンティン・タランティーノは自分で監督・脚本を担当した『ジャッキー・ブラウン』Jackie Brown（一九九七）でこの曲をメインテーマに使用している）だ。アルカードはクエンティンを心の中にとどめたまま、精神触手《メンタクル》をホリーの頭に巻きつけてふくれあがった蜥蜴脳にやすやすと侵入し、すぐさま興味を失った。まばたきひとつで消去することもできるが、もしかしたらあとで役に立つかもしれない。クエンティンを軽く押した。ビデオ店員はホリーがカウンターから落ちないよう、ふいにのしかかってきた体重を支えながら、ばたつく腕をとらえて自分の肩にまわした。

「で、おまえは死《デス》なのか、それともアルカードなのか。そこのオタク《ギーク》がそう呼んでたよな」

「そういう名だ」

キットはじっくりと考えこんだ。

「なんだか意味深だな。ＡＬＵＣＡＲＤか。クロスワードかなんかか」

「ラムチョップ、みんな言ってるよ。〝Alucard《アルカード》〟は〝LaDacru《ラ・ダクル》〟の入れ換え文字だよ」

キットは納得しない。

失った武器を埋めあわせるように、キットが変身しはじめた。アルカードの手にある十一インチの銃身と同じく実用的ではなかった牙が、口を押しひろげてゴッドファーザーのあご（フランシス・フォード・コッポラ監督『ゴッドファーザー』The Godfather（一九七二）において、ドン・ヴィトー・コルレオーネを演じたマーロン・ブランドがメイクによって特徴的なあごをもっていた話は有名）をつくり、くちびるを裂く。指先と関節から三角形の鋭い骨がのび、肘からも鎌のようなものがすべりだす。キットはホリーのような天性の変身能力者ではない。ひとつひとつの武器が努力と苦痛を強いる。うめきながら血の汗を流している。

「死ね、死《デス》」キットが吠えた。

そしてヴァンパイアの敏捷さで店内を横切り、両手をアルカードの咽喉に、鎌を脇腹に押しつけた。だがどちらにも力はこもっていない。アルカードはキットの目に当惑を読みとり、あごで下方を示した。キットが彼の視線をたどり、あとずさった。

銃身がパイプのようにキットの胸に突き刺さっていた。胸の前に残っているのは一インチかそこらで、血があふれている。キットが首をひねって背中を見おろした。鋼鉄の銃身はまだ彼の身体を貫通していない。アルカードがたたきつけるようにまっすぐ押しこむと、ぎざぎざになった先端が背中からとびだした。

キットの心臓があふれこぼれる。

アルカードは手のひらに舌を這わせた。蛇に噛まれたのだろう、キットの血は汚れている。そこで、倒したヴァンパイアの味見をするという、象徴的な行為だけですませることにした。

首をふってその毒をはらいのけると同時に、頭の中にいた全員を解放した。

〈父〉が血とともに全身にひろがる。

ぐったりした少女を肩にのせたまま、クエンティンが一枚の紙を剥ぎとった。

「ミスタ・アルカード、あんたは今後、この店でどれだけレンタルしてっても無料だよ。あんたはアーノルドの店のフォンズ（アメリカのTVドラマ『ハッピーデイズ』Happy Days（一九七四－八四）より。バイクに乗っている不良少年アーサー・フォンザレリ通称フォンズは、ドライヴインを経営するアーノルドを何かと助ける）だ、ミノウ号の船長（アメリカのTVドラマ『ギリガン君SOS』および『もうれつギリガン君』Gilligan's Island（一九六四－六七）より。小型船ミノウ号で三時間のツアーに出かけたギリガンたちは嵐にあって無人島に流れつく）だ」

「そいつはどうも」アルカードは答えて、騒ぎのあいだじゅう抱えていた紙袋をわたした。

クエンティンが中を調べた。

「血がついてるな。いや、べつにいいんだ、大丈夫。で、今週は何をお求めになりますか」

アルカードはキット・カラザーズだった縮んだ骨をまたぎ越して、スペシャル・コーナーを調べた。今日のビデオ・アーカイヴは名前をテーマにした二本立てだ。スタン・ブラッケージとスタン・ローレル、モンティ・パイソンとモンテ・ヘルマン、マルグリット・デュラスとマーガレット・オブライエンといった具合だ。どれもいまの彼には訴えてこない。

「オリヴィア・ニュートン＝ジョンとジーン・ケリーの『ザナドゥ』（Xanadu（一九八〇）ロバート・グリーンウォルド監督のミュージカル・ファンタジイ。音楽の女神キラをオリビア・ニュートン＝ジョンが演じ、なかば引退状態にあったジーン・ケリーが最後のタップダンスを披露している）、それに、マドンナとショーン・ペンの『上海サプライズ』（Shanghai Surprise（一九八六）ジム・ゴダード監督による冒険コメディ映画。当時夫婦だったマドンナとショーン・ペンが共演している）にしよう。それから、ミスタ・マーティンが最後にクレジットされたやつ、確か、『クンニリングス・ミス・デイジー』だったかな（Muff-Diving Miss Daisy これは、ブルース・ベレスフォード監督『ドライビング・ミス・デイジー』Driving Miss Daisy（一九八九）のもじりだろう）」

ジャック・マーティンが感謝をあらわそうとしている。車からシナリオをとってくるまでのあいだ、アルカードが店にとどまっていてくれることを願っている。やっぱりドリー・パートンにはロン・バスのほうがはまりそうだ。

「『ザナドゥ』か」クエンティンが言った。「今年にはいってもう三度めだよね」

「あれは重要な映画だからな」

「反論はしないよ、ミスタ・アルカード。おれに言わせれば、オリヴィアは『セカンド・チャンス』（Two of a Kind（一九八三）ジョン・ハーツフェルド監督、ジョン・トラボルタとオリヴィア・ニュートン＝ジョンのダブル主演によるロマンティック・コメディ。興行的には失敗に終わった）でミュージカル主演女優賞とコメディ主演女優賞を騙しとられたようなもんだからね。彼女は必ず、九〇年代のジーン・アーサーとして人々の記憶に残るよ」

若者は少女をカウンターに寝かせ、言われたテープをとりにいった──キットがあけさせたレジを閉じることも忘れない。変身を解きはじめた少女の顔から、爬虫類の固い皮膚が剥がれていった。

「ほかには？」クエンティンがたずねた。「『ホクロにご用心』（アメリカのTVドラマ。My Living Doll（一九六四－六五）女性型アンドロイドがひきおこすSFコメディ）の放送されなかったエピソードの海賊版がいくつかはいってるよ。ジュリー・ニューマーがすてきなんだ」

「この女をもらっていく」

クエンティンは驚きながらもうろたえはしなかった。

「わかった。あんたがつかまえたんだから、あんたが連れてくのが道理だよね」

アルカードはまだぐったりしている仔猫を肩にかつぎ、借りたビデオをまとめた。

「クエンティン、警察には適当に説明しておいてくれ。わたしはいそいでいる。会議があるんだ」

「了解した、ミスタ・アルカード。だけどちょっと待って……」

クエンティンがカウンターの下に手をのばしてスクリプトをとりだした。

「時間がない。こんど話そう」

マーティンは立ちあがり、ジョン・アルカードに認識されていたことに心躍らせながら、同時に不安をおぼえはじめてもいる。クエンティンのスクリプト――ヴァイパーものは〝ブラッディ・パルプ〟と呼ばれている――を目にして、反射的に縄張り意識からくる敵愾心を抱いたのだ。

「ミスタ・マーティンにきみのプロジェクトを話してやったらどうだ」アルカードは提案した。

サングラスの背後でクエンティンの目がきらりと光る。それから彼は、長大な原稿をわたそうと脚本家をふり返った。

アルカードは店を出て、割れたガラスを避けながら、借りたビデオとヴァンパイア娘を運んだ。カマロの助手席におろし、シートベルトを締めてやる。ホリーが何かをつぶやいた。眠りの中で本来の姿をとりもどしつつある。蛇皮とどきつい化粧の下は、そばかすのある可愛い顔だ。アルカードはウィッグを使って顔についた死者の名残をふきとってやり、ウィッグはそのまま溝に投げ捨てた。新生者《ニューボーン》よりは年数を重ねているが、父のない迷い子だ。キット・カラザーズなどと組ませていては無駄遣いというものだ。フィッセルにふたりの素性を調べさせよう。

数分後、フリーウェイ走行中に彼女が目を覚ました。

「何がどうなってんの。あんた、誰よ。なんの用があんの。キットはどこよ」

「カラザーズは退場した。わたしはジョン・アルカードだ」

「あたしをどうしようっての」

「おまえをスターにしてやろう」

「すてき」彼女はダッシュボードに足をのせた。「ラジオかけてよ。音楽、聞きたい」

操作方法を教えてやった。ダイヤルをまわしているとシンディ・ローパーが流れてきた。町にはいるあいだも、ホリーはラジオにあわせて「ガールズ・ジャスト・ワナ・ハヴ・ファン」（Girls Just Want to Have Fun（一九八三）日本での発売当時のタイトルは「ハイ・スクールはダンステリア」。シンディ・ローパーがソロデビューをして最初のシングル曲で、大ヒットとなった）を歌っていた。アルカードは加わらなかった。歌が終わり、彼女がラジオを切って促した。

「こんどはあんたの番だよ、ジョン・アルカード」

彼は一瞬考えてから、「ハリウッド万歳」（Hooray for Hollywood（一九三七）。バスビー・バークレイ監督のミュージカル映画『聖林ホテル』Hollywood Hotel（一九三七）のテーマ曲。ハリウッドを紹介するときのBGM、さまざまな映画賞授賞式のBGMなどに使用されている）を歌いはじめた。

9

彼女の名はホリー・サーギス・カラザーズ。ホリーと夫は丘陵地帯からやってきたプアホワイトで、子分をつくって支配しようとした長生者《エルダー》によって一九五九年に転化させられた。ふたりはその愚かな長生者《エルダー》を滅ぼし、自由気ままな旅に出た。キットとホリーは中部アメリカで恐れられているヴァンパイアだ。何者でもなく、何ももたず。子供のように理由もなく破壊をくり返す。ふたりはずっと逃亡の旅をつづけ、車を、金を、生命を奪ってきた。いろいろな組織と関わりをもったり離れたりしながら。たがいの頭の中に出たりはいったりしながら。ほかにどうすればいいかわからないまま、ずっと行動をともにしてきた。子《ゲット》はいない。それがせめてもの救いだ。

アルカードとは異なり、ホリーはある種の映像を——焦点が定まらないながらも揺らめく映像をもっている。面白いものだ。

フィッセルは、アルカードがなぜホリーを連れてきたのか理解しなかった。

「この娘はいつかあんたを裏切りますぜ」彼は言った。

アルカードはムーン・ラウンジの向こう端でカウチに丸くなっている少女に目をむけた。

「その心配はいらない」

「ボスはあんただ、ミスタ・A」

「そうだ、フィッセル。わたしがボスだ」

私立探偵がこの城を訪れたのははじめてのことだ。しきりと視線をさまよわせ、細かいところを見てとろうとしている。絵画も彫刻も、心を楽しませる美術品として彼の目に映ることはない。どれくらいの値打ちのものか、金に換算するだけだ。ホリーに対する評価も同じだった。だがその彼も、長い目で見ればこの娘も、いずれそれなりの価値が出てくると判断したようだった。

「仮釈放委員会はどうなっている。ミスタ・マンソンの仮出獄許可はとれそうか」

フィッセルはにやりと笑った。

「三人落としました。過半数です。残るはふたりですな」

「全員一致のほうが望ましいのだが」

「反対派を買収するのはなかなか困難ですが、グレイゾーンってものがありますからね。あの連中はいつだって自分の立場を守ろうとするんです。無実の者を投獄しておくか、もしくは恐ろしい罪のあるやつを釈放するか。うまくいくわけがないんですよ。反対派のひとりは以前、ヤーノシュ・スコルツェニーを早々に釈放し——その結果、やつは大学女子寮で残虐のかぎりをつくしました。あの男を丸めこむにはちょっとしたこつがいりそうですけど、マンソンがヴァンパイアじゃないってところがポイントでしょうな。もうひとりの反対派は娘がイモートロジーにはいってます。とりもどしてやったら考えを変えるでしょう」

「できるな」

「と思います。そうしたら、アメリカでもっとも有名なヴァンパイア・ヘイターたるチャールズ・マンソンが、制限つきではあれ、自由の身になるわけですな。電子タグをつけているかぎり、ヨーロッパにわたらすことだって可能です。問題は、ヴァンパイアの大群といっしょにステージにあがるよう、やつを説得できるかどうかでしょうなあ。そこんとこはお手伝いできませんや。ほしいだけのマリファナをやってもいいですけれど、やつは自分がほんとうに自由になったんじゃないこと、いずれまたもどらなきゃならないことを知ってますからね。青白い者たちによる名誉棄損防止同盟が必ずそれを実行するでしょう」

「やつらなら動かせる。チャプマンはあのシリアル騒動以来、わたしに大きな借りがあるからな。これはすばらしいイヴェントになるだろう。マンソンは何よりもまず不満をためこんだパーフォーマーだ。やつが真に欲しているのは観客なのだ」

フィッセルの眉があがり、またさがった。

ショート・ライオンとティミー・Vのデュエットはまだ交渉中だが、アルカードはコンサート前半の頂点として、もうひとつ衝撃的な組み合わせを計画していた。チャールズ・マンソンとポップ・シンガーのラルフ・ロックラを、闇の中でそれぞれスポットライトの中に立たせ、ヴァンパイアと温血者《ウォーム》の友好を称えるキャッチーな讃歌を大声で歌わせようというのだ。フィナーレには効果満点と証明ずみの「イマジン」を使う。だからこの場面には、ジョン・アルカード・プロダクションに著作権のある曲がほしい。作詞作曲家の一団が雇われて、いま缶詰状態で仕事をしている。「青白い者も褐色の者も、ひとりひとりが……温血者《ウォーム》も冷血者《クール》も、黄金律にのっとって」という歌詞を挿入して彼自身の名をクレジットしておけば、永久に演奏権を行使することができる。

フィッセルが退出し、大蒜のにおいがあとに残った。

「あいつ、きらい」ホリーが言った。

「好きなやつなんていないさ」アルカードは答えた。

「ビヴァリーは好きだよ」

「彼女には手を出すなよ、仔猫《キトゥン》ちゃん。有能で、なくてはならない人材なんだ」

「つまんない」

彼女はきものを脱ぎ落として不器用にポーズをとった。両腕と腹にタトゥーがある。〝キット〟の名前に数匹の蛇が巻きついている。

「それ、どうしても必要なものなのか」

ホリーは考えこんだ。アルカードはふたたび彼女の頭にはいりこみ、彼が描く未来のホリー像を描きだした。最終的にまとうべき姿――スポットライトを浴びた少女だ。

「いらないかも」

小さな顔をしかめて集中すると、タトゥーが縮んで消えた。

「そのほうがずっといい」

ホリーはいまにもしゃっくりをはじめそうだ。何か入れ物をくれと身ぶりで示したので、貝殻の灰皿をわたしてやった。彼女の口から何色かのインクが細く吐きだされた。ホリーのボディ・コントロールは驚異的だ。彼女の変身を見たとき、アルカードはすぐさまそれに気づいた。キットはいつも彼女のことを〝おれのやわらかな玩具〟と呼んでいた。不思議なプラスティック――彼女なら排水管を通り抜けることも、部屋の隅から隅まで長くのびることだってできるだろう。

ハンカチをとりだしてあごをふいてやった。

「いい子だ、キトゥン」

キトゥン――しばらくはそう呼ぶことにしよう。

「にゃあ」

彼女は答えてのびをした。腹が細くなり、脊椎の突起がいくつか増える。

「咽喉が渇いた」

このところ温血者《ウォーム》の血を与えていない。

彼女が胸に這いあがってきて、シャツのボタンをいじりはじめた。

「よしよし」

親指の爪で自分の胸に血の筋を描いた。キトゥンがわきでてくる血を舐める。少し味見をさせるだけだ。

キットは滅びるときに彼女の心を一部、奪いとっていった。長い年月をかけて、ふたりはたがいの中に少しずつはいりこみ、ふたりでひとつの存在をつくりあげた。長生者《エルダー》が新生者《ニューボーン》とのあいだに築きあげる主人と奴隷の関係とは対極をなす、同等の力をもったヴァンパイア同士のあいだで起こり得る現象だ。

大きな喪失ではあったがそれも悪くない。それだけ再教育がしやすくなる。

キトゥンが彼のレンフィールドたるビヴァリーに好意を寄せているのは、アルカードが彼女に命じて新しいワードローブを用意させたからだ。はじめに着ていた服は論外だし、城じゅうに散らばるコールガールたちの残していった衣類も、それより少しばかりましといったしろものにすぎない。ビヴァリーは彼のプラチナカードをもってロデオ・ドライヴ（ロサンゼルス、ビヴァリーヒルズの高級ショッピング街）を歩きまわり、人形を着飾らせるように、マックスフィールド（ロサンゼルスのセレブ御用達の有名なセレクトショップ）やマドライン・ギャレイ（ハリウッド、サンセット・プラザのブティック）ですてきな品を選んでいった。キトゥンはいまや、いかなる状況に直面しようと、どのような体型になろうと、着るものに困ることはない。

キトゥンをカウチに横たえた。彼女がくちびるをぬぐう。アルカードを味わったためか、動きも頭の回転もはやくなり、さらには開放的になっている。彼女の頭の中にはいりこんでスカルウォークをしているような気分だ。彼女の目で、視野いっぱいにひろがる自分自身を見る。彼女の身体の柔軟さを共有し、ためしに指を二倍の長さにのばして関節を増やしてみた。ただの冗談だ。彼女も同じことをやっている。彼女の中で彼の思考がひらめく。

「ねえ、ジョン、教えてよ、どうやったら空を飛べるの」

面白いことを言う。

「そのうちにね、キトゥン」

「ねえ、お願い」

「いつか飛べるさ、約束するよ」

彼女は嬉しそうににゃあと鳴いた。

10

キトゥンはときどき、自分はもうずっと前からこの城に住んでいるのだと思うことがある。自分がかつて、いくつものちがう名前をもっていたことはおぼえている。記憶をさかのぼって助手席にすわる自分までたどりつくこともあるが、運転席に見えるのはいつも、何も描かれていないのっぺりとした顔だ。頭の中で何かが起こったらしい。中身がこぼれてしまった。失われたものを惜しむ気持ちはないけれども、何かほかのもので穴を埋めなくてはならない。ジョンが血を舐めさせてくれると、すべての答えが得られる。でもその答えはすぐ泡のようにはじけ、心にとどまることがない。それでも真実が見えるのはよいことだ。

今夜は客がある。ビヴァリーがふさわしい衣装選びを手伝ってくれた。ヴェルサーチの黒い優雅なドレスだ。真珠をちりばめた黄金のメッシュをヘアネットのように頭頂にかぶせ、スペイン風イアリングをつけて、おそろいの涙型の真珠をひとつ、ひろいひたいの真ん中にのせる。

髪からは絹のような艶を損なっていた染料と薬品がとりのぞかれ、基本カラーが麦藁色から金に変わった。ヴァンパイアでも髪の色まで変えられるのはめったにない能力だ。精神を集中して毛根を目覚めさせ、新しい色をごく細い回路全体にいきわたらせなくてはならない。だがこの仔猫は自在に色を操ることができる。彼女の意志により、真珠のネットの下が、ヴェルヴェットの黒と赤味がかったブロンドの、虎のような縞模様に変わった。

「まあすてき」ビヴァリーが驚いて声をあげた。「そのテクニック、人に教えることができたら百万ドルでも稼げるわ」

ジョンの個人秘書は温血者《ウォーム》で、明るい肌の黒人女性だ。その一族が四世代かけて稼いだ以上の収入を得ているが、それでもLAにおいては餓死すれすれの最低賃金のようなものにすぎない。彼女には手を出すなと言われているけれども、キトゥンはビヴァリーのほうで関心をもっていることを知っている。ジョンに、もしくはキトゥンに、血を与えるのはどんな感じだろうと想像している。彼女がほかの誰より長くこの仕事をつづけていられるのは、魅了されていることをあからさまに表明しているからだ。だがこのレンフィールドは無駄につぶしてしまうには惜しい逸材だ。

四インチのヒールでも危なげなく立っていられる。ドレッシングルームの鏡では、頭蓋の形をした真珠のネットの下に、ヴェルサーチが優雅に垂れさがっている。角度を変えれば顔を映すこともできる。水のように半透明な仮面だ。

ビヴァリーが〝これでよし〟のうなずきをくれた。

「悩殺できるわよ、キトゥン、ほんとに」

ジョンに教わったとおりの笑い声をあげた。この笑い方なら顔がゆがまない。おならをするようにではなく、音楽を奏でるように笑うのだ。我慢できなくなって爆発するのではなく、流れをコントロールする。

「キトゥン」スピーカーからジョンの声が聞こえた。「そろそろはいってくれ。客たちがおまえの登場をお待ちかねだ」

「ほら、お行きなさい」ビヴァリーが言った。「堂々とね」

キトゥンは不安をぬぐい去った。ジョンの友人が大切な人たちだということはわかっている。でも彼女自身だって、ジョンにとっては大切な存在だ。何があろうとその事実が変わることはない。

ビヴァリーをドレッシングルームに残し、二階のバルコニーにつづく短い階段をおりて、スポットライトの中に歩み入った。集まった人々を見おろす。彼女を目にした瞬間、会話もドリンクを飲む音もさっと静まった。

ウェイターやウェイトレスがトレイをもって人々のあいだをまわっている。トレイの上には、彼ら自身の血を満たした指貫ほどの容器がのっている。ジョンが使っている業者は、提供されるすべての血に〝黄金〟の品質を保証している。

にっこりと微笑した。

ジョンは中央扉の近くにいる。女といっしょだ。男性用夜会服――ブラックタイ、あつらえのタキシード、サイドに紫のストライプがはいったごく細身の黒いズボン――を着て、きらきら光る黒いパンプスを履いた女だ。燕尾《テール》服にホワイトタイを締めたアステア・スタイルのジョンが、励ましの言葉を送ってきた。頭の中で彼の血が歌っている。

手摺りに手をすべらせながらふわふわとバルコニーを漂い、階段の上で足をとめた。それから、ヒールを赤い絨毯に突き刺し、頭を高く掲げ、肩をひき、胸を張って、微塵も揺らぐことなくおりていく。衣装もしょせんは態度しだいなのだと、ビヴァリーが教えてくれた。男も女も輪になって階段の下で待ちかまえている。ジョンが彼らのあいだを縫って近づいてきた。

「キトゥン、よくきてくれたね」

微笑を浮かべるだけで何も言わない。ジョンに手を預け、さながら天上の馬車を出て地上の人間に立ちまじろうとするかのように、最後の段をおりた。

「みんなを紹介しよう」ホールを横切って案内しながら、ジョンが言った。「トランシルヴァニア運動のミスタ・フェラル、ご同輩のミスタ・クライニクとミスタ・シュトリエスク。マインスター男爵の信頼篤く、ルーマニア暫定政府で高い地位を得ている方々だ。英国秘密諜報員へイミッシュ・ボンド。引退したことになっているようだけれどね。彼には気をつけるんだよ。ご婦人方に関してはとかく噂のある男だ。スタジオのグリフィン・ミル。この前話した『ザ・ロック』プロジェクトについ最近加わってくれた。わたしも彼もエディ・ポオのリライトに興奮を抑えきれずにいるよ。コンピュータをいろいろと操っている実業家、ミスタ・ウィリアム・

ゲイツ。アメリカ蝙蝠戦士部隊プロジェクトのキャプテン・ガードナー。ウォーレン・ベイティと、美しき令嬢《ラ・ベッラ・シニョリーナ》チッコーネ。『ディック・トレイシー』（Dick Tracy（一九九〇）ウォーレン・ベイティ監督・製作・主演。マドンナ（チッコーネ）が絶世の歌姫を演じている）はまさしく最高傑作だ。ディズニーにまかせたのもいい判断だった（『ディック・トレイシー』の配給会社タッチストーン・ピクチャーズはディズニーの映画部門のひとつで、ＤＶＤやグッズの販売もディズニーが担当している）。青白い者たちによる名誉棄損防止同盟のミスタ・チャプマン。われわれが世に受け入れられるために力をつくしてくれている。ゼネラル・ミルズ（アメリカ合衆国の大手食品会社）の唾棄すべきシリアル「カウント・チョキュラ」（一九七一年、モンスター・シリアルとして、ドラキュラをもじったチョコレート味の「カウント・チョキュラ」と、ベリー味の「フランケン・ベリー」が発売された。当然ながら、現実世界では発売中止になっていない）が温血者《ウォーム》の市場から撤退することになったのは、まさしく彼のロビー活動のおかげだ。ミスタ・エドワード・エクスリー、尊敬すべき警察本部長殿だ。もし内緒で隠しカメラをしかけているなら彼の前で口にしてはいけない。冗談だよ、エド。キング評決後の取り締まりはみごとだったな（一九九一年、アフリカ系アメリカ人のロドニー・キングが交通違反で車からひきずりだされ、四人の警官に激しい暴行を受けた。その後の裁判が白人警官に有利な評決をくだしたことからロサンゼルス暴動につながっていった。これは黒人と白人の差別問題であるが、ここではおそらくヴァンパイアと温血者（ウォーム）の差別問題なのだろう）。ライヴ・ビュッフェでがっついているのは紹介するまでもない、ジャック・ニコルソンだ。ヴァイパー・ルームと、あまりにも先端すぎるため聞いたこともないようなクラブをいくつも経営しているクリスピアン。クリエイティヴ《C》・アーティスツ《A》・エージェンシー《A》の大物、セバスチャン・ニューキャッスル。彼はＬ・キース・ウィントンの『キンドレッド』サーガ全十二巻のエイジェントでもある。以前は原子物理学者だったのだが、真に大きな爆弾を打ちあげられる分野を見つけたというわけだ」

キトゥンはすべてをしっかり記憶にとどめた。あらかじめジョンから客に関して簡単な説明を受けていたのだ。ほとんど全員がヴァンパイアで、全員がロサンゼルスの、すなわち世界における重要人物だ。誰が支持者なのか、誰が嘆願のためにきているのか、誰が追いだされつつあるのか、誰なら問題なく無視してもいいのか、すべて心得ている。映画業界の連中に関しては、最新作の収益も、ひとつ前の収益も知っているし、つぎの作品の収益についてもほぼ予測できる。政界と財界については、連中が望んでいるものと、それを手に入れられる可能性を把握している。

奇妙なことに、ただひとり、あのタキシードを着た黒髪の女のことだけは何も教えてもらっていない。彼女はウェイターの腕をつかんで、蛇口から流れでる血をショットグラスで受けとめている。ジョンが人混みを縫って女のほうへと導いていく。女はウェイターを解放し、グラスに口をつけてくちびるを赤く染めている。夏のような笑みを浮かべながら、その目は冬のように冷たい。

「ぜひとも仲良くやってくれ」ジョンが言った。「ペネロピ・チャーチウォード、レディ・ゴダルミング。おまえの――そうだな、師匠《メンター》のようなものになってくれるよう、お願いした。だが何よりもまず、おまえの友人になってほしいと思っている」

女が氷のような視線をむけてきた。

着飾った浮浪児ですわね、でも見こみがなくもない。ごくわずかですけれど、それでも――

キトゥンは女の思考を遮断し、たたき返した。

あたしの声、聞こえるんでしょ、ステキ。ここであたしに触れることだってできるんでしょ。すごいや。

そして女の冷たい手を握った。

「ペニーと呼んでくださいな」女が言った。「そこいらの成り上がり《ヌーヴォー》は無視してかまいませんわよ。自分のことお金のことしか話題がないのですもの。あなたはもっと自分自身に関心をむけるべきですわ。つまるところあの人たちは、もう落ち目で、さきがなくて、自分がなりたかったものになってしまったか、なったふりをしているだけですのよ。あなたにはまだまだ未来がありますわ。けっして蝋人形になってはいけませんわよ。これがあたくしの最初のレッスンですわ。時勢にあわせてつねに変化しつづけなさい」

ペニーが心の中にいる。ジョンと同じように。

以前の誰かと同じように。もう思いだせない誰か。

忘れよう。あとで考えればいい。

「どうかな。うまくいきそう?」ジョンがたずねた。

ペニーがうなずいて答える。

「ええ、もちろんですわよ」

女の目にはまだ冬が宿ってキトゥンの心と魂を貫いているけれども、なぜか嫌いになれない。

「まわりをごらんなさい」心の中でペニーがささやいた。「小物は無視してかまいませんわ。一度しか殺したことのない連中や夢を売る商人ですもの。危険なのは誰かしら」

ホールにいる誰も彼もが、ほかの誰も彼もを、ファックするか殺そうと――もしくはファックして殺そうと考えている。妄想たくましく複雑な征服方法を思い描いている者もいる。キトゥンはそのほとんどを切り捨てた。ああした連中が実際に行動を起こすことはない。ほんものの人殺しは誰だろう。

「シュトリエスク、ボンド、ガードナー……ヴィラヌーヴァ？」

「ニューキャッスルですわね。よくできました。でもふたり見落としていますわよ」

「三人かな。ジョンと、あたしと、あんた」

「あら、お上手だこと」

「あたし、お世辞なんか言わない」

ペニーはもう少しで心からの笑みを浮かべるところだった。凶暴だけれど抑制のきいたヘイミッシュ・ボンドとキャプテン・ガードナーが、ホールの向こう端から彼女に注目している。訓練された殺し屋の中に、ペニーのしかけた釣り針が見える。

「そうね、そうかもしれませんわね」

ヘイミッシュ・ボンドは、視線に棘のある長身の黒人女（ジョン・グレン監督『００７美しき獲物たち』A View to a Kill（一九八五）のボンドガール、グレイス・ジョーンズ演じるメイディではないかと思われる）をエスコートしているのに、いまや飢えたような目でペニーとキトゥンを凝視している。彼がグラスをもちあげた。ブラッディ・マティーニに螺旋を描くレモンの皮が浮かんでいる。彼の心には手足やくちびるがからみあっている。さまざまな女の肢体、見ひらかれた死者の目が、ギター音楽をＢＧＭに、銃や車とともにつぎつぎと重なってあらわれる。こんな映画に登場するのはいやだ。キトゥンはまばたきをして頭の中から万華鏡を追いはらった。

「ペネロピがおまえをつくり、未来に導いてくれる」ジョンが言った。

「あら、あなたをつくるのはあなた自身ですわよ。あたくしはただ、不要なものをとりのぞくだけですわ。まずはともかく、その馬鹿げた名前ですわね。賭けてもよろしいけれど、殿方がつけたものでしょう。ちがいまして？」

「まあ、間違ってはいないな」とジョン。

ペニーはジョン・アルカードに非難の目をむけ、一瞬思案してから、あくまでその態度を貫こうと決めた。彼女はまだ試用期間中だが、ジョンにはできないことを見たりしたり言ったりすることができる。ジョンは自分にはない能力を求めて彼女を連れてきたのだから、そんな彼にへつらっても意味はない。

「温血者《ウォーム》のときはなんという名前でしたの？」

キトゥンは精神を集中してギャップを埋めようとした。

「ヘイゼル？」

ジョンがかぶりをふる。霧の中から記憶がよみがえった。

「ホリー」

ジョンがうなずいた。

「それ以上はないよい名前ですわね」とペニー。「美しくて、ロマンティックで、棘があって、さりげなくて、苦くて、可愛らしい。聖人の名前ではなくて、異教的。だれが聞いても納得のいく名前ですわよ。ラスト・ネームはなし。ええ、それがいいですわ、ジョン。ホリー。ただのホリーですわ」

キトゥンは消えた。あたしはホリーだ。

すてきだ。ホリーは最高だ。

11

エクスリー本部長は『ロス市警犯罪ファイル　ドラグネット』（Dragnet 一九四九年から五七年までラジオで、一九五一年から五九年までテレビで放送された、ジャック・ウェブ監督・製作・主演の刑事ドラマ）が再放送されれば、ロドニー・キングの騒ぎも人々の頭から消えるだろうと考えている。アルカードは以前売った恩を楯に、夜明けまでグリフィス・パークを封鎖するよう彼に頼んだ。〈大狩猟《ワイルド・ハント》（Wild Hunt は本来、北欧神話において亡霊や悪霊の狩猟集団のことで、夜中に狩人や犬の声が通りすぎていくのが聞こえたといわれる）〉はザロフの狩りそのものではないが、それでもチャリティを大義名分として、獲物狩りや狂乱の流血を楽しむことができる。

多くの業界人――全員がヴァンパイアというわけではない――が、温血者《ウォーム》の若手俳優や自信満々のスタントマンを追いまわすために、喜んで一万ドルの参加費をはらった。充分な報酬で雇われた狐たちは、猟犬たちをひっぱりまわして満足させ、あたりさわりのない結末を迎えることになっている。アイズナーは暗視スコープとクロスボウをもってくりだし、なんとかして〝うっかり〟カッツェンバーグに吸盤矢をうちこんでやれないかと考えている。マインスターの〝大使館付武官〟であるラヨシュ・ツツロンは、うまく誰かを殺して外交官特権を主張するつもりでいる。ジャン＝クロード・ヴァン・ダムは、ドラックで生やした翼をひろげて石切り場の上を飛びまわっている。今夜〝生き残る〟ことができれば、映画三本の専属契約が結べるかもしれない。ロサンゼルス《LAPD》市警察の敷いた公園封鎖を突破してくる浮浪者がいたら、それは堂々と狩ってよい獲物となる。

アルカードはシティ内でも気に入りの場所であるブロンソン・キャニオンから公園を見わたした。ここは心理文化的《サイコ・カルチュラル》に強烈なパワーをもっている。ここで、ジョン・ウェインは『捜索者』（The Searchers（一九五六）ジョン・フォード監督の西部劇）のエンディング・シーンでナタリー・ウッドを抱きあげたのだし、『ボディ・スナッチャー／恐怖の街』

（Invasion of the Body Snatchers（一九五六）ドン・シーゲル監督。ジャック・フィニイの『盗まれた街』The Body Snatchers（一九五五）を原作にしたSF映画）のケヴィン・マッカーシーはダナ・ウィンターにキスをした。『ロボット・モンスター』（フィル・タッカー監督 Robot Monster（一九五三）洞窟に隠れていた宇宙人が人類を滅亡させるというB級カルト映画。じつは少年の夢オチ）の宇宙服へルメットをかぶったゴリラも、『金星人地球を征服』（ロジャー・コーマン監督 It Conquered the World（一九五六）洞窟にひそむ金星人が地球人を洗脳して征服しようとする）の牙を生やした蕪みたいな金星人も、撮影のしかたで洞窟のように見えるこのトンネルの中にひそんでいた。マスクをかぶった温血者《ウォーム》の億万長者たるバットマンを描いた六〇年代のコメディ番組（アダム・ウェスト主演で六六年から六九年まで放送されたTVドラマの『バットマン』Batman より）では、バットモービルが轟音をたててこの洞窟からとびだしてくる。ロサンゼルスはこの地で撮影されたシーンに取り憑かれている。

『理由なき反抗』（Rebel Without a Cause（一九五五）ニコラス・レイ監督。ジェームズ・ディーンの代表作となった）に出てくる天文台（グリフィス・パーク内にある天文台。ジェームズ・ディーンの胸像がある）の周囲に報道陣が集まっている。『エンターテインメント・トゥナイト』（Entertainment Tonight 一九八一年から放送されているTV番組。エンターテインメントの最新情報を伝える）がお馴染みの連中に〝娯楽情報《インフォ＝テインメント》〟インタヴューをおこなっている。アルカードはデイヴィッド・マメットに、狩人と獲物のすばらしい関係についてサウンドバイト（放送に使うキャッチフレーズのような言葉）をつくるよう命じておいた。〝たとえ厳密な意味の死者であろうとも、生死を決する狩りのあいだは何より生命力にあふれている〟といったようなやつだ。マメットはロバート・ブライよりももっともらしく言葉を飾ることができるし、何本もの映画にクレジットされているから、ジョーク扱いされることもない。『ザ・ロック』をリライトしたリフキン原稿を、さらにリライトしたラフキン原稿の、ダイアローグ部分のブラッシュアップをまかせてもいい。

ホリーとペニーはどこかの藪にひそんで自由に行動している。ペニーの話によると、彼女の生徒は毎夜どんどん進歩しているという。自分の足跡を隠すくらいは問題なくできるだろう。少女にはかなり頻繁な食餌が必要で、一度として赤い渇きをこらえたことはないが、それでもずいぶん判断力がついてきた。目的は異なっているものの、エクスリーとフィッセルはそれぞれ警察のデータベースから彼女の記録を消去した。故クリストファー・カラザーズの無差別犯罪の記録において、いまやホリー・サーギスは共犯者ではなく、被害者の人質として記載されている。ビデオ・アーカイヴのクエンティンはこともあろうに、事件生存者として殺人者カップルを語ったシナリオ企画をもちこみ、ミラマックス（一九七九年に設立されたアメリカの映画会社。メジャースタジオでは配給できないインディペンデント映画を発表した）とファーストルック契約を結んだ。原稿書きに遅れをとったジャック・マーティンは、ここでもまた締めだされてしまった。トロマ（一九七四年に設立されたアメリカの映画会社。B級ホラーやお馬鹿コメディを主としている）とラストルック契約を結ぶことができればラッキーというところだろう。アルカードはいかなるキット・カラザーズ映画にも登場しない。殺人者を倒して少女を助ける功績は、最終的に、スコット・グレン、フレッド・ウォード、アレック・ボールドウィンらが演じる架空の警官のものになるだろう。

　姿は見えないものの、ルーマニア人もずいぶん前からはいりこんでいる。背後の洞窟から流れでてきたかのように、〈父〉が彼の頭と肩を包みこんだ。顔に張りめぐらされた神経と血管にはいりこんで脳に浸透し、全身で脈打ちながら満ちあふれて表面をおおい、それとなく、またはっきりと、意志を伝えてくる。いま彼は鋭い暗視能力に頼るばかりでなく、心の動きをたどって公園内のすべてを掌握している。キャニオンに立っていると同時に、巨大蝙蝠となって上空を漂っている気分だ。蝙蝠の音波のように精神波を使って位置をさぐり、何十にもおよぶ生き物の正確な動きを把握する。フェラルとクライニクはゆっくりと与えられた指示に従っている。彼らのもつれた思考がビーコンのように青い光を放つ。それが〈父〉に失われた宝を思いださせる。

　内なるドラキュラを増幅させれば、共有されたアルカードの精神はこの公園におさまりきらず、ロサンゼルス全域にまでひろがって、この町そのものになってしまうだろう。精神触手《メンタクル》をテレビ・ケーブルのように大通りの下に埋めこみ、海のそばの砂漠にトランシルヴァニアを築きあげるだろう。

　フェラルはウィノナ・ライダーを見ながら、ずいぶん若い子だがつきあっている相手はいるのだろうか、真珠のような小さな牙をつけたらどんなふうになるだろうと考えている。彼は以前、ジェニファー・ビールスが売約済であると知ってがっかりしたことがあるのだ。彼よりも慎重なクライニクは、罠に誘いこまれたのではないかと案じている。ここは遠い異国の地、シュトリエスクがいないと不安で不安でしかたがない。あの悪党はマインスターのうなずきひとつで喜んで彼を殺すだろう。だが、自分以外の誰にも、クライニクを殺させることはしないはずだ。

吸盤矢にあたって誰かが悲鳴をあげた。べつの誰かが高らかに勝利を宣言する。クライニクは自分が間違いなく滅ぼされるだろうことに気づいている。だがそれもゲームにすぎない。

シュトリエスクは国家の緊急案件でルーマニアにもどっている。六月十四日、ジウ谷の炭鉱夫とビストリツァのヴァンパイアからなる混合部隊がブカレストに押し寄せてきたのだ。暴動を起こそうというのではなく、むしろ、改革ののろさとチャウシェスク時代から馴染みの忌むべき顔がいくつも昔の地位にとどまっていることで批判されている暫定政府を、支援しようという動きだった。元秘密警察《セクリターテ》の強面《こわもて》たちが指揮をとっているため驚くほど統制のとれた群衆は、主たるふたつの反対勢力、国民自由党と民族農民党のオフィスを破壊し、さらには街路で多くの〝トラブル・メイカー〟をつかまえ、暴行し、もしくは単に〝消滅〟させた。そのほとんどが学生やジャーナリストで、ヴァンパイア憎しの神父も幾人かまじっていた。イリエスク大統領は〝支持者〟たちにむかっておちついてくれと訴え、その気持ちをサッカーのワールドカップにおけるナショナルチームの戦績にむけようとした。だがマインスター男爵は、シュトリエスクのような腕利き殺し屋《ウェット・ワーカー》にのみ遂行可能な巧妙な殺人の許可を与えていた。騒ぎがおさまったとき、ノスフェラトゥ統一党はより強力になり、領土請求をおこなえる立場にまでのしあがっているだろう。アルカードのコンサートははるか半年さきだ。六ヶ月もあれば状況はいくらでも変化し得る。

世界はほとんどルーマニアに関心をもたず、湾岸諸国に注目している。イラクは石油成金のクウェートとちっぽけなルガシュ公国（ブレイク・エドワーズ監督〈ピンク・パンサー〉The Pink Panther（一九六二― ）シリーズに登場する中東の小国。世界屈指のダイヤモンド、ピンク・パンサーを所持している）に侵攻し、占領した。サダム・フセインは、何世紀にもわたっておのが土地をからからに吸いつくしてきた堕落したヴァンパイアの首長《シャイフ》をその地位からひきずりおろせと、アッラーより直接指示をくだされたのだと主張している。だが、アッラーがそのふたつの国から価値あるものすべてを盗んでこいと命じたのかという問いに、サダムが答えることはないだろう。ブッシュ大統領はＮＡＴＯと国連に反撃を呼びかけている。バグダッド〝局部攻撃〟のために合衆国蝙蝠部隊が配置されたという噂もある。これら卑しむべき騒動すべてが、アルカードには好都合だった。

最初にフェラルがあらわれ、息を切らしたクライニクがそのあとにつづいた。

「よくきた」闇の中から声をかけた。

夜生《ニクトラプト》の彼らも驚いたようだ。アルカードは影になった洞窟から姿をあらわした。

フェラルが懸命な笑みを浮かべた。

「ロンドンではクリフ・リチャードがストーンヘンジに出演すると発表しました。『マック・ザ・ナイフ』（Mack the Knife　ベルトルト・ブレヒト作、クルト・ヴァイル作曲による音楽劇『三文オペラ』Die Dreigroschenoper（一九二八年初演）の劇中歌『メッキー・メッサーのモリタート』Die Moritat von Mackie Messer が英訳され編曲されてジャズのスタンダードナンバーとなった）のメロディにのせて、逆向きの主の祈りを歌います。今年度のクリスマス・ナンバー・ワン（全英ヒットチャートにおいてクリスマス週のナンバー・ワンは特別な意味をもつ。ちなみに、一九九〇年はクリフ・リチャードの Saviours' Day だった）をとるでしょう。トランシルヴァニア運動のためのチャリティ・ソングになりますよ」

アルカードもいまではクリフ・リチャードが何者であるのか知っている。これまで一度として流れる水をわたってその名声が届いたことのない、永遠に若いヴァンパイアのポップ・シンガーだ（クリフ・リチャードがイギリス国内のみで有名だったことと、ヴァンパイアが流れる水をわたれないことにかけている）。

クライニクは無言だ。この長生者《エルダー》は、目的のためとはいえ委ねられた手段に納得がいかず、〈故国〉を案じている。反革命運動に敵対してきたあまりにも多くの冷酷な連中が、いまではその忠実なる下僕に転じている。専制政治がさらに形を変えて、反対者たちを吸収している。クライニクの考える祖国は、足音をとどろかせるブーツと、引き裂く牙と、殴りかかるこぶしにおおわれている。

「他者から与えられることを期待してはいけない」アルカードはルーマニア語で言った。「われわれ自身が奪わねばならぬのだ。おぼえておけ」

クライニクはアルカードが自国語で語りかけてきたことに気づいた。

〈父〉が鎧のようにアルカードを包んだ。古き叡智が子《ゲット》の脳に撃ちこまれる。召喚が妨害されたことなど一度もなかったかのように。この瞬間、アルカードが幽霊で、ドラキュラが実体となった。ふたりはひとつの存在の裏と表だ。

「ジョン・アルカード、あなたは何者なのだ」クライニクがルーマニア語でたずねた。「一体全体、何者なのだ」

「〈猫の王〉」〈父〉が答えた。

クライニクの心が変じるのがわかった。たったいままで、彼はマインスターのあらゆる称号にたいする偏愛に当惑し、男爵がなぜこの意味のない特別な名に固執するのか、理解していなかった。ドラキュラ伯爵は誰もが認める青白き者たちの支配者だったが、その称号は彼とともに消滅した。男爵にせよ、このハリウッド業界人にせよ、それを請求しても意味などないではないか。〈猫の王〉を宣言するのは、ナポレオンの玉座の継承ではなく、ナポレオンに——帽子をななめにかぶりシャツに片手をつっこんだお決まりのポーズでマンガに描かれる狂人に、なろうとするようなものだ。だがクライニクはいま悟った。かつてドラキュラが物理的精神的に所有していたすべては、当然の権利によりアルカードのものだ。トランシルヴァニアがノスフェラトゥの国となったあかつきには、この男——彼らの父にして始祖なる男が、承認されるだろう。

クライニクは膝をつき、角帽を脱いで頭を垂れた。

「生けるときも死すときも、あなたこそわがあるじだ、ドラキュラ伯爵」

〈父〉が背後にさがった。心の中にはふたたびアルカードひとりしかいない。驚くほどの空虚。だが言うべきことはすでに述べた。

フェラルはごく初歩的なルーマニア語しか解さないため、いまのやりとりから取り残されている。

だがいずれにしても考える時間はなかった。ホリーが夜の中からあらわれ、襲いかかったのだ。爪で二度殴り、傷に口を押し当てる。血は一滴もこぼれない。

クライニクは朋友が襲われたことに気づきながらも、その事実を受け入れた。

ペニーもやってきてホリーのやり方を是認した。

フェラルの財産はすでに委託されている。問題となるのはそれだけだ。彼はマインスターにとって、運動にとって、彼自身の家族にとってすら、歩く財布だったのだ。彼の意識も身体も、そのおまけにすぎない。

ホリーが血を吸うにつれてフェラルの顔が縮んでいった。目が大きく見ひらかれ、虹彩が色を失って半透明になり、糸のように細い血管から赤いものが消えていく。少女は彼から血以上のものを奪っている。髪が白くなった。ショック症状だ。

「クライニク、おまえはわたしを信じなくてはならない」アルカードは言った。「トランシルヴァニア運動などない。マインスター男爵もいない。すべてまがいものだ。すべてがあまりにも卑しく小さい。だがわれわれという存在は——われわれがなしている行為は、重要な意味をもつ。それによりわれわれは、一国ではなく世界を手に入れることができる。おまえは間違いなくわたしのものだな」

アルカードは手をのばした。夜の中で、クライニクの目に、指輪のルビーは黒く映るだろう。だがアルカードにはその中心に宿る血のきらめきが見える。クライニクにもそれを見せてやった。

クライニクが指輪に口づけをした。

ホリーが立ちあがった。顔は血糊で汚れ、見ひらいた目も赤く染まっている。フェラルの最後の血が咽喉をすべり落ちると同時に、彼女の顔が溶けるように変容した。アルカードはホリーを、そして彼女がまとった新しい顔を見つめた。

（訳注：タイトル「この町ではもう二度と血を吸わない」You'll Never Drink Blood in This Town Again は、ジュリア・フィリップスの You'll Never Eat Lunch in This Town Again（一九九一）およびジョアン・パレントの You'll Never Make Love in This Town Again（一九九五）より。メインとなる動詞を入れ換えて、この表現はほかにもいろいろと見られる）

インタールード

ミス・ボルティモア・クラブズ

——ドラキュラ紀元一九九〇

1

殺人課の刑事がふたり、死体を見おろして立っている。No1：男。十代後半から二十代前半。五フィート九インチ。赤い縁飾りのある黒いマント、ジーンズ、上等のランニングシューズ。街路にうつ伏せに倒れている。アスファルトのひびに真紅の蜘蛛の巣がひろがっている。血の異臭は死亡時が明け方であることを示している。死因：多数の銃創。

殺人か？　イエス――もちろんだ。だがそれは彼女の管轄ではない……専門的な問題をのぞいて。

ジュヌヴィエーヴはざっと検分しただけで、東ボルティモア（ボルティモアはアメリカ合衆国メリーランド州最大の都市。治安が悪いことで有名）によく見られる非合法物質の売買における意見の相違による殺人だと判断した。現場：はきだめ地区。板を打ちつけた集合住宅のならび。富裕層のためのがっしりとしたヴィクトリア朝邸宅が、大不況のおりに小区画にわけられ、困窮する貧困層にさげわたされた。いまはそれが浮浪者の巣になっている。非行少年の落書き。廃棄された車。ゴミ収集箱の横には目に突き刺さりそうなオレンジ色のカウチがひっくり返っている。立入禁止を示す黄色いテープのむこうに、わずかばかりの市民が集まっている。彼らは何も目撃することがない。

彼女の青いウィンドブレーカーの背中には、大きすぎる黄色い文字でＯＣＭＥ（Office of Chief Medical Examiner 検死局）と書かれている。これはＦＢＩジャケットの真似で、連邦捜査官がこうしたものを着ていると、地元警官に誤って狙撃される可能性がぐんと低くなるのだという。彼女は月に一足、ナイキのコピー商品を履きつぶしている。この仕事をしているとしじゅう、壜の欠片が敷きつめられた路地にはいりこんだり、飲むことのできない体液でべとべとになった床を横切ったりしなくてはならないのだ。検死用キットはグラッドストンの存命中から使っているグラッドストン・バッグ（長方形で両側にひらく小型の旅行鞄。グラッドストンが愛用したことからこの名前がついた）にはいっている。

チェリー・レッドのプリムス・フュリーは、モルグからきた白いヴァンのすぐうしろに停めた。この車は多くの男たちよりも長く彼女と人生をともにしながら、男たちのような悲しみを与えることがない。モルグの職員ブレイクとグライムズはすでに到着していて、ポップタルト（薄いタルト生地に甘いフィリングをはさんで砂糖でコーティングした菓子）で朝食をとっている。

車をおりて野次馬の前を通りすぎるとき、ひとりの男がカウボーイハットの下からぎょろりとにらみつけてきた。州外からきた大柄な白人だ。ぞっとする《クリーピー》。でもそれをいうならば、ここはそもそもいかがわしい町《クリープ・タウン》だ。

この町では医者と警官はよそ者だ。そして、ドラックが売買される場所にほんもののヴァンパイアはめったにいない。だがダンピールはうようよしている。それが彼女の神経に突き刺さる。連中の頭の中は、彼女の血管を流れているもの、それが自分たちにもたらす効果のことでいっぱいなのだ。

誓ってもいいが、ドラキュラはあのいまいましい〈宣言〉をおこなったとき、このような未来が訪れるとは想像してもいなかっただろう。

死体を調べていた警官が顔をあげた。

「ジュネ・ディー、ジュネ・ディー、何か言うべきことはないかい」いつも帽子をかぶっている明るい肌のアフリカ系アメリカ人の刑事が、歌うように声をかけた（ボルティモアを舞台としたTVドラマ『ホミサイド／殺人捜査課』Homicide: Life on the Street（一九九三―二〇〇〇）の登場人物、クラーク・ジョンソン演じるメルドリック・ルイスと思われる。帽子と髭がトレードマーク）。

「極悪非道な殺人犯《ウ・ス・トゥルーヴ・ラササン・ディアボリーク》《アヴェック・ラクサン・ディアボリーク》はどこにいるんだろう」

彼はいつも、とんでもないアクセントのフランス語で話しかけてくる。ヒッピー風のサングラスをさげると、活気と愛嬌のあふれる目がのぞく（TVドラマ『ホミサイド／殺人捜査課』Homicide: Life on the Street（一九九三―二〇〇〇）の登場人物、リチャード・ベルザー演じるジョン・マンチと思われる。元ヒッピーでフランス語が堪能）。

まだ彼女に知らされていない何かがあるようだ。

「ご立派な殺人課刑事さんたちは何に困っているの？」

ジュヌヴィエーヴはメリーランド州検死局の特別要請により、トロントからボルティモアに移ってきた。どういうわけか、蟹の町《クラブ・タウン》（ボルティモアは蟹の名産地として知られる）では奇怪な事件がやたらと多いのだ。保存された切断頭部の口に珍しい蛾の蛹《さなぎ》がつめこまれていたとか（トマス・ハリス原作『羊たちの沈黙』The Silence of the Lambs（一九八八）、ジョナサン・デミ監督同名映画（一九九一）における連続殺人犯バッファロー・ビルの犯罪より）。狂った詩人がエドガー・アラン・ポオにちなんでみずから壁の中に埋めこまれたとか（ポオの『黒猫』The Black Cat（一八四三）をモチーフにしていると思われる）。巨大蟹が襲ってくるとか（ハーナン・カーデナス監督『地獄のシオマネキ　巨大蟹のしたたり』Giant Claws（一九八〇）だろうか）。最近ではヴァンパイア医学はもちろん、ヴァンパイア関連の異常犯罪も頻発している。〈ドラキュラ宣言〉から百年がたつというのに、ヴァンパイア法医学の専門家はいまもまだわずかしか存在しない。ロサンゼルスであのような目にあいながら、彼女はスカウトされて、ふたたび合衆国にもどってきた。

……とはいえ、ありきたりの麻薬がらみ殺人事件を捜査するためではない。

「あんた、切り裂きジャックをつかまえたってのはほんとなのかい」黒人刑事がたずねた。

「切り裂きジャックなんてものはいない」相棒が言った。「あれはフリーメーソンの陰謀だ……」

「あなた方は真実の半分も知ってはいないのよ」

ジュヌヴィエーヴはときどき――たとえばこのようなときに――いまは一八八八年で、自分はまだホワイトチャペルにいるのだと思いそうになることがある。ここもまた古く劣悪な地区だ。空は見えるし、人は少ないが――何ブロックにもわたって空き家が、もしくは空き家と思われるものがつづいている――それでも同じ腐臭がする。都会のジャングル。捕食者と獲物。

あのころはスラムのど真ん中で暮らしていた。いまは町のむこう、フェデラル・ヒルの心地よいアパートにおさまっている。ペン・ストリートのモルグまでのんびりと歩いていける距離だ。港の周囲は家賃が高いので、ふたりのキャリア・ウーマンとルーム・シェアをしている。〈ボルティモア・サン〉紙（メリーランド州最大の規模をもつ日刊紙）の編集員ローリー・ブライアーは、知的で、道理をわきまえ、共感力が高い。〈ボルティモア・サン〉紙において誰よりも多くヘイト・メールを送りつけられているのは、おそらくそのせいだろう。エマ・ズールは模型建築のデザイナーで、法廷において陪審員が事件を掌握するための犯行現場復元を専門としている。どちらもヴァンパイアではないが、エマは週末にダンピールになる。ローリーのことはとても気に入っている。だがエマは華やかな恋愛模様をくりひろげる女だ。できるだけ穏便にこのフラットから出ていくよう説得してもらえないかと、それとなくローリーに頼んだこともある。犯行現場で長時間すごしたのちにようやく帰宅した一度などは、三州にわたる連続殺人鬼《トライ＝ステート・フッカー・ハッカー》（ジェイムズ・エルロイ『キラー・オン・ザ・ロード』Killer on the Road（一九八六）に登場する連続殺人鬼ロス・アンダーソンの別名が、Four-state Hooker hacker）の最新犯行現場をあらわすミニチュア模型が、キッチンのテーブルにのっていたものだ。

ミスタ・死人《ディシースト》のマントの背中には六つの穴があいていた。珍しい衣装ではあるが、もちろんそんなものは、ジュヌヴィエーヴがここに呼ばれた理由にはならない。ヴァンパイアのような格好――というか、ヴァンパイアらしいと考えられている格好をすれば、不死者《アン＝デッド》になれるわけではない。いずれにしても、これはあまりにもステロタイプだ。エマ・ズールとは異なり、ジュヌヴィエーヴは白い柩の中で眠ったりしないし、ワードローブいっぱいの屍衣ももってはいない。

「アロンゾ・フォルテュナートを紹介するよ」黒人刑事が言った。「優等生で、高校ではスポーツ選手、かつては〝陸上競技《トラック》の〟フォルテュナートと呼ばれていた。なのに金メダルを諦めて赤を売るようになっちまった。いまじゃ新しい通り名をもってるよ。〝ドラク〟ってね……」

「というわけで、幸運《フォルテュナート》じゃなかったミスタ・フォルテュナートは、このように特徴的な服装を選ぶにいたったというわけさ」相棒の刑事があとをつづける。「こいつは腐り切った自分の将来像というやつを広告して歩いてたんだな。最高に酔っぱらった吸血鬼種族《サン・ド・ヴァンピール》、たぶんな《プロバブルマン》」

ジュヌヴィエーヴは身ぶるいした。ドラック狂騒は彼女を追うように、ロサンゼルスからトロントへ、そしてこの町までやってきた。そしてなおもひろがりつつある。麻薬取締局《DEA》の報告書によると、液体であれ粉末であれ、純粋のものであれさまざまなレベルに不純化されたものであれ、ヴァンパイアの血を売る商売は一九七〇年代末にニューヨークではじまったという。当時彼女がいた場所からは国ひとつ分も離れたところだ。

そしてジュヌヴィエーヴはこれを、個人的な事象として受けとめている。彼女には数多くの幽霊が取り憑いている。救うことのできなかったニコもそのひとりだ。モデルのように細いあのヴァンパイアは、ドラック・シーンにおけるごく初期の犠牲者だった。直接血を奪われたわけではないが——赤い粉をつくるために多くのヴァンパイアが血を抜かれて消滅している——血なまぐさいこの商売における犠牲者にはちがいない。

今日の犠牲者、アロンゾ・フォルテュナートをしっかりと検分した。

「死因は拳銃による複数回の射撃。問題の銃の持ち主を見つければ事件は解決。ドラクの名を黒板にあげて。みんなお褒めの言葉がもらえるわ。さあ、もうモルグにもどってもいいかしら。さしせまった犯人捜査《フーダニット》が待っているのよ……」

「いやいやいや、そんなにいそがないでくれよ、ドクター・ディー」と黒人刑事。「とにかく、中にはいってくれ……」

フォルテュナートはある家から走りでてきたところを狙撃されたのだった。彼の足跡と思われるものを逆にたどってステップをあがると、ひらいた玄関口に制服警官が配置されていた。

刑事たちに促されてはいった屋内には、ひどい悪臭がたちこめていた。

窓に板が打ちつけてあるが、空き家ではない。電気は通っているし、ラックにはコートがさがっている。玄関から奥の居間へと案内された。

さらに七つの死体があった。男が四人、女がふたり。ひとりはどちらともつかず、判別には検死解剖が必要となる。ほとんどが黒人で、集中的に弾丸をくらい、温めた蝋の彫刻のように異様にひきのばされている。武器と薬莢と麻薬器具と飛び散った血と死を題材とする静物画。引き裂かれたクッションからこぼれた羽毛が夏のそよ風に吹かれて薄布《ゼファー》のように漂っている。自立式のフロアライトが倒れ、フィルム・ノワールのように陰惨な影を投げかけている。

これだけの数の死体となると、ブレイクとグライムズのヴァンで一度に運ぶことはできない。応援を頼まなくては。必要とあれば彼女の権限で市の車をさらに呼ぶことができる。ふたりにまかせたら、死体を薪のように積みあげ、家具のように運んでいくだろう。

「交戦地帯にようこそ」ユダヤ人刑事が言った。「この町におけるもっとも喜ばしい伝統のひとつを味わってくれたまえ。手当たりしだいの銃撃、あたり一面の死体……どういう順番で誰が誰を撃ったのか、解明するにも時間がかかる」

「そうでもないわ」

ジュヌヴィエーヴは慎重に室内を歩きまわった。法廷で証拠になりそうなものを踏んだりこすったりしないよう、気をつけなくてはならない。

「カウチの上のご遺体がくつろいだ姿勢でいるのは、気のおけないお仲間がゆったりと過ごしているときに、武装したひとり、もしくは複数の訪問者がやってきて、応戦できないうちに襲われたということだわ。ほら、弾痕はすべてこちら側、入口から見て奥の壁に刻まれているでしょう。被害者たちの武器はまだベルトか、ポケットか、サイドテーブルに残ったままよ。そうね、襲撃があったとき、フォルテュナートは二階で寝ていたかトイレにはいっていたのでしょう。陸上選手の経験を生かして逃げようとしたけれど、それも無駄に終わったのね。襲撃者——もしくは襲撃者たちは、鴨居に頭をぶつけでもしていないかぎり、やってきたときも出ていくときも、かすり傷ひとつ負ってはいないはずよ。これは強襲殺戮だわ」

黒人刑事が〝ほら、言っただろ〟といわんばかりににやりと笑って相棒の腕をたたいた。

「それでも、なぜわたしが呼ばれたかはまだ謎のままだわ」

「見てほしいものがあるんだよ……歯と、爪と、目」

刑事たちの言いたいことはわかる。明るい照明の下で裸にして調べなくては確かなことはいえないものの、死体はすべてダンピールのようだ。とがった歯と爪。鋭い牙や爪がとびだすことに慣れていないのだろう、歯茎や指先には血がにじんでいる。ひとりの首が異常に長いのは先天的な特徴かもしれないが、いずれにしても驚くほどのことではない。ドラックはこの十年で流行りはじめた麻薬だ。コカイン市場や罌粟《けし》の栽培者は大きな打撃を受けている。

「でもそうね。ドラックを使っているからといって、ヴァンパイアが関わっているとはかぎらないわ。ここにあるご遺体を運んだら、シャイナーに報告書を出してもらうから……」

「ここにあるご遺体だって？」とユダヤ人刑事。「あんた、自分が呼ばれたのはここにある死体を調べるためだと思ってたのかい。いやいや……とんだ誤解だよ。さあ、ジュヌヴィエーヴ・デュドネ、申し訳ないがこっちにきていただけませんかね。サマー・オヴ・ラヴ（一九六七年夏、アメリカを中心にヒッピー文化が盛りあがりひろく認知された社会現象）を思わせるすてきなビーズのカーテンをくぐってね。監察医としてあんたが呼ばれた理由が、あんた以外の者じゃ役に立たない理由が、わかるよ……」

そして彼はカーテンをひらいた。

ジュヌヴィエーヴはそれをくぐって隣の部屋にはいった……キッチンだ。

そこにある死体はひとつだけだった。ひどくきつそうな真紅の下着をつけた、とんでもなく太った男。後頭部のほとんどがなくなっている。

またもや銃創だ。べつに珍しくもないが。

薄暗い照明のもと、リノリウムの床で何かが光っている。彫刻をした年代物の箱がひっくり返っている。蓋があいて、小さな白いものが散らばっている。

「あれ、おれたちが考えてるとおりのものかな」黒人刑事がたずねた。

ジュヌヴィエーヴは鞄をあけて必要な道具をとりだした。かがみこみ、大きなピンセットでその物体をつまみあげる。

牙だった。ヴァンパイアの歯。

2

三十八本の牙。おそらく複数の犠牲者から得たものだろうとは思うが、ヴァンパイアの牙は抜けたり折れたりするとまた新しいものが生えてくるから、ひとつのあごから抜いた可能性もなくはない。門歯、犬歯、さまざまな歯。だが臼歯はない。二本は標本としても大きすぎる三インチで、一本にはブラックダイヤモンドが嵌めこまれている。

「またポオかぶれ殺人なの？」彼女はたずねた。

近頃、エドガー・アラン・ポオの物語を真似た模倣殺人が、とりわけボルティモアで奇妙な流行になっているのだ。一八四九年、ポオはこの町で、選挙の水増し投票のために泥酔させられて死亡し（ポオの死はいまだ謎のままだが、その時期はメリーランド州議会選挙にあたっていた。当時、立候補者に雇われた者が旅行者やホームレスに無理やり酒を飲ませて投票所に連れていき投票させる、クーピングと呼ばれる不正が流行っていたため、その犠牲になったのだともいわれている）、ウェスト・ファイエット・ストリートの教会墓地に埋葬された（なんとも皮肉なことに、まさしく早すぎた埋葬である（「早すぎた埋葬」The Premature Burial（一八四四）より））。墓標はいまも立っていて、その下には誰のものだかわからない骨が横たわっている。かの詩人はその後、一八七五年に掘り起こされ、埋葬されなおしたことになっている（もとの墓は墓地の隅にあり墓石も壊れた粗末なものだったので、全米から寄付が募られ、教会の正面に立派な墓がつくられた）。そのとき（式に参列した）ウォルト・ホイットマンは、この特徴的なひたいはエディに間違いないと断言した。だがホイットマンは間違っていた。墓に眠っているのは、またべつの誰だかわからない卵頭《エッグヘッド》だ。ポオはヴァンパイアとしていまもまだこの世に存在し、熱狂的なファンがオランウータンに恋人の母親を襲わせたり（「モルグ街の殺人」The Murders in the Rue Morgue（一八四一）より）、地下室に振り子をつくって掃除機のセールスマンを両断しようとしたり（「陥穽と振子」The Pit and the Pendulum（一八四三）より）するたびに、『オプラ』（アメリカのTV番組『オプラ・ウィンフリー・ショー』The Oprah Winfrey Show（一九八六－二〇一一）。史上最高のトーク番組といわれる）や

『ザ・ジェリー・ラングフォード・ショー』（マーティン・スコセッシ監督『キング・オブ・コメディ』The King of Comedy（一九八二）に登場するトーク番組）に不快な思いをさせられている。

わけがわからないといった顔をしている黒人刑事に、相棒が説明した。

「『ベレニス』だよ。一八三五年に〈サザン・リテラリ・メッセンジャー〉誌に発表された残酷な物語《コント・クリュエル》。偏執狂的な犯罪者エグスが、カタレプシーを起こした従妹ベレニスの歯を抜いて箱にしまってたのさ。このこぼれてるやつみたいにね」（「ベレニス」Berenice（一八三五）より）

「外にあった死体もだわ」ジュヌヴィエーヴは言った。「フォルテュナートという名前……」

「『アモンティリャアドの酒樽』に出てくる犠牲者と同じだね（「アモンティリャアドの酒樽」The Cask of Amontillado（一八四六）より）。でもたぶんそっちは偶然だろう。ポオかぶれの連中はいつも徹底的にやる《ゴー・ザ・ホール・ホッグ》からな（go the whole hog で「徹底的にやる」の意味。これに、ポオの「跳び蛙」Hop-Frog（一八四九）をかけている）。フォルテュナートとマデラインを壁の中に塗りこめる……床下に心臓を隠す（「告げ口心臓」The Tell-Tale Heart（一八四三）より）……舞踏会で疫病をひろめる（「赤死病の仮面」The Masque of the Red Death（一八四二）より）。みんながみんな、大鴉（「大鴉」The Raven（一八四五）より）か片目の猫（「黒猫」The Black Cat（一八四三）より）を飼っている。憂鬱な主人公が失われた青白い少女を思ってウージー（イスラエル製の高性能機関銃）で部屋いっぱいのくだらないドラック狂をぶち殺すのは、『怪奇と幻想の物語』（Tales of Mystery & Imagination ポオの死後にまとめられた作品集のタイトル）の中のなんて話だっけかな、思いだせない。もちろんおれは最近の作品《ウーヴル》まで追いかけちゃいないんだがね」

「ポオかぶれはみんな、最近の本は問題にしていないわ」

「おれはエド・マクベインが好きなんだ」黒人刑事が言った。「87分署のペーパーバックを読んだからって、ろくでなしを殺するろくでなしはいないぞ」

ジュヌヴィエーヴは立ちあがった。牙を集めて箱にもどそう。犯行現場はしばらくのあいだ現状を維持しておかなくてはならない。

「エドガー・アラン・ポオは特別なケースよ。ヴァンパイアの作家ですもの」

彼女は二度ほど、同じ室内で離れたところにいるポオを見かけたことがある。イタリアに滞在していたときのことだ。一九五九年、ドラキュラが殺された夜もポオはあの城にいた。実際に言葉をかわしたことがあるわけではないが、それでも彼女はずっとポオのキャリアを追っている。

数年前、ニューヨークの編集者アレクサンドラ・フォレストがかの作家に爪を突き立て、彼のもっとも有名な作品群の続編を、サーガともいえる長さのシリーズとして出版する契約を結んだ。『アッシャー・シンドローム』（「アッシャー家の崩壊」The Fall of the House of Usher（一八三九）より）、『デュパンのテープ』（「モルグ街の殺人」The Murders in the Rue Morgue（一八四一）、「盗まれた手紙」The Purloined Letter（一八四五）などに登場する名探偵オーギュスト・デュパンより）、『ヴァルドマアル氏の検証』（「ヴァルドマアル氏の病症の真相」The Facts in the Case of Mr.Valdemar（一八四五）より）、『ピム・パーティクル』（「ナンタケット島出身のアーサー・ゴードン・ピムの物語」The Narrative of Arthur Gordon Pym of Nantucket（一八三七）より）といった具合だ。ポオはその前金を〝黄金《ウォーム》〟――ジュヌヴィエーヴの給料ではめったに買うことのできない高品質の人間の血――につぎこみ、温血者のグルーピー娘――なんと、十三歳であることがわかった（ポオが一八三三年に結婚した従妹ヴァージニアも十三歳）――との結婚によってゴシップ誌をにぎわせ、そして原稿を仕上げることができなかった。噂によると、フォレストはポオの猫に何か恐ろしいことをしたという（映画『危険な情事』Fatal Attraction（一九八七）において、フォレストはストーカーをしている主人公の家にはいりこみ、娘のペットである兎を鍋で煮た）。その本は結局、悪評高いポオの名前が表紙をでかでかと横断し、あまり有名でない共著者たちの名前がおまけのように小さくつけ加えられるという形で出版された。『メッツェンガーシュタイン・ファクター』（「メッツェンガーシュタイン」Metzengerstein（一八三二）より）の実際の著者は、かつてハリウッドにおけるジュネの情報源だったジャック・マーティンである。彼はまた、最近発禁処分をくらったリディア・ディーツ・ポオの暴露回想録『親愛なるエディ』のタイトルページにも〝聞き手および代理執筆者〟として記載されている。ジュヌヴィエーヴは罪の意識にかられながらも楽しく読ませてもらった。そうこうしているうちにこの本は映画化され、骸骨のように痩せこけたデニス・クエイドと、黒いレースに身を包んだウィノナ・ライダーが主役のふたりを演じた（実在するロックスター、ジェリー・リー・ルイスの伝記映画、ジム・マクブライド監督、デニス・クエイド主演『グレート・ボールズ・オブ・ファイヤー』Great Balls of Fire!（一九八九）より。ジェリーの三人めの妻マイラ・ゲイル・ブラウンを演じたのはウィノナ・ライダー。結婚当時、マイラはまだ十三歳だった。さらには、この映画はマイラの自伝 Great Balls of Fire: True Story of Jerry Lee Lewis（一九八二）をもとに制作された）。

ポオはいまハリウッドに進出し、ジョン・アルカードのために働いている。すべてのモンスターがかの地に集結したわけだ。自分は追放されたのだと思うと心が痛い。あれからもう十年になる。いまならきっと、もどっても大丈夫なのではないだろうか。つまるところ、いまの彼女は立派な公務員なのだから。それでも、いまさらロサンゼルスにもどってどうなるというのだろう。

「歯を集めていたのは誰なの」彼女はたずねた。「ベニー・エグスなどという名前ではないのでしょう?」

「残念ながらね」読書家の刑事が答える。「それでも、意図的かどうかはわからんが文学的な名前だよ。でぶで注意力散漫なその紳士の名前はウィルキー・コリンズ。バークスデール・オーガニゼーションでチーフまでのしあがった男さ。まあ、のぼりつめたら、あとは落ちるだけだけどな」

「ここはバークスデールの持ち家なの?」

「ああ。ボルティモアの麻薬取引組織におけるエイヴィスだよ。いっそうの努力を惜しみませんってやつさ。なんたってナンバー・ツーだから……(エイヴィスはアメリカのレンタカー会社。業界ナンバー・ツーであることを逆手にとったキャッチフレーズ、We try harder で有名)」

「つまり、有力容疑者はナンバー・ワンというわけね……」

「……赤丸急上昇中さ」と黒人刑事。「ルーサー・マホーニーってやつだがね」

「魅惑の町《チャーム・シティ》(ボルティモアの愛称)に巣くうコカイン犯罪《クライム・ウィズ・K》の大立者《キングピン》だよ」と相棒。「麻薬《ナルコティック》の皇帝《ナポレオン》……ドラックのローマ皇帝《ディオクレティアヌス》……。あんなに物腰がやわらかくてかつ欺瞞に満ちた猫は、めったにいるもんじゃない……」

「実際にやつが引金をひいたわけじゃないがね。やつは恵まれない若者のための集会で、市長とバスケットボールをするのに忙しいんだ。この虐殺事件は誰がなんといおうと絶対間違いなくマホーニーの仕業だが、ルーサーに容疑をかけることはできん。やつは〝アンタッチャブル〟なんだよ」

ジュヌヴィエーヴも、ローリーの腐れ縁のボーイフレンド、犯罪報道記者ダン・ハンソンから聞いて知っている。マホーニー・オーガニゼーションはボルティモアでも傑出した、ドラック、濃縮コカイン《クラック》、ヘロイン《スマック》の供給元だ。ダンの話によると、馬と娼婦とスモアーズ(焼いたマシュマロとチョコレートをグラハムクラッカーではさんだ菓子)も扱っているそうだが。マホーニーが競争相手を放置しているとすれば、それは、ちっぽけな利益のためにあくせくするのは沽券にかかわると考えているからにすぎない。最近、新興ファミリーであるバークスデールが強気で市場に参入し、つぎつぎと小規模な麻薬業者を吸収してゆるやかな提携関係を結びはじめた。犯罪地図の書き換えにより、いくつもの死体がころがることになった。マホーニーは好んで儲けの一部をコミュニティ・センターや無料診療所や運動場や文化的イヴェントに寄付しているが、実情を考えるならば市のモルグに新館を寄贈すべきだろう。

マホーニーはヴァンパイアではない。だが組織内にヴァンパイアを抱えている。

もし誰かがその歯を抜いたりしたら、怒りを招くことは必至である。

噂によると、ルーサー・マホーニーは身長七フィート、アルビノのアフリカ系アメリカ人で、サメディ男爵の化身だという。ダンの話では、平均よりも頭が切れて、とんでもなく自惚れの強い、典型的な悪党だ。港にある御殿とオフィスビルのほかにも、グランド・ケイマン（カリブ海北西部にあるケイマン諸島、最大の島）に銀行をひとつと、リムジンを一部隊ほどと、プライヴェート・ジェット一機と、有名なモディリアーニ数点と、マイティ・ジョー・ヤングの骨格（アーネスト・B・シュードサック監督『猿人ジョー・ヤング』Mighty Joe Young（一九四九）より。一九九八年にはロン・アンダーウッド監督により『マイティ・ジョー』Mighty Joe Young としてリメイクされている）と、フェルズ・ポイント（海辺に面したボルティモアの旧市街）に広大な不動産を所有しているらしい。

制服警官のターナーがキッチンにはいってきた。彼女はほっそりとした長身で、髪はショートカット、点呼で警察署の部屋にやってくるよりも、トレーニング・ビデオのカヴァで見られるような女だ。彼女がそばにくると、ふたりの刑事はしゃきりと背筋をのばした。もっとも彼女の方では歯牙にもかけていない。

「地下室をごらんになりますか」彼女が言った。

ふたりの刑事が顔を見あわせた。ターナーはそれ以上何も言わない。

ジュヌヴィエーヴが殺人課の刑事としゃべっているあいだに、制服警官と科学捜査班《CSI》は家じゅうを捜索していたのだ。ブレイクとグライムズは肉をヴァンにのせてモルグにもどるべく、まだ待機している。

「ほかにもご遺体があるの?」ジュヌヴィエーヴはたずねた。

「そういうわけではないんですが……」ターナーが口ごもる。

「なんだか薄気味悪いわね」

階段の下に、いかにも古典的な地下室への入口があった。いまにも壊れそうな木の踏み段が闇の中へと通じている。マムズ・バークスデールのミイラを見つけることにはならなければいいのだけれども。

刑事たちをさきに行かせた。ジュヌヴィエーヴが仕事をはじめる前に、彼らも自分の仕事をしなくてはならない。ここに彼女の仕事があるならばだが。

理由は考えたくないものの、すでに口の中で牙が鋭くのびはじめている。

もちろん地下室には悪臭がたちこめていた。

懐中電灯の光が、錆びた針金の巻束や、古い自転車や、束ねた〈サン〉紙（一九六三年に創刊されたイギリスの大衆紙）や、ショッピングカートいっぱいの盗んだ銅管などを照らしだす。頭のない胴体に一瞬ぎょっとするが、それはウェストを細くしぼった裁縫用のトルソだった。

不安定に積みあげたがらくたのあいだを、ターナーが巧みに誘導していく。

地下室の奥は、ポオかぶれの殺人犯が新しい壁をつくりたがる場所だ。だがここにはべつの部屋があった。

「あら、セキュリティは万全だわね」

ドアはあいているが、鍵がいくつもついていたのだ。新しいぴかぴかのものもある。

「麻薬の隠し場所かしら」

ターナーが肩をすくめた。

「いや、おれにあてさせてくれ」と黒人刑事。「ブツがなくなっていれば……」

「つまり、単なる殺人事件ではなくて、強盗目的だということ？」とジュヌヴィエーヴ。

「結論を出すのは中を見てからにしてください……」

その部屋には窓がなく、照明は金網のケージにはいった蛍光灯だけだ。コンクリートの床にクッションが散らばり、新しいものや古いものや、血の染みがついている。洗面台には錆色の水が半分たまっている。

においから、誰かがここで暮らしていたのだとわかる。

壁に埋めこまれたボルトから鎖がのびて、ぴかぴかの足枷までつながっている。足枷はまっぷたつに切断されている。そして鎖はまだ艶やかな血で濡れている。

誰かがここに監禁されていたのだ。

「あれ、銀かな」黒人刑事がたずねた。

「そう見えるわね……」

ジュヌヴィエーヴは小指の腹でできるだけそっとその金属を撫で、熱いストーヴに触れたかのようにひっこめた。

「……間違いなく銀だわ、痛い」

ヴァンパイアがここに拘束されていたのだ。

温血者《ウォーム》をつないでおくには、銀はやわらかすぎるし高価すぎる。だがヴァンパイアを飼っておきたい者にとっては手頃な品となる。スポーツ用品店では〝ホーム・セキュリティ〟のためと称して、銀のフィッシュネットや有刺鉄線や人捕り罠や弾丸を売っている。そうした商売は修正第二条（アメリカ合衆国憲法修正第二条は銃砲の保持携帯を認めている）によって保護されているのだ。アメリカに祝福あれ（God Bless America はアーヴィング・バーリン作詞作曲の楽曲。第二のアメリカ国歌ともいわれる）。木の杭もまた、フェンスに使われる以上にたくさん店頭にならんでいる。

「誰だか知らんが、バークスデールにとらわれていた不本意な世捨て人も、いまじゃ風の中だな……（ボブ・ディランの名曲「風に吹かれて」Blowin' in the Wind（一九六三）を意識しているのかもしれない）」ユダヤ人刑事が言った。

「べつの地下室に移されたのかもしれないわよ」

居住者の痕跡をさがそうと狭い室内を見まわした。洗面台の壁は、鏡があった場所だけ漆喰が明るい色をとどめている。角が一部残っているのは鏡が割られたということなのだろう。巨大なアフロヘアに目つきの鋭い黒人女のヌードグラビアが何枚か、画鋲で壁にとめてある。けばけばしいホロスコープ・チャートには、角貝座、蠍座、蛇遣い座など、珍らしい宮が記されている。蠍座は最近ゾディアックに加えられた星座で、ヴァンパイアのものとされている。

ダンセットの蓄音機が電源につながれ、ターンテーブルにはオリジナルズの「スーパーナチュラル・ヴードゥー・ウーマン（夜に仕事をする）」（Supernatural Voodoo Woman オリジナルズが一九七四年に発表した楽曲。ポール・マスランスキー監督 Sugar Hill（一九七四）の主題歌。後半部分は歌詞）がのっている。トースト立てにはスーパー七〇年代のソウル・シングル・セレクションがはいっている。

ふたりの刑事は積みあげた十五年前の〈プレイボーイ〉誌を見つけ、さっそく折りこみのヌード写真をひらきはじめた。写真の首には落書きやひっかき傷が……

「こいつはたぶん、カート・ヴォネガットの啓発的インタヴューや、ガーハン・ウィルソンのダークでウィットに富んだマンガが読みたくて買ったもんじゃないよな」ユダヤ人刑事が言った。

飾りものや雑誌や音楽は、バークスデールが捕虜を少なくとも楽しませようとしていたことを示している。ピンナップがあるということは、捕虜は男だ。血の染みは、食餌を与えられたのか、もしくは血を抜かれたということで——おそらくはその両方だろう。

ジュヌヴィエーヴは鞄からラテックスの手袋をとりだした。この現場を調べるには宇宙服がほしいところだ。汚れているだけではなく、思念が残留している。この部屋は隠れ家ではなく牢獄だったのだ。囚人の怒りと絶望が……

……おそらくは救出か脱出によって軽減されてはいるだろうが、それでもまだ漂っている。

もし万一この件が審理されることになったら、エマ・ズールはミニチュアの鎖と家具でこの地下室の模型をつくるだろう。ジュヌヴィエーヴの周囲で空間が縮みはじめた。ポオの陥穽のように壁がせまり、天井がさがる。この独房から、地下室から、この家から、外に出たい。だがまだ見なくてはならないものがある。

「ここです」ターナーが言って、ブーツでクッションを脇によせた。

ずんぐりとした縫いぐるみ——真紅のトランクスを穿いた茶色い人形が、うつ伏せに倒れている。後頭部に錆びた爪が突き刺さっている。

「誰かを思いださない？」ジュヌヴィエーヴは言った。

3

ジュヌヴィエーヴは午後になってもテラスハウスを出ることができなかった。

いまこの事件において彼女に求められているのは、法医学者よりもむしろヴァンパイアとしての役割だ。ブレイクとグライムズは死体の移動をはじめている。モルグではほかの連中が、法廷で必要な弾丸を死体の中からさがしだしてくれるだろう。ジュヌヴィエーヴの仕事は、現場を調べて、警官たちに不死者《アン=デッド》としての見解を告げることだ。

検死局《OCME》は面接のときに、これも彼女の仕事の一部になるとはっきり通告した。自分が粗さがしのエキスパートであるという概念にはひどく当惑させられたものだ。連邦捜査局《FBI》、アルコール・煙草・火器及び爆発物取締局《ATF》、テロ対策ユニット《CTU》（アメリカのTVドラマ24 -TWENTY FOUR-（二〇〇一-　）に登場する政府機関）、アメリカ国家安全保障局《NSA》、超常現象調査防衛局《BPRD》（マイク・ミニョーラ作のアメリカン・コミックス〈ヘルボーイ〉Hellboy（一九九三-　）シリーズに登場する組織。二〇〇四年および二〇一九年に映画化もされている）、ジョンズ・ホプキンズ大学（ボルティモアに本拠をおく私立大学。世界屈指の医学部を有する）、精神異常犯罪者のためのボルティモア州立病院など、いったいいくつの機関や組織と関係しているのか、自分でももう数えることはできない。理論的にはいつ呼びだされてもおかしくないものの、スペシャリストとされる彼女の知識を定期的に利用するのはＢＰＲＤだけだ。ディオゲネス・クラブはまだ活動をつづけているのだろうか。あそこも同じように彼女を利用していたが、いつも双方円満というわけではなかった。最後に聞いた話では、ミセス・サッチャーはペルメルの建物を売って、クラブの機能をカーディフ（ウェールズの首都）の下っぱ職員に移そうとしているという。かつてマイクロフト・ホームズが英国政府を代行していた場所は、いずれヤッピーたちの住むアパートになるのかもしれない。

　総体的に見て、合衆国におけるヴァンパイアの犯罪は、牙があるというだけで通常の犯罪とほとんど変わらない。牙のある銀行強盗。牙のある自動車泥棒。牙のある信号無視。人間の血を摂取しようという意図に基づいた特殊な凶悪犯罪——ゴシップ紙が喧伝するよりはるかに少ない——をのぞき、アメリカのヴァンパイアは統計的に、殺人もふくめ、犯罪率が温血者《ウォーム》よりも低い。法廷は長く生きる者たちに五百年の刑を言いわたしたが、それは刑務所に新たな問題を引き起こした。そのため、死刑相当のヴァンパイアの処刑には、おぞましいやり方ではあるものの、もっぱら硫酸銀の致死量注射が好ましいと考えられるようになった。

　そのすべてをくつがえしたのがドラックである。

　ドラックそのものは違法と合法の境界線に位置する。法を遵守しているノスフェラトゥの血管内に流れる天然の有機物から抽出されるものを、どうして禁止できるだろう。臓器強奪と身体部位の私的売買を禁じる法令を拡大すれば、温血者《ウォーム》へのヴァンパイアの血の売却を取り締まることはできるものの、逆方向の取り引きはほとんど規制することができない。正しく納税し、国会に働きかけながらヴァンパイアに食料を提供している外食産業は、その手の問題に関わろうとはしない。

　ドラックを売買する以上、一日に十以上の州法および連邦法に違反しないわけにはいかない。だが、ドラック貴族に対する捜査は、通常の麻薬組織に対する捜査よりも困難だった。いたるところに専門調査団が設置されたが、〈ドラック・ウォー〉（一九七一年にニクソン大統領がはじめて使用した言葉"Drug War"より）においてきわだった成功をおさめられた例はほとんどない。そしてナンシー・レーガンの〝ただウゲーと言おう〟キャンペーン（Just Say Yuck 一九八二年、大統領夫人ナンシー・レーガンが小学校を訪問したさい、ドラッグをわたされたらどうすればいいかと児童にたずねられ、「Just Say No」（ただノーと言おう）と答えた。以後それが麻薬撲滅の広告キャンペーンとなった）は、赤い目のダンピール・コメディアンがワンマン・ショーで演じる決まり文句となった。

　青白い詩人たちが苦蓬《にがよもぎ》を飲んだり（ヴァンパイアの苦手な植物として、大蒜のほかに苦蓬があげられている）、ヒッピーがボウルズ＝オタリー麦角菌でトリップしていた純朴な日々が懐かしくさえ感じられる。

また、ドラック狂が自分の血管を狙っているのだと思うと——その皮肉は充分に承知しているものの——ぞっとせずにはいられない。このあたりだけではない、どこにいようとだ。彼らは転化したいのではなく、ただ……

もし、ジュヌヴィエーヴが月に一度の眠りにはいって無力な状態でいるときに、エマ・ズールがディーラーから品物を受けとりそこなったら、そのときはどうなるだろう。目覚めのときまでに治癒してしまう小さな傷に、自分は気づくことができるだろうか。

高まるマイノリティ論争は、ドラックを合法化し、かつ規制して課税しろと主張している。

何を話そうと、そのほとんどは刑事たちがすでに調べあげたことだ。それでもジュヌヴィエーヴは入口に立ち、倒れていたフォルテュナートの輪郭を示すテープを見おろしながら事件を要約した……

「ヴァンパイアになれる数時間の刺激をべつにすると、伝統的な麻薬ディーラーにとって、ドラックの魅力は手にはいりやすいことだわ。ビルマやコロンビアから苦労して運びこむ必要もない。ヴァンパイアさえいればいいのだもの。自主的に提供してもらうにしても、報酬を支払うにしても、もしくはここの鎖が示しているように、カモを街路から攫ってきて搾りとるのでもかまわない。それでもドラック製造は、血を搾りとって袋につめればいいという単純なものではないわ。町で売られている粉はたいてい、人間か動物の血をまぜて、日光にさらして粉末にしたものよ。丸一日放置しておけば乾いて凝固するけれど、赤成分の多くが蒸発してしまうわ。マリファナを促成栽培するときに購入した育成ランプを使うという方法もあるわね」

ドラックは、壁と床にポリエチレンを張った部屋にいくつものトレイをならべて製造される。バークスデールの赤は一定量ずつ三角形のホイルにいれられるのだか、その作業場でさらに下っぱ構成員の死体が見つかった。中年のヒスパニック系の女ふたりと、十五歳《キンセアニェーラ》(十五歳を意味するスペイン語の女性名詞。十五歳の少女の誕生日を祝うラテンアメリカを起源とするアメリカの習慣)前の少女がひとり、身をよせあって死んでいた。彼女たちは作業のためブラとパンティだけになって、外科医用マスクとシャワーキャップと使い捨て手袋をつけていた。処刑されたかのように、なんの感情もまじえず射殺されている。

ブレイクとグライムズにとっては、運ばなくてはならない荷物がさらに増えたことになる。

町では、バークスデールのドラックは〝フライトナイト〟（トム・ホランド監督『フライトナイト』Fright Night（一九八五）より。ヴァンパイアが主人公のコメディ・ホラー映画）として売られていて、そのブランドを証明するべく包みのホイルには小さな蝙蝠のラベルが貼ってある。ふたつ星を記したマホーニーの包みは、プロジェクトでは〝ニア・ダーク〟（キャスリン・ビグロー監督『ニア・ダーク／月夜の出来事』Near Dark（一九八七）より。西部劇をモチーフとしロードムービーの要素をとりこんだ異色のヴァンパイア・ホラー）、アップタウンのナイトクラブでは〝ワンス・ビトゥン〟（ハワード・ストーム監督『ワンス・ビトゥン／恋のチューチューバンパイア』Once Bitten（一九八五）より。童貞の血を狙う美貌のヴァンパイアを主人公とするコメディ映画）として知られている。ほかにも北東部で流通しているドラックには、〝ヴァンプ〟（リチャード・ウェンク監督『ヴァンプ』Vamp（一九八六）より。ヴァンパイアの巣であるストリップ劇場を舞台とするコメディ）、〝モンスター・スクワッド〟（フレッド・デッカー監督『ドラキュリアン』The Monster Squad（一九八七）より。モンスター軍団と怪物同好会の少年たちの戦いを描いたホラー・コメディ）、〝ライフフォース〟（コリン・ウィルソン作『宇宙ヴァンパイアー』Space Vampires（一九七六）を原作とするSFホラー映画、トビー・フーパー監督『スペースバンパイア』Lifeforce（一九八五）より）などがある。〝イノセント・ブラッド〟（ジョン・ランディス監督『イノセント・ブラッド』Innocent Blood（一九九二）より。悪党のみを襲う女ヴァンパイアとマフィアの戦いを描いたアクション・ホラー）、〝ハビット〟（ラリー・フェセンデン監督 Habit（一九九五）より。）、〝アディクション〟（アベル・フェラーラ監督『アディクション／吸血の宴』The Addiction（一九九五）より。ヴァンパイアになった現代ニューヨークの女子大学生が生き方を模索する、やや哲学的な映画）、〝ナディア〟（マイケル・アルメレイダ監督『ナディア』Nadja（一九九四）より。現代ニューヨークによみがえったドラキュラの子孫を描くアートシアター的な作品）などはニューヨークからきたものだ。テキサスとメキシコの国境あたりでは、〝クロノス〟（ギレルモ・デル・トロ監督『クロノス／寄生吸血蟲』Cronos（一九九三）より。永遠の命をもたらす謎の精密機械を中心とする異色の吸血鬼ホラー）と呼ばれる品種が流通している。〝ブラック・ロッジ〟（Black Lodge TVドラマ『ツイン・ピークス』Twin Peaks（一九九〇－九一）に登場する異世界で純粋な悪の領域）もしくは〝キラー・ボブ〟（Killer BOB TVドラマ『ツイン・ピークス』Twin Peaks（一九九〇－九一）の登場人物。ブラック・ロッジからあらわれた純粋なる悪の化身。フランク・シルヴァが演じている）と呼ばれるとりわけ危険なドラックは、カナダからワシントン州にひろがってきた。カリフォルニアには〝ヘルマウス〟（Hellmouth TVドラマ『バフィー～恋する十字架～』Buffy the Vampire Slayer（一九九七－二〇〇三）に登場する地獄の門。次元の境界が薄くなっているため超常現象が頻出する）、〝エンブレイスト〟（TVドラマ『キンドレッド／狼の血族』Kindred: The Embraced（一九九六）より。サンフランシスコに巣くうヴァンパイア一族の勢力争いを描く）、〝ロストボーイ〟（ジョエル・シュマッカー監督『ロストボーイ』The Lost Boys（一九八七）より。カリフォルニア州の海辺の町に引っ越してきた少年が町にはびこるヴァンパイアと戦う）がある。トロントではダンピールのマーガトロイドたちが、〝フォーエヴァー〟（TVドラマ『フォーエバー・ナイト』Forever Knight（一九九二－九六）より。トロント警察で夜間専従の殺人課刑事として勤務しているヴァンパイア、ナイトの物語）、〝ナイト・インサイド〟（トロントを舞台にしたナンシー・ベイカーのヴァンパイア小説 The Night Inside（一九九三）より）、〝アマランサ〟（ヴァンパイア小説を数多く著しているカナダ人作家ナンシー・キルパトリックの別名アマランサ・ナイトからではないかと思われる）を吸ったり射ったりしている。供給源の血統や純度についてはさまざまな戯言がならべられているが、これらはすべて同じ毒物である。

ドラックをいれたらどんな感じがするのか、ジュヌヴィエーヴはけっして知ることができない――あの麻薬はヴァンパイアには効果がないのだ。知る必要もない。ヴァンパイアには独自のハイ感覚がある。毎夜欠かさず。皮膚の厚みが消えていく。

「需要の増加につれて、ドラック組織は鎖につないだヴァンパイアか、もしくはヴァンパイアの構成員を複数必要にするようになったわ。とても気をつけて扱わないと彼らは急速に消耗してしまう。とても乱暴な推測ではあるけれども、ここで何が起こったかを説明すると、ひとつの組織が赤の原料を手に入れた、そしてべつの組織がそれを奪おうとすみやかに行動を起こしたのね。救出ではなく、強奪・横取りだわ。殺人は副次的な出来事にすぎない。もしくは、サインを残そうとしたのかもしれないわね。こんなにたくさんのドラック・ディーラーが死んでいるのよ、包みにふたつ星が記されているようなものだわ。あなた方ならわかるでしょう……」

もちろん刑事たちにはわかっている。

「ヴードゥー呪術はどうなんだ」黒人刑事がたずねた。

ジュヌヴィエーヴも形代《かたしろ》の人形については考えていた。

「不可思議な偶然ということでどうかしら。ウィルキー・コリンズに似せた人形の後頭部に錆びた爪を突き刺せば、彼の頭蓋に銃撃のような穴をあけて脳を吹き飛ばすことができるだなんて、あなた方も信じてはいないでしょう?」

「おれはあんたが巨大蝙蝠《ショヴスリ・エノルム》に変身できるって信じてるぜ」とユダヤ人刑事。

「おあいにくさま、わたしは変身できないわ」

そして両手をひろげ、ぱたぱたと羽ばたかせてみせた。

「赤《ルージュ》な腐敗物すべての源となる監禁されていたやつの身許については、心当たりないのかい。魂と屑の権威殿」刑事がさらにたずねる。

彼女はかぶりをふった。

「行方不明者リストに目を通して、ヴァンパイアをチェックしてみることね。わたしたちは用心深くて簡単にはつかまらないわ。しばしば姿を消すけれども、それが報告されることはめったにない。わたしたちがいなくなっても誰も気にかけてなどくれないみたいだわ。どうしてなのかしらね」

刑事たちはそろって肩をすくめた。

ポケットベルが鳴りはじめた。

「わたしだわ。またまた監察医が必要というわけね。ではわたしは検死局の車で、ここ以上に卑劣な犯罪現場におもむくことにします。この事件がどんな具合に解決したか、あとで教えてね。解決したらだけれど」

そしてふたりを残して車にもどった。プリムスにはまだホイールキャップがはまっているし、非行グループの落書きもひっかき傷も銃痕もなく、汚物の山をひっかけられてもいない。だが側溝にまだ新しい血がたまっている。彼女は切断されたばかりの人間の指をラジエーターグリルからとりのぞき、歩道においた。持ち主がとりもどしにきたとき、うまくすればくっつくかもしれない。

ヴードゥー呪術のことなど考えたくもない。そして彼女はまた、自分の車の自己防衛システムについてもあまり考えたくはなかった。


（訳注：ジュヌヴィエーヴの赤いプリムス・フューリーは、スティーヴン・キング原作、ジョン・カーペンター監督『クリスティーン』Christine（一九八三）に登場する邪悪な意志をもつ車と思われる）

4

〈サン〉紙個人通信欄の恋人募集コーナーを通じての出会いがつねに今夜のようなものでしかないならば、台の上で死んでいないそれなりの男と出会うためには、べつの方法をさがしたほうがよさそうだ。

今夜のデート相手はまずまずの容姿をしたガイドブック・ライターで、離婚歴があり、昔の妻と昔の恋人と昔の飼犬について淡々と語りながら、彼女が死体を解剖するときのような手つきで蟹をばらばらにした。ジュヌヴィエーヴは〝黄金〟からはじめて豚の血へと移行していきながら、食事代が割り勘の約束になっていたことを思いだした。食事が終わるころ、男がネクタイの結び目の下にあるボタンをいじりはじめた。〝噛んでくれ、噛んでくれ〟の合図だ。

男が昔の家族の話をやめて〝旅行用グッズ〟について講釈をはじめたとき、彼女はすでに聞いていなかった。いつもなら、勤務時間が終われば仕事で見たもののことは忘れる……なのに今日は、バークスデールの地下室が幾度もフラッシュバックする。優先順位のつけ方が間違っているのはわかっている。客観的に考えるなら、あの家におけるいちばんの恐怖は、なんの必然性もなく殺されていた作業室の女たちだ。だが蛍光灯に照らされた地下室と銀の鎖が頭から離れない。

デート相手は彼女の心がさまよっていることに気づいていない。

いちばん上のボタンはもうはずれている。脈は力強く打っているが、きっとこの男の血は濁っているだろう。アペリティフに飲んだ〝黄金〟が温かなほてりをもたらし、豚の血のカクテルがそれを獰猛で貪欲な激しい欲求へと変える。ただし、この男に対する欲求ではない。

それくらいなら男が飼っている犬に噛みついたほうがましだ。

そう考え、小さな笑いが漏れた。髭剃りにはフォームよりもジェルのほうが好ましいという、男の話にふさわしい反応ではない。男が気分を害した。

男の喉仏がくっきりと見える。

几帳面に割られ、はがされ、こじあけられた皿の上の蟹の殻をながめた。

気がつくと夢想にはいりこみ、一八八八年ホワイトチャペルのテン・ベルズで、チャールズとともにテーブルについていた。ふたりは殺人事件について話しあっていた。

「もう一ヶ月になるのね、〝二重殺人〟から」ジュヌヴィエーヴは口を切った。「事件はもう終わったのかしら」

「いや。良いことはひとりでに終わるが、悪いことは終わらせなくては終わらないものだ」

ほんとうに、彼は正しい。いつだって。

そして彼は逝ってしまった。幽霊すら残さず……

現実がぼんやりともどってきた。デート相手がひたすら話しかけている。たいていのアメリカ人と同じく、この男も彼女のことをジェネヴィーヴと呼ぶ。

男に名前を呼ばれるたびに——不自然なほど何度も呼ばれるたびに、その響きはゆがみ、どんどん不快になっていく……

ローリーが九時半にポケットベルを鳴らしてくれることになっている。そもそも〈サン〉紙の個人通信欄を紹介してくれたのは彼女だ。時間はふたりで打ち合わせておいた。もし相手が好ましければ、間違いナンバーだと告げてそのままつづければいい。そうでないときは、町の向こう端で大量殺人があって呼びだされたと話すだけのことだ。いまのところ、選択候補は二番のドアだ。

腕時計は仕事用の大きなものしかもっていないので、つけてこなかった。いますわっている場所からレストランの時計は見えない。

男はシャンプーとコンディショナーについて話している。時間がとまっているみたいだ。

監獄は退屈だ。精神がいまみたいに麻痺してくる。ジュヌヴィエーヴはこれまでの人生において、幾度か監禁されたことがある。刑務所に、修道院に、十八世紀の動物園に。立派な家具のはいった部屋に、掘っ建て小屋に。ほとんどの場合、冷静にすべての感情を押し殺してやり過ごした。どれだけ長く監禁されても死ぬことはない。壁が崩れ落ちるか、捕らえたものたちが年老いて死ぬのを待てばいいだけだ。地下牢《ウーブリエ》に閉じこめられたまま忘れられたこともある。〈ドラキュラ宣言〉以前、それはいまよりも簡単だった。当時、彼女が何者であるかを信じる者はほとんどいなかったのだから。

いまの時代に捕らえられ閉じこめられたら、いったいどうすればいいのだろう。

バークスデールの地下室で起こったことがそれなのだとすれば、少なくとも万一にそなえて心積もりをしておかなくてはならない。どんなヴァンパイアにも起こり得ることだ。

打ち合わせの時間がきて、そのまま過ぎていった。マコーミック&シュミックス・ステーキ・アンド・シーフード・レストラン（全米に展開している高級レストラン・チェーン）はすっかり空っぽになってしまった。ローリーは締め切りで頭がいっぱいなのだろうか。それとも、ダンと口論しているか、エマの駄目男のひとりが何か問題を起こしたのか。あとできっちり埋め合わせをしてもらわなくては。

ビー、ビー、ビー。やっとベルが鳴った。

言い訳もしないまま、コートをとって席を立った。頭の体操のつもりで一セントまで暗算し、伝票のきっちり半分を放り投げていった。いかなる借りもつくるつもりはない。つぎのデートはない。

「連絡先はわかっていますから」

いつもの癖でポケベルを確認した。知らない番号だ。妙だ。ローリーはアパートからかけてくるはずなのに。

この場を逃げだすにしても手順はある。まっすぐレストランの公衆電話にむかった。ローリーに文句を言ってやらなくては。

電話機のひとつは、しわくちゃの服を着た大男に占拠されていた。大量の大蒜を食べる習慣があるようだ。男からいちばん離れたボックスにはいった。

財布から二十五セント硬貨をとりだしてナンバーをダイヤルする。しばらくベルが鳴りつづき、やっとのことで応答があった。

沈黙。息づかいだけが聞こえる。ローリーではない。

「ドクター・ディーです」名のってみた。

「よく聞きな、ドクター・ディー」知らない声だ。やたらと大きな男の声。「あんたの友達を預かってる。ちょっとした誘拐ってやつだな。いまんとこ、まだ穴はあいてない。だが物事ってのは変化するもんだ。あっという間にな。ここまできてくれよ、おしゃべりしようや。こなかったらどうなるか、わかるよな」

怯えたような悲鳴。すぐに途切れた。

「まざまざと目に浮かぶだろ、お嬢ちゃん」

「ええ」

「ライスターズタウンとロジャーズの交差点に小食堂《ダイナー》があってな、遅くまでやってる……その店で待ってる。言っとくが、できるだけいそいだほうがいいぜ……」

5

アパートからレストランまでは歩いてきた。いずれにしても車はモルグに停めてある。そこでジュヌヴィエーヴは、ノースウェスト・ボルティモアまでタクシーに乗ることにした。

ライスターズタウン・ロードとロジャーズ・アヴェニューの交差点はウッドミアにある。このあたりは以前ユダヤ人の居住区だったが、いまではもっぱら中産階級の黒人が住んでいる。疑わしい死体が落ちていることがあまりないため、めったにくることのない地域だ。

問題の小食堂《ダイナー》はすぐに見つかった。古きよきアメリカ絵葉書《アメリカーナ》にあるような、アルミを張った五〇年代の遺物だ。電車の形をした建物の上に、〝ダイナー〟とだけ記した巨大なオレンジ色のネオンが掲げられている。

窓は湯気で曇っているが、中にいる人影を見わけることはできる。

そのまま前を通りすぎ、三ブロックさきでタクシーをおりた。

今日はデートだから、よそいきの黒いワンピースにハイヒール、さらには肩パッドのはいったローリーのジャケットを着ている。

靴を脱いでバッグにいれ、財布と身分証明書をジャケットの内ポケットにしまった。

私立探偵をしていたころからの習慣で銃も所有しているが、それはモルグのデスクに鍵をかけてしまってある。

足裏に冷たい歩道を三ブロック歩きながら、うなじの毛が逆立つのがわかった。歯茎から牙がすべりだし、唾液がわく。爪も長くのびて湾曲する。

彼女が何であるか、見間違える者はいない。

通行人はみな――といっても、あたりにそれほど人がいるわけではなかったが――彼女のために道をあける。

店の駐車場におかれた鉢植えの灌木の背後にバッグを隠した。停まっているのは、これ見よがしなキャデラックと、おんぼろのフォード・トラックと、口紅のようなピンクで〝モンド・トラッショ〟（『モンド・トラッショ』Mondo Trasho（一九六九）ボルティモア出身のジョン・ウォーターズが監督・脚本・撮影・編集・製作をこなしたデビュー作の映画。カルト的な人気を呼んだ問題作）と書かれた錆びた黒いヴァンだけだ。時代に乗り遅れたパンク・バンドだろうか。まだ彼女が見たことのないマニアックなサブカルチャーだろうか。

入口をくぐる瞬間に銀の弾丸を撃ちこまれることをなかば覚悟していた。だが彼女を迎えたのは穏やかな拍手だった。

アフリカ系アメリカ人のヴァンパイアが、テーブルでにやにやしながら彼女を待っていた。ジェイムズ・ブラウンを真似たヘルメットのようなコンクヘア（一九二〇年代から六〇年代に黒人男性のあいだで流行したストレートパーマ）。頬と手の甲には剛毛が生えている。タータンチェックのフレアパンツ（膝から下が大きくひろがったズボン）にスタックヒール（異なる色もしくは素材を何枚も積みあげたヒール）の黄色いブーツ、モーヴと蛍光グリーンでジグザグ模様を描いた広襟のジャケット、それに似合いのコートハンガー形のネクタイ、加えてラップアラウンド型のミラー・サングラスをかけている。彼の時計は一九七三年で停まっている。たぶん、その年に転化したのだろう。紗の屍衣や黒いマントのマーガトロイドの道を歩まない場合、二十世紀のヴァンパイアは自分が死んだときのファッションにこだわる傾向があるのだ。

ジュヌヴィエーヴはトースト立てにはいっていたソウル・レコードを思いだし、このヴァンパイアが何者であるかを察した。いまは自由を満喫しているようだ。

店内にいるほかの者たちは、ヴァンパイアではないが、とんでもなくけばけばしく騒がしいダンピールの一団だった。ふりふりの真紅のパーティドレスに身体をねじこんでいる、鸚鵡《おうむ》のように髪を逆立てた四百ポンドもありそうな男（ジョン・ウォーターズ監督のカルト映画『ピンク・フラミンゴ』Pink Flamingos（一九七二）その他に登場する巨漢のドラァグクイーン、ディヴァイン）。歯はないくせにいまだけ牙を生やし、両眼に狂気をにじませたぼろぼろの寝衣の老婆（『モンド・トラッショ』Mondo Trasho（一九六九）をはじめジョン・ウォーターズ監督作品に出演しているスーザン・ロウではないかと思われる）。紫の口髭を生やし、銃痕のあいたスポーツジャケットを着た長髪の痩せこけた白人男（『モンド・トラッショ』Mondo Trasho（一九六九）をはじめジョン・ウォーターズ監督の初期映画にしばしば出演しているデヴィッド・ローチャリーと思われる）。ビーハイヴ（一九六〇年代に流行した高く積みあげたヘアスタイル）のブロンドにサルドニクスの笑み（ウィリアム・キャッスル監督 Mr.Sardonicus（一九六一）より。父親の墓をあばいたために恐ろしい笑みの形に顔が凍りついた男の話）を浮かべた巨乳の女（ジョン・ウォーターズ監督、ジョニー・デップの初主演作『クライ・ベイビー』Cry-Baby（一九九〇）に登場するモナ〝ハチェット〟マルノロウスキーと思われる。キム・マックギーレが演じている）。ボンデージパンツ（ジッパーやベルトや鎖などで飾ったズボン。もしくは両膝をベルトでくくりつけて動きにくくしたズボン）に破れたラモーンズTシャツを着た、やつれたパンク・ロッカー。モンド・トラッショの連中だ。

そのほとんど全員がひとつのボックス席にひしめいて、怯えたエマ・ズールを囲んでいる。

ジュヌヴィエーヴは「わたしのルームメイトではないわ」と言ってそのまま立ち去りたい誘惑にかられ……。

それでも自分のためにエマをひどい目にあわせるわけにはいかないし、さらにまずいことに、これらすべてがいったいどういうことなのか、知りたくてたまらなくもあった。

〝知りたい〟という欲求を植えつけたチャールズを恨みたくなる。

エマはダンピールになっていない。顔は伏せたままだ。

「ドクター・ディー、ドクター・ディー」ソウル・ヴァンパイアが唱えた。

「あなたにも名前はあるのでしょう？」

「ウィリスだよ、ベイビー。ウィリス・ダニエルズ」

彼はそこで、しっかり理解させせんとするかのように間をあけた。

聞いたことのない名前だ。だから、男が明らかに期待している「やっと会えたわね」という言葉を返すことはできなかった。

「マムワルドの子《ゲット》だよ」男が説明した。

マムワルド王子はアフリカ人ヴァンパイアだ。不用意に名前を使っていい相手ではない。ジュヌヴィエーヴも以前会って、感銘を受けたことがある。

この闇の息子は王子にとってあまり名誉となるものではない。

「あなたの上に平和がありますように《サラーム・アライクム》」彼女は言った。

ウィリスが小さな笑い声をあげた。長い右の牙と、短い左の牙が見える。

「あんたにも平和をな、姐ちゃん。そいじゃあ、ケツおろして商談をはじめようか……」

ジュヌヴィエーヴは男のむかいの、赤い布張りの椅子にするりと腰をおろした。

店内にあるものはすべて鮮紅色かシルヴァ・クロームで、ボルトで床に固定されている。巨大なジュークボックスには、笑顔のコーニー・コリンズの色褪せた写真が貼りつけてある。一九六〇年代に人気だった彼のミュージック・ショーは、いまでもローカルＴＶで深夜や早朝に放映されている。コーニーは、「ティーン・ビートのヒット曲が流れると、みんなが足を、指を鳴らす！」と宣言する。

ジュークボックスはジーン・ピットニーの「非情の町」（ゴットフリード・ラインハルト監督の映画『非情の町』Town Without Pity（一九六一）の主題歌。ディミトリ・ティオムキン作曲、ネッド・ワシントン作詞。ゴールデングローブ最優秀映画音楽賞を受賞）を奏でている。悲しげに泣きさけぶような歌だ。

カウンターの奥の壁に血痕が弧を描いている。この連中は店員をいただいたのだ。モンド・トラッショのダンピールのひとり、オレンジ色のくしゅくしゅヘッドバンドをつけ、ローラースケートを履いたディスコ・パンクが、意識のないウェイトレスを膝にのせ、血管を貫けるほど鋭くはない歯を首筋に押しつけている。

ウィリスのサングラスにジュヌヴィエーヴの姿は映らない。それでも、紫の口髭の男が移動するのがわかった。いま彼女がはいってきた入口をふさぎ、閉店の札を出している。凶悪な目をもち、長身に豹柄の服をまとった温血者《ウォーム》の黒人女が、奥のスツールに腰かけている。ドラックの翼で飛んではおらず、素面《しらふ》で、カウンターに九ミリのグロック（オーストリアの銃器メーカー、グロック社が開発した口径九ミリの自動拳銃グロック17）をのせている。ジュヌヴィエーヴは、この店内でいちばん危険なのはこのレオパルド・レディだと考え……

そうではない、と思いなおした。あの女はこの店内で二番めに危険なだけだ。ジュヌヴィエーヴだとて、おとなしい小猫ちゃんとして一四一六年からの歳月を生き延びてきたわけではない。

エマは恐怖のスペシャリストであるはずなのに、この状況を楽しんでいない。不健全で病的ではあれ、マゾヒストではないのだ。

牙は見せないようにしよう。

ウィリスが長い人差し指をテーブル・ディスペンサーからこぼれた砂糖に沈め、スマイルマークを描いた。そして指についた砂糖を舐める。

「あなたがなくした歯、モルグにおいてあるわ」彼女は言った。

彼は肩をすくめた。

「もう生えてるよ、可愛い子ちゃん」

「ダイヤモンドはいらないの？」

「また簡単に手にはいるさ」

「そういう人もいるわね」

「あんたやおれみたいにね、お嬢ちゃん。おれたちならそんなに必死にならなくても平気だろ。なんていうんだっけ――魅了の力？　アブラカダブラ？　〈魔法の力〉さ」

　そして催眠術をかけるようなしぐさをする。

「〈魔法の力〉を使ったら好きなように人を操れる。ながーい旅だよ、ドクター。レジをあけな……手首を切りな。ふん、ミセス・ダニエルズの息子は生まれなければよかったんだ。そいつが真実さ」

「いったい何を言っているの、ウィリス」

　彼は警戒心と怒りをこめて一瞬うろたえた。真面目に受けとめてほしかったらしい。基本は臆病な男なのだ。俗な言葉でいえば、この男はブラキュラのビッチにすぎない。

　とはいえ、彼の危険度がそれによって減じるわけではない。

　もし事態が『小食堂での死闘《ダイ・ハード・イン・ア・ダイナー》』になったら、ウィリスを倒すことはできる。ダンピールたちもなんとか片づけられる。だがエマは殺されるだろう。ウェイトレスも死ぬ。もしレオパルド・レディが銃に銀の弾丸をこめていたら、もちろんそうしていないはずはないのだが、ジュヌヴィエーヴもまた生き延びることはできない。これだけの年月を経てきたのだから、彼女は塵と化すだろう――ダンピールの何人かがそれを吸う！　そしてブレイクとグライムズは、ボスをモルグに運ぶという厄介な仕事をせずにすむ。

　エマはめそめそ泣いている。モンド・トラッショの女装の巨漢が、彼女の耳に長い舌をつっこんだ。鬼婆が笑っている。

「エマ」ジュヌヴィエーヴは呼びかけた。「心配はいらないわ。この人たちにあなたを傷つけることはできないから」

「いやあ、もう絶対確実に、そんなことはないと思うんだけどなあ」とウィリス。

「わたしと話をしたいのなら、あなたもそこは考えてくれるでしょ」

彼は指輪をはめた毛深い両手をあげ、ステピン・フェチットの〝おっかないよぉ〟顔をつくってから、小さく笑って言葉をつづけた。

「〈魔法の力〉だよ、わかるだろ。おれにとっちゃごくあたりまえのことなんだ。ヴァンパイアになったおかげなんかじゃなくて、生まれつきのものなんだ。ミセス・ダニエルズは島からきた女祭祀《ママロイ》で、転化なんかしなくても〈魔法の力〉をもってた。ヴードゥーってのはそういうもんなんだ。人を操り人形にして……」

「操り人形に?」ジュヌヴィエーヴはくり返した。

ウィリスの笑みがひろがった。ダイヤモンドが綺麗にきらめくよう、笑い方を練習してきたのだろう。だがそれも無駄になってしまった。

「あの地下室で、誰かがあなたを操っていたのね、ウィリス」

「ミスタ・ウィルキー・コリンズさ。やつがどうなったか、見ただろ」

そして後頭部を吹き飛ばすしぐさをした。レオパルド・レディの顔をかすかな表情がよぎる。そこでジュヌヴィエーヴは、バークスデールの家を襲ったのが誰であったかを知った。見たところ、彼女ならひとりでもやってのけられる。

「その糸はほんとうにはずれたの? もしかするとべつの糸がついているのではないかしら」

言いながら、グロックをもつ女をそれとなく示す。

ウィリスが声をあげて笑った。頬の毛が逆立つ。珍しい反応だ。

「あんた、誤解してるよ、ドクター・ディー。おれとジョージア・レイは仲良しさ」

ジョージア・レイ・ドラムゴ。忘れられる名前ではない。ボルティモア犯罪組織の重要人物について概説するとき、ダン・ハンソンが教えてくれた。ルーサー・マホーニーの妹だ。結婚相手のハイチ人は元トントン・マクート（一九八五年、ハイチのフランソワ・デュヴァリエ政権下につくられた秘密警察を母体とする準軍組織。ヴードゥー教の祭祀や秘密結社のメンバーなども加わっていた）隊員で、現在行方不明なのはばらばら死体になったからだと考えられている。この女は、赤い目をした復讐の精霊エルズリー・ゲ・ルージュ（Erzulie はヴードゥー教における精霊）の化身、暗殺者にして死刑執行人なのだ。

ウィリスのお気に入りの曲が心に浮かんだ。「スーパーナチュラル・ヴードゥー・ウーマン」。

「あんたとおれも仲良しになれるよ」ウィリスが言った。「ビジネスチャンスってやつがきてるんだ……」

何がきているのか、もちろんわかっている。だがジュヌヴィエーヴはそのまま話をつづけさせた。

「このドラックってやつは、いまだってもうでっかい商売になってるが、まだまだ成長する。あんたとおれで――ヴァンパイアで、そのてっぺんにのぼろうじゃないか。でなきゃおれたちが下敷きにされる、わかるだろ？」

彼はサングラスをずらし、光る目を彼女にむけた。

自分の〈魔法の力〉とやらが長生者《エルダー》を支配できると、本気で考えているのだろうか。

「さっきまでおれといた連中はちっぽけだった。どうしようもなくちっぽけだった」

「牛をつかまえて、閉じこめて、乳を搾りとろうとしたのよね」

思いだしたくもないようだ。腕には傷痕が残っているのだろう。ドラックは、使った者ではなく原料を提供した者に傷痕を残す唯一の麻薬だ。

「あんなビジネスモデルじゃ、これからはやっていけないさ」

誘拐されたヴァンパイアは、いずれ消耗されつくして塵となる。そうすればもう現金ははいってこない。

ウィルキー・コリンズの箱にはいっていた歯のことを考えた。ドラックの乳牛一頭につき一本ずつ記念の歯を抜いたのだとすれば、バークスデールは三十八人のヴァンパイアを使いつぶしたことになる。

「牛一頭じゃ駄目なんだ。必要なのは群れだ……」

「ウィリス、牛は群れをつくるものよ」

「どっちにしても……あんた、おれのことをパ・ケトルだとでも思ってるのか。これは比喩だ。そもそも牛なんて言いだしたのはあんたじゃないか」

「あなたの計画は、人を選んで転化させようというのでしょう。ちがう？　ホームレスや迷子や誘拐してきた子供を。そして血を収穫しようと……」

「やあ、ちゃんと理解してるじゃないか、ママ」

だから、ヴァンパイアの失踪が目立つほど多くはなかったのだ。バークスデールはウィリスを使って、すでに地図から消えている人々をヴァンパイアに転化させた。彼らがあまりにもはやく消耗しつくされたのも、そのせいだろう。そもそもはじめから健康体ではなかったのだから。また、マムワルドの血統の問題もある。王子はドラキュラその人によって転化したという話だ。ドラキュラの腐敗は遺伝し……その子《ゲット》は虚弱で、代を重ねるごとに血が薄くなっていく……

「あんた、ママになるんだよ」

ジョージア・レイ・ドラムゴの視線が感じられる。

くちびるを動かし音を発しているのはウィリスだが、話しているのはジョージア・レイだ。彼はいまもまだ操り人形なのだ。ジョージア・レイはきっと、どこかにウィリスの人形を隠しもっているのだろう。

マムワルドの血が使えなくなったときのために、マホーニーはもっと強力な血統を必要としている。そう、ジュヌヴィエーヴのような血統を。

彼女はこれまで一度も闇の口づけを与えたことがない。どうか受けてくれとチャールズに懇願したが、彼は最後まで拒みつづけた。もしかすると子《ゲット》をもったかもしれないと思えるのは、あのとき一度きりだ。数世紀にわたる主張を変えてルーサー・マホーニーのドラック商売とダンピールを喜ばせるつもりなど、微塵もあるわけがない。

ジュヌヴィエーヴは口を閉ざした。

さらにじっとウィリスの目を見つめた……光が失われている。彼の言葉が実現することはない。

「協力する気はなさそうだね。意志を曲げることもできない」ジョージア・レイがグロックをもちあげて言った。「血を搾りつくしてドラックをつくるしかないか。あっちの女もやっちまいな」

ジョージア・レイが引金をひいた瞬間、ジュヌヴィエーヴはテーブルの下にとびこんだ。

弾丸がフォーマイカとクロームを削る。銀に袖と腕の肉を貫かれ、ウィリスが悲鳴をあげた。

「おい、おれの服のことも考えてくれよ！」

ダンピールどもはエマにおおいかぶさったり、立ちあがってうろついたり、ぶつかりあったりしている。酔っぱらっているため、正常な判断ができないのだ。

ジュヌヴィエーヴは可能なかぎりの速度で蜥蜴のように床の上を移動した。

ああ、よそいきの黒いワンピースなのに。ローリーのジャケットが腕の下で裂けた。

ジョージア・レイがまた発砲した。弾道にはいりこんだ紫の口髭の男が倒れる。

「ウィリス、あなたも殺されるわよ」ジュヌヴィエーヴはさけんだ。

無駄だ。今夜、ブラキュラのビッチのタマは縮みあがっている。

「あんた、おちついてくれよ」

彼は哀れっぽい声で訴えながら立ちあがり、いらだちと興奮にはねまわっている。まるでトイレに行きたい子供のようだ。

ウィリスはまもなく新しい地下室を見ることになる。マホーニーはバークスデールよりは長く彼をとどめておけるだろうが、それでもいずれ消耗しつくされ……

ジュヌヴィエーヴはテーブルを楯にしてあとずさり、ボックス席のひとつにすべりこんだ。だがそこで行き止まりとなる。

ああ、あのままデートをつづけていればよかった。

いや……そうではない。ジュヌヴィエーヴはそんな女ではない。よりにもよってジョージア・レイはすぐさまそれを見抜いたようだが。協力する気はない。意志を曲げることもできない……

ジョージア・レイがフロアを横切ってくる。足もとを見ると、ハイヒールもまた豹柄だ。彼女がこつこつと銃でテーブルをたたいた。

「出ておいで」

ジュヌヴィエーヴはゆっくりと起きあがり、レオパルド・レディとのあいだにテーブルをおいて、ボックス席に腰をおろした。エルズリー・ゲ・ルージュのほうが優位にある。目をきらめかせ、銃口から煙をたなびかせているいま現在のジョージア・レイ・ドラムゴは、火薬で、ゼラチン爆弾で、レーザー・ビーム付きダイナマイトで……（イギリスのロック・バンド、クイーンの楽曲「キラー・クイーン」Killer Queen（一九七四）の歌詞より）

この女と話をしようとしても無駄だ。

「ぶっ殺しちまえよ」ウィリスがさけぶ。

「もう袋の鼠だよ」

ジュヌヴィエーヴは瞬時にして悟った。ジョージア・レイはできるだけはやくけりをつけたがっている。弾を使い切り、再装塡しなくてはならないのだ。

ドアがひらき、異臭とともにとんでもなく大きなものがはいってきた。

「おい、白い《ホンキー》の、閉店だって書いてあるだろ」ウィリスが声をあげた。「くそったれのマザファッカのケツ舐め野郎の……」

轟音がとどろいた。

目に痛いジグザグ模様の正面が赤く爆発した。ウィリスの目は驚愕に凍りついている。

耳ががんがんする。ウィリスがゆっくりとくずおれ、床に倒れた。周囲の煙の中に真紅の糸とやわらかな破片が浮かんでいるようだ。

ドラック狂たちはエマを押しのけ――これを生き延びることができたら、彼女は本格的なセラピーを受けなくてはならないだろう――ホール中をはねまわり這いまわりながら、ウィリスの傷に顔を押しつけ、吸ったり舐めたりしている。窮屈な靴の中で爪がのびて曲がり、大きくなりすぎた歯があごを砕き頬を破る。

新来者はステットソンをかぶった温血者《ウォーム》の巨漢で、銃身を短くした二連式ショットガンを構えていた。この男には見おぼえがある。さっきのレストランにいた。それ以前も彼女の周囲に出没している。今朝はバークスデールの家の外に。カナダでも、ルシアン・ラクロワの反対証言をしたとき傍聴席にすわっていた。

ジョージア・レイが太ったカウボーイに銃をむけた。にらみあう。が……男の撃鉄の下にはもうひとつ弾が残っているのに、彼女の銃は空だ。

ジュヌヴィエーヴはさっき飲んだ〝黄金〟がもたらす敏捷さを発揮し、ボックス席をすべりでてジョージア・レイの銃をとりあげた。レオパルド・レディの頸静脈にくぼみが残るほど強く歯を押し当て、うしろにさがる。

ジョージア・レイは素手でも襲いかかってきそうなほど怒り狂っている。

「おいおい、ハニー」ガンマンがもう一方の引金に指をかけたまま声をあげた。「上からの伝言だ。このマドモアゼルには手を出すなとよ。理解したら首を縦にふりな」

長い間をおいて、レオパルド・レディがゆっくりとうなずいた。

ジュヌヴィエーヴはジョージア・レイの靴に唾を吐きかけた。フランス式の侮辱の表明だ。

「ちんぴらどもを連れて朝日の中に歩み去りな、それがいちばんんだ」

ガンマンの言葉にはきしるようなテキサス訛りがある。

ジュヌヴィエーヴはにっこり笑ってジョージア・レイに空のグロックを返してやった。レオパルド・レディは黒いショルダーバッグに銃をおさめ、指を鳴らした。モンド・トラッショのダンピールたちがウィリスから離れ、おとなしく彼女に従う。

ジョージア・レイは目を怒らせながら戸口にむかった。

「つまりは〝西海岸〟からの指示ってことだよ、ミズ・ドラムゴ」男が言った。「ルーサーに……あんたが知ってる誰も彼もに言っときな。事態は変化してるんだってな。わかったかい」

「わかった」

「よし」

ジョージア・レイとダンピールたちは去った。吠えたり笑ったりしている者もいる。現実だと認識できていないのだろう。

ウェイトレスを調べてみた。意識はないものの、まだ生きている。カウンターの背後に咽喉を切り裂かれたコックが倒れていた。彼は死んでいた。

エマ・ズールはショックのあまり茫然としている。

「ローリーはどこ？」ジュヌヴィエーヴはたずねた。

「〈サン〉よ。電話してってメモがあったわ」

ではお気に入りのルームメイトは無事なのだ。結構。

「わたし、引っ越そうかと思うの」エマが言った。

「あとで相談しましょう」

銃をもった男、西海岸からきた男をふり返った。男はすでにいなくなっていた。だがジュークボックスが動いている。男がコインをいれて選曲していったのだろう。

ロイ・ロジャースが「ハッピー・トレイル」を歌いはじめた。

「あらまあ、すてき」誰にともなくひとりごちた。

外でサイレンが鳴っている。誰かが通報したのだ。

制服警官《サクル・ブリュー・モン・ブラーヴ》がはいってきた。そしてお馴染みの刑事たちも。

「おやおや、なんてこった、綺麗なお嬢さんたちのスプラッタ絵画じゃないか《セ・タン・タブロ・ド・スプラッタ・アヴェック・ジョリ・フィーユ》」

（訳注・タイトル「ミス・ボルティモア・クラブズ」Miss Baltimore Crabs は、ジョン・ウォーターズ監督・脚本によるミュージカル映画『ヘアスプレー』Hairspray（一九八八）を原作とするブロードウェイ・ミュージカル、マーク・シャイマン作曲、スコット・ウィットマン&マーク・シャイマン作詞『ヘアスプレー』Hairspray（二〇〇二）の中の楽曲。アダム・シャンクマン監督により二〇〇七年に映画化されている。ボルティモアは蟹(crab)の名産で、ミス・コンテストにこのような名称がつけられている）

第五部　コンサート・フォー・トランシルヴァニア

——ドラキュラ紀元一九九〇

1

フランシスは変わった。それはアルカードも同じだ。

フランシスはぼんやりとではあれ何かに気づいて当惑しているが、ジョン・アルカードを、自分の撮影隊にまぎれてルーマニアを抜けだした少年と関連づけることはできずにいる。この町にいるかぎり、いつか顔をあわせるのは必然だった。そしてアルカードは『タッカー』(フランシス・フォード・コッポラ監督 Tucker: The Man and His Dream(一九八八)実際の製作総指揮はジョージ・ルーカス)にはゴーサインを出さないと心に決めている。

監督はほとんどの時間をシルヴァー・フィッシュと名づけたトレーラーにこもって過ごし、ビデオ・カメラの目とさまざまな編集機器をそなえ、壁にパディングをほどこした子宮のようなクロームの繭の中から現場に指示をくだしている。フランシスは自身の映画の中にミラクル・ピクチャーズ撮影所の支配者を見る。『ゴッドファーザー』第一作の最終シーンにおける闇の中のパチーノの死に顔に(アル・パチーノの死が描かれるのは『ゴッドファーザー パートⅢ』Godfather Part Ⅲ(一九九〇))。『カンバセーション…盗聴…』(The Conversation(一九七四)コッポラ監督のサスペンス映画の傑作)におけるハックマンの鋭く集中した視線に。『キャプテンEO』(Captain EO ディズニー・パークにおけるマイケル・ジャクソン主演の3D立体映画アトラクション。ジョージ・ルーカス製作総指揮、フランシス・フォード・コッポラ監督。アンジェリカ・ヒューストンが暗黒の女王を演じた)におけるアンジェリカ・ヒューストンの爪に。そして、『ドラキュラ』におけるブランドのうなり声に。アルカードはときどき考える。自分はドラキュラの子《ゲット》だが、同時にフランシスの、ケイトの、アンディの、ウェルズの子《ゲット》でもあるのではないか。じつに面白いコラージュだ。コッポラはトランシルヴァニアにくることでひとつの夢に形を与え、まだ何者でもないヴァンパイアの少年にこのオフィスへ、この玉座へとつながる道を示してくれた。彼を転化させたのは〈父〉だが、彼をつくったのは映画だ。すべてのヴァンパイアと同じく、すべての捕食者と同じく、すべての寄生虫と同じく、アルカードもまたおのが獲物を必要とし、愛し、嫌悪している。

トランシルヴァニアとハリウッドにとって、フランシス・（もはやフォードではない）・コッポラ（一九六〇年代からしばしば〝フランシス・コッポラ〟名義の仕事をおこなっている）は、家族の悲劇（一九八六年に長男であるジャン＝カルロが二十二歳で亡くなったことと思われる）とサンフランシスコに拠点をおくゾエトロープの破産（『地獄の黙示録』以後興行的にふるわず、一九八〇年代に三度の破産をくり返している）を経てきた男だ。フランシスはカルパティアで失った体重をとりもどした。それでも、かつては自信にあふれたたくましいヘラクレスだった彼が、いまではサファリジャケットとチノパンツの中でしょぼくれしおたれている。頬の大半をおおういまも濃い髭には黒よりも灰色のほうが多いし、その灰色の中には白くなりかけているものもある。いかにも監督然とした眼鏡の背後で、その目はつかみどころがなく、スクリーンやモニター以外の何ものにも焦点を結ぶことができずにいる。

いま現在、フランシスは何も撮影していない。

昨日、アルカードは城の映写室で『ゴッドファーザー』、『ワン・フロム・ザ・ハート』（One from the Heart（一九八二）コッポラ監督、フレデリック・フォレスト主演）、『ペギー・スーの結婚』（Peggy Sue Got Married（一九八六）コッポラ監督、キャスリーン・ターナー主演）、『友よ、風に抱かれて』（Gardens of Stone（一九八七）コッポラ監督、ジェームズ・カーン主演。ベトナム戦争のころ、戦死者をアーリントン国立墓地に埋葬する役割を担った部隊に所属する若者の物語）をつづけて鑑賞した。フランシス・コッポラは『ドラキュラ』に吸いつくされ干からびてしまったと評しているのは、ポーリン・ケイルひとりではない。初期の映画は、いささか常軌を逸したものもあるとはいえ、確かに〝映画監督〟の作品だった。だが後年のものは、レンジファインダー付きカメラさえあれば誰にでも撮れるようなものにすぎない。無垢な目をもつホリーは、『ワン・フロム・ザ・ハート』がいちばん気に入ったようだった。奥深くに封印された彼女自身の人生と共鳴するものがあったのだろう（『ワン・フロム・ザ・ハート』はラスヴェガスを舞台とし、喧嘩をし、やがて仲直りをするカップルを描いている）。国立墓地の映画では、狼狽し退屈して映写室を出ていってしまった。

彼の中には何が残っているのだろう。

フランシスはいま、アダム・サイモンを悩ませたあのすわり心地の悪い椅子に腰かけている。あの若者は売りこみに熱中し、アルカードに会えたことに有頂天になるあまり、つっこんだ問いを発することができなかった。フランシスは――かつては彼もアダム・サイモンと同じく、コーマンのためにB級映画を量産していたのであるが――いつになくもの静かでおちついている。彼は何ヶ月にもわたってビヴァリーに嘆願したのではなく、謁見するべく呼びだされたのだ。彼のマフィア映画は監督至上主義《オトゥール》作品同様、興行的にむらが大きい。その後、彼はオクラホマまで行って低予算でティーンむけの映画を何本か撮影し（コッポラのYA三部作として『アウトサイダー』The Outsiders（一九八三）、『ランブルフィッシュ』Rumble Fish（一九八三）、『コットンクラブ』The Cotton Club（一九八四）があげられ、なかでも『アウトサイダー』はオクラホマを舞台としている）、映画を撮るために必ずしも第三世界の国を破産させる必要のないことを証明してみせた。アルカードは『アウトサイダー』を見たのち、C・トーマス・ハウエルを『バット★21』に起用した。

　フランシスはなおも死の匂いを、喪失の匂いを漂わせている。かつての彼は舳先に立つすばらしく目のよい監視人で、船の行き先を知るただひとりの人間だったのに。

　ふたりは自分たちの知る人々について語りあった。

アルカードはフランシスに『ザ・ロック』がいかに楽しいかを語った。ロン・バスのドラフトをロバート・タウンがリライトし、さらにスティーヴン・E・デ・スーザがブラッシュアップしてくれている。囚人役のスタローン、看守役のコネリー、敵役のジェレミー・アイアンズからは確かな約束をとりつけている。〝ラッティ・カーディガン〟にはブリジット・ニールセンをあてるつもりでいたのだが、『トータル・リコール』（Total Recall（一九九〇）ポール・バーホーベン監督、アーノルド・シュワルツェネッガー主演のSF映画）の先行上映会を見てからは、シャロン・ストーンを抜擢しようかと考えはじめている。この歳になってもブレイクし損なっている彼女のことだ、カメラの前でゴキブリを食べるくらいのことはしてくれるだろう。イーライ・クロスはプロジェクトからはずれた。第二班《セカンド・ユニット》（主役級の出ない群衆場面などを担当する撮影隊）やエフェクト&オプティカル班の采配はジョン・マクティアナンにまかせることになる。アダム・サイモンは監督協会や脚本家組合に訴えて時間を無駄に費やしているが、契約書に明らかな署名があるのだから、法的にはどうすることもできない。『ザ・ロック』は超大作として九一年夏に公開されるべく、着々と準備を整えつつある。

フランシスはあえてなんの意見もはさまなかったが、ただひと言、タウンには監督よりも脚本家のほうがむいていると助言した。アルカードは、主人公の家族を殺した邪悪なヴァンパイアという、出番は少ないものの回想シーンにおける重要な役にフランシスの甥ニコラス・ケイジを使いたいので、口添えをしてもらえないだろうかとやんわり申しでた。ケイジが『ダンピール・キッス』（Dhampire's Kiss ロバート・ビアマン監督、ニコラス・ケイジ主演『バンパイア・キッス』Vampire's Kiss（一九八八）のもじり）で怪演したドラック狂の半ヴァンパイア、著作権代理業者のキャラクターは、アルカードをモデルにしているという噂もあるのだが、その点に関しては目をつぶってやろうと思っている。

「来年はそれで決まりだ」アルカードは言った。「いまは九二年について考えなくてはならない」

フランシスが椅子の上で身じろぎをした。夢中になって編集作業に取り組む多くの監督同様、彼も腰をやられているのだ。

「わたしがもっとも残念に思っていることが何か、わかるだろうか」

アルカードがどこに話をもっていこうとしているのか見当がつかないまま、監督は肩をすくめた。

「『ドラキュラ』だ。いや、あなたがつくったあれではない。わたしは一歩さがった立場であれを高く評価している。わたしが言いたいのは、もうひとつの『ドラキュラ』、誰も見ることのなかった『ドラキュラ』だ」

「オーソンのやつか」

「もしも……ああ、せめて……」

この世界で三人だけが、オーソン・ウェルズがなぜ傑作になり得たかもしれない映画の撮影から去っていったか、その理由を知っている。ウェルズは死んだ。残されたのは、アルカードとジュヌヴィエーヴ・デュドネふたりだけだ。

「あの日、おれも撮影所にいたよ」

「知っている」

「ウェルズが『ドラキュラ』を撮っていると聞いたとき、自分がどう思ったのか、いまもよくわからない。

いや、それは嘘だな。おれは怒り、恐れたんだ。『ドラキュラ』がおれにどれだけの犠牲を強いたか、あんたにはわからんだろう。おれたち全員にだ。トランシルヴァニアからもどったおれたちは、誰ひとり以前のままじゃいられなかった。マーティかデニスに聞いてみるがいいさ。オーソンの話を知った瞬間、おれはもう駄目だと思ったんだ。おれの『ドラキュラ』は、リカルド・コルテスの一九三一年版『マルタの鷹』(The Maltese Falcon ジョン・ヒューストン監督、ハンフリー・ボガート主演の有名な一九四一年版の前に、ロイ・デル・ルース監督が映画化している)や、おれが『ゴッドファーザー』を準備していたころ出来の悪い前座だと言われていたマーティン・リットのマフィア映画(マフィアの内部抗争を描いたマーティン・リット監督『暗殺』The Brotherhood (一九六八) のことと思われる)みたいな、単なる引き立て役になっちまう。なんだってオーソンは『ドン・キホーテ』(ミゲル・デ・セルバンテスの小説 Don Quixote (一六〇五—一五)。ウェルズは一九五五年から六九年まで撮影をおこなったが、編集されることなく未完成のまま終わった)か『闇の奥』(ジョゼフ・コンラッド作 Heart of Darkness (一九〇二)。コッポラ監督『地獄の黙示録』の原作。ウェルズは一九四〇年頃に映画化を試みたが断念した)をしあげないんだ。もしあいつが『ゴッドファーザー パートⅢ』にサインしてくれていたら、おれは祝福とともにワインをひとケース贈っただろうよ。だが『ドラキュラ』はおれの一部なんだ。あれを手放すことはできん。あいつを手放すことはできん」

アルカードは肩をすくめた。

「では、あなたにとってはすべてめでたしというわけだ」

「そうじゃない」フランシスは言い張った。「オーソンがやめちまったとき、おれはがっかりしたんだ。オーソン・ウェルズの『ドラキュラ』なんて、考えただけでおれをどん底にたたきおとしてくれたけれど、それでもそこから這いだしておれは気がついたんだ。〈カイエ・デュ・シネマ〉誌(フランスの映画批評誌)が一九九九年に今世紀の映画回顧特集かなんかでフランシス・フォード・コッポラの『ドラキュラ』について何をどう言おうと、べつにかまわないじゃないか。おれはただ、つくられなかった映画を見たい。わかるだろう。どこか、世界の果ての谷間かなんかに魔法の映画館があってさ、そこでは夢でしかなかった映画が上映されているんだ。『グリード』完全版(Greed (一九二四)。フランク・ノリス『死の谷 マクティーグ』McTeague (一八九九) を原作とするエリッヒ・フォン・シュトロハイム監督の映画。最初の完成作品は九時間を超えていたため、一時間ほどにカットされたという)とか、ロートンとスタンバーグの『この私、クラウディウス』(I, Claudius (一九三七)。ロバート・グレーヴズの小説『この私、クラウディウス』I, Claudius (一九三四) および続編の Claudius the God (一九三五) を原作とする、ジョセフ・フォン・スタンバーグ監督、チャールズ・ロートン主演の映画。撮影が終了する前に中断された）とか、ヒッチコックの『メアリー・ローズ』（ジェイムズ・M・バリーによる戯曲 Mary Rose（一九二〇）。ヒッチコックは生涯かけて映画化を望んでいたが、ついにかなわなかった）とか。もしウェルズの『ドラキュラ』をやってくれるなら、おれはすべてを――映画も、葡萄畑も、スタジオもなげうって、その映画館をさがすために世界じゅうをさまようだろうよ」

口の中で牙が鋭くなった。このオフィスにいると食餌とは無関係にときどき起こる現象だ。空気中に欲求と衝動が漂っている。

「フランシス、あなたがなおも気丈でいてくれて嬉しい。わたしのために、一九九二年の映画をつくってくれないか」

フランシスが衝撃を受けたように夢想から覚めた。ふたたび用心深く、狡猾になっている。なんといっても彼は、LA蛮人の中でも、ハリウッド・ジャングルを生き抜いてきた教養あるサンフランシスコ人なのだ。

「予算は中程度からやや高め。スターを呼ぶ。商業的興行。全世界にむけて事前宣伝をおこなう。あなたには監督をお願いする。製作と脚本はべつだ。たいへん申し訳ないものの、スケジュールはきついし、撮影はわたしが個人的にチェックする。あなたが遅れたときのために、ピーター・ハイアムズの短縮ダイヤルを登録しておく。撮影はここ、このスタジオでおこなう。シナリオはうちで雇ったライターたちが担当する。エフェクトは外注。あなたが時間をかけた作業をこのうえなく愛することは知っているが、楽しんでいられる期間は数ヶ月だけだ」

フランシスは罠が音をたてて口を閉じる瞬間を待っている。

「それで、タイトルはなんなんだ、ジョン」

「ジョン・アルカード・プレゼンツ、フランシス・コッポラ・フィルム、『ドラキュラ　パートⅡ』だ」

「ドラキュラはおれの映画の最後で死んだ」

「『ゴッドファーザー』でもヴィトーは死んだ。偶然ながら、ドラキュラと同じだ。それでもあなたは『パートⅡ』をつくったではないか」

「マイケルがいたからな」

「マイケルのようなキャラクターなら、いつでもどこにでもいる。ドラキュラが死んだのは、ストーカーが死なせたいと望んだからにすぎない。現実において、彼は一九五九年まで生きていた。おぼえているだろう。もしかすると、そのさきまで生きていたかもしれない。誰にわかる」

フランシスは葛藤している。自分の望む映画を撮るには資金が必要で、そのためには夏のシーズンで大ヒットをとばさなくてはならない。それに、自分の『ドラキュラ』の続編を誰であれ他人に撮らせたくはない。いま彼はどうあっても、ふたたびスタジオの資金のもとで仕事をしなくてはならない。だが同時に、ジョン・アルカードの条件のもとでは、第一作を超えるものがつくれないこともわかっている。

「おれは、資金集めが楽だからなんぞという理由で続編をつくったりはせん。それじゃあ、改革運動に身を投じる弁護士のベストセラー本を棚から引き抜いて、流行りのタブ・ハンターで撮影するようなものじゃないか（フィル・カールソン監督が、改革運動に加わる弁護士アルバート・パターソンを扱った『無警察地帯』The Phenix City Story（一九五五）のあとで、当時絶大な人気を誇ったタブ・ハンターを使って『草原の野獣』Gunman's Walk（一九五八）を撮ったことをあらわしているものと思われる）。おれがこれまでやってきたことにはすべて、なんらかの意味があるんだ」

「『グラマー西部を荒らす』（Tonight for Sure（一九六二）コッポラ監督のセクシー・コメディ西部劇）や『死霊の棲む館』（Dementia 13（一九六三）当時コッポラが師事していたロジャー・コーマンの製作、コッポラの劇場処女作となるホラー映画）にも？」

「当時は意味があった。おれに未来をひらいてくれた」

「『ドラキュラ　パートⅡ』はわたしにとって大きな意味をもつ」

その言葉がフランシスの脳髄に深く染みとおっていった。

「フランシス、この映画は傑作にはならない」

監督は目を見ひらいた。

「傑作である必要もない。だが人の思いを変える。第一作について、あなたについて、わたしについて、そして〈彼〉についての思いを」

「ドラキュラのことか」

「そうだ。〈父にして始祖なる者〉」

フランシスの眼鏡の奥をのぞきこむと、その心に散る火花が見えた。ジョン・アルカードが人の首に噛みついて血を吸う存在であることを思いだしたのだ。

「ブランドは扱いにくいし、太りすぎていたし、ギャラが高すぎた。おれは『ゴッドファーザーⅡ』には彼を使わなかった」

「ブランドはいらない。わたしは若いドラキュラを求めている。これはラヴ・ストーリーなのだ」

「〝ラヴ・ストーリー〟だって?」

「ドラキュラはイングランドにやってきて結婚した。女王をふたたび若返らせた」

「ソフィアに何かいい役はないかとさがしていたところなんだが」とコッポラ。

「あなたの娘か」アルカードはトランシルヴァニアの撮影所で会った小さな少女を思いだし、プリンセスとしての彼女を思い描こうとした。「すばらしい。若きヴィクトリア女王にうってつけだ。よければ彼女の誕生日にアカデミー賞をとらせよう。毎年メリルばかりを選ぶこともない。あなたの妹（コッポラの妹は女優のタリア・シャイア（一九四六― ）。兄の作品のほかにジョン・G・アヴィルドセン監督『ロッキー』Rocky（一九七六）のヒロインなども演じている）も甥（俳優をしているコッポラの甥には、マーク・コッポラ（一九五八― ）、ニコラス・ケイジ（一九六四― ）、ジェイソン・シュワルツマン（一九八〇― ）、ロバート・シュワルツマン（一九八二― ）らがいる）も好きに使えばいい。父上（コッポラの父カーマイン・コッポラ（一九一〇―一九九一）は音楽家で、息子の映画音楽も数多く手がけている。『ゴッドファーザー　パートⅡ』Godfather Part II（一九七四）でアカデミー作曲賞を受賞）の音楽もだ。これは家族の物語になるのだから」

「王室の物語だろう」

「あなたは〈彼〉と同じだ。あなたはかつてわたしにとって父だった――わたしはあなたに杖を贈り、クルーの中に逃げ場所を見出した。そして〈彼〉は第一の父として――わたしを転化してくれた」

フランシスは話についてこられずにいる。

「杖だって?」

「まだもっているか」

アルカードはわずかに顔を変化させた。フランシスの心に理解のひらめきがよぎる。彼は水底をさらうようにひとつの名前をひっぱりだした。

「イオンなのか」

アルカードはうなずいた。

「フランシス、わたしには三つの恩がある。ひとりにはもはや借りを返すこともできないが、彼はいつもわたしとともにいてくれる」と、ウォーホルのカーミラを示し、「だがあとのふたりには、このプロジェクトによっていくばくかの返礼ができるのではないかと期待している。あなたと、〈彼〉に」

フランシスは呆気にとられている。

そして生涯に幾度とあることではないものの、圧倒されたまま契約書にサインをしたのだった。

2

ホリーとペニーはピンクのロールスロイスの後部座席にすわっていた。着色したプレキシガラスのルーフが真昼の太陽をさえぎってくれる。ジョンが雇っている温血者《ウォーム》警備員の運転で、モハヴェ・ウェルズまでやってきたところだ。ペニーが〈ザ・レディ〉誌（一八八五年創刊のイギリスでもっとも長くつづいている女性週刊誌）をめくっているあいだ、ホリーは砂と岩をながめた。これまでも、蠅の染みがついたフロントガラスごしに百万マイルもの景色をながめてきた。そのほとんどがこんな感じの——サボテンの生えた火星だった。よその惑星はカリフォルニアの砂漠みたいではないと、ジョンは言っていたけれども。『猿の惑星』（フランクリン・J・シャフナー監督『猿の惑星』Planet of the Apes（一九六八））や『スター・トレック』（Star Trek

（一九六六－　）アメリカのＴＶドラマシリーズ。劇場版も数多く制作されている）のいくつかのエピソードがここで撮影されているため、みんな、はるか彼方の惑星は、ロサンゼルスから数時間車を走らせれば到達できる地球の不毛の地のようなものだと思いこんでしまっている。それらのロケのあとには、忘れられたレンズのキャップや、岩に貼られた消えかけのマーカーテープや、余白にウェイトレスの電話番号が殴り書きされた進行表《コールシート》などが、遺物《アーティファクト》として残されている。

「ほらあそこ」ホリーは言った。「マンダレイ城だよ」

ペニーがクラフツ（イギリスのバーミンガムで毎年おこなわれる国際的な犬のイベント）には何を着ていくべきかという記事を閉じ、砂漠にそびえる小塔にむかって片眉をあげた。

「そうですわね。あたくしの意見を言わせてもらえるならば、あれは本来の場所に残しておくべきでしたわ。誇大妄想狂の億万長者のおかげで、ケント州には大穴があいていましてよ。アメリカ人はお金さえ出せばなんでも買えて移植できると思っていますのよ。確かにたいていのものはそうなのでしょうけれど。でも、イングランドの薔薇すべてがこの異国の地で花を咲かせるわけではありませんわ」

ジョンはこの城を所有しているわけではないけれども、所有者と関係がある。ここはイモートロジー教会の隠れ家なのだ。ジョンのパーティに顔を出すノスフェラトゥのセレブや半セレブの中には、イモートロジーこそがヴァンパイアの真の宗教だと主張する者もいる。ペニーは税控除を受けている宗教すべてを小馬鹿にしていて、ホリーにもそんな話に耳を傾けてはいけないと忠告してくれる。

運転手がロールスロイスを前庭に停め、デロリアン・スタイルのドアをひらいた（デロリアンはアメリカの自動車会社（一九八二年に解散している）および同社製造の自動車デロリアンＤＭＣ－12を示す。ロバート・ゼメキス監督〈バック・トゥ・ザ・フューチャー〉Back to the Future（一九八五－九〇）シリーズにおいてタイムマシンとして使われた車。ガルウィングといって、鴎の翼のように上にもちあがってひらくドアが特徴）。ペニーはこのユニークな特別仕様車を自由に使ってかまわないのだ。

〈大狩猟《ワイルド・ハント》〉から一ヶ月あまり、ホリーはつぎのステップに進ませてくれるよう、ペニーとジョンにねだりせがんできた。いつもなら説得困難なペニーのほうが、なぜか今回は味方についてくれた。

ジョンもここにいればいいのに。だけどジョンは町で仕事をしなくてはならない。『ザ・ロック』で問題が起こっている。ショーン・コネリーの訛りに説得性をもたせるため、マーティン・エイミスが新たな脚本家として迎えられたので、ジョンが調整役にはいらなくてはならなくなったのだ（ショーン・コネリーは生涯スコットランド訛りをなおそうとしなかった。また、マーティン・エイミスが脚本を担当した映画スタンリー・ドーネン監督『スペース・サタン』Saturn 3（一九八〇）では、ハーヴェイ・カイテルのブルックリン訛りで問題が生じた）。

フェラルの血によって、ホリーは変わった。

あのときほど徹底的にヴァンパイアの血を吸ったことはない。ホリーはポルトスの血を飲んで転化し、キットともしじゅう血のやりとりをしていた。キットのことはよくおぼえている。ジョン・アルカードの血を飲んだときは自我が完全に逆転したし、ペニーも芳醇な赤い血を数滴、水にまぜて飲ませてくれた。だけどフェラルのときはまったくちがった。ヴァンパイアが最後の血を与えて干からびたとき、ホリーは魂の核《ソウルシード》をのみこみ、それが彼女の内部でふくらんだのだ。

ホリーがあの英国系ルーマニア人に変身したとき、ペニーはびっくりしていた。そのときまで、ホリーが変身できるのは人獣だけだったのだ。フェラルへの変身は誰をも騙せるほどに完璧だった。もはやフェラルに見えない茶色いミイラを見おろして立つ彼女は、ほんものの人間、フェラルそのものだった。地面に横たわるもろい脱け殻のほうが偽物に見えた。ホリーはジョンに言われてクライニクとしばしの時間をすごし、いくつかのミスを修正してもらった。フェラルになると、彼の内にあった精神、自我、人生がよみがえり、彼のもっていたすべての知識が彼女のものとなる。そしてホリーは、人としての、ヴァンパイアとしての、短く愚かしい彼の人生と死を知った。ペニーとクライニクにともなわれ、フェラルとしてひと晩をすごし、いくつものクラブをわたり歩いてマリブのトランシルヴァニア運動賛同者の集会に顔を出したこともある。そのときも変身した身体をみごとに操り、フェラルの知人たちの名を思いだし、問われたことに正しく答え、正しい問いを発することができた。フェラルの愛人であった温血者《ウォーム》の血を吸うことまでしたが、女は気づかなかった。

ジョンは喜んでくれた。だからホリーも嬉しかった。

ペニーは少しばかり怖がっているようだけれど、そんな必要はない。

ホリーはけっしてペニーを傷つけたりしない。たとえ傷つけることがあったとしても、殺すわけじゃない。ペニーはずっと生きつづける。ホリーの中で。フェラルが生きつづけているように。フェラルは棚にしまわれた箱入りビデオみたいなものだ。ときどきとりだして再生する。

いまのホリーはほかにも何本かビデオをもっている。どれも、飲み干せといってジョンが与えてくれたヴァンパイアだ。コンサート・フォー・トランシルヴァニアにも出演するジョシー・ハートという名のロック歌手——いまでは彼女の音楽が、ホリーの心の奥でつねにBGMとして流れている。株式市場の破壊者であるフレーンという名の実業家——ホリーは電話で彼の声を使い、彼の書類にサインをし、遠隔操作によって彼の株を操作している。ホリーにも自分の金というものは必要だから、そのためにはフレーンの人生と口座を保持しておかなくてはならない。大人びた永遠の少年ルドルフ——いかにも無害そうなその外見は、いざ逃げださなくてはならなくなったとき役に立つだろう。これらの人格は慎重に選ばれたものだ。ペニーは、ホリーに保持できるヴァンパイアの数には限界があると考えている。でもそんなことはない。まだまだいくらでもためこむことができる。

モハヴェ・ウェルズまでの退屈な旅のあいだ、ホリーは四つの第二自我をとっかえひっかえためしてみた。完全な変身をするたびに、服がきつくなったりゆるくなったりする。今日の彼女は背中のあいたバレエ用レオタードにキルティングのハンター・ヴェスト、それにナイキのスニーカーを履いている。この格好なら何になっても不都合はないけれども、フレーンの大きな足はやわらかな靴の中で窮屈だし、ルドルフの細い脚のまわりではレオタードが滑稽なほどだぶついてしまう。

マンダレイ城の陰にはいったところで、本来の自分自身にもどった。胸壁を見あげると、男がひとり立っている。マントを羽織った長身の上に、白い顔がのっている。そのときマントがひとりでにひらき、蝙蝠の翼のような形にひろがった。

「気にしてはいけませんわよ」ペニーが言った。「ただの見せびらかしですわ」

ヴァンパイアが胸壁の上にとびあがり、そのまま足を踏みだした。空中へ。

あんなに綺麗なもの、はじめて見る。

あたしも今夜、飛べるようになる。

そのヴァンパイアはいかにもさりげなく着地し、翼をたたんで、より人間らしい姿になった。GIジョー（一九六〇年代にアメリカで売りだされた兵隊の姿をした男児むけの人形）のようにハンサムな若者で、黒いジャンプスーツの脇と背中と袖の下にスリットがはいって素肌がのぞいている。しっかり留まっているのは手首と足首とベルトだけだ。

「紹介しますわ。バンシー、昔からの友人ですのよ」

若者は微笑しながら英国女に口づけをした。だが視線はホリーにむけられたままだ。

「で、それがあんたのヒヨコちゃん？」

「見かけで判断しないほうがよろしくてよ」

ペニーの合図を受け、ホリーはヴェストを脱いで変身した。バンシーの翼は腕の変形したもので、血管の通った皮膜が手首と足首のあいだにひろがっていた。だがホリーは両腕をそのままに、黒い羽根におおわれた伝統的な天使のような翼を背中に生やした。皮膚の下で新たな筋肉がうねり、胸部と肩におちつく。

「見かけだおしだな」バンシーが評した。「それじゃ空は飛べないぜ」

「いまに驚きましてよ」ペニーが答えた。

ほかの人々がやってきた。

「こちらはヨルガ伯爵ですわ」ペニーが黒いポリエステルのレジャースーツを着た太鼓腹の長生者《エルダー》を紹介した。「以前はカルパティア近衛隊とドイツ帝国陸軍の将軍。いまはイモートロジー教会とカリフォルニア州軍に属していらっしゃいます」

悲しき遺物だ。将軍は、いずれ自分の上官になるだろう後任将校に挨拶するかのように、踵を鳴らして会釈をした。ペニーが用いた称号と注釈から考えるに、代償作用としてレターヘッドに肩書を書きつらねずにはいられない男なのだろう。

「そしてこちらは、ええと、ミセス・マインスター」ペニーがごくごく平凡なヴァンパイア女を示して言った。

「マインスター男爵夫人よ」敵意をむきだしにして女が訂正する。

「ご夫君、トランシルヴァニア運動のマインスター男爵を補佐していらっしゃいますのよ」

ホリーは心の中で変身し、この女のことを記憶しているフェラルのチャンネルをひらいた。男爵夫人は英国人で、生あるときの名はパトリシア・ライス。もっとも熱狂的な夫の信奉者だ。画学生だった経歴を生かして、夫が支配するつもりでいる新しい国の旗と軍服と切手をデザインした。国歌にも手を出したが、どうしても「アルゼンチンよ、泣かないで」を頭から閉めだすことができずにいる。マインスター男爵夫人は夫がティミショアラに建てると約束してくれたオペラ座で『エビータ』(Evita（一九七六）アンドリュー・ロイド＝ウェバー作曲、ティム・ライス作詞によるミュージカル。Don't Cry for Me Argentina は主役エビータが歌う有名な楽曲)の主役を歌うことを切望している。

ペニーはこの同国女をあまり評価していない。かつて遠い昔、自分もまたパトリシア・ライスのような女だったことを自覚しているのだ。

みんなが何を考えているかわかるなんて、すてき。コツもわかった。自分自身を忘れないよう気をつけなくてはならないけれど、思考の届く範囲にいる者すべての優位に立てる。

ジョンだけは例外だ。血を味わわせてもらったのに、ジョンの頭蓋だけは閉ざされている。

影が立ちあがり、恐怖がホリーの心臓をつかんだ。

「こちら、オルロック伯爵ですわ」とペニー。

伯爵の意識もまた読みとることができなかった。この長生者《エルダー》はほとんど人間でなくなっている。黄色いドームのような頭蓋に、ひらひらした鼠のような耳、そして前歯は緑色を帯びた牙だ。爪は自然と弧を描き、長いコートは何百年も着つづけているようだし、その異臭ときたら不死者《アン＝デッド》の目すら潤ませるほどの瘴気を放っている。見るからに恐れ知らずのバンシーですら、身体をこわばらせ、近づいてくるオルロックを警戒している。

長生者《エルダー》は何も言わなかったが、ホリーに目をむけ、すべてを悟ったようだった。彼のくちびるがゆがんだ。

「さっさと終わらせてしまいましょうよ」男爵夫人が促す。

トランシルヴァニア人と合意に達した今回の計画は、合衆国蝙蝠戦士プログラムの元隊員であったバンシーをホリーに与えるというものだった。彼の若く新鮮な血をとりいれれば、鷲のように峡谷の空を飛ぶことができるだろう。

ジョシーの目でバンシーを凝視し、言葉にならない歌を——温血者《ウォーム》の耳には聞こえないメロディーを歌った。のろまなパトリシア以外、すべてのヴァンパイアの耳に届いているはずだ。

ホリーはすばやくむきを変え、飛ぶことのできない翼を黒鳥のようにひろげて男爵夫人に襲いかかった。彼女が砂だらけのコンクリートに倒れる。ホリーのくちびると歯が溶けあい、大嘴海烏《おおはしうみがらす》のくちばしのようにとがる。かちりと音をたてて、ホリーはパトリシアの咽喉を骨まで切り裂いた。

ペニーが何かささやきながらバンシーを押しとどめている。オルロックが骨ばった手をヨルガの肩にかけている。

心臓にくちばしを突き刺し、パトリシア・ライスを飲み干した。

立ちあがった彼女はマインスター男爵夫人だった。

その一瞬、頭の中にホリーの存在はなかった。彼女は裏切りに怒り狂って本気でさけんだ。

「夫が仕返ししてくれるんだから。こんな真似をして、あんたたち全員、もうおしまいよ！」

オルロックの口がぽっかりとひらき、傷だらけの歯茎と薄汚れた歯が見えた。彼は声をたてずに笑っていた。

ホリーは男爵夫人をのみこんでさらに変身した。

「前言撤回するよ」バンシーが言った。「彼女なら飛べるだろう」

ホリーは翼をひろげ、きらめく星々にむかって舞いあがった。

3

会議がはじまるまでのあいだ、部下たちは自由に室内をぶらぶらしている。アルカードはそのあいだを歩きまわりながら、彼らの思考に軽く接触し、それぞれの心持ちを感じとる。彼らはおおむね、ペニーすらもが、リラックスしている。握手をし、型通りの挨拶をかわして、質問は冷静にはぐらかしていく。

『ザ・ロック』は、脚本兼監督のクレジットを人々の記憶にとどめることを好むアクション・スター主演の六千万ドル映画として、このうえなく順調に進行している。シャロン・ストーンに関しては、アルカードの予想がみごとに的中した。彼女のラッシュフィルム——とりわけ、いずれ有名になるだろうシャワーシーンは、じつにダイナミックだ。彼女は間違いなくこれをポスターに使うだろう。契約により、彼女の全身像はスタローンの顔の七十五パーセントの大きさになる。スタローンとコネリーは、異なるシナリオ、異なる監督によって撮影をおこなっているため、どちらも相手が特別出演にすぎないと信じている。結局は編集されるのだが、総利益が産出されれば、誰も文句をつけてきたりはしないだろう。

ハロウィンと感謝祭の週末が終われば、この業界はクリスマスまで平穏になる——そこにただひとつ、〈もっとも長い夜《ロンゲスト・ナイト》〉が食いこむ。今年の冬至がクリスマスより大きなイヴェントになるかどうかは、アルカードの手腕にかかっている。はじめはほそぼそと細流のようだったコンサート・フォー・トランシルヴァニア——〈ヴァラエティ〉誌は〝ブラッドストック〟(一九六九年の歴史的イヴェント、ウッドストックのもじり)と呼んでいる——の契約サインは、いまや瀑布となってとどろきをあげながら集っている。初期に約束した何人か——再デビュー希望者《カムバック・キッド》、ワナビー、とにかく寄付がしたい慈善家などは、より契約困難なビッグ・ネームの参入につれて追いだされていった。アルカードは不本意ながらチャールズ・マンソン計画を諦めた。自分の曲しか演奏しないと主張したうえ、商品化に関して受け入れがたい利益配分を要求してきたからである。

室内でただひとりの温血者《ウォーム》であるフィッセルが、ペニーとホリーとならんで、トロフィーを飾ったキャビネットのそばにいる。アルカードは彼らに近づいていった。

「ちっぽけなものばっかり、山ほどありますな、ミスタ・A」フィッセルが言った。「だけど剣をもった禿げ頭は見当たりませんなあ。なんでオスカーがないんです？」

アルカードは面長な若者を象った金の胸像をとりあげた。

「これがアカデミー賞だ。アーヴィング・G・タルバーグ賞。『長年にわたりもっとも優れた業績をあげたプロデューサー』に贈られる。わたしはこれを一九八六年に受賞した」（現実における一九八六年受賞者はスティーヴン・スピルバーグ）

「それはオスカーじゃありませんや」フィッセルが言って携帯用酒壜に口をつけた。ジャック・ダニエルだ。

「アカデミーの一部門として認定されている。アルフレッド・ヒッチコック（一九六七年に受賞）も、スティーヴン・スピルバーグも受賞している」

「そうなんですかい」

「タルバーグ賞は権力者やおべっか使いへのごますりとしてはじまりましたのよ」ペニーが解説した。

「一九二〇年代、アーヴィング・タルバーグはエリッヒ・フォン・シュトロハイムを馘首《くび》にして『グリード』の編集室から閉めだすことにより、プロデューサーという職を確立しましたの。できあがったフィルムが監督からとりあげられ、その権利がプロデューサーに、最終的にはスタジオにわたるようになったのは、すべて彼のせいですのよ。一九三六年、彼が若くして亡くなったあと、映画芸術科学アカデミーが——当時もいまと変わらず本質的には企業内組合のようなものだったのですけれど、もっとも従順な企業の犬に与えるために、彼の名をつけた賞を設立したのですわ。近頃では、ヒッチコックとかスピルバーグとか、作品賞や監督賞のオスカーを望みながら手にできなかったプロデューサーや監督に贈る残念賞になっていますわね。ジョンはこの十年でこの賞を授与された中では珍しく、純粋なプロデューサーですわ」

「それ以上はないってご説明をどうも」とフィッセル。

アルカードは横目でペニーをながめた。彼女がハリウッドの歴史にこれほどくわしいとは考えたこともなかった。だがそれをいうならば、彼女はリュミエール兄弟が最初の映画を上映するより前に転化したのだ。映画の全歴史とともに生きてきたのだから、ただ注意をはらっているだけでいい。だが彼女の口調がどうにも気にかかる。

ペネロピ・チャーチウォードはときどき出すぎた真似をする。この部屋の中で、彼女ひとりがほんのわずかもジョン・アルカードを恐れていない。彼がどれほど危険な存在であるか、過小評価しているわけではない。ただ彼女は、自分の身に何が起こるか気にかけるという習性をまったく失ってしまっているのだ。何がやってこようと、その罰を、運命を、自分にふさわしいものとして受けとめる。そんな女に恐怖を与えることは難しい。ドラキュラに対してもその姿勢を貫いていたのならば、〈父〉が彼女を信頼するようになったのも無理からぬことだ。

「ではそろそろはじめようか」アルカードは口をひらいた。「諸君、席についてくれたまえ」

全員が長テーブルに腰をおちつけた。ビヴァリーが小粋なファイルをテーブルマットのようにひろげてから、神聖な書斎を守るべくひきあげていった。冷やしたサングイネッロのはいったガラスのピッチャーが等間隔にならんでいる。これはレッド・オレンジの果汁に処女の血をまぜあわせたもので、アルカードが寄付をしているメキシコの女子修道院付属学校でつくられ、密輸入されたものだ。『ザ・ロック』とのタイアップで先行デザインしたマクドナルドのプラスティックカップが、フィッセルをのぞく全員の前におかれている。腹が減ったと思えば、赤いサイコロのような血のしたたるビーフキューブが、フィンガーボウルにはいっている。アルカード自身は口をつけるつもりはないが、誰でも自由に手を出してくれてかまわない。

ホリーが先陣を切ってサングイネッロをたっぷりと注ぎ、キューピッドのくちびるを濡らした。アルカードは彼女の変化に満足している。レンタルビデオショップでひろったときには思いもよらなかった才能を開花させている。ほかの者たちもカップやピッチャーに手をのばしはじめ、ビーフキューブを口に放りこむ者もあった。からからになるまで噛みつくされた筋や脂身の廃棄場所としては、ひっそりと痰壺が用意されている。

一段高くなったテーブルの首座から側近グループを見わたした。ホリー、ペニー、フィッセル、クライニク、ダーク・フロスト（一、二杯ひっかけてきたのか、すでにハイになっている）、ヨルガ将軍（実績のない勲章を所狭しとぶらさげ、絨毯の切れ端のようなウィッグをつけている）、セバスチャン・ニューキャッスル（L・キース・ウィントンの代理だ）、そして、ミスタ・カート・バーロウ（〈ショップ〉に所属している）。

数世紀を生き抜いてきたニューキャッスルは、この部屋から抜けだす方法を六通りも考えだしている。彼はこの町から、州から、国から脱出しなくてはならない場合にそなえ、何十という避難所と地下ルートを用意しているのだ。南アメリカがやばくなったら、以前ドン・セバスチャン・ド・ヴィラヌーヴァとして知られていたアーティストはきっと、ケープカナヴェラル（フロリダ州の岬。ケネディ宇宙センターがある）の技術者を買収して、スペースシャトルの座席を手に入れるだろう。

顔はいかめしいがあまり目立たない長生者《エルダー》バーロウは、ニューイングランドにおける残虐行為に対する告発をかわすための方便として〈ショップ〉に雇われ、今日はジェドバーグの代理として出席している。とはいえ、めったに口をひらくことはない。バーロウにも当然ながら〈猫の王〉の地位を望む権利はある。おそらくアルカードは、数十年とたたないうちにこの老人を殺すことになるだろう。

オルロック伯爵は片隅で影の中にひそんでいる。腰をおろせば生命に関わる骨が折れてしまうのではないかと思えるほど、まっすぐにその背中をのばしている。合図を受けて、ホリーが不気味な老人にサングイネッロのカップをわたした。オルロックは横目で礼を伝えながら、長い舌でそれを舐めた。〈父〉ですらオルロックのことは警戒していた。野望が食欲に負けていたら、ドラキュラもまたこのような生き物になっていたのだ。

テーブルにはもうひとり、新顔がすわっている。

「会議をはじめる前に」アルカードは口をひらいた。「大切な仲間を紹介しよう。アーネスト・ゴース。ここしばらくは、ああ、日のあたるところに出てこられなかった。合衆国政府の監督下にあったのだ。サクラメント（カリフォルニア州の州都）でちょっとしたコネを使い、こちらにひきわたしてもらった。表向きは『ザ・ロック』のためのテクニカル・アドヴァイザーだが、トランシルヴァニア・プロジェクトに関しても事情を把握していて、セキュリティを差配《オーヴァシー》してくれる――監督《オーヴァルック》ではなくね。ある程度の理解レヴェルを維持するには、情報の流れをコントロールしなくてはならない。ミスタ・ゴースはそれに関してはエキスパートだ」

「ごきげんよう、諸君」ゴースが口をひらいた。いまもまだ図書館司書の眼鏡をかけ、英国ツイードを着ている。「懐かしのロサンゼルスにもどることができてどれほど嬉しいか、とても言葉ではあらわせない。わたしの自由を勝ちとり、諸君と仕事ができるようとりはからってくださったミスタ・アルカードに感謝したい。仕事に関していえば、けっして独断的にふるまうつもりではないが、それでも諸君たちそれぞれと話しあって、これまで何をしてきたか整理し、全システムが調和をもって働くよう調整しなくてはならない。だが心配はいらない。以上だ」

ほぼ予想どおりの言動だった。まだ誰も彼を真剣に受けとめようとはしていない。例外はペニーだけだ。アーネスト・ラルフ・ゴースについて聞いたことがあるのだろう。このふたりの英国人はみごとなブックエンドだ。たがいに憎みあって背をむけながら、それでも仕事に関しては協力していく。

「個人的なことになるが」アルカードは言った。「トランシルヴァニアの状況について話しあう前に、温血者《ウォーム》の同志ミスタ・フィッセルより、さる古い友人に関する報告がある。アーネスト、きみはきっと関心をもつだろう。そして将軍と、ペニーもだな」

フィッセルがその瞬間を楽しむように微笑を浮かべ、ファイルをひらいた。恐怖の冷や汗がアルカードの鼻孔に突き刺さる。この温血者《ウォーム》は会議室いっぱいのヴァンパイアを前にしても平気なふりをしているが、肉体の化学反応は嘘をつかない。

「フランス人ヴァイパーですな。すみませんね、ミスタ・A、おれにはやっぱりあの名前は正確に発音できないもんでね。ジェニヴェヴ、でしたっけ?」

「ジュヌヴィエーヴ・デュドネだ」アルカードは訂正した。

ゴースがその顔に恨みと憎悪を罪人刺青のように貼りつけて息を吐いた。ペニーも驚きに打たれ、心にあいた黒い穴の周囲をまわりながら、これまで包み隠してきた秘密にそっと触れている。では、ジュヌヴィエーヴはここでも物語の一端を担っているのだ。

「そう、その女ですな」とフィッセル。「害獣みたいなやつですよ」

「これまでの事情をよく知らない者のために説明するが、このヴァンパイアは一度としてわれわれの大義を支持したことがない。〈猫の王〉の意志を阻止したことも一度ならずある。この女からは目を離さずにいるべきだと考える」

フロストが横目でアルカードをながめた。この部屋でもっとも若い新生者《ニューボーン》のヴァイパーは、ジャンキーがメタドン(モルヒネよりも効果の高い麻酔・鎮静薬)にとびつくようにサングイネッロとミートキューブをたいらげ、より刺激の強いものを求めている。彼のピッチャーは外皮のような赤い滓だけを残して空になっている。

「この〈地獄からきたマドモアゼル〉は二年間ほどカナダにいましてね」フィッセルが報告した。「トロントの警察で仕事をしながら、えーと、なんていうんでしたっけ、〝科学捜査官〟としてオン・ザ・ジョブ・トレーニングを受けてました。それで、訓練を終えて資格を手にし、いまじゃ〝ドクター・ディー〟となってわが国で働いてますよ。ボルティモアの監察医としてね。

ボスお気に入りのひよっこヴァイパーは、妙ちきりんな事件が起こったら必ず呼びだしをくらうようでね。おれはミスタ・Aの経費もちであの町まで行き、仕事ぶりを探ってきました。死体のふりをしたい誘惑にもかられたんですがね、まあ、このテーブルにいる誰かさんと同じく、絶対うまくいくわけがないと思いなおしましてね、わっはっは。あの女には探偵の素質がありますな。死体をひと目見ただけで、すぐさま死因に関するデータをすらすらならべるし、もしかしたら一瞬のうちに犯人だって名指しできるんじゃないですかね。FBIの連中はあの女をとかく面倒そうな犯人捜査《フーダニット》に使ってますよ。つまりは名誉Gガール（FBI直属の捜査官Gメンのもじり）てとこですな。暗号解読リングやらなにやら、すべて所持してるようです」

ゴースは熱心に耳を傾け、ペニーは驚いている。ほかの者たちは、アルカードがなぜこのはぐれ長生者《エルダー》をそんなにも重視するのか当惑している。ヨルガ将軍はふたつのシーンを思いだしてそわそわしている。一八八八年、バッキンガム宮殿の外。そして、その九十年後の砂漠の城。あのときすぐさま鼻持ちならない女を殺しておけば、のちのトラブルをふせぐことができたのに。だがアルカードの見解を述べるならば、もしそれを試みていたら、ヨルガはいまこの会議室にいることはできなかっただろう。

「ちょっと立ち寄ってみたら、あの女がやばい状況のど真ん中にいるところでしてね、助けてやりましたよ。指示されたとおり、危害を加えられることがないよう計らってやりました。あの女もこれでこっちに借りができたってわけです」

ペニーが熱心に耳を傾けている。彼女はジュヌヴィエーヴに対して複雑な感情を抱いている。

「なぜそのまま殺させておかなかったのだね」将軍がたずねた。

「いやあ、それも簡単だったんですけどね」とフィッセル。

「メッセージを伝える必要があったのだ」アルカードは説明した。「ジュヌヴィエーヴひとりにではない。温血者《ウォーム》どもに、ヴァンパイアのことをもっと考えさせるため、ヴァンパイアを殺すことをためらわせるために。いずれにせよ、わたしはあの女の無事を願っている。誰もあの女に触れてはならない、手を出してよいのはわたしひとりだ……。ここでは暗殺は許さない」

誰かが〝そんなこと、信じられるものか〟と考えている。アルカードは部屋じゅうに思考をとばして犯人をさがした。ニューキャッスルだ。なるほど。彼はフェラルがどうなったか知っている。マインスターも同様で、それは予測していたことだ。アルカードはさらに深くまで探索して、ニューキャッスルの心にほかの名前がないことを確かめた。ヨルガとオルロック――オルロックの思考は口を引き絞ったようになっていて、はいりこむこともできない――なら、少なくともひとつくらいはさらいあげられたかもしれないが。

「ミスタ・フィッセル、ご苦労だった。ジュヌヴィエーヴのことは〝懸案事項〟としておいて……」

「いやいや、まさしく」ゴースがつぶやく。

「……話をさきに進めよう。ホリー、もうひとりの客をお連れしろ。それから、フィッセルの報告書をビヴァリーに届けてきてくれ」

ホリーが立ちあがり、ファイルをもって会議室を出ていった。

ほどなくパトリシア・ライスがはいってきた。ホリーのブラウスとスカートの上に、ポリ塩化ビニルの白いロングコートを羽織り、大きすぎるひさしつきの布の帽子をかぶっている。靴にはやたらと目立つバックルがマジックテープでとめてある。

ライスを知ってはいるが彼女に何が起こったかは知らないクライニクとニューキャッスルが、彼女に視線をむけた。そして同時にこみあげたいらだちをのみこみ、笑みに近いものを顔に貼りつけた。だが結局は、ニューキャッスルのほうが当惑するシニア・アカデミシャンよりも上手だった。立ちあがってパトリシアの手に口づけし、ついさっきまで彼女がホリーとしてすわっていた席に案内したのだ。

「ご臨席をたまわり光栄ですな、男爵夫人」

「カリフォルニアはいかがです」トランシルヴァニア人が懸命に誠意をあふれさせてたずねた。

「暑すぎるわね」パトリシアが辛辣に答える。「テレビは五十二チャンネルもあるのに、『コロネーション・ストリート』（Coronation Street イギリスの人気TVドラマ。一九六〇年からはじまり現在もつづいている）はやってないし」

クライニクが気づいた。ゲームの局面はふたたび移動し、彼は騙されて間違った側に立ってしまっている。

ニューキャッスルが肩をすくめた。

「それにあの道路、信じられないわね」男爵夫人がつづける。「これから誕生するヴァンパイアの国じゃ、絶対にああはならないわよ。おぼえときなさい」

オルロックすらもがいらだたしげに爪を丸めている。

「さて、そろそろホリーにもどってもらおうか」アルカードは声をかけた。

マインスター男爵夫人が目を閉じ、ホリー・サーギスが目をあけた。さざ波が揺れるような一瞬の変身だった。ジェームズ・キャメロンでもこれほどうまくはできないだろう。

ニューキャッスルが驚きと喜びをこめて太股をたたく真似をした（ひどく面白がっているしぐさ）。

「驚くほどみごとな変装だ」

「言葉を選びたまえ、ドン・セバスチャン。変装ではない、ホリーはそのものになるのだ。最大限の可能性をもって、われわれの前にいるのはほんもののマインスター男爵夫人であり、フェラルだ」

男爵夫人の衣服と帽子のまま、フェラルがそこにすわっていた。

それから有名なロック歌手が。

子供が。

キット・カラザーズが。

実業家が。

ホリーがコートを脱いだ。ブラウスのスリットから黒い天使の翼がひろがった。

アルカードの弟子《プロテジェ》のレパートリーの中に、ひとつだけ思いがけないものがあった。アルカードは改めて、ホリーとキットがどれほど近しい存在であったか、どれほどたがいの皮膚の内側で生きていたかを理解した。歓迎すべき亡霊ではないものの、キットもまたそこにいることがわかったのは悪いことではない。

ほとんどの者が喝采を送った。フロストは海豹《あざらし》のように手を打ち鳴らしながら、食餌のことを考えている。ニューキャッスルはホリーが代表人格であるのかどうかを知りたがっている。ヨルガはもの悲しく、近頃の若い連中にはこんな真似ができるのかと驚いている。

「これで、マインスター男爵への接近が可能になったこと、全員が納得できたと思う」

全員がイエスと声をそろえ、称賛のうめきをあげた。アルカードは寡黙な大物、オルロックとバーロウと視線をあわせた。ふたりも理解したようだ。

だがデモンストレーションがもうひとつ必要だ。

彼の内でドラキュラがふたたび起きあがり、目の中の黒い雲となって支配権を握った。アルカードはおのが脳内の客となる。

〈父〉は一同を見わたし、弱点と恐怖と、裏切りの可能性と現実の裏切りを見抜いた。首を切り裂く銀の感触を思いだし、ペニーの秘密を読みとった。彼女はドラキュラの以前の死に立ち会い、その一端を担っていたのだ。忠実なるヨルガの心に渦巻く嫉妬と、現実とは異なる男になりたいという恐ろしいほどの願望も見える。〈父〉はホリーをみずからの子《ゲット》として受け入れた。そしてそれ以外のヴァンパイア――全員が長生者《エルダー》だ――の忠誠を促した。昔と同じように。あのころ、臣下の者たちは彼に従いながら、それが愛ゆえか、恐怖ゆえか、野望ゆえか、高潔さゆえか、義務ゆえか、自問することもなかった。みな彼を世界の昏き星と認め、ドラゴンの旗のもとに剣を捧げていた。

ドラキュラがふたたび記憶の中にもどった。

アルカードは立ったまま、静まり返った一同を見わたした。彼らはアルカードの真の顔を、目の奥にひそむ顔を見たのだ。もっとも寡黙なバーロウですら、いまにも口笛を吹かんばかりだ。彼と〈ショップ〉のつながりがどのようなものであったにせよ、いますべては切断された。ニューキャッスルはアルカードの中に究極の脱出ルートを――逃亡と潜伏を終わらせ、おのが運命を支配するルートを見た。この部屋にいる一八八八年以前の者すべてが掌握された。フロストは誰であれ、血と金とドラックを与えてくれるものについていくだろう。ペニーとホリーは、よみがえった〈猫の王〉としてアルカードを真に承認することはけっしてない。だがこのふたりは計画に不可欠だ。彼女たちの独立心と自主性のひらめきは、盲目的な忠誠心にとらわれた者やただひたすら利己的な者にはけっしてもつことのできない力にあふれている。

「そしてもうひとつ」アルカードはアーヴィング・タルバーグの胸像をもちあげ、リチャード・ザナックから受けとった夜と同じようにふってみせた。「これはアカデミー賞だ」

フロストが場違いな笑い声をあげ、すぐさま沈黙した。

アルカードはゆっくりとテーブルの周囲をまわった。

「同業者たちから与えられた名誉だ」

フィッツセルが滝のような汗にまみれ、あたりに異臭を撒き散らしている。両脇にいたニューキャッスルとヨルガが椅子を動かして、温血者《ウォーム》の男から距離をとった。

「〝長年にわたりもっとも優れた業績をあげたプロデューサー〟に贈られる」

アルカードはフィッツセルの背後に立って禿げた頭頂を見おろした。濡れたパン生地の顔に埋めこまれた、黒い干し葡萄のような豚の目が見あげてくる。

「諸君」鋭い牙をむきだした室内のヴァンパイアたちにむかって語りかけた。「われらノスフェラトゥは自分たちが何ものであるかを忘れている。ドラキュラなきこの世界に居場所を見つけようと、受け入れられようと、懸命に努力してきたせいだ。いま、すべてを思いだそうではないか。われらは恥じる必要などない。勝ち誇るべきなのだ」

フィッツセルが吐きだすように神経質な笑い声をあげ、それから歯を剥き、肩をすくめようとした。

アルカードはタルバーグ像をフィッツセルの頭にたたきつけた。頭皮がはがれ、磨き抜かれたテーブルに血が飛び散る。フロストが衝撃のあまり一瞬昂揚したが、くちびるを舐めながらも、とびだそうという衝動をかろうじて抑えた。アルカードは痙攣する私立探偵の巨体を片手でもちあげ、足からさきにテーブルの上に投げだした。ほかの者たちが椅子を蹴倒してあとずさる。フィッツセルのカウボーイブーツがピッチャーをひとつ蹴り砕き、こぼれたサングイネッロのおかげでテーブルが滑りやすくなった。アルカードはフィッツセルの濡れたシャツを離した。そしてすでに血で汚れたトロフィーをその顔にふりおろし、正確に三度殴って目と鼻を砕いた。

それからかがみこみ、たるんだ首筋に穴をうがって死にゆく男の血を飲むと、鼻とあごを赤く染めたまま脇にのいた。周囲に立つ者たちの、飢えのにじんだ目は赤く、冷酷な笑みを浮かべた口もとには鋭い白がきらめいている。アルカードはおのがモンスターたちを誇らしげにながめ、命じた。

「ふたたびヴァンパイアたれ」

彼らは温血者《ウォーム》の男に群がり、飲みつくした。

4

「こっちへおいで、パティ＝パット」見た目は若い青年の姿をした男が、ハート形のベッドに横たわり、マニキュアの手をのばして声をかけた。「ベイビーたちがおまえをたいそう恋しがっていたよ。わたしたちは死《し》人《びと》らしく丸くなっているはずだったではないか。そうだろう、マイラヴ。そうなんだよ」

マインスター男爵は、『巨人の惑星』（Land of The Giants（一九六八－一九七〇）アメリカで放映されたSF特撮TVドラマ）に出てくるチェリー・チョコレートのような十二個の赤いサテンの枕にもたれていた。キルト仕立ての菫色のベッドジャケットに張りついているのは、二匹のヴァンパイア・プードルだ。一匹は肩にのって真紅の細長く分厚い舌を彼の耳にこすりつけ、もう一匹は前足の爪をかけてブローチのように胸にぶらさがっている。男爵の髪は紙とピンで複雑な形にセットされている。オードリー・ヘップバーンの睫毛を描いたピンクのヴェルヴェット・アイマスクをひたいにのせているため、まるで目が四つあるかのようだ。

ホリーの意識を最小限の火花として心の中にとどめたまま、パトリシア・ライスはパンプスを脱ぎ捨て、毛足の長いピンクの絨毯を横切っていった。ホテルに宿泊するとき、男爵はいつも王族用の部屋を要求するのだが、シャトー・マーモントは〝ハネムーン・プリンセス〟スイートを押しつけてきた。それが侮辱によるものだったとしても、彼のレーダーにはひっかからなかったようだ。男爵はピンクと金箔の洪水、赤と白のフラワー・アレンジメント、ハート形のチャールズとダイアナの肖像画にご満悦だ。未来の〈猫の王〉は皇太子妃《プリンセス・オヴ・ウェールズ》に夢中で、彼女の写真が表紙になった雑誌すべてに目を通している。パトリシアならきっと嬉々としてダイの喉笛を噛み切るだろう。

ベッドにすべりこんでぴったりと寄り添った。男爵が頬にキスをして、首に軽く歯をあてる。プードルが邪魔をして甲高い声をあげた。

「んん、どうしたの、んん、どこか痛い？」

男爵が甘い声をかけ、大鼠ほどの犬にキスをしてやさしく愛撫した。長い舌でやわらかな被毛を舐め、大きな潤んだ目を愛情たっぷりにのぞきこむ。こいつらは〝黄金〟のみを与えられている。とんでもない金額がかかっているだろう。

もしもそういう事態になったら、仰向けになってトランシルヴァニアのことを考えていなさいとペニーは教えてくれたけれども、そっちは大丈夫そうだ。マインスター家にとっての結婚とは、ヨーロッパの伝統たる政治であり、大切なのは愛情よりも同盟関係なのだ。ホリーは男爵夫人の自我をまとうたびに、マインスターがこの女を信頼してどれほどの仕事をまかせているか、驚かずにはいられない。男爵の才能は、自分には退屈に思える仕事をほかの人々――ほとんどの場合は女に押しつけ、喜んで代行するよう説得することにある。

マインスターを低能と考えるのは間違いだ。愚かかもしれないが、低能ではない。何十年も身をひそめて暮らし、清教徒から、ナチスから、共産主義者から、生き延びてきたのだ。一九二三年にはヴァンパイア長生者《エルダー》大量殺人事件を切り抜け（『鮮血の撃墜王』Bloody Red Baron 収録「ヴァンパイア・ロマンス」Vampire Romance 参照）、かつ政治的野心を諦めなかった。公衆トイレで逮捕された一件をスキャンダル雑誌に書き立てられたこともある（『ドラキュラのチャチャチャ』Dracula Cha Cha Cha 収録「アクエリアス」Aquarius 参照。一九五三年、英国演劇史に名を連ねる名優ジョン・ギールグッドが、チェルシーの公衆トイレで逮捕された事件を受けていると思われる）。昔の恋人ヘルベルト・フォン・クロロックがヴェガスのナイトクラブで彼とのゴシップをショーにしたてた悪質なジョークも、みごとにやりすごした。アメリカのマスコミにテロリスト呼ばわりされたのもそう昔の話ではない――人質をとって大使館を占拠したのだ。あのときは協力関係にあるプレスキャンペーンだけが、かろうじて自由の闘士と評してくれた。

　ドラキュラが死んだとき、プードル・プリンスは〈猫の王〉にのしあがる気満々だった。そしていまも、なんの宣言もないまま自分がジョン・アルカードとその称号を争う立場にあること、流れが自分に不利に進んでいることを理解している。パトリシアは敵陣における彼の目と耳として働くことになっている。

「パティ＝パット、あいつら、クライニクも懐柔したんだろう？」

「そうよ」

「だろうと思った。フェラルが殺されたときにわかっていたことだ。今後もわれわれの大義に忠誠をつくしてくれるのは、あの英国人くらいのものだったのだがな。そのつもりになればシュトリエスクは金で買いもどせる。だがクライニクは納得しなくてはもどらないだろう。あいつの周囲では気をつけるのだよ、おまえ《リープリング》」

「怖くなんかないわ、あなたが守ってくれるもの」

「恐れる必要はない。だが気をつけるのだよ。わたしは彼ら全員を把握している。どのような者であるかを心得ている。風向きによって態度を変える連中。何よりも自分が大切なのだ。〝大義〟の意味など何ひとつ理解していない。彼らにとって、トランシルヴァニアは地図に記された名前にすぎない。血管にかの地の土が流れているわけでもない。われわれのために働くとしても、それはわれわれが最強でいられるあいだだけだ」

　胸もとのプードルがジャケットを噛みはじめた。マインスターはその耳がひらたくなるまで撫でてやりながら、犬にむかってたずねた。

「それで、〈猫の王〉は誰だい？」

　きゃんと鳴いたプードルの声は、受け取りようによっては「あんただよ！」にも聞こえる。

「そう、わたしだ。そうだろう？　賢いではないか、パティ＝パット。わたしは話ができるようこのベイビーたちを訓練してきたんだ。王位についたらこの子たちを首相に任命する。クライニクとそのお仲間の渋っ面を見るためだけにもね。そしておまえは王妃になるんだ」

パトリシアはその未来に興奮している。

かつて、遠い昔、彼女は王とか女王といった存在を猛烈に批判していた。いま、そんな自分が王族になろうとしている。これは歴史の必然だ。マルクス主義に明け暮れていた日々においても、彼女は必然というものと戦っていた。これは思考の論理的帰結にすぎない。

戴冠式のドレスは目を瞠るすばらしいものになるだろう。マインスターにプリンセス・ダイを忘れさせなくてはならない。

「それで、ジョン・アルカードは？　どんなやつだった？」

その名前がコードワードのようにパトリシアを切り裂き、ホリーが目覚めた。ホリーは自分とともにベッドに横たわる大きなヴァンパイア・ベイビーに目をむけ、慎重に言葉を選んだ。

「力にあふれてるわね。オルロックやヨルガみたいな年寄りじゃなくて。でも血統はいいわ。あなたに似てるかな。ドラキュラの子《ゲット》だって言ってる人もいるし。あなたと同じね」

マインスター男爵はペーパーマスクのように無表情だ。彼は伯爵本人の血によって転化したと主張しているが、語るたびにその細部は変わっていく。

「だがあの男はアメリカ人だろう。ドラキュラはこの国に足を踏み入れたことはない」

「アメリカ人に見えるけど。戦争のせいじゃない？」

「ああそうだな、戦争だ。あれのせいでいろいろなことが起こった」

「あなたもあの人に会うべきよ」

マインスターは気が進まないようだ。もちろんそうだろう。男爵は、信頼できない部下を通してアルカードと交渉すべきか、思い切って直接顔をあわせるべきか、悩んでいる。後者の場合、彼のほうがひきさがらなくてはならない可能性もある。

「だがあの男はおまえを気に入っているようだな、パティ＝パット。おまえはけっしてクライニクのようにはならない。おまえをつくったのはわたしだ。おまえを慈しんでやるのもわたしひとりだ。わたしたちはいずれ、対等のパートナーになる」

彼女はプードルの頭を撫でた。

そいつが彼女の手に噛みつき、赤い点がふたつ残った。針のような牙だ。噛まれたあとがずきずき痛む。もう少しで変身を解き、ホリーの顔をあらわしてしまいそうになった。

「駄目だよ、おまえ」マインスターが甘やかす口調でたしなめながら、犬の口から血をぬぐった。「つまみ食いをしてはいけない。パティ＝パットはともに遊ぶ相手であって、おまえのおやつではないんだぞ」

彼女は笑った。パトリシアの甲高い（耳障りな）笑い声だ。

「どうしたのだ、おまえ《ダーリン》」

「なんでもないわ。噛まれたあとが痛いだけよ」

ありとあらゆる生き物の中で、このプードルだけが、パトリシアの奥にひそむホリーを見抜いたのだ。

5

ミラクル・ピクチャーズ撮影所最大の防音スタジオ、モンロー・スター・ステージ（Monroe Stahr はF・スコット・フィッツジェラルドの未完の長編小説『ラスト・タイクーン』The Love of the Last Tycoon: A Western（一九四一）の主人公である天才映画プロデューサーより。アーヴィング・タルバーグをモデルにしているといわれる。エリア・カザン監督の映画『ラスト・タイクーン』The Last Tycoon（一九七六）ではロバート・デ・ニーロが演じている）

は、黒い大聖堂のような『ザ・ロック』独房棟のセットによって埋めつくされていた。グラスファイバー製御影石の板が延々とつづき、プラスティック製銀格子をはめたドアが何層にも連なり、艶だしジェルが安定した輝きを放っている。ずらりとならんだカラーライトが点灯し、ドーム型の空間全体にムード満点の影をつくりだす。スモークマシンの一団が油っぽい砂塵をドラゴンの息のようにごほごほ吐きだしている。

アルカードとゴースはスタジオのフロアに立っていた。

今週のキャリア停滞監督クリストファー・ネヴィルが、カメラ・クレーンに乗ってオペレーターと議論している。シルヴェスター・スタローンの〝不動の〟スタントマン、ラッキー・キャメロンが、ブライオン・ジェームズとブライアン・トンプソンとジェニット・ゴールドスタインとの格闘シーンについて打ち合わせをしている。悪役俳優たちの動きは、衣装部がアルカトラズで実際に使われているつまらない青よりも看守にふさわしいと考えた未来派ナチス風防弾チョッキによって阻害されている。アクション指導のケインが、長いパイプや電磁警棒で六尺棒と剣の戦いをどのようにおこなえばいいか実演している。

スタローンは『ロッキー』のローブを羽織り、背もたれに名前を染めたキャンヴァス・チェアに斜めに腰かけて、じっとそれをながめている。キャメロンが数時間にわたって激しい殴打シーンをロングショットで演じたあと、決意を秘めた血まみれなスター俳優の顔がクローズアップされるというわけだ。スタローンの横では、犬のようにリードでつながれた脚本家がコンクリートの上にあぐらをかいてすわり、ノートに走り書きをしてはページを破りとってボスにわたしている。彼は〝追加台詞〟屋で、邪悪な看守長を殺したあとにシルヴェスターがうなるように吐きだす笑えそうな台詞を五つ、考えるよう命じられている。だがいまのところはまだ、ボスの気に入る洒落たものはひらめいていない。

「懐かしいだろう」アルカードはたずねた。

「わたしの独房は白い部屋でしたよ」ゴースが答えた。「ゴシック風でもなかったし。ぜんぜんこんなじゃありませんでしたね。何よりこたえたのは〝退屈〟です」

〈父〉は城にこもり、何もせずに数世紀をすごした。最期を迎えたときもそうだった。

「これは映画だからな」とアルカード。「現実よりもよく見えるようにつくられている」

「現実ほど退屈でなければいいんですがね」

先日、ラフカットの試写会がシャーマン・オークス（ロサンゼルス近郊の、郊外と都会がほどよくまじわった地区）でおこなわれた。観客は第三場でそわそわしはじめた。主人公がシャロン・ストーンにむかって家族の死を語るシーンはスタローンのこだわりだったのだが、彼がむせび泣きながら自分で書いた台詞を口にしはじめると、ヴァレーの若者たちは「早送り、早送り」とさけんだ。まるで生のハンバーガーを噛んでいるような台詞まわしだったのだ。客たちはオスカーものの演技に耳を傾けるよりも、悪役が殺されるシーンを見たがっている。というわけで、ブライオン・ジェームズにはより手のこんだ死亡シーンが用意されることになった。

「アルカトラズじゃ受刑者はひとりずつ隔離され、薬づけにされてましたよ」ゴースが語った。「それぞれの柩に押しこめられて、得体の知れない物質のまじった衛生的な鼠の血を与えられるんです。気が滅入るったらなかったですね。殴りあいだって、脱獄の試みだって、そんなにありゃしませんよ。十年のあいだ女囚なんてひとりも見ていませんし。そもそも、誰ひとり、絶対に、あの場所を〝ザ・ロック〟だなんて呼びません」

「けちをつけるな、アーネスト。刑務所で上映するわけではないのだから、細部については大目に見ろ」

「あなたがそうおっしゃるなら」

「そうだ。わたしがそう言っているのだ」

ゴースは咳払いをして、誰か耳を澄ます者がいるかのように声を落とした。

「昨夜、盗聴の恐れのない公衆電話からホリーが連絡してきました。男爵は底抜けに上機嫌で、蝙蝠の国にもどろうとしています。彼女は男爵とジョシー・ハートの会見をアレンジしたそうですよ。ぜひとも見てみたいものですね。われらが自称《ソワディザン》〈猫の王〉はスターが大好きですから、ジョシーと女の子たちが〝彼の〟コンサートのためにグループを再結成してくれると知って有頂天になっています。『ヒーズ・ア・レベル』（He's a Rebel

（（一九六二）アメリカの女性ヴォーカル・グループ、ザ・クリスタルズのヒット曲）をカヴァしてくれと頼んだそうですがね、いかにもあの連中の好みそうな曲です。わたしとしてはスカ（一九六〇年代のジャマイカで流行したポピュラー音楽。レゲエの土台となった）のほうが好きですね。われらが有能女性秘書《ガール・フライデイ》はさらに何度かパティ・ライスとして顔を出してから、彼女自身にもどる予定です。クーデターの準備は着々と進んでいます。こっちでもルーマニアでも、必要な連中はすべて賄賂《バクシーシ》で懐柔してあります。ですが、ジョニー、本気であのちびのオカマ野郎に国を治めさせてやるんですか」

「なぜいけない？　どうせわたしはあそこには住まない」

「それは確かにそうですけれどね」

「ただの荒れ地だ、アーネスト。地所というにも値しない。ビヴァリーヒルズの土地一平方マイルでトランシルヴァニア全土が買える。モルダヴィアをおまけにつけてもらってもまだ詐欺にあったようなものだ」

「ご自分が何をしているか、ちゃんとわかっておられるようですね」

「もちろんだとも」

アシスタント・ディレクターが視線で許可を求めてきた。合図を受けてスタンバイの声があがる。ネヴィルが〝アクション〟を命じ、ブライオン・ジェームズがキャメロンのパイプに家畜用電撃棒《キャトル・プロッド》を打ちおろした。電撃効果がうまく働かない。やりなおしだ。二度めは満足のいく火花が散った。念のためさらに四テイクを撮ってから、つぎのシーンに移った。メーキャップ係がはいってきて、ジェームズのひたいと後頭部に短いパイプの先端をとりつける。これで看守の死というクライマックスが撮影できる。

「『頭に穴なんざ、無用の長物だな』」スタローンの台詞に、一瞬の間をおいて全員が笑い声をあげた。「なんて陳腐な言いまわしだ」（You need that like a hole in the head で、〝そんなものは必要ない〟という意味のよく使われる慣用句）

確かにそのとおりだ。

「アダム・サイモンのシナリオか。カットしよう。『その分厚い頭蓋骨をぶち抜いて、これでおまえにも理解できただろう！』でどうだ」アルカードは提案した。

スタローンが笑いながらそれを書き留め、脚本家を蹴飛ばした。

「なんだっておまえにはこういうアイデアが浮かばないんだ」

「この問題をもちだしていいかどうかわからないんですけれど、しかし……」ゴースが口をひらいた。

「あの女のことならいずれ手を打つ。アーネスト、心配はいらない。いましばらく生かしておきたいと思っているだけだ。われわれがなそうとしていることの真価を認められる者はごくわずかしかいない。そしておまえの友たるジュヌヴィエーヴはそのひとりだ。これはショー・ビジネスだよ。何より必要なのは観客だろう」

6

カート・バーロウを仲介として、〈ショップ〉の下請け機関で旅の手配をした。用心のため、ニューキャッスルに命じてビヴァリーヒルズからドラキュラ城までの全行程に、イモートロジー教会の護衛もつけさせた。ウィントン提督はいまもまだ私設艦隊と飛行隊を抱えているのだ。その乗務員はすべて〝完全昇華夜生《ニクトラプト》〟で、ベティ・ペイジのショートパンツにドナルド・ダックの水兵帽という、一九五〇年代の変態ポルノとディズニーランドをまぜあわせた制服を着用している。

コンサート前日の十二月二十日、アルカードはゴースとヨルガとクライニクを連れて、なんのマークもないプライヴェート・ジェットでロサンゼルスからフロリダにある政府の施設まで飛んだ。そこで海軍の〝実験〟ロケット機に乗り換え、弾道飛行で大西洋を横断し、キプロス沖に停泊している合衆国第六艦隊の航空母艦USSフィリップ・フランシス・クイーグ号に着艦する（フィリップ・フランシス・クイーグはエドワード・ドミトリク監督『ケイン号の叛乱』The Caine Mutiny（一九五四）に登場するケイン号の新任艦長の名前。ハンフリー・ボガートが演じている）。アルカードは個人的な好みとして、パイロットには自分は不死だと考えることのない温血《ウォーム》者のプロを使うことにしている。

　クイーグ号は実質的には〈ショップ〉の所有物で、地中海を航行しながら、ペルシャ湾で進展している事態よりも中央ヨーロッパに関心をむけている唯一の船舶だ。アルカードと〈ショップ〉の契約は、ジョージ・ブッシュが定めたサダムのクウェート撤退の期限、年末までに冒険を終わらせるというものだった。これは多国籍軍がイラクを攻撃する前の、ちょっとしたトレーニングになるだろう。

　アルカードはまた、蝙蝠戦士部隊の視察をすることもできた。『バット★21』のプロデューサーとして、このエリート部隊の名誉隊員に任ぜられていたのだ。飛行士《フライボーイ》（もちろんガールもいる）たちは船内の舞踏室ほどもあるオーク材張りの部屋で、人の目では追えないようなスピードで卓球をしたり、軍にはいったわが子がどれほど変容したか知るよしもない家族への手紙を書いたりしていた。

　キャプテン・ガードナーは、かつて第二次大戦に従軍したさい、ヒトラーがドラキュラから受け継いだ蝙蝠部隊《バット・シュタッフェル》所属の最後のミュータントを打ち負かした男だ。その彼がいま、静かに戦闘準備を整えている。だがおそらく彼の出番はないだろう。蝙蝠戦士はクーデターおよび反クーデターが制御しきれなくなったときの非常手段だ。ペニーがときどきつきあっていた〝友人〟バンシーは、アメリカの介入によって〝マインスターのモンスター〟どもと再戦できることに血をたぎらせている。トランシルヴァニア運動の蝙蝠戦士を指揮しているのは、元カルパティア近衛隊に所属していた切れ者ツツロンであるらしい。彼はマインスターから報酬をもらっているプードルで、監視対象になっている。ペニーはどうしているかとバンシーがたずねてきたので、アルカードは、彼女はすでにドラキュラ城にはいってミュージシャンたちがたがいの咽喉を狙わずにいるよう暗躍していると答えた。実際のところ、ペニーがルーマニアにいるのはホリーの自我を維持するためだ。変身能力者は危なっかしく、パトリシア・ライスとジョシー・ハートの人格を行き来している。どちらもコンサートのあいだになさねばならない仕事を山と抱えている。

　大統領はサダム・フセインから目を離さずにいるものの、いまだ何ひとつ必要な軍事行動を承認していない。

だがジェドバーグは〈ショップ〉の秘密のプロトコルに訴えて、第三次世界大戦——あるいは、少なくとも第二次世界大戦パートⅡに突き進む準備を整えている。〈ショップ〉から来た男（The man from the Shop TVドラマ『0011ナポレオン・ソロ』The Man from U.N.C.L.E.（一九六四—六八）のもじりと思われる）はしわくちゃになった海軍の白い軍服にカウボーイハットをかぶって甲板を歩きまわりながら、水平線を見つめている。

「なあ、ジョニー・ボーイ、ジョージー・ブッシュの馬鹿野郎は、自分がこの国をまわしてると信じこんでるんだぜ」ジェドバーグが言った。「このイラク情勢は、やつにとっちゃゲイリー・クーパーになるチャンスなんだ。お坊っちゃま風ギャビー・ヘイズみたいに四年間ロニーの相棒を務めたあとだ、このチャンスを逃しはしないだろうよ。なんの罪もないかわいそうなクウェートの大金持ちをひとりとして侵略者の軛《くびき》のもとで苦しませたりはしないんだ。たとえそいつらがグッチのローブを着て、自分の祖母《ばあ》さんを五十ドルと煙を吸うための駱駝の糞と引き換えに売っぱらうような、新しい中世の暴君であってもな。ジョニー・ボーイ、ジョージーはサダムの偵察隊を見張りながら、補聴器でテックス・リッターの『ハイ・ヌーン』（Do Not Forsake Me, Oh, My Darlin' はフレッド・ジンネマン監督、ゲイリー・クーパー主演『真昼の決闘』High Noon（一九五二）の主題歌）を聞いてるんだぜ。やつはずっと諜報機関にいたんだから、もっとよくいろんなことをわきまえてるべきなのにな。あの卵形の部屋（大統領執務室のこと）にはいっちまうと、みんな、自分のほんとうの仕事がなんだったのか忘れちまう。でっかい展望をもって地獄まで自分の好きに突き進んでいいって権限を、アメリカ国民から与えられたと思いこんじまうんだ。愛しのロニーだけは例外だった。やつは立ちあがって期待通りの台詞を読みあげた。自分が弾丸を食らうことになるとシナリオが告げていてもだ。おれは心底光線銃《ロニー・ザ・レイガン》のロニーが懐かしいよ。ジミー・おまぬけ伯爵《アール・モロン》（第三十九代大統領ジミー・アール・カーター。任期一九七七—八一。Earl には伯爵の意味があり、さらにはピンナップ画家の巨匠アール・モラン Earl Moran にひっかけて、まぬけ（Moron）を導いたと思われる）はいうにおよばず、リンドン・フェラチオ《ブロー・ジョブ》（第三十六代大統領リンドン・ベインズ・ジョンソン。任期一九六三—六九。フェラチオ（Blow-Job）はベインズ・ジョンソンの頭文字を使った洒落）やら、のらくら《スリッパリー》ディック《ディック》（第三十七代大統領リチャード・ニクソン。任期一九六九—七四。ディックはリチャードの愛称。slippery dick は滑りやすいペニスを意味すると同時に、西部大西洋熱帯水域に生息するベラの一種）やらと悪夢がつづいたあとのこった、ロニーは自分の立場ってもんをわきまえた大統領だったよ」

真夜中。アルカードのヘリコプター《ヒューイ》CH—46シー・ナイトが離陸し、上空で旋回してルーマニアに針路をとった。まだクイーグ号の監視空域から抜けだしもしないうちに、ふたつの大きな蝙蝠形の影が近づいたと思うと、ヘリが空中でわずかに揺らぎ、爆発した。

ジェドバーグが帽子で目をおおった。

アルカードはまっすぐ爆発を見つめた。コマ落としになった一連の静止画のように、花ひらく炎が数秒ずつ視野にとどまってはつぎの画像に移り変わっていく。火と金属が雨となって海に降りそそぐ。燃料が爆発し、太陽のように明るい白光が、安全な距離を保って凧のように舞う蝙蝠人間たちを照らしだす。

「カルパティア人どもめ」ジェドバーグが吐き捨てた。「吸着爆弾《リンペットマイン》を使いやがった。おれたちが使い方を教えてやったんじゃないか。アイゼンハワーのロケットマン・プログラムまでさかのぼって、空挺個人戦戦略初歩訓練のレッスンⅡだ」

アルカードはガードナーとバンシーに敵の飛行士を追うよう合図をした。ふたりはさっと翼をひろげて飛び立ち、数秒で高度をあげ、それから急降下した。さらにふたりの蝙蝠戦士、アイスマンとニキータが位置について翼をひろげ、出撃の命令を待っている。

「大胆なもんですね」ゴースが言った。

アルカードはうなずいた。

「マインスターは腰抜けのろくでなしかもしれんがな」とジェドバーグ。「その気になればなかなかのことをやってのける。たぶん、ちょっとした狡猾さを身につけないとヴァンパイアの長生者《エルダー》ってやつにはなれないんだろう。マインスターがチャウシェスクに立ちむかったとき、キッシンジャーがなんて言ったか、知ってるかい」

「『どちらも負けてしまえばいいのに、どっちかが勝つのは残念だ』」(イラン・イラク戦争に関するキッシンジャーのコメント)

「知ってるのか。だがな、ジョニー・ボーイ、ヘンリー・ホーク(Henery Hawk アメリカのアニメ・シリーズ、ルーニー・テューンズ等に登場する鷹のキャラクター。スペルはちがうが発音が同じ〝ヘンリー〟という名前から、ヘンリー・キッシンジャーを皮肉っている)は間違ってるぜ。ときにはみんながみんな負けちまう戦争だってある。そこが重要なんだ」

ガードナーとバンシーがフォーメーションを組んでカルパティア人を追っている。吸着爆弾《リンペットマイン》を仕掛けた連中は何マイルも離れた基地から飛んできたわけで——クレタ島かそのあたりの小島に保管してあるのだろう——元気いっぱいの飛行士ふたりから逃げられるはずもない。闇を見通すノスフェラトゥの目をもたない甲板の人々にもショーが見物できるよう、ジェドバーグが照明弾の打ちあげを命じた。

ショーはあっという間に終了した。

アメリカ人飛行士はカルパティア人の片方を〝報告〟のために見逃し、もうひとりをクイーグ号に連れもどった。バンシーが「アル・ツィスカだ」と紹介したその敗者の翼は破れ、使い物にならなくなっている。

「もうひとりはツツロンでした」ガードナーが告げた。

アルカードもおぼえている。〈大狩猟《ワイルド・ハント》〉の夜、CDのシュリンクをひらくように親指の爪で若い女の大腿動脈を切り裂いた凶暴な長生者《エルダー》だ。ドラキュラが記憶しているツツロンは、金の音が聞こえるときにのみ、乱闘で役に立つ伊達男だった。マインスターのために働いているということは、少なくとも今夜はそれなりの報酬が出るのだろう。

「追いかけろ」アルカードはアイスマンとニキータに命じた。「派手にやって、だが最終的には負けてやれ。そしてほどよく悔しがってみせろ」

「そうそう」とジェドバーグ。「あのくそ野郎はまさしくたったいま、ジョニー・アルカードを殺《や》りやがったんだからな！」

飛行士たちはすぐさま発進し、矢のように洋上を去っていった。

一同の関心は捕虜にむかった。

「僭王は死んだ」歳月を経たカルパティア戦士ツィスカが、ゴースからジェドバーグへと視線を移しながら宣言した。「きさまらがわたしに何をしようと、すべては無意味だ」

「僭王だと？」アルカードは面白がってたずね返した。

ツィスカが彼に目をむけ、〈父〉を見た。

アルカードは位置を変えた――頭の中でだ。回数を重ねるたびに、変位はいっそうすばやく容易になり、より完全に近づいていく。

「アレクシス、そなたは過ちを犯した」ドラキュラが言った。「何をなすべきか、心得ておろうな」

ツィスカは恐怖にふるえあがり、バンシーとガードナーの手をふりはらった。飛び去ることはできない。だが許しを乞うような愚かな真似をすることもなかった。彼は敬礼するように腕をあげ、残された翼の皮膜をむしりとって、肘からとびだした棘のような骨を抜いた。音をたてて甲板に血が飛び散った。

ドラキュラははずされた骨の先端に目をむけた。

「諾なり」

ツィスカが一歩進みでた。骨の剣をもちあげて膝をつくと、身をのりだして、せっぷくするさむらいのようにその切っ先をあばらの下にすべりこませ、心臓を貫いた。目の中の炎が消える。丸まった身体が燃えかすと灰と泥の塊になる。だぶだぶの飛行服までもが黒ずみ、剥がれ落ちた。

ドラキュラは肺いっぱいに息を吸い、吐いた。激しく冷たい突風のような息だ。

ツィスカがばらばらに砕けた。

「片づけさせておけ。こいつは小綺麗な船ってことになってるんだからな」ジェドバーグが言った。

〈父〉がアルカードの内にひっこんだ。

「あれはアメリカ軍への攻撃だったのだ」アルカードは言った。

「ああ、まったくそのとおりだな、ジョニー・ボーイ。〈ショップ〉の条項が適用される。おれたちさえその気になりゃ、そのまま戦争にだってもちこめるんだ。ジョージーだって泣き言なんか言ってられねえさ。あっちがさきに手を出しやがったんだからな、ドッジの法廷(カンザス州のドッジシティ。OK牧場の決闘の舞台となった町)だって、やつをぶちのめしたって理由でおれたちを縛り首《ネクタイ・パーティ》にゃできねえさ」

ツツロンがマインスターに報告を届けるまで、どれくらいの時間があるだろう。ヨルガ将軍が甲板にあがってきて、ほんもののヘリコプターの用意ができたことを告げた。アルカードはその気になれば、用心のため彼を最初のヘリに乗せることもできたのだ。将軍はアルカードが慎重にその案を検討しただろうことをはっきりと理解している。

「では諸君、城にむかおう」アルカードは宣言した。

7

ドライアイスの濃い霧が午後遅くのそよ風に散ると、実物大アステカ風階段ピラミッドの断面図があらわれた。完璧なる生贄儀式の場だ。ステージの中央には、葬儀屋のショールームのように、真紅の逆さ十字を華やかに描いた黒い柩が三つ、斜めに飾られている。ドラムが重々しく単調にとどろきはじめた。電気ピアノが大音量で不吉なコードを奏でる。ドラキュラ城の狭間胸壁の上にいるホリーには、牙の根がこつこつとはじかれるように感じられる。

三つの爆発音が響いて、ふたつの柩がばたんとひらいた。とびだしてきたのはスパイナル・タップのリード&リズムギターのふたりだ。身体に貼りつくスパンデクスに、ヘアエクステをつけ、完全にダンピール化している。腰をつきだしてギターをかまえ、「ハァァロォオオオオ、トランシルヴァニア！」とさけぶ。アンプを通した挨拶が木々の梢から山腹にまでこだまする。カルパティア農民の古き言い伝え、「彼らは夜にのみあらわれる」を思いだせと言いたくなる。人影がまばらな円形劇場のむこう、どこか遠くで、白岩山羊がめえと鳴いた。ふたりのギタリストは同じポーズをとったまま、うなるように歯をむきだしている。数人のスタッフと売り子が申し訳ていどの拍手をした。老女《バブシュカ》が三人、共産主義者がふたり、レザーとチェーンとウィッグという残念なフル装備をしたどう見ても流行遅れのヴァンパイア長生者《エルダー》がひとり、それにむっつりとした九歳の女の子という、ぜんぶでたった七人からなる地元ファンクラブが、うなり板（ひもを通した細長い板。頭上でまわすと牛がうなるような音を出す）をふりまわし、ルーマニアのスローガンを記したプラカードを掲げている。

　三番めの柩はまだ蓋が閉まったままで、中から火と悲鳴が漏れている。スタッフが消火器と斧をもって駆けつけ、閉じこめられたベーシストの救助をはじめた。そのすさまじい騒ぎも知らぬげに、無事に柩から出たふたりはめちゃめちゃな演奏で、ミートローフの「地獄のロックライダー」（Bat Out of Hell（一九七一）ジム・スタインマン作詞作曲。ストーニー＆ミートローフ名義で発表されたアルバムタイトル、およびその中の収録曲）をカヴァしはじめた。歌が終わってふたりが柩にもどったちょうどそのとき、ベーシストがとびだしてきた。スタッフが彼に消火器を噴きつけた。黒い顔が白くなり、くすぶっていた海賊のようなもじゃもじゃ髪の火が消えた。ファンたちが大歓声をあげる。これで彼も少しは慰められるだろう。

　パトリシアとして三匹めのプードルのようにマインスター男爵のあとをついてまわったり、ジョシーとしてガールズ・バンドのリハーサルをおこなったりして幾夜かをすごしたあと、ホリー自身でいられるこの瞬間が心地よい。この高みからパノラマのように全景を見わたして、ジョンが盤上に配置したピースすべてが、どのようにまとまっていくかをながめるのだ。

　男爵は城の地下にある〝コミュニケーション・センター〟で夢中になってTVとオーディオ機器に取り組み、放映チームの邪魔をしながら国じゅうに散らばった部下の動きを追っている。ティミショアラやクルジュ、トランシルヴァニアの主要都市の広場には巨大スクリーンが立てられ、すべての村や町ではホールの壁にテレビがとりつけられた。このショーがクーデターの連絡手段となるのだ。コンサートが最高潮に達する夜明けに、カルパティア・コミュニティの指導者たちが乱入する。それらスポークスマンの勧誘はクライニクにまかされている。マインスターはパトリシアにリストをチェックさせ、男爵よりも大義を重んじる連中を排除した。そのささやかな仕事のおかげで、ホリーはジョンのために、男爵にこびて新生トランシルヴァニアで出世しようと目論んでいるヴァンパイアをはじきだすことができた。

ペニーは特注のイアプラグをはめてボルゴ峠を見わたしている。日没をごらんなさいなと、彼女が声をかけてきた。これでスパイナル・タップの二曲め、「サリヴァ・オヴ・ザ・フィテスト」（Saliva of the Fittest（一九九八）一九八七年に結成されたパンクロックバンド、カウズの楽曲）を無視することができる。

木立は切り倒され、その木材で野外ステージの観客席が組み立てられた。岩だらけの山肌は演奏スペースをつくるためにけずられ、平らに均らされた。城そのものが驚くほど脇に追いやられてしまった格好だ。ホリーとペニーは塔の上から、円形劇場を斜めにながめている。何十人もが大騒ぎでショーを進行させている両袖の内側までもが見える。

百年以上にわたって住む者のなかったドラキュラ城は、いまや芸能人と技術スタッフと取り巻きたちの本拠地となっている。地下室は楽屋だし、拷問部屋はリハーサル室だ。ジョンはコンサートのステージ・マネージャーをまかせるべく、革新的なレコード・プロデューサー、スワンと契約した。一見若々しい辣腕家は、ＮＡＳＡの管制センターも恥じ入りそうなクルーを従えて、東の塔に最先端技術を駆使した放送器材を設置した。近くの山頂に立てられた巨大なＲＫＯのロゴをつけたアンテナが、ジョンがひと晩だけ国際災害支援機構から又借りしてきたひとり乗り宇宙ステーションＴ５（所有者は国際救助隊 International Rescue ではないが、これはもしかすると、サンダーバード５号だろうか）に信号を送る。そしてそれが、地球をとりまく衛星によって世界じゅうの中継基地に伝えられるのだ。

パトリシアとしてのホリーは、スワンとマインスターのあいだで日課のように起こる熱核反応レヴェルの争いを仲裁している。ふたりともが子供っぽい自惚れ屋で、自分こそがこのイヴェントにおけるもっとも偉い人形遣いであると思いこみたがっている。もちろん、その地位はすでに他者にかっさらわれている。

中庭のヘリポートはひっきりなしに使用され、いつ見ても十機以上のヘリが上空で待機している。コンサートがはじまったというのに、多くの大スターはまだヨーロッパに到着もしていない。彼らのグローバルポジションはスワンの塔の大電子掲示板に表示されている。ショート・ライオンの出演はいまになっても百パーセント確実ではない。とはいえ彼のスタッフはコントロール・ルームと会話をかわしているし、スワンは絶えずなだめるように咽喉マイクにむかって出演料アップの約束をささやきかけている。ショート・ライオンはいま、メキシコかインドの上空にいるようだ。ティミー・Vの一行は、自分たちのスーパースターがいちばんに到着しないよう、タイからのルートでのらくらと時間をつぶしている。ヴァンパイアのロック・スターふたりを同時に同じステージにあげるよりも、ヨーロッパの政府ひとつを転覆させるほうが楽かもしれない。もしこのプランが失敗したら、スワンはジャガーとボウイをステージに押しだして、バックバンドに「月光を　音楽を」（Give Me the Moonlight, Give Me the Music　ミスタ・ムーンライトと異名をとるイギリスのポップシンガー、フランキー・ヴォーンの代表曲 Give Me the Moonlight, Give Me the Girl（一九五五）より）を演奏させ、最大の効果があがることを祈るしかない。だがその場合、アルカードはきっと彼の意志に逆らったスーパースターに報復する。文字どおり不死者である彼らも、早々に〝ロックンロール天国〟に送りこまれることになるだろう（Rock and Roll Heaven（一九七三）ライチャス・ブラザーズの楽曲より。早世したスターたちが天国でセッションしているさまを歌う）。もしほんとうにそんな場所があるなら、ドラッグ問題で地獄を見ることになるだろうけれども。

オープニング・バンドが短いステージを終えて、「グッバイ、トランシルヴァニア」と声をあげた。袖にひっこむと、熱狂的な演奏を終えて得意満面のドラマーが、ドラック・ハイで真っ赤になりながら、悪魔のような金属の角を生やそうとして頭を爆発させた。ステージ上でこのパフォーマンスを披露できなかったのがなんとも残念だ。もし実演していたら、スパイナル・タップは誰にも真似できない唯一無二のバンドになれただろうに。だが現実には、またぎ越すか片づけるしかない汚物を残しただけで終わってしまった。

ホリーはペニーの心にすべりこんでジョンのことをたずねた。今朝はやくにツツロンがやってきて、〝僭王〟は片づいたとマインスターに報告したのだ。ジョンの位置は電子掲示板にも表示されていない。

「それも作戦の一部ですわ」ペニーが答えた。

ジョンがほんとうに死んでしまったのなら、ホリーにわからないはずはない。きっと自分の一部がもぎとられたように感じるだろう。キットが死んだときのように。

キットのことを思いだした。彼女自身が何者であったかも思いだした。

なんだか現実のこととは思えない。スピードと血のみを追って、路上で三十年を過ごしただなんて。

太陽はすでに沈み、作り物の月がいくつかステージを照らしている。松明のならんだ通路を抜けて人々がなだれこんでくる。どの村でも、一泊十レイ（ルーマニアの通貨。二〇二一年時において一レイは約二十六円）の安宿が、いまでは五百米ドルに値上がりしている。観客席は満員だ。ステージではポール・サイモンがツガニー・バンドを従えて、アルバム『森の彼方の国』（Land Beyond the Forests そもそもはトランシルヴァニアを意味する言葉で、魔術系メタルバンドがしばしば使用しているが、ポール・サイモンに関しては不明）から伝統音楽の新曲を演奏している。温血《ウォーム》者のルーマニア人数人が、反ジプシーのスローガンを唱え、ヴァンパイアのガードマンに黙らされている。ドラキュラ崩御から数十年たったいまでも、彼の従者たるツガニー・ジプシーはその庇護下にあるのだ。サイモンが「とっておきのスペシャル・ゲスト」として、イギリスのロック・スター、ファングを迎えた。ふたりはたがいの咽喉を狙いながら「孤独な食餌」（They Bleed Alone スティングによる『孤独なダンス』They Dance Alone（一九八七）のもじり）を歌った。これは、共産主義中国においてとびはねる僵屍《キョンシー》が大勢串刺しにされていることに対する、ファングの抗議ソングだ（『孤独なダンス』はチリの独裁政権による大量虐殺に対する抗議ソング）。ほとんど拍手もない曲間にファングが黄色い巻物をとりだし、誰かからの、もしくは誰かへの支援メッセージを長々と読みあげはじめた。サイモンがジプシーを整列させて大声でルーマニア語の歌を歌いはじめ、観客も熱狂して声をあわせたため、ファングのスピーチはかき消されてしまった。

「『馬車についてこい』（My Old Man Said Follow the Van（一九一九）フレッド・リー&チャールズ・コリンズ作詞作曲のミュージックホール・ソング。マリー・ロイドにより人気を博した）みたいですわね」ペニーが言った。「マリー・ロイドですわ。あのころにはほんものの〝スター〟がいましたのよ。あんな木偶の坊ではなくて」

ファングはすごすごとひっこんだ。耳と鼻から蛸の墨のように闇があふれこぼれた。

ジョシーのバンド、プシキャッツの出番は何時間もあとだ。

サブ人格の中で、ホリーはこのシンガーがいちばん気に入っている。なのに、変身したときいちばんコントロールが効かないのも彼女だ。ジョシー・ハートは自分が何者であるかをしっかり把握しているため、ホリーがホリーにもどるためには、ペニーにコードワードを発してもらわなくてはならない（コードワードは「シャザム」にした（フォーセット・コミックス〈キャプテン・マーベル〉Captain Marvel（一九四〇―五二）シリーズおよびDCコミック〈シャザム！〉Shazam!（一九七三―　）シリーズで、主人公のビリー少年がキャプテン・マーヴェルに変身するときに唱える呪文））。ジョシーの人生にすべりこんで、そのままもどらずにいるのは容易だろう。彼女はつねに演奏していて、そうでないふりなんか絶対にしない。ジョシーの味覚はすばらしく発達していて、何千もの血の味を区別することができる。自分自身がスターになる前、ジョシーは大勢のロックの神や女神に寄生し、それぞれから何かを学び、もしくは吸いとった。その中にはすでに真の死を迎えた者もいるし、今夜このステージに立つ者もいる。ジョシーがステージにあがると、ジャニス・ジョプリンの味が口の中にひろがり、牙をとがらせる。

ホリーはペニーのもつプログラムに目をやった。

つぎに出てきたのは、赤い皮膚と角をもった血まみれのゴス娘だった。彼女のステージには、スペシャル・エフェクト・マジックと音楽のほかに、山羊の生贄が用いられた。すべての山羊が山羊なわけではない。ステージが流出物で汚れたため、パーフォーマーたちはみな彼女のあとには出たがらない。結局、ジャクソン・ブラウンが貧乏籤をひかされた。彼は温血者《ウォーム》だが、「大洪水の前」（Before The Deluge（一九七四）アルバム『レイト・フォー・ザ・スカイ』Late For The Sky に収録された楽曲。反核のメッセージがこめられている）をくり返し歌うことで〝ノスフェラトゥの自己決定権〟への支持を表明した。驚いたことに、最後のコーラスで赤目のファングが加わってきた。彼はローディをかきわけて登場し、ふるえる声で唱和したあげく、ブラウンのアンコールをさえぎってスピーチのつづきを読みあげはじめた。舞台袖で、ひとりの進行係があからさまに咽喉を掻き切るしぐさをした。

中心たるこの地で、もしくは世界じゅうに散らばる中継地で、つぎつぎとアーティストが登場する。ユーリズミクス、ディープ・フィックス、ペット・ショップ・ボーイズ、ハーブ・アルパート&ザ・ティファナ・ブラス、シェール（「悲しきジプシー」（Gypsies, Tramps & Thieves（一九七一）全米一位となったシェールのヒット曲）は歌わないよう指示された）、スクリーミング・ロード・サッチ（「明日の夜まで」（Til the Following Night（一九六一）彼のデビュー曲。二本の角のあるモンスターが主人公のホラーロック））、フローズン・ゴールド、ジューダス・プリースト、ラウド・スタッフ（以前はラウド・シットとして活動していた）、トニー・ベネットとボブ・

ディラン（「ブルー・ムーン」（Blue Moon（一九三四）ロレンツ・ハート作詞、リチャード・ロジャース作曲のスタンダードナンバー。ベネットやディランはじめ、多くの歌手がカヴァしている））、ストレンジ・フルーツ、ヒューイ・ルイス&ザ・ニュース、ホイップ・ハンド、レイルタウン・ボトラーズ、オートマティック・ドラミニ、クルーシャル・トーント、ボブ・ゲルドフとミッジ・ユーロ（「ハロウィンだって知らないの？」（Don't They Know It's Hallowe'en? ゲルドフとユーロがリリースしたチャリティソングは Do They Know It's Christmas? 二〇〇五年、それをアレンジして Do They Know It s Hallowe'en? という曲がつくられている））、イギー・ポップ&デボラ・ハリー（「すてきなパーティ」（Swell Party イギー・ポップ&デボラ・ハリーの楽曲 Well, Did You Evah（一九九九）の中に swell party という歌詞がくり返し登場する））、ジェイク・ハマー・バンド、ニック・カーショウ、デビー&ザ・デイグローズ、ブラック・ローゼズ、アリス・クーパー（「死者が好き」（I Love the Dead（一九七三）クーパーのアルバム『ビリオン・ダラー・ベイビーズ』Billion Dollar Babies に収録された楽曲））、フェニックス（「愛は永遠の灯り」（Old Souls ブライアン・デ・パルマ監督『ファントム・オブ・パラダイス』Phantom of the Paradise（一九七四）の中で歌われる楽曲））、コイル、ジョニー・フェイヴァリット・ビッグ・バンド、リック・スプリングフィールド、ボビー〝ボリス〟ピケット、アイヴァー・カトラー、デンジャラス・ブラザーズ（「羊をつかめ」（Grab Yourself a Sheep は羊の毛刈りのときの言葉））、スティーヴン・ショーター（「僕はほんとに悪い子だった」（I've Been a Bad Bad Boy ピーター・ワトキンス監督『傷だらけのアイドル』Privilege（一九六七）において、主人公のスティーヴンが歌う劇中歌））、トーキング・ヘッズ、バーバラ・カートランド（「バァァァァクレー・スクエアの夜鳴鳥」（A Nightingale Sang in Berkeley Square（一九三九）エリック・マシュウィッツ&マニング・シャーウィンによるロマンティックなポピュラーソング））、インポッシブルズ、ラモーンズ、地獄のサンタニコ（スネーク・ショーこみで）、ダイアー・ストレイツ、カイリー・ミノーグ、アレッド・ジョーンズ……

青白い者であれ温血《ウォーム》者であれ、ホットであれクールであれ、グループであれソロであれ、あるいは同業者のあいだでバンドを組んだ変わり種であれ（スティーヴン・キングとウォーレン・ジヴォンとディック・コンティーノ？）、みながみな、このステージに登場する理由を抱えている。イモートロジー信者もいるし、トランシルヴァニア運動の関係者もいる。渋い顔の審査員に社会的価値を示すため履歴書にチャリティ・ギグを載せたがっている者、ヒットチャートに返り咲く機会や新しいイメージを打ちだす機会を求めている者もいる。照明と騒音に中毒している者、スワンと寝た者も十人はくだらないだろう。何人かは強請《ゆす》られているし、ひとりは文字どおり殺人を犯している。フィル・コリンズが予告なしにストーンヘンジにあらわれ、どうしてもお呼びではないと言いわたすことができないスタッフによって演奏時間を与えられた。

夜明けまではまだたっぷり時間がある。そのとき世界は変わる。

そしてホリーもまた変わるのだ。

8

「コンサートのラジオ、つけましょうか」パイロットが言った。

「べつにいいさ」アルカードは答えた。

すべてがはじまったいま、関心は薄れてしまっている。企画と段取りこそやり甲斐があったものの、ショーそのものは勝手に進行していく。もちろんスワンが最善をつくし、最終的には成功であれ失敗であれすべてを売りこめるようにしてくれるだろう。『大恥　コンサート・フォー・トランシルヴァニア　どじへまNG集』ビデオが売れる健全な市場もある。

こんどこそほんとうにクイーグ号から発進したそのとき、ショート・ライオンのジェット機がバミューダトライアングルに墜落して全員行方不明だというニュースがとびこんできた。感傷的なシンガー、ペチャ・チェルカソフが滂沱とそら涙を流しながらステージにあがり、滅びしロック・プリンスへの賛辞を捧げた。衝撃のあまり静まり返った観衆に感銘を与えるべく、ショート・ライオンの恐ろしく愚痴っぽい「ルイ・ルイ」のとんでもないカヴァ・シングル（Louie Louie（一九六三）リチャード・ベリーが作詞作曲したロックンロールの楽曲。なのだが、ショート・ライオンが〈ヴァンパイア・クロニクルズ〉のレスタト・ド・リオンクールであることを思うと、「ルイ」というのは……）を真似て歌っていたそのとき、ショート・ライオンがじつはそのプライヴェート・ジェットには乗っていなかったという知らせが届いた。彼は滅びていない、イスタンブール・エクスプレスに乗ってコンサート会場にむかいつつあるという。バックバンドが犠牲になったとしても、これはすばらしい大逆転劇だ。ティミー・V一行は、いかなるロケット攻撃も自分たちの所業ではないと公式に発表していたのだが、この情報に対してはさしたる反応を示さなかった。このふたりが同時にステージに立ったとき、声をあわせて歌うのか、たがいの咽喉を噛み切ろうと狙うのか、アルカードにもわからない。だがどちらになっても悪くはない。

アルカードの側近たちは、ツツロンに爆破されたシー・ナイトよりも大型の、狙撃兵つきドアガンと腹いっぱいの蝙蝠戦士を抱えたスーパー・ジョリーＣＨ－53に乗っている（スーパー・ジョリーと愛称されるヘリは、現実にはＨＨ－53Ｂ）。彼には捨て駒にするようなバック・バンドはないものの、戦術としてヘリを一機、付帯的損害として計上したことになる。見せかけのためだけにも必要だった搭乗者には、大急ぎで楽屋にドラックを届けるよう指示を受けたダーク・フロストがあてられた。

自信過剰なマインスターは、よいニュースを聞くと確認せずにそのまま信じてしまう。いまごろはクリスマスの朝の少年のように、すべてのプレゼントを一度にあけようとそわそわしているだろう。ティミショアラではトランシルヴァニア・クーデターのきっかけとなるべく市街戦がはじまっている。おもな長生者《エルダー》はその周辺地域に腰を据えてスピーチの練習をしている。その背後では、もの静かなヴァンパイアたちがハードウッドのダガーとカラシニコフを構えている。ブカレストではまもなく、イリエスク大統領が、トランシルヴァニアへの通信回線が切れたことを知るだろう。コンサートが膨大な放送帯域を使用するため、軍用も民間もあわせてすべての無線通信が遮断されたのだ。Ｔ５がアルカードの指揮下にあるため、国際遭難信号に対しても応答が返されることはない。イリエスクはほかの誰もと同じく、テレビで革命を見ることになる。ＣＮＮではポップ・コンサートが画面いっぱいにひろがり、そのニュースは片隅のちっぽけなサブ画面に押しこまれるだろう。

「ルーマニア領空にはいります」

すでにトルコとブルガリアは通りすぎた。アルカードはかたわらにある強化ガラスのはまった銃眼から外をながめた。

「これが故郷なのか、ヨルガ」

長生者《エルダー》は困惑をこめて眉をひそめた。この地には長期にわたる記憶をとどめている者たちがいるのだ。なんの特徴もない暗い景色がひろがっている。黒い平野の中に、わずかばかりの町が狼煙のように見える。樅の木が杭の森のようにそびえたっている。眼下にひろがるこれが、串刺し公ヴラドの故郷ワラキアである。温血者《ウォーム》時代にドラキュラが支配していたのは、トランシルヴァニアではなく隣接する地域だった。〈父〉が断片的に記憶している歴史が、真に彼自身のものであったならばだが。ホリーは食餌によって相手の全人生を盗むことができる。一八八五年にロンドンにやってきたドラキュラはヴラド・ツェペシュではなかったと主張する者もいる。〈父〉が何者であったかなどどうでもいい。問題は、彼がいま何者であるかだ。

「未確認飛行物体です」

木々のあいだから蝙蝠の形をしたものが幾体か上昇してきた。

デルタフォース(アメリカ陸軍のテロ対策特殊部隊)のドアガンナーが臨戦態勢にはいった。銀の弾丸が弾薬ベルトでボールベアリングのように輝いている。彼は羽ばたく翼に狙いを定めて銃のむきを変えた。

アルカードは待ての指示を出した。

蝙蝠形の生き物は、ジョリーとならんで飛行しながら待機状態にはいっている。

「諸君、エスコートが到着したようだ」アルカードは告げた。

ドアガンナーが臨戦態勢を解いた。

前方に鋸の歯のようなカルパティア山脈の稜線がそびえている。ヘリが高度をあげて山の陰を抜けだし、晴れやかな夜空へと舞いあがった。空気が薄く冷たいこの高度でも、エスコートは遅れをとらずについてくる。

一行は山頂を越え、トランシルヴァニア上空にはいった。

彼の一部が故郷を感じとった。

べつの一部はなぜ彼が故郷を離れたかを思いだした。

アルカードがみずからの内にひきさがり、〈父〉が支配権を握った。その変化に気づいたゴースが、ＢＢＣワールドサービス（BBCが海外向けにおこなっている国際ラジオ放送）を聞いていたヘッドフォンをはずし、敬意をこめて短い会釈を送った。それがヘリ全体に伝わり、全員が、いま自分たちが尊前にあることを理解した。

「音楽を」ドラキュラが命じた。

通信士がスイッチをいれた。ラルフ・ロックラとレスリー・ゴーアが「涙のジュディ」（Judy's Turn to Cry（一九六三）レスリー・ゴーアがリリースした楽曲。全米五位のヒットとなった）をデュエットしている。歌がヘリ内部いっぱいに満ちあふれる。

ドラキュラは莞爾と笑んだ。

9

「シャザム」

ペニーが唱えて、ジョシー・ハートを幻影の領域《ファントム・ゾーン》に追い返した。

ホリーがもどってきた。音楽と喝采で耳はがんがんしているし、ジョシーよりも背が高いため、レオタードがぴったり身体に貼りついている。ここは舞台裏のレッドルームだ。花や軽食でいっぱいのグリーンルームはこれから出演する者たちがくつろぐ場所だが、むきだしで空っぽのレッドルームには誰も長居をしたがらず、出番を終えた者が通りすぎていくだけだ。PAシステムではエルトン・ジョンとキキ・ディーがたがいを紹介し、そのまま流れるように「ブリーディング」を歌いはじめた（ワウ・ワウ・ワウ・ワウ、ブリーーーディング）（Bleeding キキ・ディー&エルトン・ジョンのデュエットナンバー、「恋のデュエット」Don't Go Breaking My Heart（一九七六）のもじり）。

ジョシーはすばらしい喝采を受けた。心がまだざわめいている。内側には興奮が残っている。頭の中ではぐるぐると、「星空に愛を」（Calling Occupants of Interplanetary Craft（一九七六）カナダのロックバンド、クラトゥの楽曲。カーペンターズのカヴァが有名）がリピートしている。顔と背中の汗が冷えてきた。だがシンガーはすでに箱にもどっておさまっている。

「すてきでしたわよ、ホリー」ペニーが言って、ビニールをかぶせたハンガーのスーツを示した。「みんな、その場で圧倒されていましたわ。さあ、こんどは自惚れ女《スヌーティ・ビッチ》になる番ですわよ」

意識してもいないのにくちびるをとがらせるジョシーの癖が出て、ホリーの下唇をふくらませた。

「そうしなきゃならないんでしょ」

「残念ですけれど。あたくしだって楽しくはありませんのよ。あの女を見ていなくてはならないのですもの」

「ペニー、あたしはあの女の内側から見なきゃならないんだけど」

「ああ、それは大変ですわね」

ホリーは変装するようにゆっくりと、パトリシア・ライスに移行していった。ジョシーのレインボー・カラーのレオタード（猫の尻尾つき）と銀のウィッグ（猫耳つき）を脱ぎ捨て、ペニーの手を借りて、統治者を支えるエヴィータのパンツスーツに着替える。

「どう見える？」

「パトリシアに見えますわよ。でも目はまだあなたのままですわね」

パトリシアがじたばたあがいている。ホリーのガードがゆるみ、彼女が優位に立ってしまうこともある。でも今夜はそんな真似はさせない。パトリシアがおおやけの場に出るのは今夜が最後だ。コンサートとクーデターが終わったら、ホリーはこの厄介な間借り人を追いだすつもりでいる。抜歯と同じように可能なはずだと、ペニーも保証してくれた。

バックヤード・スタッフがクリップボードをもってとびこんできた。

「ジョシーはどこへ行ったんです？」

ホリーとペニーは肩をすくめた。

「みんなこうだよ」とローディ。「まあいいや、出番を終えたんだから、もうべつに用はないやね。この腐れきった国が真っ白になるまで血を飲みつくしにいけばいいんだ。ちゃんとサインはもらってあるしな」

ローディが去り、ホリーとペニーは小さな笑い声をあげた。

「お城に行かなきゃ」ホリーは言った。「夜が明けて自業自得の報いを受けるとき、夫のそばにいなきゃいけないもの」

「そうですわね、それでこそパティ＝パットですわ」

外では混沌のコンサートがつづいている。観客席はあふれんばかりにいっぱいだ。数分の出番でなんとかスポットライトを浴びようと、大物ミュージシャンたちが競っている。スワンは四人とか六人とか、できるだけ多くのスーパースターを一度にステージにぶちこんでいるのだ。星をちりばめたマーリンのマントを羽織り、とがった魔法使いの帽子をかぶったリンゴ・スターが、そそくさと通りすぎていった。セレブたちが合唱する「真夜中のオアシス」（Midnight at the Oasis（一九七三）アメリカのフォーク歌手マリア・マルダーによる楽曲）で五度トライアングルを鳴らす役目を与えられて喜んでいる。シャーデーが最高音を響かせて谷間じゅうの腕時計のガラスと眼鏡を砕いた瞬間、ＰＡシステムのスイッチがはいった。

「健康被害警告です。ヴァンパイアのみなさん、茶色い鼠の血を飲まないでください。茶色い鼠の血を飲まないでください。有害物質が……」

放送が中断し、シャーデーがさらなる金切り声をあげた。

ペニーとホリーは顔を見あわせた。観客のあいだにどんな疫病がひろまっているか、誰にわかるだろう。

ふたたび死からよみがえったらしいショート・ライオンはまだ到着していない。情報によると、彼の列車はトランシルヴァニアのもっとも暗い地域を抜けてビストリツァの特設駅にむかって爆走しているという。ティミー・Ｖはタイの武闘派僧侶六人をボディガードにつけて早々に顔を出しながらも、要求がかなえられなければ辞去すると脅している。ティミーがいま望んでいるのは二十四匹の白鼠だ。

松明を掲げたコンサート・クラッシャーの群れが、インクもまだ乾ききっていない偽造チケットを手に、警備隊と衝突している。その大半はヨーロッパ・ヘルズ・エンジェルズか秘密警察《セクリターテ》のヴァンパイアで、ショーの終演までになんとかして会場にはいりこもうとしている。夜が明ければ、会場には塵とゴミが散乱しているだけだろう。

ステージと城をつなぐ通路は混みあっていたが、ホリーとペニーは苦もなくヨーロッパ・ヴァンピリズムの始祖の座へとむかった。驚くことでもないが、国歌歌手になろうとがんばってはいるけれども、パトリシアに音楽の才能はまったくない。音楽も頭蓋の中の雑音にすぎない。だからまったく無視することができる。

「通しなさい」誰であれ行く手をはばもうとする者がいると、パトリシアは鋭い声で命じた。

ふたりは大広間にはいり、それからマインスターの司令部が設置された地下へとおりていった。かつてジョナサン・ハーカーが目にした荒廃はとうの昔に改善され、埃も蜘蛛の巣もすべてとりはらわれている。板石を敷きつめた床には太い電気ケーブルが、アリアドネの糸のようにうねうねとつづいている。パトリシアが制服姿の男たちをしげしげとながめ、やたらと目立つフラップとボタンに嬉々として辛辣な評価をくだした。男爵の部下たちは平然としながらも敬意をはらってくれている。

危うげなスライドドアのむこうに、マインスター男爵の基地がひろがっていた。〈スタートレック〉オリジナルシリーズ（Star Trek アメリカのSFドラマ。テレビシリーズ、アニメ、映画など幅広く展開されている。一九六六年から六九年に放映された三シリーズがオリジナルとされる。日本でははじめ『宇宙大作戦』のタイトルで放映された）のブリッジを模したものだ。

男爵は見晴らしのきく一段高くなった台の上で、カーク船長の黒い回転椅子に腰をおろし、膝の上で暴れる忠実なプードルに命令をくだしていた。身につけているのはワインカラーのフロックコートで、胴部は細いものの、ベルトの下でたっぷりとフレアをとってひろがっている。袖にはプリーツがはいり、幅広のラペルにはけばけばしいライム・グリーンの飾りボタン《フロッグ》がついている。クライニクがスポックの位置に立って、片耳に通信機をあて、もう片耳に指をつめている。顔色が悪いのは、心労のあまり具合が悪いのかもしれない。〈ネクスト・ジェネレーション〉（Star Trek: The Next Generation 一九八七年から九四年にかけて、前作とはキャラクターを総入れ替えして放映された。全七シーズン。日本でのタイトルは『新スタートレック』）のファンであるツツロンは、時機を逃したライカーのようにうろつきながら、いかにして艦長からヒーローの座（と女性ゲストキャラ）を奪い取ればいいか思案している。颯爽たるカルパティア近衛の軍服には、儀礼用ではない剣がさがっている。ほかにも三人のヴァイパーが、ウフーラとスールーとチェコフの位置について、メッセージを伝えたり、ミキシングボードのダイヤルやスイッチをいじったりしている。

「ティミショアラの市庁舎を落としました」〝スールー〟役のローズ・ムラサキが報告した。

彼女は伝統的な日本の衣装に身を包んだ優美な血の花だ。一フィートもある編み針を何本も頭に突き刺して、そのヘアスタイルを維持している。

「義勇軍がはいりました。シュトリエスクが制圧しています」

マインスターが手を打ち鳴らし、プードルのあごを撫でた。

「おはいり、パティ＝パット。すべて計画どおりだよ。間違いなどあろうはずもない」

プードルが吸血蝙蝠のようにアンモニアを撒き散らしはじめた。男爵はたくみにヴェルヴェットのズボンの裾を避けて、クライニクのほうにその奔流をむけた。クライニクの視線はホリーとペニーにむけられていたのだ。

「予定にない機体がヘリパッドにはいりました」〝チェコフ〟役は、悪臭を放つ恐ろしい顔の長生者《エルダー》ツァキュルだ。「飛行士の一団が随行しています」

「誰だ」

「いま確認中です。ああ、連絡してきました。ショート・ライオンです」

「列車に乗っているのではなかったのか」

「どうやらちがったようです」とクライニク。

「だったら飛行士の一団も納得ね」ホリーは口をはさんだ。「きっと彼のファンクラブよ」

「着陸許可を出せ」男爵がつぶやいた。「でなければ、スワンのやつがまた癇癪を起こす。だがあのＬＰはひどかった。光子ミサイルで撃ち落としてやりたいくらいだ。いやいや、何をどう思おうと祭りを中断するわけにはいかない。着陸させろ。だが、まずはまっすぐわたしのところまでこさせるんだ。それからスケッチ画家を呼べ。会見の瞬間を記録させる。つまるところ、わたしはショート・ライオンよりも有名になろうとしているのだからな。やつが敬意をはらっている絵を描かせる。そうだな、ズボンに口づけしているところとか。どうだ？」

最後の言葉はパトリシアにむけたものだ。

ホリーがうなずき、ツァキュルが指示を伝えた。

「クルジュで反対勢力が動いています」ローズ・ムラサキが報告する。

「粉砕せよ」マインスターがプードルをつかみあげて命じた。「徹底的に粉砕するのだ」

男爵は楽しんでいる。命令をくだすあいまに、ＣＮＮで放送されオーディオに中継されるコンサートにあわせてハミングをしている。ストーンヘンジではミュージカル『バッツ』（Bats アンドルー・ロイド・ウェバーのミュージカル『キャッツ』Cats（一九八一）のもじり）のロンドンカンパニーが、紙の翼をつけてはねまわりながら、「ボリス・ボレスク伯爵とブラック・プディング」（Count Boris Bolescu and the Black Pudding アン・ジャングマン&ドフィー・ワイアによる児童書のタイトル）を歌っている。

「その昔、温血者《ウォーム》はあたくしたちを恐れていましたのよ」ペニーがモニターを見ながら言った。

「いままた恐れるようになるだろう」と男爵。

「これまでにないってくらい真実の言葉ね」ホリーは言った。

男爵が満足そうな笑い声をあげ、プードルにむかって何かささやいた。

「シュトリエスクが死にました」

ローズとクライニクが同時に報告し、ふたりして同じ相手と話していたのだろうかと、たがいの顔と通信機に目をむけた。

マインスターは顔をしかめた。これは予定外の事態だ。

「副官に報復させよ」と命じる。「即刻、血まみれの倍返しだ」

「シュトリエスクを殺したのはその副官です」ローズが言った。

マインスターは衝撃を受けて困惑している。カメラマンがアルコーヴからとびだしてきてシャッターを押した。男爵をフィルムにとどめるために必要な目もくらむようなフラッシュがほとばしり、すべての者の目に残像を残す。いかにも不快そうにつきだされた男爵のくちびるもまた、視野に焼きついている。

「そのフィルムをよこせ」

カメラマンは泣きそうになりながら、自分は写真を撮るために呼ばれたのだと抗議した。

「声明が出ました、見てください」クライニクの言葉が幕間劇を中断した。

ＣＮＮがティミショアラからの中継を映しだした。市庁舎の外で、群衆が死体を蹴ってばらばらにしている。誰かが驚くほど完璧なシュトリエスクの犯罪リストを読みあげている。バルコニーでは、あからさまにオルロックを模した案山子の影が、両腕と爪をひろげたままビルに投影されている。伯爵自身はテレビカメラのような電気機械で撮影することができないのだ。

白粉の下でマインスターの顔が灰色になった。オルロック伯爵は誰もが恐れるヴァンパイアではないか。

「おりてきます」ツァキュルが報告した。

「誰がだ」

「ショート・ライオンじゃないんですか?」長生者《エルダー》が肩をすくめて答える。

「タイミングが悪いな。パティ、おまえが相手をしろ」

ホリーはうなずきながらも動かない。

「シュトリエスクだけではありません」とローズ・ムラサキ。「クルジュでは五人の長生者《エルダー》が倒されました。各地で同様のことが起こっています。クーデター内クーデターです。われわれのリーダーは背後から串刺しにされ、部下たちがとってかわっているのです」

「そのような裏切り者は厳しく罰せよ」マインスターがさけんだ。プードルがその怒りに反応してけたたましい声をあげる。「犯人は何者だ。わたしは誰を殺せばいいのだ」

クライニクとツロンが顔を見あわせた。

「敵はどこにいるのだ」マインスターが問いつめる。

「クルジュでは〈彼〉がもどってきたのだと言われています。オラデアでも、ルゴジでも、シビウでも同じです。犯行声明を出したのは……ドラゴン騎士団です」

「馬鹿な。ドラゴン騎士団の指揮官はわたしだぞ。わたしがこの手で復活させたのだ。闇の父の意志をかなえるために。わたしは〈彼〉の言葉を伝えている。わたしに挑むとは〈彼〉に逆らうことだ」

パトリシアが、さる大使館の窓から垂れさがる旗を思いだした。いま、ティミショアラの市庁舎で同じ光景がくりひろげられている。オルロックがその場にいることも同じだ。

「われわれの負けです」ツァキュルが言ってヘッドフォンをはずした。

「くだらぬ」男爵の胸は怒りではちきれそうだ。撫でつけたオールバックが乱れて、幾筋かの前髪がこぼれる。

「あの旗はわれらを支持するものだ。そうでなくてはならない。われわれは負けてなどいない。勝利をおさめたのだ」

そのとき扉がひらいた。

10

すべての者が瞬時に彼を認めた。ここは彼の城だ。征服かつ支配した者として、彼がここのあるじなのだ。

家臣たちは彼を目にすると、その足もとにひれ伏した。東洋の女は膝をついて石床にぬかづき、刃を受けようと首をさらした。カルパティア近衛隊を指揮するツツロンは、鞘にはいったままの剣をさしだした。長生者《エルダー》たちは頭を垂れて両手をひらき、処罰がくだされるのを待った。

女たちは目を伏せて脇に立っている。

通い慣れた廊下を抜けてくるあいだ小走りで背後からついてきた臣下の者たちが、司令室になだれこんだ。王位僭称者の部下にかわって配置につき、通信機を手にとり、地図に目をやり、音と映像のインプットを確認する。ルーマニア人のクライニクと英国人のゴースが通信機をとりあげ、コードワードを唱えた。アメリカ人のキャプテン・ガードナーは城じゅうに兵を配置し、王位僭称者マインスターにいまだ忠誠を誓う者たちを排除した。すべての争いはすみやかに終結し、蝙蝠戦士たちは敵であった赤い塵を蹴りつけた。胸壁からも報告が届いた。ヨルガ将軍がようやく役に立つ働きを見せ、近衛隊の指揮権をとりもどしたという。ヘリコプターとともに飛んできた長生者《エルダー》ヴァンパイアたちが、それぞれの位置について旗を掲げた。

その瞬間、彼はふたたびこの国の支配者となった。

気取り屋の王位僭称者は馬鹿げた犬を抱き締めたまま、部屋の真ん中で言葉につまっている。まるで、母親の舞踏会用ドレスをこっそり着ているところを見つかった少女のようだ。色の淡い目からは血の涙があふれ、紅を塗った口を魚のようにぱくぱくさせている。

彼はマインスター男爵に視線を据えた。

王位僭称者は瞬時にしてすべてを悟った。いま現在の彼が何者であるか、以前の彼が何者であったか。

男爵は当惑したまま、ひとつの名前を求めて記憶の奥をさぐった。

「あの少年。ディヌ峠で。なんという名前だったろう。そもそも名前があったのか」

〝イオン・ポペスク〟と、ふたりの頭に同時にその名が浮かぶ。

「ちがう」とマインスター。「あの少年ではない」

男爵はついに、あの城砦で何が起こったか——この瞬間この場所にふたりを導くために何がおこなわれたかを理解した。

彼はマインスターにむかって片手をさしのべた。人差し指に血のようなルビーがきらめいている。男爵は声もなくすすり泣き、滅びた部下を踏み越えてみずから彼の前へと進みでた。恐怖と愛をこめて彼を見あげながら、何も口にすることができない。

マインスターは指輪に顔を押しあて、しがみついた。犬が床に落ちる。

「わがあるじ」事実を認める言葉だった。

彼は王位僭称者のふるえる背を見おろした。

「われはそなたを転化させてはいない」

握りしめた手が涙で濡れる。

「罰を」男爵が声を絞りだした。「どのような罰であれ、お受けいたします」

「処罰にも値せぬ。軍人ならぬそなたに、栄誉ある死は不相応。そなたは犬だ。そのペットどもと同じく。ならばそうあるがよい」

そして手をひいた。マインスターが床にくずおれる。

彼は犬のちっぽけな思考に呼びかけた。二匹は吠えることなく無言で身構え、白い咽喉に狙いを定めてとびかかった。牙が襞襟を貫き、皮膚と血管に食いこむ。

血が無駄にこぼれた。

女たちがかたわらで王位僭称者の苦悶を見守っている。

あごの下の傷口から血とともに精神が流れほとばしり、霧散していく。この百年がどこにいってしまったのかといぶかしんでいる。

王位僭称者の口がすぼまった。

「パ、パット……」

マインスターは花嫁と呼んでいた女に目をむけたが、その顔はぼやけ変容しつつあった。男爵の目が一瞬だけ燃えるように輝き、すぐに光を失った。咽喉にあいた穴からつぶやきが漏れ、やがて静かになる。人の形をした肉の塊だけが残った。

彼の死により、御影石の城砦で〈猫の王〉に会った温血者《ウォーム》の少年の最後の記憶が世界から消えた。もはや誰も彼をおぼえていない。はじめから一度も存在したことなどなかったかのように。

「われがもどったことを告知せよ」

「はい、伯爵」クライニクが答えた。

そして彼は、王位僭称者に近づくために姿を変えた女をふり返った。

彼女がいた場所には、彼女の服をまとって、ひとりの若者が立っていた。銃が彼の顔に狙いを定めている。

「お・おれ・おれ・を・おぼ・おぼえているか、グランパ」キット・カラザーズが言った。

11

グランパ・マンスターが眉間に銀の弾丸をくらう。とっくの昔に死んでいた脳髄がその後頭部からぴゅっととびだして背後の壁を飾る。キットはそんな光景をこれまで何度だって見てきた。いつだって面白いと思ってきた。ただ一度引金をひくだけで、それまで人であったすべてが灰色と赤のどろどろになる。

「時機を待ってたのさ。特別な時間になるようにな」

「ホリー、もどっていらっしゃい」英国人女が言った。

「ホリーはいねえよ、姐さん。おれだけだ。蝙蝠を撃つ弾をこめた邪悪な大型《ビッグ・バッド》44マグナム(〈ダーティ・ハリー〉シリーズの主人公ハリー・

キャラハンの愛用銃)をもってる悪い大きな狼《ビッグ・バッド・ウルフ》(「三匹の仔豚」など、おとぎ話や民話に登場する悪役の狼の総称)だけさ。鋼被甲した銀の弾丸だ。一発でも尻にあたったらそれだけで、ヴァイパーはさよなら・せにょりただ」

「シャザム」

「そいつは歌鳥《ソングバード》のための言葉だろ。殺し屋キットには効かないぜ」

グランパは絵に描いたような怒りを浮かべている。ビデオ屋のときと同じく、背筋をのばして立っている。全身黒づくめなのは自分の葬式にそなえているのかもしれない。その顔が恐ろしい仮面のようにひろがって、乳のように白い皮膚の上、目と口のまわりに緋色のラインが走る。

何かの制服なのだろう、妙にめかしこんだ格好のヴァイパーが動いて、組紐とサッシュを組み合わせたベルトから武器を抜こうとした。キットはふり返ってその長生者《エルダー》の心臓に銀の弾丸を撃ちこみ、手首と肘に伝わる反動を無視してふたたびグランパに照準をあわせた。一瞬気をそらしたあいだに、グランパはブガディ(オズ・スコット監督のTV映画『ミスター・ブガディ／我が家はおばけ屋敷』Mr.Boogedy(一九八六)より)のように両手をあげ、ダイヤモンドの爪を鋭くとがらせてキットに歩み寄ろうとしていた。

「本気でおれに手をかけようってのか。おれん中に手をつっこもうってのか」

死んだ長生者《エルダー》が膝をついたまま、チュニックの中で分解しはじめた。骨から黒い欠片が剥がれ落ちていく。心臓に手榴弾を埋めこまれたかのように、胸腔が爆発した。

ホリーは彼の内のどこかにいる。ホリーはいつだって彼の女だ。またチームを組んでくれる。ホリーはこの狂った野郎にそそのかされて訳がわからなくなり、キットは死んだと思いこんでしまった。だが彼はずっとホリーといっしょにいたのだ。小さくなって、じっと黙って、回復のときを待っていた。ふたりがいつもいっしょだなんて、わかりきったことじゃないか。いま、ふたりはこれ以上ないほどいっしょにいる。ひとつの骨格をわかちあっている。

グランパが両手をおろして背筋をのばした。

その背骨は鋼だ。自分の敗北にまだ気づいていない。こういう連中なら、長年のあいだにいやというほど見てきた。ドクター・ポルトスが彼とホリーを転化させる前からだ。みんながみんな彼を見くだし、死に直面しながらそれを悔やんだ。

キットは煙をあげているマグナムを示した。

「グランパ、おれはこいつで〈宇宙の支配者〉になれるんじゃないかな」

これでおしまいにしてやろうと引金をひいた。

12

顔のすぐそばで発射されたにもかかわらず、彼はなお飛んでくる弾丸よりもすばやかった。いかにも大きすぎるキットの銃口から銀の点がとびだす。ゆっくりと進む殺傷力をもったラインに視線を据えたまま、首を片方にかしげた。弾丸が回転しながら物憂げにかたわらを通りすぎていく。

銃をもつキットの手をつかみ、握りしめた。

若者が大きく目を見ひらき〝まさか〟の色を浮かべる。キットの筋肉と骨が砕け、銃が曲がった。手の中で何かがはじける。

若者の頭の中にはいりこんでスイッチをひねった。

驚いた顔のホリーが視線を返した。

「あの男は行ってしまった」彼は告げた。「永遠にだ」

そして手を離した。役に立たない銃が落ちる。ホリーが変身の要領ですべての怪我を治癒させた。

ペニーがホリーを引き離した。英国人女は衝撃を受け、報復を恐れている。彼に目をむけるとき、彼女はジョン・アルカードとジョニー・ポップの顔の奥にドラキュラを見る。彼もまた昔のペネロピ・チャーチウォードをおぼえている。追放され絶望のまま真の死を望んでいた弱々しいおのれの姿が彼女の中に見える。あのドラキュラは削除され、石盤から抹消された。いま、正しい時の流れがもどり、彼はかつての自己をとりもどした。彼を悩ませていた者はすべて排除された。ここ、すべてがはじまったこの城で、彼はふたたび〈猫の王〉となった。

音楽が部屋いっぱいにあふれる。ふたつの声があわさる。

「想像《イマジン》してみよう……」

そう、彼は想像してきた。そして、全世界に彼とともに想像させてきた。彼はこの国の、そしてそれ以上のものの、支配者なのだ。

「伯爵、ステージにおあがりください」ゴースが言った。「いまがそのときです」

「言わずと知れたこと」

13

ジョンはもはやジョンではない。というか、ホリーが知っているジョン以上の存在になってしまった。ホリー自身も変わった。彼女の奥深くに、もはやキットはとぐろを巻いていない。かつての彼がどのような存在であったか、彼女の一部をどのように満たしていたかもふくめ、ようやくホリーはキットから解放された。キットは新たな意味における真の死を迎えたのだ。

キャプテン・ガードナーが部下に命じて死体を処理させた。ニキータとエンジェル（エンジェルは『愛は翼にのって』で滅びたはずなのだが？）がぐったりとしたマインスター男爵を運びだした。二匹の太ったプードルがそのあとからはねていく。小心者の長生者《エルダー》ツァキュルは箒と塵取りを与えられ、ラヨシュ・ツツロンの残骸と、同じような姿になったマインスターの支持者たちを片づけるよう命じられた。

アーネスト・ゴースとクライニクは、それぞれの持ち場で十人もの人々と同時に会話している。世界じゅうのメディアやクーデター指導者たちと連絡をとっているのだ。ステージではショート・ライオンとティミー・Vがジョン・レノンの曲を歌っている。全世界が注目している。

随行スタッフがジョン・アルカードであったヴァンパイアに駆け寄り、床まで届く黒いマントを着せかけた。ペニーがホリーの腕をつかんだ。彼女は恐れ、驚異に打たれている。

「〈彼〉ですわ」ペニーが言った。「〈彼〉がもどってきましたのね」

ホリーは爪でペニーの顔を撫でてやった。

「そう。〈彼〉がもどってきたんだよ」

14

若者と少年と、ふたりのシンガーがそれぞれスポットライトの中心に立って、澄んだ冷たい声をからませている。丘の中腹では、近づきつつある夜明けに対抗して、十万もの光点が燃えている。

ふたりのヴァンパイアはきたるべきものについて歌っている。天国も地獄もない世界。財産も窃盗もない世界。平和と秩序、愛と恭順のある世界——。歌が終わると、稲妻が光ってから雷鳴が聞こえるまでのあいだのような、喝采と称賛をはらんだ静寂の一瞬が訪れた。

静寂がつづく。

ふたりのシンガーは、当然襲いかかるはずのハリケーンのようなどよめきがなぜ起こらないのか、いぶかしみ、驚愕し、気抜けしている。

彼は背景のドアを抜けて進みでた。ただひとり。

ふたりのシンガーはすぐさま彼を認め、謙譲の意をあらわした。

彼は真紅の裏地をつけた黒いマントを翼のようにひらき、黒いシルクのチュニックに記された赤いドラゴンを見せながら前に進んだ。

マイクの必要などない。山腹に集う人々に、そして世界じゅうで見守っている何十億の人々に、語りかけた。

「わが城へようこそ。つつがなく訪れ、心おきなく去るがよい。そなたのもちきたる幸をいくばくか残しおいて」

その言葉は神風のようにステージを吹き抜けていった。人々の声——彼の民の声がふくれあがる。単なる歓声や喝采ではなく、勝利と犠牲と忠誠の誓いと愛がひとつの塊となったさけび。当然彼のものであるべきすべて。

もうひとつだけ、告げるべき言葉がある。声に出して告げなくてはならない言葉。

「われは……ドラキュラ……なり」

インタールード

ドクター・プレトリアスとミスタ・ハイド

――ドラキュラ紀元一九九一

以前の伯爵がヴァンパイア帝国の首都としてロンドンを選んだのは当然の理だった。午後の二時だというのに、空では灰色の雲が太陽を隠し、すでに一日が終わってしまったかのようだ。街灯は頑なにともろうとしないものの、車はみなヘッドライトをつけている。一月セールでにぎわう店も、ケイト・リードにとってはぬぐい去れないみじめさを思いださせるばかりだ。雨は降っていないのに、どうしようもなく寒く湿気ている。だが少なくとも霧はない。一九五〇年代に施行された大気浄化法（一九五二年に史上最悪の大気汚染がロンドンで発生し一万人以上が死亡したことから、一九五六年に制定された）により、この町の〝黄色い濃霧《ピー・スープ》〟は永久に消滅した。

メトロポリスにあふれる人や喧騒から離れた片隅のひとつ、静かな広場だ。これらジョージ王朝式の建物は百年前からいくつものフラットにわけられ、数多い不動産ゴールドラッシュの最初の襲撃のさい、完全に分割されてしまった。いまではどのビルにも、パラボラアンテナと不動産屋の看板が立ちならんでいる。

常識はずれの価格。好不況の波。

大家はこのところずっと、ケイトが一九五五年に先代大家とかわして署名した賃貸契約書を買い取ろうと言いつづけている（「あいつら、わたしのことを〝吸血鬼〟と呼ぶんだから！」）。息子である現大家はいまも、いすわっている店子を追いだし、一階をコインランドリーに、建物全体をヤッピーむけに改装すれば、大儲けができると信じている。ホロウェイ・ロードは高級化するのだ。地下鉄ハイベリー＆イズリントン駅の北では、すでに最初のエスプレッソ・マシンが登場している。それでも昔ながらの住人はわずかな法的権利にしがみつき、不動産を売却してスペインに隠居したい家主たちの邪魔をしている。最終的にはケイトも降参し、株式市場の最後の激震のあとでロンドンに流れる馬鹿げた金から分け前を受けとるだろう。大家もいずれ飴を鞭に切り換える。

百年をかけて鋭くなった本能が、さっきからしばしば――まさしくいまも――ひそかな尾行者がいるぞと告げている。ふり返ってもけっして視野にははいってこない。すなわち、ケイト自身よりも危険な相手というわけだ。

その昔、非公式ながらディオゲネス・クラブに関わっていたころは、隣人だったねずみが背後を守ってくれた。ホッケースティックをさむらいソードのようにふるって戦う女子中学生は、危険な旅にはいつだって大歓迎だ。最後に聞いた話では、あの日本人ヴァンパイアはパブリックセクターで働いていて、いまはナカトミ商事（ジョン・マクティアナン監督『ダイ・ハード』Die Hard（一九八八）に登場する日系企業）でようじんぼうをしているという。

目的の建物にはブルー・プラーク（史跡上の建物、著名人の住居跡などにつけられる青いプレート）が嵌めこまれていた。〝化学者にして自然科学者〟であったヘンリー・ジキルが、一八六八年から一九〇二年までここに住んでいたのだ。ヴァンパイアに関する科学的研究が評価されたのであるが、ケイトはむしろささやかな一連のスキャンダルによってその名を記憶している。高潔なる学者はまた、芳しからぬ者たちとの交遊によってもひろく知られていたのだ。生体解剖者、ごろつき、死体盗掘人、あらゆる類の下層階級者。いくつもの殺人事件がこの家の裏口を舞台としておこなわれ、ドクター・ジキルの腹心の友（それ以上の関係か？）エドワード・ハイドという猿のような無頼漢の所業と見なされた。ハイドは国会議員のヴァンパイア（スティーヴンスン『ジキル博士とハイド氏』The Strange Case of Dr.Jekyll and Mr.Hyde（一八八六）より、サー・ダンヴァーズ・カルーのこと）を串刺しにして悪名をとどろかせたのち、法の長い腕を逃れて大陸かアメリカに逃亡したといわれている。

ドラキュラが英国を支配していた一八八〇年代と九〇年代、あたりまえの時代なら当然罰せられたであろうふつうの悪党どもによる犯罪は、しばしば看過された。先週の日曜日、〈インデペンデント〉紙（一九八六年創刊のロンドンの高級日刊紙）にサー・ロジャー・バスカヴィルの日記に関する記事が掲載された。愛する孫たちに囲まれて安らかな死を迎えてより五十年、はじめて公開されたものである。西部地方のこの準男爵は、一八八九年、一族の富と自分のあいだに立ちはだかる親族を荒唐無稽な方法で殺害することによって、その称号を継承したのだという。それを阻止する者はいなかった。当時のもっとも著名な犯罪捜査官たちは、かつて仕えた王冠への反逆者として、ロンドン塔かデヴィルズ・ダイクの強制収容所に送りこまれていたのである。ケイトがかろうじてそうした運命を逃れられたのは、生まれながら鼠のように目立たないという特性のおかげだった。

近頃やたらとあのころのことが思いだされる。

昨年エイプリル・フールの前夜、ケイトはミセス・サッチャーの人頭税（一九九〇年にサッチャーが導入。国民世論の反発が強く、サッチャーは辞任に追いこまれる）に対する平和的抗議運動に加わり、気がつくとトラファルガー・スクエアで暴徒と警官にはさまれていた――これで二度めだ。若いヴァンパイアの警官がプレキシガラスの楯で殴りかかり、治安妨害で告訴しようと彼女をひきずっていったそのとき、乱闘のあとも過激派の死体が放置されていた一八八七年血の日曜日（一八八七年十一月十三日トラファルガー・スクエアで一般労働者や失業者によるデモが発生。警視総監チャールズ・ウォレンが軍隊の出動を要請。死者も出る大惨事となった）の記憶がどっとよみがえった。

ミセス・サッチャーはもういない。だがドラキュラはもどってきた。

間違いなく真実なのだろう。ケイトもＴＶで見たのだから。

歩道でぐずぐずしていてもしかたがない。広場のどこかわからないところから誰かがじっと監視している。そう血が告げている。尾行者をおびきだすような技はもっていない。彼であれ彼女であれそれであれ、とにかく気が散って鬱陶しいだけだ。いまはともかく訪問の約束を果たさなくては。

ブザーの脇に貼られた名前はほとんどがタイプ文字かダイモテープだが、彼女が目指す相手の名は黄色いカードに細長い文字で殴り書きされていた。

姓だけだ。Pretorius《プレトリアス》。

それともPretoriusかPraetoriusだろうか。正しいスペルを確かに知る者はいない。このカードからも、はっきりとは読みとれない。

インターホンを鳴らして待った。

不安を押し殺す。誰だか知らない尾行者は、彼女が怯えていると知ってもさして喜びはしないだろう。つまるところケイトは血を吸う悪鬼なのだ。死神など恐れるはずがないではないか。

虫の羽音のようなきしみをあげてドアがひらき、わびしい玄関ホールに歩み入った。床のタイルは汚れすり減っている。見るからに高価そうな自転車が二台、ばかでかい古いラジエーターにチェーンでつないである。いかにも古道具屋で買ったらしいテーブルに、ちらしや手紙や丸めた雑誌が山と積まれている。

この建物の大部分はいくつものフラットに分割して貸しだされているのだが、プレトリアスは中庭を横切った奥にある別棟を借りている。かつてジキルの研究室だったところだ。

廊下の奥にひとりの男があらわれた。恐ろしく歳をとってはいるものの、矍鑠《かくしゃく》としている。肌はひびのはいった紙、細い白髪が風になびくようにひろがり、くるぶしの下まで届く医療用白衣を着ている。ヴァンパイアではない。それでも、長い長い生をすごしてきたのだとわかる。

以前にも、生けるエジプト・ミイラのようにおのれを保持し、温血者《ウォーム》であることに固執して影に生きる人々と会ったことがある。近頃ドックランズと呼ばれている地区は、かつて〈奇妙な死の王〉が阿片窟と密輸を営んでいた場所だ。いまそこにはガラスの塔が立ち、〈ドラゴンの娘〉が投資銀行を経営している（ロンドン、イースト・エンド付近のテームズ北岸の旧ドック地帯。かつては低所得者層の多い地域だったが、一九八〇年代から再開発がすすんで高層ビルが立ちならんでいる）。

「ミス・リードだね」プレトリアスが短く声をかけた。「はいりなさい、はいりなさい。挨拶なんかいらんよ。わたしの時間は貴重なんだ。もたもたしている暇はない」

「そうね」ケイトは答えた。

彼は背をむけてせかせかとドアを抜けていった。あとにつづくと中庭に出た。太陽も、石の井戸の底まではほとんど射しこんでこない。

「なんとも陰気なことだ。だがあんたたちヴィクトリア時代のご友人は、鞭打ちの罰のように陰鬱な日曜日を好いていたんだろう？」

「ヴィクトリア時代の友人なんていないわ」

彼はふいに足をとめてふり返った。

「だがあんたはあのキャサリン・リードなんだろう？　アイルランドの暴動煽動者で、くだらん記事を書き殴っている？」

「それは確かにわたしだけれど、わたしは自分のことを典型的なヴィクトリア時代人だなんて思っていないの」

彼が吠えた。それが笑いであることを理解するのに数秒を要した。

「くだらん。自分自身を見てみるがいい。あごの下から足もとまできっちりボタンをとめてるじゃないか。帽子の下の髪はきれいにまとめてあって、ひと筋だけ長い赤毛がはみだしている。それにワイア・フレームの眼鏡。あんたはまさしく家庭教師《ガヴァネス》だよ」

「確かにもう少しで家庭教師《ガヴァネス》にさせられるところだったけれど。この仕事を選んだおかげで、どうにか免れることができたわ」

「それでモンスターになったのか」

「ヴァンパイアよ」

「ごまかしだ、屁理屈だよ。モンスター、ヴァンパイア、男、女。みんな同じさ。血と肉と骨と生　気《ヴァイタル・スパーク》。わが隠れ家へようこそ、ミス・リード」

そして彼は壁にとりつけたドアをひらいた。

納屋のような研究室は、澱んだ空気と古い化学薬品で黴くさかった。アルコーヴには麻布のカーテンがさがり、壁ぎわには複雑に組みあわせたチューブやレトルトの装置を山積みにしたベンチがいくつもならび、標本のはいった何十という試験管には彼女には読み解くことのできないルーン文字が記されている。ロールトップ・デスクからはみだしたコンピュータは継ぎはぎ細工のようだし、モニターはウォールナット・ベニアの孔にケーブルを通して五〇年代テレビ・キャビネットにおさまっている。そしてキーボードは千本もの銅線でつながれた古いレミントンのポータブル・タイプライターだ。

プレトリアスが透明な液体のはいった壜とビーカーをふたつ、棚からとりだした。

「ジンはどうだね。わたしの唯一の弱点なんだ」

そして壜の栓を抜いた。五歩離れていても鼻と目が痛い。杜松《ねず》を自分で蒸留し精製したものだろう。法的には毒と分類されるにちがいない。

ケイトは手をふって丁寧に辞退した。

「ちびっと《ティップル》やってもいいかね。倒れたり《トップル》はせんよ」

自分の洒落に小さく笑ってきっかり計った量をグラスに注ぎ、歯を見せながら口をつけた。たぶん、ただのジンではなく、彼独自の不老不死の霊薬《エリクシル・ヴィタエ》なのだろう。いったい何歳なのか、見当もつかない。ジュヌヴィエーヴの話では、一九五九年にも彼はこの年齢に見えたという。〈ガーディアン〉紙の切り抜きファイルに唯一載っている写真は一九三五年のもので、まったくいまと変わらない顔で上流社会の結婚式に参列している（一九三五年のイギリスにおける上流階級ということで、ジョージ五世の三男グロスター公ヘンリーの結婚式ではないかと思われる）。プレトリアスの容姿はどこか中世的だ。異教の僧侶か世を拗ねた宗教裁判官といってもいい。

「すわりなさい、その椅子を片づけてな」

近所の歯医者のシールが貼られたままのやたらと字の細かい雑誌の束を脇にのけて、ケイトはぼろぼろの古い肘掛け椅子に腰をおろした。彼女と同じくらいの年代物だ。ジャーナリズムの道へと穏やかにひきこんでくれたディアミド叔父を思いだした。晩年は通風を患い、ちょうどこんな椅子におちついて、世界の不正と、〈恐怖時代〉のあいだ懸命に存続させたジャーナリズムでいま現在筆をとっている者たちの文章のつたなさに、いつも罵声を浴びせていた。

プレトリアスは腰をおろさなかった。長身でないためか、劇場のような背景を好むらしい。ケイトはふいに気づいた。この科学的ながらくたは実際には機能していないのではないか。これらの器具はみな、マッド・サイエンティストの隠れ家という印象を与えるために、室内彫刻のように組み立てられたものなのではないか。

「しかして著名なるケイト・リードのご来訪というわけだ。何かの物語を追っているにちがいない。いやいや、かくも名高きレディ・へぼ記者殿の興味をかきたてるとは、いったいどのような物語であろう。この凍てつく一月に思い当たるのはただひとつ」

「ドラキュラよ」

科学者は部屋の隅を見あげ、表情豊かな眉を触角のようにふるわせた。それから皺を動かしてねじれた笑みをつくる。

「その名前か。じつに馴染み深く、同時に馴染み薄くもある。三音節の言葉。ドラ・キュ・ラ」

そして彼は枯れ枝のような指をふり、いかにもトランシルヴァニア風の大仰なしぐさで、ありもしないマントをひろげた。

「ドラキュラ伯爵。ドラキュラ公。〈猫の王〉。よみがえりしヴァンパイア王《ヴァンピルス・レクス・レディヴィヴス》。死してふたたび歩きし者」

「それじゃ、あなたもテレビを見たのね」

「夢中になってね。だがあの霊媒は『クロスロード』の契約からまだ解放されていないようだな（ウォルター・ヒル監督『クロスロード』Crossroads（一九八六）より。十字路で悪魔と契約してブルースの極意を得たという老ミュージシャンのために、若いギタリストが悪魔に勝負を挑んで勝利し、その魂を解放する）」

「コンサート・フォー・トランシルヴァニアを見たのね？」

「もちろんだとも」

あのフィナーレは『モンティ・パイソン』の「死んだオウム」（Dead Parrot は『空飛ぶモンティ・パイソン』Monty Python's Flying Circus（一九六九―七四）第一シリーズ第八話「正面ストリップ」で放送された有名なコント。映画やライヴでしばしば再演されている）よりも数多く再放送された。一ヶ月前、ショート・ライオンとティミー・Vが「イマジン」をわめきあげた直後に起こったことが実際には何だったのか、さまざまなトークショーややっつけ仕事の書籍がこぞって検証している。

「『われは……ドラキュラ……なり』」プレトリアスがくり返した。「もちろん、言うだけなら簡単だがね」

マーロン・ブランドは夜間撮影のあいだじゅうその台詞をくり返していた。トランシルヴァニアでのことだ。

「だけど本気で口にできるものじゃないわ」

「ああ、そうだとも。本気でなんかとても言えるものじゃない」

「わたしはドラキュラの死を見たわ。一九五九年に、ローマで。切り落とされた首を見た。わたしは彼の血で真っ赤に染まってた。そのあとも浜辺で、彼の死体が荼毘に付されるのを見たわ。灰が撒かれるのも」

プレトリアスはうなずいた。

「ドクター、あなたは検死解剖をしたのよね。わたしの友人ジュヌヴィエーヴ・デュドネが、遺体を確認するため、あなたが作業をしていたモルグに行ったわ」

「おぼえているとも。ブロンドの美人さんだろう。好みにもよるだろうが、いい笑顔だった」

「死体に何か変わったことはなかった？　報告書に書くほどではない何かが」

「さてさて、ミス・リード、あの死体に関してはすべてがあたりまえではなかったよ。なんといっても〝ドラキュラ伯爵〟なんだからな。わからないかね。彼は――あんたと同じように――あたりまえの存在ではなかった。われわれはみな法を破って生きている。毎日のように神の定めたもうた十以上の掟に背いている。たとえばあんたは、眼鏡をかけることによって、近視という天の裁定を受け入れることを拒んでいるじゃないか。そしてヴァンパイアに転化することによって、科学がかぎられた範囲でしか補助できない領域へと踏みだしていった。伯爵はそれよりはるかさきまで到達していた。あんたは転化し、そこで足をとめた。だが伯爵は、その後もさらにさらに変わりつづけていったんだよ」

ジンがプレトリアスの内に奇妙な炎を燃やしている。勧められたときに、もらっておいたほうがよかったかもしれない。

「あのときに死んだのがドラキュラだったことは確かよ。でも考えてみたら、荼毘に付されたのがほんとうにあいつだったのかどうか、わからないのよ」

ドクターがまた大声で吠えた。笑いとともに痩せこけた身体がふるえる。そして彼はおくびを隠す男爵夫人のように、指先を口もとにあてた。

「わたしが彼の首をもとどおりに縫いつけたとでも言いたいのかね。ブースターケーブルで車のバッテリーにつないだと？　わたしが彼をよみがえらせたって？　単なるヴァンパイアとしてではなく、科学のゾンビ、よみがえる死体として？」

顔が赤くなるのがわかった。

「ローマであなたの助手をしていた……」

「ハーバート・ウェストかね。取るに足らんくだらぬアメリカ人だ」

「あの人、以前論文を発表してるわよね……」

「……発光試薬による死んだ組織の蘇生について、かね。妄言、戯言《たわごと》、駄法螺、与太話、痴れ言だよ。実現はありえん。やつの業績たるや……いやいや、比べるのはよそう、あの名前は忘れたほうがいい。ともかく、あのアメリカ人の業績は某スイス人に比ぶべくもない。しかもそのスイス人は、わたしのあとを追う学生にすぎなかったのだからな。Cグレードの学生だよ（このスイス人学生はもちろん、メアリー・シェリー作『フランケンシュタイン』Frankenstein（一八一八）の主人公ヘンリー・フランケンシュタインである。ジェイムズ・ホエール監督『フランケンシュタインの花嫁』Bride of Frankenstein（一九三五）において、プレトリアスはフランケンシュタインの大学の恩師）」

「つまり、ウェストにあいつを呼びもどせたはずはないということ？」

「首を切られたヴァンパイアをかね。もちろんだ」

「あなたならできた？」

プレトリアスはケイトが張りめぐらした罠に気づいた。

「それのみに専念していたら、できたかもしれんね。わたしも挑戦は好きだ。だがあのときは、たどるに無意味な道に思えたのだ。いまもそれは変わらんよ。それのみに専念すれば、全人類を綺麗な淡い青色に変えるがそれ以外はまったく無害なレトロウイルスだとて開発できる。だがわたしのように純粋な科学者も、実用性という概念と無縁ではないのだ」

「みんながみんな青くなったら人種差別もなくなるわね」

「うまいことを言う《トゥーシェ》ね、ミス・リード。だがつまるところ、ドラキュラはわたしの天才なくして復活を果たしたようだな」

ケイトはＴＶで見た顔について思いをめぐらした。

これまで見たことがあるのはドラキュラの死に顔だけだ。真の死を迎えた顔。彼が英国に陣取っていた百年前、ケイトは彼に会わないよう最大限の努力をはらった。追放されてからのちは、彼のほうが人前に出てこなかった。ジュヌヴィエーヴとチャールズはロンドンにおいて絶頂期のドラキュラに会っている。ペネロピ・チャーチウォードはローマで衰退期の彼に会った。ペニーは死の瞬間まで彼のそばにいた。その真の死が、いまくつがえされたのだろうか。

あの、生きて動いている顔は、伯爵のものだったろうか。

ドラキュラは映像をもたない。だがコンサートの男は電波にイメージを伝えてきた。奇妙なイメージ——写真のようにリアルなマックス・ヘッドルームとでもいおうか。ふつうの人間の映像は、目が信号ラインをひとつのまとまりとして読みとるさいにわずかな揺らめきを生じるのに、彼のイメージは完全に固定していた。

自分はあの顔を正しく読みとっていただろうか。

ドラキュラかどうかはわからないものの、ケイトはあの顔に自分の知っている誰か、もしくは以前知っていた誰かを見た。ずいぶん変わってはいるが、面影は残っている。

だからといって、彼がドラキュラでないということにはならない。

「まあ、それはそれとして、ミス・リード、あれはまさしく彼だと思うよ。つまりは誰かがドラキュラにならねばならんのだろう。彼の血統はどう見ても最高に強力だし、もっともひろく世界に伝播している。闇の父としてほかの誰かの名をあげるより、彼の血統を主張するヴァンパイアのほうが圧倒的に多い」

確かにそのとおりだ。彼女自身、三世代か四世代を経たドラキュラの血統に属している。一八八〇年代の新生者《ニューボーン》の大半が同様であるが、だからといって全員がその恩恵にあずかれたわけではない。

「わたしはローマで彼の血を少しばかり手に入れたんだがね」プレトリアスが言いながら、真紅の液体をいれた試験管に手をのばした。「それ以来ずっと頭を悩ませているよ。わかるだろう、いまもまだ変質していない。闇の子供の血管をめぐるように、試験管の中でまだ生きている。人が知るいかなるものよりすぐれた変形能力を有している」

ケイトは変身できない。

いや、みずから変身を拒んだのだ。牙や爪をのばすことはできる。だが、その行きつくさきがどうなるかを考え、それ以上進む勇気をもてなかった。分別がありすぎたというべきだろうか。人の姿をはるかに超えて、彼女すらもがモンスターと考えるようなものになってしまった者たちもいる。第一次大戦時、ドラキュラ率いるドイツでは、科学者たちが彼の血統にそなわる変身能力を研究して、蝙蝠戦士という品種をつくりだした。以後、多くの者がそのプロジェクトを引き継いでいる。それでもケイトは以前どおりの自分自身でありつづけたいと思う。結局は自我の喪失に終わるだろう未知の闇の中にのりだしていくつもりはない。

「ドラキュラはおのが血統をひろめた」とプレトリアス。「われわれの理解を超えたなんらかの目的があったのかもしれん。彼もまたすべてのヴァンパイアと同じく、血を奪い血を与えることで子《ゲット》をつくった。その贈り物に驚くべき何かが隠されていたのかもしれん。寄生虫卵のような何かが送りこまれたとかな。おそらく彼の血は一種独特で、目に見えない凧糸のようにつながっているのだろう。そうした糸の一本をたどって子《ゲット》のひとりを食らい、頭蓋に忍びこんで住みつき、そこを改装して復活を果たしたのだ」

ケイトは耳を傾けながらじっと観察した。

プレトリアスの動きにつれて試験管の中の血が揺れる。彼女はかつて全身にあの血を浴びて目覚めたことがある。そして殺人の罪を着せられそうになった。だがドラキュラの血が呼びかけてきたのはその記憶ではなく、彼女の身体に流れるヴァンパイアとしての血だった。伯爵からどこかのカルパティア人に、そのカルパティア人からケイトの闇の父に、その闇の父から彼女へと伝えられてきた血。

あの血を飲めばどうなるのだろう。ここ、ジキルの古い研究室で、彼女かプレトリアスが栓を抜いてあの血を飲み干してしまえば。ケイトはすでに転化している。ヴァンパイアになっている。ヴァンパイアとしてもう一度転化したら、こんどはいったい何になるのだろう。

「だけど、あいつは疲れ果てていたのよ。五九年のあれは、殺人であると同時に自殺でもあったの」

「一九五九年には疲れ果てていた、と。だが一九四五年（第二次大戦終結の年）は？　一八八八年（『ドラキュラ紀元一八八八』の年）は？　一七二〇年（北欧・中欧・東欧をまきこんだ大北方戦争終結の前年）は？　彼は幾度となく疲労困憊の極致にまでいたっている。だがいま、終焉のときではなく、まさしく最盛期の姿でもどってきたではないか」

ケイトは恐怖という感情を思いだした。

この部屋はヴァンパイアの視覚をもってしても暗い。ひと筋の光柱の中に立つプレトリアスの顔が、意味ありげな影にくっきりと縁取られている。ドラキュラの血が暗いネオンのように輝いている。

「わたしは彼の不在を残念に思っていたよ」プレトリアスが言った。「ドラキュラがいると物事が面白くなる。しかもこの時代だ。彼はどれほどこの時代を愛するだろう。どのように適応していくだろう」

確かにそのとおりだ。

可能なら、プレトリアスの言葉のすべてが正しいわけではないことを願いたい。だが、時代についてだけは彼の言うとおりだ。

ケイトは先週、ドラキュラ問題を話しあおうとディオゲネス・クラブのリチャード・ジェパーソンを訪問した。彼は遺棄された建物の最後の管理人で、ファイルがぜんぶ処分されてしまったため、すべての情報をその頭の中におさめているという。チャールズ・ボウルガードやエドウィン・ウィンスロップのうしろ楯であったクラブは、英国情報部におけるその地位を剥奪されてしまった。現在、英国情報部はチェルトナムのケイレブ・クロフトによって牛耳られている。クラブに残っているのはこの落ちぶれた伊達男ただひとりだ。美女軍団は散り散りになったし、ドレイヴォット軍曹は北ウェールズの引退したスパイのための居住区に送りこまれた（イギリスのTVドラマ『プリズナー№6』The Prisoner（一九六七―六八）より）。ヘイミッシュ・ボンドだけが現役名簿に復帰して、ペルシャ湾で暗躍している。

保守党による典型的なんでもござれのひきずりおろし作戦によってサッチャーが失脚したあと、偉大なる政界サヴァイヴァ、ルスヴン卿がふたたび首相の座にのぼった（現実におけるサッチャーのつぎの首相はジョン・メージャー）。ジェパーソンによると、ルスヴンはマインスター男爵の死を惜しむことなく、この新たなるドラキュラと交渉していくつもりでいるという。マインスターの懸命な訴えが実り、トランシルヴァニアはヴァンパイアの故国となった。だがドラキュラは、自分はロサンゼルスとロンドン（彼はいまもまだピカデリーの地所を所有している）とニューヨークの邸に居住する、おのが領地といえる国の統治はほかの者たちにまかせると宣言した。

いま伯爵は全世界的な存在となり、企業のトップを占めている。その国では彼自身が自由に法を定めることができ、そしてその力は、軍事力による征服とか政権の掌握といった些細な次元を超えて、情報工学とエンターテインメント業界と財界に及んでいる。コンサート・フォー・トランシルヴァニアの企画を押し進める名目の裏で、ドラキュラは大規模なメディア帝国を築きあげた。雑誌や新聞の所有権も数多く入手しているため、その気になればケイトを業界から追放することも容易にできる。

もしかすると、時代は逆行しているのかもしれない。

「さてさて、ミス・リード。そろそろお引き取り願おうか。実験の最中なんでね。前の住人が回春と変身に関する興味深いメモを残していったのだよ。特許をとればひと儲けできる。われわれがどれほど愚かだったか、わかるかね。わたしの弟子だったスイス人も、善良なるドクター・ジキルも、猫虐待のモローも、生命を追い求めたニコラも、皮膚移植のオルロフも、愚かなウェストも。みな、悪臭漂うごたごたした研究室や穴蔵で骨に囲まれてあくせく働き、神と人の法を破ってきた。なんのためだね。〝やってのけた〟と宣言するためさ。自然を征服する喜びを味わうためさ。われわれは一度として、そこからどのような利益が得られるか考えたことがなかった。だがドラキュラにはちゃんと見えていた。ストーカーが夢と現実をまぜあわせてつくりあげたあの物語の中で、はじめて登場した伯爵が何をしたか、おぼえているかね。〝富〟を求めたのだよ。血だけでは、生命だけでは足りないと知っていたんだ。彼はつねに黄金を糧としていた。現金を。英国ポンドを。全能たる米国ドル紙幣を。刺されると傷口からは金があふれこぼれた（ブラム・ストーカー『吸血鬼ドラキュラ』Dracula（一八九七）二十三章より）。今回、わたしは自分の発見を売りつけてやるつもりでおるよ。ボディ・ショップ（一九七六年創業、イギリスのウェスト・サセックス州に本社をおく化粧品メーカー）でもグラクソ（一九〇〇年代はじめに創設された製薬会社。現在ではいくつかの企業と合併してグラクソ・スミスクラインとなっている）でもどこでもいい、もっとも堅実に使用料を支払ってくれそうなところにな」

ケイトは一攫千金を夢見る科学者を残してその邸を出た。

外はすっかり日が暮れていた。広場にさっきまで感じられた尾行者の気配はない。

たったいま学んできたこと、みずからが想像したことにいらだち、気落ちし、怯え、ケイトは大家がよこしたエイジェントとの対決を決意した。歩道で足をとめ、何ももたない両手をひろげた。

「さあ、きなさいよ」故意にアイルランド訛りをまじえて誘う。「タフだって自信があるのなら……」

彼女自身の言葉がこだまとなって返ってくる。

一瞬、馬鹿みたいだと自己嫌悪にかられた。誰も尾行などしていない。誰も闇の中から出てきたりはしない。

だが、それは間違いだった。

第六部　チャールズの天使たち——ドラキュラ紀元一九九一

1

地震（カリフォルニアを中心に考えるならば、時期的にずれるが、一九九二年六月二十八日のランダース地震Mw七・三だろうか）も、山火事（一九九一年十月オークランド・ヒルで大規模な山火事が発生した）も、暴動（これも時期的にずれるが、一九九一年のいくつかの事件をきっかけにして一九九二年四月から五月にかけて起こったロサンゼルス暴動と思われる）も、そして『ハドソン・ホーク』（Hudson Hawk（一九九一）マイケル・レーマン監督、ブルース・ウィリス主演の犯罪アクションコメディ映画。評価は低く、興行成績もふるわなかった）の封切り週末興行成績も、何ひとつ変えることはできなかった。まるで彼女がこの町を離れていたことなど、まったくなかったかのように。

ジュヌヴィエーヴは日没時《サンセット》にサンセット・ブールヴァードで車を走らせていた。前方では血のように赤い日輪がゆらめく靄の中にすみやかに沈んでいく。パステルカラーの化粧漆喰ファサードに囲まれた窓が、遠い炎を反射して緑金に光る。スタローン新作映画の超巨大看板が町並みの上にそびえ立っている。あれならば地球低軌道からだって見えるだろう。すべてが新しく、だがすでに色褪せはじめている。

飛行機がカリフォルニア領空にはいってからというもの、彼女はずっと邪悪な天使が空から舞いおりて自分を引き裂くだろうと覚悟していた。十年の不在で許しと忘却が得られると考えるほどおめでたくはない。彼女がくつがえした権力は、戦士のように恨みを忘れることがない。復讐に何十年もの歳月をかける忍耐をそなえている。ケイト・リードは誰よりもそのことをよく承知している……それでも、あのアイルランド人は正しい。彼女たちふたりは、まさしくいま、ロサンゼルスにいるべきなのだ。もしほんとうに目をつけられているなら、世界のどこにいようと報復の手はのびてくるだろう。

イモートロジー教会のセレブ専用ドロップインセンターの前を通りすぎた。流行りのクラブであるかのように、人々が列をつくってならんでいる。ヴェルヴェットのロープを越えて悟りのための寄進をおこなう前に、気乗り薄な連中が退屈して列から離れてしまわないよう、貧相なヴァンパイアの若者が必死でしゃべりつづけている。Ｌ・キース・ウィントンは外洋で行方がわからなくなった。噂によると、彼は転化後、長く存在しつづけることができなかったのだという——何年もかけて完全な〝昇華〟の準備をしていたのに、なんとも後味の悪い結末だ。イモートロジーはいま、砂漠をともにした古い友人、ヨルガ将軍とダイアン・レ＝ファニュによって運営されている。だがこの詐欺はいずれ破綻するだろう。ドラキュラがもどってきたいま、ちっぽけな不死者《アン＝デッド》の導師《グル》になど、なんの用があるだろう。

　世界じゅうの人々と同じく、ジュヌヴィエーヴもあの〈おおいなる復活〉をＴＶで見た。ドラキュラ物語はおよそ二ヶ月にわたってトップニュースを占めていたが、やがてジョージ・ブッシュとルスヴン卿がクウェートに侵攻し、蝙蝠戦士がバグダッドにスマート爆弾を落としはじめた。そのささやかな戦いが不満足なまま終結したいま、ニュースはふたたびドラキュラをとりあげている。彼の復活はメディアによってなんの疑問もなく受け入れられ、すべての公式記録から〝真の死〟という言葉が消えつつある。また新たな魔法がおこなわれたのだろう。単なる変身ではなく、ジョン・アルカードは完全に憑依されてしまっている。一九八一年に彼女をこの町から追いだしたヴァンパイアは、誰であったにせよ、すでに消滅した。いま現在、存在するはドラキュラのみ。

　ハーツのレンタカー（Hertz アメリカの代表的なレンタカー会社）はハードトップで、エアコンの音が耳鳴りのように響く。なのに、どうしても消し方がわからない。むきだしの腕にも顔にも細かい氷が吹きつけてくる。ジュヌヴィエーヴはラジオのスイッチをいれた。

「フードの下には同じエンジン、若いエルヴィスをハリウッドに連れていく……」ワイノナ・ジャッドが歌っている（ワイノナ・ジャッド Just Like New（一九九二）の歌詞より）。

「（いま見てみたら）まるで新品」（同じく Just Like New の歌詞より）という歌に、突き刺すような車のエアコンのせいだけではなく、骨まで寒気が染みわたった。アメリカはいつだってサウンドトラックを流している。どこにいたって天気予報のようにポップ・ミュージックを聞くことができる。感傷的虚偽《パセティック・ファラシー》（無生物にも感情があるとする考え方・表現法）はもはや誤りではなくなった。全世界がまさしく感情を反映し、心臓にピンを突き刺してその場で凍えさせている。ジュヌヴィエーヴは十五世紀の狐（20世紀フォックスにかけた洒落）であり、彼女が最初に聞いて歌った歌は、そうした品を扱っているレコード店で〝古楽《アーリー・ミュージック》〟（古典派よりも古い中世音楽、ルネサンス音楽、バロック音楽の総称）と分類されている。それでも彼女は、このカントリー・シンガーが歌っているように、〝まるで新品〟に見えるはずだ。

この一年は、ヨーロッパ人たる彼女が都市と考える場所――人が多く、強烈で、管理され、騒がしいものの中で暮らしていた。都市の場合、中心がなくとも必ずしも心臓がないとはいえないが、ロサンゼルスの脈拍はボルティモアの鼓動よりもさがしあてるのが困難だ。カリフォルニアは不気味に静まり返り、スモッグの中の夕日のように、オアシスが涸れると同時に消えてしまう砂漠の蜃気楼のように、ぼんやりとしている。ＬＡが天使の町と呼ばれるのは死後の町だからだよと、かつて私立探偵が話してくれた。退職した者がフロリダに集まり、若いパイオニアがオレゴンを目指すように、この町には死んだばかりの者がやってくる。ヴァンパイアのことだけを言っていたわけではない。ジュヌヴィエーヴはあまり墓は好きではないが、あの老人の埋葬場所はさがしたいと思っている。いまにも人間から離れていこうとしていたそのとき、そっと進むべき道を示してくれた恩人だ。

目覚めとともに人々が街路ににじみでてくる。ぼろぎれのような人影にふと注意をひかれた。だが視線をむけたとき、それはもう見えなくなっていた。

曲がり角を見逃さないよう、つぎつぎとあらわれては消える標識に懸命に目をこらす。道路名のプレートすらもが、さまざまな広告にまぎれてしまう。バス停であれ、ベンチであれ、車のバンパーやドア、ゆったりとした服、むきだしの皮膚まで、表示できそうないたるところに広告や公報、もしくは〝ねえ、こっちを見てよ〟メッセージが記されている。イリアナと呼ばれる無思慮なヴァンパイア女戦士が、巨大な広告板に描かれている。何を宣伝するでもなく、ただ有名になり、有名でいたいがための宣伝だ。

ロサンゼルスで暮らした四年間は、ほかの町での数十年よりはるかに鮮明だ。近年では、チャールズと過ごした歳月だけが、ごった返した記憶の中でひときわ強烈な炎をあげている。ジュヌヴィエーヴはいま、三十年も前に死んだ男のためにここにいる。チャールズ・ボウルガードは、はるか昔の偶発的な転化よりもはるかに強い力で、ドラキュラがつくった世界に彼女をつなぎとめている。チャールズはまさしく社会が変革を迎えた時代に彼女と出会い、その中を駆け抜けていく不快な旅に彼女を連れだした。その道は必然的に伯爵につながっていた。一九五九年、チャールズはこの世を去り、その直後にドラキュラも真の死を迎えた。人と怪物として、なおも戦いながら。そしていま、ドラキュラはもどった。だがチャールズの死がくつがえることはない。

命令に従ってLAを去ったとき、ジュヌヴィエーヴはチャールズの思い出に蓋をした。彼だったら、どれほど犠牲をはらうことになろうと、この町にとどまっただろう。

トロントでは、そしてボルティモアでは、愛した温血者《ウォーム》の男が望むだろう生き方を心がけた。ロサンゼルスではあの私立探偵に感化され、ひとりで働き、ひとりで暮らしをたて、こっそりと善行を重ねていた。この町を離れてからは、ふたたび人々とまじわり、勉強をして資格をとり、給料をもらいながら社会をよりよくしようと努めた。監察医であるから記章はもたないものの、それでも彼女は警官だった。いらだたしいこともあった。チャールズがディオゲネス・クラブのまわりくどさや官僚主義に上品に激昂していたのと同じだ。だがそれでも困難の末の勝利は色褪せることがない。カナダやボルティモアで殺人犯を追っていたように、証拠を集め法執行者が事件を追求してくれると信じてアーネスト・ラルフ・ゴースを追っていたら、〈監督《オーヴァルッカー》〉はいまもまだアルカトラズに閉じこめられていただろう。

シンシア・ストリートにはいり、サンタモニカ・ブールヴァードにむかって二ブロック南下する。ボルティモア検死局の名でル・レーヴ・ホテルに〝ユニット〟を予約してある。ホテルといっても、〝モーター・イン〟でも〝ホテル〟でもない、ただのモーテルだ（モーター・インは都市部にある高層のモーテルを示し、自動車旅行者用の簡易宿泊施設モーテルよりもやや高級と見なされる）。「ユニット：七十七室。寝室&居間、ガス暖炉つき（一部例外）。冷蔵庫、エアコン、ケーブルTV、映画、ラジオ、電話。ワンルーム：

十六室。コインランドリー、ジャグジーバス、屋上プール有。有料駐車場。ペット禁止。月極め料金有。アメリカン《A》・エクスプレス《E》、カルト《C》・ブルー《B》、ダイナース《D》クラブ《I》・カード、マスター《M》・カード《C》、ビザ《V》・カード《I》可。ルームサービス有」

通りから離れた洞窟のような有料駐車場――なぜだか不安になった――に車を停め、受付にビザカードを提示してチェックインをすませた。駐車場の影の中に何かがひそみ、とびかかる瞬間を待ちかまえているようだと誰かに話したほうがいいだろうか。だがあまりにも曖昧だし、じつをいえば飛行機の中でも同じものが感じられた。狼が出たと騒いでも意味はない。いつもそこに狼がいるわけではないのだから。

受付には、十代で早々に転化したブロンドのヴァンパイア娘が立っていた。名札には「クロスビー」とあるが、姓なのか名なのかはわからない。グリーンのブレザーとそれに似合いのスカート。ふわふわスカーフのような真紅のチョーカーは、これまたひとつの合図だ。結び目が首のどちら側にきているかで、ダンピールとの性行為に応じるか応じないかがわかる。当然ながら、勤務中に血に関する商売をするわけではない。デスクの上を見わたせるよう木の台に乗って背の低さをおぎなってはいるものの、それでもクロスビーは鍵をわたすために手をのばさなくてはならなかった。

ジュヌヴィエーヴのユニットは、〝大きくなったらスイートになりたい〟と主張しているような、区分されただけのスペースだった。寝室と居間と浴室が、キャンピングカーのようにみっちりとつまっている。居間に荷物をおろすと、カウチとＴＶのあいだの隙間がなくなってしまった。部屋にはいったときからＴＶがついていたので、スイッチを切った。静かだ。エアコンのうなりと、遠い町の喧騒が聞こえるばかりだ。それくらいの音なら耐えられる。

眠る必要はないのだが、寝室も調べてみた。ほとんどの空間をベッドが占めている。ワードローブは巧妙な仕掛けによって壁収納《マーフィ》ベッドのようにひきおろすことができ、柩としても使える。滞在が長くなって休眠の時期が訪れたときは、ベッドのほうで休むことにしよう。

枕の上にクリーム色の封筒がのっていた。カッパープレート書体（細太の線の対照が著しい曲線的な書体）でジュヌヴィエーヴの名前が記されている。ケイトではない。彼女の字は判読しにくい走り書きで、人に何かを伝えたいときは子供のようなブロック体をぽつぽつと綴ってくる。ラヴレターや買い物メモには、きっとタイプライターを使っているのだろう。

封筒をとりあげ、親指の爪で封を切った。

赤枠のカードが一枚、はいっていた。

ジュヌヴィエーヴ・デュドネ様

ミラクル・ピクチャーズ

ザ・ロック

特別試写会へのご招待

ドラキュラ伯爵

ご臨席

1991年6月16日
10時30分よりレセプション
真夜中より上映会

於　全米監督協会シアター
90046　カリフォルニア州ロサンゼルス
#230　サンセット・ブールヴァード　7920

礼装　軽食・ドリンク有

では〝彼〟は、ジュヌヴィエーヴがここにいることを知っているのだ。これは最初のメッセージ。だが彼女はまだ〝彼〟が何者なのか、しかとわかってはいない。ドラキュラ伯爵を自称することなら誰にでもできる。〝ジョン・アルカード〟が本名だなどとは誰ひとり信じていないだろう。何者であれ、彼はいずれ自分が彼女と顔をあわせることを知っている。そして、その出会いを自分の都合にあわせて実現させようとしている。

さりげない招待について考えてみた。

彼女はこれまで二度、拝謁の栄に浴している。そのパーティがどうなったかは全世界が知るところだ――一度めはその火花により革命の炎が燃えあがり、つぎには死が訪れ〈猫の王〉の治世に幕をおろした。ここはハリウッド。そしていま、ドラキュラは映画の中にいる。もしまた新たなリメイク作品を監督するつもりなら、伯爵はいまの自分にふさわしいエンディングを考えだすことができる。

チャールズならどうアドヴァイスしてくれるだろう。もしくはあの私立探偵なら。

「あら、それならわたしももってるわよ」聞きおぼえのある声が言った。

あわててふり返ると、寝室の入口にケイトが立っていた。まったく気がつかなかった。それなりに長いヴァンパイア暮らしのあいだに、足音をたてない術《すべ》を身につけたのだろう。ケイトが自分宛ての『ザ・ロック』招待状を掲げてみせた。

「ケイト」連れができたことが嬉しかった。

「ジュネ」アイルランド人ヴァンパイアは弱々しく答えてためらった。

ジュヌヴィエーヴは抱擁しようと進みでて、友の変化に気づいた。ヘアスタイルがいつもと異なり、ふくらませた前髪がひたいと顔の半分を隠している。かぶさる髪をかきあげ、よく見えるよう彼女の顔を光のほうにむけた。眼鏡の下で眼帯が右目をおおっている。赤い爪痕が髪の生え際からはじまり、眼帯の下を通って頬を横切り、上唇を裂いて――そのため口がゆがんで歯がなかばのぞいている――あごのラインにそって溝をえぐっている。

「なかなかすごいでしょ」ケイトが言った。

ジュヌヴィエーヴは同情の声をあげた。

「どうしてこんなことになったかは知らないほうがいいわよ」ケイトが髪をおろしながら言った。

ケイトの心から苦痛があふれる。ジュヌヴィエーヴは友のあまりにも大きな変化に不安をおぼえた。傷痕は皮膚を貫いてキャサリン・リードであった人格にまで食いこんでいる。足音をたてず歩くようになったのも無理からぬことだ。

「〝彼〟なの？」

ジュヌヴィエーヴはカードをもちあげてたずねた。

「ドラキュラかって？　ちがうわ。あいつがつくりだしたやつ。そんなのがどんどん増えてってるのよ。こいつは女の格好をしていて。恐ろしい《ホリブル》ホリーっていうの。いつもすぐ近くにいるわ。影の中にひそんでるの。変身能力をもったハンターよ」

「でも、彼が命じたのでしょう？」

「そうね。そしてわたしは逃げられたわけじゃないの――生かしておいてもらえただけ。殺すだけじゃ飽き足りないんでしょ。わたしたち、あいつのパレードに加わらなきゃならないのよ。パーティに行かなきゃならないの。わたしたちは以前にも一度、選択をしたわ。あのときあいつの側につくって宣言していたら、豪勢にやっていけたはずだった。そしていま、また選択のときがきたの。ジュネ、あなたがどうするかはわからないわ。でもわたしは、もう一度同じことをくり返せる自信がないの。進んで闇の中に踏みこんでいく勇気がないのよ」そして彼女はすがるように戸枠を握りしめて、力の抜けた身体を支えた。

ジュヌヴィエーヴは両腕をまわして彼女を抱き締めた。ケイトはいつも小柄だが、いまは体重が感じられないほどもろい。ケイトが静かに泣きはじめた。全身がふるえている。残された目から血の涙があふれて頬を汚す。ケイトの頭を包みこんで胸に押し当てた。自分もまた涙を流しているのがわかる。

四角い招待状が二枚とも床に落ちている。このままで終わるはずはない。

2

ル・レーヴ・ホテルでジュヌヴィエーヴとともにいるのはケイトの半分にすぎなかった。残りの半分は外に立ち、暗い場所から光のあたるちっぽけな舞台をながめている。ロンドンで襲われたときから、ケイトは分裂している。引き剥がされた一部はすでに制御不能だ。精神は風の中ではためいている。

　少女の姿をしたものが顔を引き裂き、首に噛みついて、はらわたを抜き、人格を盗んでいった。転化して以来、これほど死に近づいたことはない。セイレーンの誘いに屈してすべてを捨て、存在をやめてしまいたい誘惑にかられる。真の死を迎えれば、大家の苦情も〈闇の王〉の復活も気にかける必要はない。雲の上で竪琴を奏で、長い時を眠ってすごすか光りの中へ去っていくだけでいい。

　ドラキュラのビッチが指先から関節までを頭蓋に埋めこんできたとき、ケイトは棒のように縮んでしまった。それから折り畳まれて旅行用トランクにつめこまれ、航空便でアメリカに運ばれた。パスポートをもった〝人〟ではなく、〝実験用の植物性物質〟としてだ。それから数えきれないほどの週を、アルカードが郊外に所有している施設、アルコア研究所（Alcore Institute 人体冷凍保存の研究・実行を目的とした、アルコー延命財団 Alcor Life Extension Foundation をイメージしているのかもしれない）に放りこまれてすごした。

　いまはこの狭苦しい場所にひそみ、片目でながめながら、諦めるよう友人に語る自分自身の声を聞いている。ドラキュラがふたたび勝利をおさめたのだ。長期的に見ても、彼の意志はあまりにも強い。彼に立ちむかおうとすれば、つねに閉めだされ、傷つき弱ることになる。世界じゅうがドラキュラを望んでいる。あいつは絶対専制君主の暴君だが、選挙に出馬しても大勝利をおさめるだろう。トランシルヴァニア人たちはあいつの支配を歓喜している。誓約のしるしがどんどんあいつの金庫に流れこんでいる。「マン・オヴ・ザ・イヤー」として〈タイム〉誌にも選ばれた（〈タイム〉誌編集部がその年にもっとも活躍した、あるいは話題になった人物を決定するもの。一九九九年からは「パーソン・オヴ・ザ・イヤー」に変更された。ちなみに、一九九〇年に選ばれたのは「二人のジョージ・H・W・ブッシュ」――第四十一代アメリカ大統領。政策の支離滅裂さから二重人格と皮肉られている）。

あいつの前では、彼女たちふたりなど、ただの老婆だ。

そんなことを心底信じているわけではない。まだ諦めるわけにはいかない。氷の上で薄めた血を点滴されているときも、戦わなくてはならないことはわかっていた。最期の瞬間まで戦いつづけたチャールズのことを思った。彼は巨大な敵との激しい戦いをくりひろげるにあたり、おのが主張が敵対するものの闇を映す鏡になることのないよう、懸命に努力しつづけていたではないか。ケイトは一八九三年にケイレブ・クロフトの秘密警察から逃れ、一九一八年には轟音を響かせる戦車のキャタピラの下に埋められ、一九五九年にはドラキュラの血にまみれて目覚め、一九六八年には〈黒い修道士〉によるボ《B》ウルズ＝オ《O》タリー・ペ《P》レットの罠を生き延び、一九七七年にはおのが爪をふるってルーマニアの監獄から脱出した。鋼鉄の柩の中の氷のベッドが最後の安息の場になるはずはない。

研究所にはほかにも人の形をとったヴァンパイアの残骸がいて、みな最低限のレヴェルでかろうじて生命が維持されていた。狩りの記念品というよりも、冷蔵保存された鋳型だ。極寒の闇の中で、彼らがかつてのおのが名をささやいた。フェラル、ジョシー、パトリシア、ルドルフ、フランク。彼らの人格は――彼らという存在をつくりあげていたすべては、血とともに盗まれてしまった。変身能力者ホリーがその姿を利用しているあいだ、彼らはモニター上の断続的なブリップとして生存しつづける。休眠状態のパトリシアが大使館包囲事件のときに会った（そして大嫌いだった）パトリシア・ライスであることに気づいて、ケイトは全身をふるわせた。痩せ衰えて縮んだ彼女は、まるで風雨にさらされたミイラ、皮膚をまとった棒線画のようだ。

肉体的には、ケイトもほかの者たちと変わらずぼろぼろだった。だが彼女の中には、虫のようにかすかながら、自我に近いものが残っていた。もしかすると、ほかの者たちよりもあとからここにやってきたからかもしれない。もしかすると、ほかの者たちよりも長くつらい経験を積んできたからかもしれない。ケイトはアルコアが排水管に遺棄する〝医療廃棄物〟に扮して脱走した。そして、エクソシストから逃げる幽霊のように、影から影へと身をひそめながらどうにか町を横切り、友たるジュヌヴィエーヴへと導いてくれるはずの――それは期待であると同時に不安でもある――黄金に光る精神の糸をたどっていった。彼女の脱走はもうすでに知られているだろう。人工冬眠コンテナが定期的にチェックされていなくとも、変身能力者はケイトが自由になったことに気づくはずだ。ホリーは自分が摂取した者たちと緊密な関係を維持しているのだから。

ケイトの手がジュヌヴィエーヴの背中を這いあがる。友の心臓が、あるはずのないぬくもりが感じられる。精神を集中し、心の中の異質な霧を切り裂いて、失われた半分の自我に呼びかける。親指から湾曲した棘がとびだす。

抱擁がゆるんだ。ケイトの鋭い爪がジュヌヴィエーヴの咽喉をかすめる。

ケイトは懸命に自分自身と戦った。

自分はこんなことに加担したくはないのだ。

ジュヌヴィエーヴならすぐに気づいてくれるだろう。あのフランス人少女はいつだって、直感と長年の経験によって人の心を読むことができるのだから。

ジュヌヴィエーヴがケイトの手首をとらえ、首筋から爪を引き離した。

彼女の澄んだ目の中に赤い火花が散る。理解したのだ。

「わたしの友達に何をしたの？」

ジュヌヴィエーヴが部屋にいる女の咽喉をつかみ、背中からどんとワードローブにたたきつけた。中世的な美しい顔が怒りの仮面に変わる。巨大な牙がのび、鼻孔と眉が燃えるようにふくらみ、あごがとがる。頬骨は鋭く、目に炎が宿る。

「ケイトはどこ？」

答えようとしたが、ホリーはあまりにも強い。ケイトは外に閉めだされ、気づかれないまま寝室の窓をたたいていた。内側で、最後まで戦おうと力を奮い起こすこともできない。一本の糸が彼女の心と変身能力者をつなぎ、その一瞬、彼女をケイトの中のホリーの中のケイトたらしめている。その糸がふいにむきを変え、彼女の頭蓋を切り裂いた。

「おやおや、これはなんだろうね」

男の声が聞こえると同時に、首をつかまれた。

「どうしようもないごみを放りだしっぱなしにする馬鹿がいるもんだな」

男のアクセントは英国風で、一九二〇年にケイトがかろうじて逃れたブラック＆タン（一九一九年から二一年にかけてアイルランドの反乱を鎮圧するために派遣された英政府軍。現地で横暴を働いた。カーキ色と黒の制服を着ていたためこのように呼ばれた）のように酷薄だ。男がケイトを抱えあげた。腕も脚も力なく垂れさがるばかりだ。

部屋の中で、ケイトの顔をしたホリーとジュヌヴィエーヴが物音に気づいてふり返った。友の顔に間違いのない理解の色が浮かぶ。ジュヌヴィエーヴが首筋を押さえこんでいる女は、ケイトよりもはるかにケイトらしく見えるのだが、友にはそのちがいがちゃんとわかるのだ。

「レディたちのところに行こうじゃないか」英国人が言った。

男の顔は見えない。彼女と同じく、ガラスにも映っていない。つかまれた力の強さからヴァンパイアであることがわかる。

それもよくないヴァンパイアだ。

男がケイトの頭を窓にぶつけた。窓枠の中でガラスがふるえたものの、割れはしない。

ジュヌヴィエーヴの注意がそれる。

もうひとりのケイト――ケイトの顔をしたホリーが口をひらいて首をのばし、ジュヌヴィエーヴの咽喉を狙う。

英国人ヴァンパイアが、こんどはケイトの顔を窓にたたきつけた。

ガラスが割れる。

血がこぼれ、すべてが赤く染まった。

3

ジュヌヴィエーヴは、ケイトの顔を盗んだ女の首から手を離した。凶暴な口を避けようと鋭い爪を立てたため、変身能力者のあごの下が切れている。ひらひら剥がれた赤い皮膚を首に押しつけると、おぞましい傷がするりと消えた。羨ましいほどの回復能力だ。

「やあ、また会えたね」

アーネスト・ラルフ・ゴースが割れた窓のむこうから声をかけた。布巾のような人間らしきものを抱えている。

「これはきみのかな？」

ジュヌヴィエーヴは中世フランス語をたたきつけた。フランスでは百年戦争（一三三七年―一四五三年、フランスのカペー王朝王位継承権をめぐる英仏間の戦争。この戦争により英国はカレーをのぞくフランス内の領土を失った）のあいだに、英国人をあらわす侮辱的な口語表現が数多くつくりだされたのだ。彼女とゴースがふたりとも生きているかぎり、これらの言葉が用済みになることはけっしてないだろう。

「わたしは古典も学んでいるからね、ちゃんと理解できるよ」物憂げな口調だ。「むしろ、もっと勉強しておけばよかったと後悔している。だが知識の詰めこみに懸命になるのは恐ろしく困難だったものでね。いつだって近道のほうが喜ばれるものさ。きみはきっと学校では優等生だったのだろうね。きみが子供のころに学校があったらの話だけれど。きみのころなら、九歳かそこいらで結婚しなくてはならなかったのではないかな。山ほど子供を産んで、そのうち伝染病でくたばっちまうのさ。これすべて、〝いにしえの騎士〟だよ」

ゴースが残ったガラスを蹴りとばし、低い窓敷居をまたいで部屋にはいってきた。片手に、ヴァンパイアに転化することなく千年もの苛酷な生を送ってきた人間のようなものをぶらさげている。ほんもののケイト・リードは変身能力者よりもひどいありさまだった。ひっぱるように肩をつかまれているため、肉のなくなった身体に血色の悪い皮膚がぺったりと貼りついている。変身能力者の擬態と同じく片目で、しなびた顔に傷が走っている。サンセット・ブールヴァードで視界にはいったもの、駐車場で感じたものの正体はこれだったのだ。脅威ではなく、友だ。

すぐさま真実に気づくべきだったのに。見かけにごまかされたりはしない。優れた直感をもっているはずだったのに。

ふたたびゴースにむかって罵声を浴びせた。

「おかしな話ではあるけれど、言いたいことはわかるよ」ゴースが片眉をもちあげて言った。「そう、きみの言い分はまったく正しい。わたしはほんとうに、どうしようもないろくでなしだよ。おまけにまぎれもない卑劣漢だ。さらには正真正銘の人非人もつけ加えておこうか。これまでつねにそうだったし、これからもそれは変わらない。だからといって、変身能力のある可愛い友人がそばにいるかぎり、きみやこのあばずれに何ができるわけでもないがね」

ケイトではない女が姿を変えようとしている。

「ところで、われらが器用なホリーは気に入ってもらえたかな。この前のペット、ずいぶん惜しまれたバーバラ・ウィンターズよりは一歩前進したと思わないか。あれよりも少しばかり融通がきく。自分で考えることができるし、仕事をきちんと果たすと信頼できる。この子はヴァンパイアを殺すだけではない、ヴァンパイアの血を吸うんだ。きみも気がついただろうが、とても興味深いやり方でね」

あれは単なる擬態ではなかった。ホリーはほんとうにケイトになっていた。だからこそ、ジュヌヴィエーヴのレーダーにもひっかからなかったのだ。ホリーは変身によって体内の形態を模すのみならず、精神を配列しなおし、本体の記憶や癖まで呼び起こすことができる。明らかに危険なゲームだ。ケイトはもう少しでみごとに騙しおおせ、完全に勝利をおさめるところだった。

「海峡トンネル（英仏海峡トンネル。十九世紀から何度も計画され中断されてきたが、一九八七年に工事がはじまり、九一年五月に鉄道用南北トンネルが開通。九四年五月に公式開業した）を掘っていることは知っているだろう。ルスヴンが温血者《ヴォーム》のころからずっと温めてきた計画だよ。あの男はまず、ナポレオンに売りこんだんだけれどね。わたしときみの祖国は鉄道によってつながる。危険な船旅も飛行機もいらなくなる。とても象徴的だとは思わないか」

ゴースはプレゼントの人形をふって子供の注意を惹こうとするように、ケイトを揺すった。

「ぼろ切れと骨だけで、中身はほとんど空っぽだけれどね」

ジュヌヴィエーヴはそのときになってようやく、友人が裸であることに気づいた。まるで曾曾祖母の皮膚を六歳児の子供の骨に巻きつけたように、しなびきっている。

ゴースに気をとられすぎてはならない。まだホリーがいる。えぐられた首の傷は、完全に新調されたように痕も残っていない。

ジュヌヴィエーヴは自分を騙そうとしたヴァンパイアを見つめた。

ホリーがケイトの眼鏡と眼帯をはずした。薄いそばかす、麦藁色の髪。これといった特徴のないノスフェラトゥだ。綺麗な睫毛に淡青色の目。ケイトの服ではきつすぎる。

この少女はそもそも何者だったのだろう。

ホリーが意識を集中し、背中の痛みをほぐそうとするかのように身もだえした。髪の色が変わり、顔が丸くなる。

ホリーがべつの女になった。それから若い男に、年配の男に、またべつの女に、少年に。流れるようにつぎつぎと姿が変わっていく。ひとつだけ、ジュヌヴィエーヴにもわかる顔があった。ドラキュラのコンサートに出演していたシンガーだ。あとの者たちには見覚えがない。

「彼女はちょっとしたマイク・ヤーウッドなんだよ」ゴースが言った。

ジュヌヴィエーヴは面食らった。

「七〇年代、イギリスにいなかったね。アメリカでいうならリッチ・リトルかな。物真似芸人だよ。とはいってもそれほど面白くはないがね。この国では無意味だ。アイロニーを理解しない。きみだって以前はもっと賢かったはずだろう？　アメリカがきみの血の中にはいりこんで、鈍くしてしまったんだな」

「刑務所は楽しかった？」

いらだたしげな間。

「快適だったね。英国のパブリック・スクールを体験した身としては、アルカトラズは天国のようなホリデイ・アイランドだよ」

「ちゃんとおべっか使いの役目を果たしている？」

「痛いところをついたつもりなのかな。でもわたしは恥知らずだから平気だよ。大きな魚は見ればわかる、そしてわたしは小魚だ。大魚のあとについて泳ぐことで満足している」

「つまり、小判鮫ということね」

「まあまあ、意地悪をいうものではないよ」

ホリーはまだ変身をつづけている。わけがわからない。ホリーのほかの人格はすべて力の弱い者たちだ。圧倒して飲みつくすのも容易だっただろう。ケイトひとりが抵抗し、逃げおおせた。

ホリーの顔全体が爬虫類のようにざらざらになった。

「あら、それはやめたほうがいいわよ」

ジュヌヴィエーヴはヴァンパイアをつかみ、ワードローブに投げつけた。木材が音をたてて割れる。

蛇の歯がとびだし、目が黄色くなる。

「これならきみも気に入ってくれるかな」とゴース。

ホリーがはねるように起きあがり、ジュヌヴィエーヴを薄っぺらな間仕切りにたたきつけた。下地材《ラス》と漆喰が崩れる。彼女はうしろむきのまま、居間に積みあげた荷物の上に倒れこんだ。

「〝どても〟というわけにはいかないだろうが、きっと気に入ってくれるよね」

ホリーが馬乗りになり、膝でジュヌヴィエーヴの肋骨を押さえこんだ。ずんぐりとした猫の前足から熊手のような爪がとびだしている。顔は黒と黄色、コブラと豹のあいのこで、被毛におおわれた肉襞のようなフードがひろがり、V字を幾重にも重ねたダイヤ柄がひたいに浮きだしている。そしてむきだしの両腕はしなやかな筋肉におおわれている。

「これはずっと昔からのレパートリーなんだよ」とゴース。「伯爵にひろわれる前からのね。彼女が自分でつくりだした。じつに応用が効く」

ジュヌヴィエーヴはホリーの手首をつかんで顔から爪を遠ざけようとした。先端がせまってくる。彼女自身の手首があらぬ角度に曲がっていく。

「赤毛娘にはあまり効果がなかったがね。ともかく、もはや美人ではなくなる。きみは気にするのかな。鏡に映らなくとも虚栄心はあるのか。それともすべての男が鏡の役目を果たしてくれるのかな。きみはわれわれの視線から、自分がどのように見えるか判断しているんだね。いかにも女らしいというかなんというか」

ホリーの細くなった瞳孔には人間らしさが微塵も残っていない。狡猾さと悪意があるばかりだ。

ジュヌヴィエーヴは意を決し、肘を突っ張り手首を重ねて力をこめた。きしるようなはじけるような痛みに襲われたものの、爪の接近はとまった。ホリーは獣の意識で、この瞬間自分の両手が役に立たなくなったことを理解したようだ。ジュヌヴィエーヴは懸命に、悲鳴をあげそうな両腕の痛みを意識から切り離した。

ホリーにはまだ牙がある。そして可動域のひろい、長い首も。

蛇使いの駕籠から蛇が顔を出すように、ホリーの頭が肩からもちあがった。椎骨が増え、首筋に爬虫類のような輪がさらに生じる。

ホリーが長い首をのばした。牙がぎっしりならんだ口をあけて、猫のように音のない声をあげる。それから優雅に首をさげてジュヌヴィエーヴの胸にのせ、咽喉とあごに口をすりよせた。ざらざらの舌が顔をこする。残された唾液がひりひりとした痛みをもたらす。

「どうだい、この子はすばらしいだろう」

ゴースはベッドに腰をおろし、腹話術師の人形のようにケイトを膝に抱えている。

ホリーの口がジュヌヴィエーヴの頸静脈に押しつけられた。

「さてさて、思いがけない状況だろうね」ゴースが評した。「きみはこれまでの夜、何人の首に噛みついてきたのだろう。何万と経験しているはずだ。だが誰かの歯が首にあたるのははじめてではないかな。それがいまの流行りなんだよ。ヴァンパイアの血を飲むことがね。つまり、〈彼〉だ。〈彼〉のアイデアだよ。血を売って還元する。ドラキュラなかりせば、ダンピールもドラック市場も生まれなかった。このすばらしい混沌もね。〈彼〉は謙虚だからおおっぴらにふれまわったりはしないけれど、すべては彼が考えだしたことなんだよ。七〇年代に、ニューヨークでね」

ホリーの口はジュヌヴィエーヴの脈の上で静止している。鋭い歯が皮膚に押しつけられている。動いたらそのまま切り裂かれるだろう。そしてホリーが血を飲むのだ。

そうしたら、ジュヌヴィエーヴもケイトのようになってしまう。他人が彼女の顔を、人格を、使うようになる。新しいドラキュラに屈伏する必要すらなくなる。かわりにホリーがやってくれるだろう。はたして伯爵はそれで満足するだろうか。

ゴースが四角い白いカードでケイトをあおいでいる。招待状だ。

とつぜんのひらめき。

「これ、あなたの独断行動でしょう」ジュヌヴィエーヴは言った。

カードの動きがとまった。ジュヌヴィエーヴは息を吸った。

「ドラキュラはわたしを生かしておきたがっているわ。屈伏させ、指輪に口づけさせることを望んでいる。そうよ。昨年、西海岸からきた人がそう言っていたわ。むしろ、わたしはドラキュラに保護されているといってもいいのではないかしら。ケイトも同じ。傷つけられはしたけれども、殺されてはいないもの。いまこの瞬間にわたしの死を望んでいるのはあなたよ。あなたはまだ子供なのね、アーネスト。楽しいことはいますぐに。あとまで待てないの。伯爵はお楽しみを何世紀もひきのばすことができるわ。あなたとはちがって。すべてを知ったとき、伯爵は喜ぶかしらね」

ゴースひとりに話しかけているわけではない。ホリーにも聞かせている。

彼女の話を理解できないまでも、直感的に何かを悟ったのだろう。変身能力者の濡れた口がわずかに遠ざかり、皮膚とくちびるのあいだに隙間ができた。息が漏れる。

「誰が〈彼〉に知らせるというんだ」ゴースがいらだたしげにたずねた。

緊張が解けた。のしかかっていた体重が消える。

「知らせる人がいなければわからないなんて、本気で思っているの?」

ゴースの顔に疑惑がよぎった。当然ながら、彼はドラキュラを恐れている。これまで伯爵を裏切った部下はみな、ささやかな任務の遂行に失敗した者たちですら、苦悶に満ちた不名誉な死を賜ってきた。

「串刺しになったあなたはきっと、氷のロリポップみたいでしょうね」

ホリーがジュヌヴィエーヴの上からころがりおりると、蛇の自我を脱ぎ捨ててみずからをとりもどし、ふたたび本来の少女にもどった。ゴースは彼女に、この行為があるじの望みであると信じさせていたのだ。だがそれは間違いだった。アーネスト・ラルフ・ゴースは少女の心をもてあそぶのがうまい。第二の天性となっているのだろう。

ゴースがケイトをはらいのけた。彼女の身体が古毛布のように床に落ちる。

「これはもっとあとになってから使おうと思っていたのだけれどね」

ゴースがツイード・ジャケットの懐からリネンの包みをとりだした。布をはらい落とし、メスを握りしめる。銀の輝き。

「わかるかい。もちろんわかるだろう。じつにさまざまな歴史を経てきた一品だよ」

ゴースが立ちあがり、ひろがった入口を抜けてきた。

「これはかつて女王を殺した。〈猫の王〉を殺したこともある」

もちろんおぼえている。ホワイトチャペルで、バッキンガム宮殿で、オトラント城で、使われたものだ。武器ではなく単なる道具にすぎない。ジュヌヴィエーヴもほとんど毎日、同じような検死用のメスをふるっている。だがこれは、くり返しくり返し血に染まってきた品だ。

「きっときみがもう一度見たがるだろうと思ってね。伯爵の記念品をおさめた抽斗から拝借してきた。すばらしい因果じゃないか。きみはこの銀ナイフによって物語に登場した。そして胸にこれを突き立てられて不名誉な退場をするんだよ」

ジュヌヴィエーヴは立ちあがった。手首が痛い。細かな骨が何本も折れているようだ。ひびがはいったものもある。彼女はホリーほどはやく治癒できない。ふたたび常態にもどるまで、あと数分はかかる。

ゴースが身をかがめた。肩がふくらんでジャケットの縫目がはじける。

「この部屋にいる変身能力者はホリーひとりではないのだよ」

ゴースの顔がひろがり、被毛でおおわれはじめた。

ジュヌヴィエーヴはユニットの入口まであとずさった。背にした壁は間仕切りよりも強固だ。かなりの大きさの獣が突進してくれば、壁を突き破って中庭かプールに放りだされるよりも、押しつぶされる可能性のほうが高い。ドアの把手をまわそうとしたが、手首が砕けているため指が動かない。ホリーに膝の棘で刺された脇腹からは、まだ血が流れている。

「おやすみの挨拶をしたまえ、ジュヌヴィエーヴ」ゴースがうなった。

4

ケイトは乾いた口をひらいて英国人ヴァンパイアの足首に噛みついた。鈍い牙がウールを貫いて肌を傷つける。だがあごを閉じるだけの力がない。アーガイル模様の靴下で息がつまる。

ゴースが彼女を見おろした。驚くと同時にいらだっている。被毛に縁取られたくちびるに、意地の悪い笑みが浮かぶ。大きな悪い狼《ビッグ・バッド・ウルフ》のような滑稽な眉だ。

「この沼地の住人《アイルランド人》の心臓からさきに切り裂いたほうがよさそうだな」

ゴースがかがみこみ、銀メッキのメスをふりあげた。

だがいまのケイトは、おのが心の中だけに存在しているわけではない。黄金の糸はまだつながっている。

ケイトが客としてはいりこんでいるホリーの心の中には大勢の者が住みついている。だが一箇所だけ、ごく穏やかな部分がある。そこに、真実のホリー——ドラキュラにひろわれる前の、転化すらする前の、少女が住んでいた。

スイッチがあった。ケイトはそれを押した。

「離してよ」ケイトはホリーを通じて命じた。

ゴースの気がそれた。部屋の向こう端に立つホリーを見つめ、それからケイトを見おろす。

ケイト自身の身体の中に、ごくごくかすかな生命がまだ残っている。

「いまよ」ホリー＝ケイトは宣言した。

ゴースは巨大化したヴァンパイアにしてはすばやい動きで、弧を描いてメスをふりまわした。だがホリーはケイトの指示に従って脇にとびのき、すれちがうと同時に六インチの指の短剣で彼のあばらを貫いた。分厚いジャケットを切り裂き、完全に肉をえぐりとる。

銀のメスが壁に突き刺さった。

5

隣のユニットから静かにしろと怒鳴り声が聞こえる。

ゴースの巨体に隠れてほとんど見えないが、変身能力者ホリーはまたケイトになっているようだ。こんどの変身は完璧で、ふたつの目と戦うアイルランド魂をそなえている。ジュヌヴィエーヴは傷ついた前腕が邪魔にならないよう両肘をぴったりと脇につけ、ゴースの尻、背中、頭と、少しずつ目標を高くしながら爪先を蹴りこんでいった。履いているのは旅行に快適なスニーカーだが、先端に鉄をしこんだ戦闘ブーツにも匹敵する力のこもったキックだ。ぱきっという音とともに、どろりとした赤いものがゴースの後頭部をおおう被毛ににじみでた。

彼がふり返り、憎悪をこめて彼女をにらんだ。

「フランス人というやつらはほんとうにおかしな人種だ」単調な声だった。「足を使って戦い……」

ジュヌヴィエーヴは口をひらき、牙をのばしてとびかかった。

「……顔でファックする」

ゴースが分厚い手のひらを彼女のあごにあて、力をこめて首を折ろうとする。ジュヌヴィエーヴはするりとそれをかわし、彼の小指の付け根のすぐ下に門歯を突き立てて、手首まで切り裂いた。さらにしっかりと食いこませたまま、袖と腕に二本の赤い筋を刻む。

すでに彼のガードの内側にはいりこんでいるため、両手さえ自由に使えたら首と顔をずたずたにすることもできただろう。

ホリー＝ケイトの手は傷ついていない。すでに彼女の爪はゴースの首のやわらかな部分に刺さり、腱を、骨を、血管を越えて、どんどん深く食いこんでいく。

ジュヌヴィエーヴはゴースの胸の下に肩を押しあて、床からもちあげた。バランスを崩したゴースの体重がのしかかってくる。ホリーとの戦いで手首が圧迫されたときと同じように、背骨に重圧がかかる。腰に新たな苦痛が生じ、そのまま背筋を這いあがってくる。ここで背骨まで折ってしまったら、永久にゲームから脱落してしまう。

ゴースがメスをとりもどして腕をふりあげた。

どちらの女がより大きな脅威であるか、決めようとしている。ホリー＝ケイトに軍配があがった。メスが彼女のうなじにむかってふりおろされる。彼女の両手はゴースの首に深く刺さったまま、抜くことができない。

ジュヌヴィエーヴは手をのばしてその進路をさえぎった。

すでにひどい怪我を負っているのだから、それ以上の痛みはないと甘く考えていた。だがそれは間違いだった。

銀ナイフが手のひらを突き抜け、指の付け根のあいだから先端がのぞいた。メスは勢いを保ったまま降下しつづける。ともに運ばれたジュヌヴィエーヴの手が、ホリー＝ケイトの頸静脈にあたってとまった。

ゴースが歯をむいてうなった。

手の痛みと銀の毒によるショックで、ジュヌヴィエーヴは肉体から放りだされた。とびだした彼女は上空にとどまり、四人の生ける死者が血と苦痛にまみれて押しこめられている狭苦しい部屋を見おろした。それから肉体にひきもどされ、自分が悲鳴をあげていることを知った。

ドアがものすごい勢いでたたかれている。

ホリー＝ケイトがゴースの首から赤い手を抜いて、ジュヌヴィエーヴの腫れあがった手首をとった。ぽきぽきと折れた骨の位置を正す。メスの刺さった手は黒ずんでいる。ホリー＝ケイトがメスの柄に親指をあてて押した。刃の全体と一インチ分の柄が手の甲からとびだす。

なるほど。

ゴースのジャケットは前があいている。ジュヌヴィエーヴはメスの先端がツイード・ヴェストのポケットの上、おおよそ心臓のあたりにくるよう、手の位置を定めた。布地を貫き肋骨のあいだに刃を押しこむには、三人の女全員が力をあわせなくてはならなかった。銀の先端が沈んでいった。

「ヴァンパイアのビッチなんぞ、みんな悪魔に攫われちまえ」ゴースが言った。

彼の口はあいたまま、赤い涎がこぼれている。被毛は消えた。かつてはハンサムだっただろう中年の英国人、冷たい冷たい目をもった、ただのろくでなしにもどっている。

ずしりと彼の身体が重くなった。

ジュヌヴィエーヴの手はぞっとするほどふくれあがっている。手をひくと、骨のあいだを柄が抜けていくのがわかった。銀におおわれていないから、薄い刃に貫かれたときより苦痛は少ない。手が完全にメスから離れ、どっと椅子に倒れこんだ。ホリー＝ケイトが死んだヴァンパイアを抱きあげた。ゴースの顔がはらはらと剥がれ落ちた。

ドアがあいた。クロスビーが立っている。そのうしろに、そびえるように背の高い部屋着姿の温血者《ウォーム》の男がいる。文句を言っていた隣室の住人だ。

クロスビーは真面目な顔でユニットの損害を見積もった。鼻をつくのはヴァンパイアの血のにおい。目にはいるのは、真の死を迎えた遺体を抱えている見知らぬ女と、床に横たわる裸の人間の脱け殻、そして、毒で腫れあがった右手をかかえた客だ。

「大丈夫ですか」彼女がたずねた。

「混ぜ物のない血があれば嬉しいのだけれど」ジュヌヴィエーヴは答えた。「銀の腐敗を防ぐために。少し怪我をしてしまったの」

「では〝黄金〟をお届けします」

「ありがとう」

「どういたしまして」

そしてクロスビーは温血者《ウォーム》の客を連れて姿を消した。

ジュヌヴィエーヴはふたたび息をついた。意識は疲労で朦朧としているのに、苦痛の波が押し寄せてくるたび鮮明になる。

ゴースは片づいた。

ホリーはいまでは完全にケイトになっている。新しい肉体に宿ったケイト。その彼女が、かつて自分が宿っていた肉の残骸を見おろしている。それから全身がふるえた。ホリーの目に光がきらめく。だがそれも一瞬のひらめきにすぎなかった。

「ジュネ、そろそろさよならを言わなきゃならないみたい」

視野がかすむ。口が〝さよなら《アデュー》〟を綴ろうとする。だが苦痛の波がそれを押しとどめた。

「駄目よ。まだ駄目」

6

ジュヌヴィエーヴはクロスビーが届けてきた水差しの〝黄金〟を半分飲み、残りを使って浴室の小さな洗面台で傷口を洗った。穴はふさがったものの、血管は黒いままだ。手首はずいぶんよくなったが、銀の毒による汚染はかなりひどい。またピアノが弾けるようになるにはしばらくかかるだろう。ピアノは二世紀前に学びはじめ、三十年間取り憑かれたように熱心に勉強したおかげでかなりの腕前になった。だがそれも、熱が冷めたときにすっぱりとやめてしまった。いまではときおり、一九一〇年代にはやったラグタイムをちょろっと弾くくらいだ。手を失うことにはならないだろうが、かなりのあいだ関節の痛みは消えないだろう。

その血は店で売っているようなパック入りではなく、ほんものの〝黄金〟で、しかも無料だった。ジュヌヴィエーヴには庇護者がいるのだ。ベッドにおかれていた招待状もそうだ。ル・レーヴの経営者とはべつのところから金をもらっているのだろう、クロスビーは〝清掃人〟まで手配してくれた（レニー・ハーリン監督、サミュエル・L・ジャクソン主演『ザ・クリーナー消された殺人』Cleaner（二〇〇七）だろうか）。口髭を整えた小粋な男がアーネスト・ラルフ・ゴースの残存物を集め、こっそりと持ち去った。きっといちばん近くのドラック工場に運んだにちがいない。おそらく名士だろうけれども正体のわからない相手に借りをつくるのはあまり気持ちのよいものではない。それでもこの血は思いがけない贈り物だ。これがなければ、ロデオ・ドライヴに義手を買いにいかなくてはならないところだった。

つまるところ、自分たちはドラキュラのために、用済みで邪魔になったゴースを片づけてやったのだ。ジョン・アルカードは、ボルティモアで彼女を守ったときからこのことを予知していたのだろうか。ふたたび〈猫の王〉をいただくとはこういうことだ。巨大な蜘蛛の巣にとらわれている。

寝室兼居間にもどった。ユニットだったものが、いまでは床の散らかった大きなワンルームになってしまった。ホリーとケイトはベッドの上でからまるように横たわっている。なんだか、若いケイトと歳をとったケイトを見ているようだ。オリジナルの老女は意識を失っているが、コピーのほうは目覚めて動いている。ケイトがこの身体の制御を維持しようと奮闘している。ホリーは眠りながらも、活動をとめてしまったわけではない。

「もうこれ以上がんばっていられそうにないの」ケイトが言った。

「その身体は諦めなさいな。たぶん、自分の頭にもどらなければうまくいかないのだと思うわ」

ケイトの顔に嫌悪が浮かぶ。それからふいに力が抜け、ケイトの仮面を貼りつけたホリーの顔になった。

「あなたはわたしの友達の一部をもっているわね」ジュヌヴィエーヴはホリーにむかって語りかけた。「それを返してほしいのよ」

そしてすばやくベッドに腰をおろし、傷ついていないほうの手でホリーの首に触れた。薄れつつあるケイトの顔の中から淡青色の目が見つめ返す。まもなくケイトの面影は消えてしまうだろう。

この少女を殺すのは簡単だ。聖なる銀のメスがある。だが殺人は誰の得にもならない。

ジュヌヴィエーヴはホリーの首に爪をあて、さっき切り裂いた場所をもう一度ひらいた。

「ケイト、彼女からとりもどしていらっしゃい。わかるわよね」

ひとつだけの目に光がもどり、灰色とも茶色ともつかないケイトの顔がかすかにうなずいた。血がクリームのように肌にこぼれる。ケイトは凄絶な努力をはらって身体を起こし、自分の姿とそれ以上のものを盗んだ女の首筋に手をのばした。牙の生えた口をヴァンパイア少女の傷口に押し当て、吸って、吸って、吸って……

ジュヌヴィエーヴはホリーの身体をおろし、ケイトの髪を撫でてやった。まばらだった白髪が健康な赤に変わっていく。飲むにつれて、ケイトは実体と顔と姿をとりもどしていった。変身能力者が模倣していた醜い傷は、まだ生々しく腫れあがったままだが。

「ありがとう、ジュネ」口を赤く染めたまま、ケイトが言った。

「もっと飲んだほうがいいわ」

「そうね」

ケイトは変身能力者の首の反対側に新しい穴をうがち、そっと吸いついた。もはや、必要な力をとりもどすための巨大な瀉血器つき業務用真空掃除機ではなく、かつての彼女自身にもどっている。やがて、顔にうがたれた傷が薄れて赤い筋になった。眼球の瘢痕も消え、失われた目があらわれてまばたきをしている。

「わたしの顔、どうなった?」ケイトがたずねた。

まだかすかな傷が残っている。だがケイトは鏡に映らないのだから、それを自分で見ることはけっしてない。

「生まれたてみたいよ。傷ひとつないわ」

ケイトが以前と同じ、はにかんだ笑みを浮かべた。

「眼鏡がないと何も見えないの」

ジュヌヴィエーヴはホリーがかけていた眼鏡をさがした。片方のアームが曲がり、レンズは汚れている。できるだけアームをまっすぐにのばし、汚れをぬぐってやった。

眼鏡をかけて、やっとほんもののケイトになった。

「それに、裸だし」

「あら、気がつかなかったわ。ローブを着る?」

スーツケースをひらき、緑の絹のきものをとりだして羽織らせた。そして帯の結び方を教えてやる。

「ホリーが助けてくれたのよ」ケイトが言った。「ゴースのこと。わたしだけじゃなかったの」

「わかっているわ」

「ホリーの中には奇妙なものがいっぱいあった。知ってる人もいたわ」

ホリーはさっきまでのケイトほどひどい状態ではないものの、動けなくなっている。そしてまだ変身をつづけている。いくつもの顔があらわれては消えていくが、どれも明確な形をとれずにいる。

「わたしの頭の中にもホリーがたくさんはいってるの」ケイトが言って、手首でこめかみをたたいた。「たくさんすぎるくらいよ」

「すぐに消えるわ」

「ほんとにそうだったらいいんだけど」

ケイトに化けたホリーは、伯爵を支持するようジュヌヴィエーヴを説き伏せることができただろうか。ゴースがどのように言いくるめたとしても、それが本来の彼女の任務だったはずだ。ジュヌヴィエーヴは自分自身で決断するよりも、時流にあわせ、主義主張をもつ友人の規範にならって行動する傾向がある。これまでもチャールズに、私立探偵に、そしてケイトに導かれてきた。議論のすえに説得されていたら、自分は永遠に寵臣か宮廷の飾り物におさまっていたのだろうか。

そうではないことを願いたい。だがその答えがわかることはけっしてない。

「まあ、なんてこと」ケイトが声をあげた。「この子、ペニーを知ってるんだわ」

このところアメリカにいることはわかっていたが、ジュヌヴィエーヴはペネロピ・チャーチウォードの消息を見失っていた。

「『バッド・ペニー・ブルース』（Bad Penny Blues（一九五六）ハンフリー・リトルトンによるジャズの名曲）をもう一度、だわ。あの世代の誰よりたくさんトラブルを起こしてるんだから。知ってるでしょ、子供のころからとんでもなかったのよ。こんど会ったら怒鳴りつけてやらなきゃ！　一八八五年にチャーチウォード家がうちよりたくさん召使を抱えてたからって、どうってことないわよ」

ジュヌヴィエーヴはときおり、自分は登場が遅すぎたため、物語の全容を理解できていないと感じることがある。彼女はジョン・セワードを通してチャールズと出会った。チャールズの妻パメラも、英国におけるドラキュラの最初の子《ゲット》ルーシーも、この世を去ったあとのことだ。パメラはインドで出産のために生命を落とし、ルーシーは伯爵が権力を手中にしていく第一段階で滅びた。このふたりはペニー（パメラの従妹だ）とケイトの心に鮮やかな記憶としてとどまっているが、ジュヌヴィエーヴにとっては影のような幽霊にすぎない。彼女が知っているのは、ドラキュラによって変質したのちのドクター・セワードとミナ・ハーカーだ。ルーシーをめぐるセワードの恋敵であり、ペニーの闇の父となったゴダルミング卿とは、ほとんど会ったこともない。彼らはともに時をすごし、複雑にいりくんだ親密な友情とライヴァル関係をつちかってきた。ジョナサン・ハーカーやキンシー・モリスやエイブラハム・ヴァン・ヘルシングについては、ブラム・ストーカーの本に出てくる登場人物として想像するしかない。そして、ストーカーと彼の妻フローレンスがそのジグソー・パズルのどこにあてはまるかは、おぼろに見当がつくだけだ。生きていたときのチャールズは彼女の世界の半分以上を占めていたが、彼が現実におけるこの長大なソープオペラの中でどのような役割を演じていたかは、ついにつきとめることができなかった。それに関してはドラキュラも同じだ。そしてドラキュラはドラゴンの剣を抜き放ち、ゴルディオスの結び目を断ち切ったのである。

新鮮な血で元気をとりもどし、かつ少しばかりドラック・ハイになったケイトが、ホリーのバッグをひろいあげた。

「これ、わたしのよ」とバッグをひらき、「わたしのパスポート。それにわたしの家賃帳《レント・ブック》。ちくしょう、もうフラットにはもどれないわね。何ヶ月も家賃を滞納してしまったもの。いまは六月？　七月？　襲われたのは一月だったの。ああ、トラベラーズチェックがある。アメリカのお金も。いろんな名義のクレジットカード。とげとげホリーの服、何枚かはわたしのもののはずよ。それからロサンゼルスの贅沢品がいろいろ。わたし、この町ははじめてなのよ」

「わたしは前にもきたことがあるわ」ジュヌヴィエーヴは答えた。

そしてさまざまな人間と関わった。いまもまだ生きている連中なら——ジャック・マーティン、デュードド、ロス市警の刑事、ケネス・アンガー、ヨルガ。死んだ者たちならば——私立探偵、ムーンドギー、オーソン・ウェルズ、ニコ、そしてゴースも。ケイトもまたここを歩みながら、そうした糸をひろっていくことになるだろう。かつてのドラキュラのように、人が結び得る唯一の関係はあるじと奴隷で、自分は世界の外で生きていけると考えるのは間違いだ。バーに足を踏み入れるだけで十もの物語がはじまる。その中で果たす役割は、主人公だろうか、それとも通行人だろうか。

ケイトが『ザ・ロック』試写会の招待状を見つけた。

「これ、行かなきゃ駄目よ。わたしたちがまだここにいること、わたしたちには手を出せないってことを教えてやらなきゃ」

ほんとうにそうだろうか。

「〝手を出せない〟ってそういう意味じゃないわよ、ジュネ。もちろん、そんなことあり得ないもの。わたしたちは警戒を怠っちゃいけないわ。だけどわたしたちは、これまでだってあいつと戦って生き延びてきたのよ。あいつが怪物だってことを世界が忘れたからって、わたしたちまでそれに同調する必要はないわ。チャールズならなんて言うかしらね」

「『けっして屈するべからず《ネヴァー・サレンダー》』」

「そうよ。わたしたちはけっして屈してはいけないのよ」

7

『ザ・ロック』は、史上最低のヴァンパイア映画というほどひどいものではなかった。八〇年代のお話にもならない『バット★21』、ましてや『バンパイア・ハプニング／噛みついちゃってごめんなさい』(Gebissen wird nur nachts/The Vampire Happening（一九七二）フレディ・フランシス監督のホラー・コメディ)や『ロスト・ボーイ』や――ジュヌヴィエーヴが見たところでは――『デビー・ダズ・ドラキュラ』よりはましかもしれない。それでもやはり、彼女にしてみればおぞましいものだった。シーンというシーンに油を塗ったようなたくましい筋肉があらわれ、華々しい殺しのあとには必ず〝洒落た〟台詞が吐かれる。新人のブロンド女優を使ったシャワー室での馬鹿げたセックスがなければ、肉屋の訓練用フィルムクリップを挿入した、驚くほど予算が豊富なゲイ・ポルノだと思うところだ。試写会のあとの観客の評価によると、『ザ・ロック』は公開予定である労働者の日(九月の第一月曜日で法定休日にあたる)の週末に興行記録をうちたて、秋までロングヒットをつづけるだろうということだった。この夏公開予定の映画の中でも中心となる大作だ。

全米監督協会《DGA》シアターの外に出ると、異常に興奮した黒髪の温血者《ウォーム》が、オーダーメイドのタキシードを着たレスラーのようなヴァンパイアのガードマンに丁重に制止されていた。男は、試写会後のパーティにむかう着飾った人々に、クレジットに自分の名前があったかどうかたずねまわっている。彼の名前はアダム・サイモンだという。どうだったろう、ジュヌヴィエーヴにはわからない。フランク・スタローンが歌う「血は水よりも濃い」（Blood is Thicker than Water このタイトルの曲はいくつかあるが、フランク・スタローンが歌ったという記録はないようだ）を聞きたくなくて、延々とつづくクレジットのあいだに席を立ってしまったのだ。

　招待された業界人たちが、案内に従って洞窟のようなボールルームへと流れこんでいく。そこでは監獄の衣装をつけたスタッフ――ほとんどが牙をもっていて、女は短いデニムの囚人服、男はフェチ感満載のレザーの看守服を着ている――が微笑しながらカナッペのトレイをさしだしている。さまざまな種類のドリンクはみな、使い古したブリキのカップで供される。暴動をはじめるにあたり、鉄格子にたたきつけて騒ぎを起こすのにちょうどいい品だ。ジュヌヴィエーヴとケイトは〝ホットショット〟を頼んだ。これは血とウォッカのカクテルだが、卑しい人間が桶《ヴァット》でまぜあわせるのではなく、〝人間シェイカー〟によってつくられる（本来のホットショットはコーヒーをベースにしたカクテル）。すなわち、ドナーに危険なほど大量の酒を飲ませ、アルコールが循環系にいきわたると同時に血を抜きとるのだ。上流社会ではほかにも、ホームズ流七パーセント・コカイン溶液（The Seven-Per-Cent Solution ニコラス・メイヤーによる〈シャーロック・ホームズ〉シリーズのパスティーシュ作品（一九七四）（邦題『シャーロック・ホームズ氏の素敵な冒険――ワトスン博士の未発表手記による』）、およびそれを原作とするハーバート・ロス監督、ニコール・ウィリアムソン主演の同名映画（一九七六）のタイトル）の注射が流行っているし、ヴァイパー・ルームのようなクラブではヘロインかボウルズ＝オタリー麦角菌が使われている。〝ホットショット〟は口当たりのよい高価な品で、もっとも裕福なハリウッド・ヴァンパイアたちの〝最上級〟のとっておきだ。それがここでは、玉座の下から流れでるかのように大量に供されている。本来なら良識をわきまえているだろう人々が、むさぼるように飲んでいる。ケイトが、ヴァンパイア用ドリンクをためして顔をしかめているふたりの温血者《ウォーム》を示した。あまりにも高価だからよそでは飲めないというだけの理由で、手を出したのだろう。

一段高くなったフロアでは、アロー柄のタキシードを着たスウィング・バンドが、刑務所をテーマとするさまざまな曲を再ブームとなったアレンジで演奏している。「9番独房の暴動」(Riot in Cell Block Number 9（一九五四）ジェリー・リーバー&マイク・ストーラーによるR&Bの楽曲。最初にザ・ロビンズが録音したのち、さまざまなアーティストがカヴァしている)、「監獄ロック」(Jailhouse Rock（一九五七）ジェリー・リーバー&マイク・ストーラーによる楽曲。エルヴィス・プレスリーがリチャード・ソープ監督の主演映画『監獄ロック』Jailhouse Rock（一九五七）の主題歌としてリリースした)、「フォルサム監獄のブルース」(Folsom Prison Blues（一九五三）アメリカのシンガーソングライター、ジョニー・キャッシュによる楽曲)、「ゴム弾」(Rubber Bullets（一九七三）イギリスのロックバンド、10ccによる楽曲)、「チェイン・ギャング」(Working on the Chain Gang（一九六〇）アメリカのソウルとゴスペルの歌手、サム・クックによる楽曲)。ジョニー・フェイヴァリット・ビッグ・バンドはコンサート・フォー・トランシルヴァニアで予想外の人気を得て以来、とりわけアメリカの新生者《ニューボーン》のあいだでふたたび流行りはじめている。彼らにとっては一九四〇年代が記憶に残るもっとも古い時代なのだ。当然だろう。ジュヌヴィエーヴだとて、中世フランスで流行した歌《シャンソン》のCDを出している会社の品は、いまも独力でずっと追いかけている。

このイヴェントにはさらにもうひとつ、華やかな特徴があった。目にはいる誰もが、有名人か、美形か、もしくは美形の有名人なのだ。映画スター、政治家、ヴァンパイア。お偉方とセクシーギャル。ジュヌヴィエーヴは警戒を強めた。客の中には一八八八年のバッキンガム宮殿、および／もしくは、一九五九年のオトラント城にいた者もまじっている。ドラキュラの舞踏会は惜しみのない歓待とダンスではじまりながら、終わるときにはいつも、いくつもの首が杭に刺され、早々に退出した客たちが秘密警察の追跡を受けているのだ。

ホリーも人混みの中にいる。今日は自分自身の顔で、秘密諜報員のイアピースをつけ、肩にかけたホルスターを隠すようにつくられたテイルコートをこれ見よがしに着用している。変身能力者は、それまでゴースの仕事であったアルカード・インダストリーズ警備部門のトップを引き継いだのだ。〈監　督《オーヴァルッカー》〉の真の死によって利益を得たというわけだ。

ヒールを履いているためいつもより背の高いケイトが、白髪まじりの熊に声をかけられている。『ザ・ロック』にぶん殴られたのか、フランシス・コッポラ監督はロサンゼルスにいるケイトに驚くことも忘れている。

「あの少年をおぼえているかい」彼がたずねた。

ケイトがうなずく。

「いまパートⅡを撮っているんだ」彼がむっつりと打ち明けた。「それが終わったら、ほんとうにやりたいもの《ワン・フロム・ザ・ハート》をやるよ」

「まあ、フランシス、お願いだからやめてよ」染めた髪を短く刈りあげ赤いシースドレスを着た業界関係者らしいたくましい女が声をあげた。「二度とごめんだわ」（おそらく、ジョン・ウォーターズ監督『ピンク・フラミンゴ』Pink Flamingos（一九七二）のディヴァイン）

「わたし、『ワン・フロム・ザ・ハート』は好きだったわ」ケイトが静かに言った（コッポラ監督『ワン・フロム・ザ・ハート』One from the Heart（一九八二）は興行的に失敗し、彼は破産においこまれた）。

コッポラはケイトの頬に優しいキスをして、そのまま無情なプロデューサーにひっぱられていった。弱々しく背中を丸めながら、自分がつぎのアルカード作品と契約をかわしたことを認め、見せびらかされることに甘んじている。温血者《ウォーム》を食い物にするには、昔から明らかなもの以外にもさまざまな方法があるようだ。

ふたりのプロデューサー、ドラゴンという名のアメリカ人と、ドラクリアスという名のヨーロッパ人が、プラハで撮影しようとしている映画にジュヌヴィエーヴとケイトがぴったりなのだがと話しかけてきた。少しばかり酔いのまわったケイトが、自分が女優かどうかエイジェントがいるかどうかもはっきりさせないまま、訛りを強調して（相手をじらすときにいつも使う手口だ）ふたりを煙に巻き、結局、わたしたちはフィルムに映らないからと告げた。

「でもビデオがある」ドラゴンが言った。「新しいメディアは巨大になるよ。インターネットって聞いたことがあるかい？」

「デジタル映像さ」ドラクリアスが厳かに言葉を足す。

すばらしく魅力的なラッケル・オルリグが、いくつもの物理的法則を無視した銀色のドレスに身を包み、いかにも場馴れしたようすでホールを横切っていった。イモートロジーから〝救出〟されて以後、ラッケルは（ラック・ローリングの名前で）ヴァンパイア・ポルノの世界にはいり、ジョン・ウォーターズの映画に出演し、レコードを何枚かリリースし、メイン・クレジットに名前を連ねる女優にのしあがり、カレンダーを出し、クラブの歌姫《ディーヴァ》となった。彼女は永久にこの世界にとどまるだろう。ジュヌヴィエーヴは考える。もし自分と私立探偵がウィントンの宣伝屋どものもとにあの少女を残していたら、今頃イモートロジー教会は彼女に牛耳られているのではないだろうか。

カウンターのそばではペネロピ・チャーチウォードが、熱心にウェイターと話しこんでいる。彼女はドラキュラの翼下にもどったのだ。とりたてて驚くべきことではないが。

ケイトとジュヌヴィエーヴはぴったりくっついて、たがいの背中を守りあった。この新しい伯爵が、やはりこいつらは殺したほうがいいと考えるかもしれないではないか。ル・レーヴ・ホテルで受付をしていたクロスビーが、殺し屋訓練生としてホリーのセキュリティ・チームにはいっている。ゴースが片づいたいま、彼女がどんな指令を受けているか、誰にわかるだろう。ドラキュラはふたたび臣下を集めはじめた。ヨルガ将軍とダイアン・レ＝ファニュも、首相たるルスヴン卿とケイレブ・クロフトもいる。映画スターやスタジオ幹部のあいだに、まばゆいばかりの白い軍服を着たカルパティア将校たちがまじっている。

銀メッキの銃を携えてうずくまったアフリカ系アメリカ人たちの横に、ボルティモアのレオパルド・レディ、ジョージア・レイ・ドラムゴその人がいる。ウィリス・ダニエルズやジュヌヴィエーヴとの関わりなどなくとも、彼女はれっきとした東部のドラック魔女だ。ヴァンパイアに転化している。彼女がジュヌヴィエーヴに気づき、虎縞のシースドレスにふさわしい新しい牙をのぞかせた。ボディガードなどただの虚仮威《こけおど》しだ。その誇りにかけて、ジョージア・レイ自身がもっとも獰猛な捕食獣なのだから。

新しい〈猫の王国〉は、政治を超え、犯罪を超え、メディアに、財界に、産業に、情報に——すべてにその勢力を浸透させている。ドラキュラは文化を所有しようとしているのだ。

「あいつ、やっぱり杭に刺さった首になってステージにあらわれるのかしら」ケイトが言った。

それは期待がすぎるというものだろう。

突然、彼が登場した。人混みの中。はいってきた気配もなく、ただそこにあらわれた。客たちのあいだにざわめきがひろがる。みながふり返る。

確かにそれはドラキュラだった。若返って。さまざまな計画で頭をいっぱいにして。

その点に関して疑問の余地はない。

伯爵は黒いアルマーニを着ていた。黒ひと色。ほかにはなんの色もまじらないアンサンブル。完璧に整えた髪とあご髭は、特別あつらえのシャツやジャケットの高価な布地と同じくらい、黒くてなめらかだ。顔は磨かれた骨のように白い。彼のために場所をあけた人々より背が高いわけでも美しいわけでもないが、〝存在感〟にあふれている。

ロンドンの彼は怪物だった。イタリアでは脱け殻だった。人の形におさめるには巨大すぎるドラキュラという〝概念《イデア》〟が、目から、口から噴きだしていた。痛飲がすぎるあまり、毛穴から血のしずくがにじみでていた。以前のドラキュラには恐ろしいほどの無秩序、未開人の異臭や破壊者の粗暴さがあった。いまここにいる〈猫の王〉は、すべてを内に封じこめ、みごとに均整がとれている。ひきしまり、抑制を効かせ、凝集している。彼はただこの世界にもどってきたのではなく、この世紀の変わり目と——恐ろしいことではあるが——きたるべき未来にふさわしい形で、復活を遂げたのだ。このドラキュラには〈展望〉がある。

彼は映画に出ていたブロンド女優を連れていた。強烈なフラッシュがつぎつぎとたかれる。ブロンド女優はフィルムに写るが、彼は〝不在〟として黒い輪郭をとどめるだけだろう。

ドラキュラが彼女を見た。ふたりを見た。

笑っている。自分がすべてを完全に支配し、何ものにも抑止されないことを知っているのだ。だが過去において阻止されたことはある。彼はふたりがなおも自分に敵対するだろうことを知り、それに敬意を表している。彼は友よりも敵を高く評価する。憎悪を信じ、愛よりも憎しみに重きをおく。敵は彼を見捨てることも裏切ることもない。敵がいるから、つねに意識を鋭く保っていられる。

「あいつ、怪物よ」ケイトがささやいた。

ジュヌヴィエーヴもうなずいた。

「残ったのはわたしたちふたりだけね。あいつ、ほかの連中をみんなとりこんじゃったわ」

同意したくはない。だが同意しなくてはならないのかもしれない。

そのとき、魚のように人波を縫って、アダム・サイモンがドラキュラに駆け寄った。闖入者をつかまえようと、何人ものたくましいボディガードが乱暴に客をかきわけてくる。サイモンはボウイ・ナイフを握っている。とんでもなくずっしりと重そうな武器だ。長く分厚い刃は、故ジム・ボウイが何かを償おうとしていたことを示している。

「あんたはぼくの映画を盗んだ」サイモンがさけんだ。

ドラキュラの顔は穏やかな当惑を浮かべている。あまりにも多くの者を踏みつけてきたため、この男が誰だか思いだせないのだ。

「アダム・サイモンっていったい誰なのかしら」ジュヌヴィエーヴはたずねた。

ケイトが肩をすくめた。

サイモンはシルヴェスター・スタローンを肩で押しのけ、ドラキュラにとびかかった。ボウイ・ナイフが弧を描いて、シングルボタンの黒いジャケットと黒いフリルシャツの前を切り裂く。

誰もが息をのんだ。

心臓がとびあがった。これだけの時がすぎたいまになって、こんな終焉を迎えてしまうのか。恨みに燃える男がただひとり、銀の刃物をもって無造作に〈猫の王〉に駆け寄り、再生した帝国を滅ぼしてしまうのか。以前の死から長い道のりをたどり、あわただしく権力の座にのしあがったばかりだというのに、この生まれ変わった伯爵は、なんの計画ももたない暗殺者によって倒されてしまうのか。

サイモンは床の上で悲鳴をあげている。ボディガードたちがのしかかり、全体重をかけて押さえこんでいる。

ボウイ・ナイフはすばやくホリーの手にわたっていた。

「ただの鋼よ」ホリーが告げた。

いずれにせよサイモンは、ドラキュラのスーツ以上のものを傷つけることなどできなかったのだ。

ケイトがジュヌヴィエーヴの腕をつかんだ。

「見て、あいつ、黄金の血を流してるわ」

ドラキュラのシャツは前がはだけ、真っ白な肌がむきだしになっていた。金貨が音をたてて床にこぼれ、靴のまわりに散らばっていく。金貨でできたヴェストを着ていたのだ。きらめく黄金が流れ落ちる。伯爵は声をあげて笑うと、指の爪をのばしてスーツを切り裂いた。脇腹に、尻に、腰に、なめらかな裂け目が生じる。オスカー授賞式のエレガントな姿が、ぼろぼろのヴァンパイア・パンクへと変じていく。すべての裂け目から黄金があふれ、液体のように流れだす。考えられないほどの量だ（ブラム・ストーカー『吸血鬼ドラキュラ』Dracula（一八九七）二十三章の、ハーカーがドラキュラの上着を切り裂いたときに札束と金貨が流れ落ちたシーンより）。

彼は両手をひろげてすっくと立った。黄金の噴水だ。

一瞬の間があいた。誰が最初だったのかはわからない。誰かが床の金貨を一枚、ひっつかんだ。それからまた誰かがひと握りの金貨をひろう。さらに五、六人がとびだしてかき集めはじめた。もっとも裕福な者たちまでもが、こぼれる金貨を手に入れようと人を押しのけている。最低賃金のケータリング・スタッフも、年収百万の役員たちも、黄金を求めて競いあっている。

ドラキュラはそのまま人々を争わせた。彼自身が金なのだ。何も気にとめることなどない。彼は金が人々を操るさまを見るのが好きだ。赤い渇きがヴァンパイアを動かすさまをながめるのも好きだ。当然のように血が流れる。この不道徳な、だが優雅な光景こそ、彼が望んでいたものだ。美女が膝をついて、イヴニング用の長手袋に金貨を押しこんでいる。入れ物がないため、口に金貨をつめこんでいる女もいる。男たちは真剣に、あるいは冗談半分に戦っている。恥じることなく面白そうにひろう者があるいっぽうで、誰にも気づかれないようこっそりとくすねていく者もある。

そうした混乱《メレ》からはじかれて、幾枚かの金貨がふたりの足もとにもころがってきた。ケイトがひろって見せてくれた。古い金貨だが、新たに鋳造されたもので、ドラキュラの横顔が刻まれている。

「噛んでは駄目よ」ジュヌヴィエーヴは忠告した。

丁寧に黒い包帯を巻いた手がずきずき痛む。これが治癒するには長い時間がかかるだろう。銀の毒にはやられてしまったけれども、金の毒なんかどうということはない。

ケイトが金貨をはじきとばした。フランシス・コッポラが宙でそれを受けとめ、悲しそうに握りしめた。

ジュヌヴィエーヴはドラキュラに目をむけた。

彼は牙を見せて笑いながら、すべてを超然と見おろしている。ずたずたに裂けた服、顔は赤と金に輝き、目は真夜中の黒だ。恐ろしいほどの歓喜を見せているのに、一片の穢れも感じさせない。ジュヌヴィエーヴは、彼が人々の心に呼び起こす恐怖と愛を、なぜみなが彼のため火の中にまでとびこんでいくかを理解した。ドラゴン騎士団であれ、アルカード・インダストリーズであれ、どのような名で呼ばれるにせよ、目に見えないいま全世界にひろがっている彼の王国に加わるべく契約書にサインをしてしまえば、人生がとんでもなく楽になる。それはわかる。そして、自分がけっしてその一員になれないだろうことも、はっきりとわかる。

けっして。

チャールズの思い出と、ケイトの規範と、そして彼女自身の燃える血があるかぎり、ドラキュラの侍者になることはできない。

ジュヌヴィエーヴは首をふった。彼もそれで理解するだろう。

つぎのときにはこうはいかない。いつだって、つぎのときには。

「行きましょう、ケイト。これはわたしたちのパーティではないわ」

「そうね、ジュネ」

ホールを去ろうとしてペニーとすれちがった。一瞬、三人のヴァンパイア娘が見つめあう。このパーティに出席してからペニーとはひと言も話していない。

チャールズのために、ペネロピはそのままにしておこう。少なくともいまは。

ブラックガラスのビルを出た。サンセット・ブールヴァードでは夜遊び人《ナイトバード》たちが徒歩で、あるいはぴかぴかの車に乗って、通りすぎていく。『ザ・ロック』の広告ボードが十ブロック以上にわたって掲げられている。

「強烈な印象だってことは認めざるを得ないわね」ケイトが言った。

「いつまでも掲示されているわけではないわ。ここはロサンゼルスだもの。永遠のものなんて何ひとつないのよ。来週にはもうなくなっているでしょう。彼は忘れているようだけれども。同じよ。彼は黄金の像になって永遠にそびえたつことを望んでいる。血と鉄と黄金の男。でも何世紀かたてば擦り切れて、最後には壊れてしまうだけだわ」

「わたしたちも？」

ジュヌヴィエーヴは首をふった。

「わたしたちは変わっていくわ。でも彼は変わることができないのよ。はじめてこの町にきたとき、わたしは善良だ、わたしなら善行を施すことができると言ってくれた人がいたの。わたしにはその言葉が必要だった。ケイト、いまのあなたにもその言葉が必要だわ。わたしたちは善良よ。ええ、そうは思えないこともあるわね。でもそれが事実だわ。なんのしがらみもない人がそう評価してくれたのだもの。少しもお金にはならないけれども、いっしょに仕事をはじめましょうよ。世界はドラキュラの黄金で溺れている。そしてわたしたちはひとつずつ問題に対処していかなくてはならない。ほら、前にもやったことがあるでしょう。わたしたちには力がある。物事を解決する力。あなたは記事を書いて人々に知らせることができる。わたしは扉をあけることができる。人殺しをつかまえて、女の子を助けるのよ」

ケイトは考えている。そしてつぶやいた。

「チャールズならきっと気に入ってくれるわよね」

何も言う必要などない。

腕を組んでサンセット・ブールヴァードを歩いていく。ジュヌヴィエーヴもケイトも温血者《ウォーム》ではない。それでもふたりは生きている。

(訳注：タイトル「チャールズの天使たち」Charles's Angelsは、アメリカのTVドラマ『チャーリーズ・エンジェル』Charlie's Angels（一九七六－八一）より。チャーリー探偵事務所に所属する女探偵たちのこと。二〇〇〇年にはマックG監督により、二〇一九年にはエリザベス・バンクス監督により、映画化されている)

補遺1　ドレラを滅ぼす

キャスリーン・コンクリン著

アンディ・ウォーホル美術館のイヴェント「ウォーホルの世界」（一九九五年四月二十一日―二十三日）のためによせられた原稿が、コリン・マッケイブ、マーク・フランシス、ピーター・ウォーレン編集による『ウォーホルは何者か』Who is Andy Warhol?（英国映画協会およびアンディ・ウォーホル博物館　一九九七）において、「ウォーホラ・ザ・ヴァンパイア」Warhola the Vampyre として再録される。（Warhola the Vampyre はともかくとして、Who is Andy Warhol? という書物はこの記述どおりのものが実在する。なお、ウォーホラはウォーホルの本名）

人々は、転化前から彼をヴァンパイアと呼んだ。

アンフェタミンに刺激され黄昏から夜明けまで活動しながら永遠に血を求める〈シルヴァー・ドリーム・ファクトリー〉の土竜族《モール・ピープル》たちは、彼を〝ドレラ〟と綽名した。彼らはしばしばアンディの〝犠牲者〟について語った。初期においては、ささやかな才能をもちながら名をあげていくための金を与えられることなく使い捨てられた者たち（いまではそのほとんどが真の死を迎えている）。のちには、ルネッサンス芸術のパトロン同様、熱心に言い寄られてポートレイトのモデルとなった金持ちや、〈インタヴュー〉誌の広告主たちだ（そのほとんどもまた真の死を迎えているはずだ）。アンディはすべてを吸いつくしたあげく、からからに干からび、もしくは変容しきった脱け殻を捨てた。けっして自分に触れさせることなく彼らを利用し、金も、愛も、血も、霊感も、崇拝も、死も――甘言をもってのみ他者から手に入れることのできるもろもろを一度として区別することがなかった。彼を天才と評価する者もいかさま師と分類する者も、どちらもが熱心に、熱心すぎるほどに、メタファーを使おうとした。その姿勢があまりにも強固であったため、最終的にはそれが真実となった。

スーパーヴァンプ（〈ファクトリー〉に出入りしてウォーホルの映画に出演した人々は〝スーパースター〟と呼ばれた。そのもじり）のメアリー・ウォロノフ（『ヘディ』Hedy/The Shoplifter（一九六五）（アンディ・ウォーホル監督の映画。一九六六年作品のようだが？）、『チェルシー・ガールズ』Chelsea Girls（一九六六）（アンディ・ウォーホル&ポール・モリッシー監督の映画））は『地下を泳ぐ：ウォーホル・ファクトリーの日々』Swimming Underground: My Years in the Warhol Factory（一九九五）において、つぎのように語っている。「人々はわたしたち——わたしと夜の弟たちを、シティの首にくちびるを押しあててあらゆるシーンの精気を吸いくつす不死者《アン=デッド》、ヴァンパイアと呼んだ。わたしたちは、レイプされ涸れはてた死体を無雑作に放りだすようにパーティをわたり歩き……中でも、毎晩五つか六つのパーティをかけもちするアンディは最悪だった。彼は見た目もまたヴァンパイアのごとく、白く、空っぽで、満たされることを求め、足りることを知らなかった。彼は白い虫のように、つねに飢えていて、つねに寒く、けっしてとどまることなく、つねにもがいていた」。アンディがヴァンパイアに転化したと聞いたとき、ルー・リードは濃い眉を弓なりにあげて、「つまり、アンディはこれまで生きてたってのか？」とたずねた。アンディ・ウォーホルを描きだそうとする言葉や歌、さまざまな回想録において、彼に関して〝温かい《ウォーム》〟という形容詞を使った者はひとりとしていない。

　ヴァレリー・ソラナスは迷信深いといえるほどの慎重さで銀の弾丸を手作りし、彼を狙撃した。はじめは.32弾をフォイルでくるもうとしたのだが、弾倉がつまってしまった。そこで結局、二年間狭苦しい奥の部屋に閉じ籠もり真夜中にのみ出てきて餌を漁ったシルヴァー・ハッピーな〈ファクトリー〉の装飾デザイナー、ビリー・ネーム（リニッチ）と同じく、スプレイ塗料を使うことにした。アンディ・ウォーホラ Andy Warhola, ヴラド・ドラキュリャ Wlad Draculya, ヴァレリー・ソラナス Valerie Solanas, ヴァン・ヘルシング Van Helsing——これらの名前はアナグラムにはならないが、同じような響きをともなっている。「彼はわたしの人生にあまりにも大きな支配力をふるった」というヴァレリーの言葉は、恐れ知らずのヴァンパイアキラーのスローガンでもある。

　一九六八年六月三日月曜午後四時五十一分、手術台の上でアンディ・ウォーホルの心臓は停まった。彼は臨床的に死を宣言されながら、よみがえり、生きつづけた。死と惨劇のヴィジョンを実現させ、なおも生き延びた。後年の痩せこけた筋だらけの幽霊は、ときとして生きる彼自身のパロディであり、腹にジッパーの傷をもち、レイバンで目を隠し、死者の肌をもった、歩くダイアン・アーバス作品だった。

　ウォーホラ・ザ・ヴァンパイアはノスフェラトゥの爪

で七〇年代を切りひらき、いつものように流行の最先端となった。ヨーロッパでその存在がおおやけになって一世紀近く、ようやくアメリカでも（ある種の）ヴァンピリズムが確立しようとしていた時代である。彼は子《ゲット》をもたないまま、ひとつの血統の始祖となった。彼らの姿はいまも、美術館や〈ピープル〉誌、夜の街路、クラブや地下室で見ることができる。アンディの子孫——それは、無数に複製されて意味のない色と点になりはてた有名人のシルクスクリーン・ポートレイトのように、クローン生産された者たちである。

アンディは生きていたとき、自分は機械になりたい、みな同じようになればいいと語った。その願いがかなったとき、彼はどのように感じたのだろう。物事をどのように感じていたのだろう。そもそも何かを感じることがあったのだろうか。あの男とその作品を理解しようとしていると、いつのまにか墓のむこうからのびてくる手に誘われ、ヴァレリーになってしまいそうな不安にかられる。

サインについて、しるしについて、象徴について考えてみよう。アルビノほどにも白い肌は、赤ん坊のようでありながら老人のようでもあり、太陽にさらされると、塩をかけられたバケツの中の蛞蝓《なめくじ》のようにしなびてしまう。墓から出てきた死体のように、小粋な、もしくはよれよれになった黒い衣服。ゴーグルのような濃い色のサングラス。目があるべきところには黒い穴があいていて、催眠術にかけようとしている。スラヴ風の単調な口調でささやくように話し、その語彙は幼稚園児なみに乏しい。こっそりと神を信じ、聖性や銀製品を重んじている。ひそかに金をたくわえ、古びたねぐらにものをためこむ性癖。いかにも人工的な白銀の髪。これらは古典的なヴァンパイア、ドラキュラその人の特性ではないか。

一九六八年六月以前の写真と以後の写真を比べてみるがいい。彼がヴァンパイアであるかどうか、見わけることはできない。一八九〇年代のマーガトロイドのように、彼は転化前から信徒だったのである。彼にとって転化とは、第七のヴェール（コンプトン・ベネット監督『第七のヴェール』The Seventh Veil（一九四五）より。そもそもはオスカー・ワイルドの戯曲『サロメ』Salomé（一八九二）における「七枚のヴェールの踊り」の記述から）や蛹《さなぎ》の最後の殻を脱ぎ捨てるように、つねに目指していたものになる最終ステージ、それがみずからの内に存在していたことの追認にすぎなかったのだ。

彼の人生はつねに死者を中心として展開していた。

アンドリュー・ウォーホラは一九二八年八月六日ピッツバーグで生まれたアメリカ人であるが、彼の家族はそうではなかった。ヴィクター・ボクリスは『アンディ・ウォーホルの生と死』The Life and Death of Andy Warhol（一九八九）において、「わたしはどこからも知れぬところからきた」という彼の言葉を紹介しながら、それは嘘であると指摘している。「ウォーホラ一家はルシン人（ウクライナ語の方言とされるルシン語を話すスラヴの少数民族。東ヨーロッパに多く居住する）で、世紀の変わりめであった当時オーストリア＝ハンガリー帝国に属していたロシアとポーランドの国境に近い、カルパティア山脈中のミコヴァー村からアメリカに移住してきた」。ボクリスはまたこの伝記の特徴ともいえるテーマを紹介するべく、早々からつぎのようにも語っている。「カルパティア山脈はドラキュラの故郷としてひろく知られている。ジョナサン・ハーカーの記述に見られる、道端の社《やしろ》の前にひざまずき、ドラキュラの名を聞くと十字を切る農民たちは、アンディ・ウォーホルの遠い親族ということになる」

オンドレイ＆ユーリア・ウォーホラの三男は、ソーホー（ニューヨークやロンドンの〝ソーホー〟ではなく、ピッツバーグの現在アップタウンと呼ばれている地区）にあるゲットーのような少数民族の居住地で育った。ごく幼いときから取り替え子《チェンジリング》のようで、家族たちよりも色が白く、華奢で、製鉄所で働く未来などとても考えられそうになかった。そして、鉛筆を握れるようになるとすぐさま、その才能を発揮した。こうした環境において、自分は親を失った王子で無学な樵《きこり》に育てられたのだと想像する子供は多い。だがウォーホラ一家はヴァンパイアの国から移住して——逃亡して？——きたのだ。ドラキュラ伯爵がカルパティアを出てロンドンに短命な帝国を築いてから、まだ五十年とたっていないころのことである。当時、ドラキュラはなお強大かつ世界でもっとも有名なヴァンパイアで、ウォーホラ一家もしばしばその名を口にした。のちにアンディは、映画において彼の母を演じる女優に、自分は子供のころ伯爵に襲われた、そのときドラキュラの血が血管に、子宮に残り、末っ子に伝えられたのだと語らせた。しじゅう変転するアンディの自伝における多くのエピソード同様、この話も文字どおりの真実ではない。だが彼はそれを現実にしようと望みながら歳月を過ごし、ついにはそれを成し遂げてしまう。〝アンディ・ウォーホル〟という名を最終的なペンネームと定める前には〝アンドリュー・アルカード〟というサインを試みたこともあった。

　ユーリアは幼いアンドリューの性癖に不安を抱いた。彼女にとってヴァンパイアは、魅惑ではなく恐怖の対象だった。敬虔な東方典礼カトリック教徒であった彼女は、いつも子供たちを連れて六マイルさきにあるサリーン・ストリートの聖ヨハネ・クリストストム教会に通い、はてしなくつづく清めの儀式に参列させた。しかしながら、幼いアンディが描いた初期の作品には、なおも蝙蝠と柩の絵が見られたのである。

　一九三〇年代、アメリカのパルプマガジンは映画スターのようにヴァンパイアに熱中した。〈ウィアード・テールズ〉(一九二三年創刊のパルプ・マガジン。ホラー・ファンタジイ・SFの専門誌)や、〈スパイシー・ヴァンパイア・ストーリーズ〉(ハリー・ドネンフェルドが創刊した Spicy Adventure Stories, Spicy Detective Stories, Spicy Mystery Stories のもじり)など、ヴァンパイアの社交活動のみに焦点を絞って成功したものもある。子供時代のアンディのようにそれらの雑誌に目を通していると、パーティは子供が寝る時間になってからおこなわれること、自分にはその招待状を入手できないことがわかる。人は文字どおり、死ななければそこに加わることはできない。ウィーンで、ブダペストで、コンスタンティノープルで、モンテ・カルロで、そして三日月形にヨーロッパを横切って点在する荘園や城で、ヴァンパイアの王や女王は宮廷を構えているのである。

　アンドリューは若いころから雑誌の写真や肖像画を切り抜き、生涯にわたってそれを保管していた。とりわけ好んだのは、鏡やカメラにほとんど姿をとどめることができないヴァンパイアたちの、ゆがんだりぼやけたりした写真だった。彼はすぐさま、おのが顔を見ることのできない生き物は、肖像画家を高く評価するにちがいないと気づいた。そして、ヴァンパイアのファッションリーダーたち——パリのショート・ライオン、ヘルベルト・フォン・クロロック、白系ロシア人のロゾコフらに〝ファンレター〟と呼ばれるものを送った。当然ながら、彼が特に関心をもったのは、死者の中でも子供のヴァンパイア——ノエル・カワードが「かわいそうな小さな死者の少女」と歌ったように(Poor Little Dead Girl ノエル・カワードが七歳で大富豪となったバーバラ・ハットンを「かわいそうな小さな金持ちの少女」Poor Little Rich Girl と評して同名の歌をつくったことのもじり。のちにウォーホル自身も『プア・リトル・リッチ・ガール』Poor Little Rich Girl (一九六五)という映画を撮っている)幼いまま凍りついた不死者《アン＝デッド》で、少年時代の彼の宝物は、スマートなショート・ライオンに保護される苦しみのクローディアを描いたサイン入り肖像画だった。〈ナイト・ライフ〉誌の付録であったそれは、彼女の肖像画の中でもっとも実物に近いと考えられている。彼はのちにその絵をシルクスクリーンに写しとった。それが「ヴァンパイア・ドール」Vampire Doll（一九六三）である。

不死者《アン＝デッド》に魅せられるにしても、アンディはアヴァンギャルドだった。当時、まだアメリカにはほとんどヴァンパイアがおらず、アメリカで生まれた、もしくはつくられたヴァンパイアの多くは、より心地よく暮らせるヨーロッパに脱出した。第一次大戦につづいてヴァンパイア・パニックが起こった。退役軍人たちが汚れた血統を持ち帰り、それが一九一九年の異常発生《エピデミック》となったのである（おそらく、一九一八年から一九年にかけてのインフルエンザ大流行にかけているものと思われる）。ロスト・ジェネレーション（第一次大戦を経て旧来の価値観を失い、社会の中で迷った世代）の新生者《ニューボーン》はみな、数ヶ月のうちに内側から宿主を食いつくす恐ろしい病を抱えており、そうした恐ろしい事情ゆえに、ヴァンパイアはけっして新世界に根をおろすことはないだろうと考えられた。国会は、実現不可能なほど管理された環境下におけるものをのぞき、ヴァンピリズムの普及を禁止する法令を定めた。J・エドガー・フーヴァーは、アメリカ式生活を脅かすものとして、ヴァンパイアを共産主義者のすぐ下、組織犯罪のかなり上に位置づけた。

一九三〇年代になると、ニューヨークの地方検察官トマス・デューイが流入するイタリア・ヴァンパイアの撲滅運動にのりだし、悪魔崇拝集団のリーダー、ニッコロ・カヴァランティとその信奉者をみごとに追放してのけた。南部では復活したクー・クラックス・クラン団（十九世紀にアメリカ南部でおこった白人至上主義の秘密結社。第一次大戦時に復活し、一九二〇年代後半まで過激な活動をつづけた）が、ニューオリンズとバイユー地方（「河口の沼地」を意味し、ミシシッピ州、ルイジアナ州を示す）に復興しようとしていたヴァンパイアのハウンフォルト（ヴードゥー教における寺院）を徹底的に壊滅させた。

アメリカは、ユーリア・ウォーホラと同じく、ヴァンパイアはすべておぞましい怪物であると考えた。それでもアンディが知るとおり、ヴァンパイアには恐ろしいほどの魅力がそなわっていた。大恐慌（一九二九年にアメリカではじまった世界恐慌）のあいだも、べつの大陸で異なる種族が送る上流社会の暮らしをかいま見ることは、あらがいがたい誘惑となった。『スカーフェイス』Scarface（一九三二）、『ルスヴンの館』The house of Ruthven（一九三七）など、不死者《アン＝デッド》の役を専門的に引き受けた最初のハリウッド俳優は、ハンガリー人のポール・ルーカスである（ハワード・ホークス監督『暗黒街の顔役』Scarface（一九三二）にポール・ルーカスは出演していない。『ルスヴンの館』という映画はもちろん実在しない。もしかすると、『暗黒街の顔役』Scarface（一九三二）と、アール・C・ケントン監督『フランケンシュタインの館』House of Frankenstein（一九四四）の双方に出演しているボリス・カーロフのことかもしれない）。ガルボ、マラカイ、シュヴァリエ・フュテーヌなど、映画に出演したほんもののヴァンパイアもごくわずかながら存在している。

ファシズムが台頭し、第二次大戦がはじまることにより、旧世界から避難してくるヴァンパイアが少しずつ増えていった。法が改正され、〝戦争が終わるまで〟ある種の慣例が許容されるようになるいっぽうで、フーヴァーのFBIは、スペルマン枢機卿やカフリン神父ら、アメリカの魔女狩人《ウィッチハンター》たちに悩まされながら、長生者《エルダー》も新生者《ニューボーン》も等しく扱った一フィートもある調査書類をまとめあげた。ナチスの人種改良論者が懸命になって帝国《ライヒ》から汚れた血統を駆逐しようとしたため、ドラキュラは連合国と同盟を結び、占領されたヨーロッパのヴァンパイア地下組織は解放軍に協力した。

大戦が終わるとふたたび風向きが変わり、つぎつぎとブラックリスト化、逮捕、世論操作のための裁判などがおこなわれ――ロバート・F・ケネディによるアメリカ生まれのヴァンパイア、ベンジャミン・レイサムの反逆罪訴訟は有名である（アメリカ・ナチ党創設者である極右政治活動家ロックウェルの逮捕・起訴をイメージしているのではないかと思われる）――〝温血者《ウォーム》として通る〟者をのぞき、すべてのヴァンパイアがヨーロッパにもどっていった。『ヴァンパイアとの結婚』I Married a Vampire（一九五〇）（I Married a Witch（一九四二）、I Married a Werewolf（一九六一）、I Married a Savage（一九四九）などがあるが、どれが元ネタかはわからない）、『FBIのヴァンパイア』I Was a Vampire for the FBI（一九五一）（ゴードン・ダグラス監督『FBI暗黒街に潜入せよ』I Was a Communist for the F.B.I.（一九五一）より）、『ドラキュラの血』Blood of Dracula（一九五八）（ハーバート・L・ストロック監督『怪人女ドラキュラ』Blood of Dracula（一九五七）より）など、ホンブルグ帽（つばの両側がそりあがり中央がへこんだフェルト帽）をかぶった捜査官が十字架と杭を浅黒い異国の侵入者につきつけるような、ぞっとする映画の時代である。そのころウォーホルはすでにニーヨークにのぼり、靴の広告イラストを描いたりボンウィット・テラー（ニューヨーク五番街にある有名な高級デパート）のウィンドウ・ディスプレイをデザインしたりして年に十万ドルを稼ぎながらも、自分は正当に評価されていないといらだっていた。金だけでは満足できない。人々に知られ話題にのぼらなければ無となって消えてしまうフリッツ・ライバーの短編小説「箱の中の悪魔」The Casket Demon（一九六三）のように、名声をも手に入れなくては耐えられない呪いにかけられていたのだ。ヴァンパイア熱に関しては、彼はアメリカと同じく、卒業したのではなく、沈黙を守ることを学んだにすぎなかった。

『八十日間世界一周』Around the World in 80 Days（マイケル・アンダーソン監督、一九五六年作品）がオスカーで最優秀作品賞をとった一九五六年、アンディは腹立たしいほど寡黙なチャールズ・リサンビーと旅に出かけ、ハワイ、日本、インド、エジプト、ローマ、パリ、ロンドンをまわった。旅のあいだじゅう、彼が目にしたヴァンパイアは公然と温血者《ウォーム》にまじわり、恐れられると同時に崇敬もされていた。マハラジャの宮殿もしくはナイルの外輪船で、チャールズにふられた彼が異国の名士の前に膝を折り、噛まれたのだと推測するのは考えすぎだろうか。

一九五〇年代、記号化された形ではあれ、ヴァンパイアが彼のファッション画に登場するようになった。縁がぎざぎざになった蝙蝠の翼のようなマントをまとう骨ばった身体、赤い口紅を塗ったような口、頬のとがった白と黒の顔、そしてほとんど気がつかないほど小さな牙が、ひきつった微笑からこぼれている。そうした内輪受けジョークは自虐であり、つぎに起こるだろうことへの不安をこめた告白でもあった。〝アンディ・ウォーホル〟になるには、イラストレイター兼ウィンドウ・デザイナーを死なせ〈アーティスト〉として生まれ変わらなくてはならない。稼ぎの額にしか関心がないのだと彼を批判する者たちは――事実、彼は耳を傾ける者誰にでもそう語っていたのであるが――彼が少なからぬ収入を捨てて、莫大な初期費用を必要とする仕事に全精力をつぎこんだことを忘れている。

コカコーラの壜とキャンベルスープの缶のシリーズで有名になる直前、ひとつの〝ノイローゼ〟から回復してまたつぎのノイローゼに陥っただけではないかと不安にかられていた時期のことであるが、ウォーホルは――合成ポリマーとクレヨンとキャンヴァスを使って――アメリカで唯一受け入れられているヴァンパイア、「バットマン」Batman（一九六〇）を描いた。リキテンスタインが得意とするコミックスからとったストリップ・パネルに隠れて影は薄かったものの、「バットマン」はそれ自体において重要な作品となった。一瞬つかみながら完成されないまま放置されたアイデア、いずれ〈ポップアート〉と呼ばれるものになるはずの最初のひらめきだったのである。表現方法として複製大量生産を思いつく以前の多くの作品と同じく、それは、ボブ・ケインが描くマントをひるがえした古典的な正義の味方のヴァンパイアをクレヨンで殴り書きした、子供っぽい不完全なものにすぎなかった。だがこれはカステリ・ギャラリー（一九五七年に開設されたニューヨークの画廊）に展示され、それなりの値でプライヴェート・コレクターに売れた最初の作品となった。匿名の買い手はウェイン財団（バットマン、ブルース・ウェインが所有する財団）の代理人で、おそらくはこのアーティストが個人制作をつづけられるよう激励する意図があったものと思われる。

一九六二年から、少なくとも狙撃事件までつづく爆発的な創作期間、ウォーホルは東47ストリート231番地の以前帽子工場だった部屋を借り、流れ作業で制作ができるようロフト・スペースを改装して〈ファクトリー〉をつくった。さらには、アシスタントであるネイサン・グラックの助言を受けてシルクスクリーンの制作に取り組み、（〝贋作作家のように〟）ドル紙幣やスープ缶やマリリン・モンローのシリーズを量産した。その姿勢は、有名でありさえすれば題材が何であろうと気にかけていないように思えた。

メトロポリタン美術館二十世紀アメリカン・アートのアシスタント・キュレーターであったヘンリー・ゲルツァーラーに、もっと〝真面目な〟題材にとりくむべきだと忠告され、ウォーホルは自動車事故や自殺や電気椅子などを扱った「死と惨禍」death and disaster シリーズに取り組みはじめた。〝真面目〟と〝陳腐〟をとりまぜたものとしては、「カーミラ・カルンシュタイン」Carmilla Karnstein（一九六二）、「ヴァンパイア・ドール」Vampire Doll（一九六三）、「ルーシー・ウェステンラ」Lucy Westenra（一九六三）など、ヴァンパイアの肖像があげられる。赤い目と牙、鮮やかなグリーンとオレンジの肌をもった不死者《アン＝デッド》の顔を、目打ちのない切手のように再生産したそれらの作品は、ヴァンパイアの肖像画という十九世紀におけるジャンルの再発見でもあった。アンディが題材とするヴァンパイアにはひとつの共通点があった。すべて有名な滅び方をした者である。彼はそれらと並行して、串刺し、斬首、崩壊など、彼らの真の死を描いたシルクスクリーンをも制作した。これらは、おぞましい清教徒によって引き裂かれ、真紅の血の海に漂う空っぽの死体をはじめて描きだした、偉大なる作品といえるだろう。

一九六四年、アンディはニューヨーク万博のアメリカ・パヴィリオンに「十三人のヴァンパイア」Thieteen Vampires と呼ばれる20×20の白黒壁画を描いた（実際の作品は

「十三人の最重要指名手配犯」13 Most Wanted Men)。これらはロバート・ラウシェンバーグとロイ・リキテンスタインの作品とならんで展示される予定だった。十三人の中には当然ながら、ウォーホルがはじめて描くドラキュラの肖像があり、残りの有名な不死者《アン=デッド》は全員女だった。しかしながら、作品を依頼した建築家のフィリップ・ジョンソンより、この作品は信仰深い人々に不快感を与える恐れがあるため除去するという知事の言葉が伝えられたのである。

　信心家たちの勝利を象徴するべく肖像画すべてに燃える十字架を描き加えようという提案を拒否されると、ウォーホルはゲルツァーラーともうひとつのアシスタント、ジェラルド・マランガをともなって会場におもむき、不死者《アン=デッド》を滅ぼす銀の塗料を肖像画の上に分厚く重ね、「これがわたしのアートだ」と宣言した。失われたドラキュラの肖像に関しては、実際に目にした者も誰ひとり詳細な描写ができなかったため、いまとなっては推測するしかない。ヴァンパイア王が真の死を迎えてまだ五年しかたっていなかったあの当時、ウォーホルは数多く存在するドラキュラの肖像の、いったいどれを再現したのだろう。じつにもどかしい話であるが、マランガによると――のちに撤回されたが――ウォーホルはアーティストとしての全キャリアにおいてただ一度、このときだけは、写生でも複写でもなくおのれの想像力に基づいて肖像を描いたのだという。アンディはしじゅう嘘をついていたが、〝何かをでっちあげ〟て非難されたのはこのときだけであった。

　ウォーホルの初期の実験映画は、撮影時に〈ファクトリー〉にいあわせた者たちに協力をあおいでリアルタイムに撮影したもので、ヴァンピリズムの雰囲気にどっぷりとひたっている。『スリープ』Sleep（一九六三）では、カメラがいまにもとびかかるかのようにジョン・ジョルノのむきだしの首筋を漂っている。二十四フレーム／秒で撮影され十六フレーム／秒のサイレントスピードで上映されるこの映画は、ヴァンパイアの休眠時間を暗示してジョルノの六時間にわたる夜を映しだし、リールの交換を示す白いリーダーのひらめきにつづいて汚れたシーツが柩用の白いフラシ天に変わる。そして、臨終間近の映写機の喘鳴だけが（実際の撮影現場にいあわせた観客のおどけたあくびや、チケット代を返せという怒りの声をのぞいて）背景音として聞こえてくるのだ（現実の『スリープ』Sleep は眠るジョン・ジョルノを五時間二十分にわたって映しつづけたもの）。

同年、ウォーホルはさらに明確な形でヴァンピリズムをとりあげた。『キス』Kissでは幾組みものカップルがつぎつぎと、からみあった口がほどけなくなった昆虫のように接吻しているし（現実の『キス』Kiss（一九六三）は、男女・男男・女女のさまざまなカップルがそれぞれ三分半にわたって接吻している五十分ほどの映画）、『イート』Eatではロバート・インディアナが、何かわからない肉を口いっぱいに頬張っている（現実の『イート』Eat（一九六四）は、ロバート・インディアナがおそらくマッシュルームと思われるものを食べる姿を四十五分にわたって撮影したもの）。『サック・ジョブ』Suck Jobでは、けっしてフィルムに顔を出さず名前もわからない誰かにかじられている若者の顔が、延々と（三十分にわたって）クローズアップされる（現実のウォーホルの映画でこれに相当するのは『ブロウ・ジョブ』Blow Job（一九六四）。フェラチオされていると思われる青年の上半身を三十五分間映しだしている）。ウォーホルは『サック・ジョブ』Suck Jobにはほんもののヴァンパイアであるステファン・グルルスクを〝出演〟させるつもりだったのだが、グルルスクはその依頼を真剣に受けとめず、撮影の日〈ファクトリー〉にやってこなかった。そのためウォーホルは代役として、青白い顔をした温血者《ウォーム》の男娼を街路からひっぱってこなくてはならなかった（Blow Jobの撮影において、ウォーホルはチャールズ・ライデルに出演を依頼していたが、冗談だと思われて、ドタキャンされた）。

エンパイア・ステートビルにカメラをむけた『エンパイア』Empire（一九六四）では、激しい地震によって地面からわきだした世界一大きな柩であるかのように、かの巨大ビルが映しだされる。ゆっくりと日が暮れ投光照明がともると、ビルは、長の年月に肩を丸め、飛行船係留マストの角のように頭をつきだした捕食者の巨人が、マントをひるがえしてニューヨーク・シティを見おろす姿となる。失われた『バットマン・ドラキュラ』Batman Dracula（一九六四）では、仲間であるアンダーグラウンド映画監督ジャック・スミスが、ベイビー・ジェーン・ハドソンにさっとマントを着せかけている（『バットマン・ドラキュラ』Batman Draculaはウォーホルがバットマンへのオマージュとして、DCコミックに許可をとらずに撮影した。フィルムは失われたと思われていたが、二十分ほどが残っている。ジャック・スミスがバットマン役、ベイビー・ジェーン・ハドソンではなく、〈ファクトリー〉の常連でウォーホルのアイドルとして有名なベイビー・ジェーン・ホルツァーが出演している。なお、ホルツァーの「ベイビー・ジェーン」という愛称は、「ベイビー・ジェーン・ハドソン」からとったものであるという）。この映画に関してはもどかしいことに、口いっぱいにプラスティックの歯をつけ、ロン・チェイニーの目つきを真似たスミスのスチール写真しか残っていない。おそらく、銀で上塗りされた「十三人のヴァンパイア」Thieteen Vampiresと同じく、アンディがそう望んだのだろう。『スリープ』Sleepや『エンパイア』Empireにおいては、作品よりもアイデアが重視された。フィルムの存在そのものに意義があり、現実に全編を通して鑑賞されることを意図してはいない。一九六五年、ジョナス・メカスは映画製作者協同組合で『エンパイア』

Empireを上映するにあたり、ウォーホルを映写室に誘いこんで頑丈なロープでしっかりと椅子に縛りつけ、自分の作品を全編見通すよう強要した。二時間後、メカスがようすを見にもどると、ウォーホルは縛めを噛み切り――『バットマン・ドラキュラ』Batman Draculaの再現である――夜の中に逃亡していた。六〇年代はじめに歯にやすりをかけ、ピラニアのように鋭くとがらせていたのである。

一九六四年から六八年にかけて、アンディは画業――シルクスクリーンをそう呼べるならばであるが――を捨てて映画撮影に取り組んだ。『カウチ』Couch（一九六四）（古いカウチの上でつぎつぎと官能的シーンがくりひろげられる）や『十三人のもっとも美しい少年たち』The Thirteen Most Beautiful Boys（一九六五）（映画のためのスクリーンテストを編集したもの）のような作品は、動く肖像画にすぎないという者もある。当然ながら多くの人々はこれらを、協同組合で敬虔に鑑賞する作品ではなく、「エクスプローディング・プラスティック・イネヴィタブル」Exploding Plastic Inevitableの環境背景として受けとめた（「プラスチック爆発は不可避」の意味。ウォーホルが企画した音楽・ダンス・フィルム・照明など、聴衆を巻きこんだマルチメディア・イベント。ヴェルヴェット・アンダーグラウンドが音楽を担当した）。踊ったり、らりったり、血を流す耳を押さえたりするのに忙しくて、ハリウッドのストーリー映画鑑賞に必要な集中力を発揮できない観客にむけて公開する、映画ではなく、〝動く写真《ムービー》〟である。

このころまでに、「アンディのヴァンパイア映画」は〝八時間にわたるエンパイア・ステート・ビル！〟のようなお決まりのジョークの域を超え、スタン・ブラッケージのようなほんもののアンダーグラウンド映画制作者（彼はサイレントスピードを天才的ひらめきと見なした）にも真剣に受け入れられるようになった。映画制作者共同組合は定期的に「ウォーホル・フェスティヴァル」を企画した。彼の映画は、そう、〝卑猥《ダーティ》〟であると評判になり、それによって当然ながら観客は増加した。『サック・ジョブ』Suck Jobは白黒で、音がなく、わずかにピントがぼけているにもかかわらず、先鋭的なニューヨークの観客が見た中でもっともヴァンピリズムに近い映像であった。のちにスーパー・ヴァンプ、ウルトラ・ヴァイオレットとなるイザベル・デュフレーヌは、〈ファクトリー〉のシートで『サック・ジョブ』Suck Jobを鑑賞し、物事の核心はフレームの外にあるという〝不完全の法則〟を瞬時に理解した。『さよなら、アンディ：ウォーホルの60年代』Dead for 15 Minutes: My Years with Andy Warhol（一九八八）（もともとのタイトルは、Famous for 15 Minutes: My Years with Andy Warhol）において、ウルトラ・ヴァイオレットはつぎのように記している。「わたしの目は吸血行為《サック・ジョブ》を受けている若者の顔に据えられているにもかかわらず、意識はつねにスクリーンの下、シートの上の何もない空間に惹きつけられていた。わたしは視覚によって犯され辱められていた。いらだたしかった。立ちあがってカメラをつかみ、焦点を下にあわせてその行為を映しだしたいと思った。だがそんなことはできない。いらだちはそこから生じているのだった」

ウルトラ・ヴァイオレットはまた、上映のあいだその場にいた〈ファクトリー〉常連たちが、いらだちを解消するためたがいにかじりあって苦痛の悲鳴をあげたり、すぐさま乾く血を流したりしていたとも報告している。そうした一時的なヴァンピリズムの真似ごとは、土竜族《モール・ピープル》――アンディが〝彼の〟映画のために集め、のちにはマクシス・カンサス・シティ（一九六〇年代から七〇年代にかけて数々のアーティストが集まったニューヨークのナイトクラブ）の奥の部屋に集う彼個人の崇拝者集団となった夜行人間たち――のあいだでふつうに見られたものであった。

真正の不死者《アン＝デッド》を使うことができないため、アンディは自己製スーパーヴァンプで間にあわせなくてはならなかった。彼らなら、リハーサルをさぼっても撮影すればフィルムに姿が残る。すなわち、ポープ・オンダイン（ほんものの血を流した）、ブリジッド（・ベルリン）・ポルク、ベイビー・ジェーン・ハドソン（かつては正真正銘の映画スターだった）、ジェラルド・マランガの女神《ミューズ》メアリー・ウォロノフ、カーミロ・カルンシュタイン、イングリッド・スーパーヴァンプらである。ブライアン・ステイブルフォードはのちに、これらの人々と、ゴシック風マーガトロイドともいうべき現代におけるそのアヴァターをあらわすために、〝ライフスタイル・ファンタジスト〟という言葉をつくりだした。アンディと同じく、土竜族《モール・ピープル》はすでにヴァンパイアのような暮らしを送っていた。陽光を避け、ひと晩じゅう覚醒剤《スピード》にふけり、歯をとがらせ、いっそう青白い顔で、麻薬に毒されたたがいの血を味わっていたのである。

早々に死亡者リストがもたらされた。『キス』Kiss（一九六三）と『ダンス・ムーヴィー／ローラー・スケート』Dance Movie/Rollerskate（一九六三）（Rollerskate/Dance Movie のタイトルのほうが一般的）に出演したフレディ・ハーコが、モンタギュー・サマーズの『ヴァンパイア：その親類縁者』The Vampire: His Kith and Kin（一九二八）を読み、〝恐怖をおぼえず〟華々しく自死を遂げた者は〝強力なヴァンパイア〟として復活するという一節を信じたのだ。一九六四年ハロウィンの直前、ハーコはグリニッジヴィレッジの友人のアパートで、十フィートのバットマン／ドラキュラのマントをひるがえして踊りながらフロアを横切り、すべるように優雅に五階の窓からとびだした。サマーズの本を浅く読んだだけで、自死によって得る不死に不可欠な悪魔との契約を結んでいなかったため、ハーコはついに死から立ちあがることがなかった（ハーコの死が自殺かどうかは謎であるが、彼の部屋には、世界再生のため海に身を投げる王を描写するメアリ・ルノーの小説があったという）。

ハーコの投身を知らされたとき、ウォーホルは怒ったように溜息を漏らし、「うわお、どうして前もって教えてくれなかったんだ。駆けつけてカメラをまわしたのに」と言った。ハーコはウォーホルの死の軍団の最初の一例にすぎなかった。彼の個人的な不幸シリーズは、イーディ・セジウィック（一九七一）、タイガー・モース（一九七二）、アンドレア・フェルドマン（一九七二）、キャンディ・ダーリン（一九七四）、エリック・エマーソン（一九七五）、グレゴリー・バトコック（一九八〇）、トム・ベイカー（一九八二）、ジャッキー・カーティス（一九八五）、ヴァレリー・ソラナス（一九八九（資料では一九八八年死亡））、オンダイン（一九八九）とつづくのである。そしてウォーホル自身（一九六八？）も。もちろんアンディはもどってきた。やはり彼はヴァンパイアであったにちがいない。だが彼らもみな、ヴァレリーですらも、ヴァンパイアではなかったのか。

一九六五年、〈ファクトリー〉において〝ヴァンパイア映画〟という言葉は新たな段階に進展した。脚本家ロナルド・タヴェルが（シナリオはともかく）状況改善のために雇われ、さらには、さまざまな意味においてアンディの究極のスーパーヴァンプである青い血のブロンド美女イーディ・セジウィックが加わったのである。オンダインが串刺し公ヴラドのゲイの弟を演じた『美男公ラドゥの死』The Death of Radu the Handsome（一九六五）（『ファニータ・カストロの生涯』The Life of Juanita Castro（一九六五）のもじりと思われる）やイーディがヴァンパイア少女クローディアを演じた『かわいそうな小さな死者の少女』Poor Littel Dead Girl（一九六五）（『かわいそうな小さな金持ちの少女』Poor Little Rich Girl（一九六五）のもじり）は、長さ三十五分のフィルムマガジンを中断なしで撮影し、それを二本つなげた七十分の作品である。ところどころにサウンドトラックと、ハリウッドを真似たナレーションのようなものがはいっている。静止している人物はつねにピントがぼけて揺れ動いているし（アンディは酔っぱらった土竜族《モール・ピープル》にカメラを扱わせた）、端役〝犠牲者〟の動きも台詞もいいかげんなこれらの作品は、美しくかつ呪われたスーパーヴァンプの輝くような個性がなければ、ヒステリー性擬症の動きを真似た〝ゾンビ映画〟になっていただろう。

オンダインとイーディほかの数人は、これらの映画によって自分たちの映像がヴァンパイアと同じ不死性を得ることを理解していた。雑貨屋で買ったプラスティックの牙と、ドレスの櫃からとりだした屍衣をつければ、彼ら生者たちの浮かれ騒ぎは、肉体が墓におさめられたのちも長くフィルムにとどまり、不死のひらめきを放つ。アンディにとって映画用カメラは、シルクスクリーンやポラロイドと同じく、生命を完全かつ再生可能な形で凍りついた死に変えるヴァンパイアの機械だった。人を傷つけることはいつも興味深く、シーツにはもっともすばらしいロールシャッハの模様が残されるのである。

イーディはアンディのウィッグにあわせて髪を切り、彼を真似た服装で写真撮影やさまざまなオープニング・イヴェントに出席した。彼らは性別のない双子かクローンのように見えたが、実際には、闇の世界のもっとも恐るべき住人、古きヴァンパイア・カップルを模しているつもりだった。R・D・レインは『ヘルガとハインリッヒ』Helga and Heinrich（一九七〇）の中でつぎのように語っている（『ヘルガとハインリッヒ』の元ネタは、ロバート・ヤング監督『吸血鬼サーカス団』Vampire Circus（一九七一）に登場するヴァンパイアの双子。ミッターハウス伯爵の遺児。ヘルガをララ・ウォードが、ハインリッヒをロビン・サックスが演じている）。「ヴァンパイアの男女が数世紀をともに過ごすと、自我がまざりあい、いかにも虚弱な肉体のあいだで意識が共有されるようになる。ふたつの頭脳のあいだにひらめきが生じれば、口にしなくとも言葉の最後が相手に届き、獲物を襲うときも本能的に挟み撃ちができるようになる。片方が滅びると、もう一方も共感して腐敗していく」。イーディはおそらくその境地に達してしまったのだろう——実際に自殺をはかったこともある。だが自己充足しているアンディは、何もなさず、誰ともつながろうとしなかった。彼にとって、イーディは鏡だった。自分が生者であることをいやでも思い知らされるから、ほんものの鏡をのぞきこむことはしない。彼はまた、しばしばハーポ・マルクスを真似た悪戯をしかけ、大得意で口から牛乳を噴きだしたり、手の中から胡桃《くるみ》をとりだしたりして、自分がオリジナルであり、彼女はコピーにすぎないことを示そうとした。「みなが同じようになればいい」と言ったとき、彼の頭にあったのは理想的な平等主義ではなく、唯我論だった。みなが彼と同じようになればいい、だがなお彼はすべてにとってのオリジナルなのである。

ウォーホルとロニー・タヴェルはブラム・ストーカーの『吸血鬼ドラキュラ』Dracula（一八九七）を映像化する最初の試みとして、『虚飾《ヴァニア》』Veneer（一九六五）を制作した（『ヴィニール』Vinyl（一九六五）のもじり。『ヴィニール』はアンソニー・バージェスの『時計じかけのオレンジ』A Clockwork Orange（一九六二）を原作としている）。スティーヴン・コークは『夢見る人：アンディ・ウォーホルの世界と映画』Stargazer: Andy Warhol's World and His Films（一九七三）において、つぎのように語っている。「ウォーホルはタヴェルに小説をわたし、純粋な想像力からひねりだすよりもフィクションをもとにしたシナリオを書くほうが楽だろうと告げた。ストーカーの本の権利を得るために、三千ドルを支払った。よい映画にしなくてはならない。そしてそれは実現した。ウォーホルがなぜ『吸血鬼ドラキュラ』に感銘を受けたか推測するのは難しくない（ついでにいえば、彼がつねに喧伝していた自己イメージの神話とは異なり、彼は広範囲にわたる読書家であった）。あの本は暴力的な性衝動にあふれている。タフでエロティックなヴァンパイアの伊達男が嬉々として異形の者たちを支配している。テーマは、非現実的でありながら浅ましい世界における屈辱である。現実に起こり、かつ起こらなかった歴史――意図的な虚言だ。そして最後に階級の問題がある……。ウォーホルはアメリカでもっとも深く隠された秘密に深い関心を寄せている。われわれは苦しいほどの強烈さで社会階級に悩まされ、否定されている。われわれがいま語っている男が、ピッツバーグで製鋼工として働いていた半文盲の移民の息子であることを忘れてはならない（ウォーホルの父親は炭鉱夫という記事のほうが多いのだが？）。ウォーホルは彼自身の強烈で特殊なメンタリティをフルに使って、アメリカの階級的屈辱とアメリカの貧困から抜けだした。そして『吸血鬼ドラキュラ』は、イギリスの作品ではあるが、精神的支配と融合した社会階級の性的衝動について多くを語っているのである」

イーディを銀髪の青年ドラキュラに（まさしくドレラ

だ)、ジェラルド・マランガを攻撃的だが屈辱的なハーカーに、そしてオンダインを狡猾なヴァン・ヘルシングにキャスティングし(『ヴィニール』Vinyl(一九六五)の配役もこの三人が中心となっている)、ウォーホルは地獄に落ちた魂どもを〈ファクトリー〉のトランシルヴァニアとカーファックス・アベイに住まわせた(銀色の蜘蛛の巣と黒いシーツをかけただけの同じ〝セット〟である)。フランシス・フォード・コッポラよりもかなり前に、ウォーホルは、この小説を映画化するときに生じる問題は意志の力で回避することができると気づいていた。事実、彼はこの企画を実行するにあたって、これは〝厳密な意味での〟映画ではないとわざわざ気弱な発言をおこなっている。ロニー・タヴェルは少なくとも本のなかばまで読みながら、そこで飽きてしまい、いつものように三日でシナリオを書きあげた。

撮影はフィルム・マガジンがなくなったときに休止がはいるだけで、シナリオそのままをぶっ通しておこなわれることになった。そこでタヴェルは、リハーサルをして俳優たちに台詞をおぼさせなくてはならないと考えた。ウォーホルは面とむかって反対意見を述べることができないまま妨害工作をはじめ、タヴェルが予定したリハーサルや撮影当日にまでマスコミや野次馬を〈ファクトリー〉に招いて邪魔をさせたうえ、マランガにシナリオを読む時間を与えないよう、些細な用事をいいつけたり夜明けまでいくつものパーティに出席させたりした(原作と同じく、ハーカーの台詞がもっとも多い)。ふたたびコークを引用しよう。「映画制作は仕事であり、仕事には集中しなくてはならないという意識は完全に消え失せ、撮影当日、〈ファクトリー〉はいつもと同じ〝馬鹿騒ぎ〟の場、いつもと同じパーティとなったのだった」

ストーカーの入り組んだプロットは単純化されている。黒のレザーパンツにヴィクトリア時代風の鹿撃帽をかぶったハーカーが、アンディの母から貸しだされた十字架をもってドラキュラ城を訪れ、伯爵(イーディの巨大な牙はしじゅう口から落ちそうになっている)と、身ぶりだけで演技をする三人のヴァンパイアの花嫁(マリー・メンケン、カーミロ・カルンシュタイン、インターナショナル・ヴェルヴェット)に歓待され、誘惑され、襲われる。その後カーファックス・アベイで、ハーカーは――〈ファクトリー〉のカウチに縛られたまま――ドラキュラがミナ(メアリー・ウォロノフ)を魅了し、血を吸うさまを見せつけられる。背景に鳴り響くタンゴは、ドラキュラが親指の爪でキャンベル・トマトスープの缶をあけ、ミナが飲みほすシーンでクライマックスに達する。ドラキュラのいわく、それがヴァンパイアの血なのである。そこへ、ヴァン・ヘルシングが恐れ知らずのヴァンパイアハンターたち——ゴダルミング卿（チャック・ウェイン）、キンシー・モリス（ジョー・ダレッサンドロ）、ドクター・セワード（ポール・アメリカ）——をともない、ブラッドハウンドのように皮紐でつながれたレンフィールド（やつれきった若いルー・リード）に導かれて登場する。

磔刑像、杭、鞭、聖餅などがとびかうどたばた喜劇が演じられ、我慢できずに笑いだす者もあり、気を散らされたほかの者たち——とりわけ、縛られたままのマランガ——が腹を立てる場面もある。タヴェルのシナリオでは、ストーカーの小説と同じく、ヴァン・ヘルシングの一行がドラキュラを追いつめ滅ぼすことになっていた。銀のペンキをスプレイされて窒息するのだ。だがオンダインは、たまたまカウチにすわっていた若い娘——偶然画面にはいりこんでしまった見学客らしい——に「いんちき《フォーニ》」と声をかけられたため、気がそれてヴァンパイア王を忘れ、生意気な小娘にとびかかってその顔につくりものの爪をつきたてようとした。オンダインのメセドリン効果（メセドリンは眠気覚ましなどに使われる中枢神経刺激薬）は急上昇して頂点に達し、消失した。「おまえに神の赦しがあるように。ちっぽけないんちき娘《リトル・ミス・フォーニ》よ。おまえはとんでもないいかさまだ。このセットから出ていくがいい。人類の面汚し、おのれ自身の不名誉、いとわしき愚か者よ。おまえの夫もいとわしい愚か者だ……すまん。つづけられそうにない。もういっぱいいっぱいだ。これ以上つづけられない」。そのときカメラを扱っていたバド・ワートシャフターは、予想外の行動を追いかけようとして、ほんの一瞬、衝撃のあまり薄闇の中で静止するアンディ自身の幽霊のように白い顔をとらえた。このシーンがカットされているのは、ポール・モリセイが参加する以前につくられたウォーホル映画における、唯一の適切な編集といえる。悲しみに沈んだヴァン・ヘルシングはいかにも彼らしくひとり立ちつくし、フィルムはいつまでもいつまでもそれを映しつづけている。

牙を吐きだしながらなおも完璧なドラキュラを維持していたイーディが、スープ缶を投げつけてワートシャフターの注意を惹いた。レンズを汚しながらも、彼女はフィルムがなくなるまでの数秒間、腰に両手をあてて自分を映せと要求した。そこで、「われはドラキュラなり」と、

（意図的ではなかったにせよ）原作からそのままとられた唯一の台詞が語られる。「われこそはドラキュラなり」と、彼女はさらにくり返した。それは彼女の人生において、確信をもって発せられた最後の言葉となった。ストーカーは物語の中で、現実には回避された滅びの運命をドラキュラに課している。だがイーディはウォーホルのドラキュラ映画を史実にひきもどした。〈ファクトリー〉において、ドレラはくだらない争いに明け暮れるヴァンパイアスレイヤーたちに打ち勝ち、永遠の支配を確立したのである。

六〇年代後半のウォーホルの活動におけるニコの重要性は、どれほど語っても誇張しすぎることはない。つまるところ彼女は、アンディにとってはじめての〝ほんものの〟ヴァンパイアだったのである。かすれた声で話すブロンドのドイツ人。彼女は死者となったイーディの、したがってアンディの、イメージそのものだった。ニコ・オツァークは五〇年代のどこかで転化し、一九六五年、人形のような子《ゲット》アリをつれてニューヨークにはいると、〈ファクトリー〉に名刺をさしだした。彼女はごくごくわずかにではあったがドラキュラ本人とも関わりがあった。一九五九年ローマ、ヴァンパイア王が真の死を迎えることによってクライマックスに達したあの最後のパーティに、その他大勢の客のひとりとしてまぎれこんでいたのだ。「彼女はミステリアスでヨーロッパ的。ほんものの月の女神のようだ」と、アンディはVのつく単語をひかえながら語っている。彼女もまたドラキュラと同じく、旧世界を食らいつくし、〝血が満ちあふれる若い国〟を求めて移住してきたものと思われた。

ジーン・スタインは『イーディ　60年代のヒロイン』Edie: American Biography（一九八二）の中で、愚直なアメリカ人温血者《ウォーム》が冷酷なヨーロッパの死者にとってかわられたのだという、一般に流布している見解をはっきりと否定している。イーディ・セジウィックはニコがやってきたとき、すでにヴァンパイアから犠牲者に立場を変えつつあった。自分は欠くことのできない真のスターであると思いこむ、決定的な過ちを犯したのである。アンディは、彼女が彼の鏡であることをやめ、自分自身として注目を集めたがるようになったことに、静かにいらだっていた。彼女はすでに〈ファクトリー〉を離れ、より本格的なドラッグと異性愛に惹かれてボブ・ディランのサークルに移りつつあった。イーディはまた、これは正当な怒りであるが、映画の成功によるわずかな利益をアンディが独り占めしたことにも腹を立てていた。アンディの言い分は、彼女はそもそも金持ちで――〝女相続人〟というのは彼が好む単語のひとつだ――金など必要としないというものだった。だが、彼女よりはるかに恵まれておらず、シルクスクリーンや映画で彼女と同じくらい、もしくは彼女以上に働いた者たちも、同様に雀の涙ほどの金額しか受けとってはいなかった。イーディの自己破壊すべてをアンディとニコのせいにしてしまうことはできない。ディランの取り巻きもほとんど役には立たず、アンフェタミンをヘロインにグレードアップさせただけだった。それでも、ウォーホルなかりせば、イーディが英国風表現でいう〝死にそうに有名《デッド・フェイマス》〟になることはけっしてなかったはずだというのは、否定しがたい事実であろう。

ニコにより、アンディはついにおのがヴァンパイアを手に入れた。ふたりの交遊の背後には、いずれ彼を転化させるという可能性――約束？――があったにちがいない。だがその瞬間になってアンディはしりごみした。誰かの子《ゲット》になれば、おのが人生の中心ではいられなくなる。そんなことは耐えられない。転化するにしても、状況を謎に包んだまま、誰のものだかわからない血をもらって――いつものように――彼自身を自分の子《ゲット》、自分の創造物としなくてはならない。それに、真面目な話、ニコを闇の母にしたい者などいるだろうか。彼女は残る夜のあいだじゅう、自分の子《ゲット》アリの血を吸っているのだ。このヴァンパイア近親相姦はやがて腐敗につながり、ふたりともを滅ぼすのであるが。

アンディはとりわけニコの、鏡やフィルムとの関連性に魅了された。彼女は鏡に映らないヴァンパイアであったが、アンディはさまざまな手段を講じて彼女を〝不在〟の映像そのものにつくりあげようとした。その一例として、「わたしはあなたの鏡」I'll Be Your Mirror を歌わせたことがあげられる（I'll Be Your Mirror は実際に、アルバム『ヴェルヴェット・アンダーグラウンド・アンド・ニコ』The Velvet Underground and Nico（一九六七）に収録されている）。『フォー・スターズ／二十四時間ムーヴィー』****/Twenty Four Hour Movie（一九六六）の中でももっとも奇妙なパート「ハイ・アシュベリー」High Ashbury においては（三十分ほどのパートをいくつも集めて全体で二十四時間におよんだウォーホル監督の映画。Four Stars もしくは **** とだけ表記されることが多い。各パートにそれぞれ名前がついていて、High Ashbury はそのひとつ。オンダインとウルトラ・ヴァイオレットとニコが出演している）、オンダインとウルトラ・ヴァイオレットを〝不在〟の両側に配置し、一見実体のない声と会話をさせた。ニコの肉体がそこにあるしるしは確かに見ることができる。クッションのへこみ。蜻蛉《とんぼ》のように飛んでいく煙草。食道の形にゆがんだ煙。それでもヴァンパイアはそこにいない。そこがポイントなのだろう。アンディは銀紙でおおった壁の前に誰もすわっていない椅子をおき、その写真をニコのポートレイトとした。さらには、空の柩を描いたシルクスクリーンをアルバム・ジャケットとして使用したのである(アンディがデザインした『ヴェルヴェット・アンダーグラウンド・アンド・ニコ』The Velvet Underground and Nico(一九六七)のアルバム・ジャケットは、実際にはバナナの絵)。

ヴァンパイアの女神《ミューズ》を見つけたアンディは、彼女を使って何かをしなくてはならないと考えた。そして一九六六年、セント・マークス・プレイス(ニューヨークのイースト・ヴィレッジにおけるポップ・カルチャーの中心地)のクラブ、ドムで企画したイヴェント「エクスプローディング・プラスティック・イネヴィタブル」Exploding Plastic Inevitable において、ヴェルヴェット・アンダーグラウンドと彼女を組ませることにした。バンドのほうでは当然ながら、人間の血を吸う女をヴォーカルにもつことを面白く思わなかった。黒いレザー服を着た男たちのあいだで、アンディはニコに骨のように白いドレスをまとわせ、とりわけ歌っていないあいだ、天使のようなスポットライトを浴びせた。ルー・リードは十字架を買い、この状況から抜けだす方法をさがした。EPIの成功は一部、さまざまなニューヨーカーがニコに関心を抱いたためと考えられる。一九六六年のアメリカ人はほとんど、ヴァンパイアと、同室したことなどなかったのだ。アンディはそのことをよく心得、満員のクラブのほかの場所がどれほど都合よく薄暗くなっていても、ニコだけはつねにはっきりと見えるよう、息もつかずつぶやくように「宿命の女」Femme Fatale(ルー・リード作詞作曲。『ヴェルヴェット・アンダーグラウンド・アンド・ニコ』The Velvet Underground and Nico(一九六七)収録の楽曲)を歌う赤い目の亡霊だけは目立つよう、とりはからった。もちろんその歌は約束であり、威嚇でもあった。「夜中に彼女のことを考えろ、彼女に噛まれる感触……」(feel the way she bites という歌詞は、Femme Fatale の歌詞 see the way she walks をもじったものと思われる)

ヴェルヴェッツが演奏しているあいだ、ウォーホルはオペラ座の怪人のように垂木のあいだに身を隠し、照明と映写機と音響を担当した。ユリシーズのように耳に蠟をつめて、夜を過ごした。そしてバンドの背景に自分の映画を流した。ほんもののヴァンパイアがみずからを誇示すると『虚飾《ヴァニア》』Veneer を映写し、ニコの上にイーディを、彼女たちふたりの上に自分を、重ねようとした。

一九六六年から六八年にかけて、あらゆる者たちが口をそろえ、アンディ・ウォーホルはモンスターであると語った。

ヴァレリー・ソラナスは「ヴァンパイア皆殺し協会」Society for Killing All Vampires（「男性皆殺し協会」Society for Cutting Up Men のもじり）の創設者にして唯一のメンバーであり、自費出版本『SKAVマニフェスト』SKAV Manifest（『SCUMマニフェスト』SCUM Manifesto（一九六七）のもじり）の著者でもある。この本は「啓発されたヴァンパイアはみずからを滅ぼすことによって〝運動〟への共鳴を示そうとするだろう」など、それなりに笑える部分もあるのだが、〝ヴァンパイア〟という言葉が一度として明確に定義されていないため、読み進めているうちにいささかうんざりさせられる。もちろんわたしは学究の徒として、彼女がアジェンダ設定や深遠な言語の正確な定義をくだらないものと見なし、いらだちをこらえきれずにいるのだと、はっきり理解している。つまるところソラナスは被害妄想の社会病質者で、ヴァンパイアとは彼女の敵――彼女を苦しめるものすべてなのである。そもそものはじめ、彼女はノスフェラトゥではなく家父長制的な暴君を示して〝ヴァンパイア〟という用語を使っていた。それが最終的には、彼女自身をのぞく世界じゅうのあらゆるものを意味するようになったのである。

彼女はあまり知られていない映画、『アイ・ヴァンパイア』I, Vampire（一九六七）に出演している（ソラナスが実際に出演しているウォーホルの映画『アイ・ア・マン』I, a Man（一九六七）のもじりであり、J・M・デマタイズ作のDCコミックのタイトルでもある）。ヴァンパイアのアンドリュー・ベネット卿を演じるトム・ベイカーと、ウルトラ・ヴァイオレットと、ベティナ・コフィンというすばらしい名前の女優と（Coffinは柩を意味する）、ニコの形をした空白にまじって、ほんの短い場面に登場している。彼女はアンディ・ウォーホルに対してさまざまな恨みを抱いていた――彼女が送ったシナリオ原稿をなくしてしまった、彼女の本を出版してくれない、彼女を有名にしてくれない――。だがそれは、十人以上もの土竜族《モール・ピープル》たちも同様だった。ビリー・ネームはかつて、自分を殺すかアンディを殺すかしかないと思いながら、どちらにするか決められず、ずっと延期していると語ったことがある。オリヴァー・ストーンの『誰がアンディ・ウォーホルを撃ったのか?』Who Shot Andy Warhol?（オリヴァー・ストーンのケネディ大統領暗殺を扱った映画『JFK』JFK（一九九一）に関連した言葉、Who Shot JFK? のもじりと思われる）は三十年にわたる神話とファンタジーの集大成にすぎないものの、ストーンやほかの者たちも彼女を支持していたという共謀論にはほとんど、もしくはまったく根拠がない、ヴァレリー・ソラナスは完全に独断で行動を起こし、誰とも協力や共謀はしていなかったと、くり返している。もっとも説得力のあるストーンの主張は、一九六八年六月に、誰かがアンディ・ウォーホルを狙撃しなくてはならなかったというものである。もしヴァレリーが一線を踏み超えていなかったら、間違いなく十余人のうちの誰かが、家にある銀を熔かして弾丸をつくっていただろう。

だがそれはヴァレリーになった。

一九六八年までに〈ファクトリー〉は変質してしまった。場所も移り、ウォーホルの新しい友人たち――フレッド・ヒューズ、ポール・モリセイ、ボブ・コラチェロ――によって、ビジネス的な雰囲気がもちこまれたのである。土竜族《モール・ピープル》は出入りをさしとめられた。自分たちの追放がウォーホル自身の消極的指示によるものであることを受け入れられず、彼らは仲介人に鬱憤をぶつけた。ヴァレリーは、アンディが美術評論家マリオ・アマヤの訪問を受け、またべつのスーパーヴァンプ、ヴィヴァと電話で話しているときにあらわれ、一発の弾丸を彼に、一発を偶然その場にいたアマヤに撃ちこんだ。生まれながらの交渉の名人フレッド・ヒューズは、言を弄して殺害を免れた。ヴァレリーは荷物用エレヴェーターでその場を去った。

大事件として扱われたのは十五分だけだった。コロンバス病院でアンディの臨床的死亡が宣言されたちょうどそのとき、シカゴから、ロバート・ケネディが暗殺されたというニュースが伝わったのである。アメリカの全新聞が第一面を書きなおし、かのアーティストを「その他のニュース」に格下げした。

ケネディの死はくつがえらなかった。だがアンディはよみがえった。

いまやアンディはほんもののヴァンパイアとなった。彼がつねに意図してきたものが、疑い深い者も崇拝者もふくめ、あらゆる人々の目に明らかになった。

ヴァンパイアはアーティストになれないというのが、西洋文化における教義である。この問題に関しては、百年にわたり激しい議論が戦わされてきた。一般意見としては、死後の詩人や画家のほとんどが生前と同じではないこと、死後の作品がつねに自作の模倣にすぎず、転化によってひらけた新しい夜の生命の驚異を真に映しだしていないことがあげられる。それを、ヴァンピリズムにおける障害ではなく、温血者《ウォーム》の生に対する優位であると見なす意見もある。ヴァンパイアはあまりにも多忙であるため自分の意見を述べたりしない、自己の内的探索に夢中であるため外界の者たちの研究対象となる報告などわざわざ発表したりはしないというのである。

いくつもの悲劇が詳細にわたって巷間に流布している。生まれ変わったポオはどれほど苦悶しても天翔ける韻文を生みだすことができなかった。ダリは自作の贋作により（もしくは金をはらって他者に贋作をつくらせることにより）以前よりも金持ちになった。ガルボは肉体的には永遠の美を手に入れながら、フィルムには腐りかけた遺体としてあらわれるようになった。ディランの二度めの生はどうしようもなく退屈なものだった。ショート・ライオンはＭＯＲ（middle of the road イージー・リスニングのこと）のゴシック・ロッカーとしてすべてのノスフェラトゥを困惑させた。だがアンディは転化前から〈最高のヴァンパイア〉だったのだ。もちろん彼ならばそんな状況を回避できるに決まっている。

だが悲しいかな、そうはならなかった。

最初の死から二度めの死までのあいだも、アンディは絶えず仕事をしていた。何人もの女王の肖像。逆転させたティファナの十字架（メキシコとアメリカの国境の壁に、国境を越えようとして殺された人々の名前が刻まれた十字架がかかっているというが、それだろうか）。二万五千ドルをはらえば誰でも注文できる裕福な顧客を描いた数えきれないほどのシルクスクリーン。彼自身は名前を聞いたこともなかった、世界的に有名なボクサー（モハメド・アリ、アポロ・クリード）やフットボール選手（Ｏ・Ｊ・シンプソン、ロイ・レイス）の肖像。皇帝《シャー》、フェルディナンド＆イメルダ、エリザベート・バートリー伯爵夫人、ロニー＆ナンシーなどの、けっして皮肉ではなくあきれるほどおもねった似顔絵。加えて彼は、ホワイトハウスから薄暗いダンピール・クラブまで、おびただしい数のパーティに出席した。

そこには何もなかった。

信じてほしい。わたしは見てきたのだ。学究の徒として、わたしはまさしくアンディのジレンマを理解している。わたしもまた転化するずっと前からヴァンパイアと見なされてきた。わたしの全研究は、死者を食い物にしながらつぎつぎと助成金を申請して意味のない存在をひきのばすための狡猾な手段と思われている。これまで〝学識〟を欠いているからといって批判された長生者《エルダー》ヴァンパイアはいない。数世紀の時間があれば、何十という言語を身につけ、おそらくは国立図書館にあるすべての本を読破することもできるだろう。芸術家になることはできないかもしれないが、われわれはつねに芸術のパトロンでありつづけてきた。

われわれのあいだでも、真のヴァンパイア芸術家を求める動きは絶えず存在した。でき得るならば、温血者《ウォーム》としての感性が形成される前の子供時代に転化した者が望ましい。わたし自身、アンディの生涯にわたるドラキュラとのダンスを再評価するにあたって、彼はまさしく新しい存在である、彼が転化したのは一九六八年ではなく、そう、一九三八年で、少しずつ太陽に身をさらすことで歳をとっていったのだと主張したい誘惑にかられた。それで肌の問題が説明される。それに、アンディを転化させたと名のりでた者はいないではないか。彼は生者として入院し、死を宣告され、ヴァンパイアとなって退院した。多くの評論家は、故意にせよ事故にせよ、彼はその病院でヴァンパイアの血を輸血されたのだと考えている。病院側は断固としてそれを否定している。だがそんなことが信じられるわけはない。われわれは認めなくてはならない。アンディの最高作品は彼が生きている時代に生みだされた。それ以後は、死者の黒い血にすぎない。

もちろん彼は自分で自分の墓碑銘を書いた。「未来においては誰もが十五分のあいだ永遠に生きるだろう」（ウォーホルの有名な言葉「未来においては誰もが十五分のあいだ世界的に有名になるだろう」In the future, everyone will be world-famous for 15 minutes. のもじり）

グッバイ、ドレラ。彼は最後にはドラキュラを諦め、灰だらけの少女シンデレラとともに残された。

その後、彼の遺産がどうなるかはわれわれしだいである。

補遺2　ウェルズの失われたドラキュラ

ジョナサン・ゲイツ著

初出〈ビデオ・ウォッチドッグ〉No.23　一九九四年五－七月号（Video Watchdogは一九九〇年から二〇一七年まで発行された隔月刊の映画雑誌）

一九三九年、オーソン・ウェルズはプロデューサー・監督・脚本家・俳優として二本の映画を制作する契約をＲＫＯピクチャーズのジョージ・シェーファーとかわし、ハリウッドにやってきた。そして、ニューヨーク・シアターやラジオの仲間を集めてマーキュリー・プロダクションを設立した。『市民ケーン』Citizen Kane（一九四一）と『偉大なるアンバーソン家の人々』The Magnificent Ambersons（一九四二）にとりかかる前、ウェルズは何本かの作品に着手しようとした。ニコラス・ブレイクが発表したばかりの反ファシズム・スリラー『短刀を忍ばせ微笑む者』The Smiler with the Knife（一九三九）、コンラッドの『闇の奥』Heart of Darkness（一九〇二）、そしてストーカーの『吸血鬼ドラキュラ』Dracula（一八九七）である。コンラッドの小説同様、ドラキュラも「マーキュリー・シアター・オン・ジ・エア」で放送した作品だ（一九三八年七月十一日）。シナリオはあるし（ウェルズとハーマン・マンキーウィッツ、そしてクレジットはされていないがジョン・ハウスマンが執筆した）、セットも設計ずみ、配役も決まり、〝テスト〟撮影（どこまでが〝テスト〟なのかはついに明らかにされなかった）もおこなわれながら、このプロジェクトは中止となった。

『ドラキュラ伯爵』Count Dracula 中断の理由はいまも明らかにされていない。ストーカーが〝そうであったかもしれない〟仮想歴史においておこなったように、それぞれの登場人物の視点にカメラを据えて物語の大半を撮影するというウェルズの宣言に、ＲＫＯが恐れをなしたのではないかともいわれている。ハウスマンは回想録『ランスルー』Run-Through（一九七二）において、ウェルズがこの手法に固執したのは、それによって恐れを知らぬヴァンパイアスレイヤーたち――ハーカー、ヴァン・ヘルシング、キンシー、ホルムウッド――をスクリーンからはずし、彼らの目線のさきにあるドラキュラにつねに焦点をあてることができるからだと主張している。回想録執筆当時、ハウスマンはすでにウェルズとは疎遠になっていたのであるが、ウェルズは自身でドラキュラを演じるつもりだったと、不要な情報をつけ加えてもいる。さらにはハーカーも演じるつもりでいたようだが、結局は、おもに影として登場し、ときどきウェルズ自身が吹き替えをするという条件で、ウィリアム・アランドを使うことになった。当時ヨーロッパの政治情勢は急速に変化しつつあり、ルーズヴェルトも、ヴァンピリズムや現実のドラキュラ伯爵に対する取り組みを考えなおさざるを得ない立場に追いこまれていた。そしてRKOはさる一団より、一九四〇年にそのような映画をつくるのは〝懸命ではない〟と圧力をかけられたのである。

『オーソン・ウェルズ　その半生を語る』This is Orson Welles（一九九二）に収録されたピーター・ボグダノヴィッチとのインタヴューにおいて——インタヴューそのものは、議論を呼んだフランシス・フォード・コッポラの『ドラキュラ』Dracula（一九七九）よりもかなり以前におこなわれた——ウェルズはつぎのように語っている。「『ドラキュラ』はすばらしい映画になるだろう。事実、まだ誰もつくったことがないのだからね。彼らは一度としてあの本に関心をもったことがないんだ。世界でもっとも驚異的かつ身の毛もよだつ本だというのに。語り手は四人だから、ナレーションも四人でおこなわなくてはならない。ラジオでやったようにね。ロンドンで、ドラキュラが重そうな鞄を地下室の隅に放りだすシーンがある。鞄の中には泣きわめく赤ん坊がいっぱいつまっているんだよ！　いまならそこまでできるだろう」

ウェルズの全キャリアを通して、『ドラキュラ』Draculaは彼の強迫観念《イデ・フィクス》でありつづけた。ウェルズとマンキーウィッツのシナリオはRKOの所有になっていて、買いもどしたいというウェルズの申し出は拒絶された。彼らが提示した価格は法外ではあるものの、『アンバーソン家』The Ambersonsと南アメリカを扱った未完成映画『イッツ・オール・トゥルー』It's All Trueというふたつの失敗作における損失として、会計士が算出した実際的な金額に相当した。

ウェルズを後押ししてくれたシェーファーがプロダクション部門ヴァイス・プレジデントの地位を退いてチャールズ・ケルナーが後釜についたとき、そのシナリオをプロデューサー、ヴァル・リュートンに預けるかどうか、真剣な話し合いがおこなわれた。『キャット・ピープル』Cat People（一九四二）など、低予算の超常現象映画で評判をとったチームである。リュートンはデウィット・ボディーン、さらにはカート・シオドマクを使って、切り詰めたぎりぎりの予算で撮影できるようそのシナリオに手を入れさせた。監督にはジャック・ターナーをあてる予定だったが、ターナーがA級に昇進したため、編集のマーク・ロブソンが候補にあがった。脇役にはいつもの連中がふりわけられた。トム・コンウェイ(ドクター・セワード)、ケント・スミス(ジョナサン・ハーカー)、ヘンリー・ダニエル(ヴァン・ヘルシング)、ジーン・ブルックス(ルーシー)、アラン・ネイピア(アーサー・ホルムウッド)、スケルトン・ナッグス(レンフィールド)、エリザベス・ラッセル(マリア・ドリンゲン伯爵夫人)、サー・ランスロット(カリプソを歌う御者)。そして、リュートンのシナリオにおいて物語の中心となるミナに『キャット・ピープル』の主演女優シモーヌ・シモンが配役されたが、結局このプロジェクトは実現されずに終わった。タイトル・ロールとして最初にして唯一の選択肢であるボリス・カーロフが、『毒薬と老嬢』(Arsenic & Old Lace(一九三九)ジョセフ・ケッセルリングによる戯曲。一九四一年にブロードウェイでヒットし、四四年までに千五百回近く上演された。一九四四年にフランク・キャプラ監督で映画化されている)の公演でブロードウェイに拘束されていたため、RKOの要請に答えることができなかったのである。

一九四四年、RKOはウェルズ=マンキーウィッツのシナリオをセット・デザインとともに20世紀フォックスに売却した。スタジオ代表ダリル・F・ザナックはウェルズにドラキュラ〝役〟を提供し、ミナとルーシーにジョーン・フォンテインとオリヴィア・デ・ハヴィランドを、そのほかにも、タイロン・パワー(ジョナサン)、ジョージ・サンダース(アーサー)、ジョン・キャラダイン(キンシー)、レアード・クリーガー(ヴァン・ヘルシング)などのキャストを約束した。この『ドラキュラ』はフォックスでヒットしたウェルズ=フォンテインの『ジェーン・エア』Jane Eyre(一九四三)(ロバート・スティーヴンソン監督。ウェルズがロチェスターを、フォンテインがジェーン・エアを演じた)第二弾になるはずで、ザナックがふたたび気弱なロバート・スティーヴンソンを指名して、クレジットには載らずともウェルズがすべてに采配をふるよう手配していたならば、万事順調に運ぶはずだった。しかしながらこの〝重要な〟プロジェクトにおいて、ザナックが思い浮かべた監督はただふたりだった。ジョン・フォードが関心を示さなかったため――それにより、元気のよい酔っぱらった恐れ知らずのヴァンパイアスレイヤーとして、ジョン・ウェインやヴィクター・マクラグレンやワード・ボンドやジョン・エイガーを使うことはできなくなった――必然的に本作の監督は、『勝鬨』Lloyd's of London（一九三六）や『ブリガム・ヤング』Brigham Young（一九四〇）など、糖蜜のようにねっとりとした歴史的題材を得意とするヘンリー・キングのものとなった（『ブリガム・ヤング』の監督はヘンリー・ハサウェイ。ニューマンの勘違いだろうか）。グレゴリー・ペックを使ったのちの作品でわずかに才能のひらめきを示してはいるものの、陳腐で感傷的なスタイルと実直さをあくまで保持しようとする地道な努力家であるキングが、ウェルズとうまくやっていけるはずはなかった。気まぐれで気性の激しいウェルズは、保守的で退屈と思えるやり方に我慢できなかったのである。それでもウェルズはいつものように金を必要としていたため、そのままでいけば映画は無事制作されていただろう。だが、大戦の終わりに伯爵がイタリアに追放されたことにより、ザナックのドラキュラ熱は一気に冷めてしまった。

フォックスは結局、キングが監督しパワーとウェルズがダブル主演を務めるヨーロッパで撮影中の『狐の王子』Prince of Foxes（一九四九）（サミュエル・シェラバーガーのベストセラー歴史小説（一九四七）を原作とする映画）に力をそそぐことにした。全力投球のウェルズ演じるチェーザレ・ボルジアによってときどき息を吹き返しながらも、基本的に豪華で冗長なこの作品は、ザナックの『ドラキュラ』Draculaがどのようになったかを示していえるだろう。ウェルズは長期撮影で得られた稼ぎの大半を、何年にもわたるいくつかのプロジェクトに少しずつつぎこんでいった。完成した『オセロ』Othello（一九五二）、未完成の『ドン・キホーテ』Don Quixote（一九五五より）、そしてもうひとつ、最近までめったに言及されることのなかったもうひとつの『ドラキュラ』Draculaである。フランス＝イタリア＝メキシコ＝アメリカ＝アイルランド＝リヒテンシュタイン＝英国＝ユーゴスラヴィア＝モロッコ＝イラン共同制作による『ドラキュラ伯爵』El conde Dràculaは、一九四九年からはじまり一九七二年にいたるまで、少しずつ断片的に撮影されていった。

長い年月のあいだに、主要な役の中には何人か俳優が交替したものもあり、ひとりの俳優で撮影がつづけられたものもあった。スペイン人ヘスス・フランコ――『オーソン・ウェルズのフォルスタッフ』Chimes at Midnight（一九六六）で第二班監督《セカンド・ユニット・ディレクター》を務めた――が編集し、一九九七年にカンヌで初演され論争を呼び起こした版（一九九二年、カンヌ映画祭で、ヘスス・フランコ編集による『ドン・キホーテ』が上映されたが、きわめて不評だった）でのキャストは、つぎのとおりである。エイキム・タミロフ（ヴァン・ヘルシング）、マイケル・マクラマー（ジョナサン）、パオラ・モリ（ミナ）、マイケル・レッドグレイヴ（アーサー)、パティ・マコーマック(ルーシー)、ヒルトン・エドワーズ(ドクター・セワード)、ミシャ・オウア(レンフィールド)。ヴァンパイアの花嫁は、ジャンヌ・モロー、シュザンヌ・クルーティエ、カティーナ・パクシヌーが、それぞれ異なる年に異なる大陸で演じている。骸骨のようなドラキュラにキャストされたウェルズのキホーテ、フランシスコ・レイグエラの姿はなく、伯爵は存在感の濃い影としてのみ登場し、声は(ほかのいくつかの登場人物と同じく)ウェルズ自身があてている。映像のほとんどに音声ははいっておらず、移り変わる一人称視点によるすばらしい場面構成は、結局撮影されなかったか、もしくは撮影されたとしても失われてしまったようだ。閉じこめられたジョナサンがパニックにかられながら城を探索するシーンは、『オセロ』のトルコ風浴室シーンのように一面の靄に包まれ、ウェルズ作品の中でも純然たる表現主義といえる驚くべき映像となっている。しかしながら、タミロフが明らかに張り子《パピエ・マシェ》とわかる落石を避けながらドラキュラ城にのぼっていく最終シーンは、揺れ動くカメラが無意味な細部に焦点をあわせたりずらしたりしていて、ぎこちない素人細工としか思えない。

『ドラキュラ伯爵』El conde Dràcula はいかなる意味においても〝ほんものの映画〟ではなく、小説とウェルズの想像から生まれたイメージの断片を集めたものにすぎない。ウェルズはヘンリー・ジャグロムに、自分にとってこのプロジェクトは、のちにきちんとしあげたい絵を簡単にデッサンするのと同じく、主題を心にとどめておくための個人的な準備運動のようなものだと語った。フランシス・コッポラが一九七七年のルーマニアで数百万ドルの『ドラキュラ』制作が泥沼にはまったときにしじゅうしていたように、ウェルズもまたしばしばシスティナ礼拝堂をひきあいに出している。

一九七三年、ウェルズは『ドラキュラ伯爵』El conde Dràcula のフィルムの一部と、現実のドラキュラ伯爵に関するドキュメンタリー資料と、一九五九年にドラキュラが真の死をむかえたのちに起こったいくつかのスキャンダルを、ひとつの作品にまとめあげた。スキャンダルとはすなわち、莫大な遺産の多くをヴィヴィアン・ニコルソンというイギリス人主婦に贈るという、きわめて怪しげで疑わしい遺言書が発見されたこと(彼女は五〇年代初頭、学校の休暇にドラキュラに会ったと主張した)。一九七一年にクリフォード・アーヴィングが空前の手付金で契約し出版したドラキュラの自伝は、アーヴィングとフレッド・セイバーヘーゲンが共同執筆した完全な贋作だと判明したこと。そして、非公式ながら伯爵に冠されていたヴァンパイアの支配者〈猫の王〉という称号継承をめぐって、マインスター男爵やアーサ・ヴァイダ公女をはじめとする著名なヴァンパイア長生者《エルダー》多数のあいだに生じた争いなどである。ウェルズはこの遊び心満載でエッセイのような映画——カルヴィン・フロイドが自分のドキュメンタリー映画『ドラキュラ伝説』In Search of Dracula（一九七二）のために撮影したフィルムを中心として構成された——を『いつドラキュラ伯爵は終わるのか?』When Are You Going to Finish el conde Dràcula? と名づけたが（ウェルズの『ドン・キホーテ』プロジェクトは、あまりにも長期にわたっていたため、When Are You Going to Finish Don Quixote ? と呼ばれた）、これはほとんどの地域で『DはドラキュラのD』D is for Dracula というタイトルで公開された。ドラキュラ城攻めの撮影に必要だというのに、隣の谷で暴れるトランシルヴァニア運動のヴァンパイア山賊退治のためチャウシェスクがルーマニア騎兵隊をひきあげさせた夜、フランシス・フォード・コッポラはひとりで『DはドラキュラのD』D is for Dracula を視聴し、この恐るべき名を唱える者には必ず呪いがかかるのだとウェルズに宛てて電報を打ったという。

　ウェルズの最後のドラキュラ・プロジェクトは一九八一年に軌道にのりはじめた。映画界に巨大なヴァンパイア・ブームが起こったのである。論争の的となり、技術的な部門をのぞいてオスカーから除外されながらも、コッポラの『ドラキュラ』Dracula は徐々にではあれ、ヴァンパイア映画にも相当数の観客が見込めることを証明した。つづく五年のあいだに公開された映画には、つぎのようなものがあげられる。ヴェルナー・ヘルツォーク監督『レンフィールド：ヴァンパイアの謎』Renfield, Jeder fur Sich und die Vampir Gegen Alle（『カスパー・ハウザーの謎』Jeder für sich und Gott gegen alle（一九七四）のもじり）——これは蠅を食べる狂人（クラウス・キンスキー）の視点から物語を見なおしたものだ。トニー・スコット監督『ハンガー』The Hunger——カトリーヌ・ドヌーヴとデヴィッド・ボウイ演じるニューヨークの美術パトロン、ミリアム&ジョン・ブレイロックが有名な殺人事件に巻きこまれ、アラン・ダーショウィッツ（ロン・シルヴァー）の弁護を受ける話（ミリアム&ジョン・ブレイロックは『ハンガー』The Hunger（一九八三）に登場するヴァンパイアであるが、アラン・ダーショウィッツは現実の殺人事件を映画化したバーベット・シュローダー監督『運命の逆転』Reversal of Fortune（一九九〇）の登場人物。内容もまざっているようだ）。ジョン・ランディス監督『吸血鬼ブラキュラの復活』Scream Blacula Scream——エディ・マーフィ演じるドラキュラの子《ゲット》アフリカのマムワルド王子が、行方不明の花嫁（ヴァニティ）をニューヨークでさがす（『吸血鬼ブラキュラの復活』Scream

Blacula Scream（一九七三）の監督はボブ・ケルジャン。マムワルド王子はウィリアム・マーシャルが演じている。エディ・マーフィ演じるアフリカの王子がニューヨークで花嫁をさがすジョン・ランディス監督の映画は『星の王子　ニューヨークへ行く』Coming to America（一九八八））話であるが、この映画は、脚本家パット・ホビーによる盗作問題によりパラマウントが監査役に帳簿を公開したことでもっともよく知られている。リチャード・アッテンボロー監督のオスカーを総なめした膨大なる超大作『ヴァーニー』Varney——アンソニー・ホプキンス演じるヴァンパイアの総督サー・フランシス・ヴァーニーが、第二次インド反乱において権力の座からひきずりおろされる（アッテンボローは『ガンジー』Gandhi（一九八二）において、アカデミー作品賞・監督賞・主演男優賞・脚本賞・撮影賞・美術監督装置賞・衣装デザイン賞・編集賞を受賞した。ガンジーの主演はベン・キングズレー。アンソニー・ホプキンスでこれに相当するのは、ジョージ・シェーファー監督のTV映画『ヒトラー最期の日』The Bunker（一九八一）ではないかと思われる）。ブライアン・デ＝パルマの『スカーフェイス』Scarface リメイク版——あからさまにトランシルヴァニア運動を非難する作品で、チャウシェスクによって追放されたアル・パチーノ演じるトニー・シルヴァナが、急成長するドラック市場でのしあがり、最後にはジェームズ・ウッズ率いるヴァチカンの部隊に倒される（『スカーフェイス』Scarface（一九八三）はハワード・ホークス監督『暗黒街の顔役』Scarface（一九三二）のリメイク。キューバから反カストロ主義者として追放されたアル・パチーノ演じるトニー・モンタナがコカイン市場でのしあがっていく。ヴァチカン部隊のくだりは、ジョン・カーペンター監督『ヴァンパイア／最期の聖戦』Vampires（一九九八）においてジェームズ・ウッズ演じるヴァチカン特命のヴァンパイアスレイヤー、ジャック・クロウを示唆していると思われる）。

これらすべての動きよりわずかにさきんじて、ウェルズはいっさい公表することなく、謎めいた数多い後援者の中でも最後まで残った者の資力により、自分のペースでひそかに撮影をはじめていた。最終シナリオは、主軸となるストーカーの小説に、『DはドラキュラのD』D is for Dracula でも使ったレイモンド・マクナリー＆ラドゥ・フロレスクの研究により明らかになった歴史的事実をまぜあわせ、城に見捨てられ、長く重い生涯における裏切りと罪を思いだしながら処刑人を待っている伯爵の最後の日々に焦点をあてたものとなっている。それが『真夜中の向こうへ』The Other Side of Midnight と呼ばれたプロジェクトである。まずは一九七二年に撮影したシークエンスから、ピーター・ボグダノヴィッチ演じるレンフィールドの場面が集められた。とはいえ彼が演じているのは虫に針を刺すヴァンパイアではなく、でっぷり太ったスレイヤーで、世界に最終的なヴァン・ヘルシング教授をもたらすのである。ウェルズは業界誌に質問されると、ドラキュラ役はウォーレン・ベイティ、スティーブ・マックイーン、ロバート・デ・ニーロにオファーしたと大法螺をふいたが、それは目くらましにすぎなかった。彼はもう何年も前から自分のドラキュラ役者を決めていて、ようやくマントと牙をつけさせることに成功したのである。ウェルズ最後のドラキュラは、ジョン・ヒューストンだった。

　ウェルズは『真夜中の向こうへ』The Other Side of Midnight の撮影を旧ミラクル・ピクチャーズのスタジオでおこなった。独自予算ではあれ『黒い罠』Touch of Evil（一九五八）以来のスタジオ撮影であり、『市民ケーン』Citizen Kane（一九四一）以来はじめての「最終的編集」権を獲得していた。ピーター・バートやデイヴィッド・J・スカルは、みずからの著作においてその契約の一部始終を検討評価している。それによるとウェルズは、長年さがしつづけた末にようやく、彼のヴィジョンそのままの映画制作に必要なクルーと予算を与えてくれるだけの資力をもち、かついっさい口をはさまず彼の芸術的才覚を完全に信頼してくれる、まさしく〝天使のような〟後援者を手に入れたのであった。

　反対の声はあったし、業界はすでにマイケル・チミノの『リンカーン郡戦争』The Lincolon County Wars（第三部「真夜中の向こうへ」七章を参照）や、『ドラキュラ』Dracula の失敗に追い討ちをかけるコッポラの『ワン・フロム・ハート』One From the Heart など、かぎりなく予算がふくらんでいく個性派監督《オトゥール》の作品をほんとうに喜ぶべきかどうか怪しみはじめていた。だがウェルズ自身は、そうした予算の高騰を思慮の浅さによるものだと非難した。最初の『ドラキュラ』Dracula のスクリプトや『ケーン』Kane と同じく、『真夜中の向こうへ』The Other Side of Midnight の計画は綿密に立てられ、予算も定められていた。『ケーン』Kane から四十年の歳月を経て、ウェルズは真実これが自分にとって最後のチャンスになるだろうことを承知していた。もはや〈早熟の天才〉ではない。数々のベスト・オヴ・オール・タイムのトップを飾ってきたこれまでの全功績をかすませるような、有終の美を飾れるような、〝円熟の傑作〟を生み出さなくてはならない。そんなプレッシャーがのしかかる。彼はむろん、大勢の映画人が、コッポラ版の輝きをつかのまのものとして打ち消すような映画を待ち望み、その期待がとどまるところを知らず高まっていることに気づいていたはずだ。それまでのプロジェクトのあまりにも多くが故意に未完のまま放置されたのは、それらが自分に期待される想像上の傑作にけっして及ばないだろうことを、ウェルズ自身が察していたからかもしれない。『真夜中』Midnight において、彼はすべてのカードを提示し、その結果を受けとめなくてはならなかった。

　『真夜中の向こうへ』The Other Side of Midnight は、前例のないことであるが、隣接する三つの防音スタジオを占拠し、ケン・アダムによるビストリツァと、ボルゴ峠と、ドラキュラ城の内部および外観のセットが組み立てられた。ジョン・ヒューストンはあご髭を剃って口髭をはやし、与えられた役柄にそなえた。このキャスティングは明らかに、ウェルズがロサンゼルスの悪の親玉ノア・クロス（『チャイナタウン』Chinatown（一九七四）（ロマン・ポランスキー監督によるフィルム・ノワール））を評価したためであった。七十四歳になるヒューストンはヴァンパイアの血を輸血し、新生者《ニューボーン》の悪ガキどもを引き連れてハリウッドの夜に狩りにくりだしながら、毛皮や頭部など〝獲物〟のトロフィーを飾れないことに憤慨しているという噂だった。そのほかのキャスティングも発表された。ウェルズの映画に出るためなら最低賃金でもかまわないという一流スターと、新しい冒険からはずされることなど耐えられないという昔ながらの仲間と、若い人材とが慎重にミックスされた配役となった。

　ほかにも制作準備段階にはいっているヴァンパイア映画、別ヴァージョンの『ドラキュラ』はあるものの、ハリウッドが真に関心を寄せているのはウェルズの作品だけだった。

　ついにそれが見られるのだ。

たった一日撮影をおこなっただけで、オーソン・ウェルズは『真夜中の向こうへ』The Other Side of Midnight を断念した。一九八一年から死を迎える八五年までのあいだ、彼はいっさいの撮影をおこなわず、『ドン・キホーテ』Don Quixote のような延期に延期を重ねた作品に手をつけることもなかった。放棄の理由についての公式見解はついに発表されず、ジョン・ヒューストン、スティーヴン・スピルバーグ、ブライアン・デ＝パルマらがそろって監督の引き継ぎを拒否したため、この映画はそのまま見捨てられることになった。

　ほとんどの伝記作家は、この、あり得ないほど理想的で完璧なお膳立てを故意に遺棄したのは、オーソン・ウェルズの心の中につねに天才とならんで巣くっていた不安定な自己破壊衝動の最終的発現であろうと解釈している。ウェルズに近い人々、とりわけオヤ・コダールは、この解釈に猛然と反対し、ウェルズの行動にはさしせまった理由——いまだ明らかになっておらず、不確かな推測しかできないにせよ、そうした理由があったのだと主張している。

　撮影済のフィルムとしてはリール二本におよぶ長まわしシーンが存在しているが、それはついに現像されることのないまま、経済的問題により、ルーマニアはティミショアラの銀行にある金庫に、誰の手も触れることなく封印されている。そのリールを一度でも映写することができるならば、喜んで不死たる魂を手放そうと語る業界関係者もひとりではない。「薔薇のつぼみ《ローズ・バッド》」と同じく、これらのリールが発見され理解されるまで、オーソン・ウェルズの最後の作品、失われた『ドラキュラ』は、謎のままとどまるのである。

著者おぼえがき、および謝辞

　本書の各話は中短編としていくぶん異なる形で発表された。それぞれの編集者、スティーヴン・ジョーンズ（「コッポラのドラキュラ」）、ピート・クラウザー（「アンディ・ウォーホルのドラキュラ」）、マーヴィン・ケイ（「真夜中の向こうへ」）、エレン・ダットロウ（「砂漠の城」）、そしてポーラ・グラン（「愛は翼にのって」）に感謝を。そのほかに名をあげておかなくてはならない人々。ピート＆デイナ・アトキンズ、ニコラス・バーバノ、アン・ビルソン、セバスティアン・ボーン、ランディ＆サラ・ブロッカー、カット・ブラウン、ユージーン・バーン、スーザン・バーン、パット・カディガン、ソフィー・コールダー、ロレッタ・カルバート、レス・ダニエルズ、フェイ・デイヴィーズ、アレックス・ダン、〈エンパイア〉誌（一九八九年に創刊されたイギリスの映画雑誌。ニューマンは定期的に記事を書いている）に関わるみんな、デニス（別名ジャック・マーティン）＆クリス・エチソン、マーティン・フィーニ、レスリー・フェルペリン、ラリー・フェッセンデン、ジョー・フレッチャー、マーティン・フレッチャー、バリー・フォーショウ、ニール・ゲイマン、リサ・ゲイ、いまは亡きチャーリー・グラント、ジョン・コートニー・グリムウッド、アントニー・ハーウッド、ジェニファー・ハンドーフ、ジョージナ、ホートリー＝ウーア、シーン・ホーガン、アラン・ジョーンズ、ユン・カー、ジョナサン・キナズリー、ニック＆ヴィヴィアン・ランドー、ジェイムズ・マクドナルド・ロックハート、ドナ＆ティム・ルーカス、ポール・マッコーリー、メイトランド・マクドナー、モーラ・マキュー、グレン・マッケイド、ヘレン・ムラーン、NECON99のスタッフ、ジュリア＆ブライアン・ニューマン、サーシャ＆ジェローム・ニューマン、マーセル・パークス、サラ・ピンバラ、デイヴィッド・ピーリー、デイヴィッド・プリングル、ロバート・リマー、シリア・センプル、アダム・サイモン（『ザ・プレイヤー』のキャラクターではなく本物のほう）、ヘレン・シンプソン、ラッセル・シェクター、デイヴィッド・スカウ（ブロンソン・キャニオンに連れていってくれた）、〈サイト＆サウンド〉誌に関わるみんな、デイヴィッド・J・スカル、ブライアン・スメドレー、マイク＆ポーラ・スミス、ソムトウ・スチャリトカル（S・P・ソムトウの名前で『ヴァンパイア・ジャンクション』を著している）、キャス・トレッチマン、ダグ・ウィンター＆ジャック・ウォマック。

　参考にした書籍一覧、もちろんこれだけではないが。アンナ・エイブラハムズ Warhol Films, パトリシア・アルトナー Vampire Readings: An Annotated Bibliography, ラファエル・アルバレス The Wire: The Truth Be Told, ウィリアム・アモス The Originals: Who's Really Who in Fiction, ニーナ・アウアーバッハ Our Vampires, Ourselves, スティーヴン・バック『ファイナル・カット――「天国の門」製作の夢と悲惨』Final Cut: Dreams and Disaster in the Making of Heaven's Gate, ニコラス・バーバノ Verdens 25 hotteste pronostjerner, バーバラ・ベルフォード Bram Stoker: A Biography of the Author of Dracula, ピーター・ビスキンド Easy Riders, Raging Bulls, ヴィクター・ボクリス The Life and Death of Andy Warhol および『ビート・パンクス』Babylon NYC: From Beat to Punk, マーロン・ブランド&ロバート・リンゼイ『母が教えてくれた歌――マーロン・ブランド自伝』Brando: Songs My Mother Taught Me, マシュー・バンソン『吸血鬼の事典』The Vampire Encyclopedia, グレニス・バイロン（編）Dracula: Contemporary Critical Essays, サイモン・キャロウ Orson Welles: The Road to Xanadu, ロバート・L・キャリンジャー『「市民ケーン」、すべて真実』The Making of Citizen Kane, レイモンド・チャンドラー『長いお別れ』The Long Goodbye, ウェンズリー・クラークソン Quentin Tarantino: Shooting from the Hip, スティーヴン・コーハン&アイナ・レイ・ハーク（編）The Road Movie Book, テリー・コミート（編）Touch of Evil: Orson Welles, エレノア・コッポラ『ノーツ――コッポラの黙示録』Notes: The Making of Apocalypse Now, フランシス・フォード・コッポラ&ジェイムズ・V・ハート Bram Stoker's Dracula: The Film and the Legend, ピーター・カウィ Coppla, および The Godfather Book, マイク・デイヴィス City of Quartz: Excavating the Future in Los Angeles, マーク・ダウィッドジアク『刑事コロンボの秘密』The Columbo File : A Casebook, ジョン・グレゴリー・ダン Monster: Living off the Big Screen, ジェイムズ・エルロイ『わが母なる暗黒』My Dark Places, デニス・エチソン The Dark Country, ロバート・エヴァンズ The Kid Stays in the Picture: A Hollywood Life, チャールズ・フレミング High Concept: Don Simpson and the Hollywood Culture of Excess, デイヴィッド・フリント Babylon Blue: An Illustrated History of Adult Cinema, カール・フレンチ『「地獄の黙示録」完全ガイド』"Apocalypse Now": The Ultimate A-Z (Bloomsbury Movie Guide)，オットー・フリードリック『ハリウッド帝国の興亡――夢工場の１９４０年代』City of Nets: A Portrait of Hollywood in the 1940's, ジョージ・ギャロウェイ&ボブ・ワイリー Downfall: The Ceausescus and the Romanian Revolution, ジョーン・ゴードン&ヴェロニカ・ホリンガー（編）Blood Read: The Vampire as

Metaphor in Contemporary Culture, クリストファー・ゴールデン&ナンシー・ホルダー Buffy the Vampire Slayer: The Watcher's Guide, ロナルド・ゴッテスマン Focus on Citizen Kane, フィル・ハーディ&デイヴ・ラング The Faber Companion to 20th Century Popular Music, レナード・G・ヘルドラ&マリー・ファー（編）The Blood is the Life: Vampires in Literature, トッド・ホフマン Homicide: Life on the Screen, ジェイムズ・クレイグ・ホルト Dracula in the Dark: The Dracula Film Adaptations, スティーヴン・ジョーンズ The Essential Monster Movie Guide, リンドン・W・ジョスリン Count Dracula Goes to the Movies: Stoker's Novel Adapted, 1922-1995, ポーリーン・ケール&ハーマン・J・マンキウィッツ&オーソン・ウェルズ The Citizen Kane Book, デイヴィッド・P・カラット Homicide: Life on the Streets——the Unofficial Companion, スティーヴン・コーク Stargazer: Andy Warhol's World and His Films, ロバート・フィリップ・コーカー A Cinema of Loneliness, アンディ・レイン&ポール・シンプソン The Bond Files, バーバラ・リーミング『オーソン・ウェルズ偽自伝』Orson Welles: A Biography, クライヴ・リーザーデイル Bram Stoker's Dracula Unearthed, ジョン・ルイス Whom God Wishes to Destroy: Francis Coppola and the New Hollywood, コリン・マッケイブ&マーク・フランシス&・ピーター・ウォレン（編）Who is Andy Warhol?, ジョゼフ・マクブライド Orson Welles, デイヴィッド・マクリンティック Indecent Exposure: A True Story of Hollywood and Wall Street, フランク・マクシェイン『レイモンド・チャンドラーの生涯』The Life of Raymond Chandler, ポーラ・ミッチェル・ジェイムズ And Die in the West, グレイル・マーカス Lipstick Traces: A Secret History of the Twentieth Century, J・ゴードン・メルトン The Vampire Book: The Encyclopedia of the Undead, Vampire Gallery: A Who's Who of the Undead および VideoHound's Vampires on Video, ラッセル・ミラー Bare-Faced Messiah: The True Story of L. Ron Hubbard, ピーター・オチオグロッソ Inside Spinal Tap, ロレンス・オトゥール Pornocopia: Porn, Sex, Technology and Desire, アンソニー・ペトコヴィッチ The X Factory: Inside the American Hardcore Film Industry, ジュリア・フィリップス You'll Never Eat Lunch in This Town Again, マイケル・パイ&リンダ・マイルズ Movie Brats, ジェームズ・リオーダン『オリバー・ストーン——映画を爆弾に変えた男』Stone: The Controversies, Excesses, and Exploits of a Radical Filmmaker, エド・ロバートソン "This is Jim Rockford...": the Rockford Files, ロビン、リーザ、リンダ&ティファニー You'll Never Make Love in This

Town Again, ジュリー・サラモン The Devil's Candy: The Bonfire of the Vanities Goes to Hollywood, ジョン・サヴェージ『イングランズ・ドリーミング』England's Dreaming: Sex Pistols and Punk Rock, ジャック・サージェント Born Bad, デイヴィッド・サイモン Homicide: A Year On The Killing Streets および The Corner: A Year in the Life of an Inner-City Neighbourhood, デイヴィッド・J・スカル V is for Vampire: The A-Z Guide to Everything Undead, ロバート・スクラー『アメリカ映画の文化史――映画がつくったアメリカ』Movie-Made America: A Cultural History of American Movies, ケント・スミス、ダレル・W・ムーア&マール・リーグル Adult Movies, エイミ・タウビン Taxi Driver（BFI Film Classics）, デイヴィッド・トムソン A Biographical Dictionary of the Cinema, Overexposures: The Crisis in American Filmmaking, Suspects, および Rosebud: The Story of Orson Welles, キース・トッピング Slayer: The Totally Cool Unofficial Guide to Buffy, パーカー・タイラー Magic and Myth of the Movies, ウルトラ・ヴァイオレット『さよなら、アンディ――ウォーホールの60年代』Famous for 15 Minutes: My Years with Andy Warhol, アンディ・ウォーホル Warhol's America（esp p.25）, オーソン・ウェルズ&ピーター・ボグダノヴィッチ『オーソン・ウェルズ――その半生を語る』This is Orson Welles, リンダ・ウィリアムズ Hard Core, メアリ・ウォロノフ Swimming Underground: My Years in the Warhol Factory, モーリス・ヤコウォー The Films of Paul Morrissey。本書における作業の大半は、わたしが――世間の人々と同じく――リサーチ・ツールとしてインターネットを使うようになる前におこなわれている。だが以後の原稿はイ《I》ンターネット・ム《M》ービー・デ《D》ータベ《b》ースとウィキペディアに頼った。自分がつくりだしたキャラクターの詳細を忘れ、ネットで調べなくてはならなかったこともある。

〈ドラキュラ紀元〉シリーズすべてにおいて。登場人物の多くが、実在の人物、もしくは他のフィクション作品の登場人物の名前を有しているが、彼らはこの改変されたタイムラインにおいてのみ存在するものであり、現実の歴史や本来のフィクション作品における場所から少なくとも二歩以上、離れたところにいる。多大な努力の末に〈ドラキュラ紀元〉世界に住むかくも多くのキャラクターを生みだした、作家、俳優、映画監督、脚本家、アーティスト、ミュージシャンのみなさまに――あまりにも膨大であるため残念ながらここですべての名をあげることはできないが――心より感謝を捧げると同時に、名前を勝手に使用したわたしの行為が、挑戦や暴虐ではなく敬意によるものであると理解していただけることをせつに願う。フィクションとして本書に登場した実在の著名人や私人についても同様である。『われはドラキュラ――ジョニー・アルカード』の改変歴史の都合上、現実世界における作品が消去・変更された人々――とりわけ、映画監督F・W・ムルナウ、トッド・ブラウニング、テレンス・フィッシャー、ポール・モリセイ、ジョン・バダム、および、俳優マックス・シュレック、ベラ・ルゴシ、クリストファー・リー、フランク・ランジェラ、ゲイリー・オールドマン、ウド・キアたちに深くお詫び申し上げる。

登場人物事典

〔凡例〕
☆＝実在もしくは実在と目される人物で裏付けのとれたもの
★＝小説等、架空の人物で出典が確認できたもの
※各項目末の（数字）は初出ページ

ア

アーヴィング、クリフォード（一九三〇—二〇一七）Irving, Clifford ☆アメリカの作家。小説・ノンフィクション・テレビドラマの脚本などを著した。一九七〇年代はじめに、当時隠遁生活を送っていた億万長者ハワード・ヒューズの自伝を捏造して金を騙しとる詐欺事件を起こした。彼はこの事件を『ザ・ホークス——世界を騙した世紀の詐欺事件』The Hoax（一九八一）としてまとめた。のちに『ザ・ホークス　ハワード・ヒューズを売った男』The Hoax（二〇〇六）としてラッセ・ハルストレム監督により映画化された。（下299）

アーサ公女 Asa, Princess → ヴァイダ、アーサ

アーサー、ジーン（一九〇〇—九一）Arthur, Jean ☆アメリカの女優。デビュー後しばらくはなかなか芽が出なかったが、三〇年代後半に大成し、人気スターとなった。フランク・ボーゼイギ監督『歴史は夜作られる』History Is Made at Night（一九三七）、フランク・キャプラ監督『スミス都へ行く』Mr.Smith Goes to Washington（一九三九）など。（下82）

アーチャー、リュー Archer, Lew ★ロス・マクドナルド作『動く標的』The Moving Target（一九四九）など多くの作品に登場する、ハリウッドのサンセット・ブールヴァードに事務所をかまえる私立探偵。（上110）

アーナズ、ルーシー（一九五一— ）Arnaz, Lucie ☆アメリカの女優・歌手・プロデューサー。（上150）

アーノルド Arnold ★アメリカのTVドラマ『農園天国』Green Acres（一九六五—七一）に登場するチェスターホワイト種の豚。主人公である子供のいないジフェル夫妻が息子としてかわいがっている。（下74）

アーバス、ダイアン（一九二三—七一）Arbus, Diane ☆アメリカの写真家。〈ヴォーグ〉、〈ハーパース・バザー〉、〈エスクァイア〉などの雑誌で活躍。ありのままを真正面からとらえたポートレイト作品は、その後のポートレイト

分野に大きな影響を与えたといわれる。（下271）

アープ、ワイアット（一八四八—一九二九）Earp, Wyatt ☆アメリカ西部開拓時代の保安官。一八七八年からカンザス州フォード郡ドッジシティで勤務。七九年にアリゾナ州トゥームストーンに移り、一八八一年いわゆる「ＯＫ牧場の決闘」事件に関わった。（下22）

ＲＤ →ラバー・ダック

アイアンズ、ジェレミー（一九四八— ）Irons, Jeremy ☆イギリスの俳優。舞台俳優として活躍したのちに映画にも進出。バーベット・シュローダー監督『運命の逆転』Reversal of Fortune（一九九〇）でアカデミー主演男優賞を受賞。（下146）

アイズナー、マイケル（一九四二— ）Eisner, Michael ☆アメリカのＴＶプロデューサー・映画プロデューサー・実業家。一九七六年にパラマウント映画の社長兼最高執行責任者につき、数々のヒットをとばしてパラマウント社を成長させる。一九八四年にウォルト・ディズニー・カンパニーの会長兼最高経営責任者（ＣＥＯ）に就任。経営者としては辣腕だったが、クリエイターとしてはいまひとつだった。（下96）

アイスマン Iceman ★蝙蝠戦士プログラムの新人のひとり。マーベル・コミック〈Ｘ—メン〉X-Men（一九六三— ）に登場するスーパーヒーローより。もしくは、トニー・スコット監督『トップガン』Top Gun（一九八六）に登場するパイロット、トム・カザンスキーのコールサインより。ヴァル・キルマーが演じている。（上349）

アイゼンハワー、ドワイト（一八九〇—一九六九）Eisenhower, Dwight ☆アメリカの軍人・政治家。連合国遠征軍最高司令官、陸軍参謀総長、ＮＡＴＯ軍最高司令官を務め、第三十四代大統領（任期一九五三—六一）に就任。宇宙計画に関心をもっていた。（下181）

アジャーニ、イザベル（一九五五— ）Adjani, Isabelle ☆フランスの映画女優。パトリス・シェロー監督『王妃マルゴ』La Reine Margot（一九九四）などでセザール賞を五度受賞している。ヴェルナー・ヘルツォーク監督『ノスフェラトゥ』Nosferatu: Phantom der Nacht（一九七九）では、ルーシー・ハーカー（原作のミナに相当する）を演じている。（上157）

アシュラフ（・パフラヴィ）（一九一九—二〇一六）Ashraf ☆パフラヴィ朝イランの最後の皇帝モハンマド・レザ・シャー・パフラヴィの双子の妹。兄のアドヴァイザーとして力をふるったが、一九七九年のイラン革命により失脚。（上150）

アステア、フレッド（一八九九—一九八七）Astaire, Fred ☆

アメリカの俳優・ダンサー・歌手。舞台から映画界へはいり、一九三〇年代から五〇年代にかけて、ハリウッドにミュージカル映画の全盛期をもたらした。マーク・サンドリッチ監督『トップ・ハット』Top Hat（一九三五）において、「トップ・ハット、ホワイト・タイ、アンド・テール」というアステアのイメージが確立された。（下91）

アダム、ケン（一九二一―二〇一六）Adam, Ken ☆イギリスの美術監督。〈007〉シリーズの造形でひろく名を知られる。スタンリー・キューブリック監督『バリー・リンドン』Barry Lyndon（一九七五）およびニコラス・ハイトナー監督『英国万歳！』The Madness of King George（一九九四）でアカデミー美術賞を受賞。（上332）

アッティラ（四〇六?―四五三）Attila ☆ヨーロッパに侵入し、大帝国を築いたフン族の王。四五一年にフランスでローマ人および西ゴート人に敗北を喫した。（上87）

アッテンボロー、リチャード（一九二三―二〇一四）Attenborough, Richard ☆イギリスの映画監督・プロデューサー・俳優。俳優としては、ジョン・スタージェス監督『大脱走』The Great Escape（一九六三）、スティーヴン・スピルバーグ監督『ジュラシック・パーク』Jurassic Park（一九九三）などに出演。監督としては『ガンジー』Gandhi（一九八二）でアカデミー監督賞を受賞している。（下301）

アネット（・ファニセロ）（一九四二―二〇一三）Annette (Funicello) ☆アメリカの歌手・女優（上233）

アブズグ、ベラ（一九二〇―九八）Abzug, Bella ☆アメリカの法律家・下院議員。一九七〇年代の女性解放運動のリーダー的存在だった。（上180）

アマヤ、マリオ（一九三三―八六）Amaya, Mario ☆アメリカの美術評論家。いくつもの美術館監督を務め、美術雑誌の編集にも関わった。一九六八年、偶然ウォーホルの〈ファクトリー〉を訪問していてヴァレリー・ソラナスの襲撃にあい負傷したことでも有名。著書『アール・ヌーヴォー』Art Nouveau（一九六六）。（下292）

アメリカ、ポール（一九四四―八二）America, Paul ☆アメリカの俳優。アンディ・ウォーホルに美貌を認められて『マイ・ハスラー』My Hustler（一九六五）に主演。ゲイのアイコンとなる。（下287）

アランド、ウィリアム（一九一六―九七）Alland, William ☆アメリカの俳優・映画プロデューサー・脚本家・映画監督。『市民ケーン』Citizen Kane（一九四一）で新聞王ケーンの生涯を調査する記者トンプソンを演じた。（上244）

アリ（一九六二― ）Ari ☆クリスチャン・アーロン・ブローニュ（Christian Aaron Boulogne）もしくはペフゲン（Päffgen）通称アリ。フランスの写真家・俳優。ニコ・オツァークとアラン・ドロンのあいだに生まれた息子。ペフゲンはニコの姓。アラン・ドロンの親に育てられ、彼らの名前を継いだ。（下288）

アリ、モハメド（一九四二―二〇一六）**Ali, Muhammad** ☆アメリカのプロボクサー。イスラム教改宗前の名はカシアス・クレイ Cassius Clay。元WBA・WBC統一世界ヘビー級チャンピオン。「蝶のように舞い、蜂のように刺す！」という言葉で有名。（下293）

アリアドネ Ariadne ★ギリシア神話に登場するクレタ島の王女。迷宮にはいるテセウスに、ぶじにもどってこれるよう糸玉をわたしたといわれる。（下197）

アルカード、ジョニー（**ジョン**）**Alucard, Johnny (John)** 一九四四年、トランシルヴァニアでドラキュラにより転化したルーマニアの少年イオン・ポペスクが、アメリカにわたり、ハリウッドに移ってから名のった名前。アルカードはドラキュラ Dracula のアナグラムである。（上199）

アルパート、ハーブ（一九三五―　）**Alpert, Herb** ☆アメリカのジャズミュージシャン・作曲家。A&Mレコードの創始者。ティファナ・ブラスと名づけたバンドを率いて数々のヒットをとばした。（下189）

アレックス、マダム（一九三五―九五）**Alex, Madame** ☆本名、エリザベス・アダムズ。「ビヴァリーヒルズのマダム」とも呼ばれる高級コールガールの元締めで、「ハリウッドマダム」ハイディ・フライスを育てた。ハイディに事業を譲ったのち、『マダム九〇二一〇：高級娼館の女王の座をめぐる、マダムとハイディたちの野望のドキュメント』Madam 90210 : My Life as Madam to the Rich and Famous（一九九四）を著している。（下25）

アレン、アーウィン（一九一六―九一）**Allen, Irwin** ☆アメリカの映画監督・プロデューサー。ロナルド・ニーム監督『ポセイドン・アドベンチャー』The Poseidon Adventure（一九七二）、ジョン・ギラーミン監督『タワーリング・インフェルノ』The Towering Inferno（一九七四）をプロデュース。『タワーリング・インフェルノ』ではアクションシーンを監督。（上47）

アレン、カレン（一九五一―　）**Allen, Karen** ☆アメリカの女優。『レイダース／失われたアーク《聖櫃》』Raiders of the Lost Ark（一九八一）のヒロイン役で名をあげた。（上314）

アンガー、ケネス（一九二七―　）**Anger, Kenneth** ☆アメリカの映画監督・俳優。悪魔主義・神秘主義をテーマにした難解なアヴァンギャルド映画をつくった。一九八〇年からしばらくのあいだ、映画制作から離れている。（上318）

アント、アダム（一九五四―　）**Ant, Adam** ☆イギリスのミュージシャン。一九七八年にニューウェイヴ・バンド、アダム

&ジ・アンツのリーダーとしてデビュー。のちにソロ活動。テレビや映画で俳優としても活躍している。(上213)

アントネスク、イオン (**一八八二―一九四六**) **Antonescu** ☆ルーマニアの軍人・政治家。第二次大戦時の独裁者であったが、戦後、戦犯として処刑された。(上13)

アンドリュース Andrews ★スティーヴン・キング「ナイト・フライヤー」The Night Flier (一九八八) に登場するヴァンパイア。「魔人ドラキュラ」にちなんでドワイト・レンフィールドと名のっている。セスナで田舎の飛行場においては殺戮をくり返していた。マーク・パヴィア監督一九九七年の映画ではマイケル・H・モスが演じている。彼に「アンドリュース」という名前を与えたのは、キム・ニューマンであるらしい。(上365)

イ

イー、ミスタ Yee, Mr ★中国人ヴァンパイアの暗殺者。『ドラキュラ紀元一八八八』Anno Dracula 十八章でジュヌヴィエーヴを襲った僵屍《キョンシー》。本編では名無しの登場であるが、同巻収録の映画シナリオ抜粋で判明している。(下55)

イーグルス The Eagles ☆一九七一年にデビューしたアメリカのロックバンド。「ホテル・カリフォルニア」Hotel California (一九七七) が大ヒットとなる。(上228)

イーストウッド、クリント (**一九三〇― **) **Eastwood, Clint** ☆アメリカの映画俳優・監督・プロデューサー・政治活動家。多くの西部劇やアクション映画に出演。なかでも〈ダーティハリー〉Dirty Harry シリーズ (一九七一―八八) を代表作とする。監督としては『許されざる者』Unforgiven (一九九二) などでアカデミー監督賞を受賞。政治家としてはカルフォルニア州カーメル市市長を一期務めた。一九七九年にはドン・シーゲル監督『アルカトラズからの脱出』Escape From Alcatraz に主演している。(下68)

イカロス Icarus ★ギリシャ神話の登場人物。蠟で固めた翼で空を飛んでいるとき、父の忠告を無視して太陽に近づきすぎ、蠟が溶けて墜落、死亡した。(上351)

イメルダ Imelda ↓マルコス、イメルダ

イリアナ Illyana ★マーベル・コミック〈X―メン〉X-Men (一九六三―) シリーズに登場する女戦士。(下230)

イリエスク、イオン (**一九三〇― **) **Iliescu, Ion** ☆ルーマニアの政治家。一九八九年、ルーマニア革命にさいして救国戦線評議会議長に就任、暫定的に国家元首となる。一九九〇年、選挙により大統領に当選。第二代大統領(一九九〇―九六)、第四代大統領(二〇〇〇―〇四)。(下12)

イングリッド・スーパーヴァンプ Ingrid Supervamp ☆?

ウォーホルの映画に常連として出演していたイングリッド・スーパースター（一九四四― 八六年に失踪、死亡と推定される）のもじりと思われる。（下282）

インターナショナル・ヴェルヴェット（一九五〇― ）**International Velvet** ☆本名、スーザン・ボトムリ。アメリカの女優・モデル。『チェルシー・ガールズ』Chelsea Girls（一九六六）をはじめ、アンディ・ウォーホルの映画に出演している。非常な美貌で知られた。（下286）

インディアナ、ロバート（一九二八―二〇一八）**Indiana, Robert** ☆アメリカの現代美術家・舞台美術家・コスチュームデザイナー。ポップアートの現代彫刻で有名。ウォーホルの『イート』Eat（一九六三）に主演。（下280）

インポッシブルズ The Impossibles ★アメリカのＴＶアニメ The Impossibles（一九六六―六七）に登場する三人組のロックバンド。ヒーローに変身して悪と戦う。日本では『スーパースリー』のタイトルで放映された。（下190）

ウ

ヴァーニー、サー・フランシス Varney, Sir Francis ★ジェイムズ・マルコム・ライマーの Varney the Vampire; or, the Feast of Blood（『吸血鬼ヴァーニー』一八四七）の登場人物。トマス・プレスケット・プレストの作という説もある。ジョージ二世下のイギリスで暗躍する、邪悪で魅惑的な典型的ヴァンパイア貴族。（下301）

ヴァーレイン、トム（一九四九― ）**Verlaine, Tom** ☆アメリカのシンガーソングライター。一九七三年ニューヨーク・パンクの伝説的なバンド、テレヴィジョンを結成するが、七八年に解散。（上182）

ヴァイオレット、ウルトラ Violet, Ultra ↓デュフレーヌ、イザベル

ヴァイダ、アーサ Vajda, Asa ★マリオ・バーヴァ監督、バーバラ・スティール主演『血ぬられた墓標』La maschera del demonio/The Mask of Satan/Black Sunday（一九六〇）に登場するヴァンパイア。前作『ドラキュラのチャチャチャ』Dracula Cha Cha Cha においてドラキュラと婚約していた。（上353）

ヴァディム、ロジェ（一九二八―二〇〇〇）**Vadim, Roger** ☆フランス出身の映画監督・プロデューサー・脚本家・作家・俳優。ブリジッド・バルドー、ジェーン・フォンダら、五人の女性と結婚離婚をくり返すほか、カトリーヌ・ドヌーヴと交際するなど、プレイボーイとして有名。監督作品としては、ブリジット・バルドー主演『素直な悪女』And God Created Woman（一九五六）、ジェー

ン・フォンダ主演『獲物の分け前』La curée（一九六六）、カトリーヌ・ドヌーヴ主演『悪徳の栄え』Le vice et la vertu（一九六三）など。（上119）

ヴァニティ（一九五九―二〇一六）Vanity ☆カナダのシンガーソングライター・モデル・女優。プリンスがプロデュースしたヴォーカルトリオ、ヴァニティ6の一員だったが、解散後、ソロ活動をはじめるとともに映画にも出演した。ジョン・ランディスの映画には出演していないようだ。（下300）

ヴァレンタイン、アンバー Valentine, Amber ラッケルが女優として名のりたがった名前。詳細不明。（上115）

ヴァレンティノ、ルドルフ（一八九五―一九二六）Valentino, Rudolf ☆イタリア出身。サイレント映画時代のハリウッドで活躍した俳優。『鮮血の撃墜王』Bloody Red Baron 収録「ヴァンパイア・ロマンス」Vampire Romance においては『伯爵』Count という映画に主演している。ニューマンはこの映画を、E・M・ハル『シーク―灼熱の恋―』The Sheik（一九一九）を原作とするジョージ・メルフォード監督、ルドルフ・ヴァレンティノ主演『シーク』The Sheik（一九二一）より創作している。（上318）

ヴァン・ダム、ジャン＝クロード（一九六〇― ）Van Damme, Jean-Claude ☆ベルギー生まれの格闘家・映画俳優。一九八〇年、全欧プロ空手選手権ミドル級王座を獲得。その後、俳優をめざす。ニュート・アーノルド監督『ブラッド・スポーツ』Bloodsport（一九八八）で主演デビュー。その後、多くのアクション映画に出演している。（下96）

ヴァン・ヘルシング、エイブラハム Van Helsing, Abraham ★ブラム・ストーカー『吸血鬼ドラキュラ』Dracula（一八九七）の登場人物。ドクター・セワードの旧師でアムステルダムの医学・哲学・文学博士。セワードに呼ばれてルーシー・ウェステンラを診察し、すぐさま吸血鬼の仕業と看破した。ルーシーの死後、彼女の求婚者たちを集めて彼女を滅ぼし、さらにハーカー夫妻も加えてドラキュラ伯爵を追いつめ、退治した、はず――（上34）

ヴァンピ Vampi ★デイヴィッド・コンウェイ&ケヴィン・ラウによるコミック Vampi シリーズの主人公だろうか。（上249）

ヴィヴァ（一九三八― ）Viva ☆アメリカの女優・作家。ウォーホルの映画『バイク・ボーイ』Bike Boy（一九六七）、『タブ・ガール』Tub Girls（一九六七）などに出演。ヴァレリー・ソラナスの狙撃事件以後ウォーホルから離れ、一般の映画に出演するようになる。のちに〈ファクトリー〉での日々を描いた自伝的フィクション Superstar（一九七〇）を出版。（下292）

ヴィクトリア女王（一八一九―一九〇一）Victoria, Queen ☆

英国女王、在位一八三七—一九〇一。十八歳にして即位。当時の首相メルボーンから君主としての教育を受ける。アルバート公と結婚後は聡明な夫の助けによって立憲君主としての地位をよくわきまえ、国民敬愛の中心となり、王室の地位をかためた。その六十四年にわたる治世は大英帝国の最も輝かしい時代となった。〈紀元〉ワールドにおいてはドラキュラと結婚し、国全体をその圧政にさらしたが、最後には「王婿」でしかないドラキュラの権力を無効にするため、自害した。（上35）

ウィスラー Whistler 若いヴァンパイア。詳細不明。（上184）

ヴィトー Vito → コルレオーネ、ヴィトー

ヴィラヌーヴァ、ドン・セバンスチャン・ド Villanueva, Don Sebastian de ★レス・ダニエルズのホラーシリーズ、The Black Castle（一九七八）、The Silver Skull（一九七九）、Citizen Vampire（一九八一）などに登場するヴァンパイア。（下94）

ウィリアムズ、ジョン（一九三二— ）Williams, John ☆アメリカの作曲家・指揮者。スティーヴン・スピルバーグ作品、ジョージ・ルーカスの〈スター・ウォーズ〉Star Wars（一九七七— ）シリーズ、〈ハリー・ポッター〉Harry Potter（二〇〇一—二〇一一）シリーズなどの音楽を手がける。映画音楽の第一人者と目され、数々の賞を受賞している。（上332）

ウィリアムズ、ロビン（一九五一—二〇一四）Williams, Robin ☆アメリカの俳優・コメディアン。スタンダップ・コメディアンとして芸歴をはじめ、I・ロバート・レヴィ監督『セクシー・ジョーク2／ところかまわず立てちゃダーメ!!』Can I Do It 'Till I Need Glasses?（一九七七）で映画デビュー。ロバート・アルトマン監督『ポパイ』Popeye（一九八〇）で主演。ガス・ヴァン・サント監督『グッド・ウィル・ハンティング／旅立ち』Good Will Hunting（一九九七）でアカデミー助演男優賞受賞。（下73）

ウィリアムズ・ジュニア、ハンク（一九四九— ）Williams Jr, Hank ☆アメリカのカントリー・サザンロック系シンガーソングライターにしてミュージシャン。父親は二十世紀を代表するカントリー・シンガーのハンク・ウィリアムズ。（下50）

ウィルクス、アニー Wilkes, Annie ★スティーヴン・キング『ミザリー』Misery（一九八七）の登場人物。自分の好きな小説の主人公が死んだことを知り、その作家シェルダンを監禁して望む結末を書かせようと激しい虐待をくり返す。ロブ・ライナー監督の映画（一九九〇）ではキャシー・ベイツが演じている。実際にジョン・レノンを殺害したのはマーク・チャプマン。（上235）

ウィルソン、ガーハン（一九三〇— ）Wilson, Gahan ☆ア

メリカの作家・マンガ家・イラストレーター。ホラー・ファンタジイの作風で知られる。（下118）

ヴィレッジ・ピープル Village People ☆七〇年代後半から八〇年代にかけて活躍したアメリカの六人組ポップヴォーカルグループ。ゲイ・マーケットをターゲットにして、メンバーそれぞれがゲイ受けを狙ったコスプレをしていた。ヒット曲「ＹＭＣＡ」Y.M.C.A.（一九七八）。（上185）

ウィンスロップ、エドウィン Winthrop, Edwin ★キム・ニューマン〈ドラキュラ紀元〉シリーズ『鮮血の撃墜王』The Bloody Red Baron の主人公のひとり。ディオゲネス・クラブの若手諜報員として第一次大戦で活躍した。『ドラキュラのチャチャチャ』Dracula Cha Cha Cha ではディオゲネス・クラブの中核を担っていた。（上204）

ウィンター、ダナ（一九三一―二〇一一）Wynter, Dana ☆アメリカの女優。ＴＶ出演が多い。映画としてはドン・シーゲル監督『ボディ・スナッチャー／恐怖の街』Invasion of the Body Snatchers（一九五六）、ルイス・ギルバート監督『ビスマルク号を撃沈せよ！』Sink the Bismarck!（一九六〇）など。（下97）

ウィンターズ、バーバラ（バービー）・ダール Winters, Barbara (Barbie) Dahl ★ヴァンパイアスレイヤーの少女。フラン・ルーベル・クズイ監督『バッフィ／ザ・バンパイア・キラー』Buffy the Vampire Slayer（一九九二）および続編のＴＶドラマ『バフィー～恋する十字架～』Buffy the Vampire Slayer（一九九七―二〇〇三）の主人公、ハイスクールのチアリーダーだったがヴァンパイアスレイヤーになって戦うバフィー・アン・サマーズをもじっている。愛用の杭に名前をつけているのも同じ（バフィの杭の名前はミスタ・ポインター）。映画ではクリスティ・スワンソン、ＴＶドラマではサラ・ミシェル・ゲラーが演じた。（上269）

ウィントン、L・キース Winton, L. Keith ☆★パルプ・マガジンにSF小説を発表した後、サイエントロジー教会という新興宗教をはじめたアメリカのSF作家、L・ロン・ハバード（一九一一―八六）と、フレデリック・ブラウン『発狂した宇宙』What Mad Universe（一九四九）の主人公であるSF雑誌の編集者キース・ウィントンをあわせたものと思われる。（上121）

ウーマック、ボビー（一九四四―二〇一四）Womack, Bobby ☆アメリカのシンガーソングライター・ギタリスト。ソウル、ファンクの分野で活躍し、「最後のソウル・マン」とも呼ばれる。名曲のカヴァや映画音楽などにも積極的に取り組んだ。（下79）

ウェイン、ジョン（一九〇七―七九）Wayne, John ☆アメリカの俳優・映画プロデューサー・映画監督。ジョン・フォード監督『駅馬車』Stagecoach（一九三九）のヒットにより大スターとなり、『アパッチ砦』Fort Apache（一九四八）、『黄色いリボン』She Wore a Yellow Ribbon（一九四九）、『捜索者』The Searchers（一九五六）、『リバティ・バランスを射った男』The Man Who Shot Liberty Valance（一九六二）など、多くのフォード作品に出演した。（下96）

ウェイン、チャック（一九三九―二〇〇八）**Wein, Chuck** ☆アメリカのエンターテインメント・プロモーター。イーディ・セジウィックの友人として〈ファクトリー〉に出入りするようになり、ウォーホルのアシスタント・ディレクターとして活躍した。（下287）

ウェステンラ Westenra ★ブラム・ストーカー『吸血鬼ドラキュラ』Dracula（一八九七）では英国におけるドラキュラ最初の犠牲者となるルーシーの名字だが、コッポラの『ドラキュラ』では男の役のようだ――（上35）

ウェステンラ、ルーシー Westenra, Lucy ★ブラム・ストーカー『吸血鬼ドラキュラ』Dracula（一八九七）の登場人物。ミナ・マリーの幼馴染みでゴダルミング卿アーサーの婚約者。ドラキュラの英国における最初の犠牲者となる。ヴァン・ヘルシング教授、ドクター・セワードらの尽力もむなしく吸血鬼と化し、一行の手によって滅ぼされた。（上52）

ウェスト、ハーバート West, Herbert ★H・P・ラヴクラフトの中編恐怖小説「死体蘇生者ハーバート・ウェスト」Herbert West — Reanimator（一九二二）の主人公。ミスカトニック大学に所属する医学者。スチュアート・ゴードン監督、ジェフリー・コムズ主演『ZOMBIO 死霊のしたたり』Re-Animator（一九八五）などとして映画化もされている。（下220）

ヴェルヴェット、インターナショナル Velvet, International
↓インターナショナル・ヴェルヴェット

ヴェルヴェット・アンダーグラウンド The Velvet Underground ☆一九六四年にルー・リードを中心として結成されたアメリカのロック・バンド。（下290）

ヴェルクロ Velcro ★DCコミックのいくつかのシリーズに登場する超人特殊部隊《クリーチャー・コマンド》のメンバー。吸血鬼の能力をもつ。（上349）

ウェルズ、H・G（一八六六―一九四六）**Welles, Herbert George** ☆イギリスの作家。『タイム・マシン』The Time Machine（一八九五）、『宇宙戦争』The War of the Worlds（一八九八）などを著し、「SFの父」と呼ばれる。（上245）

ウェルズ、オーソン（一九一五―八五）**Welles, Orson** ☆アメリカの映画監督・俳優。一九三七年にマーキュリー・シアターを結成。一九三八年、H・G・ウェルズ『宇宙戦争』The War of the Worlds（一八九八）を原作とするラジオドラマによって脚光を浴びた。革新的技法を駆使した『市民ケーン』Citizen Kane（一九四一）の監督・主演、キャロル・リード監督による『第三の男』The Third Man（一九四九）主演など、多くの映画・舞台劇で活躍した。（上36）

ウェルズ、キンバリー Wells, Kimberly ★ジェームズ・ブリッジス監督『チャイナ・シンドローム』The China Syndrome（一九七九）の主人公であるTVレポーター。ジェーン・フォンダが演じた。（上314）

ウェルド、チューズデイ（一九四三―）Weld, Tuesday ☆アメリカの女優・モデル。子供のときからモデルをはじめ、十三歳で映画デビュー。十五歳にしてティーンエイジャーのセックス・シンボルとなった。（上268）

ウォーカー、ヴァーノン・L（一八九四―一九四八）Walker, Vernon L. ☆アメリカの特殊効果技師・撮影監督。『市民ケーン』Citizen Kane（一九四一）の特殊効果を担当する。（上243）

ウォーカー、ナンシー（一九二二―九二）Walker, Nancy ☆アメリカの舞台映画女優・映画監督。監督作品としては『ミュージック・ミュージック』Can't Stop the Music（一九八〇）。（上263）

ウォーカー、ハル・フィリップ Walker, Hal Philip ★ロバート・アルトマン監督『ナッシュビル』Nashville（一九七五）に出てくる大統領候補。名前のみで、実際に出演するシーンはない。（上176）

ウォーターズ、ジョン（一九四六―）Waters, John ☆アメリカの映画監督・脚本家。『モンド・トラッショ』Mondo Trasho（一九七〇）、『ピンク・フラミンゴ』Pink Flamingos（一九七二）など、過激で下品なコメディで知られ、カルト的な人気を誇る。（下261）

ウォード、フレッド（一九四二―）Ward, Fred ☆アメリカの俳優。マーティン・キャンベル監督『SFXハードボイルド／ラブクラフト』Cast a Deadly Spell（一九九一）で、魔法があたりまえに使われているロサンゼルスの刑事ハリー・フィリップ・ラヴクラフトを演じている。（下98）

ウォーホラ、オンドレイ（アンドレイ）（一八八六―一九四二）Warhola, Ondrej (Andrej) ☆アンディ・ウォーホルの父。一九一四年にアメリカに移住し、のちに妻を呼び寄せた。ピッツバーグで炭鉱夫をしていたが、アンディが十五の年に死亡。（下273）

ウォーホラ、ユーリア（ジュリア）（一八九一―一九七二）

Warhola, Julia ☆アンディ・ウォーホルの母。貧しい農民の生まれだが、絵画や刺繍など芸術的な指向をもっていて、アンディに大きな影響を与えた。のちにニューヨークに移ってアンディの世話をした。(下273)

ウォーホル、アンディ（**一九二八―八七**）**Warhol, Andy** ☆アメリカの画家・版画家・芸術家でポップアートの旗手。ロックバンドのプロデュースや映画制作なども手掛けたマルチ・アーティスト。〈ファクトリー〉と呼ばれるスタジオにさまざまなアーティストがたむろしていた。(上135)

ウォーレン、ピーター（**一九三八―** ）**Wollen, Peter** ☆イギリスの映画理論家・監督・脚本家。さまざまな大学で映画に関する講義をおこなっている。(下270)

ヴォネガット、カート（**一九二二―二〇〇七**）**Vonnegut, Kurt** ☆アメリカの小説家・エッセイスト・劇作家。現代アメリカ文学を代表する作家のひとり。『タイタンの妖女』The Sirens of Titan（一九五九）、『猫のゆりかご』Cat's Cradle（一九六三）、『スローターハウス5』Slaughterhouse-Five, or The Children's Crusade: A Duty-Dance With Death（一九六九）など。(下118)

ウォリック、ルース（**一九一六―二〇〇五**）**Warrick, Ruth** ☆アメリカの歌手・女優。デビュー作となる『市民ケーン』Citizen Kane（一九四一）ではケーンの最初の妻エミリー・ノートンを演じている。(上244)

ウォルブルック、アントン（**一八九六―一九六七**）**Walbrook, Anton** ☆オーストリア生まれの英国の俳優。ソロルド・ディキンソン監督『ガス燈』Gaslight（一九四〇）、マイケル・パウエル監督『赤い靴』The Red Shoes（一九四八）、ソロルド・ディキンソン監督『スペードの女王』The Queen of Spades（一九四九）など。(上35)

ウォレック、アンダース **Wolleck, Anders** ★デヴィッド・クローネンバーグ監督『戦慄の絆』Dead Ringers（一九八八）に登場する金属彫刻家。スティーヴン・ラックが演じた。(上182)

ウォロノフ、メアリー（**一九四三―** ）**Woronov, Mary** ☆アメリカの女優・作家・画家。ウォーホルの映画に常連として出演し、のちには彼に関する書物を多く著している。映画、TVなどで、個性派俳優として活躍している。(下270)

ウッズ、ジェームズ（**一九四七―** ）**Woods, James** ☆アメリカの俳優。セルジオ・レオーネ監督『ワンス・アポン・ア・タイム・イン・アメリカ』Once Upon a Time in America（一九八四）で知名度をあげ、オリバー・ストーン監督『サルバドル／遥かなる日々』Salvador（一九八六）でアカデミー主演男優賞にノミネート。ジョン・カーペンター監督『ヴァンパイア／最期の聖戦』Vampires

（一九九八）ではヴァチカンの特命を受けたヴァンパイアスレイヤー、ジャック・クロウを演じている。（下301）

ウッド、ナタリー（一九三八—八一）**Wood, Natalie** ☆アメリカの女優。ジョン・フォード監督の西部劇『捜索者』The Searchers（一九五六）、ロバート・ワイズ＆ジェローム・ロビンズ監督のミュージカル『ウエスト・サイド物語』West Side Story（一九六一）、エリア・カザン監督の青春映画『草原の輝き』Splendor in the Grass（一九六一）などでスターの座を獲得する。その死は謎につつまれ、事故から殺人までいろいろな説がある。（下97）

ウッドハウス、エイドリアン Woodhouse,Adrian ★サム・オースティーン監督『続・ローズマリーの赤ちゃん／悪魔の子が生まれて8年が経った…』Look What's Happened to Rosemary's Baby（一九七六）の登場人物。ローズマリーが生んだ悪魔の子。スティーヴン・マクハティが演じている。（上166）

ウフーラ Uhura ★〈スタートレック〉Star Trek（一九六六— ）シリーズの登場人物。エンタープライズ号の通信士。日本語吹替版では「ウラ」と名前が変わっている。ニシェル・ニコルズが演じている。（下198）

ヴラド・ツェペシュ（一四三一—七六）**Vlad Tepes** ☆ワラキア公、在位一四四八年、一四五六—六二年、一四七六年。ハンガリーとトルコのあいだで小国の独立を守った類まれなる名君と評価される一方で、捕虜や囚人を串刺しにして処刑した残虐さゆえに、「串刺し公《ツェペシュ》」と渾名され、恐れられた。父ヴラド公はドラクルと渾名されていたが、それには〈竜〉と〈悪魔公〉のふたつの意味がある。「ドラクルの子」という意味から、「ドラキュラ」という名が生まれたという。（上11）

ウルトラ・ヴァイオレット Ultra Violet ↓デュフレーヌ、イザベル

エ

エイガー、ジョン（一九二一—二〇〇二）**Agar, John** ☆アメリカの俳優。『アパッチ砦』Fort Apache（一九四八）、『黄色いリボン』She Wore a Yellow Ribbon（一九四九）など、ジョン・フォード監督、ジョン・ウェイン主演映画の脇役として活躍。その後は低予算B級映画の主演を多く務めた。（下297）

エイクロイド、ダン（一九五二— ）**Aykroyd, Dan** ☆カナダ出身の俳優・コメディアン・ミュージシャン・脚本家。ジョン・ベルーシとダブル主演したジョン・ランディス監督『ブルース・ブラザース』The Blues Brothers

（一九八〇）で知られる。アイヴァン・ライトマン監督『ゴーストバスターズ』Ghostbusters（一九八四）の脚本を担当し、ジョン・ベルーシと共演するはずだったが、ベルーシの死去により主役交替となった。（上286）

エイドリアン、ボリス Adrian, Boris ★テリー・サザーン作 Blue Movie（一九七〇）に登場する映画監督。（上280）

エイミス、マーティン（一九四九―）Amis, Martin ☆イギリスの小説家・エッセイスト・脚本家。小説家としては、『二十歳への時間割』The Rachel Papers（一九七三）、『サクセス』Success（一九七八）など。脚本家としては、スタンリー・ドーネン監督『スペース・サタン』Saturn3（一九八〇）など。（下154）

エヴァンズ、ボブ（ロバート）（一九三〇―）Evans, Bob ☆アメリカの映画俳優・プロデューサー。製作作品としては、ロマン・ポランスキー監督『チャイナタウン』Chinatown(一九七四)、ジョン・シュレシンジャー監督『マラソンマン』Marathon Man（一九七六）など。（上113）

エヴィータ（一九一九―五二）Evita ☆本名エヴァ・ペロン。アルゼンチンの女優・政治家。貧しい生まれながらファン・ペロン大統領と結婚してファーストレディとなる。政治にもいろいろと介入したが、なおも国内では人気が高く、エヴィータと愛称され、その生涯はアンドリュー・ロイド・ウェバーによりミュージカルとなった。（下195）

エグス Egaeus ★エドガー・アラン・ポオ「ベレニス」Berenice（一八三五）の主人公にして語り手。（下112）

エクスリー、エドワード Exeley, Edward ★ジェイムズ・エルロイの〈L・A・四部作〉L.A. Quartet（一九八七―九二）の第三作『L・A・コンフィデンシャル』L.A.Confidential（一九九〇）および第四作『ホワイト・ジャズ』White Jazz（一九九二）に登場するロス市警の警部補。カーティス・ハンソン監督の映画『L・A・コンフィデンシャル』L.A.Confidential（一九九七）ではガイ・ピアースが演じている。（上110）

エスターハス、ジョー（一九四四―）Eszterhas, Joe ☆アメリカの脚本家・作家。ノーマン・ジュイソン監督『フィスト』F.I.S.T.(一九七八)でスタローンと脚本を共同執筆。ほかに、エイドリアン・ライン監督『フラッシュダンス』Flashdance（一九八三）、ポール・バーホーベン監督『氷の微笑』Basic Instinct（一九九二）など。（下65）

X《エックス》 X ☆ロサンゼルスのパンクバンド。一九七七年に結成。一九八〇年代前半にかなりの成功をおさめた。（上291）

エドモンズ、ドン（一九三七―二〇〇九）Edmunds, Don ☆アメリカの映画俳優・監督・脚本家・プロデューサー。『イルザ／ナチ女収容所 悪魔の生体実験』Ilsa, She-Wolf of the SS（一九七四）および『イルザ／アラブ女収容所悪魔のハーレム』Ilsa, Harem Keeper of the Oil Sheiks（一九七八）の監督を務めた。（下78）

エドワーズ、ヒルトン（一九〇三—八二）Edwards, Hilton ☆イギリス生まれのアイルランド人俳優・舞台演出家。パートナーのマイケル・マクラマーとともに、ダブリンにゲイト・シアター・カンパニーを創設する。二十世紀のアイルランドでもっとも著名な芸術家。『オーソン・ウェルズのオセロ』The Tragedy of Othello（一九五一）ではブラバンシオを演じている。（下299）

エマーソン、エリック（一九四五—七五）Emerson, Eric ☆アメリカのダンサー・ミュージシャン・俳優。クラシック・バレエのダンサーであったが、ウォーホルの『チェルシー・ガールズ』Chelsea Girls（一九六六）、『ロンサム・カウボーイ』Lonesome Cowboys（一九六八）、『ヒート』Heat（一九七二）などに出演。グラム・パンクのバンド、マジック・トランプスのヴォーカルでもあった。二十九歳にして死亡。ひき逃げと思われたが直接の死因はオーヴァドーズであったようだ。（下283）

エミリオ（一九六二— ）Emilio ☆エミリオ・エステヴェス（Emilio Estevez）。マーティン・シーンの息子でのちに俳優・映画監督となる。『地獄の黙示録』Apocalypse Now（一九七九）にメッセンジャー・ボーイとして出演しているが、その場面はカットされた。（上45）

エルヴィス（・プレスリー）（一九三五—七七）Elvis (Presley) ☆アメリカのミュージシャン・映画俳優。「キング・オブ・ロックンロール」と称される。一九七七年に死去したのちも、彼が生きていると信じる者は多く、目撃情報が各地からよせられている。（上339）

エルヴィラ Elvira ★ジェームズ・シニョレッリ監督『エルヴァイラ』Elvira: Mistress of the Dark（一九八八）を参考としているが、ほぼオリジナル。映画ではカサンドラ・ピーターソンが演じている。（上167）

エレナ（・チャウシェスク）（一九一六—八九）Elena (Ceauşescu) ☆社会主義共和国時代のルーマニア元首ニコラエ・チャウシェスクの妻。一九八九年のルーマニア革命で、夫と共に処刑された。（上38）

エレノア（・コッポラ）（一九三六— ）Eleanor (Coppola) ☆フランシス・フォード・コッポラの妻。ドキュメンタリー映画の監督・作家。『地獄の黙示録』の記録ドキュメンタリー映画『ハート・オブ・ダークネス／コッポラの黙示録』Hearts of Darkness: A Filmmaker's Apocalypse（一九九一）で有名。（上47）

エンジェル Angel ★マーベル・コミック〈X—メン〉

X-Men（一九六三― ）シリーズに登場するヒーローより。本名ウォーレン・ワージントン三世。大富豪財閥の御曹司でプレイボーイ。巨大な白い翼をもち、空を飛ぶことができる。（上349）

オ

オウア、ミシャ（一九〇五―六七）**Auer, Mischa** ☆ロシア出身のアメリカの俳優。はじめは悪役が多かったが、グレゴリー・ラ・カーヴァ監督『襤褸と宝石』My Man Godfrey（一九三六）でアカデミー助演男優賞にノミネート。以後、喜劇的な役を演じるようになる。ウェルズ作品では『アーカディン／秘密調査報告書』Mr.Arkadin（一九五五）に出演。（下299）

オートマティック・ドラミニ **Automatic Dlamini** ☆イギリスのミュージシャン、ジョン・パリッシュが一九八二年に結成したバンド。メンバーはいろいろと入れ替わっている。（下190）

オールズ、バーニー **Ohls, Bernier** ★レイモンド・チャンドラー『長いお別れ／ロング・グッドバイ』The Long Goodbye（一九五三）、『大いなる眠り』The Big Sleep（一九三九）などに登場する警官。（上110）

オコナー、キャロル（一九二四―二〇〇一）**O'Connor, Carroll** ☆アメリカの俳優。映画にも多く出演しているが、とりわけCBSのTVドラマ All in the Family（一九七一―七九）および Archie Bunker's Place（一九七九―八三）の主人公アーチー・バンカー役で知られる。（下53）

オコナー、フラナリー（一九二五―六四）**O'Connor, Flannery** ☆アメリカの作家。南部を舞台にした作品が多く、短篇小説が得意。『善人はなかなかいない　フラナリー・オコナー作品集』A Good Man Is Hard To Find（一九五五）など。（上259）

オツァーク、ニコ **Otzak, Nico** → ニコ・オツァーク

オニール、ライアン（一九四一― ）**O'Neal, Ryan** ☆アメリカの俳優。アーサー・ヒラー監督『ある愛の詩』Love Story（一九七〇）で人気を得る。ほかに、娘テータム・オニールと共演したピーター・ボグダノヴィッチ監督『ペーパー・ムーン』Paper Moon（一九七三）など。（上263）

オハラ、スカーレット **O'Hara, Scarlett** ★マーガレット・ミッチェル『風と共に去りぬ』Gone With the Wind（一九三六）の主人公。一九三九年のヴィクター・フレミング監督の映画ではヴィヴィアン・リーが演じた。（上181）

オブライエン、ヒュー（一九二五―二〇一六）**O'Brian, Hugh** ☆アメリカの俳優。ABC放送のTVドラマ『保安官ワ

イアット・アープ』The Life and Legend of Wyatt Earp（一九五五―六一）でワイアット・アープを演じ、一躍人気スターとなった。（下22）

オブライエン、マーガレット（一九三七― ）**O'Brien, Margaret** ☆アメリカの女優。ヴィンセント・ミネリ監督、ジュディ・ガーランド主演のミュージカル映画『若草の頃』Meet Me in St. Louis（一九四四）でアカデミー子役賞を受賞。マーヴィン・ルロイ監督『若草物語』Little Women（一九四九）、フレッド・M・ウィルコックス監督『秘密の花園』The Secret Garden（一九四九）などに出演するが、一九五一年に映画界を引退。以後は舞台やテレビに活動の場を移した。（下81）

オペラ座の怪人 Le Fantôme de l'Opéra ★ガストン・ルルー『オペラ座の怪人』Le Fantôme de l'Opéra（一九〇九）の主人公。数々の映画やミュージカルにもなっている。オペラ座の地下に住み、こっそりと恋するクリスティーヌの舞台をうかがっていた。（下290）

オリヴィエ、ローレンス（一九〇七―八九）**Olivier, Laurence** ☆イギリスの映画舞台俳優・映画監督。シェイクスピア俳優として有名。製作・監督・主演を務めた『ハムレット』Hamlet（一九四八）でアカデミー作品賞、主演男優賞を受賞。（上90）

オリジナルズ The Originals ☆一九六〇年代から七〇年代にかけて活躍したデトロイトのヴォーカル・グループ。（下118）

オリンジャー、ボブ（一八五〇―八一）**Olinger, Bob** ☆リンカーン郡戦争において、パット・ギャレットのもとで保安官助手を務めていたが、脱獄したビリー・ザ・キッドに射殺される。サム・ペキンパー監督『ビリー・ザ・キッド／21才の生涯』Pat Garrett and Billy the Kid（一九七三）では、ビリーはオリンジャーが出かけているあいだに彼が隠していたショットガンを見つけ、もどってきた彼を撃ち殺す。そのときの台詞がKeep the change, Bob である。この映画においては、R・G・アームストロングがオリンジャーを演じている。（下20）

オルリグ、ラッケル・ローリング Ohlrig, Racquel Loring スミス・オルリグ・ジュニアとリンダのあいだに生まれた娘。（上108）

オルリグ・ジュニア、スミス Ohlrig Jr, Smith ★マックス・オフュルス監督、ジェームズ・メイソン主演『魅せられて』Caught（一九四九）に登場する億万長者スミス・オルリグ（ロバート・ライアン）の息子と思われる。（上108）

オルロック伯爵 Orlok, Graf von ★F・W・ムルナウ監督、マックス・シュレック主演『吸血鬼ノスフェラトゥ』Nosferatu - Eine Symphonie des Grauens（一九二二）

の主人公。黒いケープをひるがえす貴族的なヴァンパイアではなく、妖怪じみた怪物として描かれている。ムルナウははじめストーカーの『吸血鬼ドラキュラ』Dracula（一八九七）を原作として映画を制作するつもりだったが、ストーカー未亡人フローレンスの抗議により著作権が得られず、名前を変え、筋立てもわずかに変更した。（上215）

オルロフ、ドクトル Orlof, Dr ★ジェス・フランコ監督、ハワード・ヴァーノン主演の映画『美女の皮をはぐ男』Gritos en la Noche（一九六二）の主人公。火傷を負った娘の顔を治すため、女を攫ってきては皮膚移植をしようとした。『鮮血の撃墜王』Bloody Red Baron においては科学者としてJG1に所属していた。（下224）

オンダイン、ポープ（一九三七—八九）Ondine, Pope ☆アメリカの俳優。主として一九六〇年代にアンディ・ウォーホルの映画に出演した。（下282）

カ

カーク船長 Kirk, Captain ★〈スタートレック〉Star Trek（一九六六— ）シリーズの登場人物。恒星間宇宙船エンタープライズ号の艦長。ウィリアム・シャトナーが演じている。（下197）

カーショウ、ニック（一九五八— ）Kershaw, Nik ☆イギリスのミュージシャン・シンガーソングライター。八〇年代に多くのヒットをとばしてミュージック・シーンを牽引した。（下190）

カーター、リンダ（一九五一— ）Carter, Lynda ☆アメリカの女優。TVドラマ『ワンダーウーマン』Wonder Woman（一九七五—七九）の主演で知られる。（下67）

ガーツ、ジェイミー（一九六五— ）Gertz, Jami ☆アメリカの女優。ジョエル・シュマッカー監督『ロストボーイ』The Lost Boys（一九八七）では、ハーフ・ヴァンパイアで主人公のマイケルを魅了する美女スターを演じた。（下65）

カーティス、ジャッキー（一九四七—八五）Curtis, Jackie ☆アメリカの俳優・歌手・著述家。アンディ・ウォーホルは彼について、「ジャッキーはドラァグクイーンではなくアーティストだ」と語っている。ウォーホルの『フレッシュ』Flesh（一九七〇）、『ウーマン・イン・リヴォルト』Women in Revolt（一九七〇）などに出演。（下283）

ガードナー、キャプテン Gardner, Captain ★マーベル・コミックを原作として、リパブリック社が一九四四年に発表したシリーズ映画『キャプテン・アメリカ』Captain America の主人公。のちに有名になったスティーブ・ロジャースのキャプテン・アメリカとは別物。

ディック・パーセルが演じている。（上344）

カートランド、バーバラ（一九〇一—二〇〇〇）Cartland, Barbara ☆イギリスの作家。数えきれないロマンス小説のほか、戯曲、雑誌記事、詩歌、ドラマなども執筆。ラジオやテレビの司会者も務める。一九七八年にスタンダードナンバーをみずから歌唱した An Album Of Love Songs をリリース。（下190）

カーペンター、ジョン（一九四八— ）Carpenter, John ☆アメリカの映画監督・脚本家・映画プロデューサー。スプラッタホラー映画『ハロウィン』Halloween（一九七八）の監督・脚本を務めた。この映画は好評のうちにシリーズ化され、二〇一八年にも新作が発表されている。カーペンター自身は監督をおりながらも、さまざまな形で関わっている。（下17）

カーペンターズ Carpenters ☆リチャード&カレン・カーペンターによるアメリカの兄妹ポップス・デュオ。一九六九年にデビュー。一九七〇年代に数々のヒットをとばしたが、一九八三年カレンの死により活動を終えた。（上234）

カーロフ、ボリス（一八八七—一九六九）Karloff, Boris ☆イギリス出身の映画・舞台俳優。ジェイムズ・ホエール監督『フランケンシュタイン』Frankenstein（一九三一）で怪物を演じ、ホラー映画の大スターとなる。一九四一年からはブロードウェイで『毒薬と老嬢』Arsenic & Old Lace（一九三九）に出演。「フランケンシュタインの怪物」にそっくりだといわれるジョナサンを演じた。（下297）

皇帝《カイザー》 Kaiser ☆ヴィルヘルム二世（一八五九—一九四一）第九代プロイセン王国国王・第三代ドイツ帝国皇帝。在位一八八八—一九一八。国際関係を激化させて第一次大戦を招いた。（上352）

カイテル、ハーヴェイ（一九三九— ）Keitel, Harvey ☆アメリカの俳優。コッポラ監督『地獄の黙示録』Apocalypse Now（一九七九）でウィラード大尉役に抜擢されたが、コッポラとの意見の相違や契約書の文面をめぐって撮影開始わずか二週間で降板。それによりしばらくハリウッドから干され、インディペンデント映画を中心に活躍した。（上24）

カヴァランティ、ニッコロ Cavalanti, Niccolo ★マイケル・タルボット The Delicate Dependency（一九八二）に登場するヴァンパイア。（下275）

カステリ、レオ（一九〇七—九九）Castelli, Leo ☆アメリカのアート・ディーラー。ニューヨークに画廊をひらき、アンディ・ウォーホル、ロイ・リキテンシュタインら、アメリカの現代美術史を代表する作家の作品を扱った。（下278）

カッツェンバーグ、ジェフリー（一九五〇— ）Katzenberg,

Jeffrey ☆アメリカの映画プロデューサー。一九七五年にパラマウント映画に入社。一九八四年にアイズナーとともにウォルト・ディズニー・カンパニーに移って映画部門の責任者に就任。数々のヒット作を生みだすが、やがてアイズナーと対立し、一九九四年にディズニーを退職、スピルバーグらとともにドリームワークスSKGを設立した。（下96）

ガットマン、カスパー Gutman, Kasper ★ダシール・ハメットの探偵小説『マルタの鷹』The Maltese Falcon（一九三〇）の登場人物。鷹の像をねらう巨漢。ジョン・ヒューストン監督、ハンフリー・ボガート主演の一九四一年映画ではシドニー・グリーンストリートが演じた。（上253）

カトラー、アイヴァー（一九二三―二〇〇六）Cutler, Ivor ☆スコットランドの詩人・作曲家・著述家。ラジオで定期的に演奏をおこない、ピアノやハルモニウムをつかった独特の音楽で多くのミュージシャンとセッションをおこなった。（下190）

カフリン神父、チャールズ（一八九一―一九七九）Coughlin, Father Charles ☆アメリカのカトリック教会司祭。ラジオを通じて熱烈な反共主義と反ユダヤ主義を唱えた。（下276）

カポーティ、トルーマン（一九二四―八四）Capote, Truman ☆アメリカの小説家。『遠い声 遠い部屋』Other Voices, Other Rooms（一九四八）などで若き天才と注目を浴びるいっぽう、晩年はアルコールと薬物の依存に陥り、没落していった。（上174）

カミンゴア、ドロシー（一九一三―七一）Comingore, Dorothy ☆アメリカの映画女優。初期にはリンダ・ウィンタースの名前で活動していた。『市民ケーン』Citizen Kane（一九四一）でスーザン・アレクサンダーを演じている。（上244）

カラザーズ Carruthers ↓キット・カラザーズ

ガルボ、グレタ（一九〇五―九〇）Garbo, Greta ☆スウェーデン生まれの映画女優。ハリウッドのサイレント期からトーキー初期にいたる伝説的スター。一九四一年に映画界を引退。完全に社会から隠遁してすごした。クラレンス・ブラウン監督『アンナ・カレニナ』Anna Karenina（一九三五）、ジョージ・キューカー監督『椿姫』Camille（一九三六）など。もちろんヴァンパイアではない、はず。（下276）

カルンシュタイン、カーミラ Karnstein, Carmilla ★レ・ファニュ「吸血鬼カーミラ」Carmilla（一八七二）に登場する女ヴァンパイア。ドイツの古城にすむ令嬢ローラを誘惑するが、最後にヴォルデンベルグ男爵によって滅ぼされた。ロイ・ウォード・ベイカー監督、イングリッド・ピット主演『バンパイア・ラヴァーズ』The Vampire Lovers（一九七〇）はほぼ原作に忠実に映画化されている。（上255）

カルンシュタイン、カーミロ Karnstein, Carmillo ウォーホルの〈ファクトリー〉常連のひとりだというが、詳細不明。（下282）

カワード、ノエル（一八九九―一九七三）Coward, Noël ☆イギリスの劇作家・演出家・俳優・作詞家・作曲家・映画監督。おしゃれでウィットに富んだ作品で人気を得る。一九二〇年代のファッション・リーダーでもあった。（下274）

カンシーノ、リタ（一九一八―八七）Cansino, Rita ☆一九四〇年代にセックスシンボルとして一世を風靡したアメリカの女優リタ・ヘイワースが、一九三〇年代にFOXと契約して映画に出ていたときの名前。『市民ケーン』には出演していないが、一九四三年から五年間、オーソン・ウェルズと結婚している。（上244）

キ

ギア、リチャード（一九四九―）Gere, Richard ☆アメリカの俳優。テイラー・ハックフォード監督『愛と青春の旅だち』An Officer and a Gentleman（一九八二）、ゲイリー・マーシャル監督『プリティ・ウーマン』Pretty Woman（一九九〇）など。（上332）

キーチ Catherin "Keechie" Mobley ★エドワード・アンダーソンの小説 Thieves Like Us（一九三七）およびそれを原作とした映画ニコラス・レイ監督『夜の人々』They Live by Night（一九四八）のヒロイン、キャサリン〝キーチ〟モブリー。映画ではキャシー・オドネルが演じている。一九七四年にはロバート・アルトマン監督『ボウイ&キーチ』Thieves Like Us としてリメイクされ、シェリー・デュヴァルが演じている。（下39）

ギジェット Gidget ★フレデリック・コーナー作 Gidget, The Little Girl with Big Ideas（一九五七）およびその続編小説の主人公。マリブの海岸で溺れそうになっていたところを現地のサーファーに助けられた十六歳の少女。〝小さい女の子〟の意味でギジェットと呼ばれる。映画やテレビで幾度か映像化されているが、主演はそれぞれ異なっている。第一作ポール・ウェンドコス監督 Gidget（一九五九）ではサンドラ・ディーが演じている。（上229）

キッシンジャー、ヘンリー（一九二三―）Kissinger, Henry ☆アメリカの国際政治学者。ニクソン政権およびフォード政権期に、国家安全保障問題担当大統領補佐官と国務

長官を務め、外交を仕切った。（下181）

キット（クリストファー）・カラザーズ Kit Carruthers ★一九五八年にネブラスカ州で起こった現実のスタークウェザー＝フューゲート事件をもとにしてつくられた、テレンス・マリック監督『地獄の逃避行』Badlands（一九七三）の主人公のひとり。ジェームズ・ディーンそっくりの二十五歳の青年。マーティン・シーンが演じた。（下18）

ギネス、キャサリン（一九五二―）Guinness, Catherine ☆英国貴族。ニューヨークでアンディ・ウォーホルの個人秘書を務めたのち、一九八三年にウィームズ伯爵ジェイムズ・チャタリスと結婚、レディ・ニードパスとなる。のちに離婚。（上152）

ギブズ、トミー Gibbs, Tommy ★ラリー・コーエン監督『ブラック・シーザー』Black Caesar（一九七三）の主人公。フレッド・ウィリアムソンが演じた。（上164）

〈奇妙な死の王〉 Lord of Strange Death ★中国人で犯罪結社シ・ファンの七人委員会のメンバー。世界三大危険人物のひとり。『怪人フー・マンチュー』The Mystery of Dr.Fu Manchu（一九一三）など、サックス・ローマーの小説シリーズの登場人物であるドクター・フーマンチュー。ドン・シャープ監督、クリストファー・リー主演の『怪人フー・マンチュー』The Face of Fu Manchu（一九六五）など映画も数多くつくられている。ウィンブルドンの自宅にさまざまな有毒生物を、ライムハウスの隠れ家に犯罪者を集めていた。（下215）

キャディガン、リシャ〝ラスティ〟Cadigan, Ricia 'Rusty' ★シェリー・ゴッドリーブ Love Bite（一九九四）および Worse Than Death（二〇〇〇）の主人公であるヴァンパイア。カメラマン。原作の綴りは Risha であるが、故意に変えたのか、ニューマンが間違ったのかは不明。（下66）

キャメロン、ジェームズ（一九五四―）Cameron, James ☆カナダ出身の映画監督・脚本家・プロデューサー・探検家。『ターミネーター』The Terminator（一九八四）、『タイタニック』Titanic（一九九七）、『アバター』Avatar（二〇〇九）など。（下167）

キャメロン、ラッキー Cameron, Lucky ★リチャード・ラッシュ監督『スタントマン』The Stunt Man（一九八〇）の登場人物。なりゆきからスタントマンとして映画撮影に参加し、〝ラッキー〟とニックネームをつけられた。スティーヴ・レイルズバックが演じている。（下175）

キャラダイン、ジョン（一九〇六―八八）Carradine, John ☆アメリカの映画・舞台俳優。ジョン・フォード監督『駅馬車』Stagecoach（一九三九）、『怒りの葡萄』The Grapes of Wrath（一九四〇）などで注目された。（下297）

キューカー、ジョージ（**一八九九―一九八三**）**Cukor, George** ☆アメリカの映画監督。俳優の持ち味を最大限にひきだす監督で、とりわけ女優の演技指導には定評があり、女性映画の巨匠といわれる。キャサリン・ヘップバーン、イングリッド・バーグマン、ジュディ・ガーランド、オードリー・ヘップバーンらを手がけた。オードリー・ヘップバーン主演の『マイ・フェア・レディ』My Fair Lady（一九六四）でアカデミー監督賞を受賞。（下78）

ギリス、ジェイミー（**一九四三―二〇一〇**）**Gillis, Jamie** ☆アメリカのポルノ俳優。一九七二年から八三年までつづいたポルノ黄金時代を支えた。（上260）

ギルバート、ウィリアム（**一八三六―一九一一**）**Gilbert, William** ☆英国の劇作家。作曲家サリヴァンと組んで多くの喜歌劇をつくった。ロンドンのサヴォイ劇場で上演されたので〈サヴォイ・オペラ〉と呼ばれ、絶大な人気を博した。（上61）

キルマー、ヴァル（**一九五九―** ）**Kilmer, Val** ☆アメリカの俳優。トニー・スコット監督『トップガン』Top Gun（一九八六）のアイスマン役で注目された。オリヴァー・ストーン監督『ドアーズ』The Doors（一九九一）でジム・モリソンを演じ、歌もルックスもそっくりだと評判になった。（下42）

キング、スティーヴン（**一九四七―** ）**King, Stephen** ☆アメリカのモダンホラー作家。この分野の第一人者と見なされる。熱狂的なロックファンで、作家仲間とチャリティ・バンド、ロック・ボトム・リメインダーズを結成した。（下190）

キング、ヘンリー（**一八八六―一九八二**）**King, Henry** ☆アメリカの俳優・映画監督。一九二〇年代および三〇年代、ハリウッドにおいてもっとも成功した監督のひとりに数えられる。タイロン・パワーやグレゴリー・ペックを起用することが多かった。『聖処女』The Song of Bernadette（一九四三）、『ウィルソン』Wilson（一九四四）など。（下298）

キング、ロドニー（**一九六五―二〇一二**）**King, Rodney** ☆アフリカ系アメリカ人。一九九一年、交通違反を起こしたさいに車からひきずりだされ、四人の警官に激しい暴行を受けた。その後の裁判が白人警官に有利な評決をくだしたことから、ロサンゼルス暴動が引き起こされた。（下92）

キンスキー、クラウス（**一九二六―九一**）**Kinski, Klaus** ☆ドイツの俳優。ヴェルナー・ヘルツォーク監督『ノスフェラトゥ』Nosferatu: Phantom der Nacht（一九七九）でドラキュラ伯爵を、アウグスト・カミニート監督『バンパイア・イン・ベニス』Nosferatu a Venezia（一九八八）

でノスフェラトゥを演じている。（上33）

キンスキー、ナスターシャ（一九六一―　）**Kinski, Nastassja** ☆西ドイツ出身の女優。クラウス・キンスキーの娘。ロマン・ポランスキー監督『テス』Tess（一九七九）でゴールデングローブ賞新人女優賞受賞。（上186）

ク

クーザ、マグダ Cuza, Magda ★F・ポール・ウィルソン『ザ・キープ』The Keep（一九八一）の登場人物。歴史学者テオドール・クーザの娘。（上10）

クート、ロバート（一九〇九―八二）**Coote, Robert** ☆イギリスの俳優。貴族や軍人役に定評がある。『市民ケーン』Citizen Kane（一九四一）には出演していないが、『オーソン・ウェルズのオセロ』Osero/The Tragedy of Othello: The Moor of Venice（一九五一）でロドリゴを演じている。（上244）

クーパー、アリス（一九四八―　）**Cooper, Alice** ☆アメリカのミュージシャン・シンガーソングライター・俳優。ロック音楽と演劇の融合をめざして「ショック・ロック」と呼ばれるパフォーマンスをあみだし、グラム・ロックの牽引役を務める。（下190）

クーパー、ゲイリー（一九〇一―六一）**Cooper, Gary** ☆アメリカの俳優。ジョセフ・フォン・スタンバーグ監督『モロッコ』Morocco（一九三〇）、サム・ウッド監督『誰が為に鐘は鳴る』For Whom the Bell Tolls（一九四三）、フレッド・ジンネマン監督『真昼の決闘』High Noon（一九五二）など、数々の映画に出演。ハリウッドの映画全盛期を支えたスター。（下180）

クールリス、ジョージ（一九〇三―八九）**Coulouris, George** ☆イギリスの舞台・映画俳優。『市民ケーン』Citizen Kane（一九四一）ではケーンの後見人ウォルター・パークス・サッチャーを演じている。ドクター・セワードの名前がウォルター・パークス・セワードに変わっているのは、サッチャーの名前を使ったものと思われる。（上244）

クエイド、デニス（一九五四―　）**Quaid, Dennis** ☆アメリカの俳優。フィリップ・カウフマン監督『ライトスタッフ』The Right Stuff（一九八三）、トッド・ヘインズ監督『エデンより彼方に』Far from Heaven（二〇〇二）など。（下113）

クエンティン（・タランティーノ）（一九六三―　）**Quentin (Tarantino)** ☆アメリカの映画監督・脚本家・俳優。若いとき、実際にビデオ・アーカイヴの店員として働いていた。『キル・ビル』二部作 Kill Bill（二〇〇三、二〇〇四）では監督・脚本を務めている。同じく監督・脚

本を担当した『パルプ・フィクション』Pulp Fiction（一九九四）でアカデミー脚本賞を受賞。（下73）

クック、アリステア（一九〇八―二〇〇四）Cooke, Alistair ☆イギリスのジャーナリスト・作家。アメリカのＴＶやラジオでもパーソナリティとして活躍した。（上306）

グッテンバーグ、スティーヴ（一九五八―　）Guttenberg, Steve ☆アメリカの俳優・脚本家・プロデューサー・監督。（上186）

クラーク、マーレーン（一九四九―　）Clark, Marlene ☆アメリカの女優・モデル。アンドリュー・メイヤー監督 Night of the Cobra Woman（一九七二）では、コブラに噛まれてから蛇に変身するようになった女レナを演じている。（下79）

クライド（・バロウ）（一九〇九―三四）Clyde (Barrow) ☆一九三〇年代前半、ボニー・パーカーと組んでアメリカ中西部で数えきれないほどの銀行強盗や殺人をくり返した。アーサー・ペン監督『俺たちに明日はない』Bonnie and Clyde（一九六七）ではウォーレン・ベイティが演じている。（下39）

クライニク、アントン Crainic, Anton ★スチュアート・ゴードン監督『サイキック・バンパイア』Daughter of Darkness（一九九〇）の登場人物。ヴァンパイアとしてよみがえったかつてのコンスタンティン王。アンソニー・パーキンスが演じた。（上174）

グライムズ Grimes ★グレン・マクエイド監督『セール・オブ・ザ・デッド』I Sell the Dead（二〇〇八）に登場する墓荒らしの死体泥棒ウィリー・グライムズではないかと思われる。ラリー・フェセンデンが演じている。（下105）

グラヴァー、ゲイリー（一九三八―二〇〇六）Graver, Gary ☆アメリカの映画監督・編集者・脚本家・撮影技師。オーソン・ウェルズの未完の遺作『風の向こうへ』The Other Side of the Wind（二〇一八）の撮影を担当している。（上251）

クラッグ（・スティロ）Krug (Stillo) ★ウェス・クレイヴン監督『鮮血の美学』The Last House on the Left（一九七二）の登場人物。脱獄した凶悪犯。ガールフレンドのセイディと、ふたりの少女を誘拐し虐殺する。二〇〇九年にはデニス・イリアディス監督『ラスト・ハウス・オン・ザ・レフト』としてリメイクされている。一九七二年版ではデヴィッド・ヘスが、二〇〇九年版ではギャレット・ディラハントが演じている。（下39）

グラック、ネイサン（一九一八―二〇〇八）Gluck, Nathan ☆アメリカのアーティスト。ウォーホルのアシスタントとして〈ファクトリー〉での活動を手伝いながら、みず

からも数多くのコラージュ作品を作成した。（下278）

グラッドストン、W・E（一八〇九―九八）Gladstone, William Ewart ☆イギリスの政治家。ヴィクトリア朝中期から後期にかけて四期にわたって首相を務めているが（一八六八―七四、一八八〇―八五、一八八六、一八九二―九四）、〈紀元〉ワールドにおいてルスヴン卿とのかねあいはどうなっているのだろう。（下104）

クララベル・カウ Clarabelle Cow ★ディズニー・アニメのキャラクター。雌牛をモチーフにしている。ミニー・マウスやデイジー・ダックの親友。（下22）

クラントン兄弟、アイク（一八四七―八七）、ビリー（一八六二―八一）the Clantons, Ike & Billy ☆アリゾナ州トゥームストーンの町に住む〝カウボーイズ〟と呼ばれるグループの中核となった兄弟。ワイアット・アープ兄弟と対立して、「OK牧場の決闘」事件を引き起こした。（下22）

クリーガー、レアード（一九一三―四四）Cregar, Laird ☆アメリカの舞台・映画俳優。H・ブルース・ハンバーストン監督 I Wake Up Screaming（一九四一）、ジョン・ブラーム監督『謎の下宿人』The Lodger（一九四四）など。（下297）

クリード、アポロ Creed, Apollo ★ジョン・G・アヴィルドセン監督、シルヴェスター・スタローン脚本・主演『ロッキー』Rocky（一九七六）の登場人物。ロッキーと対戦するヘビー級世界チャンピョン。カール・ウェザースが演じた。（下293）

グリーンストリート、シドニー（一八七九―一九五四）Greenstreet, Sydney ☆イギリスの俳優。ジョン・ヒューストン監督『マルタの鷹』The Maltese Falcon（一九四一）で鷹の像を追う巨漢カスパー・ガットマンを演じた。ほかにもマイケル・カーティス監督『カサブランカ』Casablanca（一九四二）などに出演。（上253）

クリスチャン、フレッチャー（一七六四―九三）Christian, Fletcher ☆一七八九年、パンノキをタヒチから西インド諸島へ輸送する任務を受けたバウンティ号で、艦長に対する反乱が起きた有名な事件「バウンティ号の反乱」における反乱側のリーダー。チャールズ・ノードホフ＆ジェームズ・ノーマン・ホールによる小説 Mutiny on the Bounty（一九三二）を原作とする、ルイス・マイルストン監督『戦艦バウンティ』Mutiny on the Bounty（一九六二）では、マーロン・ブランドが演じている。（上37）

クリステル、シルヴィア（一九五二―二〇一二）Kristel, Sylvia ☆オランダ出身の映画女優・モデル。ジュスト・ジャカン監督『エマニエル夫人』Emmanuelle（一九七四）において世界的な名声を獲得する。ロバート・コレクター

監督の女囚映画『レッドヒート』Red Heat（一九八五）において、リンダ・ブレアと共演している。（下65）

クリスピアン（・グライムズ）Crispian (Grimes) ★ピーター・ワーナー監督のTV映画『ハウス・オブ・フランケンシュタイン』House of Frankenstein（一九九七）に登場するヴァンパイア。連続殺人犯で、「フランケンシュタインの館」というナイトクラブその他を経営している億万長者。（下92）

グリック、サミー Glick, Sammy ★バッド・シュールバーグ『何がサミイを走らせるのか?』What Makes Sammy Run?（一九四一）の主人公。ニューヨークの下町で生まれ育ちながら、ハリウッドでのしあがっていった。（下65）

グリフィス、D・W（一八七五—一九四八）Griffith, David Wark ☆アメリカの映画監督・俳優・脚本家・プロデューサー。映画の基礎および撮影技術を確立し、映画を芸術の域にまで高めた。「映画の父」と呼ばれる。（上48）

グリフィス、デビー・W Griffith, Debbie W. ★ティム・ルーカス作 Throat Sprockets（一九九四）に名前だけ登場するポルノ映画監督。「映画の父」D・W・グリフィスをもじったものと思われる。（上281）

グリフィン、ジェフ Griffin, Jeff ↓ムーンドギー

クルーシャル・トーント Crucial Taunt ★ペネロープ・スフィーリス監督『ウェインズ・ワールド』Wayne's World（一九九二）に登場するロックバンド。（下190）

クルーティエ、シュザンヌ（一九二三—二〇〇三）Cloutier, Suzanne ☆カナダ出身の映画女優。『オーソン・ウェルズのオセロ』The Tragedy of Othello（一九五二）でデズデモーナを演じている。（下299）

グルルスク、ステファン Grlsc, Stefan ウォーホルが Suck Job 撮影にあたって予定していたヴァンパイア。詳細不明。（下280）

クレイジー・ラリー Crazy Larry ★ジョン・ハフ監督『ダーティ・メリー／クレイジー・ラリー』Dirty Mary, Crazy Larry（一九七四）の主人公。高級スーパーマーケットから現金を強奪した若者三人組と、それを追う警察がすさまじいカー・アクションをくりひろげる。ピーター・フォンダが演じている。（下39）

グレゴリウス十三世（一五〇二—八五）Gregorius XIII ☆第二百二十六代ローマ教皇。在位一五七二—八五年。ずれが累積していたユリウス暦を廃し、一五八二年にグレゴリオ暦を採用、十月五日を十五日と改めた。（上226）

グレン、スコット（一九四一—）Glenn, Scott ☆アメリカの俳優。ジョン・マクティアナン監督『レッド・オクトーバーを追え!』The Hunt for Red October（一九九〇）、

ジョナサン・デミ監督『羊たちの沈黙』The Silence of the Lambs（一九九一）など。マーク・L・レスター監督『必殺処刑コップ』Extreme Justice（一九九三）で、もとロス市警の警官ダン・ヴォーンを演じている。（下68）

グロウスミス、ジョージ（一八四七―一九一二）Grossmith, George ☆イギリスの作家・作曲家・俳優・風刺漫画家。多くの歌を作曲し、コミック・オペラを書いた。一八八二年に弟のウィードンとともに小説『無名なるイギリス人の日記』The Diary of a Nobody を発表。（上97）

グロウスミス、ウィードン（一八五四―一九一九）Grossmith, Weedon ☆イギリスの作家・画家・俳優。兄のジョージとともに小説『無名なるイギリス人の日記』The Diary of a Nobody（一九八二）を発表。（上97）

クロウリー、アレイスター（一八七五―一九四七）Crowley, Aleister ☆イギリスのオカルティスト・著述家。「汝の意志することをおこなえ」と主張するセレマ思想を提唱し、『法の書』Liber AL vel Legis/The Book of the Law（一九〇四）を著した。（上318）

クローディア Claudia ★アン・ライス〈ヴァンパイア・クロニクルズ〉The Vampire Chronicles（一九七六― ）シリーズに登場する少女。レスタトによって転化し、五歳にしてヴァンパイアとなる。ニール・ジョーダン監督『インタビュー・ウィズ・ヴァンパイア』Interview with the Vampire（一九九四）ではキルスティン・ダンストが演じている。（下274）

クロス、イーライ Cross, Eli ★リチャード・ラッシュ監督『スタントマン』The Stunt Man（一九八〇）に登場する映画監督。ピーター・オトゥールが演じている。（下146）

クロス、ノア Cross, Noah ★ロマン・ポランスキー監督、ジャック・ニコルソン主演『チャイナタウン』Chinatown（一九七四）の登場人物。ロサンゼルスの水を支配する町のドン。ジョン・ヒューストンが演じた。（上120）

クロスビー Crosby ★？ ル・レーヴ・ホテルの受付の娘。ジェス・フランコ監督 Vampire Blues（一九九九）に登場するレイチェル・クロスビーだろうか？ レイチェル・シェパードが演じている。（下232）

クロノス、キャプテン Kronos, Captain ★ブライアン・クレメンス監督『キャプテン・クロノス／吸血鬼ハンター』Captain Kronos - Vampire Hunter（一九七四）の主人公。ホルスト・ヤンソンが演じている。（下55）

クロフォード、ジョーン（一九〇四？―七七）Crawford, Joan ☆アメリカの女優。二〇年代後半から三〇年代にかけて人気を集め、ハリウッドでもっとも有名なフラッパーとなった。マイケル・カーティス監督『ミルドレッド・ピアース』Mildred Pierce(一九四五)においてアカデミー主演女優賞受賞。(上320)

クロフト、ケイレブ Croft, Caleb ★ジョン・ヘイズ監督『惨殺の墓場』Grave of the Vampire(一九七二)に登場するヴァンパイア。マイケル・パタキが演じた。〈紀元〉シリーズではつねにイギリス諜報機関のトップにいる。(上204)

クロロック伯爵、フェルディナンド・フォン Krolock, Ferdinand von ★ロマン・ポランスキー監督『吸血鬼』The Fearless Vampire Killers(一九六七)に登場するヴァンパイア。ファーディ・メインが演じた。映画ではファーストネームは明らかになっていないが、ファーディ・メインの本名ファーディナンドからとったものと思われる。(上277)

クロロック、ヘルベルト・フォン Krolock, Herbert von ★ロマン・ポランスキー監督『吸血鬼』The Fearless Vampire Killers(一九六七)に登場するヴァンパイア。クロロック伯爵の息子。同性愛者。イアイン・クァリアーが演じている。『鮮血の撃墜王』Bloody Red Baron 収録「ヴァンパイア・ロマンス」Vampire Romance においてマインスター男爵とつきあっていた。(上365)

ケ

ケイジ、ニコラス(一九六四—) Cage, Nicolas ☆アメリカの映画俳優・監督・プロデューサー。フランシス・フォード・コッポラの甥。コッポラ監督の『ランブルフィッシュ』Rumble Fish(一九八三)などのほか、多数の映画に出演している。ロバート・ビアマン監督『バンパイア・キッス』Vampire's Kiss(一九八八)では、ヴァンパイアに魅せられて妄想のままに破滅していくエリート・サラリーマンを演じている。(下147)

ゲイツ、ウィリアム(ビル)(一九五五—) Gates, William (Bill) ☆アメリカの実業家・プログラマ・技術者。マイクロソフトを設立し、Windowsを開発した。(下92)

ゲイツ、ジョナサン Gates, Jonathan ★セオドア・ローザック『フリッカー、あるいは映画の魔』Flicker(一九九一)の主人公。映画を研究する学生。(下295)

ゲイリー Gary → グラヴァー、ゲイリー

ケイル、ポーリン(一九一九—二〇〇一) Kael, Pauline ☆アメリカの映画批評家。〈ザ・ニューヨーカー〉誌の映画評を担当。好き嫌いのはっきりとした批評で知られ、アメリカでもっとも影響力のある批評家といわれた。(下145)

ケイン Caine 『ザ・ロック』におけるアクション指導。

詳細不明。（下175）

ケイン、ボブ（一九一五―九八）Kane, Bob ☆アメリカのコミック作家。一九三七年、ビル・フィンガーとともに「バットマン」Batmanを生みだした。（下277）

ゲオルギュ＝デジ、ゲオルゲ（一九〇一―六五）Gheorghiu-Dej, Gheorghe ☆共産党時代のルーマニアの政治家。四四年から五四年、および五五年から六五年にルーマニア共産党書記長、五二年から五五年まで第四十七代ルーマニア首相。（下11）

ゲッコー、ゴードン Gekko, Gordon ★オリヴァー・ストーン監督『ウォール街』Wall Street（一九八七）およびその続編『ウォール・ストリート』Wall Street: Money Never Sleeps（二〇一〇）の主人公である冷酷な投資家。マイケル・ダグラスが演じている。アカデミー主演男優賞受賞。（下28）

ケネディ家 the Kennedys ☆アメリカの著名な政治家や実業家を輩出している一族。ジョン・F・ケネディ大統領のほかに、司法長官ロバート、上院議員エドワードなど。（上297）

ケネディ、ジョン・F（一九一七―六三）Kennedy, John F. ☆アメリカ合衆国第三十五代大統領（一九六〇―六三）。民主党選出。穏健な進歩派としてニュー・フロンティアを唱え、世界平和のための外交を主張。テキサス州ダラスで遊説中に暗殺された。（上119）

ケネディ、ロバート・F（一九二五―六八）Kennedy, Robert F. ☆アメリカの政治家。第三十五代大統領ジョン・F・ケネディの弟で、兄の任命により司法長官（一九六一―六四）を務めた。一九六八年、民主党の大統領候補指名選のキャンペーン中に暗殺された。司法長官就任中は組織犯罪の撲滅に力をつくした。（下276）

ケリー、ジーン（一九一二―九六）Kelly, Gene ☆アメリカの俳優・ダンサー・歌手・映画監督・脚本家・振付師。はじめはブロードウェイでダンサーをしていたが、やがて映画に進出。ハリウッドの黄金時代を築いた。代表作としては、ジーン・ケリー&スタンリー・ドーネン監督『雨に唄えば』Singin' in the Rain（一九五二）、ヴィンセント・ミネリ監督『巴里のアメリカ人』An American In Paris（一九五一）など。（下81）

ゲルツァーラー、ヘンリー（一九三五―九四）Geldzahler, Henry ☆ベルギー生まれのアメリカ人で、現代美術のキュレーター。メトロポリタン美術館に現代美術セクションをつくった。ウォーホルをはじめ、多くの若手アーティストの成長に貢献した。（下278）

ゲルドフ、ボブ（一九五一― ）Geldof, Bob ☆アイルランドのミュージシャン・作曲家・政治活動家。アイリッシュロックバンド、ブームタウン・ラッツのヴォーカルを務める。一九八四年エチオピアの飢饉をきっかけに、ミッジ・ユーロと協力してチャリティ・プロジェクト、バンド・エイドを発足。（下190）

ケルナー、チャールズ（一八九六―一九四六）Koerner, Charles ☆アメリカの映画会社重役。一九四二年から四六年までRKOピクチャーズのプロダクション部門ヴァイス・プレジデントを務め、オーソン・ウェルズをRKOから追いだしたことで有名。（下296）

コ

コイル Coil ☆ピーター・クリストファーソンとジョン・バランスを中心とする、インダストリアル・ミュージックのグループ。（下190）

ゴーア、レスリー（一九四六―二〇一五）Gore, Lesley ☆アメリカの歌手。「涙のバースデイ・パーティ」It's My Party（一九六三）や「涙のジュディ」Judy's Turn to Cry（一九六三）など、六〇年代にヒットをとばしてアイドル歌手となるが、七〇年代にはいってシンガーソングライターに転向。（下194）

コーク、スティーヴン（一九四一― ）Koch, Stephen ☆アメリカの小説家・ノンフィクションライター。小説としてはNight Watch（一九六九）、ノンフィクションとしてはStargazer : Andy Warhol's World and His Films（一九七二）など。（下285）

ゴース、アーネスト・ラルフ Gorse, Ernest Ralph ★パトリック・ハミルトン作The Gorse Trilogy ――The West Pier（一九五二）、Mr.Stimpson and Mr.Gorse（一九五三）、Unknown Assailant（一九五五）の主人公。甘言を弄して女をだます犯罪者。一九四六年に死刑になった実際の殺人者ネヴィル・ヒースをモデルにしたといわれる。（上302）

コーマン、ロジャー（一九二六― ）Corman, Roger ☆アメリカの映画プロデューサー・監督。「低予算映画の王者」「B級映画の帝王」などの異名をとる。『アッシャー家の惨劇』House of Usher（一九六〇）、『恐怖の振子』The Pit and the Pendulum（一九六一）など、エドガー・アラン・ポオ作品の映画化を代表作としている。（下63）

ゴールドスタイン、ジェニット（一九六〇― ）Goldstein, Jenette ☆アメリカの女優。キャスリン・ビグロー監督『ニア・ダーク／月夜の出来事』Near Dark（一九八七）ではヴァンパイアのダイヤモンドバッグを演じている。（下175）

コスマトス、ジョージ・パン（一九四一―二〇〇五）Cosmatos, George Pan ☆イタリア・フィレンツェ出身ギリシャ人の映画監督。派手なアクション映画を得意とする。監督作品として、シルヴェスター・スタローン主演の『ランボー／怒りの脱出』Rambo: First Blood Part II（一九八五）および『コブラ』Cobra（一九八六）があげられる。（下71）

ゴダード、ポーレット（一九一〇—九〇）Goddard, Paulette ☆アメリカの映画女優。チャールズ・チャップリンの事実上の妻として『モダン・タイムス』Modern Times（一九三六）、『チャップリンの独裁者』The Great Dictator（一九四〇）などに出演。（上174）

コダール、オヤ（一九四一— ）Kodar, Oja ☆クロアチア生まれの女優・脚本家・映画監督・彫刻家。本名はオルガ・パリンカス。オーソン・ウェルズの晩年のパートナーとして知られる。ウェルズの遺作『風の向こうへ』The Other Side of the Wind（二〇一八）ではシナリオを共同執筆し、出演もしている。（上250）

ゴダルミング卿、アーサー・ホルムウッド Godalming, Lord ★ブラム・ストーカー『吸血鬼ドラキュラ』Dracula（一八九七）の登場人物。ルーシー・ウェステンラの婚約者として、ヴァン・ヘルシングに協力してドラキュラ伯爵を追いつめた。『ドラキュラ紀元一八八八』Anno Dracula においては、みずからヴァンパイアとなり、ペネロピを転化させた。ルスヴン卿に従って野心をつのらせていたが、切り裂きジャックの汚名を着せられて死亡。（上28）

ゴッティ、ジョン（一九四〇—二〇〇二）Gotti, John ☆ニューヨークのマフィア「五大ファミリー」の一つ、ガンビーノ・ファミリーのドン。（上165）

コットン、ジョゼフ（一九〇五—九四）Cotton, Joseph ☆アメリカの俳優。オーソン・ウェルズ映画の常連として有名。『市民ケーン』Citizen Kane（一九四一）ではジェデダイア・リーランドを演じた。なお、ストーカー『吸血鬼ドラキュラ』Dracula（一八九七）のレンフィールドにファースト・ネームは記されていない。この役からつけたものと思われる。（上243）

コッポラ、フランシス・フォード（一九三九— ）Coppola, Francis Ford ☆アメリカの映画監督・プロデューサー・脚本家。『ゴッドファーザー』The Godfather（一九七二）脚本・監督、『地獄の黙示録』Apocalypse Now（一九七九）監督・音楽・製作・脚本、『ドラキュラ』Bram Stoker's Dracula（一九九二）製作・監督、など。（上19）

コディ、バッファロー・ビル Cody, Buffalo Bill → バッファロー・ビル・コディ

コネリー、ショーン（一九三〇— ）Connery, Sean ☆スコットランド出身の映画俳優。〈007〉シリーズの初代

ジェームズ・ボンドとして有名。ほかにも多数の映画に出演している。ブライアン・デ＝パルマ監督『アンタッチャブル』The Untouchables（一九八七）の主人公を助ける老警官役でアカデミー賞助演男優賞を受賞。（下146）

コバーン、アレクサンダー（一九四一―二〇一二）**Cockburn, Alexander** ☆アメリカの政治ジャーナリスト・作家。（上182）

コフィン、ベティナ Coffin, Bettina ☆アメリカの女優。ウォーホルの映画『アイ・ア・マン』I, a Man（一九六七）と『バイク・ボーイ』Bike Boy（一九六七）に出演しているという以外、詳細不明。（下291）

コヨーテ、ピーター（一九四一―）**Coyote, Peter** ☆アメリカの舞台映画俳優・作家。若いときは政治色を帯びたアングラ活動が多かったが、のちに一般的な舞台・映画・テレビなどにも出演するようになる。（上314）

コラチェロ、ボブ（一九四七―）**Colacello, Bob** ☆アメリカの著述家。十年以上にわたってウォーホルの〈インタビュー〉誌の編集にかかわり、のちに彼の伝記 Holy Terror: Andy Warhol Close Up（一九九〇）を出版した。（上151）

コリンズ、ウィルキー Collins, Wilkie ★TVドラマ『ホミサイド／殺人捜査課』Homicide: Life on the Street（一九九三―二〇〇〇）の第六シーズン、エピソード78「絆　パート1」Blood Ties (Part1) およびエピソード80「絆　パート3」Blood Ties (Part3) に登場する麻薬ディーラー。ロバート・F・チュウが演じている。ちなみに、文学的なウィルキー・コリンズ（一八二四―一八九）はイギリスの推理小説家・劇作家。『白衣の女』The Woman in White（一八六〇）、『月長石』The Moonstone（一八六八）など。（下114）

コリンズ、コーニー Collins, Corny ★ジョン・ウォーターズ監督『ヘアスプレー』Hairspray（一九八八）の登場人物。ボルティモア・ローカルのティーンズむけ参加型TV番組『コーニー・コリンズ・ショー』の司会者。ショーン・トンプソンが演じている。（下131）

コリンズ、フィル（一九五一―）**Collins, Phil** ☆イギリスのミュージシャン。プログレッシブ・ロックバンド、ジェネシスのメンバー。ソロとしても活動し、数々のヒットをとばした。（下190）

コルダ Khorda ★レイ・ダントン監督『デスマスター』Deathmaster（一九七二）の主人公で、ヒッピーのグループを支配しようとするヴァンパイア。ロバート・クォーリーが演じた。（上113）

ゴルディオス Gordius ★ギリシャ神話に登場するフリギアの王。複雑な結び目をつくり、「この結び目を解くことができた者はアジアの王になる」と予言した。のちにアレクサンドロス大王が剣を抜いてその結び目を両断したという。（下257）

コルテス、リカルド（一九〇〇—七七）Cortez, Ricardo ☆アメリカの映画俳優・監督。ロイ・デル・ルース監督『マルタの鷹』The Maltese Falcon（一九三一）でスペードを演じている。（下148）

コルレオーネ、ヴィトー Corleone, Vito ★フランシス・フォード・コッポラ監督『ゴッドファーザー』The Godfather（一九七二）の登場人物。マフィアであるコルレオーネ家の家長。マーロン・ブランドが演じた。（上37）

コロンブス、クリストファー（一四五一頃—一五〇六）Columbus, Christopher ☆イタリアの冒険家・航海家。一般に、新大陸アメリカの発見者とされる。（上227）

コワルスキー、スタンリー Kowalski, Stanley ★テネシー・ウィリアムズの戯曲『欲望という名の電車』A Streetcar Named Desire（一九四七）の登場人物。労働者階級の粗野な男。エリア・カザン監督の映画（一九五一）ではマーロン・ブランドが演じている。（上37）

コンウェイ、トム（一九〇四—六七）Conway, Tom ☆イギリスの映画TV俳優。〈名探偵ファルコン〉The Falcon（一九四三—一九四六）シリーズや、ジャック・ターナー監督『キャット・ピープル』Cat People（一九四二）の精神科医役で知られる。（下297）

コンクリン、キャスリーン Conklin, Kathleen ★アベル・フェラーラ監督『アディクション』The Addiction（一九九五）の主人公。ニューヨーク大学の大学院生。リリ・テイラーが演じている。（下270）

コンティーノ、ディック（一九三〇—二〇一七）Contino, Dick ☆アメリカのアコーディオン奏者・歌手。イタリア系の美男子で、「アコーディオンを弾くヴァレンチノ」として知られる。ジェイムズ・エルロイが彼を題材にした中編小説「ディック・コンティーノ・ブルース」Dick Contino's Blues（一九九四）を著している。スティーヴン・キングとの関係は不明。（下190）

コンフェッサー Confessor ★蝙蝠戦士プログラムの新人のひとり。カート・ビュシーク原作のアメリカン・コミック『アストロシティ』Kurt Busiek's Astro City（一九九五—）に登場するヒーローより。（上349）

コンラッド、ジョゼフ（一八五七—一九二四）Conrad, Joseph ☆イギリスの作家。コッポラ監督『地獄の黙示録』Apocalypse Now（一九七九）の原作である『闇の奥』Heart of Darkness（一九〇二）の作者として知られる。（下295）

サ

サーギス Sargis → ホリー・サーギス

サイモン、アダム（一九六二― ）Simon, Adam ☆アメリカの映画監督・プロデューサー・脚本家。『ブレイン・デッド／脳外科医R』Brain Dead（一九九〇）で監督・脚本デビューをはたしている。（下62）

サイモン、ポール（一九四一― ）Simon, Paul ☆アメリカのシンガーソングライター。サイモン&ガーファンクルとして一世を風靡したのち、ソロ活動にはいる。「ミセス・ロビンソン」Mrs.Robinson（一九六八）、「明日に架ける橋」Bridge Over Troubled Water（一九七〇）などが有名。（下188）

ザグドロフ、ウラジミール Zagdrov, Vladimir ☆？ オヤ・コダールの彫刻家としての名。彼女は事実、彫刻家でもあるが、この名前を使っているという裏づけはとれなかった。この名字は彼女の出身地ザグレブをもじったものではないかと思われる。（上256）

サザーランド、キーファー（一九六六― ）Sutherland, Kiefer ☆カナダの俳優・プロデューサー。スティーヴン・キング原作、ロブ・ライナー監督『スタンド・バイ・ミー』Stand by Me（一九八六）で有名になる。『ロストボーイ』The Lost Boys（一九八七）ではヴァンパイアのリーダーの青年デイヴィッドを演じた。（下65）

サッチ、スクリーミング・ロード Sutch, Screaming Lord → スクリーミング・ロード・サッチ

サッチャー、マーガレット（一九二五―二〇一三）Thatcher, Margaret ☆イギリスの政治家。一九七五年から九〇年にイギリス保守党初の女性党首、一九七九年から九〇年にイギリス初の女性首相。「鉄の女」の異名を取った。（上205）

ザナック、ダリル・F（一九〇二―七九）Zanuck, Darryl Francis ☆アメリカの映画プロデューサー・脚本家。一九三三年にウィリアム・ゴーツらと20世紀ピクチャーズを設立。一九三五年にフォックス映画を買収して20世紀フォックスをつくり、副代表となる。ジョン・フォード監督『わが谷は緑なりき』How Green Was My Valley（一九四一）他、多くの作品に携わり、一九三七年（第一回）、一九四四年、一九五〇年にアービング・G・タルバーグ賞を受賞している。（下297）

ザナック、リチャード（一九三四―二〇一二）Zanuck, Richard ☆アメリカの映画プロデューサー。一九九〇年にアーヴィング・G・タルバーグ賞受賞。プロデュース作品としては、『サウンド・オブ・ミュージック』The Sound of Music（一九六五）、『ドライビング・ミス・デ

イジー』Driving Miss Daisy(一九八九)など。(下169)

サマーズ、モンタギュー(一八八〇—一九四八)Summers, Montague ☆英国の聖職者・著述家。王政復古時代の演劇に関する著作のほか、The History of Witchcraft and Demonology(一九二六)、The Vampire: His Kith and Kin(一九二八)、The Vampire in Europe(一九二九)など、すぐれた魔術研究書を著した。(下283)

サマンサ(・フォックス)(一九五一—)Samantha (Fox) ☆アメリカのポルノ女優。一九七七年から八四年にかけて百本以上のポルノ映画に出演した。(上280)

サメディ男爵 Samedi, Baron ★本来はヴードゥー教における死神。本書で描写されているのは、ガイ・ハミルトン監督『007 死ぬのは奴らだ』Live And Let Die(一九七三)における敵役としてのサメディ男爵。ジェフリー・ホルダーが演じている。(下60)

サラ Sarah ★マイク・ニコルズ監督『心の旅』Regarding Henry(一九九一)の登場人物。主人公ヘンリー・ターナーの妻。アネット・ベニングが演じた。(下79)

サランドン、スーザン(一九四六—)Sarandon, Susan ☆アメリカの女優。ジム・シャーマン監督『ロッキー・ホラー・ショー』The Rocky Horror Picture Show(一九七五)で名前をあげる。ティム・ロビンス監督『デッドマン・ウォーキング』Dead Man Walking(一九九五)でアカデミー主演女優賞を受賞。チャールズ・ジャロット監督『真夜中の向う側』The Other Side of Midnight(一九七七)に出演している。(上332)

サリヴァン、アーサー(一八四二—一九〇〇)Sullivan, Arthur ☆英国の作曲家。劇作家ギルバートと組んで、ロンドンのサヴォイ劇場で〈サヴォイ・オペラ〉と呼ばれる民衆的な軽歌劇を多数つくった。(上61)

ザレスカ、マリア Zaleska, Marya ★ランバート・ヒリャー監督、グロリア・ホールデン主演の映画『女ドラキュラ』Dracula's Daughter(一九三六)に登場するヴァンパイア。ドラキュラの娘でありながら吸血鬼であることを嫌悪する彼女は、ヴァン・ヘルシングの弟子に恋し、その結果滅びることになる。ブラム・ストーカーの短編小説「ドラキュラの客」Dracula's Guest(一九一四)を映画化したもの。(上286)

ザロフ将軍 Zaroff, General ★リチャード・コネル「最も危険なゲーム」The Most Dangerous Game(一九二四)の登場人物。アーヴィング・ピッチェル&アーネスト・B・シュードサック監督『猟奇島』The Most Dangerous Game(一九三二)ではレスリー・バンクスが演じている。ほかにも幾度か映画化されている。(下42)

サンズ、ジュリアン（一九五七— ）**Sands, Julian** ☆イギリスの俳優。ローランド・ジョフィ監督『キリング・フィールド』The Killing Fields（一九八四）で注目を集める。『インタビュー・ウィズ・ヴァンパイア』Interview with the Vampire（一九九四）映画化のとき、アン・ライスはレスタトにジュリアン・サンズを考えていたという。（下67）

サンダース、ジョージ（一九〇六—七二）**Sanders, George** ☆イギリスの俳優・シンガーソングライター・著述家。上流階級の英国人アクセントと低音を特徴とする。ジョセフ・L・マンキーウィッツ監督『イヴの総て』All About Eve（一九五〇）でアカデミー助演男優賞を受賞。（下297）

サンタニコ、地獄の Santanico Pandemonium ★ロバート・ロドリゲス監督『フロム・ダスク・ティル・ドーン』From Dusk Till Dawn（一九九六）に登場するヴァンパイア。裸身に大蛇を巻きつけて妖艶なダンスをする。サルマ・ハエックが演じた。（上183）

サンダンス（・キッド）（一八六七—一九〇八）**Sundance (Kid)** ☆本名ハリー・アロンゾ・ロングボー。アメリカのアウトロー・強盗。ブッチ・キャシディらと強盗団「ワイルドバンチ」を結成し、銀行強盗・列車強盗などをくり返した。ジョージ・ロイ・ヒル監督『明日に向って撃て！』Butch Cassidy and the Sundance Kid（一九六九）ではロバート・レッドフォードが演じている。（下39）

シ

シーゲル、ドン（一九一二—九一）**Siegel, Don** ☆アメリカの映画監督。B級映画ともいえる暴力的な作品が多い。クリント・イーストウッドと組んだ『ダーティハリー』Dirty Harry(一九七一)で知名度をあげる。その後もイーストウッドと組んで、『アルカトラズからの脱出』Escape from Alcatraz（一九七九）を監督している。（上260）

シーザー、ジュリアス（BC一〇〇—四四）**Caesar, Julius** ☆共和政ローマ期の政治家・軍人・文筆家。第一次三頭政治ののち、終身独裁官となるが、ブルータスによって暗殺される。（上180）

ジータ Zita 馬車に乗っていた太った商人の〝秘書〟。詳細不明。（上328）

シーン、チャーリー（一九六五— ）**Sheen, Charlie** ☆アメリカの俳優。マーティン・シーンの息子。子供のときから父親の映画に出演していた。『地獄の黙示録』Apocalypse Now（一九七九）にもエキストラとして出演。オリヴァー・ストーン監督『プラトーン』Platoon（一九八六）の主演で知られる。麻薬や発砲事件などの

トラブルでも有名。（上45）

シーン、マーティン（一九四〇―　）Sheen, Martin ☆アメリカの俳優。コッポラ監督『地獄の黙示録』Apocalypse Now（一九七九）で降板したハーヴェイ・カイテルにかわってウィラード大尉を演じた。実際にコッポラの『ドラキュラ』Bram Stoker's Dracula（一九九二）においてジョナサン・ハーカーを演じたのはキアヌ・リーブス。（上33）

ジヴォン、ウォーレン（一九四七―二〇〇三）Zevon, Warren ☆アメリカのミュージシャン・シンガーソングライター。スティーヴン・キングと交遊関係にあり、作家たちのチャリティ・バンド、ロック・ボトム・リメインダーズにサポートとして加わった。（下190）

ジェイク・ハマー・バンド The Jake Hammer Band 不明。アメリカのピアニスト・歌手・ソングライターのジャック・ハマー Jack Hammer（一九二五―二〇一六）もしくはチェコスロバキア出身の作曲家・音楽プロデューサー・ピアニストのヤン・ハマー Jan Hammer（一九四八―）をイメージしているのかもしれない。（下190）

シェーファー、ジョージ・J（一八八八―一九八一）Schaefer, George J. ☆アメリカの映画プロデューサー。オーソン・ウェルズが『市民ケーン』Citizen Kane を撮った一九四一年当時のRKO社長。（上243）

ジェームズ、ブライオン（一九四五―九九）James, Brion ☆アメリカの俳優。性格俳優として知られる。シュワルツェネッガーやスタローンなどのアクション映画に主人公に絡む悪役で出演することが多い。（下175）

シェール（一九四六―　）Cher ☆アメリカの歌手・女優。ソニー・ボノと結婚、一九六五年に夫婦デュオとしてデビューするが、七五年に離婚。その後もミュージシャン・女優として活動をつづけ、「ビリーヴ」Believe（一九九八）でグラミー賞ベストダンス賞を、女優としてはノーマン・ジュイソン監督『月の輝く夜に』Moonstruck（一九八四）でアカデミー賞主演女優賞を獲得している。マリブに大邸宅をかまえている。（上227）

ジェドバーグ、ダリウス Jedburgh, Darius ★マーティン・キャンベル監督のTV映画『刑事ロニー・クレイブン』Edge of Darkness（一九八五）および、それを映画化した『復讐捜査線』Edge of Darkness（二〇一〇）に登場するCIAエイジェント。TV版ではジョー・ドン・ベイカーが、映画ではレイ・ウィンストンが演じている。（上347）

ジェネシス Genesis ☆イングランド出身のプログレッシヴ・ロック・バンド。一九六七年から活動をはじめ、一九八〇年代にはスタジアム・ロックを展開し世界的な成功をおさめた。（上348）

ジェパーソン、リチャード Jeperson, Richard ★キム・ニューマン作〈ディオゲネス・クラブ〉Diogenes Club シリーズの登場人物。ディオゲネス・クラブの捜査官。〈紀元〉シリーズでは闇内閣議長。（上204）

ジェファーソン・エアプレイン Jefferson Airplane ☆アメリカのロックバンド。一九六五年に結成。七三年に解散。メンバーの入れ替わりとともにジェファーソン・スターシップと名前を変えて七四年から活動を再開する。（上224）

ジェフリーズ、L・B Jefferies, L.B. ★アルフレッド・ヒッチコック監督『裏窓』Rear Window（一九五四）の主人公であるカメラマン。ジェームズ・スチュワートが演じた。（上150）

ジオ（一九六三―八六）Gio ☆ジャン＝カルロ・コッポラ（Gian-Carlo Coppola）の愛称。フランシス・フォード・コッポラの息子で、みずからも映画制作をはじめるが、若くしてボート事故で死亡。『地獄の黙示録』Apocalypse Now（一九七九）完全版にジル・ド・マレー役で出演している。（上45）

シオドマク、カート（一九〇二―二〇〇〇）Siodmak, Curt ☆アメリカのSF作家・脚本家。小説としては『ドノヴァンの脳髄』Donovan's Brain（一九五三）、脚本としてはジョージ・ワグナー監督『狼男』The Wolf Man（一九四一）が有名。（下297）

ジキル、ヘンリー Jekyll, Henry ★スティーヴンスン『ジキル博士とハイド氏』The Strange Case of Dr.Jekyll and Mr.Hyde（一八八六）の主人公。高潔な医師であるジキル博士は、自分の中にひそむ悪の性格を解放する薬品を発明し、ハイド氏に変身しては悪行にふけっていたが、最後にはハイドの性格がジキルを駆逐しそうになるのを恐れ、自殺する。『ドラキュラ紀元一八八八』Anno Dracula においてはヴァンパイアの研究にいそしんでいた。（下213）

シド（・ヴィシャス）（一九五七―七九）Sid (Vicious) ☆イギリスのパンク・ロックバンド、セックス・ピストルズのベーシスト。バンド解散後、麻薬の過剰摂取により死亡。過激なパフォーマンスと波乱に満ちた生涯で伝説となる。アレックス・コックス監督『シド・アンド・ナンシー』Sid And Nancy（一九八六）ではゲイリー・オールドマンがシドを演じている。（上136）

シナトラ、フランク（一九一五―九八）Sinatra, Frank ☆アメリカの歌手・俳優。俳優としては、フレッド・ジンネマン監督の映画『地上より永遠に』From Here to Eternity（一九五三）でアカデミー助演男優賞を受賞。歌手としては、「オール・オア・ナッシング・アット・オール」All or Nothing at All（一九三九）、「マイ・ウェイ」

My Way（一九六九）などが有名。（上182）

シブリー、ジョゼフ Sibley, Joseph 一八八七年王立委員会にドラキュラの肖像を寄贈した。詳細不明。（下27）

シムズ、ネリッサ Simms, Nerissa ★マルコム・マーモスタイン監督 Love Bites（一九九三）に登場するヴァンパイア。ミシェル・フォーブスが演じた。（下47）

シモン、シモーヌ（一九一〇―二〇〇五）Simon, Simone ☆フランス出身の映画女優。フランス、アメリカの両国において活動した。ジャック・ターナー監督『キャット・ピープル』Cat People（一九四二）およびロバート・ワイズ&ガンザー・V・フリッチ監督『キャット・ピープルの呪い』The Curse of the Cat People（一九四四）に主演。（下297）

皇帝《シャー》（一九一九―八〇）Shah ☆パフラヴィ朝イランの最後の皇帝モハンマド・レザー・シャー・パフラヴィーのこと。在位一九四一―七九。パフラヴィー二世。イラン革命により失脚。亡命後はパーレビ国王と呼ばれた。（上151）

シャーデー（・アデュ）（一九五九― ）Sade (Adu) ☆ナイジェリア生まれのシンガーソングライター。イギリスのバンド、シャーデーのヴォーカル。（下196）

シャイナー Scheiner ★TVドラマ『ホミサイド／殺人捜査課』Homicide: Life on the Street（一九九三―二〇〇〇）に登場する監察医。ラルフ・タバキンが演じている。（下110）

ジャガー、ビアンカ（一九四五― ）Jagger, Bianca ☆ニカラグアの名門に生まれた、七〇年代を代表するファッション・アイコンのひとり。一九七一年にローリング・ストーンズのミック・ジャガーと結婚。後に離婚。スタジオ54の中心的存在でもあった。（上150）

ジャガー、ミック（一九四三― ）Jagger, Mick ☆英国のロック・ミュージシャン・俳優。ローリング・ストーンズのヴォーカル。（上43）

ジャグロム、ヘンリー（一九三八― ）Jaglom, Henry ☆イギリス出身のアメリカの映画監督・俳優・劇作家。監督作品としては、『カンヌ 愛と欲望の都』Festival in Cannes（二〇〇二）など。俳優としては、オーソン・ウェルズ監督『風の向こうへ』The Other Side of the Wind（二〇一八）、モーガン・ネヴィル監督『オーソン・ウェルズが遺したもの』They'll Love Me When I'm Dead（二〇一八）、『ディス・イズ・オーソン・ウェルズ』This is Orson Welles（二〇一五）などに出演。（下299）

ジャッド Judd ★トビー・フーパー監督『悪魔の沼』Eaten Alive（一九七七）の主人公。モーテルを経営する義足の男。客を殺してはペットの鰐に食べさせていた。ネヴィル・ブランドが演じている。（下18）

ジャッド、ワイノナ（一九六四― ）Judd, Wynonna ☆アメリカのカントリー歌手。母のナオミ・ジャッドとデュオ「ザ・ジャッズ」を組んで一九八三年にデビュー。一九九一年に解散してソロとなる。（下229）

シャドウ The Shadow ★アメリカのラジオ番組・小説・コミックなどの主人公。黒いスーツにマント、黒いソフト帽をかぶったスーパースター。その正体はアラード・ケント。『鮮血の撃墜王』Bloody Red Baron においては連合軍コンドル飛行隊でパイロットをしていた。（上245）

シャンダニャック Chandagnac ★ジュヌヴィエーヴの闇の父。ジャック・ヨーヴィル名義で発表されたジュヌヴィエーヴもの全体を通じて名前が見られる。（上322）

ジューダス・プリースト Judas Priest ☆一九六九年に結成されたイングランドのヘヴィメタ・バンド。最初にレザー・ファッションをとりいれた。（下189）

ジュールダン、ルイ（一九二一―二〇一五）Jourdan, Louis ☆フランスの映画・舞台俳優。ヴィンセント・ミネリ監督『恋の手ほどき』Gigi（一九五八）、アンソニー・アスキス監督『予期せぬ出来事』The V.I.P.s（一九六三）など、上品で洗練された二枚目役で人気を博す。ＢＢＣのテレビ映画フィリップ・サヴィル監督 Count Dracula（一九七七）でドラキュラを演じている。（上264）

シュトリエスク、アルドー Striescu, Aldo ★ジョナサン・ナソー The Shadows（一九九七）に登場するヴァンパイアの殺し屋。（下10）

シュトロハイム、エリッヒ・フォン（一八八五―一九五七）Stroheim, Erich von ☆オーストリア生まれ、サイレント時代のハリウッドで活躍した映画監督・俳優。徹底したリアリズムと完全主義を貫いた芸術家。評価は高かったものの、制作費の高騰やあまりにも長大な上映時間のため、しばしば問題を生じ、監督としては廃業。以後は個性的な脇役俳優として活躍した。（下160）

ジュニア Junior → オルリグ・ジュニア、スミス

ジュヌヴィエーヴ Geneviève → デュドネ、ジュヌヴィエーヴ・サンドリン・ド・リール

ジュネ、ジャン（一九一〇―八六）Genet, Jean ☆フランスの小説家・詩人・エッセイスト・劇作家・政治活動家。少年期より乞食・泥棒・男娼をしながら放浪し、獄中で『花のノートルダム』Our Lady of the Flowers/Notre Dame des Fleurs（一九四三）を執筆。サルトル、コクトーらのバックアップを得て小説・戯曲などを執筆。晩年は精力的に政治活動をおこなった。（下66）

シュマッカー、ジョエル（一九三九― ）Schumacher, Joel ☆アメリカの映画監督・脚本家・プロデューサー。リリー・

トムリン主演、ジェーン・ワグナー製作・脚本の『縮みゆく女』The Incredible Shrinking Woman（一九八一）にて監督デビュー。（上313）
ジュリアン Julian ダンピールの若者。詳細不明。（上291）
シュワルツェネッガー、アーノルド（一九四七—）Schwarzenegger, Arnold ☆アメリカの映画俳優・実業家・政治家・ボディビルダー。俳優としては、ジョン・ミリアス監督『コナン・ザ・グレート』Conan the Barbarian（一九八二）、ジェームズ・キャメロン監督『ターミネーター』The Terminator（一九八四）など。政治家としては、二〇〇三年から一一年までカリフォルニア州知事を務めた。（下28）
ショウ、アーティ（一九一〇—二〇〇四）Shaw, Artie ☆アメリカのジャズクラリネット奏者・作曲家。「ジャズ界最高のクラリネット奏者」と見なされている。（上348）
ジョージ George マンダリー城の執事。出典不明。（上124）
ジョージ、聖 George, St. ☆？ キリスト教の聖人。古代ローマ末期の殉教者で、ドラゴン退治の伝説で知られる。四月二十三日が記念日とされる。（上226）
ショーター、スティーヴン Shorter, Steven ★ピーター・ワトキンス監督『傷だらけのアイドル』Privilege（一九六七）の主人公。計画的にスターにしたてあげられたポップ・シンガー。ポール・ジョーンズが演じている。（下190）
ショート・ライオン Short Lion ★アン・ライス〈ヴァンパイア・クロニクルズ〉The Vampire Chronicles（一九七六—）に登場するレスタト・ド・リオンクールのこと。フランス語で Lion は〝ライオン〟、court は〝短い〟の意味。ニール・ジョーダン監督『インタビュー・ウィズ・ヴァンパイア』Interview with the Vampire（一九九四）ではトム・クルーズがレスタトを演じている。（下15）
ショーン、ディック（一九二三—八九）Shawn, Dick ☆アメリカの俳優・コメディアン。数々のコメディ映画に出演すると同時に、ステージで芸を披露するスタンダップ・コメディアンとしても活躍。TVドラマやトークショーにも活動の場をひろげた。（下57）
ジョーンズ、アレッド（一九七〇—）Jones, Aled ☆ウェールズ出身の歌手。十代で聖歌隊にはいり、美声と歌唱力を認められ、主としてクラシック・宗教曲において世界的なボーイソプラノとして活躍する。変声期後はTVタレントとして活動しながら声楽を学んでいる。（下190）
ジョニー（ジョン）Johnny (John) → ポップ もしくは → アルカード
ジョプリン、ジャニス（一九四三—七〇）Joplin, Janis ☆アメリカのロックシンガー。圧倒的な歌唱力でロック界初

の女性スーパースターの地位を得るが、酒とドラッグに溺れて二十七歳で夭折。伝説となる。(下189)

ジョルギウ Georghiou コッポラの撮影隊にはりつくルーマニア政府の役人。詳細不明。(上81)

ジョルノ、ジョン(一九三六―二〇一九)Giorno, John ☆アメリカの詩人・パーフォーマンスアーティスト。ウォーホルの映画『スリープ』Sleep(一九六三)で有名になったのち、ニューヨークのアンダーグラウンド・シーンとビート・ジェネレーションで重要な役割を果たす。文章をバラバラに刻んでランダムに新しい文章に組み立てなおす「カットアップ」技法を展開した。(下279)

ジョン、エルトン(一九四七―)John, Elton ☆英国のロックシンガー・作曲家・ピアニスト。(上185)

ジョンソン、フィリップ(一九〇六―二〇〇五)Johnson, Philip ☆アメリカのモダニズムを代表する建築家。ニューヨーク万博においてアメリカパヴィリヨンの設計を手がけ、ウォーホルに壁画を依頼した。(下279)

シリング、ガス(一九〇八―五七)Schilling, Gus ☆アメリカの俳優。オーソン・ウェルズの舞台に幾度か出演したのち、『市民ケーン』Citizen Kane(一九四一)にボーイ長で出演。線の細い神経質そうなコメディアンとして定評を得た。(上244)

シルヴァー、ロン(一九四六―二〇〇九)Silver, Ron ☆アメリカの俳優・政治活動家。バーベット・シュローダー監督『運命の逆転』Reversal of Fortune(一九九〇)、ピーター・ハイアムズ監督『タイムコップ』Timecop(一九九四)など。(下300)

シルヴァナ、トニー Sylvana, Tony ★ブライアン・デ=パルマ監督『スカーフェイス』Scarface(一九八三)の主人公トニー・モンタナのもじり。アル・パチーノが演じている。(下301)

〈深紅の処刑人〉Crimson Executioner ★そもそもはドメニコ・マッシモ・プピロ監督『惨殺の古城』Il boia scarlatto/Bloody Pit of Horror(一九六五)に登場する殺人鬼。ミッキー・ハージテイが演じた。〈ドラキュラ紀元〉シリーズ第三巻『ドラキュラのチャチャチャ』Dracula Cha Cha Cha に登場。(下55)

シンプソン、O・J(一九四七―)Simpson, O.J. ☆アメリカの元プロフットボール選手、のちに俳優。フットボール選手としては数々の記録をうちたて、NFL殿堂入りを果たしている。引退後の一九九四年、白人であった元妻とその友人を殺した容疑で逮捕された。この事件は人種問題もからみ、「O・J・シンプソン事件」として全米の話題となった。(下28)

シンプソン、ドン（**一九四三―九六**）**Simpson, Don** ☆アメリカの映画プロデューサー・脚本家・俳優。エイドリアン・ライン監督『フラッシュダンス』Flashdance（一九八三）、トニー・スコット監督『ビバリーヒルズ・コップ』Beverly Hills Cop（一九八四）などをプロデュース、ヒットさせた。（上261）

ス

スウェイルズ **Swales** ★ブラム・ストーカー『吸血鬼ドラキュラ』Dracula（一八九七）では、ホイットビーに住み、ルーシーとミナに土地の伝説を話して聞かせる老人だったが、コッポラの『ドラキュラ』では――（上35）

スーパーヴァンプ、イングリッド **Supervamp, Ingrid** → イングリッド・スーパーヴァンプ

ズール、エマ **Zoole, Emma** ★TVドラマ『ホミサイド／殺人捜査課』Homicide: Life on the Street（一九九三―二〇〇〇）の第三シーズン、エピソード4「模範市民」A Model Citizen およびエピソード5「実らない恋の行方」Happy to Be Here の登場人物。ローレン・トムが演じている。（下106）

スールー **Sulu** ★〈スタートレック〉Star Trek（一九六六―　）シリーズの登場人物。エンタープライズ号の主任パイロット。日本語吹替版では「カトー」と名前が変わっている。ジョージ・タケイが演じている。（下198）

スカムバリナ **Scumbalina** ★ニック・ゼット監督 Geek Maggot Bingo or The Freak from Suckweasel Mountain（一九八三）に登場するヴァンパイア。ドナ・デスが演じた。（上188）

スカル、デイヴィッド・J（**一九五二―　**）**Skal, David J.** ☆ホラー映画・ホラー小説の分野を得意とする映画評論家・作家・文化史研究者。Hollywood Gothic: The Tangled Web of Dracula from Novel to Stage to Screen（一九九〇）など、ドラキュラや吸血鬼の研究で知られる。（下302）

スキータ **Skeeter** ★エレイン・リー&ウィリアム・シンプソンによるコミック Vamps（一九九四―　）の主人公。バイクに乗って戦う女ヴァンパイア。（上183）

スクリーミング・ロード・サッチ（**一九四〇―九九**）**Screaming Lord Sutch** ☆イギリスの歌手・政治家。切り裂きジャック、ヴァンパイアなどをネタにしたホラー的な演出と楽曲で人気を博した。（下189）

スコセッシ、マーティン（**一九四二―　**）**Scorsese, Martin** ☆アメリカの映画監督・脚本家・プロデューサー・俳優。ナレーションを多用することが特徴。『タクシードライ

バー』Taxi Driver（一九七六）、『ギャング・オブ・ニューヨーク』Gangs of New York（二〇〇二）、『ディパーテッド』The Departed（二〇〇六）など。（上24）

スコット&ベス・B Scott and Beth B. ☆一九七〇年代後半から八〇年代前半にかけて、ノー・ウェーブ・アンダーグラウンド映画界でもっとも有名だった監督・プロデューサー。スコット・B（ビリングスレイ Billingsley）と、ベス・B（一九五五―）。（上182）

スコット、トニー（一九四四―二〇一二）Scott, Tony ☆イギリス出身の映画監督・プロデューサー。『ハンガー』The Hunger（一九八三）、『トップガン』Top Gun（一九八六）など。（下300）

スコルツェニー、ヤーノシュ Skorzeny, Janos ★ジョン・リュウェリン・モクシー監督のTV映画『魔界記者コルチャック／ラス・ベガスの吸血鬼』The Night Stalker（一九七二）に登場するヴァンパイア。ラスヴェガスで連続殺人事件を引き起こす。バリー・アトウォーターが演じた。（下85）

スター、リンゴ（一九四〇―）Starr, Ringo ☆イギリスのミュージシャン・俳優。元ビートルズのドラマー。ビートルズ解散後もソロ・ミュージシャンとして活躍をつづけている。（下196）

スターリン（一八七八―一九五三）Stalin ☆ソ連の政治家。レーニン没後一国社会主義の強行建設を推進。のちに大量粛清をおこなって個人独裁を樹立した。死後、フルシチョフに専制支配を批判された。（上11）

スタイン、ジーン（一九三四―二〇一七）Stein, Jean ☆アメリカの著述家・編集者。ジョージ・プリンプトンと共著で『イーディ――'60年代のヒロイン』Edie: American Biography（一九八二）のほか、ロバート・ケネディの伝記 American Journey: The Times of Robert Kennedy（一九七〇）などを著している。（下288）

スタローン、シルヴェスター（一九四六―）Stallone, Sylvester ☆アメリカの俳優・映画監督・脚本家。鍛えあげた肉体で激しいアクションをこなす。ポルノ映画などで下積みを重ねたのち、みずから脚本を書いた主演映画ジョン・G・アヴィルドセン監督『ロッキー』Rocky（一九七六）が大ヒットし、スターの仲間入りを果たす。テッド・コッチェフ監督『ランボー』First Blood（一九八二）のシリーズでも脚本・主演を務めている。（上286）

スタローン、フランク（一九五〇―）Stallone, Frank ☆アメリカの俳優・歌手・ギタリスト。シルヴェスター・スタローンの弟。〈ロッキー〉Rocky（一九七六―二〇〇六）シリーズにも俳優兼歌手として出演している。（下69）

スタンバーグ、ジョセフ・フォン（一八九四―一九六九）**Sternberg, Josef von** ☆アメリカの映画監督・脚本家・プロデューサー。マレーネ・ディートリヒとのコンビで、『嘆きの天使』The Blue Angel（一九三〇）、『モロッコ』Morocco（一九三〇）、『上海特急』Shanghai Express（一九三二）などを監督する。（上321）

スチュアート、ポール（一九〇八―八六）**Stewart, Paul** ☆舞台・映画・TVで活動しているアメリカの性格俳優・監督・プロデューサー。『市民ケーン』Citizen Kane（一九四一）ではケーンの執事レイモンドを演じている。看護人の役名がレイモンドなのは、それに準じたものと思われる。（上244）

スティーヴンソン、パメラ（一九四九― ）**Stephenson, Pamela** ☆ニュージーランド生まれの作家・心理学者。女優・コメディエンヌとしても活躍し、Not The Nine O'Clock News に出演していた。（上213）

スティーヴンソン、ロバート（一九〇五―八六）**Stevenson, Robert** ☆イギリス出身の映画監督・脚本家。オーソン・ウェルズとジョーン・フォンテイン主演による『ジェーン・エア』Jane Eyre（一九四三）のあと、ディズニー映画を多く手がけた。『メリー・ポピンズ』Mary Poppins（一九六四）でアカデミー監督賞にノミネートされた。（下297）

ステイブルフォード、ブライアン（一九四八― ）**Stableford, Brian** ☆イギリスのSF作家。〈タルタロスの世界〉The Realms of Tartarus（一九七七）シリーズ、〈宇宙飛行士グレンジャーの冒険〉Hooded Swan（一九七二―七八）シリーズなど。（下282）

ステュー Stu ★ウィリアム・フリードキン監督、アル・パチーノ主演『クルージング』Cruising（一九八〇）に登場するステュアート・リチャーズ。リチャード・コックスが演じた。（上144）

ストーカー、ブラム（一八四七―一九一二）**Stoker, Bram** ☆『吸血鬼ドラキュラ』Dracula（一八九七）の作者。名優ヘンリー・アーヴィングの片腕としてライシアム劇場の経営その他にあたりながら、『吸血鬼ドラキュラ』を執筆した。小説のほかにアーヴィングの回想録を記している。（上8）

ストーカー、フローレンス（一八五八―一九三七）**Stoker, Florence** ☆ブラム・ストーカー夫人。旧姓ボールコム。F・W・ムルナウ監督『吸血鬼ノスフェラトゥ』Nosferatu – Eine Symphonie des Grauens（一九二二）に対して、著作権侵害だとして訴訟を起こしたことで知られる。（下256）

ストーン、オリヴァー（一九四六― ）**Stone, Oliver** ☆アメリカの映画監督・プロデューサー・脚本家。ベトナム戦争を扱った『プラトーン』Platoon（一九八六）および『7月4日に生まれて』Born on the Fourth of July（一九八九）においてアカデミー監督賞受賞。ジム・モリソンの半生を描いた伝記的映画『ドアーズ』The Doors（一九九一）によって六〇年代アメリカ社会を描いた三部作を完成させた。（下42）

ストーン、シャロン（一九五八―）Stone, Sharon ☆アメリカの女優。B級映画に出演していたが、ポール・バーホーベン監督『トータル・リコール』Total Recall（一九九〇）で注目され、同監督『氷の微笑』Basic Instinct（一九九二）で世界的なセックス・シンボルとなる。（下146）

ストラーロ、ヴィットリオ（一九四〇―）Storaro, Vittorio ☆イタリア生まれの映画カメラマン・撮影監督。コッポラ監督『地獄の黙示録』Apocalypse Now（一九七九）、ウォーレン・ベイティ監督『レッズ』Reds（一九八一）、ベルナルド・ベルトルッチ監督『ラストエンペラー』The Last Emperor（一九八七）でアカデミー撮影賞を受賞。（上53）

ストラットン、ドロシー（一九六〇―八〇）Stratten, Dorothy ☆カナダ出身のプレイメイト・女優。ピーター・ボグダノヴィッチ監督と交際していたが、離婚協議中の夫に射殺された。（上186）

ストレンジ・フルーツ Strange Fruit ★ブライアン・ギブソン監督『スティル・クレイジー』Still Crazy（一九九八）に登場するロックバンド。（下190）

スパイナル・タップ Spinal Tap ★ロブ・ライナー監督のロック・モキュメンタリー・コメディ映画『スパイナル・タップ』Spinal Tap/This Is Spinal Tap（一九八四）に登場するヘヴィメタ・バンド。（下44）

スピード、キャロル（一九四五―）Speed, Carol ☆アメリカの女優・歌手・作家。ウィリアム・ガードラー監督『アビィ』Abby（一九七四）で演じた悪霊に取り憑かれるタイトルロールが有名。作家としては、Inside Black Hollywood（一九八〇）などを執筆している。（下73）

スピッツ、マーク（一九五〇―）Spitz, Mark ☆アメリカの男子競泳選手。一九七二年ミュンヘンオリンピックで当時史上最多となる一大会七個の金メダルを獲得した。引退後、俳優としてデビュー。TVドラマなどに出演した。（上263）

スピルバーグ、スティーヴン（一九四六―）Spielberg, Steven ☆アメリカの映画監督・プロデューサー。『ジョーズ』Jaws（一九七五）、『未知との遭遇』Close Encounters of the Third Kind（一九七七）、〈インディ・ジョーンズ〉Indiana Jones（一九八一―）シリーズなど。『1941』1941は一九七九年作品。（上182）

スプリングスティーン、ブルース（一九四九― ）**Springsteen, Bruce** ☆アメリカのロックミュージシャン・シンガーソングライター。アメリカロック界を代表する重鎮として知られる。（上348）
スプリングフィールド、リック（一九四九― ）**Springfield, Rick** ☆オーストラリア出身のミュージシャン・俳優。甘いルックスで絶大な人気を誇り、ロックの貴公子と呼ばれる。（下190）
スペリング、アーロン（一九二三―二〇〇六）**Spelling, Aaron** ☆アメリカのTVおよび映画のプロデューサー・脚本家。『チャーリーズ・エンジェル』Charlie's Angels（一九七六― ）や、『ビバリーヒルズ青春白書』Beverly Hills, 90210（一九九〇―二〇〇〇）をプロデュース。一九九一年に〝マナー〟と呼ばれるロサンゼルス最大の邸宅を建てた。（下14）
スペルマン枢機卿、フランシス（一八八九―一九六七）**Spellman, Cardinal** ☆アメリカのカトリック教会聖職者。一九三九年、ニューヨーク大司教、一九四六年、教皇ピウス十二世の枢機卿に任命される。熱烈な反共産主義者でもあった。（下276）
スポック Spock ★〈スタートレック〉Star Trek（一九六六― ）シリーズの登場人物。ヴァルカン人と地球人のハーフ。エンタープライズ号の技術主任兼副長。レナード・ニモイが演じている。（下197）
スミシー、アラン Smithee, Alan ☆？ アメリカ映画において、会社やプロデューサーによって容認できないほどの変更が加えられた場合など、監督が自分の名前を明らかにしたくないときに監督名としてクレジットされる偽名。一九六八年から九九年まで使用され、使用には全米監督協会の審査と許可が必要とされた。（下71）
スミス、ケント（一九〇七―八五）**Smith, Kent** ☆アメリカの舞台・TV・映画俳優。ジャック・ターナー監督『キャット・ピープル』Cat People（一九四二）ほか、多くの映画に出演している。（下297）
スミス、シェリル〝レインボー〟（一九五五―二〇〇二）**Smith, Cheryl "Rainbeaux"** ☆アメリカの女優。ジョナサン・デミ監督『女刑務所・白昼の暴動』Caged Heat（一九七四）のラベル役で知られる。マイケル・パタキ監督『シンデレラ』The Other Cinderella/Cinderella（一九七七）ではタイトルロールを演じている。（下79）
スミス、ジャック（一九三二―八九）**Smith, Jack** ☆アメリカの映画監督・俳優。六〇年代のニュー・アメリカン・シネマを代表する実験映像作家のひとり。アンダーグラウンド映画の中心人物としてアンディ・ウォーホルにも

多大な影響を与えた。（上261）

スミス、パティ（一九四六― ）Smith, Patti ☆アメリカのシンガーソングライター。「パンクの女王」の異名をとる。シド・ヴィシャスが彼女の弟を殴って逮捕されている。（上162）

スローン、エヴェレット（一九〇九―六五）Sloane, Everett ☆アメリカの性格俳優。舞台・映画・TVで活躍した。『市民ケーン』Citizen Kane（一九四一）ではバーンスタインを演じている。（上243）

スワン Swan ★ブライアン・デ・パルマ監督『ファントム・オブ・パラダイス』Phantom of the Paradise（一九七四）の登場人物。かつて大スターだったデス・レコード社の社長。悪魔と契約して永遠の若さと音楽界での成功を手に入れた。ポール・ウィリアムズが演じている。（下186）

セ

セイディ Sadie ★ウェス・クレイヴン監督『鮮血の美学』The Last House on the Left（一九七二）の登場人物。ボーイフレンドである脱獄した凶悪犯クラッグとともに、ふたりの少女を誘拐し虐殺する。二〇〇九年にはデニス・イリアディス監督『ラスト・ハウス・オン・ザ・レフト』としてリメイクされている。一九七二年版ではジェラミー・レインが、二〇〇九年版ではリキ・リンドホームが演じている。（下39）

セイバーヘーゲン、フレッド（一九三〇―二〇〇七）Saberhagen, Fred ☆アメリカのSF・ファンタジイ作家。〈バーサーカー〉The Berserker（一九六七―二〇〇五）シリーズ、〈東の帝国〉The Empire of the East（一九六八―二〇〇六）シリーズのほか、The Dracula Tape（一九七五）をはじめとするヴァンパイアを主人公にしたシリーズも著している。（下299）

セイラー（・リプリー）Sailor (Ripley) ★デヴィッド・リンチ監督『ワイルド・アット・ハート』Wild at Heart（一九九〇）の主人公。セックスと暴力にあふれたロードムービー。ニコラス・ケイジが演じた。（下39）

ゼウス Zeus ★ギリシア神話の主神。宇宙や天候を支配する全知全能の天空神とされる。雷を武器とする。（上336）

セカ（一九五四― ）Seka ☆アメリカのポルノ女優。一九七〇年代後半から八〇年代にかけて多くの映画に出演し、伝説的な人気を誇った。（上279）

セジウィック、イーディ（一九四三―七一）Sedgwick, Edie ☆アメリカの女優・ファッションモデル。ウォーホルの映画『プア・リトル・リッチ・ガール』Poor Little Rich Girl（一九六五）、『ヴィニール』Vinyl（一九六五）、『ビューティー＃2』Beauty No.2（一九六五）、『チェルシー・ガールズ』Chelsea Girls（一九六六）に主演。ポップカルチャーの最前線で活躍するが、ボブ・ディランとの交際が破局したのち二十八歳で死亡。薬物の過剰摂取と思われる。（下283）

セルズニック、デヴィッド・O（一九〇二—六五）Selznick, David O. ☆アメリカの映画プロデューサー・脚本家。メリアン・C・クーパー&アーネスト・B・シェードザック監督『キングコング』King Kong（一九三三）、ヴィクター・フレミング監督『風と共に去りぬ』Gone with the Wind（一九三九）、キャロル・リード監督『第三の男』The Third Man（一九四九）などをプロデュース。（上48）

セワード、ジョン（ジャック）Seward, John (Jack) Dr. ★ブラム・ストーカー『吸血鬼ドラキュラ』Dracula（一八九七）の登場人物。ルーシー・ウェステンラの求婚者のひとり。『ドラキュラ紀元一八八八』Anno Dracula では、ヴァンパイアとなったルーシーを滅ぼしてのち狂気に陥り、切り裂きジャック事件を引き起こした。（上8）

ソ

ソーヤー Sawyer ★トビー・フーパー監督『悪魔のいけにえ』The Texas Chain Saw Massacre（一九七四）およびその続編シリーズに登場する殺人鬼一族。長男コック（本名ドレイトン）がダラスでおこなわれたチリソースのコンテストに二年連続優勝している。（上292）

ゾーリン、マックス Zorin, Max ★ジョン・グレン監督『007　美しき獲物たち』A View to a Kill（一九八五）の悪役。地球破壊を狙う大富豪の実業家。クリストファー・ウォーケンが演じた。（下32）

ソーン、ダイアン（一九四三—）Thorne, Dyanne ☆アメリカの女優・モデル。ドン・エドモンズ監督『イルザ／ナチ女収容所　悪魔の生体実験』Ilsa, She-Wolf of the SS（一九七四）のナチ収容所所長役で「女囚もの」の先鞭をつける。（下73）

ソコロフ、ウラディーミル（一八八九—一九六二）Sokoloff, Vladimir ☆ロシアの性格俳優。舞台・映画でさまざまな国籍の役を演じた。『市民ケーン』には出演していないようであるが、一九三八年にマーキュリー・シアターで上演されたゲオルク・ビュヒナーの戯曲『ダントンの死』Dantons Tod（一八三五）に出演している。（上244）

ソニー（・ボノ）（一九三五—九八）Sonny (Bono) ☆アメリカのミュージシャン・俳優・政治家。一九六五年に二度目の妻シェールとデュオを組んでデビュー。七五年に解散後、俳優活動などを経て政界に進出。パームスプリングス市長、

下院議員などを務めるが、スキー事故で死亡。（上227）

ソフィア（・コッポラ）（一九七一―）**Sofia (Coppola)** ☆フランシス・フォード・コッポラの娘。映画監督・プロデューサー・脚本家・女優・ファッションデザイナー。（上45）

ソラナス、ヴァレリー（一九三六―八八）**Solanas, Valerie** ☆アメリカの同性愛者にして急進的フェミニスト。「男性皆殺し協会」Society for Cutting Up Men を創設。『SCUMマニフェスト』SCUM Manifesto（一九六七）を出版。ウォーホルの〈ファクトリー〉の常連であり、彼の映画に出演したこともある。一九六八年にアンディ・ウォーホルを狙撃した。彼女の半生は、メアリー・ハロン監督『アンディ・ウォーホルを撃った女』I Shot Andy Warhol（一九六六）として映画化され、リリ・テイラーがソラナスを演じている。（上149）

タ

ダーショウィッツ、アラン（一九三八―）**Dershowitz, Alan** ☆★アメリカの弁護士・法学者。ハーバード・ロー・スクール教授。みずから手がけたクラウス・フォン・ビューロー事件の詳細を『運命の逆転』Reversal of Fortune: Inside the von Bülow Case（一九八五）として出版。のちにこの本は、バーベット・シュローダー監督『運命の逆転』Reversal of Fortune（一九九〇）として映画化され、ダーショウィッツの役はロン・シルヴァーが演じた。ダーショウィッツ自身も判事役として出演している。（下300）

ダーティ・メリー Dirty Mary ★ジョン・ハフ監督『ダーティ・メリー／クレイジー・ラリー』Dirty Mary, Crazy Larry（一九七四）のヒロイン。高級スーパーマーケットから現金を強奪した若者三人組と、それを追う警察がすさまじいカー・アクションをくりひろげる。スーザン・ジョージが演じている。（下39）

ターナ Thana ★アベル・フェラーラ監督『天使の復讐』Ms.45（一九八一）の主人公。聾唖のお針子。ゾー・タマリスが演じた。（上161）

ターナー Turner ボルティモアの女性警官。詳細不明。（下115）

ターナー、キャスリーン（一九五四―）**Turner, Kathleen** ☆アメリカの女優。ローレンス・カスダン監督『白いドレスの女』Body Heat（一九八一）で映画デビュー。ほかに、ジョン・ヒューストン監督『女と男の名誉』Prizzi's Honor（一九八五）など。（上332）

ターナー、ジャック（一九〇四―七七）**Tourneur, Jacques** ☆アメリカの映画監督。『キャット・ピープル』Cat

People（一九四二）、『過去を逃れて』Out of the Past（一九四七）など。（下297）

ダーリン、キャンディ（一九四四―七四）**Darling, Candy** ☆アメリカの女優。トランスジェンダー。ウォーホルの映画『フレッシュ』Flesh（一九六八）、『ウーマン・イン・リヴォルト』Women in Revolt（一九七〇）などに出演。ヴェルヴェット・アンダーグラウンドのミューズでもあった。ウォーホル以後も幾本かの映画に出演したが、二十九歳にして病死。（下283）

ダイアー・ストレイツ Dire Straits ☆一九七六年に結成されたイギリスのロック・バンド。流行に流されず独自の音を貫いて人気を博した。（下190）

ダイアナ妃（一九六一―九七）**Diana, Princess** ☆イギリス皇太子妃。スペンサー伯爵令嬢として生まれ、一九八一年にウェールズ公チャールズと結婚。九六年に離婚。九七年に交通事故死。（下171）

ダイアモンド、アン（一九五四― ）**Diamond, Anne** ☆イギリスのジャーナリスト・ブロードキャスター。（上202）

タヴェル、ロナルド（一九三六―二〇〇九）**Tavel, Ronald** ☆アメリカの脚本家・映画監督・作家・詩人・俳優。アンディ・ウォーホルの映画において活躍したことで知られる。『チェルシー・ガールズ』Chelsea Girls（一九六六）、『ヴィニール』Vinyl（一九六五）などの脚本を手がけている。（下283）

ダヴェンポート、ベス Davenport, Beth ★アメリカNBCで放映されたTVドラマ『ロックフォードの事件メモ』The Rockford Files（一九七四―八〇）に登場する女性弁護士にしてロックフォードの恋人。グレッチェン・コーベットが演じた。ちなみに、私立探偵ロックフォードの自宅兼事務所はマリブ・ビーチに停めたトレーラーハウスである。（上301）

タヴォウラリス、ディーン（一九三二― ）**Tavoularis, Dean** ☆アメリカの映画美術監督。コッポラ監督『ゴッドファーザー』（一九七二）、『地獄の黙示録』Apocalypse Now（一九七九）、アーサー・ペン監督『俺たちに明日はない』Bonnie and Clyde（一九六七）などの美術を担当。（上46）

タウン、ロバート（一九三四― ）**Towne, Robert** ☆アメリカの脚本家・映画監督。クレジットにはないが、『ゴッドファーザー』の撮影中にコッポラに依頼されて脚本のリライトをおこなった。ロマン・ポランスキー監督、ジャック・ニコルソン主演『チャイナタウン』Chinatown（一九七四）でアカデミー脚本賞を受賞。（下146）

タック修道士 Tuck, Friar ★中世の伝説ロビン・フッドの仲間のひとりで、陽気でビールを愛する怪力の修道僧。（上99）

ダニエル、ヘンリー（一八九四—一九六三）Daniel, Henry ☆イギリスの舞台・映画俳優。悪役で知られる。チャールズ・チャップリン監督『独裁者』The Great Dictator（一九四〇）、ジョージ・キューカー監督『フィラデルフィア物語』The Philadelphia Story（一九四〇）など。（下297）

ダニエルズ、ウィリス Daniels, Willis ★ボブ・ケルジャン監督『吸血鬼ブラキュラの復活』Scream Blacula Scream（一九七三）の登場人物。ヴードゥー教祖後継者の地位を奪われたため、復讐のためにブラキュラを復活させてしまう。リチャード・ローソンが演じている。（下131）

タフツ、ソニー（一九一一—七〇）Tufts, Sonny ☆アメリカの舞台・映画・TV俳優。ロバート・フローリー監督『銃弾都市』The Crooked Way（一九四九）、ビリー・ワイルダー監督『七年目の浮気』The Seven Year Itch（一九五五）など。酒癖の悪さや粗暴なふるまいで有名。（上115）

ダミアーノ、ジェラルド（一九二八—二〇〇八）Damiano, Gerard ☆アメリカのポルノ映画監督。ジェリー・ジェラルド名義で監督した『ディープ・スロート』Deep Throat（一九七二）でカルト的な人気を博した。（上260）

タミロフ、エイキム（一八九九—一九七二）Tamiroff, Akim ☆グルジア生まれのアルメニア人。主としてアメリカで活動した俳優。サム・ウッド監督『誰が為に鐘は鳴る』For Whom the Bell Tolls（一九四三）でゴールデングローブ賞助演男優賞受賞。『アーカディン／秘密調査報告書』Mr.Arkadin（一九五五）、『黒い罠』Touch of Evil（一九五八）、『審判』The Trial(一九六二)でオーソン・ウェルズ監督作品に出演。未完成の『ドン・キホーテ』Don Quixote ではサンチョ・パンザを演じている。（下298）

ダリ、サルバトール（一九〇四—八九）Dalí, Salvador ☆スペイン出身の画家。シュルレアリスムの代表者。天才を自称し、数々の奇行や逸話で知られる。（下293）

タルバーグ、アーヴィング・G（一八九九—一九三六）Thalberg, Irving G. ☆映画史初期のプロデューサー。二十一歳にしてユニヴァーサル社製作部門の責任者となり、「神童」の名をほしいままにした。その後はMGMにて活躍。（上315）

ダレッサンドロ、ジョー（一九四八— ）Dallesandro, Joe ☆アメリカの俳優。アンダーグラウンド映画およびゲイ文化におけるもっとも有名な男性セックスシンボル。アンディ・ウォーホルに見出され、『トラッシュ』Trash（一九七〇）、『処女の生血』Blood for Dracula（一九七四）などで主役を演じている。（上8）

タンディ、ジェシカ（一九〇九—九四）Tandy, Jessica ☆イギリス出身の舞台・映画女優。ブロードウェイで演じたテネシー・ウィリアムズ『欲望という名の電車』A Streetcar Named Desire（一九四七）でトニー賞受賞。ブルース・ベレスフォード監督『ドライビング・ミス・デイジー』Driving Miss Daisy（一九八九）でアカデミー主演女優賞受賞。（下73）

チ

チェイニー、ロン（一八八三—一九三〇）**Chaney, Lon** ☆アメリカの俳優。サイレント時代の名優で、ルパート・ジュリアン監督『オペラの怪人』The Phantom of the Opera（一九二五）など、怪奇映画で実力を発揮した。（上35）

チェコフ Chekhov ★〈スタートレック〉Star Trek（一九六六— ）シリーズの登場人物。エンタープライズ号の操縦士。ウォルター・ケーニッグが演じている。（下198）

チェリー警部 Cherry, Inspector ★ピーター・ヴァン・グリーナウェイの The Medusa Touch（一九七八）などに登場するスコットランドヤードの警部。ジャック・ゴールド監督『恐怖の魔力／メドゥーサ・タッチ』The Medusa Touch（一九七八）ではパリ警視庁のブリュネル警部に変更され、リノ・ヴァンチュラが演じた。（上204）

チェルカソフ、ペチャ Tcherkassoff, Petya ★歴史改変SFウォーゲーム、ダーク・フューチャーを舞台にして、キム・ニューマンがジャック・ヨーヴィル名義で発表した Route 666（一九九三）などに登場する世界的なポップシンガー（たぶん）。（下191）

チッコーネ Ciccone ↓ マドンナ

チミノ、マイケル（一九三九—二〇一六）**Cimino, Michael** ☆アメリカの映画監督・脚本家・プロデューサー・著作家。『ディア・ハンター』The Deer Hunter（一九七八）でアカデミー監督賞を受賞。つづく『天国の門』Heaven's Gate（一九八〇）の制作で大赤字を出し、ユナイテッド・アーティスツを倒産させる「映画災害」を引き起こした。ゲイであるとか性転換したという噂もある。（上263）

チャーチウォード、ペネロピ Churchward, Penelope ★チャールズ・ボウルガードの元婚約者。先妻パメラの従妹。ペネロピの転化によって婚約は解消された。（上36）

チャーチル、ウィンストン（一八七四—一九六五）**Churchill, Winston** ☆英国の政治家・著述家。一九四〇年から四五年まで保守党首相をつとめた。『第二次世界大戦』The Second World War（一九四八—五四）によってノーベル文学賞を受賞。（上352）

チャーリー Charlie ↓ シーン、チャーリー

チャールズ Charles ↓ ボウルガード、チャールズ

チャールズ皇太子（一九四八— ）**Charles, Prince** ☆イギリス皇太子。一九八一年にダイアナ・スペンサーと結婚。九六年に離婚。二〇〇五年にカミラ・シャンドと結婚。（下171）

チャイコフスキー（一八四〇—九三）**Tchaikovsky** ☆ロシアの作曲家。『白鳥の湖』『眠れる森の美女』『くるみ割り人形』はチャイコフスキーの三大バレエとして知られる。ほかにも交響曲、協奏曲など数多くの作品がある。（上75）

チャウシェスク、ニコラエ（一九一八—八九）**Ceauşescu, Nicolae** ☆ルーマニアの政治家。一九七四年にルーマニア共和国初代大統領となり、強力な個人崇拝体制を敷いたが、弾圧政治に反対する暴動によって退陣、銃殺された。（上10）

チャップリン、チャーリー（一八八九—一九七七）**Chaplin, Charlie** ☆イギリス出身の映画俳優・映画監督・コメディアン・脚本家・映画プロデューサー・作曲家。「喜劇王」と呼ばれる。チャップリンがロリコンだったことは有名で、四度の結婚のうち三度の相手が十代の少女だった。十三歳のエキストラは、おそらく、十二歳でチャップリンの映画に出演し、十六歳で妊娠・結婚したリタ・グレイではないかと思われる。（上319）

チャプマン Chapman ヴァンパイアによる名誉毀損防止同盟の会長。詳細不明。（下86）

チャン、チャーリー Chan, Charlie ★アール・デア・ビガーズの小説シリーズに登場するハワイ・ホノルル警察の中国人探偵。映画ではワーナー・オーランド、シドリー・トーラーなどが演じている。（上90）

ツ

ツァキュル Czakyr ★トニー・ランデル監督『バンパイヤ・タウン』Children of the Night（一九九一）に登場するヴァンパイア。デイヴィッド・ソーヤーが演じている。（下198）

ツィスカ男爵、アレクシス Ziska, Baron Alexis ★シドニー・ホーラー The Vampire（一九三五）の主人公であるヴァンパイア。（上353）

ツツロン男爵、ラヨシュ Czuczron, Baron Lajos ★シーベリイ・クイン『影のない男』The Man Who Cast No Shadow（一九二七）に登場するヴァンパイア。（上354）

テ

デイ、スーザン（一九五二— ）**Dey, Susan** ☆アメリカの女優。ＴＶドラマ『パートリッジ・ファミリー』The Partridge Family（一九七〇—七四）および『L・A・ロー

七人の弁護士』L.A.Law（一九八六—九四）などで知られる。（下67）

ディアミド（・リード） Diarmid (Reed) ★ケイト・リードの叔父。『ドラキュラ紀元一八八八』Anno Dracula 当時〈セントラル・ニュース・エイジェンシー〉の中心スタッフだった。ニューマンの創作キャラクター。（下217）

ディー、キキ（一九四七— ） Dee, Kiki ☆イギリスの歌手。ソロ歌手として活動していたが、エルトン・ジョンとデュエットした『恋のデュエット』Don't Go Breaking My Heart（一九七六）がビッグヒットとなった。（下194）

ディーツ、リディア Deetz, Lydia ★ティム・バートン監督『ビートルジュース』Beetlejuice（一九八八）の登場人物。幽霊を見ることのできるゴスロリ少女。ウィノナ・ライダーが演じている。どうやらポオと結婚したらしい。（下113）

ディープ・フィックス Deep Fix ☆イギリスのファンタジイ作家マイケル・ムアコックが友人と結成したバンド。一九七五年に「ニュー・ワールズ・フェア」The New Worlds Fair をリリースした。（下189）

ディーン（・マーティン）（一九一七—九五） Dean (Martin) ☆アメリカの俳優・歌手・司会者。四六年から五六年にかけてはジェリー・ルイスとコンビを組んだ喜劇映画（日本では〈底ぬけ〉シリーズとして知られる）で、五八年以後はフランク・シナトラ、サミー・デイヴィス・ジュニアらと組んだ「シナトラ一家（ラットパック）」の一員として有名。（下57）

ティーンエイジ・ジーザス Teenage Jesus and the Jerks ☆一九七六年から七九年にかけて活動したノー・ウェイヴのバンド。（上182）

ディヴァイン（一九四五—八八） Divine ☆アメリカの俳優・歌手。ジョン・ウォーターズ監督の『ピンク・フラミンゴ』Pink Flamingos（一九七二）、『フィメール・トラブル』Female Trouble（一九七四）に出演し、百キロを越える巨体のドラァグクィーン姿が評判になった。（上182）

デイヴィス・ジュニア、サミー（一九二五—九〇） Davis Jr, Sammy ☆アメリカの歌手・俳優・エンターテイナー。一九五八年、当時人気絶頂だったフランク・シナトラに見出され、ディーン・マーティン、ピーター・ローフォードらと「シナトラ一家（ラット・パック）」を組んで活動。二十世紀のアメリカを代表するエンターテイナーとして世界的に活躍した。（下30）

ディオクレティアヌス（二四四—三一一） Diocletian ☆ローマ帝国の皇帝。在位二八四—三〇五年。専制君主政を樹立し、キリスト教に弾圧を加えた。（下114）

ディクソン、ジョージ Dixon, George ★バジル・ディアデン監督、ジャック・ワーナー主演 The Blue Lamp（一九五〇）の主人公の警官。のちに Dixon of Dock Green（一九五五—七六）として連続TVドラマとなる。（上202）

ディグラー、ダーク Diggler, Dirk ★ポール・トーマス・アンダーソン監督の短編映画 The Dirk Diggler Story（一九八八）およびそれを長編につくりなおした『ブギーナイツ』Boogie Nights（一九九七）の主人公であるポルノ俳優。The Dirk Diggler Story ではマイケル・スタインが、『ブギーナイツ』ではマーク・ウォールバーグが演じている。（上282）

ディザイア Desire ★蝙蝠戦士プログラムの新人のひとり。ジョン・リュウェリン・モクシー監督のTV映画 Desire, the Vampire/I, Desire（一九八二）に登場するヴァンパイア、別名モナ、より。バーバラ・ストックが演じた。ニール・ゲイマン原作のDCコミックス『サンドマン』The Sandman（一九八九— ）のキャラクターもまじっているかも？（上346）

ティファナ・ブラス The Tijuana Brass ☆アメリカのミュージシャン、ハーブ・アルパートが結成したバンド。一九六五年から六九年まで活動し、数多くのヒット曲を生み出した。（下189）

ティミー・V Timmy V ★S・P・ソムトウ『ヴァンパイア・ジャンクション』Vampire Junction（一九八四）のティミー・ヴァレンタイン。見かけは十二歳、実際は二千年以上生きているヴァンパイアで、天使の声をもつロック・スター。（上231）

ディラン、ボブ（一九四一— ）Dylan, Bob ☆アメリカのミュージシャン。「風に吹かれて」Blowin' in the Wind（一九六三）など多くの楽曲を生みだし、数々の賞を受賞。二〇一六年には歌手として初めてノーベル文学賞を受賞した。もともとユダヤ人であったが一九七〇年代後半にキリスト教福音派へ改宗、一九八三年またユダヤ教にもどった。（下30）

テート、シャロン（一九四三—六九）Tate, Sharon ☆アメリカの女優。ロマン・ポランスキー監督『吸血鬼』The Fearless Vampire Killers（一九六七）に出演。それをきっかけとしてポランスキーと結婚したが、一九六九年、チャールズ・マンソンの信奉者スーザン・アトキンスらに殺害された。（上276）

デザレー（・クストー）（一九五六— ）Désirée (Cousteau) ☆アメリカのポルノ女優。一九七〇年代・八〇年代に活躍した。ポルノ映画界を引退したあと、児童心理学者になった。（上280）

デ・スーザ、スティーヴン・E（一九四七— ）DeSouza,

Steven E. ☆アメリカの脚本家・プロデューサー・映画監督。脚本家としては、ジョン・マクティアナン監督『ダイ・ハード』Die Hard（一九八八）などに参加している。（下146）

デズモンド、ノーマ Desmond, Norma ★ビリー・ワイルダー監督『サンセット大通り』Sunset Boulevard（一九五〇）の主人公。サイレント映画時代のスター女優。グロリア・スワンソンが演じた。（上318）

デップ、ジョニー（一九六三―）Depp, Johnny ☆アメリカの映画俳優・ミュージシャン。ティム・バートン監督『シザーハンズ』Edward Scissorhands（一九九〇）のヒットにより脚光を浴びる。一九九三年の開業から二〇〇四年まで、ハリウッド・セレヴが訪れるナイトクラブ、ヴァイパー・ルームの共同所有権をもっていた。（下41）

デナム、ロザモンド Denham, Rosamond ★TVドラマ『ボリス・カーロフのスリラー　恐怖の館』Thriller（一九六〇―六二）第二シーズン第六話 Masquerade の登場人物。エリザベス・モンゴメリーが演じている——であるが、このロザモンドはどうやら『奥さまは魔女』Bewitched（一九六四―七二）のサマンサであるようだ。（下32）

デ・ニーロ、ロバート（一九四三―）De Niro, Robert ☆アメリカの俳優・映画監督。フランシス・フォード・コッポラ監督『ゴッドファーザー　パートII』The Godfather Part II（一九七四）でアカデミー助演男優賞受賞。マーティン・スコセッシ監督『レイジング・ブル』Raging Bull（一九八〇）でアカデミー主演男優賞受賞。ほかにも、マーティン・スコセッシ監督『タクシードライバー』Taxi Driver（一九七六）、マイケル・チミノ監督『ディア・ハンター』The Deer Hunter（一九七六）など、名作多数。（下301）

デ・ハヴィランド、オリヴィア（一九一六―二〇二〇）De Havilland, Olivia ☆アメリカの女優。ジョーン・フォンテインの姉。エロール・フリンの相手役として何本かの映画に出演。ヴィクター・フレミング監督『風と共に去りぬ』Gone with the Wind（一九三九）のメラニー・ハミルトン役でアカデミー助演女優賞にノミネート。その後ミッチェル・ライゼン監督『遥かなる我が子』To Each His Own（一九四六）とウィリアム・ワイラー監督『女相続人』The Heiress（一九四九）でアカデミー主演女優賞受賞。（下297）

デ＝パルマ、ブライアン（一九四〇―）De Palma, Brian ☆アメリカの映画監督・脚本家。サイコスリラーを主とするカルト映画の鬼才として知られるが、『キャリー』Carrie（一九七六）、『ミッション：インポッシブル』Mission: Impossible（一九九六）などのメジャー作品も手がけている。（上325）

デビー&ザ・デイグローズ Debbie and the Dayglos 詳細不明。（下190）

デボーイズ、エリック DeBoys, Eric ★本シリーズ第三作『ドラキュラのチャチャチャ』Dracula Cha Cha Cha 収録「アクエリアス」Aquarius の登場人物。スペルは微妙に異なるが（DuBoys）、英国のTVドラマ『おしゃれ㊙探偵』The Avengers（一九六一―六九）のエピソード、A Sense of History の登場人物と思われる。パトリック・マウアーが演じた。（下52）

デュヴァル、シェリー（一九四九―　）Duvall, Shelley ☆アメリカの女優。スタンリー・キューブリック監督『シャイニング』The Shining（一九八〇）で、ジャック・ニコルソンの妻を演じている。（上332）

デュヴァル、ボビー（ロバート）（一九三一―　）Duvall, Bobby (Robert) ☆アメリカの俳優・映画プロデューサー。コッポラ監督『地獄の黙示録』Apocalypse Now（一九七九）でビル・キルゴア中佐を演じている。実際にコッポラの『ドラキュラ』Bram Stoker's Dracula（一九九二）でヴァン・ヘルシングを演じているのはアンソニー・ホプキンス。（上34）

デューイ、トマス（一九〇二―七一）Dewey, Thomas ☆アメリカの政治家。ニューヨーク州知事（一九四三―五五）。一九三五年にニューヨーク州の特別検察官に任命されて組織犯罪撲滅に力をつくした。「公共の敵ナンバーワン」と呼ぶマフィアの大物ラッキー・ルチアーノ裁判で、有罪宣告を導くべく暗躍したといわれる。（下275）

デュード the Dude ★ジョエル・コーエン監督『ビッグ・リボウスキ』The Big Lebowski（一九九八）の主人公ジェフリー“デュード”リボウスキ。ロサンゼルスに住む無職の怠け者で、カクテルはホワイトルシアンを好み、マリファナを吸い、趣味はボウリング。基本的なモデルは、過激な反戦運動で知られる映画プロデューサーのジェフ・ダウドといわれている。ジェフ・ブリッジスが演じた。（上224）

デュドネ、ジュヌヴィエーヴ・サンドリン・ド・リール（一四一六―　）Dieudonné, Geneviève Sandrine de l'Isle ★十五世紀のフランスに生まれ、十六歳でヴァンパイアになった少女。〈ドラキュラ紀元〉シリーズの主人公のひとり。ニューマンはそのほかにもジャック・ヨーヴィル名義で、吸血鬼の少女ジュヌヴィエーヴを主人公とした作品をいくつか発表している。（上36）

デュフレーヌ、イザベル・コラン（一九三五―二〇一四）Dufresne, Isabelle Collin ☆フランス系アメリカ人のアーティスト・著述家。ウルトラ・ヴァイオレットを名のって〈ファクトリー〉で女優として活躍する。のちに『さよなら、アンディ：ウォーホールの60年代』Famous for15Minutes: My Years with Andy Warhol（一九八八）を著す。（下281）

デュラス、マルグリット（マーガレット）（一九一四—九六）Duras, Marguerite (Margaret) ☆フランスの小説家・脚本家・映画監督。作家としては『愛人　ラマン』L'Amant（一九八四）でゴンクール賞受賞。脚本家としてはカンヌ国際映画祭でパルム・ドールを受賞したアンリ・コルピ監督『かくも長き不在』Une aussi longue absence（一九六一）など。監督としては、脚本・原作も担当している『インディア・ソング』India Song（一九七五）など。（下81）

デンジャラス・ブラザーズ The Dangerous Brothers ☆一九七六年に結成されたサマセット州ブリッジウォーターのパンク・バンド。何度か入れ替わりのあるメンバーの中に「キム・ニューマン」の名前があるのだが？そしてニューマンはサマセット州ブリッジウォーターで育っているのだが？（下190）

ト

ドイル Doyle ★ウィリアム・フリードキン監督『フレンチ・コネクション』The French Connection（一九七一）の主人公である〝ポパイ〟ジミー・ドイル。ジーン・ハックマンが演じた。（上191）

ド・ヴィユ伯爵 de Ville ★ドラキュラの仮名。ブラム・ストーカー『吸血鬼ドラキュラ』Dracula（一八九七）において、この仮名でピカデリーの邸宅を購入している。表記は平井呈一訳に準拠したが、おそらく英語読みでデ・ヴィル（悪魔）を意図したものと思われる。（上83）

トゥームズ、ポール Toombes, Paul ★ジム・クラーク監督『マッドハウス』Madhouse（一九七四）の主人公である怪奇映画スター。ヴィンセント・プライスが演じた。（上181）

トーキング・ヘッズ Talking Heads ☆一九七四年に結成されたアメリカのロック・バンド。（下190）

トーランド、グレッグ（一九〇四—四八）Toland, Gregg ☆アメリカの撮影監督。『市民ケーン』Citizen Kane（一九四一）の撮影監督を務める。ウィリアム・ワイラー監督『嵐が丘』Wuthering Heights（一九三九）でアカデミー撮影賞受賞。（上240）

ドヌーヴ、カトリーヌ（一九四三— ）Deneuve, Catherine ☆フランスの映画女優。ジャック・ドゥミ監督『シェルブールの雨傘』Les parapluies de Cherbourg（一九六四）、ルイス・ブニュエル監督『昼顔』Belle de jour（一九六七）

など。（上151）

トム・オブ・フィンランド（一九二〇―九一）Tom of Finland ☆本名トウコ・ラークソネン。フィンランドの画家。レザーをまとったたくましいゲイを描いた作品で人気を博し、ゲイ・アートの先駆者として知られる。二〇一七年、ドメ・カルコスキ監督で彼の半生を扱った映画『トム・オブ・フィンランド』Tom of Finland が制作され、ペッカ・ストラングがトムを演じている。（上145）

トムリン、リリー（一九三九― ）Tomlin, Lily ☆アメリカの女優・コメディエンヌ。ジェーン・ワグナーの同性パートナーでもある。ジョエル・シュマッカー監督、ジェーン・ワグナー製作・脚本『縮みゆく女』The Incredible Shrinking Woman（一九八一）に主演。（上313）

トラヴィス（・ビックル）Travis (Bickle) ★マーティン・スコセッシ監督、ロバート・デ・ニーロ主演『タクシードライバー』Taxi Driver（一九七六）の主人公。ベトナム帰りのタクシー運転手。ロバート・デ・ニーロはこの映画において数々の主演男優賞を受賞している。（上145）

ドラキュラ Dracula ★ブラム・ストーカー『吸血鬼ドラキュラ』Dracula（一八九七）の主人公。生前はワラキア公ヴラド・ツェペシュ。トランシルヴァニアの古城からイギリスに進出をはかり、ヴァン・ヘルシングらに追いつめられ、滅ぼされた、はず――。『ドラキュラ紀元一八八八』Anno Dracula においては、ヴィクトリア女王と結婚し、プリンス・コンソートとしてイギリスを支配しようとしたが、チャールズ・ボウルガードとジュヌヴィエーヴの活躍によって野望を挫かれた。『鮮血の撃墜王』Bloody Red Baron においては、ドイツ軍最高司令官として第一次大戦を起こし、やはり敗北した。第二次大戦後、イタリアのオトランド城に軟禁されていた。『ドラキュラのチャチャチャ』Dracula Cha Cha Cha において崩御。（上8）

ドラクリアス Drakoulias ヨーロッパ人の映画プロデューサー。詳細不明。（下261）

ドラゴン Dragon アメリカ人の映画プロデューサー。詳細不明。（下261）

〈ドラゴンの娘〉Daughter of the Dragon ★〈奇妙な死の王〉ことフー・マンチューの娘。ドン・シャープ監督、クリストファー・リー主演『怪人フー・マンチュー／連続美女誘拐事件』The Brides of Fu Manchu（一九六六）その他において、リン・タンの名前で登場している。ツァイ・チンが演じている。（下215）

トラボルタ、ジョン（一九五四― ）Travolta, John ☆アメリカの俳優・ダンサー・歌手。ジョン・バダム監督『サタデー・ナイト・フィーバー』Saturday Night Fever（一九七七）の世界的ヒットにより、スターの座を射とめる。一九八一年にはブライアン・デ・パルマ監督のサスペンス映画『ミッドナイトクロス』Blow Out に出演している。（上313）

ドラムゴ、ジョージア・レイ Drumgo, Georgia Rae ★ジョージア・レイ・マホーニーはＴＶドラマ『ホミサイド／殺人捜査課』Homicide: Life on the Street（一九九三―二〇〇〇）の登場人物。ボルティモアの麻薬組織のボス、ルーサー・マホーニーの妹。ルーサーとともに組織を牛耳っている。ヘイゼル・グッドマンが演じている。ドラムゴという名前は、リドリー・スコット監督『ハンニバル』Hannibal（二〇〇一）で、同じくヘイゼル・グッドマンが演じている麻薬ディーラー、イヴェルダ・ドラムゴからとったものと思われる。（下134）

ドリンゲン伯爵夫人、マリア Dolingen, Countess Marya ★ブラム・ストーカーが『吸血鬼ドラキュラ』Dracula（一八九七）の冒頭部分を短編として発表した「ドラキュラの客」Dracula's Guest（一九一四）において、ジョナサン・ハーカーが発見する墓に記されていた名前。さまざまな小説、映画などに登場している。（上28）

ドルード、C・C Drood, C.C. ★ウェイン・ワン監督『スラムダンス』Slam Dance（一九八七）の主人公であるコミック作家。（下28）

トルーマン、ハリー・S（一八八四―一九七二）Truman, Harry S. ☆アメリカの政治家。第三十三代大統領。任期一九四五―五三年。（上352）

トルドー、マーガレット（一九四八― ）Trudeau, Margaret ☆カナダの作家・女優・写真家。カナダの第二十代、二十二代首相ピエール・トルドーの妻。サブ・カルチャーの申し子としてスタジオ54の常連で、多くのアーティストと浮名を流した。一九八四年に離婚。一九七九年はまだ首相と離婚していないと思うのだが。（上172）

ドレイヴォット、ダニエル Dravot, Daniel ★ラドヤード・キプリング「王様になりたい男」The Man Who Would Be King（一八八八）の登場人物。ジョン・ヒューストン監督の映画『王になろうとした男』The Man Who Would Be King（一九七五）ではショーン・コネリーが演じた。〈紀元〉ワールドではディオゲネス・クラブのために働いている。（上203）

トレーガー Traeger ☆トレーガーという映画関係者は何人もいるが、年代的にみて、デイヴィッド・F・フリードマン（一九二三―二〇一一）が『イルザ／ナチ女収容所　悪魔の生体実験』Ilsa, She-Wolf of the SS（一九七四）の制作時に使った変名、ヘルマン・トレーガーではない

かと思われる。（上113）

トンプソン、ブライアン（一九五九― ）**Thompson, Brian** ☆アメリカの俳優。長身を生かして悪役を演じることが多い。ＴＶドラマ『バフィー～恋する十字架～』Buffy the Vampire Slayer（一九九七―二〇〇三）では、敵役のヴァンパイア、ルークを演じている。（下175）

ナ

ナイト、ニック Knight, Nick ★カナダのＴＶドラマ Forever Knight（一九九二―九六）の主人公。トロント警察で夜間専従の殺人課刑事として勤務しているヴァンパイア。ジェラント・ウィン・デイヴィスが演じている。（下52）

ナッグス、スケルトン（一九一一―五五）**Knaggs, Skelton** ☆イギリスの舞台・映画俳優。アール・C・ケントン監督『ドラキュラとせむし女』House of Dracula（一九四五）ほか、ホラー映画に脇役として多く出演している。（下297）

ナポレオン（**・ボナパルト**）（一七六九―一八二一）**Napoléon** (**Bonaparte**) ☆フランスの軍人・政治家。フランス革命後の混乱を収拾して軍事独裁政権を樹立、ナポレオン一世として即位した。皇帝在位一八〇四―一四年、一八一五年。（上37）

ナンシー Nancy → レーガン、ナンシー

ナンシー（**・スパンゲン**）（一九五八―七八）**Nancy** (**Spungen**) ☆アメリカ、フィラデルフィア出身の女性。イギリスのパンク・ロックバンド、セックス・ピストルズのベーシストであるシド・ヴィシャスの恋人。薬物依存と破滅的な交際の末に殺害される。ふたりの関係を題材にして、アレックス・コックス監督『シド・アンド・ナンシー』Sid And Nancy（一九八六）が制作されている。クロエ・ウェッブがナンシーを演じた。（上136）

ニ

ニーヴン、デイヴィッド（一九一〇―八三）**Niven, David** ☆イギリスの俳優。都会的で洗練された紳士を得意とする。デルバート・マン監督『旅路』Separate Tables（一九五八）でアカデミー主演男優賞を受賞。イアン・フレミングがジェームズ・ボンドを創作するにあたってイメージした俳優ともいわれ、パロディ的作品ジョン・ヒューストン他数人で監督した『００７　カジノロワイヤル』Casino Royale（一九六七）ではボンドを演じた。クライヴ・ドナー監督『ミスタ・バンピラ／眠れる棺の美女』Vampira（一九七四）でドラキュラ伯爵を演じて

いる。（上264）

ニーグル、アンナ（一九〇四―八六）**Neagle, Anna** ☆イギリスの女優。夫であるハーバート・ウィルコックスの監督で、『悲愁』Piccadilly Incident（一九四六）、『大空に散る恋』I Live in Grosvenor Square（一九四五）、『ヴィクトリア女王』Victoria the Great（一九三七）などに出演。（上35）

ニールセン、ブリジット（一九六三― ）**Nielsen, Brigitte** ☆デンマーク出身の女優・モデル。〈ロッキー〉シリーズ第四作、シルヴェスター・スタローン監督・脚本・主演『ロッキー4／炎の友情』Rocky IV（一九八五）に出演し、スタローンと結婚。のちに離婚した。（下70）

ニキータ Nikita ★リュック・ベッソン監督『ニキータ』Nikita（一九九〇）の主人公、強制的に政府の秘密機関に属する暗殺者に仕立てあげられる少女より。アンヌ・パリローが演じている。カナダ制作のTVドラマ、ペータ・ウィルソン主演の『ニキータ』La Femme Nikita（一九九七―二〇〇一）、アメリカ制作のTVドラマ、マギー・Q主演の『NIKITA／ニキータ』NIKITA（二〇一〇―二〇一一）としてリメイクされている。（上349）

ニコ Nico 女優志願のヴァンパイアの娘。詳細不明。（上248）

ニコ・オツァーク（一九三八―八八）**Nico Otzak** ☆ドイツ出身のミュージシャン・モデル・俳優。モデルや映画の端役などをしたのち、アンディ・ウォーホルの勧めでヴェルヴェット・アンダーグラウンドに参加。その後ソロとして活動し、『チェルシー・ガール』Chelsea Girl（一九六八）などをリリース。（下288）

ニコラ、ドクター Nikola, Dr. ★ガイア・ブースビー作『魔法医師ニコラ』Doctor Nicola（一八九六）などに登場する魔法に通じた謎の人物。（下224）

ニコラエ Nicolae ↓ チャウシェスク、ニコラエ

ニコラス、聖（二七〇?―三四五?）**Nicholas, St** ☆小アジアのミラの大主教。サンタ・クロースのモデルとなった聖人。（上13）

ニコルズ、ケリー（一九五六― ）**Nichols, Kelly** ☆アメリカのポルノ女優。ヌードモデルののちに映画デビュー。五十本以上のポルノ映画に出演した。（上282）

ニコルソン、ヴィヴィアン（一九三六―二〇一五）**Nicholson, Vivian** ☆一九六一年にサッカー籤で巨万の富をあてたイギリス女性。すさまじい浪費とさまざまなスキャンダル、五度の結婚で知られる。自伝 Spend, Spend Spend はジョン・ゴールドシュミット監督のTVドラマ『賭ける女』Spend, Spend, Spend（一九七七）や、スティーヴ・ブラウン作詞作曲によるミュージカル（一九九八）にもなった。（下299）

ニコルソン、ジャック（一九三七― ）**Nicholson, Jack** ☆アメリカの俳優・プロデューサー・映画監督。ロマン・ポランスキー監督『チャイナタウン』Chinatown（一九七四）、ミロス・フォアマン監督『カッコーの巣の上で』One Flew Over the Cuckoo's Nest（一九七五）など代表作多数。ヴァンパイアは演じていないようだが、マイク・ニコルズ監督『ウルフ』Wolf（一九九四）では狼男を、スタンリー・キューブリック監督『シャイニング』The Shining（一九八〇）では不条理なホラーを演じている。（上33）

ニューキャッスル、セバスチャン **Newcastle, Sebastian** ★レス・ダニエルズのホラー・シリーズ The Black Castle（一九七八）などに登場するヴァンパイア、ドン・セバスチャン・ド・ヴィラヌーヴァの別名。Yellow Fog（一九八六）でこのように名のっている。（下92）

ニュートン、ロバート（一九〇五―五六）**Newton, Robert** ☆イギリスの映画舞台俳優。デヴィッド・リーン監督『オリヴァ・ツイスト』Oliver Twist（一九四八）のビル・サイクス、バイロン・ハスキン監督『宝島』Treasure Island（一九五〇）のシルヴァー船長などが有名。（上90）

ニュートン＝ジョン、オリヴィア（一九四八― ）**Newton-John, Olivia** ☆イギリス生まれオーストラリア育ちのポピュラー歌手・女優・実業家。一九七〇年代から八〇年代にかけて多くのヒット曲を出した。ジョー・マコーミック監督のミュージカル映画 Funny Things Happen Down Under（一九六五）で映画デビュー。ジョン・トラボルタと共演したランダル・クレイザー監督『グリース』Grease（一九七八）は興行的にも大成功をおさめた。（下81）

ニューマー、ジュリー（一九三三― ）**Newmar, Julie** ☆アメリカの女優・ダンサー・歌手。主としてTVドラマで活躍。『ホクロにご用心』My Living Doll（一九六四―六五）では女性型アンドロイドのローダを好演。TVシリーズの『バットマン』Batman（一九六六―六八）ではキャットウーマンを演じた。（下82）

ネ

ネイピア、アラン（一九〇三―八八）**Napier, Alan** ☆イギリスの舞台・映画・TV俳優。ジャック・ターナー監督『キャット・ピープル』Cat People（一九四二）に出演しているほか、TVシリーズの『バットマン』Batman（一九六六―六八）で執事アルフレッドを演じていることで有名。（下297）

ネヴィル、クリストファー **Neville, Christopher** ★ラリー・

コーエン監督『スペシャル・イフェクツ／謎の映像殺人』Special Effects（一九八四）の登場人物。殺人シーンを撮影し、それを使って映画をつくろうとする狂気の映画監督。エリック・ボゴシアンが演じている。（下175）

ネーム（リニッチ）、ビリー（一九四〇—二〇一六）Name (Linich), Billy ☆アメリカの写真家・映画プロデューサー・照明デザイナー。リニッチが本名。ウォーホルの〈ファクトリー〉に暗室をもち、そこに集う人々を撮影した。（下271）

ねずみ Nezumi ★千年以上昔に十三歳でヴァンパイアになった日本人少女。『鮮血の撃墜王』Bloody Red Baron収録「ヴァンパイア・ロマンス」Vampire Romanceに初登場以来、ディオゲネス・クラブのために働いているらしい。（上209）

ノ

ノース、オリヴァー（一九四三— ）North, Oliver ☆アメリカの軍人・政治家・評論家。海兵隊勤務ののち、米国国家安全保障会議軍政担当の大統領特別補佐官に任命され、八三年から八六年までテロ対策調整官として活躍した。（上363）

ノクターナ Nocturna ★ダグ・モエンチ＆ジーン・コランによるDCコミックのキャラクター。もしくは、ハリー・ハーウィッツ監督、ナイ・ボネット主演Nocturna（一九七八）の主人公。（上156）

ハ

ハーカー、ウィルヘルミナ（ミナ）・マリー Harker, Mina Murray ★ブラム・ストーカー『吸血鬼ドラキュラ』Dracula（一八九七）の登場人物。ジョナサン・ハーカーの婚約者、のちに妻。ドラキュラ伯爵最初の犠牲者ルーシーの幼馴染みで、みずからも伯爵に襲われながら、ヴァン・ヘルシング教授らに協力した。伯爵が滅びると同時に人間にもどった、はず——（上21）

ハーカー、ジョナサン Harker, Jonathan ★ブラム・ストーカー『吸血鬼ドラキュラ』Dracula（一八九七）に登場する事務弁護士。トランシルヴァニアのドラキュラ城で恐怖の体験をしたのち、ヴァン・ヘルシング教授らに協力してドラキュラを追いつめ、滅した、はず——（上7）

パーキンス、トニー（アンソニー）（一九三二—九二）Perkins, Tony ☆アメリカの舞台・映画俳優。アルフレッド・ヒッチコック監督『サイコ』Psycho（一九六〇）

に主演して強烈な印象を残した。（上182）

パーキンソン、マイケル（一九三五― ）**Parkinson, Michael** ☆イギリスのブロードキャスター・ジャーナリスト・作家。長年にわたりTVのトーク番組『パーキンソン』Parkinson（一九七一―八二および一九九八―二〇〇七）の司会を務め、名司会者として知られる。（上207）

バークスデール、エイヴォン **Barksdale, Avon** ★TVドラマ『THE WIRE／ザ・ワイヤー』The Wire（二〇〇二―〇八）の登場人物。ボルティモアで暗躍する麻薬組織のボス。ウッド・ハリスが演じている。（下114）

ハーコ、フレディ（一九三六―六四）**Herko, Freddie** ☆アメリカのアーティスト・ダンサー・ミュージシャン・俳優。ダンサーとしてさまざまな舞台で活躍すると同時にウォーホルの〈ファクトリー〉の常連でもあり、彼の映画に出演している。二十八歳で、踊りながら五階の窓からとびおりて死亡。単に麻薬でおかしくなっていたのか、自殺だったのかは、いまも謎であるという。（下283）

バーコフ、スティーヴン（一九三七― ）**Berkoff, Steven** ☆イギリスの俳優・劇作家・演出家。映画では悪役が多く、ジョン・グレン監督『007 オクトパシー』Octopussy（一九八三）やジョージ・P・コスマトス監督『ランボー／怒りの脱出』Rambo: First Blood Part Ⅱ（一九八五）などは有名。マインスター男爵を演じたことに関しては不明。（下67）

ハーシー、バーバラ（一九四八― ）**Hershey, Barbara** ☆アメリカの女優。クリス・メンゲス監督『ワールド・アパート』A World Apart（一九八八）にてカンヌ国際映画祭女優賞受賞。（下73）

パーソンズ、ルエラ（一八八一―一九七二）**Parsons, Louella** ☆アメリカ初の映画コラムニスト・脚本家。新聞王ハーストの庇護のもと、彼女のコラムは四百紙以上の新聞に掲載され二千万人以上が読んでいたといわれ、「ハリウッドの女王」と称された。（上263）

ハート、ジョシー **Hart, Josie** ★イギリスのコミック、Razor & Embrace: The Spawning（一九九七― ）に登場するヴァンパイア。ガールズ・ロックバンド、エンブレイスのヴォーカル。（下155）

ハート、ジョナサン&ジェニファー **Hart, Jonathan and Jennifer** ★アメリカのTVドラマ『探偵ハート&ハート』Hart to Hart（一九七九―八四）の主人公である大富豪夫妻。素人探偵として数々の事件を解決する。ロバート・ワグナーとステファニー・パワーズが演じた。（上182）

バート、ピーター（一九三二― ）**Bart, Peter** ☆アメリカのジャーナリスト・映画プロデューサー・雑誌編集者・

作家。（下302）

バート（・テア） Bart (Tare) ★実話であったボニーとクライドをモデルにした映画、ジョセフ・H・ルイス監督『拳銃魔』Gun Crazy（一九五〇）の主人公。銃の魔力に取り憑かれたカップルが犯罪に走るさまを描く。ジョン・ドールが演じている。（下39）

バートリー伯爵夫人、エリザベート（一五六〇―一六一四） Bathory, Countess Elisabeth ☆★ハンガリー式に言うとバートリー・エルジェベト。ハンガリー・トランシルヴァニアの名門貴族の出身。少女の血を浴びれば美貌を維持できるという狂信にかられ、十数年間に六百人以上の少女を殺害したといわれる。ヴァンパイアとしてのバートリー伯爵夫人を主人公にして、ハリー・クメール監督、デルフィーヌ・セイリグ主演『闇の乙女／紅い唇』Daughters of Darkness/Les levres rouges（一九七一）など、いくつかの映画がつくられている。ヴァンパイアではないバートリー伯爵夫人を扱った映画としては、ジュリー・デルピー監督・主演『血の伯爵夫人』The Countess（二〇〇九）などがあげられる。（下293）

バートリル、シスター Bertrille, Sister ★アメリカのTVドラマ『いたずら天使』The Flying Nun（一九六七―七〇）の主人公。サンタンコ修道院の見習い修道女で、空を飛ぶことができる。サリー・フィールドが演じた。（下77）

パートン、ドリー（一九四六― ） Parton, Dolly ☆アメリカのシンガーソングライター・女優・作家。カントリー・ミュージックの第一人者。慈善事業に熱心なことでも知られる。Untitled Dolly Partonという映画は残念ながら見つからなかった。（下77）

バービー Barbie ↓ウィンターズ、バーバラ（バービー）・ダール

ハーマン、エドワード（一九四三―二〇一四） Herrmann, Edward ☆アメリカの俳優。『ロストボーイ』The Lost Boys（一九八七）では、主人公兄弟の母親が勤めるビデオ店の店主で、じつはヴァンパイアの親玉であるマックスを演じた。（下65）

ハーマン、バーナード（一九一一―七五） Herrmann, Bernard ☆アメリカの作曲家。主に映画音楽で活躍し、『市民ケーン』Citizen Kane（一九四一）をはじめ多くの映画音楽を提供した。ウィリアム・ディターレ監督『悪魔の金』All That Money Can Buy/The Devil and Daniel Webster（一九四一）でアカデミー作曲賞受賞。（上241）

バーロウ、カート Barlow, Kurt ★スティーヴン・キング作『呪われた町』Salem's Lot（一九七五）に登場するヴァンパイア。ニューイングランドの田舎町セイラムズ・ロッ

トを恐怖に陥れた。トビー・フーパー監督『死霊伝説』Salem's Lot（一九七九）ではレジー・ナルダーが演じている。（下162）

ハーロウ、ジーン（一九一一―三七）**Harlow, Jean** ☆アメリカの女優。ハワード・ヒューズ監督『地獄の天使』Hell's Angels（一九三〇）でデビューし、三〇年代のセックスシンボルとして活躍した。二十六歳で早世。（上318）

バーンズ、ジョージ（一八九六―一九九六）**Burns, George** ☆アメリカの俳優・コメディアン。（上186）

バーンズ、スティーヴ Burns, Steve ★ウィリアム・フリードキン監督『クルージング』Cruising（一九八〇）の主人公。囮捜査ためゲイ社会に潜入し、そのままその世界にのみこまれた警官。アル・パチーノが演じた。（上144）

バーンズ、マーティ Burns, Marty ★ジェイ・ラッセルのCelestial Dogs（一九九七）、Burning Bright（一九九七）などの登場人物。ホームドラマ Salt and Pepper に子役として出演してスターとなるが凋落、のちにロサンゼルスの私立探偵となる。いまはたぶん、探偵業をはじめる前の試行錯誤の時期なのだろう。（上232）

ハイアムズ、ピーター（一九四三― ）**Hyams, Peter** ☆アメリカの映画監督・脚本家・撮影監督・プロデューサー。スタンリー・キューブリックの『二〇〇一年宇宙の旅』2001: A Space Odyssey（一九六八）の続編『二〇一〇年』2010: The Year We Make Contact（一九八四）の監督・脚本・撮影を担当している。（下149）

ハイディ Heidi ★☆ステファニー・メイヤー『トワイライト』Twilight（二〇〇五）に登場するヴァンパイア。吸血鬼ヴォルトゥーリ一族のために餌となる人間を連れてくる役目を担っていた。五作つくられた映画では、ヌート・シアーが演じている。および、セレブ専用高級コールガールの元締めとして「ハリウッドマダム」と呼ばれたハイディ・フライス（一九六五― ）も兼ねているようだ。彼女の半生はチャールズ・マクドゥガル監督『コール・ミー～ハリウッドと寝た女たち～』Call Me: The Rise and Fall of Heidi Fleiss（二〇〇四）としてTV映画化され、ジェイミー＝リン・ディスカラが演じている。（下25）

ハイド、エドワード Hyde, Edward ★スティーヴンスン『ジキル博士とハイド氏』The Strange Case of Dr.Jekyll and Mr.Hyde（一八八六）の登場人物。ジキル博士が薬をのんでつくりあげた悪の人格。（下211）

パイル、アーニー（一九〇〇―四五）**Pyle, Ernie** ☆アメリカのジャーナリスト。第二次大戦に従軍記者を務め、一九四四年にピューリッツァ賞を受賞した。（上348）

ハウエル、C・トーマス（一九六六— ）**Howell, C. Thomas** ☆アメリカの俳優・映画監督。フランシス・フォード・コッポラ監督『アウトサイダー』The Outsiders（一八八三）の主演でスターの座を射とめる。現実の『バット★21』には出演していない。それに相当するのは、ジョン・ミリアス監督『若き勇者たち』Red Dawn（一九八四）だろうか。（下29）

ハウスマン、ジョン（一九〇二—八八）**Houseman, John** ☆ルーマニア生まれの俳優・映画舞台プロデューサー。オーソン・ウェルズと組んでさまざまな舞台をプロデュースしたのち、マーキュリー・シアターを設立。その後、映画でも活躍する。（下295）

パクシヌー、カティーナ（一九〇〇—七三）**Paxinou, Katina** ☆ギリシャ出身の舞台・映画・TV女優。ギリシャ国立劇場創設メンバーのひとり。サム・ウッド監督『誰が為に鐘は鳴る』For Whom the Bell Tolls（一九四三）でアカデミー助演女優賞受賞。ウェルズ作品では『アーカディン／秘密調査報告書』Mr.Arkadin（一九五五）に出演。（下299）

パ・ケトル Pa Kettle ★ベティ・マクドナルド作『卵と私』The Egg and I（一九四五）および、それを映画化したチェスター・アースキン監督『卵と私』The Egg and I（一九四七）、チャールズ・ラモント監督『ダイナマイト夫婦』Ma and Pa Kettle（一九四九）をはじめとするシリーズ映画より、穏やかで怠け者でのんびりしたケトル家のお父さん。パーシー・キルブライドが演じた。（下135）

バス、ロン（ロナルド）（一九四二— ）**Bass, Ron (Ronald)** ☆アメリカの脚本家・映画プロデューサー。バリー・レヴィンソン監督、ダスティン・ホフマン主演『レインマン』Rain Man（一九八八）でアカデミー脚本賞を受賞。（下82）

バスカヴィル、サー・ロジャー Baskerville, Sir Roger ★コナン・ドイル〈シャーロック・ホームズ〉シリーズ、『バスカヴィル家の犬』The Hound of the Baskervilles（一九〇一）より。バスカヴィル家の当主サー・チャールズの甥。魔犬伝説を利用してサー・チャールズを殺し、もうひとりの甥ヘンリーをも殺害しようとしたが、ホームズに阻止された——はずであるが、当時ホームズがデヴィルズ・ダイクの収容所に送りこまれていたため、まんまと成功して称号と財産を手に入れたようである。（下213）

パスコ、ルディ Pasko, Rudy ★ジョン・スキップ＆クレイグ・スペクター『闇の果ての光』The Light at the End（一九八六）に登場するヴァンパイア。（上167）

パチーノ、アル（一九四〇— ）**Pacino, Al** ☆アメリカの俳優・映画監督・脚本家。コッポラ監督『ゴッドファーザー』The Godfather（一九七二）、シドニー・ルメット監督『セルピコ』

Serpico（一九七三）、シドニー・ルメット監督『狼たちの午後』Dog Day Afternoon（一九七五）など。（上24）

パックスマン、ジェレミー（一九五〇―）**Paxman, Jeremy** ☆イギリスのジャーナリスト・ブロードキャスター・作家。ファーストネームが出ていないのではっきりとはわからないが、たぶんこの人物だと思われる。（上203）

ハックマン、ジーン（一九三〇―）**Hackman, Gene** ☆アメリカの俳優。ピーター・マークル監督『バット★21』Bat*21（一九八八）で主演。フランシス・フォード・コッポラ監督『カンバセーション…盗聴…』The Conversation（一九七四）にも主演。その他、ウィリアム・フリードキン監督『フレンチ・コネクション』The French Connection（一九七一）でアカデミー主演男優賞、クリント・イーストウッド監督『許されざる者』Unforgiven（一九九二）でアカデミー助演男優賞を受賞している。（上325）

パッサー、ビュフォード（一九三七―七四）**Pusser, Buford** ☆アメリカのプロレスラー・保安官。レスラーを引退して故郷テネシー州マクネアリー郡にもどり、一九六四年から七〇年にわたって保安官を務めた。その間、腐敗した町の権力者やマフィアと戦って町の浄化に努めたことで知られる。その戦いはフィル・カールソン監督『ウォーキング・トール』Walking Tall（一九七三）他幾本かの映画のモデルとなり、ほかにも本や歌がつくられている。（下79）

ハットン、ローレン（一九四三―）**Hutton, Lauren** ☆アメリカの女優。ポール・シュレイダー監督『アメリカン・ジゴロ』American Gigolo（一九八〇）など。（下67）

バッファロー・ビル・コディ（一八四六―一九一七）**Buffalo Bill Cody** ☆アメリカ西部開拓時代のガンマン。本名ウィリアム・フレデリック・コディ。カウボーイなどを集め西部を紹介するサーカス団ワイルド・ウェスト・ショーをつくって好評を得た。一八六九年にネッド・バントラインがその半生を小説にしたことで、ひろく名前を知られるようになった。ただし、バントラインがスペシャルを贈ったという五人の中に彼の名ははいっていない。（下22）

バトコック、グレゴリー（一九三七―八〇）**Battcock, Gregory** ☆アメリカの美術評論家・著述家。ウォーホルの映画『イーティング・トゥ・ファスト』Eating Too Fast（一九六六）に出演している。（下283）

ハドソン、ブランチ **Hudson, Blanche** ★ロバート・アルドリッチ監督『何がジェーンに起ったか？』What Ever Happened to Baby Jane?（一九六二）の登場人物。主人公ジェーンの姉である映画女優。ジョーン・クロフォードが演じた。（上318）

ハドソン、ベイビー・ジェーン Hudson, Baby Jane ★ロバート・アルドリッチ監督『何がジェーンに起ったか?』What Ever Happened to Baby Jane?(一九六二)の主人公。子役時代にスターとなり、のちにおちぶれた女優。(下280)

パトリック、ジェイソン(一九六六—) Patric, Jason ☆アメリカの俳優。『ロストボーイ』The Lost Boys(一九八七)では、ヴァンパイアになりかけ、弟たちが親玉ヴァンパイアを滅ぼしてくれたことによって人間にもどった主人公の少年マイケルを演じた。(下65)

ハミルトン、ジョージ(一九三九—) Hamilton, George ☆アメリカの俳優・映画プロデューサー。スタン・ドラゴッティ監督『ドラキュラ都へ行く』Love at First Bite(一九七九)に主演。二枚目俳優としてよりも、エリザベス・テーラーはじめ数々の女優・著名人と浮名を流したプレイボーイとして有名。(下57)

パメラ(・ボウルガード) Pamela (Beauregard) ★チャールズ・ボウルガードの妻。一八八〇年頃、インドにて出産時に死亡。ペネロピの従姉。(下256)

バラ、セダ(一八九〇—一九五五) Bara, Theda ☆アメリカの無声映画時代の女優。妖女《ヴァンプ》と異名をとった。主演作品に『カルメン』Carmen(一九一五)、『サロメ』Salomé(一九一八)など。(上318)

バラート、マリオ Balato, Mario ★ポール・モリセイ監督『処女の生血』Blood for Dracula/Andy Warhol's Dracula(一九七四)の登場人物。名家の使用人で令嬢たちとよろしくやっていたが、貴族なんていずれ滅びると断言するマルクス主義者。令嬢を狙って求婚してきたドラキュラを退治する。ジョー・ダレッサンドロが演じた。(上8)

パランス、ジャック(一九一九—二〇〇六) Palance, Jack ☆アメリカの俳優。ウクライナ移民の二世。エリア・カザン監督『暗黒の恐怖』Panic in the Streets(一九五〇)で映画デビュー。あくの強い個性的な役を得意とする。テレビ映画ダン・カーティス監督『凄惨!狂血鬼ドラキュラ』Dracula(一九七四)でドラキュラを演じている。(上264)

バランス、リバティ Valance, Liberty ★ドロシー・M・ジョンソンの小説 The Man Who Shot Liberty Valance(一九四九)、およびそれを原作とする映画ジョン・フォード監督『リバティ・バランスを射った男』The Man Who Shot Liberty Valance(一九六二)に登場する悪役ガンマン。映画ではリー・マーヴィンが演じている。(下20)

ハリー、デボラ(デビー)(一九四五—) Harry, Deborah (Debbie) ☆アメリカのミュージシャン・シンガーソングライター・女優。ロックバンド、ブロンディのヴォーカル。一九九〇年にイギー・ポップと組んで、Well, Did

You Evahをリリースしている。（上144）

ハリス、フランク（**一八五六—一九三一**）**Harris, Frank** ☆アイルランド生まれのジャーナリスト・作家。ロンドンの〈イヴニング・ニュース〉、〈フォートナイトリ・レヴュー〉、〈サタデイ・レヴュー〉などの名編集者として知られる。〈紀元〉ワールドではケイト・リードの闇の父。（上322）

パリンカス、オルガ Palinkaš, Olga → コダール、オヤ

パワー、タイロン（**一九一四—五八**）**Power, Tyrone** ☆アメリカの俳優。20世紀フォックス看板スターのひとり。ルーベン・マムーリアン監督『快傑ゾロ』The Mark of Zorro（一九四〇）、ジョージ・シドニー監督『愛情物語』The Eddy Duchin Story（一九五六）など。（下297）

バンカー、アーチー Bunker, Archie ★CBSのTVドラマ All in the Family（一九七一—七九）および Archie Bunker's Place（一九七九—八三）の主人公。愛すべき偏屈者。キャロル・オコナーが演じた。（下53）

バンシー Banshee ★蝙蝠戦士プログラムの新人のひとり。マーベル・コミック〈X—MEN〉X-Men（一九六三—）シリーズに登場するヒーローより。ソニック・スクリームを武器とする。（上345）

ハンソン、ダン Hanson, Dan ★ケン・クワピス&マリサ・シルヴァー監督『ヒー・セッド、シー・セッド／彼の言い分、彼女の言い分』He Said, She Said（一九九一）の登場人物。ケヴィン・ベーコンが演じている。（下114）

ハンター、タブ（**一九三一—二〇一八**）**Hunter, Tab** ☆アメリカの俳優・歌手。ジョージ・アボット&スタンリー・ドーネン監督『くたばれ！ヤンキース』Damn Yankees（一九五八）の主演など、金髪で健康的なイメージをもつ、五〇年代を代表する青春スター。（下150）

バンティ（**?—一九九三**）**Bunty** ☆？ バンティ・フィリップスというメーキャップ・アーティストがいるが、彼女のことだろうか。（上55）

パンドラ Pandora ★ギリシャ神話の登場人物。神々によってつくられ、「けっしてあけてはならない」といわれた箱をもって人界に送りこまれるが、好奇心に負けて箱をあけたため、ありとあらゆる災いが地上に放たれた。（上336）

バントライン、ネッド（**一八二一—八六**）**Buntline, Ned** ☆アメリカのジャーナリスト・作家。主として「ダイムノベル」と呼ばれる安価な大衆小説を書いた。五人の保安官の功績を称え、銃身の長いコルト・シングル・アクション・アーミーを特別注文して贈ったという。そのひとりがワイアット・アープ。四人の銃身は十二インチで、ワイアット・アープのものだけは十六インチであったという。ただし、ワイアット・アープが実際にそうした銃をもっていたとい

う記録はなく、いまでは創作と考えられている。（下22）

ヒ

ビージーズ The Bee Gees ☆イギリス人のギブ三兄弟によるヴォーカルグループ。ワリス・フセイン監督『小さな恋のメロディ』Melody の主題歌「メロディ・フェア」Melody Fair（一九七一）、ジョン・バダム監督『サタデー・ナイト・フィーバー』Saturday Night Fever で使用された「ステイン・アライヴ」Stayin' Alive（一九七八）をはじめ、数々のヒットをとばした。（上147）

ビー・シャープス Be-Sharps ★アメリカのＴＶアニメ『ザ・シンプソンズ』The Simpsons（一九八九— ）において、主人公ホーマー・シンプソンがかつて組んでいたヴォーカル・カルテット（下45）

ビーチャー、ポール Beecher, Paul ★ポール・ランドレス監督『生血《いきち》を吸う男』The Vampire（一九五七）の主人公である医師。蝙蝠の血清ピルをのんだことで、ヴァンパイアに変貌する。ジョン・ビールが演じた。（上350）

ビートルズ The Beatles ☆イギリス、リヴァプール出身のロックバンド。主として一九六〇年代に活躍。ジョン・レノン、ポール・マッカートニー、ジョージ・ハリスン、リンゴ・スターをメンバーとし、二十世紀を代表する世界的に有名なバンド。（上235）

ビールス、ジェニファー（一九六三— ）Beals, Jennifer ☆アメリカの女優。エイドリアン・ライン監督『フラッシュダンス』Flashdance（一九八三）で主役デビューを果たす。一九八六年に映画監督のアレクサンダー・ロックウェルと結婚、九六年に離婚。（下98）

ビーン、ソーニー（十四世紀後半〜十五世紀?）Beane, Sawney ☆? 十五世紀のスコットランドで、五十人近い一族で海岸の洞窟に住み、旅人を殺して金品を奪うと同時にその肉を食料としたという。その犯行は二十五年にわたってつづけられたが、最終的には全員が逮捕・処刑された。実在に関しては賛否両論がある。（上330）

ビヴァリー Biverly アルカードの秘書。詳細不明。（下63）

ピカソ、パロマ（一九四九— ）Picasso, Paloma ☆キュビズムの画家ピカソの娘。ファッションデザイナー・宝飾デザイナー。（上150）

ビグロー、キャスリン（一九五一— ）Bigelow, Kathryn ☆アメリカの映画監督・脚本家・プロデューサー。『ハート・ロッカー』The Hurt Locker（二〇〇八）によって女性初のアカデミー監督賞を受賞する。（下43）

ピケット、ボビー“ボリス”（一九三八—二〇〇七）Pickett,

Bobby "Boris" ☆アメリカの歌手・俳優・コメディアン。ボリス・カーロフの物真似をすることで、ニックネームとなった。ヒット曲「モンスター・マッシュ」Monster Mash（一九六二）はいまもハロウィンで歌われる。（上186）

ピジェ、マリー＝フランス（一九四四―二〇一一）Pisier, Marie-France ☆フランスの女優・作家・脚本家。チャールズ・ジャロット監督『真夜中の向う側』The Other Side of Midnight（一九七七）に主演している。（上332）

ヒッチコック、アルフレッド（一八九九―一九八〇）Hitchcock, Alfred ☆イギリスの映画監督・プロデューサー・脚本家・俳優。「ヌーヴェルヴァーグの神」「サスペンス映画の神」ともいわれる。（下149）

ピットニー、ジーン（一九四一―二〇〇六）Pitney, Gene ☆一九六〇年代に活躍したアメリカのシンガーソングライター。日本では「ルイジアナ・ママ」Louisiana Mama（一九六一）が有名。ほかに、「リバティ・バランスを撃った男」The Man Who Shot Liberty Valance（一九六二）、「非情の町」Town without Pity（一九六一）など。（下132）

ヒトラー、アドルフ（一八八九―一九四五）Hitler, Adolf ☆オーストリア生まれのドイツの政治家。ナチスを率いて首相、のちに総統となって独裁権を掌握。第二次大戦をひきおこすが、降伏直前に自殺。（上11）

ヒューズ、ハワード（一九〇五―七六）Hughes, Howard ☆アメリカの実業家・映画プロデューサー・飛行家・発明家。「資本主義の権化」「地球上の富の半分を持つ男」とも呼ばれる二十世紀を代表する億万長者。一九四八年に経営危機に陥っていたRKOを買収したが、経営状態を改善できず一九五五年に売却した。（上254）

ヒューズ、フレッド（一九四三―二〇〇一）Hughes, Fred ☆長年にわたってアンディ・ウォーホルのマネージャを務めた。（下292）

ヒューストン、アンジェリカ（一九五一― ）Huston, Anjelica ☆アメリカの女優。父親であるジョン・ヒューストン監督『女と男の名誉』Prizzi's Honor（一九八五）でアカデミー助演女優賞を受賞。（上332）

ヒューストン、ジョン（一九〇六―八七）Huston, John ☆アメリカの映画監督・脚本家・俳優。『マルタの鷹』The Maltese Falcon（一九四一）をはじめとして、ハンフリー・ボガートの主演作品を多く監督している。『黄金』The Treasure of the Sierra Madre（一九四八）でアカデミー監督賞受賞。オーソン・ウェルズの遺作『風の向こうへ』The Other Side of the Wind（二〇一八）に出演。（上332）

ヒューストン、ホイットニー（一九六三―二〇一二）Houston, Whitney ☆アメリカの歌手・女優・モデル。ア

ルバム『そよ風の贈りもの』Whitney Houston（一九八五）によってデビュー。（上348）

ビリー・ザ・キッド（ビリー・ボニー）（一八五九―八一）Billy the Kid ☆本名ヘンリー・アントリム。アメリカ西部時代のアウトロー・強盗で、ピストルの名手。のちにさまざまな物語の主人公として語られるようになった。（上263）

フ

ファッド、エルマー Fudd, Elmer ★ワーナー・ブラザーズが制作したアニメ・シリーズ〈ルーニー・テューンズ〉Looney Tunes（一九三〇― ）に登場するキャラクター。いつもどじで間抜けなハンター。いつもバッグス・バニーやダフィー・ダックにひどい目にあわされる。rをwと発音する癖がある。日本語放映ではサ行がハ行に、ラ行がア行になった。（下77）

ファング Fang ☆？ イングランドのミュージシャン・シンガーソングライター・俳優であるスティング Sting（一九五一― ）。政治的発言でも有名。刺す(スティング)から牙（ファング）を連想させたのだろう。（下188）

フィッセル、ローレン Visser, Loren ★コーエン兄弟の監督・製作による映画『ブラッド・シンプル』Blood Simple（一九八四）に登場する私立探偵。M・エメット・ウォルシュが演じた。（下10）

フィッツロイ、ヘンリー Fitzroy, Henry ★タニア・ハフ『ブラッド・プライス――血の召喚』Blood Price（一九九一）をはじめとする Blood（一九九一―九七）シリーズおよび Smoke（二〇〇四―〇六）シリーズに登場するヴァンパイア。ヘンリー八世の庶子で、トロントで恋愛小説を書きながら、私立探偵を手伝って捜査をする。二〇〇七年には Blood Ties としてTVドラマになり、カイル・シュミットが演じている。（下52）

フィリップス、ジュリア（一九四四―二〇〇二）Phillips, Julia ☆アメリカの映画プロデューサー・作家。夫のマイケルらとともに、ジョージ・ロイ・ヒル監督『スティング』The Sting（一九七三）、マーティン・スコセッシ監督『タクシードライバー』Taxi Driver（一九七六）、スティーヴン・スピルバーグ監督『未知との遭遇』Close Encounters of the Third Kind（一九七七）をプロデュースした。（上261）

フーヴァー、J・エドガー（一八九五―一九七二）Hoover, J. Edgar ☆アメリカ連邦捜査局《FBI》初代長官。三五年のFBI発足時から七二年に死去するまで長官の地位にとどまり、八人の歴代大統領にも恐れられたという影の実力者。（下275）

フーディーニ（一八七四―一九二六）Houdini ☆ハンガリー生まれのユダヤ人、アメリカで活躍した奇術師。「脱出王」の異名をとる。降霊術のいかさまをあばいたことでも有名。（上183）

フーパー、トビー（一九四三―二〇一七）Hooper, Tobe ☆アメリカの映画監督・脚本家。『悪魔のいけにえ』The Texas Chain Saw Massacre（一九七四）で成功をおさめ、以後も主としてホラー映画を手がける。一九八二年にスピルバーグ製作で『ポルターガイスト』Poltergeist を監督している。（上314）

フェイヴァリット、ジョニー Favorite, Johnny ★ウィリアム・ヒョーツバーグ『堕ちる天使』Falling Angel（一九七八）およびそれを原作とするアラン・パーカー監督『エンゼル・ハート』Angel Heart（一九八七）に登場する、第二次大戦前に人気絶頂だった歌手。（下190）

フェチット、ステピン（一九〇二―八五）Fetchit, Stepin ☆アメリカのヴォードヴィリアン・コメディアン・映画俳優。アフロ・アメリカンとしてはじめて成功した俳優といわれる。（下134）

フェドーラ Fedora ★ビリー・ワイルダー監督『悲愁』Fedora（一九七九）の主人公、ハリウッドの伝説の大スター。マルト・ケラーが演じた。（上324）

フェニックス Phoenix ★ブライアン・デ・パルマ監督『ファントム・オブ・パラダイス』Phantom of the Paradise（一九七四）の登場人物。駆け出しの女優。ジェシカ・ハーパーが演じている。（下190）

フェラル、マイケル Feraru, Michael ★ジョナサン・エイクリフ The Lost（一九九六）の登場人物。ルーマニア貴族の血をひくイギリス人。先祖の遺産をとりもどそうとルーマニアに旅立つ。（下9）

フェルディナンド（・マルコス）（一九一七―八九）Ferdinand (Marcos) ☆フィリピンの政治家。第十代フィリピン共和国大統領（一九六五―八六）。二十年にわたって権力を握り独裁を強いたが、エドゥサ革命によって打倒された。（下293）

フェルドマン、アンドレア（一九四八―七二）Feldman, Andrea ☆アメリカの女優。ウォーホルの映画、『トラッシュ』Trash（一九七〇）、『ヒート』Heat（一九七二）などに出演。二十四歳にして、以前の恋人たちを集め、ビルの十四階から投身自殺。（下283）

フェン、ライオネル（一九四二―二〇〇六）Fenn, Lionel ☆SFやホラーを得意とするアメリカの作家チャールズ・L・グラントの別名義。ライオネル・フェンの名前では、The Kent Montana（一九九〇― ）シリーズなどを発表

している。（上286）

フォース、ジェイン（一九五三― ）**Forth, Jane** ☆アメリカの女優・モデル。アンディ・ウォホールのスーパースター（ファクトリーの常連）のひとりとして名を売った。（上152）

フォースタス博士 Faustus, Doctor ★クリストファー・マーロウの戯曲『フォースタス博士』The Tragical History of Doctor Faustus（一六〇四）の主人公。ファウスト博士の伝説をもとにした悲劇。ウェルズは一九三七年に主演している。（上335）

フォード、ジョン（一八九四―一九七三）**Ford, John** ☆一九三〇年代、四〇年代を代表するアメリカの映画監督。西部劇の金字塔ともいえる『駅馬車』Stagecoach（一九三九）、ジョン・スタインベックの『怒りの葡萄』The Grapes of Wrath（一九四〇）など、数々の作品を発表した。（下66）

フォード、ハリソン（一九四二― ）**Ford, Harrison** ☆アメリカの俳優。コッポラ監督『地獄の黙示録』Apocalypse Now（一九七九）ではルーカス大佐を演じている。代表作としては、ジョージ・ルーカス監督『スター・ウォーズ』（一九七七）、リドリー・スコット監督『ブレードランナー』Blade Runner（一九八二）、スティーヴン・スピルバーグ監督『レイダース／失われたアーク《聖櫃》』Raiders of the Lost Ark（一九八一）など。実際にコッポラの『ドラキュラ』Bram Stoker's Dracula（一九九二）においてセワードを演じているのはリチャード・E・グラント。（上25）

フォルスタッフ Falstaff ★シェイクスピアの戯曲に登場する大男の陽気な騎士。大酒飲みで強欲、狡猾で好色だが、深遠な警句を吐く憎めない人物としてファンが多い。『ヘンリー四世』Henry IV（一五九六―九八）ではハル王子の放蕩仲間。エリザベス一世がフォルスタッフを気に入り「彼の恋物語が見たい」と所望したため、『ウィンザーの陽気な女房たち』The Merry Wives of Windsor（一六〇二）が書かれたともいう。この戯曲をもとに、ヴェルディはオペラ『ファルスタッフ』Falstaff（一八九三）を作曲している。（上253）

フォルテュナート、アロンゾ〝ドラク〟Fortunato, Alonzo "Drak" ★TVドラマ『ホミサイド／殺人捜査課』Homicide: Life on the Street（一九九三―二〇〇〇）の第四シーズン、エピソード19「ダメージ」The Damage Done の登場人物。ケヴィン・シグペンが演じている。（下107）

フォレスト、アレクサンドラ Forrest, Alexandra ★エイドリアン・ライン監督『危険な情事』Fatal Attraction（一九八七）の登場人物。偏執狂的な編集者。グレン・クローズが演じている。（下113）

フォレスト、フレデリック（**一九三六―**）**Forrest, Frederic** ☆アメリカの俳優。コッポラ監督『地獄の黙示録』Apocalypse Now（一九七九）でジェイ〝シェフ〟ヒックスを演じている。（上35）

フォンダ、ジェーン（**一九三七―**）**Fonda, Jane** ☆アメリカの女優・作家。ベトナム戦争時には反戦運動をおこなったことで知られる。アラン・J・パクラ監督『コールガール』Klute（一九七一）とハル・アシュビー監督『帰郷』Coming Home（一九七八）においてアカデミー主演女優賞を受賞。（上325）

フォンダ、ピーター（**一九四〇―二〇一九**）**Fonda, Peter** ☆アメリカの映画俳優・監督・プロデューサー・脚本家。この場面にあてはまるものとしては、前述のジョン・ハフ監督『ダーティ・メリー／クレイジー・ラリー』Dirty Mary, Crazy Larry（一九七四）のほかに、デニス・ホッパー監督・脚本・主演、ピーター・フォンダ脚本・製作・主演の『イージー・ライダー』Easy Rider（一九六九）があげられる。（下39）

フォンテイン、ジョーン（**一九一七―二〇一三**）**Fontaine, Joan** ☆アメリカの女優。オリヴィア・デ・ハヴィランドの妹。アルフレッド・ヒッチコック監督『レベッカ』Rebecca（一九四〇）で評判をとり、同じくヒッチコック監督『断崖』Suspicion（一九四一）にてアカデミー主演女優賞を受賞。（下297）

プシキャッツ **Pussycats** ★アメリカのTVアニメJosie and the Pussycats（一九七〇―七一）より。このアニメのジョシーの名字はマッコイ。ヴァンパイアのジョシー・ハートと同じ名前であることから合併したようである。（下188）

フセイン、サダム（**一九三七―二〇〇六**）**Hussein, Saddam** ☆イラクの政治家。一九七九年から二〇〇五年まで大統領を務める。一九九〇年にクウェートに侵攻し、湾岸戦争のきっかけとなる。二〇〇三年逮捕、二〇〇六年に処刑される。（下99）

ブッシュ、ジョージ（**一九二四―二〇一八**）**Bush, George** ☆アメリカの政治家。CIA長官（一九七六―七七）、第四十三代副大統領（一九八一―八九）、第四十一代大統領（一九八九―九三）。（上363）

ブッチ（**・キャシディ**）（**一八六六―一九〇八**）**Butch (Cassidy)** ☆本名ロバート・ルロイ・パーカー。アメリカのアウトロー・強盗。サンダンス・キッドらと強盗団「ブッチ・キャシディのワイルドバンチ」を結成し、銀行強盗・列車強盗などをくり返した。ジョージ・ロイ・ヒル監督『明日に向って撃て！』Butch Cassidy and the Sundance Kid（一九六九）ではポール・ニューマンが演じている。（下39）

フュテーヌ、シュヴァリエ Futaine, Chevalier ★ヘンリー・カットナー『わたしは、吸血鬼』I, the Vampire（一九三七）に登場するヴァンパイアの映画俳優。（下276）

ブライ、ロバート（一九二六— ）Robert, Bly ☆アメリカの詩人・エッセイスト・作家・翻訳家。「ミソポエティック男性運動」の主導者でもある。詩集としては Silence in Snowy Fields（一九六二）。『アイアン・ジョンの魂《こころ》』Iron John: A Book About Men（一九九〇）はミソポエティック男性運動のテキストでもある。（下97）

ブライアー、ローリー Bryer, Lorie ★ケン・クワピス＆マリサ・シルヴァー監督『ヒー・セッド、シー・セッド／彼の言い分、彼女の言い分』He Said, She Said（一九九一）の登場人物。TVの人気討論番組のキャスター。エリザベス・パーキンスが演じている。（下106）

プライス、ヴィンセント（一九一一—九三）Price, Vincent ☆アメリカの俳優。舞台デビューののち映画に移行。ホラー怪奇映画で活躍する。カート・ニューマン監督『ハエ男の恐怖』The Fly（一九五八）、ロジャー・コーマン監督『アッシャー家の惨劇』House of Usher（一九六〇）など。（上35）

プライド、モメンタス Pryde, Momentous シュトリエスクに殺された男娼。詳細不明。（下48）

プライン、アンドリュー（一九三六— ）Prine, Andrew ☆アメリカの映画・舞台・TV俳優。アイヴァン・ネイギー監督のTV映画 Mind Over Murder（一九七九）でヒロインの夢にあらわれる不気味なスキンヘッドの男を演じている。（下79）

ブラウニング、ロバート（一八一二—八九）Browning, Robert ☆イギリスの詩人。劇詩「ピッパが通る」Pippa Passes（一八四一）の中の一節、God's in his heaven. All's right with the world. 神、そらに知ろしめす。すべて世は事も無し（上田敏訳）が有名。（上98）

ブラウン、ジェイムズ（一九三三—二〇〇六）Brown, James ☆アメリカのファンクシンガー・音楽プロデューサー・作曲家・編曲家。ファンクの帝王、ソウルのゴッドファーザーとも呼ばれる、二十世紀最高のミュージシャンのひとり。（下130）

ブラウン、ジム（一九三六— ）Brown, Jim ☆アメリカン・フットボールの元プロ選手・俳優。一九五七年から六五年にかけてクリーブランド・ブラウンズで活躍。引退後、映画俳優となった。ジャック・スターレット監督『シンジケート・キラー』Slaughter（一九七二）に主演。（下79）

ブラウン、ジャクソン（一九四八— ）Browne, Jackson ☆ドイツ出身、アメリカのシンガーソングライター・ミュー

ジシャン。アメリカ西海岸を代表するフォークシンガーとして知られる。（下189）

ブラキュラ Buracula → マムワルド王子

ブラストフ Brastov ★チャールズ・グラント作 The Soft Whisper of the Dead（一九八二）に登場するヴァンパイア。催眠術によってオクスラン・ステーションを支配しようとした。（上10）

ブラッカイマー、ジェリー（一九四五― ）Bruckheimer, Jerry ☆アメリカの映画TVプロデューサー。ディック・リチャーズ監督『さらば愛しき女よ』Farewell, My Lovely（一九七五）、トニー・スコット監督『トップガン』Top Gun（一九八六）など。（上113）

ブラック、シェーン（一九六一― ）Black, Shane ☆アメリカの脚本家・俳優・映画監督・プロデューサー。脚本家としては、リチャード・ドナー監督『リーサル・ウェポン』Lethal Weapon（一九八七）、フレッド・デッカー監督『ドラキュリアン』The Monster Squad（一九八七）などを担当している。（下65）

ブラック・ローゼズ Black Roses ★一九八〇年から活動しているBlack Roseというイギリスのヘヴィメタ・バンドが存在するが、複数形であることから、ジョン・ファサーノ監督『ブラックローズ』Black Roses（一九八八）に登場する悪魔のバンドのほうと思われる。（下190）

ブラッケージ、スタン（一九三三―二〇〇三）Brakhage, Stan ☆アメリカの映画監督。八分の短編から二時間におよぶ長編まで、およそ三百八十本の映画を手がけた。前衛的な実験映画を主とし、代表作は『ＤＯＧ　ＳＴＡＲ　ＭＡＮ』Dog Star Man（一九六四）。（下81）

ブラッドショー、ジョージ（一八〇〇―五三）Bradshaw, George ☆イギリスの地図制作者・出版印刷業者。一八三九年に全国の鉄道時刻表を一冊の本にまとめて出版した。（上97）

ブラッドベリ、レイ（一九二〇―二〇一二）Bradbury, Ray ☆アメリカのＳＦ・幻想小説家。『華氏４５１度』Fahrenheit 451（一九五三）、『たんぽぽのお酒』Dandelion Wine（一九五七）などの長編のほか、短編も数多く著している。（上259）

フランキー（・アヴァロン）（一九四〇― ）Frankie (Avalon) ☆アメリカの歌手・俳優。一九五九年にリリースした「ヴィーナス」Venusが大ヒットし、ティーン・アイドルの座を築いた。（上233）

フランク Frank → フレーン、フランク

プランク、マックス（一八五八―一九四七）Planck, Max ☆ドイツの物理学者で量子論の創始者の一人。〈黒い血屈

折〉Black Blood Refractive ならぬ〈黒体放射〉black body radiation の概念を提唱。一九一八年にノーベル物理学賞を受賞。(上323)

フランコ、ジェス(ヘスス)(一九三〇—二〇一三)**Franco, Jess (Jesús)** ☆スペイン出身の映画監督・撮影監督・脚本家・映画プロデューサー。『女体拷問人グレタ』Greta the Torturer/Ilsa, the Wicked Warden(一九七七)をはじめとして、猟奇的かつエロティックなポルノまがいのB級作品を撮りつづけた。(下78)

フランシス Francis → コッポラ、フランシス・フォード

フランシス、マーク Francis, Mark ☆アンディ・ウォーホル美術館館長。ウォーホルに関して数々の著作を発表している。(下270)

ブランド、マーロン(一九二四—二〇〇四)**Brando, Marlon** ☆アメリカの俳優。「二十世紀最高の俳優」と評価される。コッポラ監督『地獄の黙示録』Apocalypse Now(一九七九)ではウォルター・E・カーツ大佐を演じている。代表作としてはほかに、エリア・カザン監督『欲望という名の電車』A Streetcar Named Desire(一九五一)、エリア・カザン監督『波止場』On the Waterfront(一九五四)、フランシス・フォード・コッポラ監督『ゴッドファーザー』The Godfather(一九七二)など。実際にコッポラの『ドラキュラ』Bram Stoker's Dracula(一九九二)でドラキュラを演じているのはゲイリー・オールドマン。(上30)

プリースト、ヤングブラッド Priest, Youngblood ★ゴードン・パークス・ジュニア監督『スーパーフライ』Super Fly(一九七二)の主人公。麻薬ディーラーの黒人。ロン・オニールが演じた。(上164)

フリーマン、モーガン(一九三七—)**Freeman, Morgan** ☆アメリカの俳優・映画監督。ブルース・ベレスフォード監督『ドライビング・ミス・デイジー』Driving Miss Daisy(一九八九)でゴールデングローブ主演男優賞、クリント・イーストウッド監督『ミリオンダラー・ベイビー』Million Dollar Baby(二〇〇四)でアカデミー助演男優賞。(下57)

プリッツィ、コラード Prizzi, Corrado ★ジョン・ヒューストン監督、ジャック・ニコルソン主演『女と男の名誉』Prizzi's Honor(一九八五)に登場するマフィアのドン。ウィリアム・ヒッキーが演じた。(上165)

ブリューゲル、ペーテル(一五三〇年頃—一五六九)**Brueghel, Pieter** ☆十六世紀のブラバント公国(現在のオランダ)の画家。宗教画のほか、素朴な農民の生活を多く題材にしたことから「農民画家」とも呼ばれている。(上326)

フリン、エロール（一九〇九―五九）**Flynn, Errol** ☆オーストラリア生まれの、アメリカの俳優。『海賊ブラッド』Captain Blood（一九三五）、『シー・ホーク』The Sea Hawk（一九四〇）などで、アクションスターとして名声を高めたが、私生活は乱れていたという。のちに、ヘンリー・キング監督『陽はまた昇る』The Sun Also Rises（一九五七）で新たな評価を得た。（上324）

ブルー、ソーニャ Blue, Sonja ★ナンシー・A・コリンズ『ミッドナイト・ブルー』Sunglasses After Dark（一九八九）およびそのシリーズの主人公であるヴァンパイア。（上183）

ブルース、ヘヴンリー Blues, Heavenly ★ロジャー・コーマン監督『ワイルド・エンジェル』The Wild Angels（一九六六）の主人公。暴走族のリーダー。ピーター・フォンダが演じた。（上111）

ブルームフィールド、ニック（一九四八―　）**Broomfield, Nick** ☆イギリスのドキュメンタリー映画監督。実在の連続殺人鬼アイリーン・ウォーノスのドキュメンタリー Aileen Wuornos: The Selling of a Serial Killer（一九九二）および『シリアル・キラー　アイリーン「モンスター」と呼ばれた女』Aileen: Life and Death of a Serial Killer（二〇〇三）を制作している。（下67）

ブルックス、ジーン（一九一五―六三）**Brooks, Jean** ☆アメリカの映画女優・歌手。ジャック・ターナー監督『レオパルドマン　豹男』The Leopard Man（一九四三）、マーク・ロブソン監督 The Seventh Victim（一九四三）など。（下297）

ブレア、リンダ（一九五九―　）**Blair, Linda** ☆アメリカの女優。ウィリアム・フリードキン監督『エクソシスト』The Exorcist（一九七三）で名前をあげる。ポール・ニコラス監督『チェーンヒート』Chained Heat（一九八三）、ロバート・コレクター監督『レッドヒート』Red Heat（一九八五）などセクシーな女囚ものに出演している。『レッドヒート』において、シルヴィア・クリステルと共演。（下65）

ブレイク Blake ★グレン・マクエイド監督『セール・オブ・ザ・デッド』I Sell the Dead（二〇〇八）に登場する墓荒らしの死体泥棒アーサー・ブレイクではないかと思われる。ドミニク・モナハンが演じている。（下105）

ブレイク、アニタ Blake, Anita ★ローレル・K・ハミルトン〈アニタ・ブレイク〉Anita Blake: Vampire Hunter（一九九三―　）シリーズの主人公。警察に協力してヴァンパイアの犯罪者を狩る。マーベルでコミック化もされている。（下55）

ブレイク、ニコラス（一九〇四―七二）**Blake, Nicholas** ☆アイルランド生まれのイギリスの詩人・作家・推理作家。

一九六七年から七二年までイギリスの桂冠詩人に列せられたセシル・デイ＝ルイスの別名。ブレイクの名では主として推理小説を著していた。（下295）

ブレイロック、ジョン Blaylock, John ★トニー・スコット監督『ハンガー』The Hunger（一九八三）に登場するヴァンパイア。デヴィッド・ボウイが演じた。（下300）

ブレイロック、ミリアム Blaylock, Miriam ★トニー・スコット監督『ハンガー』The Hunger（一九八三）に登場するヴァンパイア。カトリーヌ・ドヌーヴが演じた。（下66）

フレーン、フランク Frene, Frank ★アルジャーノン・ブラックウッドの短編小説「移植」The Transfer（一九一二）に登場するヴァンパイア。（下155）

プレトリアス、ドクター Pretorius, Doctor ★ジェームズ・ホエール監督『フランケンシュタインの花嫁』Bride of Frankenstein（一九三五）の登場人物。ヘンリー・フランケンシュタインの恩師で、生命の創造を夢見る邪悪な科学者。アーネスト・セジガーが演じている。（下211）

フロイド、カルヴィン（一九三一— ）Floyd, Calvin ☆スウェーデンの映画監督・プロデューサー・脚本家。Victor Frankenstein（一九七七）製作・監督、The Sleep of Death（一九八〇）製作・監督、Champagne Rose är död（一九七〇）監督、など。Vem var Dracula?／In Search of Dracula（一九七五）は、R・マクナリー＆R・フロレスク『ドラキュラ伝説——吸血鬼のふるさとをたずねて』In Search of Dracula: The History of Dracula and Vampires（一九七二）を原作とするドキュメンタリー映画。（下300）

フローズン・ゴールド Frozen Gold ★イアン・バンクス『エスペデア・ストリート』Espedair Street（一九八七）で主人公がベーシストを務めるロックバンド。（下189）

フロスト、ダーク Frost, Dirk 新生者《ニューボーン》の若者。詳細不明。（下43）

プロメテウス Prometheus ★ギリシャ神話の神のひとり。人間を創造し、のちに天界の火を盗んで人に与えた。（上336）

フロレスク、ラドゥ（一九二五—二〇一四）Florescu, Radu ☆ルーマニア生まれの歴史学者。アメリカとルーマニアの架け橋として尽力した。ボストン大学で教鞭をとっているときに、同僚のマクナリーと共著で『ドラキュラ伝説——吸血鬼のふるさとをたずねて』In Search of Dracula: The History of Dracula and Vampires（一九七二）を著した。（下301）

ブロンディ Blondie ☆アメリカのロックバンド。一九七四年から八二年まで活動。一九九七年に再結成。ニューウェーヴの代表的グループ。（上144）

ブロンディ Blondie ★一九三〇年から掲載されているミュラ・バーナード・チック・ヤングによる新聞の連載漫画。（上182）

へ

ベアリング＝グールド、セイバイン（一八三四—一九二四）Baring-Gould, Sabine ☆イングランド国教会の牧師。『人狼伝説——変身と人食いの迷信について』The Book of Were-Wolves（一八六五）のほかにも、聖書学・考古学・民俗学・伝説などに関する数多くの書籍を著した。（上97）

ベイカー、ジョー・ドン（一九三六— ）Baker, Joe Don ☆アメリカの舞台・映画・TV俳優。アクション物や西部劇など多くの映画において個性的な役で活躍している。フィル・カールソン監督『ウォーキング・トール』Walking Tall（一九七三）では、腐敗した町の悪と戦う実在の保安官ビュフォード・パッサーを演じている。（下79）

ベイカー、ジョン Baker, Jon ★アメリカのTVドラマ『白バイ野郎ジョン＆パンチ』CHiPs（一九七七—八三）の主人公。カリフォルニア・ハイウェイ・パトロールの白バイ警官。ラリー・ウィルコックスが演じた。（上302）

ベイカー、トム（一九四〇—八二）Baker, Tom ☆アメリカの俳優。ウォーホルの映画『アイ、ア・マン』I, A Man（一九六七）に出演。ウォーホル以外の映画にも何本か出演している。オーヴァドーズで死亡。（下283）

ベイカー、リック（一九五〇— ）Baker, Rick ☆アメリカの特殊メイクアーティスト。ジョン・ランディス監督『狼男アメリカン』An American Werewolf in London（一九八一）で、新設されたアカデミーメイクアップ賞の初代受賞者となり、以後も多数受賞している。（上332）

ペイジ、ベティ（一九二三—二〇〇八）Page, Bettie ☆アメリカのモデル・女優。ボンデージ・モデルの草分けとしてSM系の雑誌に多く登場した。「ボンデージ・クィーン」「裏マリリン・モンロー」などとも評される。（下178）

ヘイズ、ギャビー（一八八五—一九六九）Hayes, Gabby ☆アメリカの俳優。主人公の相棒役として数多くの西部劇に出演し、人気を博した。（下180）

ヘイズ、ヘレン（一九〇〇—九三）Hayes, Helen ☆アメリカの女優。舞台で活躍して「ブロードウェイのファースト・レディ」の異名をとる。映画ではエドガー・セルウィン監督『マデロンの悲劇』The Sin of Madelon Claudet（一九三一）、ジョージ・シートン監督『大空港』Airport（一九七〇）でアカデミー賞を受賞している。（上35）

ヘイゼル Hazel ★L・J・スミス〈ヴァンパイア・ダイ

アリーズ〉Vampire Diaries（一九九一—二〇一四）およびそれを原作とするTVドラマ『ヴァンパイア・ダイアリーズ』Vampire Diaries（二〇〇九—一九）に登場する魔女だろうか。（下95）

ベイティ、ウォーレン（**一九三七—**）**Beatty, Warren** ☆アメリカの映画舞台俳優・映画監督・プロデューサー・演出家・作家・脚本家。アーサー・ペン監督『俺たちに明日はない』Bonnie and Clyde（一九六七）でスターの座につく。監督・脚本・主演をつとめた『レッズ』Reds（一九八一）でアカデミー監督賞受賞。女性に関しても数えきれないほどの噂があり、マドンナ（チッコーネ）とも交際していた。（下92）

ベイトマン、パトリック **Bateman, Patrick** ★ブレット・イーストン・エリス『アメリカン・サイコ』American Psycho（一九九一）の主人公。投資会社のエリートでありながら快楽殺人をくり返す。メアリー・ハロン監督による二〇〇〇年の映画ではクリスチャン・ベイルが演じた。（上189）

ヘイワード、ブルック（**一九三七—**）**Hayward, Brooke** ☆アメリカの女優。一九六一年から六九年までデニス・ホッパーと結婚していた。（上176）

ヘヴン、アネット（**一九五四—**）**Haven, Annette** ☆アメリカのポルノ女優。一九七〇年代から八〇年代に活躍した。成人向けエンターテインメントにおける初のスーパースター。（上282）

ヘカベ **Hecuba** ★ギリシャ神話の登場人物。トロイの王プリアモスの妃。トロイ戦争で夫と息子たちを殺され、みずからは奴隷とされる。シェイクスピアの『ハムレット』にfor Hecubaという台詞があり、またアイルランドの俳優マイケル・マクラマーはAll for Hecuba（一九四七）という自伝を著している。（上66）

ペック、グレゴリー（**一九一六—二〇〇三**）**Peck, Gregory** ☆アメリカの映画・舞台俳優。ロバート・マリガン監督『アラバマ物語』To Kill a Mockingbird（一九六二）でアカデミー主演男優賞受賞。ほかに、ウィリアム・ワイラー監督『ローマの休日』Roman Holiday（一九五三）、ウィリアム・ワイラー監督『大いなる西部』The Big Country（一九五八）など。（下298）

ペット・ショップ・ボーイズ **Pet Shop Boys** ☆一九八一年にニール・テナントとクリス・ロウによって結成されたイギリスのデュオ。（下189）

ヘッドルーム、マックス **Headroom, Max** ★一九八四年にイギリスで音楽TV番組の司会者として登場したCGキャラクター。俳優のマット・フリューワーがモデル。同年映

画化、のちにアメリカでＴＶドラマにもなっている。（下221）

ヘップバーン、オードリー（一九二九—九三）Hepburn, Audrey ☆イギリス人で、アメリカで活躍した映画女優。アカデミー賞、エミー賞、グラミー賞、トニー賞など、多数受賞。後年はユニセフ親善大使として活動した。ウィリアム・ワイラー監督『ローマの休日』Roman Holiday（一九五三）、ブレイク・エドワーズ監督『ティファニーで朝食を』Breakfast at Tiffany's（一九六一）、ジョージ・キューカー監督『マイ・フェア・レディ』My Fair Lady（一九六四）など。（下170）

ベネット、アンドリュー Bennet, Andrew ★Ｊ・Ｍ・デマタイズ作のＤＣコミック I, Vampire に登場するヴァンパイア。（下291）

ベネット、トニー（一九二六— ）Bennett, Tony ☆アメリカのポップスシンガー・俳優。豊かな声量と細やかな表現力でアメリカ最高の男性ヴォーカリストと目される。（下189）

ペネロピ Penelope → チャーチウォード、ペネロピ

ヘミングウェイ、マーゴ（一九五四—九六）Hemingway, Margaux ☆アメリカのモデル・女優。作家アーネスト・ヘミングウェイの孫。ラモント・ジョンソン監督『リップスティック』Lipstick（一九七六）などに出演。（上172）

ベラヴァー Bellaver ★ゴードン・ハッセル監督『バンパイアキラーの謎』Scream and Scream Again（一九七〇）に登場するスコットランドヤードの警視。アルフレッド・マークスが演じた。前巻『ドラキュラのチャチャチャ』Dracula Cha Cha Cha 収録「アクエリアス」Aquarius で活躍している。（上204）

ペリン、ヴァレリー（一九四三— ）Perrine, Valerie ☆アメリカの女優・モデル。ボブ・フォッシー監督『レニー・ブルース』Lenny（一九七四）で英国アカデミー賞新人俳優賞・カンヌ国際映画祭女優賞などを受賞。（上186）

ヘル、リチャード（一九四九— ）Hell, Richard ☆アメリカのロックミュージシャン・俳優・作家。パンク・ロックシーンに大きな影響を与えた。（上182）

ベルイマン、イングマール（一九一八—二〇〇七）Bergman, Ingmar ☆スウェーデンの映画監督・脚本家・舞台演出家。「二十世紀最大の巨匠」と呼ばれ、スウェーデンを代表する世界的な映画監督として知られる。『第七の封印』The Seventh Seal/Det sjunde inseglet（一九五七）、『野いちご』Wild Strawberries/Smultronstället（一九五七）など。（上260）

ベルーシ、ジョン（一九四九—八二）Belushi, John ☆アメリカの俳優・コメディアン・ミュージシャン。ダン・エイクロイドとダブル主演したジョン・ランディス監督

『ブルース・ブラザース』The Blues Brothers（一九八〇）で知られる。（上286）

ヘルツォーク、ヴェルナー（一九四二― ）Herzog, Werner ☆ドイツの映画監督・脚本家・俳優。ニュー・ジャーマン・シネマの代表的な監督で、怪優クラウス・キンスキーを起用したことで有名。『アギーレ／神の怒り』Aguirre, der Zorn Gottes（一九七二）、『カスパー・ハウザーの謎』Jeder für sich und Gott gegen alle（一九七四）、F・W・ムルナウ監督『吸血鬼ノスフェラトゥ』Nosferatu - Eine Symphonie des Grauens（一九二二）のリメイクである『ノスフェラトゥ』Nosferatu: Phantom der Nacht（一九七九）など。（下300）

ヘルマン、モンテ（一九三二― ）Hellman, Monte ☆アメリカの映画監督・編集技師・プロデューサー。異色のロードムービー『断絶』Two-Lane Blacktop（一九七一）で知られる。のちにクエンティン・タランティーノ監督『レザボア・ドッグス』Reservoir Dogs（一九九二）で製作総指揮を務める。（下81）

ベレニス Berenice ★エドガー・アラン・ポオ「ベレニス」Berenice（一八三五）の登場人物。（下112）

ペン、ショーン（一九六〇― ）Penn, Sean ☆アメリカの俳優・映画監督。世界三大映画祭（ヴェネツィア、カンヌ、ベルリン）の主演男優賞を全て受賞し、アカデミー主演男優賞も二度受賞している。一九八五年にマドンナと結婚（八九年に離婚）。代表作としては、ティム・ロビンス監督『デッドマン・ウォーキング』Dead Man Walking（一九九五）、クリント・イーストウッド監督『ミスティック・リバー』Mystic River（二〇〇三）など。（下81）

ホ

ホイットマン、ウォルト（一八一九―九二）Whitman, Walter ☆アメリカの詩人・随筆家・ジャーナリスト。アメリカ文学においてもっとも影響力の大きい作家のひとりで、「自由詩の父」とも呼ばれる。代表作は『草の葉』Leaves of Grass（一八五五）。（下111）

ホイップ・ハンド Whip Hand ★デイヴィッド・J・ショウ作 The Kill Riff(一九八八)に登場するロックバンド(たぶん)。（下190）

ボウ、クララ（一九〇五―六五）Bow, Clara ☆アメリカの女優。クレアランス・バジャー監督『あれ』It（一九二七）のヒットにより"It Girl"とよばれ、サイレント時代のセックス・シンボルになった。（上318）

ボウイ Arthur "Bowie" Bowers ★エドワード・アンダー

ソンの小説 Thieves Like Us（一九三七）およびそれを原作とした映画ニコラス・レイ監督『夜の人々』They Live by Night（一九四八）の主人公アーサー〝ボウイ〟バウアズ。映画ではファーリー・グレンジャーが演じている。一九七四年にはロバート・アルトマン監督『ボウイ&キーチ』Thieves Like Us としてリメイクされ、キース・キャラダインが演じている。（下39）

ボウイ、ジム（一七九六?―一八三六）Bowie, Jim ☆十九世紀のアメリカの開拓者。テキサス革命で活躍し、アラモ砦の戦いで死亡。テキサスの歴史における英雄のひとり。現在ボウイ・ナイフと呼ばれる大振りのナイフをつねに携帯していたことで知られる。（下264）

ボウイ、デヴィッド（一九四七―二〇一六）Bowie, David ☆英国のミュージシャン・俳優。ポピュラー音楽の分野で世界的名声を得ると同時に、俳優としても数々の受賞実績を持つマルチ・アーティスト。（上151）

ボウスキー、アイヴァン（一九三七― ）Boesky, Ivan ☆アメリカの投資家。一九八〇年代中盤にウォール街の鞘取りとして活躍した。（上174）

ボウルガード、チャールズ（一八五三―一九五九）Beauregard, Charles ★〈紀元〉シリーズ第一作『ドラキュラ紀元一八八八』Anno Deacula の主人公のひとり。イギリス情報部ディオゲネス・クラブ闇内閣の中心人物であったが、『ドラキュラのチャチャチャ』Dracula Cha Cha Cha において死亡。ジュヌヴィエーヴの永遠の恋人。（上36）

ボウルズ=オタリー Bowles-Ottery ★ドン・チャフェイ監督 A Jolly Bad Fellow（一九六四）の主人公。レオ・マッカーンが演じた。『ドラキュラのチャチャチャ』Dracula Cha Cha Cha 収録「アクエリアス」Aquarius において、強力な幻覚剤となるボウルズ=オタリー麦角菌を発見した。（上53）

ポオ、エドガー・アラン（一八〇九―四九）Poe, Edgar Allan ☆アメリカの詩人・小説家。幻想小説・推理小説・怪奇小説などを著した。有名な恐怖小説「アッシャー家の崩壊」The Fall of the House of Usher（一八三九）、推理小説の古典「モルグ街の殺人」The Murders in the Rue Morgue（一八四一）、詩「大鴉」The Raven（一八四五）などを執筆。もとの名はエドガー・ポオであり、両親をはやく亡くしたためアラン家の養子となった。『鮮血の撃墜王』Bloody Red Baron においてはドラキュラに招聘され、レッドバロン、リヒトホーフェンの伝記を書くよう依頼された。『ドラキュラのチャチャチャ』Dracula Cha Cha Cha では映画脚本家として活躍した。（上182）

ポオ、リディア・ディーツ Poe, Lydia Deetz → ディーツ、リディア

ホーキンズ Hawkins ★ブラム・ストーカー『吸血鬼ドラキュラ』Dracula（一八九七）の登場人物。エクセターに事務所をかまえる弁護士。ジョナサン・ハーカーの上司。（上332）

ホーキンス、スクリーミン・ジェイ（一九二九―二〇〇〇）Hawkins, Screamin' Jay ☆アメリカの歌手。五〇年代初期のR&Bフリークのカリスマと呼ばれ、棺桶から登場したり髑髏や蛇を使ったり、ヴードゥーを取り入れたステージで知られる。（下61）

ボーゼイギ、フランク（一八九三―一九六一）Borzage, Frank ☆アメリカの映画監督。サイレントからトーキーへの変遷を経て活躍した。『第七天国』Seventh Heaven（一九二七）と『バッド・ガール』Bad Girl（一九三一）でアカデミー監督賞受賞。（上321）

ホーナー、ジャック Horner, Jack ★ポール・トーマス・アンダーソン監督『ブギーナイツ』Boogie Nights（一九九七）に登場するポルノ映画監督。バート・レイノルズが演じて、ゴールデングローブ賞ほかいくつもの助演男優賞を受賞している。（上260）

ホームズ、シャーロック（一八五四―一九五七 ベアリング＝グールドによる）Holmes, Sherlock ★コナン・ドイル作〈シャーロック・ホームズ〉シリーズの主人公。ベイカー街二二一番地Bに住む、世界で唯一の諮問探偵で、数々の難事件を解決した。（上275）

ホームズ、マイクロフト（一八四七―一九四六 ベアリング＝グールドによる）Holmes, Mycroft ★コナン・ドイル作〈シャーロック・ホームズ〉シリーズの登場人物。名探偵シャーロックの兄で、彼以上の推理能力をもつ安楽椅子探偵《アームチェア・ディテクティヴ》。〈紀元〉ワールドでは、ディオゲネス・クラブの中心人物としてイギリスの諜報活動を統括していた。（下119）

ホール、アルバート（一九三七― ）Hall, Albert ☆アメリカの俳優。コッポラ監督『地獄の黙示録』Apocalypse Now（一九七九）ではジョージ〝チーフ〟フィリップスを演じた。（上35）

ホール、ファーン（一九五九― ）Hall, Fawn ☆一九八三年から八六年まで、オリバー・ノース中佐の秘書を勤めた。（上363）

ボール、ルシル（一九一一―八九）Ball, Lucille ☆アメリカの女優。『アイ・ラブ・ルーシー』I Love Lucy（一九五一―五七）などシットコムの主演で知られる。一九三〇年代にRKOと契約して端役で出演していたというが、『市民ケーン』には出演していない。『アイ・ラブ・ルーシー』の役名からひっぱりだしたものと思われる。（上244）

ボールドウィン、アレック（一九五八― ）Baldwin, Alec ☆

アメリカの俳優・プロデューサー・司会者。ジョン・マクティアナン監督『レッド・オクトーバーを追え！』The Hunt for Red October（一九九〇）のジャック・ライアン役が有名。（下98）

ホーン、ゴールディ（一九四五―）**Hawn, Goldie** ☆アメリカの女優・ダンサー。この場面にあてはまる映画といえば、おそらく、スティーヴン・スピルバーグ監督『続・激突！／カージャック』The Sugarland Express（一九七四）だろうと思われる。（下39）

ボグダノヴィッチ、ピーター（一九三九―）**Bogdanovich, Peter** ☆アメリカの映画監督。ライアン・オニール主演『ペーパー・ムーン』Paper Moon（一九七三）、オーウェン・ウィルソン主演『マイ・ファニー・レディ』She's Funny That Way（二〇一四）など。（上186）

ボクリス、ヴィクター（一九四九―）**Bockris, Victor** ☆イギリス生まれ、アメリカで活動した伝記作家。ルー・リード、アンディ・ウォーホル、キース・リチャード、ウィリアム・バロウズなどの伝記を著した。（下273）

ホッパー、デニス（一九三六―二〇一〇）**Hopper, Dennis** ☆アメリカの映画俳優・プロデューサー・作家・アーティスト。監督・脚本・主演（ピーター・フォンダ脚本・製作・主演）の『イージー・ライダー』Easy Rider（一九六九）で脚光を浴びる。麻薬の常用癖でも有名だった。コッポラ監督『地獄の黙示録』Apocalypse Now（一九七九）で報道カメラマンを演じている。実際のコッポラ監督『ドラキュラ』Bram Stoker's Dracula（一九九二）でレンフィールドを演じているのはトム・ウェイツ。（上34）

ポップ、イギー（一九四七―）**Pop, Iggy** ☆アメリカのロックミュージシャン・作曲家・音楽プロデューサー・俳優。ロックバンド、ザ・ストゥージズ時代は過激なパーフォーマンスで知られた。一九九〇年にデボラ・ハリーと組んで、Well, Did You Evah をリリースしている。（下190）

ポップ、ジョン（ジョニー） **Pop, John (Johnny)** 一九四四年、トランシルヴァニアでドラキュラにより転化したルーマニアの少年イオン・ポペスクが、アメリカ風になろうとして考えた名前。ニューヨークではこの名を名のっていた。（上82）

ボディ、ホリー **Body, Holly** ★ブライアン・デ＝パルマ監督『ボディ・ダブル』Body Double（一九八四）に登場するポルノ女優。メラニー・グリフィスが演じている。ホリー・ボディというポルノ女優は実在するが、一九七〇年生まれで一九八一年には十一歳なので、さすがにポルノ映画に出演はできないと思う。（上282）

ボディーン、デウィット（一九〇八―八八）**Bodeen,**

DeWitt ☆アメリカの脚本家。ジャック・ターナー監督『キャット・ピープル』Cat People（一九四二）の脚本を担当。（下297）

ボトムズ、サム（一九五五—二〇〇八）**Bottoms, Sam** ☆アメリカの俳優。コッポラ監督『地獄の黙示録』Apocalypse Now（一九七九）でランス・B・ジョンソンを演じた。（上35）

ボナノヴァ、フォーチュニオ（一八九五—一九六九）**Bonanova, Fortunio** ☆スペインのバリトン歌手。舞台・映画・TVで俳優としても活躍。プロデューサー・監督を務めることもある。『市民ケーン』Citizen Kane（一九四一）ではケーンの妻にオペラを指導するマティステを演じている。（上244）

ボニー（・パーカー）（一九一〇—三四）**Bonnie (Parker)** ☆一九三〇年代前半、クライド・バロウと組んでアメリカ中西部で数知れぬ銀行強盗や殺人を繰り返した。アーサー・ペン監督『俺たちに明日はない』Bonnie and Clyde（一九六七）ではフェイ・ダナウェイが演じている。（下39）

ポパイ Popeye ★エルジー・クリスラー・シーガーによるアメリカン・コミックの主人公。映画化、テレビアニメ化もされている。ほうれん草を食べると腕が太くなり、超人的な力を発揮する船乗り。（下19）

ホビー、パット Hobby, Pat ★F・スコット・フィッツジェラルドによる短編集『パット・ホビー物語』The Pat Hobby Stories（一九四〇—四一）の主人公である脚本家。かつては大成功をおさめたものの、いまはおちぶれて、何かと騒動を起こしている。一九八七年には Tales from the Hollywood Hills: Pat Hobby Teamed with Genius としてロブ・トンプソン監督によりTV映画化され、クリストファー・ロイドが演じている。（下301）

ホプキンス、アンソニー（一九三七— ）**Hopkins, Anthony** ☆イギリス出身の俳優・作曲家・画家。ジョナサン・デミ監督『羊たちの沈黙』The Silence of the Lambs（一九九一）のハンニバル・レクター博士役でアカデミー主演男優賞受賞。フランシス・フォード・コッポラ監督『ドラキュラ』Bram Stoker's Dracula（一九九二）ではヴァン・ヘルシングを演じている。（下70）

ホフマン Hoffman ラスティ・キャディガンの弁護士。詳細不明。（下67）

ポペスク、イオン Popescu, Ion 一九四四年にドラキュラによって転化した十三歳くらいの少年。ポペスクというのは、ルーマニアではごくありふれた名字であるという。（上40）

ホリー・サーギス Holly Sargis ★一九五八年にネブラスカ州で起こった現実のスタークウェザー＝フューゲート

事件をもとにしてつくられた、テレンス・マリック監督『地獄の逃避行』Badlands（一九七三）の主人公のひとり。十五歳の少女。シシー・スペイセクが演じた。（下18）

ホリデイ、ドク（一八五一—八七）Holiday, Doc ☆アメリカ西部開拓時代のガンマン・賭博師・歯科医。ＯＫ牧場の決闘ではワイアット・アープに味方した。早撃ちガンマンとして有名。最後は酒に溺れ、コロラド州グレンウッド・スプリングスにおいて肺結核で死亡した。（下20）

ポルク、ブリジッド（・ベルリン）（一九三九— ）Polk, Brigid (Berlin) ☆アメリカの女優・アーティスト。ブリジット・ベルリンが本名。ウォーホルの映画に数多く出演した。（下282）

ポルグレス、ヴァン・ネスト（一八九八—一九六八）Polglase, Van Nest ☆アメリカの映画美術監督。『市民ケーン』Citizen Kane（一九四一）の美術監督を務める。（上243）

ボルジア、チェーザレ（一四七五—一五〇七）Borgia, Cesare ☆ルネッサンス期イタリアの軍人・政治家・枢機卿。教皇アレッサンドロ六世の息子。権謀術数で有名。マキャヴェリの『君主論』Il Principe（一五三二）のモデルとなった。（下298）

ポルトス、ドクター Porthos, Doctor ★ベイジル・コッパーの短編 Doctor Porthos（一九六八）に登場するヴァンパイア。（下19）

ホルムウッド、アーサー Holmwood, Arthur → ゴダルミング卿、アーサー・ホルムウッド

ホワイト、カレン White, Karen ★ジョー・ダンテ監督のホラー映画『ハウリング』The Howling（一九八一）の主人公であるニュースキャスター。ディー・ウォレスが演じた。（上312）

ホワイト、スタンフォード（一八五三—一九〇六）White, Stanford ☆アメリカの有名な建築家。モデルで女優でもあったイヴリン・ネズビットとの三角関係により、大富豪ハリー・ソーに、社交界の人々が集まるマジソン・スクエアの劇場で射殺された。このスキャンダラスな事件は「スタンフォード・ホワイト殺人事件」として、いくつかの小説や映画の題材となっている。（上297）

ホワイト、フランク White, Frank ★アベル・フェラーラ監督『キング・オブ・ニューヨーク』King of New York（一九九〇）の主人公であるマフィアのボス。クリストファー・ウォーケンが演じた。（上165）

ボンド、ヘイミッシュ Bond, Hamish ★殺人許可証をもつイギリス情報部の腕利きスパイ。ドレイヴォットの子《ゲット》。これは当然かの有名な……。ヘイミッシュはジェイムズのスコットランド読みだそうだ。『ドラキュラの

チャチャチャ』Dracula Cha Cha Cha ではそれなり？ の活躍を見せた。（上205）

ボンド、ワード（一九〇三―六〇）**Bond, Ward** ☆アメリカの映画俳優。個性的な脇役として二百以上の映画に出演している。ジョン・フォード監督『捜索者』The Searchers（一九五六）、フランク・キャプラ監督『素晴らしき哉、人生！』It's a Wonderful Life（一九四六）など。（下297）

マ

マーシュ、マリオン Marsh, Marion ★？☆？ ジャック・フィニィ『マリオンの壁』Marion's Wall（一九七三）に登場する女優。才能を認められハリウッドへ行く前夜に自動車事故で死亡した。もしくは実在のアメリカの女優、マリアン・マーシュ Marian Marsh（一九一三―二〇〇六）がマリオン・マーシュ Marion March の名前で表記されることも多い。（上318）

マーティン、ジャック Martin, Jack ☆★アメリカのホラー・ファンタジイ作家デニス・エチスン（一九四三― ）の変名。この名義で『ハロウィンII』Halloween II（一九八一）などのノベライズをおこなっている。また作品中の登場人物の名前でもある。（上258）

マーティン、ハリー Martin, Harry ★ジム・マックブライド監督のTV映画 Blood Ties（一九九一）に登場するヴァンパイアのジャーナリスト。ハーリー・ヴェントンが演じた。（下41）

マーフィ、エディ（一九六一― ）**Murphy, Eddie** ☆アメリカの俳優・歌手・コメディアン。マーティン・ブレスト監督『ビバリーヒルズ・コップ』Beverly Hills Cop（一九八四）、ジョン・ランディス監督『大逆転』Trading Places（一九八三）、ジョン・ランディス監督『星の王子　ニューヨークへ行く』Coming to America（一九八八）など。（下300）

マーリン Merlin ★十二世紀の偽史『ブリタニア列王史』Historia Regum Britanniae に登場する魔術師。アーサー王伝説におけるアーサーの助言者としても有名。ブリテンを代表する魔術師と見なされる。（下196）

マイケル（・コルレオーネ）Michael (Corleone) ★コッポラ監督〈ゴッドファーザー〉Godfather（一九七二―九〇）シリーズの登場人物。マフィアのドン、ヴィトー・コルレオーネの三男で、ヴィトーのあとを継いでファミリーのドンとなる。アル・パチーノが演じている。（下150）

マインスター男爵 Meinster, Baron ★テレンス・フィッシャー監督『吸血鬼ドラキュラの花嫁』The Brides of

Dracula（一九六〇）に登場するヴァンパイア。男色家。デイヴィッド・ピールが演じている。（上10）

曲がり男 The Crook ★『鮮血の撃墜王』Bloody Red Baron 収録「ヴァンパイア・ロマンス」Vampire Romance より。もともとはマザー・グースに出てくる言葉。（下55）

マクギリス、ケリー（一九五七―）McGillis, Kelly ☆アメリカの女優。『バット★21』には出ていないが、トニー・スコット監督の戦闘機パイロットの青春群像を描いた航空アクション映画『トップガン』Top Gun（一九八六）に出演している。（下29）

マグダ Magda → クーザ、マグダ

マクティアナン、ジョン（一九五一―）McTiernan, John ☆アメリカの映画監督。『ダイ・ハード』Die Hard（一九八八）など、アクション映画で有名。（下146）

マクドナルド、ピーター（一九三九―）MacDonald, Peter ☆イギリス出身の映画監督・撮影技師・プロデューサー。共同監督として多くの大作に関わっている。監督作品としては、『ランボー3／怒りのアフガン』Rambo III（一九八八）、『ネバーエンディング・ストーリー3』The NeverEnding Story III: Escape from Fantasia（一九九四）など。（下71）

マクナリー、レイモンド・T（一九三一―二〇〇二）McNally, Raymond T. ☆アメリカの作家・歴史学者。ボストン大学のロシア・東ヨーロッパ史教授。同僚のラドゥ・フロレスクと共著で『ドラキュラ伝説――吸血鬼のふるさとをたずねて』In Search of Dracula: The History of Dracula and Vampires（一九七二）を著した。ドラキュラや吸血鬼の専門家と見なされる。（下301）

マクベイン、エド（一九二六―二〇〇五）McBain, Ed ☆アメリカの推理小説作家。代表作〈87分署〉87th precinct（一九五六―二〇〇五）シリーズ、〈ホープ弁護士〉Matthew Hope（一九七八―一九九八）シリーズなど。（下112）

マクラーレン、マルコム（一九四六―二〇一〇）McLaren, Malcolm ☆イギリスの、ロックバンドマネージャー・ファッションデザイナー・ミュージシャン・起業家。セックス・ピストルズおよびニューヨーク・ドールズをプロデュースした。（上182）

マクラグレン、ヴィクター（一八八六―一九五九）McLaglen, Victor ☆イギリス出身の俳優。ジョン・フォード監督『男の敵』The Informer（一九三五）でアカデミー主演男優賞受賞。ほかにも『黄色いリボン』She Wore a Yellow Ribbon（一九四九）、『リオ・グランデの砦』Rio Grande（一九五〇）など、ジョン・フォード監督作

品に多く出演している。（下297）

マクラマー、マイケル（一八九九―一九七八）**Mac Liammóir, Micheál** ☆イギリス生まれのアイルランド人俳優・戯曲家・作家・画家。パートナーのヒルトン・エドワーズとともに、ダブリンにゲイト・シアター・カンパニーを創設する。二十世紀のアイルランドでもっとも著名な芸術家。『オーソン・ウェルズのオセロ』The Tragedy of Othello（一九五二）でイアーゴを演じている。（下298）

マコーマック、パティ（一九四五―）**McCormack, Patty** ☆アメリカの舞台・映画・TV女優。子役から活動をはじめる。ブロードウェイでウィリアム・ローチ原作の舞台『悪い種子』The Bad Seed でローダ・ペンマークを好演。マーヴィン・ルロイ監督の映画（一九五六）でも同じ役を演じてゴールデングローブ賞助演女優部門とアカデミー助演女優賞にノミネートされる。ウェルズの未完成作品『ドン・キホーテ』Don Quixote にも起用されていた。（下299）

マスターソン、バット（一八五六―一九二一）**Masterson, Bat** ☆アメリカ西部開拓時代のガンマン・保安官・新聞記者。若いときに喧嘩で銃弾を受け、以後杖をつくようになった。山高帽をかぶった伊達男。TVドラマ『バット・マスターソン』Bat Masterson（一九五八―六一）ではジーン・バリーが演じている。（下20）

マチェッリ、サルヴァトーレ **Macelli, Salvatore** ★ジョン・ランディス監督『イノセント・ブラッド』Innocent Blood（一九九二）に登場するマフィアのボス。ヒロインのヴァンパイアに血を吸われ、ヴァンパイアになってしまう。ロバート・ロッジアが演じている。（下43）

マッカーシー、ケヴィン（一九一四―二〇一〇）**McCarthy, Kevin** ☆アメリカの舞台映画俳優。ブロードウェイで多くの舞台に立ったのち、ラズロ・ベネディク監督『セールスマンの死』Death of a Salesman（一九五一）に出演。ゴールデングローブ新人男優賞を受賞。ドン・シーゲル監督『ボディ・スナッチャー／恐怖の街』Invasion of the Body Snatchers（一九五六）で初の主役を務める。（下97）

マックイーン、スティーブ（一九三〇―八〇）**McQueen, Steve** ☆アメリカの俳優。スタントを使わないアクション俳優として人気を博した。ジョン・スタージェス監督『大脱走』The Great Escape（一九六三）、フランクリン・J・シャフナー監督『パピヨン』Papillon（一九七三）、ジョン・ギラーミン監督『タワーリング・インフェルノ』The Towering Inferno（一九七四）など。（上24）

マッケイブ、コリン（一九四九―）**MacCabe, Colin** ☆イギリスの英文学者・批評家・映画プロデューサー。小説家ジェームズ・ジョイス、映画作家ジャン＝リュック・ゴ

ダールの研究において有名。（下270）

マデライン Madeline ★エドガー・アラン・ポオ「アッシャー家の崩壊」The Fall of the House of Usher（一八三九）の登場人物。（下112）

マドンナ（ルイーズ・チッコーネ）（一九五八―　）Madonna (Louise Ciccone) ☆アメリカの歌手・女優・作曲家・ダンサー・映画監督・文筆家・実業家。ポップスとダンス・ミュージックを融合したミュージックビデオを活用することで絶大な人気を獲得した。ギネスにより「史上最も成功した女性アーティスト」と認定されている。（上358）

マネロ、トニー Manero, Tony ★ジョン・バダム監督、ジョン・トラボルタ主演『サタデー・ナイト・フィーバー』Saturday Night Fever（一九七七）の主人公。ブルックリンのペンキ屋。（上146）

マホーニー、ルーサー Mahoney, Luther ★ＴＶドラマ『ホミサイド／殺人捜査課』Homicide: Life on the Street（一九九三―二〇〇〇）の登場人物。ボルティモアの麻薬組織のボス。その一方で慈善事業にも取り組んでいる。エリック・デラムスが演じている。（下114）

マムワルド王子 Mamuwalde, Prince ★ウィリアム・クレイン監督『吸血鬼ブラキュラ』Blacula（一九七二）の主人公。十九世紀、奴隷制度反対のためヨーロッパに渡ったアフリカのマムワルド王子はドラキュラによってヴァンパイアにされる。ウィリアム・マーシャルが演じた。（下131）

マメット、デイヴィッド（一九四七―　）Mamet, David ☆アメリカの劇作家・脚本家・演出家・映画監督。現代アメリカ演劇界を代表する劇作家のひとり。『グレンギャリー・グレンロス』Glengarry Glen Ross（一九八四）でピューリッツァ賞戯曲部門を受賞。のちに、ジェームズ・フォーリー監督により映画化（邦題『摩天楼を夢みて』）。脚本・監督作品としては『殺人課』Homicide（一九九一）など。（下97）

マラカイ Malakai ★ジョン・スタンレイ監督 Nightmare in Blood（一九七七）に登場するヴァンパイアの映画俳優。ジェリー・ウォルターが演じている。（下276）

マランガ、ジェラルド（一九四三―　）Malanga, Gerard ☆アメリカの詩人・写真家・映画監督・俳優・キュレーター。アンディ・ウォーホルがもっとも活動した時期に多くの共同作業をおこなった。（下279）

マリアン Marian ★リチャード・レスター監督『ロビンとマリアン』Robin and Marian（一九七六）のヒロイン。かの有名なシャーウッドの義賊ロビン・フッドと恋人マリアンの「その後」と死までを描いている。オードリー・ヘップバーンが演じている。（下39）

マリー Murray ★ブラム・ストーカー『吸血鬼ドラキュラ』Dracula（一八九七）ではジョナサン・ハーカーの婚約者、のちに妻となるウィルヘルミナ（ミナ）の旧姓だが、コッポラの『ドラキュラ』では男の役のようだ――（上35）

マルカート、エイドリアン Marcato, Adrian ★アイラ・レヴィンの小説『ローズマリーの赤ちゃん』Rosemary's Baby（一九六七）およびこれを原作とするロマン・ポランスキー監督、ミア・ファロー主演の映画（一九六八）より。ローズマリーが引っ越してきたアパートに十九世紀末に住んでいたという、霊媒・呪術師。（上318）

マルクス、ハーポ（一八八八―一九六四）Marx, Harpo ☆アメリカのコメディアン・俳優・ミュージシャン。「マルクス兄弟」の次男。兄弟の中でも台詞をしゃべらずパントマイムを主とし、ポケットからさまざまな品をとりだすことで笑いを生んだ。（下284）

マルケイ、ラッセル（一九五三― ）Mulcahy, Russell ☆オーストラリア出身の映画監督。動きのある映像、すばやいカッティングなどを持ち味とし、ミュージックビデオの監督としても有名。監督作品としては、クリストファー・ランバート主演のファンタジイ・アクション『ハイランダー／悪魔の戦士』Highlander（一九八六）など。（下71）

マルコス、イメルダ（一九二九― ）Marcos, Imelda ☆フィリピン共和国第十代大統領フェルディナンド・マルコスの妻。（上182）

マレヴァ Maleva ★ジョージ・ワグナー監督、ロン・チェイニー・ジュニア主演『狼男／狼男の殺人』The Wolf Man（一九四一）の登場人物。ジプシーの占い師。マリア・オースペンスカヤが演じた。（上13）

マレーネ（一九〇一―九二）Malene ☆？〝金髪〟〝サイレント時代から映画に出演〟ということで、大女優マレーネ・ディートリヒではないかと思われるのだが、どうだろう？（上55）

マロリー（・ノックス）Mallory (Knox) ★オリヴァー・ストーン監督『ナチュラル・ボーン・キラーズ』Natural Born Killers（一九九四）のヒロイン。父親から性的虐待を受けて育ったマロリーはミッキーと恋に落ちる。ふたりはマロリーの両親を殺し、愛と殺戮の逃避行をはじめる。ジュリエット・ルイスが演じている。（下39）

マンキーウィッツ、ハーマン・J（一八九七―一九五三）Mankiewicz, Herman J. ☆アメリカの脚本家。『市民ケーン』Citizen Kane（一九四一）でアカデミー脚本賞受賞。（上236）

マンソン、チャールズ（一九三四―二〇一七）Manson, Charles ☆アメリカのカルト指導者。一九六〇年代末から七〇年代にかけて「マンソン・ファミリー」と呼ばれ

る生活共同体を指導。シャロン・テートらの殺害を教唆した。(上110)

ミ

ミートローフ（**一九四七―　**）**Meat Loaf** ☆アメリカのロックシンガー。アメリカンフットボールでタックルが得意だったことからこの綽名がついた。彼の楽曲は力強いヴォイスと演奏スタイルから、ロック・オペラと呼ばれる。(下185)

ミケランジェロ（**一四七五―一五六四**）**Michelangelo** ☆イタリア・ルネサンス期の彫刻家・画家・建築家・詩人。一五〇八年から一二年にかけて、システィナ礼拝堂の天井画を完成させた。(上33)

ミッキー（**・ノックス**）**Mickey** (**Knox**) ★オリヴァー・ストーン監督『ナチュラル・ボーン・キラーズ』Natural Born Killers（一九九四）の主人公。父親から性的虐待を受けて育ったマロリーはミッキーと恋に落ちる。ふたりはマロリーの両親を殺し、愛と殺戮の逃避行をはじめる。ウディ・ハレルソンが演じている。(下39)

ミッチェル、キャメロン（**一九一八―九四**）**Mitchell, Cameron** ☆アメリカの映画・テレビ・舞台俳優。数々の映画・テレビに出演している。オーソン・ウェルズの遺作『風の向こうへ』The Other Side of the Wind（二〇一八）に出演。(上286)

ミドラー、ベット（**一九四五―　**）**Midler, Bette** ☆アメリカの歌手・女優。マーク・ライデル監督『ローズ』The Rose（一九七九）、ゲイリー・マーシャル監督『フォーエバー・フレンズ』Beaches（一九八八）などでは主演と同時に主題歌を歌い、ヒットさせている。後者ではグラミー賞受賞。(下73)

ミナ Mina ↓ハーカー、ウィルヘルミナ（ミナ）

ミネリ、ライザ（**一九四六―　**）**Minnelli, Liza** ☆アメリカの映画舞台女優・歌手。ボブ・フォッシー監督『キャバレー』Cabaret（一九七二）、マーティン・スコセッシ監督『ニューヨーク・ニューヨーク』New York, New York（一九七七）など。(上174)

ミノーグ、カイリー（**一九六八―　**）**Minogue, Kylie** ☆オーストラリア出身のシンガーソングライター・女優。一九七九年に子役としてデビュー、一九八七年に歌手としてデビューした。企業家・慈善家としても活動している。(下190)

ミラー、グレン（**一九〇四―四四**）**Miller, Glenn** ☆アメリカのジャズミュージシャン。グレン・ミラー・オーケストラを結成。バンドリーダー・作曲家・編曲家として活躍した。(上348)

ミリアス、ジョン（**一九四四―　**）**Milius, John** ☆アメリカ

の映画監督・脚本家。コッポラ監督『地獄の黙示録』Apocalypse Now（一九七九）の脚本を務めている。無類のガンマニアとして知られる。（上33）

ミル、グリフィン Mill, Griffin ★マイケル・トルキン The Player（一九八八）に登場するハリウッド映画スタジオの重役。ロバート・アルトマン監督『ザ・プレイヤー』The Player（一九九二）ではティム・ロビンスが演じている。（上261）

ミンク Minlk ★アメリカンコミック Vamps シリーズに登場するヴァンパイアだろうか。（上249）

ム

ムーアヘッド、アグネス（一九〇〇―七四）Moorehead, Agnes ☆アメリカの女優。TVドラマ『奥さまは魔女』Bewitched（一九六四―七四）におけるサマンサの母エンドラ役が有名。『市民ケーン』Citizen Kane（一九四一）ではメアリー・ケーンを演じた。（上244）

ムーンドギー Moondoggie ★フレデリック・コーナー作 Gidget, The Little Girl with Big Ideas およびその続編シリーズ（一九五七―六三）に登場するマリブのサーファー。本名はジョフリー・グリフィン（映画ではジョフリー・マシューズとなっている）。ギジェットを助けたことで彼女の恋人となり、最終作においては結婚する。ポール・ウェンドコス監督の映画 Gidget（一九五九）、『ヤング・ハワイ』Gidget Goes Hawaiian（一九六一）、Gidget Goes to Rome（一九六三）の三作においてはジェイムズ・ダレンが演じている。（上229）

ムラサキ、ローズ Murasaki, Rose ★アン・ビルソン作 Suckers（一九九三）に登場するヴァンパイア。（下198）

メ

メイ、エレイン（一九三二― ）May, Elaine ☆アメリカの女優・映画監督・脚本家。監督作品として、『イシュタール』Ishtar（一九八七）、『マイキー＆ニッキー』Mikey and Nicky（一九七六）などがある。（上263）

メイヤー、ルイス・B（一八八四―一九五七）Mayer, Louis Burt ☆アメリカの映画プロデューサー。ユダヤ系ロシア人。MGM共同創始者のひとり。数々のスターを育て、絶大な権力をふるった。（下65）

メカス、ジョナス（一九二二―二〇一九）Mekas, Jonas ☆リトアニア生まれ、アメリカで活動した映像作家・詩人・アーティスト。〝アメリカ・アヴァンギャルド映画のゴッ

ドファーザー"と呼ばれる。ウォーホルの『エンパイア』Empire（一九六四）に撮影で参加した。（下281）

メリー、ダーティ Mary, Dirty ↓ダーティ・メリー

メリエス、ジョルジュ（一八六一―一九三八）Méliès, George ☆フランスの映画制作者。映画の創成期においてさまざまな技術を開発した。代表作に『月世界旅行』Le voyage dans la lune（一九〇二）。（上250）

メリル（・ストリープ）（一九四九― ）Meryl (Streep) ☆アメリカの女優。ロバート・ベントン監督『クレイマー、クレイマー』Kramer vs. Kramer（一九七九）、シドニー・ポラック監督『愛と哀しみの果て』Out of Africa（一九八五）など。アカデミー賞ノミネート回数、ゴールデングローブ賞ノミネート回数において史上最多記録を保持している。（下151）

メンケン、マリー（一九〇九―七〇）Menken, Marie ☆アメリカの映画監督・画家。画家として出発するが、アヴァンギャルド運動の中で実験的映画を監督するようになる。『ファニータ・カストロの生涯』The Life of Juanita Castro（一九六五）をはじめウォーホルの映画に何本か出演すると同時に、Andy Warhol（一九六五）など、ウォーホルと〈ファクトリー〉の常連たちを撮影もしている。（下286）

モ

モース、タイガー（一九三三―七二）Morse, Joan "Tiger" ☆アメリカのアヴァンギャルド・ファッション・デザイナー。一九六七年にアンディ・ウォーホル監督の映画『フォー・スターズ』****/Four Stars（一九六六）に出演している。麻薬のオーヴァドーズで死亡。（下283）

モービウス、マイケル Morbius, Michael ★マーベル・コミックの登場人物。ノーベル賞も受賞した生化学者だったが、血の病を治療するうちにヴァンパイアのような体質に変化してしまった。「ザ・リヴィング・ヴァンパイア」の異名をとり、スパイダーマンなどの敵役としていくつものシリーズに登場する。ダニエル・エスピノーサ監督、ジャレッド・レト主演『モービウス』Morbius（二〇二二）として映画化。（下10）

モディリアーニ（一八八四―一九二〇）Modigliani ☆イタリア出身の画家・彫刻家。主にフランスのモンマルトルで制作活動をおこなった。（下115）

モリ、パオラ（一九二八―八六）Mori, Paola ☆イタリアの女優。オーソン・ウェルズの三人めの妻。『アーカディン／秘密調査報告書』（一九五五）でヒロインを演じたことをきっかけにウェルズと結婚。未完成の『ドン・キ

ホーテ』Don Quixote にも出演している。（下298）

モリス、キンシー・P Morris, Quincey P. ★ブラム・ストーカー『吸血鬼ドラキュラ』Dracula（一八九七）の登場人物。ルーシーに求愛するアメリカ人富豪。ヴァン・ヘルシングらとともにドラキュラを追いつめるが、最後の対決で死亡。（上28）

モリセイ、ポール（一九三八― ）Morrissey, Paul ☆アメリカの映画監督・脚本家。ウォーホル製作の『フレッシュ』Flesh（一九六八）、『ヒート』Heat（一九七二）、『悪魔のはらわた』Flesh for Frankenstein（一九七三）などで監督・脚本を務める。（下287）

モリソン、ジム（一九四三―七一）Morrison, Jim ☆アメリカのミュージシャン・詩人。ロックバンド、ドアーズのヴォーカル。（上20）

モロー、ジャンヌ（一九二八―二〇一七）Moreau, Jeanne ☆フランスの女優・脚本家・映画監督・歌手。フランスを代表する女優といわれる。『不滅の物語』The Immortal Story／Une histoire immortelle（一九六八）をはじめ、オーソン・ウェルズの作品にしばしば出演している。（上332）

モロー、ドクター Moreau, Dr. ★H・G・ウェルズ『モロー博士の島』The Island of Dr.Moreau（一八九六）の主人公。すぐれた生理学者だったが、生体実験に手を出して国外追放に処せられる。その後も孤島で実験をつづけた。（下224）

モロダー、ジョルジオ（一九四〇― ）Moroder, Giorgio ☆イタリアの音楽プロデューサー・作曲家・シンセサイザー奏者。シンセサイザーを使ったディスコ音楽をメインストリーム音楽に取り入れ、「ディスコの巨匠」と呼ばれる。（上358）

モンゴメリー、エリザベス（一九三三―九五）Montgomery, Elizabeth ☆アメリカの女優。『奥さまは魔女』Bewitched（一九六四―七二）の主役、魔女サマンサを演じたことで有名。（下32）

モンティ・パイソン Monty Python ☆イギリスのコメディ・グループ。BBCのコメディ番組『空飛ぶモンティ・パイソン』Monty Python's Flying Circus（一九六九―七四）で人気を博し、映画・舞台などへと活躍の場をひろげていった。そのスタイルは多方面に影響を与え、「コメディ界におけるビートルズ」とも呼ばれた。（下81）

モンロー、マリリン（一九二六―六二）Monroe, Marilyn ☆アメリカの女優・モデル。一九五〇年代でもっとも有名なセックス・シンボルであり、「頭の悪い金髪女」というイメージをつくりあげた。ビリー・ワイルダー監督『七年目の浮気』The Seven Year Itch（一九五五）、ビリー・ワイルダー監督『お熱いのがお好き』Some Like It Hot（一九五九）など。後者でゴールデングローブ賞主演女

優賞を受賞している。（下278）

ヤ

ヤーウッド、マイク（一九四一―）**Yarwood, Mike** ☆イギリスの物真似芸人・コメディアン・俳優。イギリスでトップクラスのエンタテイナーに数えられる。一九六〇年代から八〇年代にかけて、多くのＴＶ番組に出演していた。（下243）

ユ

ユーリズミクス Eurythmics ☆一九八〇年にアニー・レノックスとデイヴ・スチュワートによって結成されたイギリスのデュオ。（下189）

ユーロ、ミッジ（一九五三―）**Ure, Midge** ☆イギリスのミュージシャン。ポストパンクバンド、ウルトラヴォックスのヴォーカリスト。一九八四年エチオピアの飢饉をきっかけに、ボブ・ゲルドフと協力してチャリティ・プロジェクト、バンド・エイドを発足。（下190）

ユダ Judas ☆?-新約聖書において、イエス・キリスト十二弟子のひとり。銀貨三十枚でイエスを裏切った。（上194）

ユリウス二世（一四四三―一五一三）**Julius II** ☆ルネッサンス期のローマ教皇。在位一五〇三年―一三年。多くの芸術家を後援し、ミケランジェロにシスティナ礼拝堂の天井画制作を依頼した。（上33）

ユリシーズ Ulysses ★ホメロス作『オデュッセイア』Odyssea の主人公。オデュッセウスのラテン語から派生した英語名。セイレーンの歌の魔力にまどわされないよう、船員たちの耳に蠟をつめてその海域を通過した。（下290）

ヨ

ヨハンセン、デイヴィッド（一九五〇―）**Johansen, David** ☆アメリカの歌手・俳優。一九七一年にパンク・ロックバンド、ニューヨーク・ドールズを結成した。（上182）

ヨルガ将軍 Iorga, General ★ボブ・ケリャン監督『吸血鬼ヨーガ伯爵』Count Yorga, Vampire（一九七〇）および『ヨーガ伯爵の復活』The Return of Count Yorga（一九七一）に登場するヴァンパイア。ロバート・クォリーが演じた。ヨルガとコルダを同一人物にしたのは、どちらもロバート・クォリーが演じているからと思われる。（上127）

ラ

ライアン、ジャック Ryan, Jack ★トム・クランシーの小説『レッド・オクトーバーを追え！』The Hunt for Red October（一九八四）など、いわゆる〈ジャック・ライアン・シリーズ〉の主人公。ジョン・マクティアナン監督の映画『レッド・オクトーバーを追え！』The Hunt for Red October（一九九〇）ではアレック・ボールドウィンが演じている。二〇一八年からはＴＶドラマシリーズ『ジャック・ライアン』Tom Clancy's Jack Ryan として放送され、ジョン・クラシンスキーが演じている。（上363）

ライオン、ショート Lion, Short → ショート・ライオン

ライカー Riker ★〈スタートレック・ネクスト・ジェネレーション〉Star Trek: The Next Generation（一九八七—九四）の登場人物。エンタープライズ号の副長。ジョナサン・フレイクスが演じている。（下198）

ライス、アン（一九四一—）Rice, Anne ☆アメリカの作家。『夜明けのヴァンパイア』Interview with the Vampire（一九七六）にはじまる〈ヴァンパイア・クロニクルズ〉Vampire Chronicles シリーズ、『ザ・マミー』The Mummy, or Ramses the Damned（一九八九）、『魔女の刻』The Witching Hour（一九九〇）など、ホラー・ファンタジイを中心に執筆している。（上263）

ライス、パトリシア Rice, Patricia ★ジョン・オズボーンの戯曲『寄席芸人』The Entertainer（一九五七）および、それを原作とする映画トニー・リチャードソン監督『寄席芸人』The Entertainer（一九六〇）の主人公ミュージックホールの三流芸人アーチー・ライスと、かつてスターコメディアンだった彼の父親ビリー・ライスの親族ではないかと思われる。（上210）

ライダー、ウィノナ（一九七一—）Ryder, Winona ☆アメリカの女優。マーティン・スコセッシ監督『エイジ・オブ・イノセンス／汚れなき情事』The Age of Innocence（一九九三）でゴールデングローブ助演女優賞受賞。ティム・バートン監督『ビートルジュース』Beetlejuice（一九八八）でリディア・ディーツを演じている。また、フランシス・フォード・コッポラ監督『ドラキュラ』Bram Stoker's Dracula（一九九二）ではミナ・マーレイとエリザベータの二役を演じている。（下98）

ライト兄弟、ウィルバー（一八六七—一九一二）&オーヴィル（一八七一—一九四八）Wright Brothers, Wilbur & Orville ☆アメリカの動力飛行機の発明者で飛行機パイロット。一九〇三年に世界初の有人動力飛行に成功した。（上333）

ライバー、フリッツ（一九一〇—九二）Leiber, Fritz ☆アメ

リカのSF・FT作家。中短編の名手としても知られる。『ビッグ・タイム』The Big Time（一九六一）と『放浪惑星』The Wanderer（一九六四）でヒューゴー賞受賞。『闇の聖母』Our Lady of Darkness（一九七七）で世界幻想文学大賞長編部門受賞。（下276）

ライン、エイドリアン（一九四一―　）**Lyne, Adrian** ☆イギリス出身の映画監督・プロデューサー。『フラッシュダンス』Flashdance（一九八三）、『危険な情事』Fatal Attraction（一九八七）など。（下43）

ラインハルト、マックス（一八七三―一九四三）**Reinhardt, Max** ☆ドイツおよびアメリカで活躍したオーストリア生まれの舞台演出家・プロデューサー・映画監督。二十世紀初期のドイツ語圏の劇場において、もっとも偉大な演出家のひとりに数えられる。（上318）

ラウシェンバーグ、ロバート（一九二五―二〇〇八）**Rauschenberg, Robert** ☆アメリカのアーティスト。抽象絵画と日用品や廃材などを組みあわせた「コンバイン・ペインティング」と呼ばれる作品で、芸術と生活の橋渡しをしようと試みた。（下279）

ラウド・スタッフ Loud Stuff バンド。以前はラウド・シットLoud Shitとして活動していた。詳細不明。（下189）

ラクロワ、ルシアン LaCroix, Lucien ★カナダのTVドラマ Forever Knight（一九九二―九六）に登場する二千歳を超えるヴァンパイア。ナイジェル・ベネットが演じている。（下52）

ラスプーチン（一八七一?―一九一六）**Rasputin** ☆帝政ロシア末期の怪僧。ニコライ二世と皇后の信用を得て政治に介入し、ロシア帝国崩壊の原因となった。（上113）

ラッケル Racquel ↓オルリグ、ラッケル・ローリング

ラッセル、エリザベス（一九一六―二〇〇二）**Russell, Elizabeth** ☆アメリカの女優。ジャック・ターナー監督『キャット・ピープル』Cat People（一九四二）ほか、ヴァル・リュートンによるRKOの低予算ホラー映画に多く出演している。（下297）

ラッド、アラン（一九一三―六四）**Ladd, Alan** ☆アメリカの俳優・プロデューサー。ジョージ・スティーヴンス監督『シェーン』Shane（一九五三）の主役シェーンで有名。『市民ケーン』Citizen Kane（一九四一）では新聞記者を演じている。（上244）

ラディン、ロイ（一九四九―八三）**Radin, Roy** ☆アメリカの芸能プロモーター。フランシス・フォード・コッポラ監督『コットンクラブ』The Cotton Club（一九八四）制作のさい、プロデューサーであるロバート・エヴァンスに紹介されて資金援助を約束したが、その後行方不明

になり、数週間後に銃殺死体で発見された。これは「コットン・クラブ殺人事件」として話題を呼んだ。（下30）

ラドゥ、美男公（**一四三八―一五〇〇**）**Radu the Handsome** ☆ヴラド・ツェペシュの弟。俗称、美男公。ワラキア公在位一四六二―七五年。ヴラド・ツェペシュとともに幼少期を人質としてトルコで過ごしたため、ワラキア公在任中はトルコ寄りの政策をとった。また、トルコ時代にスルタンの寵愛を受け、男色に染まったともいわれている。（下283）

ラバー・ダック Rubber Duck ★サム・ペキンパー監督『コンボイ』Convoy（一九七八）の主人公マーティン・ペンウォルドのこと。トラックのマスコットがゴムのアヒルなのでこう呼ばれている。クリス・クリストファーソンが演じた。（上118）

ラフキン、アダム Rafkin, Adam ★ハリウッドを舞台としたコメディドラマ Action（一九九九―二〇〇〇）に登場する脚本家。ジャレッド・ポールが演じている。（下97）

ラモーンズ Ramones ☆一九七四年に結成されたアメリカのパンクロック・バンド。ロンドンのパンク・ムーヴメントに大きな影響を与えた。（下190）

ラモント、リナ Lamont, Lina ★ジーン・ケリー＆スタンリー・ドーネン監督のミュージカル映画『雨に唄えば』Singin' in the Rain（一九五二）の登場人物。サイレント映画の大スターだが、悪声だった。ジーン・ヘイゲンが演じた。（上318）

ラリー、クレイジー Larry, Crazy → クレイジー・ラリー

ランスロット、サー（**一九〇二―二〇〇一**）**Lancelot, Sir** ☆トリニダード島出身のカリプソ歌手・俳優。アメリカにカリプソをひろめるのに貢献した。映画の中でもカリプソを歌うことが多かった。（下297）

ランダース、ルー Landers, Lew ★ホラー映画、ジョー・ダンテ監督『ハウリング』The Howling（一九八一）に登場するＴＶレポーター。ジム・マックレルが演じた。『ハウリング』では脇役に多くのホラー映画監督の名前が使われている。ルー・ランダースは『吸血鬼蘇る』The Return of the Vampire（一九四三）の監督名。（上312）

ランチ、リディア（**一九五九―**）**Lunch, Lydia** ☆アメリカの歌手・詩人・女優・著述家。一九七〇年代後半から八〇年代前半にかけてニューヨークで起こったパンク・ロックのサブカルチャー、ノー・ウェイヴ運動の中心となる。一九七七年から七九年にかけて、ティーンエイジ・ジーザスに参加していた。（上182）

ランディス、ジョン（**一九五〇―**）**Landis, John** ☆アメリカの映画監督・プロデューサー・脚本家・俳優。ホラー・コメディを得意とする。『狼男アメリカン』An American

Werewolf in London（一九八一）、『ブルース・ブラザース』The Blues Brothers（一九八〇）など。（下300）

リ

リア王 Lear ★シェイクスピアの戯曲『リア王』King Lear の主人公。四大悲劇のひとつ。ウェルズは一九五三年にピーター・ブルック監督の映画でタイトルロールを演じている。一九八五年にはみずからの監督で映画化を計画したが、かなわなかった。（上247）

リー、クリストファー（一九二二―二〇一五）Lee, Christopher ☆イギリス出身の映画俳優。テレンス・フィッシャー監督『吸血鬼ドラキュラ』Dracula（一九五八）のドラキュラ伯爵で怪奇映画のスターとしての地位を確立。二百五十本以上の映画に出演して、世界で最も多くの映画に出演した俳優としてギネスに記載されている。（上33）

リード、ケイト（キャサリン）Reed, Kate (Katharine) ★ブラム・ストーカーが『吸血鬼ドラキュラ』Dracula（一八九七）のために設定したが、のちに割愛された登場人物。一八八八年に転化、現在ジャーナリストとして活躍している。（上22）

リード、ジョン Reid, John ★ジョージ・トレンドル＆フラン・ストライカー原作の西部劇『ローン・レンジャー』The Lone Ranger の主人公。テキサス・レンジャーの生き残りで、白馬シルヴァーに乗り、あらわれた場所に銀の弾丸を残していく。はじめはラジオドラマ（一九三三―）だったが、コミックス、TVドラマ（一九四九―）、映画（一九五六―）などにも展開していった。（下23）

リード、デイヴィッド・ヘンリー Reid, David Henry ★トッド・グリムソン Stainless（一九九八）に登場するヴァンパイア。サイレント映画の俳優だったが、一九二〇年代に転化した。（上231）

リード、ルー（一九四二―二〇一三）Reed, Lou ☆アメリカのミュージシャン。ウォーホルがプロデュースしたバンド、ヴェルヴェット・アンダーグラウンドのヴォーカル・ギタリストとして名をあげ、のちにソロ活動に転じる。二十世紀以降における最重要アーティストのひとりと見なされる。（下271）

リーン、デヴィッド（一九〇八―九一）Lean, David ☆英国出身の映画監督・プロデューサー・脚本家。『アラビアのロレンス』Lawrence of Arabia（一九六二）、『戦場にかける橋』The Bridge on The River Kwai（一九五七）でアカデミー監督賞受賞。（上47）

リオ、ヴァネッサ・デル（一九五二— ）**Rio, Vanessa del** ☆アメリカのポルノ女優。ヒスパニック系ではじめてポルノ・スターとなり、二百本以上の映画に出演した。（上286）

リオ、ドロレス・デル（一九〇四—八三）**Rio, Dolores del** ☆メキシコ出身の映画女優。一九三〇年代にRKOと契約して幾本もの映画に出演。一九四〇年からオーソン・ウェルズとつきあいはじめ、『市民ケーン』の撮影中もずっとそばにいたという。（上244）

リキテンスタイン、ロイ（一九二三—九七）**Lichtenstein, Roy** ☆アンディ・ウォーホルとならぶアメリカのポップアート画家。コミックのコマを拡大したような作品で有名。（下277）

リサンビー、チャールズ（一九二四—二〇一三）**Lisanby, Charles** ☆アメリカのプロダクション・デザイナー。二〇一〇年にテレビ芸術科学アカデミー殿堂入り。アンディ・ウォーホルとの十年にわたる友情でも知られる。（下277）

リチャード、クリフ（一九四〇— ）**Richard, Cliff** ☆英国のポップ・シンガー。一九五〇年代末から六〇年代はじめにかけて、イギリスのポップミュージックシーンを席巻した。アメリカではそれほど知られていない。（下18）

リックマン、アラン（一九四六—二〇一六）**Rickman, Alan** ☆イギリスの舞台・映画俳優。さまざまな舞台で評価を得ていたが、ジョン・マクティアナン監督『ダイ・ハード』Die Hard（一九八八）の悪役で映画初出演にして世界的な知名度を得る。J・K・ローリング原作の映画〈ハリー・ポッター〉Harry Potter（二〇〇一—一一）シリーズのセブルス・スネイプ役で有名。（下70）

リッター、テックス（一九〇五—七四）**Ritter, Tex** ☆アメリカのカントリー歌手・俳優。「ハイ・ヌーン」Do Not Forsake Me, Oh, My Darlin' はフレッド・ジンネマン監督『真昼の決闘』High Noon（一九五二）の主題歌。（下180）

リット、マーティン（一九一四—九〇）**Ritt, Martin** ☆アメリカの映画監督・舞台演出家・俳優。『ハッド』Hud（一九六二）でアカデミー監督賞にノミネートされている。（下148）

リトル、リッチ（一九三八— ）**Little, Rich** ☆カナダ系アメリカ人の物真似芸人・声優。「千の声をもつ男」との異名をとる。（下243）

リフキン、アダム（一九六六— ）**Rifkin, Adam** ☆アメリカの映画監督・プロデューサー・脚本家・俳優。脚本家としてはファミリー・コメディに定評がある。監督としては、脚本も担当した『ハートにびんびん火をつけて』Never on Tuesday（一九八八）がデビューとなる。（下97）

リベラーチェ（一九一九—八七）**Liberace** ☆アメリカのピアニスト・エンタテイナー。クラシックとポップスを融合した演奏と派手なコスチュームで人気を得、「世界が

恋したピアニスト」と呼ばれた。（上185）

リュートン、ヴァル（一九〇四—五一）**Lewton, Val** ☆アメリカの映画プロデューサー。ジャック・ターナー監督『キャット・ピープル』Cat People（一九四二）を手がけ、RKOの財政危機を救ったことで有名。主として低予算のホラー映画を制作した。（下296）

リュミエール兄弟、オーギュスト（一八六二—一九五四）**&ルイ**（一八六四—一九四八）**Lumière, Auguste & Louis** ☆フランスの映画発明者。「映画の父」と呼ばれる。世界初のカラー写真も開発した。（下161）

リリアン、ミズ（一八九八—一九八三）**Lillian, Miz** ☆ベッシー・リリアン・ゴーディ・カーター Bessie Lillian Gordy Carter。第三十九代アメリカ大統領ジミー・カーターの母。元看護師。福祉・平和など、さまざまな活動をおこなったことで知られる。（上150）

リンダ Linda → ローリング、リンダ

リンダ Linda ★マイク・ニコルズ監督『心の旅』Regarding Henry（一九九一）の登場人物。主人公ヘンリー・ターナーの同僚にして愛人。レベッカ・ミラーが演じた。（下79）

ル

ルイス、アル（一九二三—二〇〇六）**Lewis, Al** ☆アメリカの性格俳優。怪物一家がくりひろげるアメリカのホームコメディ『マンスターズ』Munsters（一九六四—六六）で演じたヴァンパイアのグランパが有名。（下52）

ルイス、ジェリー（一九二六—二〇一七）**Lewis, Jerry** ☆アメリカの喜劇俳優・映画プロデューサー・脚本家・映画監督。ディーン・マーティンとの共演による一九五〇年代の映画「底抜けシリーズ」で有名。（上90）

ルイス、ヒューイ（一九五〇— ）**Lewis, Huey** ☆アメリカのミュージシャン。ロックバンド、ザ・ニュースのリーダー兼ヴォーカルとして活躍。アメリカン・ロックの代表的存在であり、ロバート・ゼメキス監督『バック・トゥ・ザ・フューチャー』Back to the Future（一九八五）の主題歌で世界的にブレイクした。（下190）

ルーカス、ジョージ（一九四四— ）**Lucas, George** ☆アメリカの映画監督・プロデューサー・脚本家。〈スター・ウォーズ〉Star Wars（一九七七— ）シリーズの製作・監督、〈インディ・ジョーンズ〉Indiana Jones（一九八一— ）シリーズの製作・監督など、数多くのヒット作で知られる。（上257）

ルーカス、ポール（一八九一―一九七一）**Lukas, Paul** ☆ハンガリー出身の舞台映画俳優。ハーマン・シュムリン監督『ラインの監視』Watch on the Rhine（一九四三）でアカデミー主演男優賞受賞。ヴァンパイア役を得意としたという情報は見当たらなかった。（下275）

ルーシー Rucy ↓ ウェステンラ、ルーシー

ルース、フレッド（一九三四― ）**Roos, Fred** ☆アメリカの映画プロデューサー。『地獄の黙示録』Apocalypse Now（一九七九）で、コッポラの共同製作を務めている。（上33）

ルーズヴェルト、フランクリン・D（一八八二―一九四五）**Roosevelt, Franklin D.** ☆アメリカの政治家。第三十二代大統領（一九三三―四五）。二十世紀前半の国際政治における中心人物のひとり。（上348）

ルーラ（・フォーチュン）Lula (Fortune) ★デヴィッド・リンチ監督『ワイルド・アット・ハート』Wild at Heart（一九九〇）のヒロイン。セックスと暴力にあふれたロードムービー。ローラ・ダーンが演じた。（下39）

ルシファー Lucifer ★キリスト教において、すべての天使を統べる長。のちに堕天して悪魔サタンとなる。（上146）

ルスヴン卿 Ruthven, Lord ★ポリドリ「吸血鬼」The Vampyre（一八一九）に登場するヴァンパイア。一世を風靡し、頽廃的で享楽的な美貌の貴族という吸血鬼のイメージをつくりあげた。〈紀元〉ワールドではつねに政界のトップにいすわり、くり返し英国首相を務めている。（上205）

ルディ Rudy ↓ パスコ、ルディ

ルドルフ Rudolph ★ウーリー・エデル監督『リトル・ヴァンパイア』The Little Vampire（二〇〇〇）に登場するヴァンパイアの少年。主人公の少年トニーとよい友人になる。ロロ・ウィークスが演じた。（下155）

ルベル、スティーヴ（一九四三―八九）**Rubell, Steve** ☆アメリカの実業家。伝説のディスコ、スタジオ54のオーナーのひとり。（上146）

レ

レイ、ジョージア Rae, Georgia ↓ ドラムゴ、ジョージア・レイ

レイア姫 Leia, Princess ★ジョージ・ルーカス総指揮による映画〈スター・ウォーズ〉Star Wars（一九七七― ）シリーズ、エピソード四―六におけるヒロイン。キャリー・フィッシャーが演じている。（上175）

レイグエラ、フランシスコ（一八九九―一九六九）**Reiguera, Francisco** ☆スペインの俳優。オーソン・ウェルズの未完の映画『ドン・キホーテ』Don Quixote でタ

イトルロールを演じたことで知られる。(下299)

レイサム、ベンジャミン Lathem, Benjamin ★ジョン・A・ルッソ監督 Heartstopper（一九八九）に登場するヴァンパイア。映画では Latham で、綴りが微妙にちがうが……(下276)

レイス、ロイ Race, Roy ★フランク・S・ペッパーのコミック Roy of the Rovers の主人公。イギリスのフットボール・チーム、メルチェスター・ローヴァーズのストライカー。(下293)

レイノルズ、バート（一九三六―二〇一八）Reynolds, Burt ☆アメリカの俳優。たくましい肉体に髭が似合う〝タフガイ〟として人気を博した。ジョン・ブアマン監督『脱出』Deliverance（一九七二）、ロバート・アルドリッチ監督『ロンゲスト・ヤード』The Longest Yard（一九七四）、アラン・J・パクラ監督『結婚ゲーム』Starting Over（一九七九）など。(上234)

レイルタウン・ボトラーズ Railtown Bottlers ☆イギリスの映画評論家マーク・カーモードらが結成したロカビリー・バンド。(下190)

レイン、R・D（一九二七―八九）Laing, R. D. ☆イギリスの医学者・精神科医・精神分析家。精神医学に新しい分野を切り拓いた。『ひき裂かれた自己』The Divided Self（一九六〇）、『自己と他者』The Self and Others（一九六一）など。『ヘルガとハインリッヒ』Helga and Heinrich という著書はなさそうだ。(下284)

レインバード Rainbird ★スティーブン・キング『ファイアスターター』Firestarter（一九八〇）に登場する〈ショップ〉のエイジェント。マーク・L・レスター監督の映画『炎の少女チャーリー』（一九八四）ではジョージ・C・スコットが演じている。(上361)

レヴォック、ダリル Revok, Darryl ★デヴィッド・クローネンバーグ監督『スキャナーズ』Scanners（一九八一）に登場する、世界征服をもくろむ悪の超能力者。マイケル・アイアンサイドが演じた。(上351)

レーガン、ナンシー（一九二一―二〇一六）Reagan, Nancy ☆アメリカ合衆国大統領ロナルド・レーガンの妻。一九八一から八九年までアメリカのファースト・レディ。(下120)

レーガン、ロナルド（一九一一―二〇〇四）Reagan, Ronald ☆アメリカの俳優・政治家。カリフォルニア州知事を経て、一九八〇年に第四十代アメリカ大統領に就任。任期一九八一―八九。(上315)

レスリー、ジョン（一九四五―二〇一〇）Leslie, John ☆アメリカのポルノ俳優。およそ三百本のポルノ映画に出演したのち、監督・プロデューサーに転身し、長く活躍した。(上282)

レッドグレア、ロケッツ（一九四九―二〇〇一）Redglare,

Rockets☆アメリカの性格俳優・コメディアン。ナンシー・スパンゲンが殺された夜、シドとナンシーのいる部屋に麻薬を届けたという話もあり、ナンシーの殺人犯と見なされることもある。（上162）

レッドグレイヴ、マイケル（一九〇八―八五）**Redgrave, Michael**☆イギリスの舞台映画俳優・監督・作家。ダドリー・ニコルズ監督Mourning Becomes Electra（一九四七）でアカデミー主演男優賞にノミネート。ウェルズ作品では『アーカディン／秘密調査報告書』Mr.Arkadin（一九五五）に出演している。（下298）

レノン、ジョン（一九四〇―八〇）**Lennon, John**☆イギリスのロックバンド、ビートルズのリーダー。（上182）

レ＝ファニュ、ダイアン LeFanu, Diane★ステファニー・ロスマン監督『ベルベット・バンパイア／吸血美女ダイアン／トワイライト吸血レズビアン』The Velvet Vampire/Cemetery Girls（一九七一）に登場するヴァンパイア。セレステ・ヤーナルが演じた。（上121）

レンフィールド Renfield★ブラム・ストーカー『吸血鬼ドラキュラ』Dracula（一八九七）の登場人物。ドクター・セワードの精神病院の患者で、小動物を殺したり食べたりする性癖をもっていた。ドラキュラとシンクロしているらしく、彼の精神状態から伯爵の動向を推測することができたが、最後は伯爵に殺された。（上34）

ロ

ロイ、マーナ（一九〇五―九三）**Loy, Myrna**☆アメリカの女優。サイレント期はエキゾチックな妖婦役ばかり演じていたが、のちに良妻賢母な役を得意とするようになった。（上318）

ロイド、マリー（一八七〇―一九二二）**Lloyd, Marie**☆イギリスのミュージックホール歌手・ミュージカル女優。一世を風靡し「ミュージックホールの女王」と呼ばれた。（下188）

ロートン、チャールズ（一八九九―一九六二）**Laughton, Charles**☆イギリスの舞台映画俳優・映画監督。アレクサンダー・コルダ監督『ヘンリー八世の私生活』The Private Life of Henry VIII（一九三三）でアカデミー主演男優賞を受賞。（下148）

ローパー、シンディ（一九五三― ）**Lauper, Cyndi**☆アメリカの歌手・女優。はじめはバンド活動をしていたが、ソロデビュー最初のシングル「ガールズ・ジャスト・ワナ・ハヴ・ファン」Girls Just Want to Have Fun（一九八三）が大ヒットとなる。グラミー賞、エミー賞、トニー賞など、多数受賞。（下83）

ローリー（・スター）Laurie (Starr)★実話であったボ

ニーとクライドをモデルにした映画、ジョセフ・H・ルイス監督『拳銃魔』Gun Crazy（一九五〇）のヒロイン。銃の魔力に取り憑かれたカップルが犯罪に走るさまを描く。ペギー・カミンズが演じている。（下39）

ローリング、ラック Loring, Rac ★本書収録「砂漠の城」Castle in the Desert に登場したジュニアとリンダの娘ラッケルが、十三年たったいま、ポルノ女優をしているらしい。（下76）

ローリング、リンダ Loring, Linda ★レイモンド・チャンドラー『長いお別れ／ロング・グッドバイ』The Long Goodbye（一九五三）および『プードル・スプリングス物語』Poodle Springs（一九八九）の登場人物。マーロウの妻となる。（上108）

ローレル、スタン（一八九〇―一九六五）Laurel, Stan ☆イングランドの俳優・コメディアン・映画監督。はじめはミュージック・ホールで舞台にあがっていたが、ローレル＆ハーディ（日本では「極楽コンビ」の名で知られる）としてオリヴァー・ハーディとコンビを組み、サイレントからトーキー時代まで活躍した。（下81）

ロジャーズ、バック Rogers, Buck ★一九二九年から新聞で連載されたコミック、フィリップ・フランシス・ノーラン原作の Buck Rogers in the 25th Century A.D. の主人公である宇宙飛行士のヒーロー。その後映画、TVドラマなどで幾度も映像化されている。一九七九年からのTVドラマではギル・ジェラードが演じている。（上361）

ロジャース、ロイ（一九一一―九八）Rogers, Roy ☆アメリカの歌手・俳優。数々の西部劇に出演し〈カウボーイ王〉として知られる。「ハッピー・トレイルズ」Happy Trails は妻であるデイル・エヴァンズの作で、夫婦でデュエットしている。一九四〇年代から五〇年代にかけて放映された The Roy Rogers and Dale Evans Show のエンディング・テーマ。（下140）

ロス、ダイアナ（一九四四― ）Ross, Diana ☆アメリカの歌手・女優。アメリカで最も成功した黒人女性歌手のひとり。女優としては、シドニー・J・フューリー監督『ビリー・ホリデイ物語　奇妙な果実』Lady Sings the Blues（一九七二）、シドニー・ルメット監督『ウィズ』The Wiz（一九七八）などに出演。（上263）

ロスロック、シンシア（一九五七― ）Rothrock, Cynthia ☆アメリカのアクション映画女優。全米空手選手権の型と武器の部門で五連覇した。韓国空手、テコンドー、鷹爪拳、表演武術、北派少林拳において黒帯保持。映画にも多数出演している。（下73）

ロゾコフ Rozokov ★カナダの作家ナンシー・ベイカー

作The Night Inside: A Vampire Thriller（一九九三）（アメリカでは Kiss of the Vampire に改題）および Blood and Chrysanthemums（一九九四）に登場するヴァンパイア。（下274）

ロックフォード、ジム Rockford, Jim ★アメリカのTVドラマ『ロックフォードの事件メモ』The Rockford Files（一九七四—八〇）の主人公である私立探偵。ジェームズ・ガーナーが演じた。（上110）

ロックラ、ラルフ Rockula, Ralph ★ルカ・バーコヴィッチ監督のミュージカル・コメディ Rockula（一九九〇）より。主人公ラルフは四百歳のヴァンパイアで、ロックラというバンドをやっている。ディーン・キャメロンが演じている。（下86）

ロニー Ronny → レーガン、ロナルド

ロニー（ロン・ジェレミー）（一九五三—）Ronny（Ron Jeremy） ☆アメリカのポルノ俳優。千九百本以上の映画に出演したといわれ、「ポルノ映画最多出演者」のギネス記録をもっている。（上280）

ロバーズ、ジェイソン（一九二二—二〇〇〇）Robards, Jason ☆アメリカの俳優。映画・テレビ・舞台でひろく活躍した。アラン・J・パクラ監督『大統領の陰謀』All the President's Men（一九七六）およびフレッド・ジンネマン監督『ジュリア』Julia（一九七七）でアカデミー助演男優賞を受賞。（上332）

ロバーツ、サラ Roberts, Sarah ★トニー・スコット監督『ハンガー』The Hunger（一九八三）の登場人物。老化現象について研究している女医。スーザン・サランドンが演じている。（下10）

ロバーツ、ジュリア（一九六七—）Roberts, Julia ☆アメリカの女優。ゲイリー・マーシャル監督『プリティ・ウーマン』Pretty Woman（一九九〇）でゴールデングローブ主演女優賞を受賞している。（下51）

ロビン（・フッド）Robin Hood ★リチャード・レスター監督『ロビンとマリアン』Robin and Marian（一九七六）の主人公。かの有名なシャーウッドの義賊ロビン・フッドと恋人マリアンの「その後」と死までを描いている。ショーン・コネリーが演じている。（下39）

ロビンソン、アンディ（一九四二—）Robinson, Andy ☆アメリカの俳優。デビュー作となるドン・シーゲル監督『ダーティハリー』Dirty Harry（一九七一）で、現実の連続殺人鬼ゾディアックを模したスコルピオを好演。強烈な印象を与えた。（下79）

ロブソン、マーク（一九一三—七八）Robson, Mark ☆アメリカの映画監督・映画プロデューサー・編集技師。『市民ケー

ン』Citizen Kane（一九四一）の編集を務める。（上243）

ロブレス、ドン・ドラゴ Robles, Don Drago ★初のヴァンパイア西部劇であるエドワード・デイン監督 Curse of the Undead（一九五九）に登場するヴァンパイア。マイケル・ペイトが演じた。（上231）

ロマン（・コッポラ）（一九六五―　）Roman (Coppola) ☆フランシス・フォード・コッポラの息子で、のちにみずからも映画監督・脚本家・プロデューサーになる。『地獄の黙示録』Apocalypse Now（一九七九）では完全版のみであるが、フランシス・ド・マレー役で出演している。（上45）

ロンメル、ウリ（一九四四―二〇一七）Lommel, Ulli ☆ドイツの俳優・映画監督。Drac Queen という映画はないが、『アンディ・ウォーホールのコカイン・カウボーイ』Cocaine Cowboys（一九七九）を監督している。（上185）

ワ

ワートシャフター、バド Wirtschafter, Bud ☆実験映画作家。I'm Here Now（一九六六）の監督、ウォーホルの『ヴィニール』Vinyl（一九六五）でカメラマンを務める。（下287）

ワーナー Warner ☆アメリカのエンタテインメント企業ワーナー・ブラザースの創設者である、東欧系ユダヤ人の四兄弟。ハリー Harry（一八八一―一九五八）、アルバート Albert（一八八四―一九六七）、サム Sam（一八八七―一九二七）、ジャック Jack（一八九二―一九七八）。（下65）

ワイズ、ロバート（一九一四―二〇〇五）Wise, Robert ☆アメリカの映画監督・プロデューサー・編集技師。『市民ケーン』Citizen Kane（一九四一）の編集を務める。『ウエスト・サイド物語』West Side Story（一九六一）および『サウンド・オブ・ミュージック』The Sound of Music（一九六五）でアカデミー監督賞受賞。（上243）

ワイルド、オスカー（一八五四―一九〇〇）Wilde, Oscar ☆英国の詩人・劇作家。芸術のための芸術を信条とする耽美主義を主唱。『ドリアン・グレイの肖像』The Picture of Dorian Gray（一八九〇）、『サロメ』Salomé（一八九三）などを発表した。（上98）

ワグナー、ジェーン（一九三五―　）Wagner, Jane ☆アメリカの作家・脚本家・映画監督・プロデューサー。女優リリー・トムリンの共同制作者・同性パートナーとして有名。ジョエル・シュマッカー監督、リリー・トムリン主演『縮みゆく女』The Incredible Shrinking Woman（一九八一）の製作および脚本を担当している。（上313）

鍛治靖子 編

訳者あとがき

〈ドラキュラ紀元〉シリーズ第四巻『われはドラキュラ——ジョニー・アルカード　下巻』をお届けする。

原書のタイトルは Johnny Alucard であるが、邦題をつけるにあたって、「われはドラキュラ」というひと言をつけ加えた。上巻のあとがきでは、「本書のテーマは映画」と書いた。だが、全体を俯瞰してみたとき、もうひとつ浮かびあがってくる裏テーマともいうべきものがある。それが、「われはドラキュラ」なのである。

シリーズ第一巻『ドラキュラ紀元一八八八』の最後のシーンにおいて、バッキンガム宮殿を支配するドラキュラは、登場第一声で「われはドラキュラなり」と名のりをあげた。本書においては、プロローグで、ドラキュラはふたたび少年にむかって同じ台詞を告げている。そしてその後も、ドラキュラ本人によるものではないけれども、さまざま場面でこの台詞がくり返し使われている。最後にこの言葉を口にする者は——。そしてその場面は——。

邦訳版タイトルにこのひと言が加わったのは、そういうわけである。

さて、本書には中編短編あわせて十二話が収録されているわけだが、すべてが書き下ろしだったわけではない。その初出情報を紹介しておく。

コッポラのドラキュラ　The Mammoth Book of Dracula（一九九七）
砂漠の城　Sci Fiction（二〇〇〇）
アンディ・ウォーホルのドラキュラ　Event Horizon（一九九九）
真夜中の向こうへ　The Vampire Sextette（二〇〇〇）
愛は翼にのって　Horror Garage（二〇〇一）

それ以外は、本書が初出となる。

今回は映画ネタということで、ニューマンの爆走はとどまるところを知らず、登場人物事典はとんでもない分厚さとなった。また、本文中の訳注もこれまでの比ではなく多くなっている。単に架空キャラを登場させるだけではなく、まったくちがう映画に出ているキャラクターだけれども同じ俳優が演じているからまぜてしまうとか、ファーストネームが同じだからちがう映画のキャラをまぜてしまうとか、ニューマンの遊び心がこれでもかというほどあふれている。できるだけ注をいれたつもりではあるけれども、気がつかずに読み流してしまったものもたくさんあると思う。また、人名事典も、どうしても調べがつかず、「詳細不明」のままになっているものが多い。力不足で申し訳ありません。もし何か気がついたこと、ご存じのことがあれば、是非お知らせください。

〈紀元〉シリーズ邦訳の今後の出版予定は未定であるが、ここで簡単に五巻六巻を紹介しておこう。

五巻は One Thousand Monsters といって、一八九九年の日本を舞台にしている。英国を追放されたジュヌヴィエーヴ、コスタキ、ドレイヴォットらが、船で日本にやってきて、明治三十二年の東京で日本の妖怪たちとさまざまな出会いをくりひろげる物語だ。日本古来の妖怪は、日本におけるヴァンパイアなのだそうだ。

六巻 Daikaiju の舞台は一九九九年の東京である。博覧強記で勉強熱心なニューマンのこと、日本にもそれなりにくわしいようだが、ときどき、それはどうだろうと思えることもある。「大怪獣」とはあるビルディングの名前なのだが、それをそのままタイトルにしてしまうというのが——。本国の読者は、タイトルだけを見て、はたして意味がわかるのだろうか。ヴァンパイア三人娘はほとんど登場せず、メインキャラの中でお馴染みといえるのは、日本人のヴァンパイア少女ねずみだけである。

Daikaiju は二〇一九年に刊行された。そろそろつぎの作品の情報が流れてくるころではないかと思うのだが。つぎはどの時代の、どの国にいくことになるのか、楽しみはつきない。

キム・ニューマン Kim Newman
1959年、ロンドンに生まれる。少年時代から映画とホラー小説に熱中。1982年より雑誌に映画評を連載し、84年から創作を開始。92年、ドラキュラが英国を支配した改変世界を描いた『ドラキュラ紀元一八八八』(アトリエサード)を発表し、世界幻想文学大賞などの候補にあがる。《ドラキュラ紀元》シリーズとして『鮮血の撃墜王』『ドラキュラのチャチャチャ』『われはドラキュラ——ジョニー・アルカード』(以上、アトリエサード)などを上梓。他の邦訳に『モリアーティ秘録』(東京創元社)、ジャック・ヨーヴィル名義の『ドラッケンフェルズ』(ホビージャパン)などがある。

鍛治 靖子 (かじ やすこ)
英米文学翻訳家。東京女子大学文理学部卒。訳書にキム・ニューマン『ドラキュラ紀元一八八八』『鮮血の撃墜王』『ドラキュラのチャチャチャ』(以上、アトリエサード)、L・M・ビジョルド『魔術師ペンリック』、サチ・ロイド『ダークネット・ダイヴ』、イラナ・C・マイヤー『吟遊詩人の魔法』、G・ウィロー・ウィルソン『無限の書』、ハル・クレメント『20億の針』(以上、東京創元社)、ラリイ・ニーヴン『リングワールドの子供たち』(早川書房/梶元靖子名義、小隅黎と共訳)などがある。

ナイトランド叢書 EX-5

《ドラキュラ紀元》

われはドラキュラ
——ジョニー・アルカード〈下〉

著 者 キム・ニューマン

訳 者 鍛治 靖子

発行日 2021年9月10日

発行人 鈴木孝
発 行 有限会社アトリエサード
東京都豊島区南大塚1-33-1 〒170-0005
TEL.03-6304-1638 FAX.03-3946-3778
http://www.a-third.com/ th@a-third.com
振替口座/00160-8-728019
発 売 株式会社書苑新社
印 刷 モリモト印刷株式会社
定 価 本体2700円+税
ISBN978-4-88375-448-9 C0097 ¥2700E

---

www.a-third.com